瀛波志

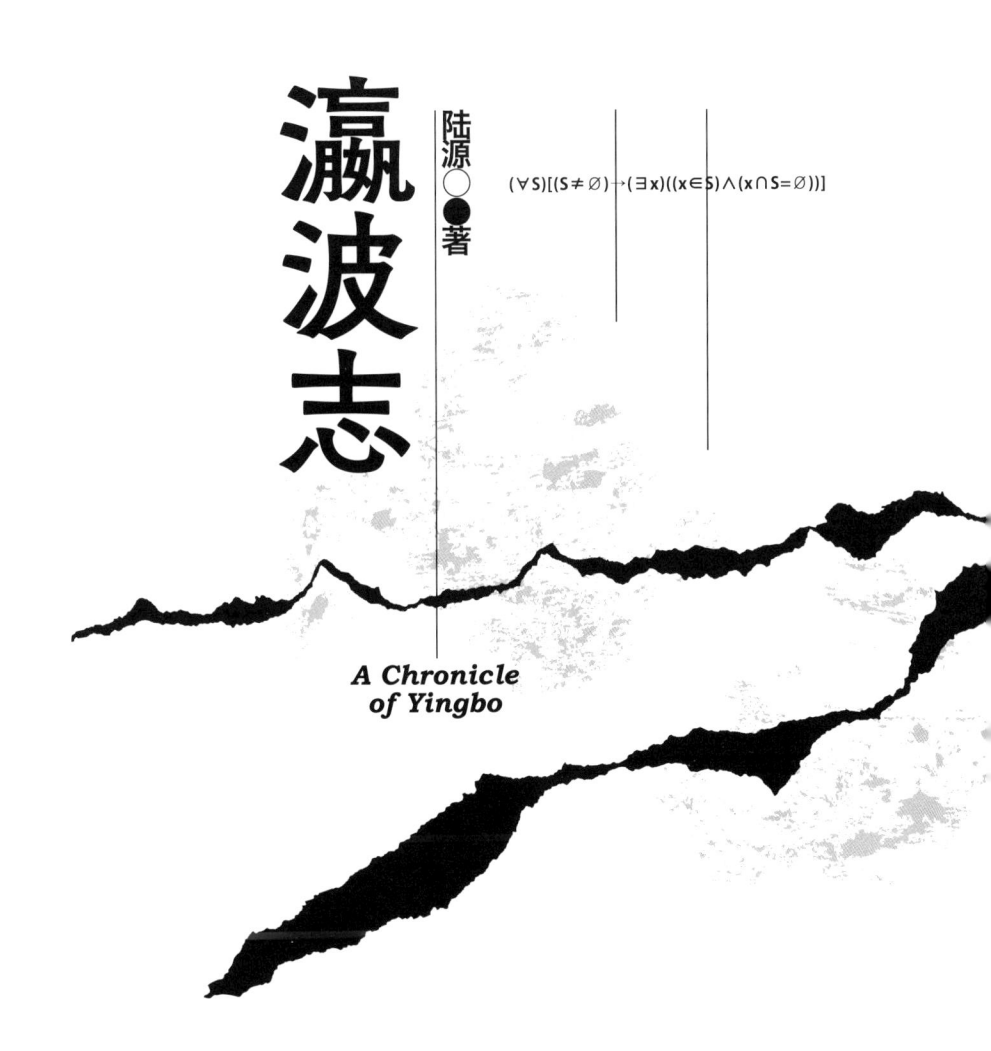

陆源 著

$(\forall S)[(S \neq \emptyset) \to (\exists x)((x \in S) \land (x \cap S = \emptyset))]$

A Chronicle of Yingbo

上海文艺出版社
Shanghai Literature & Art Publishing House

本书内容，源于广义宇宙的诸般现象。而在我们生活的世界，习惯上称其为虚构。因此，若与读者所知人或事多有相似，理之当然，不必感到意外。

纪念黄孝阳

目录

001 首　瀛波庄园 _ 3
002 风　落日 _ 6
003 曜　客自康国来 _ 6
004 风　雨暮，长篇小说的源头 _ 13
005 曜　客自康国来之二 _ 15
006 楗　双角王的青铜长城及其他机械秘宝 _ 18
007 风　阵雨，植物园，夜间的跑步 _ 21
008 翰　猩犸农贸市场 _ 22
009 风　阒寂之思 _ 42
010 楗　幻想机械漫谈 _ 43
011 曜　客自康国来之三 _ 47
012 风　傍晚疾书 _ 50
013 曜　客自康国来之四 _ 51
014 铭　摩尼教入唐述略 _ 54
015 风　夏令时，浡汏公园 _ 56
016 翰　暗黑宠物街 _ 56
017 风　圆月之书 _ 75

018 榫　机械神教派　_ 75

019 风　上元夜　_ 80

020 曜　扬州明月楼　_ 81

021 风　乌夜啼　_ 83

022 曜　扬州明月楼之二　_ 84

023 翰　逆风骑向西瓜博物馆　_ 86

024 风　漫画家的夜游　_ 113

025 谛　狂作家的冷僻字世界　_ 114

026 风　致行路者　_ 116

027 榫　活体机械论　_ 117

028 曜　扬州明月楼之三　_ 120

029 风　在广陵　_ 122

030 曜　扬州明月楼之四　_ 123

031 风　良辰美景　_ 125

032 榫　活体机械论之二　_ 126

033 翰　云空学院　_ 129

034 风　多年以前的梦中远足　_ 151

035 榫　灵魂矩阵之极源：数学　_ 151

036 风　热带的睡眠　_ 160

037 曜　乘风归涨海　_ 160

038 风　波斯商人伊本·泰伯礼　_ 163

039 曜　乘风归涨海之二　_ 164

040 榫　灵魂矩阵之极源：物理学　_ 165

041 风　未雨　_ 173

042 翰　乙镇星相家协会 _ 174

043 风　郊甸晨初 _ 204

044 楗　机械神学世纪 _ 205

045 风　狂人存有论 _ 211

046 曜　乘风归涨海之三 _ 212

047 风　回乡指南 _ 213

048 曜　乘风归涨海之四 _ 214

049 谛　神秘主义者言 _ 215

050 风　断手流小说家的中场休息 _ 220

051 轨　光阴漫游者报告 _ 221

052 风　拂晓沉雷 _ 229

053 翰　天才男友的私人健身房 _ 230

054 铭　洛阳秘宝纪事 _ 280

055 风　四时循环 _ 282

056 谛　不相容的神学 _ 282

057 曜　长安马 _ 285

058 风　诗鬼 _ 287

059 曜　长安马之二 _ 288

060 风　历史白驹 _ 291

061 曜　长安马之三 _ 292

062 谛　阿努恩纳奇众神的废渣创世学 _ 296

063 风　晏眠一夏 _ 297

064 翰　愚翁植物园 _ 298

065 谛　问牛及马：神学家与大祭司第一次对话 _ 338

066 风	九月	_ 340
067 曜	伏敌鹰娑川	_ 342
068 风	短暂的秋宵	_ 343
069 曜	伏敌鹰娑川之二	_ 344
070 风	论睡如弓	_ 345
071 曜	伏敌鹰娑川之三	_ 346
072 榿	机械生命简史	_ 347
073 风	十月末一次步行	_ 352
074 翰	狂作家的宁静书斋	_ 353
075 风	老艺术家心中的悲凉	_ 391
076 铭	尘世有极而史事无极	_ 392
077 谛	鸡争鹅斗：神学家与大祭司第二次对话	_ 393
078 风	十一月山水图	_ 395
079 曜	战北庭	_ 396
080 风	刀鸣之夜	_ 400
081 曜	战北庭之二	_ 402
082 榿	战争机械概说	_ 406
083 风	寒律	_ 409
084 翰	从《酉阳杂俎》到《中国伊朗编》的无尽螺旋	_ 410
085 风	等待的生活	_ 469
086 铭	双角王异闻	_ 469
087 谛	狗扯羊肠：神学家与大祭司第三次对话	_ 470
088 风	晚间两次穿行琉璃河桥	_ 476
089 曜	战北庭之三	_ 477

090 风　在的故乡，明旷夜市　_ 478

091 曜　战北庭之四　_ 478

092 榫　战争机械概说之二　_ 485

093 轨　云辰道场　_ 489

094 风　论笔误　_ 502

095 谛　粟特人缘何信奉摩尼教　_ 502

096 翰　孩童的四季时光　_ 508

097 风　谈理想　_ 536

098 榫　华夏机械神学　_ 537

099 风　国家天文台兴隆观测站　_ 541

100 榫　华夏机械神学之二　_ 541

不完全后记：关于《瀛波志》　_ 545

后记之二　_ 548

后记之三　_ 550

附录

1　索引：关键词，或文本的榫卯结构　_ 551

2　诸篇属性分类　_ 564

3　造字　_ 568

"在古代波斯人那里，有一群人组成了一个社团……他们是杰出的神智学家和圣者……我在名为《东方神智学》的著作中复兴了他们难能可贵的关于光明的神智学，也就是柏拉图及其前辈在神秘体验中得到的学说。还没有任何一位先驱在这样的研究道路上展开过探讨。"

——叶海亚·苏赫拉瓦迪

凤凰于飞,翙翙其羽,亦傅于天。

001 ㈠

瀛波庄园

　　瀛波庄园坐落于大都会的南部边缘。实际上，它是一扇时空之窗，三个世界在此重叠。大都会（无须使用任何限定词，童叟皆知大都会只能是**那座**大都会）的高明建造者，或曰源代码编写者，即兴调用了旧莫斯科的构造参数，所以一年四季，这里终日萦旋着寒雀的寂寥啼啭，遍布枯叶、车祸，冷酷面孔和不苟言笑的黄粱梦，充斥着老帝国的恒常秋意、泛黑的猛烈情爱，以及雨天窝在楼房内玩火的游牧民族。此外，大都会的女子一个个美得惊世骇俗，她们梳着奥黛丽·赫本的高盘发式，她们的四肢又细又长，随着人造光源的波动而优雅摆荡，以夸炫那骄傲、诡靡妖异的生理特征。这些姑娘天天补钙，下半夜躺在刑床上，亦即拉展躯体的冰冷机械上忍饥挨饿，泪流成河。她们是一株株芳香袭人的唇形科植物。假如你看到一位瀛波庄园的居民表情呆痴，对身边走过的健康少女视若无睹，也就不难推测，他刚从大都会返回，已经被那里翔集的天使灼瞎了双眸，烧伤了神志。是啊，不论寒暑交替，月升月落，她们热滚滚的圣洁气息，始终如惊涛拍岸朝你我袭来，如致密的非牛顿流体扑面而至……

　　庄园东北方，轻轨列车日复一日在高架桥上锵锵行驶。夜色消隐于拱门之后的长廊深处。

有时候，不同空间的大齿轮格格转动，彼此切换之际，会爆发短暂的季节错乱。瀛波庄园上方，天霄一派湛蓝，七曜俱空，怪幻而单调，仿佛等待加工的原始镜头。但全知全能的老导演似乎迟迟拿不定主意，反复揣度究竟该如何打磨他手中那套粗胚，为之添补哪些特效。这样的天色，这样的空气，总感觉澄朗中酝酿着什么情绪，说不清什么东西在缓慢提速，在逐渐变得恢弘……有时候，暴雨突然降临，源于大都会的千百条涓涓细流也涌向南郊，整座庄园化身为一片泥盆纪大海，水面上裸露着众多突兀的石炭纪巨岩。

春尽夏来，镇子在黄金藤蔓的强力催动下猖獗生长，拓展至高邈幽虚的现实疆界之外。虽然大都会融合了旧莫斯科的基调和阴影，庄园却并非安东·契诃夫那座永远落满烂苹果的小庄园，也非列夫·托尔斯泰那座名称佶屈聱牙的大庄园，抑或任何一座俄罗斯庄园。它自成体系，别创一格。蜿蜒的湖岸上，游荡着赞同寻神论的深沉学者。他们紧锁眉头，悄言低语，预感到自己假孕的思想即将破灭。如果你跟随这一帮奇人步入荒林，簇叶繁密、弥散阵阵树腥、披着珠母色长鬃的僻静荒林，抬眼便可以看见浓稠的章鱼状月光流布其间。

咫尺天涯的大都会内部，楼群守待北风来吹走尘霾。媒体竞相聚焦的自杀式袭击已令人麻木。忧悒的瓦斯燃烧，冷烟残魂升向了紫冥，男男女女在一次次交通事故中漫不加意地跌入死亡坑堑。昼夜驱驰的豪华大客车里，乘客们交头接耳，议论着宫廷秘史、政治形势，以及金融市场的动荡新格局。万千路人正收听国家电台的晨间广播：

"据《日本经济新闻》报道，德意志工业设备巨头西门子公司总裁博乐仁表示,机械行业的复苏速度超过了预期……"

瀛波庄园的住户,常常梦见自己在月球上踱走。他们绕着静漠的环形山漫游,互相冷淡地打招呼,再像长毛兔一样魂不守舍地分头跃向远处。

坊间传说,魔城的编写者同时调用了第三布宜诺斯艾利斯的外围参数,因此庄园周边还淌涌着阿根廷诗人埃瓦里斯托·卡列戈的郊区意象,显现黯然的西方色彩。可是,老博尔赫斯的城市我没有去过,事实到底如何,难以讨究。反正南美洲的巴黎也好,东斯拉夫的千顶之城也罢,无不受到伪科幻电影的拙劣影响,疲态尽露,乃至濒于窒息。

秋末冬初的某个黄昏,十余只大白嘴鸦从暗沉沉的西北天际飞临。这队狂热的光明教派成员自雪境远道而来,世世代代在追逐一支崇拜黑太阳的邪秽部族,誓要将其摧灭。它们穿过千百座星辰的关隘,它们迎着落晖,犹如劲风中流荡的零散灰烬,飘向瀛波庄园,造访这个房租低廉的世外桃源,这个无政府共产主义团体的宁谧巢窠,大约是要展开新一轮探寻搜索,力求找到恶贯满盈的仇家死敌。然而,那群目光短浅、羽毛差不多已经掉完的野鸟根本没办法想象,这片土地竟如此辽远、如此渊旷、如此浩阔,几近无涯无际,令人失措。很可能,瀛波庄园本是闳丽天宫图的普通一角。那张遥挂穹玄的森罗巨作多年前一朝解体,各部分相继陨落,堕入倾颓的凡尘。信仰机械神的男女怀藏秘异,来去无声,他们并不是一伙跳机械舞的老派嬉皮士,也不是一群戴机械表的新派雅皮士。晼晼斜阳下,委弃的什物、阴凄怖人的残桩死树、镶刻星晷的头盖骨,在这片古代遗迹之上随处抛置。迥野边际,横亘着一抹可望而不可即的深灰色军事禁区。

002 ㉿

落 日

平原正处于，失明的津渡
摩天楼匕首深入暗夕

轮形焰城
从青铜星座间
再度穿过永恒的沙漏

灵魂在街尾交战，明灭
灼烂的银河

003 ㉿

客自康国来

哦，洛阳。定鼎门遥遥在望。千百匹橐驼首尾相衔，流水般穿过雄伟城楼，步向天街。

龙德盛，鸟星出，坊市一派升平。康静智回身看了看自家队伍，目光朝一辆垂挂软帘的骡车投去，神色不由一松。此番远行，除了将瓷器、丝货、药材贩至高昌，他还从凉州接走新寡的妹妹，以及年方九龄的外甥女，载她们来东都一同生活。

康静智家族，北齐时于河间地方的萨秣鞬，亦即康国，东迁入华，迄今已逾六代。祖上以军功受封，追随北齐、北周、隋朝的王公征战，屡蒙优赏。高祖父尝投力杨素麾下，执锐陷坚，争锋绝漠，歼逐敌党。女皇武则天殂崩之际，岁在乙巳，康静智年届不惑，于洛阳城南市经营香料生意，其族兄康玄智，于北市经营丝绸生意。今次高昌之行，康静智为队头，货主却不止他一人而已。家族成员间错综复杂的互保互贷关系、赀财之归属、亏蚀之分摊，谁多些，谁少些，权衡斟酌，左右思虑，既详人之情，又悉事之理，千端百绪，委实让康静智脑仁犯疼。不过，家族终究是家族，家族不可取代，不可背弃，不可奢望。作为日后撑顶门户的大族长，他无从卸责，务须稳妥处落脚，合宜处下手。

康居，萨秣鞬，亦即撒马尔罕，康静智仅去过一次。他是粟特人，至少，以血统而论，大部分仍是粟特人。但撒马尔罕，粟特明珠撒马尔罕，天朝上国的康居都督府，连接长安与君士坦丁堡的梦幻之城，汇拢沙漠、雪域和草原的诗意之城，希腊人笔下记录的马拉坎达城，粟特人在家书、私函里亲切相询的阿弗拉西亚布城，充塞着各色僧团、使团、商团、戏团、工团、匪团，流传着上古帝王阿弗拉西亚布的神话、盖世英豪鲁斯塔姆的不朽美名，这样一座瑰宝之城，列祖之邦，令康静智感到熟悉而又疏远……咦，那些容貌跟自己相仿的男男女女，莫非彼等真在说粟特语？当地的粟特语怎么奇奇怪怪，我分明听得懂，偏又不知所言？各行各业龙头，各部首领，各城君长，皆自号双角王亚历山大遗胤。这位双角王，到底是妖是魔，是仙是圣？何故称他为波斯之主、苏萨之主、巴比伦之主？康静智心中疑窦重重。在笯赤建，在钵息德，在阿滥谧，亦即布哈拉，在骗子和探子横行无忌的萨秣鞬，亦即撒马尔罕，总之在粟特诸府诸镇，商旅辐辏，珍货琳琅，天晓得何时修建的街巷格外拥塞，店铺大多浅窄，高低纵横的飞廊交错于半空，城下家家户户，无不以壁画装饰屋宇，供奉四方神明。市肆间处处流绚，处处聒聒，让康静智殊觉扰烦，不禁一再想起，甚而想念洛阳。应当说，洛阳，才是他这个粟特人眷眷无忘的乡邑和家园。

  瞻彼洛矣，维水泱泱，君子至止，福禄如茨……

  饱学之士云，彼洛非此洛，不该混作一谈。无妨。康静智吟诗，历来不求甚解，只取它宏盛雍雅的王政气度。撒马尔罕不同于大唐东都。撒马尔罕多有器甲铺制弩、售弩、修弩。天下人共知，弩，可延时发射之精准机械弓，在中国岂止不允许商贩私卖，更不允许臣民私造，违者必处重刑。撒马尔罕，万城之中的公主撒马尔罕，你一向不缺少稀物奇事。该地熔铸的河间铜币，形态堪称特异，每每让世居华夏的昭武九姓一阵惝恍：方孔钱阳面刻写"开元通宝"四个隶体汉字，阴面刻写佛经体粟特文，标记当权者头衔及名号。不过，遍满垣堞内外的大小祆祠、神社和漠野上圆形堡垒的废墟，诸般种种，终归让康静智意识到，那些容貌跟自己相仿的男男女女，确为粟特胞族，他们与驼队沿途遇见的粟特商旅一样，与勇猛无畏的高祖父、太祖父一样，系出同源，有粟特之根，有索格底亚纳之魂。没错，此间乃我昭武九姓国度，昭武即祆教祭司，粟特人曾于药杀水之南、妫水之北的粟特方域，曾于萨宝水，亦称粟特河，饮马行舟，沿两岸筑垒修城，于此天赐沃土上共生共长，弥历荣枯盛衰……

  在西域，康静智打交道的生意人始终不外乎粟特同胞，而他们又始终受助于布哈拉和撒马尔罕的同胞。三百多年来，粟特人几乎垄断了整条商道。入华的粟特商团不断向纵深地带迁播，逐日逐月，自长安、洛阳东进，到达卫州、魏州，再北上邢州、定州、幽州乃至营州，扎根落脚。粟特商人极少走水路去扬州，那里是波斯商人和大食商人的经营地盘，他们登船泛海，胆识、手段、财资不逊色于前者分毫。三百年来，粟特人与表兄弟波斯人遐久不睦，与大食人原是海陆商道的竞逐关系，现今倒变成主仆关系。哀哉，痛哉！粟特一族之衰败，势所难免，无可回逆……再说康静智等人，从高昌购入香料、黄金、玉石、五彩魏，在凉州盘桓两日，不出一个月已返抵京师。续后，驼队循渭水南岸前进，过潼关，经虢州、陕州，直指东都。连接长安和洛阳的冲衢大道上，车辂缕缕行行，驿馆客栈，生意兴隆。康静智的外甥女阿妠第一次久离家邸，惊诧于沿途景象，不过，九岁小姑娘很快安静下来，毕竟她身上也流淌着粟特人的血液，而粟特人闯荡四方，饱经世变。驼队踏足国畿时，不得不奉令停辍于路边林地，避让天子銮驾。炎阳烈烈，大伙在树底偃息，只见一支壮盛的阵伍由远及近，霎那间旌旐拂日，轮毂奔雷，千乘万骑，入于东都。外甥女阿妠忍不住发问，舅父，这支军队是皇帝亲自领头吗？兴许是，兴许不是。男人回答。

百十匹橐驼纷纷站直。满载货物的橐驼身上，仍绑结着一只只胡瓶，脱似一个个肉囊，注满液体，与它们筋脉相系。粟特商团是否也跟这肉囊差不离？康静智微微叹笑，命众人打起精神，照料好驮畜，向定鼎门开拔。

洛水北岸，上阳宫犹若一抹蜃市，虚悬碧空，它与幻象不同之处，只在于那些廊庑、楼阁、堂宇，那些卧波的长桥、飞架的亭榭,悉皆历历可睹,却又因太过清晰愈发显得不真实。每次隔河凝眺上阳宫,传闻以五彩石铺路的上阳宫,康静智一贯揣想,天外灵境便大抵如此吧。近处水畔,脱谷的碾砣不懈滚动,传出石齿将谷物磨碎的隆隆浊响。驼队穿过人烟浩穰的村镇,终于从官道进入城闉。酉时已至,金乌西沉,这一刻,洛阳的繁阜阴影斜压在粼粼细浪的漕渠、运渠和通济渠上方,自然也斜压在横贯东都的洛水上方。大河对岸,朦朦胧胧,屋宅鳞次栉比,沿地势缓缓爬升,展延至远处高不可攀的巍峨宸阙。

天街,即定鼎门大街,宽百步,长七里又一百三十步,直抵星津桥,两旁列植柳树、槐树,砌有排水渠。力畜相随,徐行于天街一侧,康静智步履从容,胸中泛溢着久违的宁逸。骡车的帘子已经卷起,他一边指指点点,给小外甥女讲解各市各坊各巷的名目景状,一边悄悄地留意妹妹阿思的神情变化。苍宇移转,掀起一派暮光,锣鼓声、高高低低的吆唤声、不同品物的香臭、牲畜的气味、广阔市廛的烦燠,这一切无不随风而至。阿思离开洛阳已十载有余。她远嫁那年,适逢宫城失火,明堂、天堂遭焚倾毁,全城震惧。如今明堂重修,天堂故址更建起佛光寺,但阿思的容姿从未大改。当然,她满头漂亮的棕发是稀疏了少许,枯脆了少许,脸庞也难比往时丰润白皙,不过,仅止于此。在习惯了日晒雨淋的康静智看来,妹妹阿思一直很美,甚至,因受过凉州风沙的吹袭,这美还蕴藏着三丝两缕沧桑,所以更美了。豆蔻年华时,阿思就是个不折不扣的大美人,城南履信坊康昭提家、城东绥福坊曹敬本家、城北懋德坊史陁家,还有城外嘉善里何宝臣家,粟特望族,俱来求娉。但阿思,闻名于洛阳昭武九姓的冷娇娘,偏偏瞧不上东都的粟特少公子,而属意西京醴泉坊安家的后生安思孝。垂拱三年秋,思孝代父兄赴洛阳，拜谒粟特诸高门巨姓。彼时女皇掌政，洛阳仍称神都，思孝之父金藏，供职太庙，为皇嗣李旦侍臣。恰在安思孝登门拜见之日，阿思相中了他。本该是好事一桩：康安联姻，天经地义。更何况，安金藏乃定远将军安菩之子，两家门第相当，又共崇佛法，兼且这对儿女的名字，凑巧同有"思"字，按说十足般配，堪谓天作之合。孰料，双方正央媒议姻，快要允婚许嫁之际，皇嗣遭奸佞小鬼诬告，安金藏受到牵连，竟缧绁下狱。为族人的身家性命计，阿思不得不遵承母训，改适凉州米氏，以图远害自清。不久，安金藏一族转败为功，转祸为福，而妹妹阿思的西行之路已定，再无从翻改。

天色向晚，历代君王的记忆在飞速变暗的衢陌中徜集。暮灯点亮了稀淡的雾霭，光团四下伸舒，市场、坊间、埠头，嚣杂顿减。某一瞬，康静智感觉到，千古在此一日，似乎只有掠过、穿过、漫过城邑的事象才存在：风，夕晖，时晷。王畿之内，天地之所合。皇城南面矗立的八棱铜柱顶端，直径一丈的金火珠煌煌烨烨，如一轮满月，照彻洛阳三市一百零三坊。耀目的辉芒使粟特人康静智从惛怳中醒过神来。当年，梁王武三思劝率洛阳各蕃长，奏请征敛铜铁，造天枢于端门，以纪女皇功业。于是昭武九姓等诸胡聚钱百万贯，购黄铜五十万斤、熟铁三百三十万斤，耗时一年零四个月，才将此物铸成。巨柱承天，通体环布狮子、麒麟、虯龙、鸣凤、异兽，刻百官及四夷酋长名秩，女皇手书"大周万国颂德天枢"为榜，乡贤、朝士、文豪，纷纷赋诗赞咏。天枢始造之日，阿思尚在洛阳，迨及竣工，阿思已去往凉州数月。有时候，康静智仰睇金火珠，遥瞩北岸宫城，不免从心底生出好奇：女皇陛下建明堂，建天堂，建天枢，大兴土木，究竟所图何事？长生不老，飞升象外？或许，今晚，康静智忖思，乘高俯听的女皇同样在猜度儿孙、臣僚、黎庶兆民、异邦君主。她大概也曾自问：天子居九垓之田，辖地广远，天子乘舆巡狩，以四海为家，朕的百姓，何故如此众多？……女皇陛下应该很困惑：三秦九洛，咸曰帝京，天子躬于明堂临观，天子以礼号令天下，你们这一群又一群形貌殊怪的粟特人攀山度碛，来到朕的眼皮子底下乱窜，播扬什么康居城机械地宫的传说，究竟所图何事？暴富，称王，名登仙箓？难不成，你们果真是天外来客？你们的先祖，果真源于海西，源于西海之西？那么，神秘的海西人又源于何处？

汉家天子入寝之时，会否虑及，粟特族有朝一日，只待情势容许，必然犯上作乱，乃至颠覆乾坤？我们昭武九姓做梦都巴望着当皇帝，当宰相，当将帅，领统千军万马，征服八方异族。不是今日，便是明日，华夏神州迟早得出现一两个昭武之王。为了生存，为了牟利，发了发迹变泰，粟特人过去依附突厥，目前依附唐廷，将来也不妨依附新崛起的任何霸主。代天牧民的尊贵邦君，你们赏看胡腾舞之时，会否虑及，我等粟特人胆大而狡狠？粟特女子，若衡量以汉人准格，似乎贞顺娴雅，四德充备，实际上，她们狂野难制，令男子苦不堪言。譬如，妹妹阿思……

冷美人此次回归，康静智不无幸灾乐祸地想，那帮懒鬼要倒运了，南市多半少不得一场腥风血雨。

004 〔风〕
雨暮，长篇小说的源头

1

    黄昏漫过深秋的脐部
    街区海流图已经百孔千疮

    城市晚年的硬化症
    从地下室爆发
    涌向奄奄一息的月光天文台

    第七天上午，我们流放到
    社会迷魂阵边缘
    而人工降水将远郊停车场染黑

2

    半年前，久旱春季还在发酵
    酝酿一小桶浓醇夏天

    冬眠合欢树，挤入寒空
    烟露浮悬于星星炼狱最底层

    我们看见一段光阴正走近终点
    迈向腐朽、阴晦的神圣

公园即将烙下
铁制的黎明

3

洛阳城一次迢远日蚀的冷焰
仍在古木根部震荡
夕鼓循环,渡桥一派浓黑

我们窃听邃寂
我们是阴阳鱼互相追赶
云阙外,炎热的阒暗,稀朗的灯盏

4

凌晨两点四十五分,历史幽物纷至沓来
八世纪的残垣保存于梦野边境

许多冥幻之夜,本人是一千三百年前
葱岭西麓一位旅行家
踏入今时今刻的真实投影

客自康国来之二

　　到家晚膳,盥浴梳洗,夜寐香甜。翌晨,康静智让阿思先休养两日,自己出门会友。时辈之中,他以豪爽著称,而在汉人看来,他谦直有礼,粗通诗文,颇具侠者风范。康静智从高昌买回不少珍器,纯为馈赠亲友,并非用于交易。他给朝中做译官的表叔送了一双指垫和指甃上镶金的莲瓣铜杯。再给坐镇北市的族兄康玄智送了一个翠色琉璃香水瓶,此物出自撒马尔罕的能工巧匠之手,莹澈,细颈,圆唇,蛋形瓶身,让人爱不忍释。又给南市香行的龙头尊长送去一只萨珊波斯的银酒壶。萨珊波斯的银器,多有拂菻古国的神话故事、史诗胜景錾刻其上,康静智往往一知半解,可是,这次不同,这次很不同,这次他已问清问楚:那只充作贽礼的银酒壶,正在向今人讲述特洛伊木马的凶险诈谋。木马屠城,多么残暴而精彩,拂菻的赠贻,暗藏杀机的赠贻,男子慨叹,我康静智好比一座移动的机械木马,东方特洛伊城,你倾沦吧,燔燃吧……

　　其余人等,大多分得莲花纹银碗、蔓草纹银盘,他们眉欢眼笑,左右簇拥,将康静智迎入南市,恍如特洛伊军众将木马迎入特洛伊城。阿思何在?阿思妹子何在?大伙东张西望,连向康静智叩询。这些崇奉祆教、摩尼教的粟特商贾,这群虚情假意又恬不知羞的田舍奴,他们一个劲儿夸赞阿思,他们巧舌如簧,把她比作月亮,比作河流女神阿纳希塔。是啊,论算术,论借贷计息盘账,南市的粟特人、龟兹人、于阗人、焉耆人、月氏人、波斯人、大食人,甚至汉人、鲜卑人、高丽人、新罗人、百济人,几乎没人赛得过阿思。她简直是一副活算盘。让她记债核利，殖货理财，试问，谁还敢动歪脑筋，谁还有本事偷鸡摸狗，白占我家便宜？康静智扫视眼前这一颗颗戴着尖帽、帢帽、帷帽的圆头方颅，禁不住咧嘴坏笑，众人一发惊惕，言语愈加巴结，神色愈加谄媚……

次日无事。第三天，第五天，第七天，康静智一直陪着阿思和外甥女阿妠四处游逛，让小姑娘彻底见识见识洛阳城。进南市之前，他们先去了刚开设不久的西市，那儿马匹生意颇红火。粟特人善于养马。康静智和阿思有一个远房亲戚，便在原州任监牧官，而阿妠的父亲未辞世时，曾为马政衙署的吏员，所以阿妠喜欢马，喜欢看马也喜欢骑马。好个小姑娘，你从凉州来？唔，凉州、甘州、兰州，是我们粟特人在汉地的大本营呀，早些年，号称屯万骑于金城，你可晓得？阿妠，阿妠，这孩子随了四臂女神的名字？哦，粟特小姑娘！啊，捧托日月的骑狮女神，粟特保护神！……康静智发现，西市的粟特马贩子并不认识妹妹阿思，更不知道她当初是洛阳同胞传誉的粟特芙蓉，他们只把九岁的外甥女视作某种祥瑞，才争相请三人去自家店肆吃馃子，试新茶。阿思生下了阿妠：大女神诞下了小女神。康静智感到难以理解，却乐于接受此说。跟西市马行这类更晚入华的粟特商贾打交道，他觉得自己是中国人；跟北市丝行的汉族商贾打交道，他觉得自己是粟特人。我到底该算作哪一边？庶或无须有此问。许多康姓粟特人自称炎帝苗裔、康叔子孙。同样，康静智感到难以理解，却乐于接受此说。当真何妨，作假又何妨？君不见幻尘万象，周天物类，何尝不是若真若假，且真且假，忽真忽假？

东都的祆祠列布于修善坊、立德坊、会节坊和南市西坊，波斯寺、大云光明寺亦在修善坊。但康静智一家，既不信奉景尊弥施诃,也不信奉光明使者摩尼,更不再信奉袄神之主阿胡拉·马兹达。他们信奉佛陀。正因为信奉佛陀,康静智这一派久已来华的粟特人方获女皇护庇。当年,阿思闺中待字时,皇嗣李旦被诬告谋逆,安思孝之父安金藏充任太子侍臣,受到严刑鞫问,榜掠加身。他欲证清白,自剖胸肚,肝肠并出,气绝仆地。女皇命人将安金藏抬入宫中,遣太医收纳五脏,以桑白皮为线缝合。传闻安金藏转醒后,女皇亲去看望,感喟不置,曰:"吾子不能自明,不如尔之忠也。"

君臣继世,王命乃承。端赖安金藏的勇行壮举,皇嗣度过劫难,西京醴泉坊安家自然苦尽甘来。岂奈阿思已嫁。至今还有人说,安金藏施用了粟特族障眼法,此等浮言,甚实谬妄无稽。且不提安家世居畿寰,诚敬向佛,纵使安金藏心有七窍,仍娴于拔剑自刺的祖传异术,他枉陷牢狱,又如何展脱?再者,割耳诉冤,切腹取信,剺面志哀,是那帮随突厥降众入关的粟特人喜欢折腾的戏码,安金藏一族,北朝时已在中土,与前者同源殊流,怎可泾渭不分?诚然,诚然,外族男女才不管这些细枝末节,在他们眼里,粟特人总归一体,早到晚到,多到少到,并无差别……

当初,太宗、高宗皇帝皆曾下敕,欲止禁自戕之举,不过收效欠佳。日渐月染,如今,汉民汉官沾了胡人习气,乃至在朝堂之上,廷臣也敢以鲜血洒地争抗。

贤者云,居安虑危,处治思乱。康静智十分清楚,粟特人多年来楔入朝政、军政、财政甚深,已积重难返。太宗皇帝击败颉利可汗时,万千粟特人便在首领康苏密督率下,投向大唐怀抱。不久之前,东突厥兴复,修书女主,直谓汉家朝廷须放还当初从草原南徙的粟特部落。然而,这帮昭武九姓,隐掩其机械秘宝五十载,在长城脚下安居乐业,无意再迁回草原。嘻,吾何畏彼哉?遂联手华夏十数万天兵,共抗北虏。讵期两国搆战,鏖斗一场,唐朝阵营竟大败亏输,威仪折损,旌旛蒙垢。粟特人则多数沦作俘囚,个个捆手縈颈,串成一队一队,押赴突厥王庭……

自此,昭武九姓与李唐社稷的关系愈益微妙,充斥着难以言表的恩恩怨怨。汉家天子认为,留长发的突厥人原本淳朴,是粟特人把他们蛊惑了,教坏了。这支域外蛮族的思想有如孩童,相信苍穹是一顶毡帐,银河是它透光的接缝,亦且相信繁星是一群马匹,北极星是一根拴马的桩柱。在失势丧权的时岁里,他们写下碑文:

突厥人勠力为唐朝,敢忘生死。
朝战高丽,夕守铁门。
交付故国,侍奉桃花石可汗。

目今女皇晏驾,继位新君对粟特人究竟持何种态度?实堪懔忧。走一步,看一步,行法以俟命,我康静智只得如此罢了。不过,至少安金藏、安思孝父子否极泰来,必享优厚封赏。可叹时过境迁,阿思虽回到鼎邑洛阳,女儿阿妠已九岁,而安思孝,也已娶妻生子……

006　榫

双角王的青铜长城及其他机械秘宝

史上第一机械秘宝,并不是粟特人继承自突朗暴君阿弗拉西亚布的玄铁地宫,而是双角王亚历山大留下的青铜长城。据九世纪阿拉伯学者伊本·胡尔达兹比赫《道里邦国志》末章《大地上的奇迹》第三节，旅行家从哈扎尔人的地盘往北行进，大约三十天脚程，即可抵达一些毁弃的市镇，它们遭受过雅朱者、马朱者两支鬼族攻打，已沦坏为荒墟。从最北端一座城堡再往北走三日，便来到双角王建造的青铜长城跟前。原本，该秘宝垒筑于相距二百腕尺的两山之间，底部大门由掺了熟铜的铁坯镕锻而成。上有圆柱形钩锁，长七腕尺，厚一庹，两枚锁簧各长二腕尺。门槛长一百腕尺，宽十腕尺。门楣浇铸着一行铁字："我主应许降临之日，屏障将夷为平地。"大门两旁，各置要塞一座，存放着工程机械、铁锅、铁勺，以及剩余的铜坯等物料。护门者每五十天换一班，他们每天三次用铁棒敲打钩锁，好让鬼族得知，青铜长城仍有兵弁驻防。若将耳朵贴到铁门上，能听见蜂房般喧杂的怪响。旅行家在铁门上发现一道裂缝，宛如细线，担心双角王的造物没法儿拦阻雅朱者、马朱者。守卫将军告诉他不必焦忧。青铜长城厚达五腕尺，而且，守卫将军强调，是以亚历山大的肘腕为衡准。经查证，可知一亚历山大腕尺，等于一点五黑腕尺。旅行家问，鬼族人长什么模样。将军回答，有一次，他在山顶见过它们，当时秽风猛怒，把几个鬼族刮到了山这边。雅朱者、马朱者族人约一拃半高。另外，青铜长城两侧的大山，并非大山，实系青铜长城一部分，既无山脊，亦无山脚，更无草木掩覆，光秃秃地峭立左右，不可攀援。伊斯兰历三〇九年，阿拉伯史学家伊本·法兰德参加一支使团，从巴格达出发，前往伏尔加河流域访问。当地萨加利巴部落的首领介绍说，雅朱者、马朱者鬼族偶尔也越过青铜长城，踏足我们居住的世界。曾有一名鬼族巨人误闯萨加利巴部落。其眸光令孩童夭折，令孕妇流产。大伙合力杀死了这个蒙昧得难以置信的鬼族生物。伊本·法兰德获准观睹巨人的遗骸。据阿拉伯史学家描述,那副遗骸,神话怪种们寄留于世间的唯一遗骸,埋埋于莽林深处,其颅骨大如蚁丘,肩胛骨厚比船板,肋骨粗似棕榈树干。古经书称,雅朱者、马朱者是受到诅咒的族类,双角王为抵御他们,才造设了青铜长城。而一部流行于公元七世纪的拜占庭通俗预言集《圣美多迪乌斯启示录》有如下敷陈:"亚历山大用一堵青铜墙,连接两座高山,将不纯洁的族类封印于波罗埃之僻境,并宣告他们无论是凭借火,凭借铁,还是凭借其余手段,都无法破门逃出。但这些不纯洁的族类,遵照先知以西结所揭示的神谕神诫,将在末世,青铜长城垮塌时,入侵巴勒斯坦大地。"据一位生活于十二世纪的编年史学者解释,亚历山大把雅朱者、马朱者,连同二十二个作恶的民族,赶逐到一处北方半岛上,那儿有许多沥青湖,即坚凝的地狱之湖,非常适宜撒旦的盟友居住。可是,随着时光流转,在不同资料里,囚禁雅朱者、马朱者的地点不乏歧异,他们忽而东,忽而西,忽而靠近中华帝国,忽而远迁至斯堪的纳维亚。研究人员确信,鉴于鬼族踪迹难定,青铜长城必然能够如陆行堡垒般巡驶,不仅极为灵活,善于跋山涉水,且移动速率也不低。

位居次席的机械秘宝,阿弗拉西亚布大王的玄铁地宫,或称作撒马尔罕的机械地宫,与双角王的青铜长城同属垣宇系机械秘宝。它是另一个话题,无穷无已,容笔者先在此简述几句。阿弗拉西亚布大王厌倦了人头滚滚掉落的征伐,厌倦了丢脸的临阵脱逃,厌倦了正义之士的追杀,遂于阿弗拉西亚布城下方,营建一座玄铁地宫。波斯古经《阿维斯塔》以"汉格·阿弗拉西亚布"为之命名,备言其固若金汤,明殿华堂,且有千人之高,百根立柱,而突朗暴君在地宫中以马、牛、羊祭祀女神阿纳希塔。据说,阿弗拉西亚布大王是机械神教派的上古圣贤，他躲入自己打制的机械秘宝内部，以永隔世尘。这座玄铁地宫，包括它那片人造天穹的太阳和星辰，至今仍不停运转。阿弗拉西亚布，意为"宝驹所有者"，他与好战昏妄的伊朗之主凯·卡乌斯争衡百年，他想生擒鲁斯塔姆，想把仇人驱向绝途，却不得不一次次逃遁。他在自己的外孙凯·霍斯鲁手上殒毙，又在死魔阿斯托维扎图手上再度殒毙。善忘的庶众已不知有阿弗拉西亚布城，只知有撒马尔罕城。连传承弥久的波斯人也写诗发问："装饰富丽的撒马尔罕是何时塌毁的？"然而，阿弗拉西亚布城啊，自始至终，你一直在我们粟特人的思忆之中，梦寐之中，苦旅之中，在我们的生和死之中。

其余机械秘宝，较知名者尚有巴比伦尼亚的银制千星图、古城咀叉始罗上空的锡制窣堵波及黑曜石舍利室、埃塞俄比亚的火成岩日月双殿及圣龛、亚历山大港的炼金深水远航船、扬州西郊的乌铜扉迷楼等，兹不赘述。

007　㊀

阵雨，植物园，夜间的跑步

　　大树的洪流下我在呼吸
　　关于明天的絮谈和抱怨在低翔
　　尘嚣悬停。星宇的暗紫轻轻颤动
　　世界波光粼粼

猩犸农贸市场

很少有人察觉,我们的日常生活笼罩着神话的层层阴影。

比如,乾坤入暮之际,金轮下坠,高高的云头状若崩岩,那些一脸迷狂、匆匆向西趑行的赶路者,可能普普通通,与你我并无不同,也可能体内至今残留着夸父族的血脉,极为稀薄的、逐日一族的血脉,因此他们在傍晚会瞬间失神,会遏制不住心底的志欲,无端端兴奋,无端端仿效其伟大先祖,冲着那轮该死的夕阳无端端狂奔一番。追光者,这等怪人猛士腿一抬,遽然提速,动静吹呴之间,空寂、虚竭的大火飞快蔓延,变本加厉,燎遍幽野。事实上,在他们眼里,所谓后工业时代,不过是一个新式农耕时代,推算经济景气的涨跌则相类于估测物候天象的迁易,无非难度稍大些罢了。

再比如,瀛波庄园的诗人简直多似牛虻。他们开餐馆,开茶馆,开图书馆,开这开那,只可惜统统是瞎胡闹。当初,受到堪称异象的一轮巨月影响,他们抛家舍业,入了魔,发了癫,再也没有痊复常态。瀛波庄园的诗人目无王法,得过且过,不攒钱,不付账,不干活,不缴税。从白天到黑夜,从年头到岁尾,他们吹拉弹唱,他们随地大小便,他们一顿饥一顿饱,他们想蓄奴而无权势,想暴富而无胆识,想当皇帝而无领土。为了达成夙愿,他们乱敲铙钹,不拘一格,以各色各样的精神姿相祷祝,向缪斯邀宠,煞费周章地划分活动范围,用分行句子,用拳脚,用牙齿,用尿,犹如鬣狗……有一回,我误入这帮大笨蛋张罗的无聊节日趴体,陌路之人的气味让趴体主办者极警觉,极抵触,于是眨眼间,热闹结束了:

帏幔升起,背景撤除,彩灯闭熄,我脚下的硬木板抽去,湿黑的土地上印满了驳乱轮辙,众宾客假面裂开,似提线人偶般茫然无措。唉,不愧是一群宇宙奇观级别的窝囊废!懒得再搭理他们。自娱自乐吧,自产自销吧,自生自灭吧!……这些疯子,活像蒙田笔下的巴西食人族,不讲礼义廉耻,不耐烦循规蹈矩,也不擅长坑蒙拐骗。他们整日厮混,跟附近暗黑宠物街内外栖留的万千可怖生灵、猩狨农贸市场里盘踞的菜贩果贩一道,并列为京畿南境三大牛皮癣。

不过,巨月症诗人也好,狡狯禽兽也罢,两者不约而同敬畏一位年逾古稀的庄园居民,因为他几乎是猩狨农贸市场那伙刁男恶女的天敌,又是终日占据着各类开放空间的众多大龄舞蹈家心目中无可取代的雄性之神。上述评语,在某些知情者听来,未免浮夸,近似马屁,不仅回避了老头儿下三滥的人际关系史,还刻意掩盖了他屡遭物议的种种丑恶行径。无论如何,此公声量甚大,威望甚高,远近谁能否认?老头儿与总设计师邓小平同姓,双名勇锤,又名锤子,又名铁肺子,或曰邓铁肺,不少邻居背地里还管他叫雾霾老汉。这个诨号,瀛波庄园一带无人不知,甚至遐播于整个南部郊野:传闻老头儿喜欢在雾霾天四处蹓跶,空气清新的日子反倒足不出户,瘫在床上,穷于应付他毕生难愈的过敏性咽炎。

十年前,雾霾老汉进入瀛波庄园,跟女儿女婿同住,开启了绝非泛常的退休生涯。他仿佛来自天外浑沌界,趿着笨重的拖鞋,制造着巨大的响动,似乎刚刚睡醒,似乎数十载星岁无非醉梦一场,额角的瘢痕却犹如一道永久的霹雳。邓勇锤小时候长得很丑,以至于最好的朋友是个瞎子。他眉崤粗硕,双目鼓凸,眼泡下方有两条黑斑,如红隼面部吓人的髭纹,他肥圆的蒜头鼻则像一根病变灰珊瑚直接镶在皮肉耷拉的老脸上。邓勇锤经常觉得,自己是一匹骡子,力气挺大,又不太灵光。他很想用皮鞭抽这匹骡子,但从未遂愿,不是因为他无法抽自己,而是因为他无法像抽骡子一样抽自己。爆炸性的力量在他体内旬积月聚,漫无期止。老骥伏枥!只要一听到这个成语,邓铁肺便全身抖擞。他,前辈们啧啧称奇的大锤子,鼎鼎有名的雾霾界姜太公,当年在兰新线驾驶过内燃机火车,还在西藏阿里地区驾驶过拉货的重型卡车,如今驾驶一辆自己改装的电动三轮车。这傻老头大半生不停鼓弄各类交通机械,甚至还指导晚辈开车,为学员们讲析什么是人车合一的境界,他诫新手司机,必须扩展自己的知觉,将车壳、车灯、车辖辘同化为驾驶员的神经末梢,将车闸、车轴、车引擎转变成你我身骨的一部分。然而,机械神教派的坚定信仰者,家住九十九号楼九〇九室的闫燿祖先生曾在一份评议报告中写道:"邓大叔生有一副铁肺。他一直按机械精密度递减的排列方式,亦即从复杂到简单的增熵顺序,逐台拆卸、毁损、消灭落到他手中的运输工具或代步装置,所以,从本质上说,他是一个反文明分子,是一个藏得极深的、下意识的反文明分子,是机械神教派天然的死敌……"闫先生这番见解,并非空穴来风。雾霾老汉的女婿也发现,老丈人那间无证经营的钣金铺子没发挥过任何正面作用,什么器物一沾他手,就烂了,不明不白残坏了,埋下可惊可怖的安全隐患。怎奈邻居们一贯不吸取教训,还是三头两日地登门求助,请他修理这个,修理那个,有时候大早上来请,有时候大半夜来请。总之,雾霾老汉很忙,无暇生病,更无暇生病倒下而撒手人寰。昼晴无风的时候,他抡起锻工锤,伴着瀛波庄园上空隐约飘漾的《国际歌》旋律,咣喳咣喳,咣喳咣喳,铁星的创痛不断瓦解他心目中看似无序而实则有序的物质结构……不过,凡事总有例外:瞧,老汉造了一台水陆两栖人力行进器,俗称水上单车！假设你在河边骑车，骑着骑着，突然想过河，渡桥又不见踪影，咋办？无因白故，我凭啥想过河。万一你想呢，咋办？机灵鬼，没错，立即扫码这台水陆两栖人力行进器，俗称水上单车！它吸收了仿生学工程技术，充分利用液体的表面张力，化张力为浮力，为升力，为推进力……机灵鬼，听说过水黾吗？就是水蜘蛛！这下懂了吧？轻巧、伶俐、稳扎稳打的水面酷跑专家，响亮，我孙子捣鼓的名字……来，试一试，水黾一号首度出动……好用得很，安全，刺激！我再给上点儿机油。试一试。你不算重，水黾一号最大负载五百公斤，装得下六七个你。没问题，八九不离十，哈哈哈哈……

结果，第一次过河，那辆水陆两栖自行车便在众目睽睽之下沉没了。

铁的事实常常这样一砖头拍在铁肺老人的面门上，使之脸孔铁青，使之难堪，恼丧，羞愤。他默默垂首，犹如月宫外伐桂不止的吴刚丢掉了斧子，捡起了橡皮攮子。

†

七八月间，邓勇锤在社区围墙边栽植的香椿开始受到一拨又一拨小孩的袭掠、摧折、侮辱。他懊恨交并，攥紧手中镢头，破口大骂，声称要去找某甲某乙的晦气。照理讲，这下子瀛波庄园的男男女女该捏一把汗了，该像《小城畸人》的温斯堡居民一样，紧张等待着祸事临头了。可是，不！他们毫不在意，照旧扯闲打屁！倘若你留心观察社区里瞎遛的形形色色家养宠物，便不难见到，其中好几只猎猎低吠的畜生正冲着陌生人展露轻蔑神情。那犬科动物眸子的反光膜，加剧了它们冷漠、愚戆、有眼如盲的气质。瞧啊，来了只大松狮，多么，多么倨傲！又来了只牛头㹴，多么霸道，多么狠恶，多么不可一世！再瞧瞧这边，来了只皎白胜雪的纯血雌性萨摩耶，以社区周近流浪狗的无耻反应来看，它确乎魅力无边，何啻娇妇艳娘，堪与人类世界的性感女神玛丽莲·梦露相媲，甚至犹有过之！不消说，连那些伸长了舌头、镇日东颠西跑的下贱野种，连那些虚怯、畏惕、凄惶的丧家犬，也已清晰地嗅出铁肺子先生那高涨的愠怒。

卸下工作重担这十年间，邓勇锤每天醒来，不洗脸，不刷牙，先打开电视机，光着膀子在客厅里、楼道内疯狂扒拉。他是个意志强韧的老家伙。他是个言出必行的老家伙。他不怕见阎王，也不惮下油锅。死，撒手，闭眼，吹灯拔蜡。死，无非一抔土！此种老家伙必定长命百岁……然而，昝琦琦的祖父，从秦皇岛某监狱离职的饭堂师傅，赌牌圣手，满面痘疤的昝援晁说过，阎王无愧乎冥狱主厨之名，煎炝烹炒，蒸焗煨焖，煮烩熬炖，他样样精通，更何况，按照闫先生的阐释剖析，阎王，这位暗黑系机械神灵，这位高居狱厨金字塔顶端的天选王者，其灶房，即古人记述的背阴山下九幽十八狱，特别是火坑狱、寒冰狱、油锅狱、秤杆狱、椎捣狱和磨捱狱，兴许还包含吊筋狱、剥皮狱、抽肠狱、拔舌狱、脱壳狱、血池狱和车崩狱，无不运用了四级文明才掌握的时空折叠技术，故一人亦满，多人亦满，是称无间，等同维摩诘以斗室容纳九百万菩萨及其狮子座……关于黄泉路，关于柱死城，关于阴曹地府，昝援晁懂得很多，他祖父当过陈毅元帅的马夫。我们知道，陈毅元帅曾赋诗铭志，誓要在归天后召集旧部，彻根彻底灭了那班拘人魂魄的牛头马面，冲垮他们千百万年的反动统治，把红旗插遍冥土。昝援晁的爷爷生前向不少高手请教过阴间的风物概况、地形地貌，打算入了鬼门关还给陈毅元帅当马夫，紧随身经百劫的革命家继续征战。昝援晁打小耳濡目染，亡灵世界的学问是童子功。闲来无事时，他跑去找雾霾老汉聊聊三途川、转轮殿或十座沃石大山，可惜无神论者邓勇锤对昝援晁的话题没兴趣，往往不留情面地轰走邻居，让他颜面扫地。清晨六点钟，某新闻频道那含混、嚣乱的响声一波接一波穿过雾霾老汉开敞的房门，扩散于外廊，回荡于住宅楼各层各区域的空洞处凹陷处。信息泥石流在我们身旁卷涌：庆典的盛况、道貌岸然的异国领导人轮番登场、综艺节目女嘉宾笑得弯腰岔气、枪击现场的警笛和叫喊、杜撰星际旅行的电影、传统美食的特写镜头、无辜老百姓惨遭轰炸……

邓勇锤自吹年轻时风流俊逸，诸位已晓得，真相远非如此。他和女儿女婿习好以大吵一架的方式度过农历除夕。老头子是个不张扬的气象学家，是巴勃罗·聂鲁达专诚寻访的云彩收藏者，持久勘探着秋旻的矿脉。他宁肯死在自己的狗窝里，下雨天也绝不出门。"中量雨啊，中量雨！"他莫名奋激，颤声说。雾霾老汉喜欢举着个丁字形的诡谲设备，沿着虚构的大地磁力线疾走，测量风速和风向。他假装迷信，假装勤苦，假装想活到高寿，假装热心公益，却又假装自己的格调跟老娘们儿不一样。他爱过一个女人，一个刁蛮的女人，颠三倒四的女人，白痴一样的女人，于是寒来暑往，赤忱空耗。他认为昔日的感情一钱不值，今天的感情也一钱不值。我们糟蹋了生活，或者反过来，生活糟蹋了我们，完全是一码事。命该如此！他超期服役的岁月风华，何异于一沓沓焦黄、松脆的废报纸。只不过，这柄老锤子一旦来到猩猩农贸市场，他本已郁勃的气势将再度陡增，横戈跃马变身为邓菜头，让蔬果摊贩们冷汗直淌的邓菜头。

咎援晃说，雾霾老汉邓铁肺凭着他对徨犽农贸市场的满腔热情，扛住了越来越深重的年齿负担。

夏季，大清早，火神祝融刚鬼鬼祟祟举起晨曦之盾，五炁真君才晕晕沉沉抽走登霄软梯，邓勇锤已骑上他心爱的电动小三轮，前往逶迤琉璃河下游的徨犽农贸市场，去采购当日最新鲜、最便宜的蔬菜水果。他孤行于瞳昽曙色里，身上残烂的米色短褂松松垮垮，腰下印花的亮蓝色大短裤尤其令你生厌。天边，焦灰的分水岭如在梦中显现，无论寒暑阴晴，终年遥乎可望，如一绺凝固的浊溪。某处堤垸上，瀛波庄园著名的癫婆子正仰头吼啸，竭力嗥呼，仿似一台人形防空警报，用声波把黎明郊衢和远近树林的澄穆压实，使之更为密致、凝稠、沉暗，并因此诡妙异常。这样的时空里，这样的情境下，雾霾老汉勃起了。他浑浊的眼珠子珍藏着意志的火花、思想的陨铁，以及情欲升腾的洪水猛兽。他视于无形，听于无声。他一心一意负阴而抱阳。邓勇锤大半辈子尝过许多滋味，其中虽没有幸福的滋味，也没有荣耀的滋味，但毋庸置疑，他一生肝胆向人尽。偶尔，我看到雾霾老汉从楼下走过，戴着一圈怪异的草质编织物，如同顶着一轮固态的光环，毅然奔赴徨犽农贸市场，投身于艰辛、烦难、费力不讨好的义务劳作。为了积攒力气跟蔬果贩子们战斗，他跨进熟稔的小餐馆，先来一碗饸饹面，或者一碗虾皮馄饨，再来一碗牛肉糁汤，继而来几根肥美多汁的大甜葱收尾。吃罢早饭，他骑着电动三轮车，迎着温热、疲缓、污臭的东南风，开始了明目张胆、百无禁忌的勃起，这是纯真的时刻。瀛波庄园的小乾坤内，只有两个人时时在大庭广众之下公然阳举。其中一人便是雾霾老汉，另一人则是打遍京郊无敌手的语言天才屈金北。不管怎样吧，以七十稀龄而雄悍如斯，邓勇锤已不仅仅是铁肺子那么简单，他还是铁腰铁蛋铁马鞭，让同辈人极度钦羡。毕竟，老邓的丑模样学不来呀，你们就算想干也没本事干成。

"八年抗日战争，三年解放战争……"癫婆子向虚空中挤挤挨挨的观众发表演讲，"毛主席，万寿无疆！……率领我们，推翻了三座大山……"

此刻，社区仍在沉眠。各家各户的浓睡者，他们横躺竖卧，形躯隐隐泛亮，与细弱的天光同频共振。千百扇窗子渐渐透明，像是有谁在急切地吸食它们蕴含的黑暗。某些窗子悄没声儿洞敞着，徒劳地要将酣寝之人吐出来，交由大自然发落，裁处。这片无意识的男女犹如一个个潟湖，神魂的潮汐起起伏伏，身体时则充盈，时则放空。他们轻轻晃动着脑袋，晃动着本我深处的黑甜乡。明荡荡的街道上，来自两旁空气、窗板、梦境的闪光，使得邓勇锤一阵阵眼花。然而，间不容瞬的视野模糊，恰好令老人稍微减缓了行驶速度，堪堪躲过一劫：依照生死簿上白纸黑字的判词，他本该在下一个十字路口丧命于车祸。

晨晖奔逃，疏淡的烟霾似浅金色浮沫，似穹状昏眩，覆裹着我们瀛波庄园的无双铁肺子。万物湛然不动，若无若有，强大的潮汐力将白月亮锁定，据称那里居住着玲珑剔透的生灵，他们的默读声静电般喊嚓作响。时值六月上旬。天地交泰，称为盛世，足够让许多可怜虫悔愧，惊悢，惧怯，不得不四散潜遁。高空传来一道道缘由未明的巨响。雾霾老汉驾乘三轮车进入猩狷农贸市场，恍如航海者操纵机帆船进入赤铜洲太阳城的肃穆港湾。

这座京师南缘举足轻重的农贸市场原名"皇马农贸市场"。近年之所以将"皇马"改为"猩狷"，固然是因为无人不晓的商标权争议，但更是因为"狌犴"尤显生猛，合内外之道，大大彰示了该市场本就妇孺皆知的畜牧业、野兽养殖业和肉业意涵。

高约五米的拱形钢架门外，洒水车奉命压制浮尘，循环播放着《兰花草》的单音旋律慢腾腾驶近，尽可能往荒旷里涂抹些文明的斑彩。智人桌球馆紧邻市场入口处，有个久已离岗荣休的小学校长，正站在它前面坑坑洼洼的沙地上大放厥词。该老者身材矮胖，脸色乍阴乍晴，罄力向每一位少见多怪而片刻驻停的过客讲解其著作《股票操盘宝典》之要义精粹。邓勇锤认识他这根倔强、大胆却又缜密的证券交易三节棍。诲人不倦的教育家！勤奋的无冕之王！他将祖业发扬光大，他舅姥爷是民国时期深研《牙牌神数》的谶纬学宗师！他那本厚实的巨著上，遍布"财克印""杀攻身""枭劫俱全"等诸多诡奥字眼。

"卢校长……"邓铁肺冲着忘情开导小镇青年的老知识分子略略颔首。

"勇锤兄……"对方还礼。

络绎走进市场的民众，共睹这一饱含了互敬互谅精神的传奇式景观，诧异于身边的气流非比往常，个个内心震悚。卸货完毕的运输车一辆接一辆驶离。旋涡迭连生成，瞬即在市场里迷失方向，在敞亮的铁骨塑料拱顶下彼此寻逐，借助于不同产地、不同类别商品的温差，持续积聚能量。当天第一批顾客无不发觉，他们仿佛蹚入了一条阻力极大的气旋之河，肢躯不由自主做涡激振动。邓勇锤将电动三轮车停放好，举目云际，只见一具不明飞行物从远空横过，肖似荒古的巨脉蜻蜓。接着，他又转头瞧了瞧卢校长。后者正在给几个农民讲授日均线、月均线等基础知识。为了把这类蠢陋的同胞推上股票操盘技术的半山腰，老人使出十八般武艺，恨不得自己变作一条活生生的区间震荡线。可是,很不幸,他们近似于一堆滚石,偏爱智力的卑洼,注定了只能丢一两泡臭粪,闹一两个低级笑话。卢校长恨铁不成钢!由于盲目的恼懆,他的眼珠子消失了,他说不出话来,因为嘴唇也消失了。恼懆的病毒已渗进老人的脊髓,扰乱了他发达的神经中枢。

"买股票?啊哈,以肉投馁虎!……"

抛出刺耳评论的家伙,是住在邻近小区瀔波庄园的狂作家陆瘐鹤。他竟然那么早起床?邓勇锤并不知道,这枯瘦的汉子一夜没合眼。其实,狂作家绝不简单,可以从清醒模式直接切换至深度睡眠模式,全程不超过两秒钟。称之为狂作家,并非意指他狂恣无行。陆瘐鹤先生时常莫名高兴,莫名感到新奇。他一贯不动声色、目光深邃地观觑周遭的红男绿女,把自己设想是京畿南境的文场怪才梦野久作,甚而是以梦野久作大师为原型创造的漫画人物,谎话连篇的小说家梦野幻太郎。昨天,接近堵车高峰期的傍晚时分,经济史博士范湖湖一惊一乍地告诉陆瘐鹤,前几日他遇到一位特殊访客,此人以"光阴漫游者"自称,神神秘秘,言无伦次,不停絮叨什么"空间是一种根本的实在,是量子纠缠形成的稳定相位",还有什么"你们的位面过于薄弱,经不起大融聚考验",诸如此类狗屁,晦涩难懂。范湖湖及其现任女友翟小妲的故事,属于瀛波庄园内真真假假的日常怪谈,众邻居只当作笑料来听,偏偏瀔波庄园的陆瘐鹤深信不疑:他放肆、迟缓、浓浊的想象力围绕他环转不休,而他本人更是终夕彻曙在大街上乱走,迹近痴癫,自己却浑然无觉。

"这老兄把我们看成了什么,"狂作家笑道,"独角兽拉出的彩虹屎?"

"丝绸之路……历史车轮的主轴,世界文化的大运河,"范湖湖博士答非所问，思绪已荡向远方，"哦，洛阳……"

农贸市场北门的开阔地段，好似三千大世界之一的婆娑世界所含十亿小世界之一的阎浮提。不少瀛波庄园的画家和诗人来此晨练，运功，凑热闹。他们将邓勇锤视为同党，相信老头子勃起一事，与性欲无关：它不会导致你失去理智扑向谁，也不会由于你扑了谁便得以释放，更不会襄助你取悦任何走运或不走运的被扑者。邓大叔之勃起，源于愤怒，崇高的愤怒，世道不古所激发的无上愤怒。某诗人告诉众乡邻，几天前，三十九位国籍不明的偷渡客命丧英伦，他们躲藏在冷冻集装箱里，凄凉地处于尸僵形态，雾霾老汉正为此忿焰高腾，怒不可遏。然而，实际上，这种说法是自作多情。我们勇锤大大才没有工夫关注那邈远异邦的人间惨案。眼下，老硬货离市场入口越来越近，越来越从邓铁肺转变为邓菜头。他每迈出一步，总能吸引到一两名追随者，这些个笨伯自觉自愿地跟在老爷子身后，逐渐汇成一支松散而不乏忠诚的队伍。大门内侧，商贩们满脸谄谀之色，期待勇锤先生说几句俏皮话，开一开玩笑。怎料他抿紧双唇，始终一语不发，径直向货摊走去。

徨犽农贸市场的男男女女，大约是一群古埃及遗族，崇拜鳄鱼、鹤、鹰、猫、豺、海马、山羊、公水牛、母黄牛、洋葱、胡蒜诸物。雾霾老汉来了，邓菜头来了，与六丁六甲众仙官并肩而趋。人人屏息敛神。他断非蔬果自治领的公民，却类同于一位外邦元首，前来访问，正儿八经的国事访问，因此享有最高级别的外交豁免权。这等大人物，绞尽脑汁也得伺候好。瞧，老头子擤出了一泡又浓又滑又晃眼的鼻涕！他罕见的公正平允，连同他狭隘的视野，连同他一根筋的思维方式，令商贩们又敬又怕。今天，邓勇锤将标定尘世乐园接下来长达一个星期的物价，今天，他离龙坎虎的猛悍法术,要把狗眼不识真英雄的新手轰成齑粉。整座农贸市场形如一张五颜六色的寰瀛图。众摊主拼命往蔬菜瓜果上浇水,铺板间流光炳烁,缤纷多彩。老头子仔仔细细抚过那些亮闪闪、湿津津、仍沾满冰凉夜暗的种植业菁华,深情嗅过它们,以格物致知的精志、不偏不倚的长卵形味蕾认真舔尝过它们,他全神贯注感受着圆融的形体,探求着丰沛的汁液和韧度各不相同的肉质,并且无意识地抠挖着肚脐眼的积垢。这是当天第一份战利品。蔬果装进布袋,用小三轮运回瀛波庄园,再原价出售。邓勇锤认为挑挑拣拣的活动事关重大。他十年如一日乐此不疲,以卓著的信誉担保自己从未赚一分钱,令闻令望,旁人岂敢逼视,于是不言而喻,老汉也从未赔一分钱。在收到邓菜头出清全部圆茄子的消息之前,众商贩既不敢降价,更不敢提价。他们承继了一部分负鼠的血脉。他们脸上堆着笑,将一枚枚丑陋、皮质粗厚的椪柑递给顾客。他们谈论邓勇锤,好像一帮考古学家谈论某汉墓出土的大块头僵尸:"那老爷子,哎呀,鬼上身了……"

等一等,主角还没有离开市场。通常,这么富于仪式感的一天,深刻影响南郊一星期消费者价格指数的一天,他会在瀛波庄园与猩猸农贸市场之间累次往返,犹如居鲁士大帝在巴比伦和帕萨尔加德之间累次往返。老菜头撇下自己的队伍,又冲进了敞阔棚房:贩售水仙花的商户渴望分一杯羹,邀邓勇锤前去评鉴。他们甩动一条条三寸不烂之舌,奋力甩动!可是,那批石蒜科植物命蹇运舛啊,其球茎正遭受着某种奇诡衰竭症的侵袭,故此萎萎蔫蔫,难入邓老汉法眼。"立正!……敬礼!……鼓掌!……"诸贩子严阵以待。"向右看齐!……向前看!……稍息!……"诸婆娘鸦雀无声。棚房内大白天也亮着日光灯,成行成列的日光灯,工工整整,仿佛外头的大白天不过是冒牌的大白天,而在这里,在这真正的大白天里,邓勇锤近乎一位入犯灵山宝境的荒地鬼王,擎着一面看不见的幽魂白骨幡。他轻易破掉了火龙果成堆的烈焰阵,破掉了蘑菇和茶树菇杂布的风吼阵,破掉了摆满冻瑶柱和冻鲑鱼的玄冰阵。他扯拽着摊主们紧绷的神经。他搜选物件的动作看似粗放,实则大巧若拙,冥合天理,好比密宗禅师结手印,隐秘的力量不断扬播,混合了荒茎的香气,凭空做茧,变改模态。邓勇锤,来自瀛波庄园的老菜头,这位半人半仙驾临市场,使许多菜商菜贩感到,他们全体移入了一座崇严殿堂,自动成为它优劣不等的台阶、廊楹、窗拱、檩条和横梁。而邓菜头本尊,看到千百样农副产品构筑的圣域,也不知不觉陷入了魂醉状态,好像一只孤迥的草原犬鼠,率意游走,无思无虑,无喜无悲。但老人转瞬猛醒。他不允许自己沉溺于安适的妄诞之中,他必须时刻清醒,确保内心的怒火不熄。

蔬果贩子,手背间遍布冻疮印痕,手指上存留着寒季的恒久肿胀,他们面容苦愁,从农贸市场的旮旮旯旯拥到邓勇锤周围,组成气概宏壮的脉轮阵,亦即《摩诃婆罗多》里夺命的螺旋形迷宫。那是天竺大禅师密授他们大首领的非凡阵法。大禅师阇摩陀耆耶亲自解惑,大首领用心研揣。来呀,够胆你就来闯啊!捋袖,长啸,走!邓菜头,邓老爷子一步踏出,俨如破阵的君王,苍颜白发的君王,因为终生作战而佝偻了体躯的蛮力君王,顶住了世间太多不公不义的佯狂君王。他脸上弥满枝状纹。他绝不是棺材瓢子,而是乘坐曙光之船的金枪神祇,是插上黎明之翼的银须半人马……

事实上,在蔬果商贩眼中,猩犸农贸市场不啻一座蓬莱仙岛,活灵活现地分布着卖石榴、荔枝的云光殿,卖西瓜、桃子的紫霄宫,以及那摆放一台台标准秤的聚珍亭。质监局的稽查员跨上避水金睛兽，手持荡魔杵、降魔杖，在摊位间巡行，专司擒妖缚怪，维持那三昧真火般纯洁、威明、不可侵犯的交易秩序。他们的坐骑，如《想象的动物》那古老传奇的阴森梦呓般令人慑惧……

又一次，邓勇锤在某个铺子外停下来，仪态比循例视察的党政高层更从容自若。这儿售卖鲜红透亮的权杷果，它们拥有爱情的形状、富含矿物质的色泽，刺激着老老少少的购买欲。邓菜头弯下腰，撅起屁股，活像个超大号的赛马师。半个小时以前还颇为应景的恭维话，此刻已经让老家伙感到味同嚼蜡。他身边这些蔬果王朝的邦民，奋死卖瓜卖菜，幻想着辉彩耀灿的生活，憧憬着圣园的光华晞晖。然而，邓勇锤深知，那些植物的可食用部分还没有做好准备，还没有适应自己是一件商品的命运。欲抵抗如此无情、狂烈的命运，须当集结一支不畏伤亡的大军。看看它们，菜叶尖上悬垂着一个个水滴状的清晰世界，众多佳果妙实散逸着深醇气息，却因害羞而低首，又因紧张而皱缩，嗦喇嗦喇响个不停。至于农贸市场的一众商贩，嚯，这伙人把闷沉沉、烂糟糟的小布尔乔亚价值观奉为至宝，把禽畜、蔬菜、水果、鱼、蛋、米、油、盐、酱、醋等国度的律法编织成笸箩，浇铸成秤砣，演化成五花八门的促销技巧。邓勇锤反剪双手，接受他们瀑布似的注目礼，大多数男女脸上泛漾着阿谀的、疑虑重重的僵笑。老头子此时戴上了墨镜，以免商贩与他视线接触而发抖。有些人戴墨镜是自知神貌猥鄙，有些人戴墨镜是为了方便四处乱瞟，邓菜头戴墨镜是由于目光太锋利。另外，雾霾老汉的眼角全无蒙古褶，我们猜测他祖上应该可以跟鲜卑贵族扯上关系。

"反正我不过是一块肉……"日本女歌手户川纯惨悴的唱腔从远处飘至。当然，我们听不懂东洋话，又似乎能听懂。莫非脉轮阵的功效如此神奇？咄咄怪事啊……

说实话，来自瀛波庄园的主顾们自私自利到了不可救药的程度，结阵的商贩深谙此状况。所以，生活所迫，情势所逼，切须奸猾。得像甲壳类动物一样保护自己柔软的权益，学不了寄居蟹，学学巨手虾也行嘛：来者无拒，从不挑食。在这片市侩精神的殷积之地，大首领谆谆教导他们，谨记一忍可以当百勇！韩信受了胯下之辱。范睢在茅坑里装死。孙膑，膝头盖都没了，照样威风八面，弄死庞涓。再想一想司马迁吧，成大事者不修小节！勾践何止尝胆，还尝粪。晋文公流亡列国十九年。姜子牙卖过面粉。宋武帝刘裕卖过草鞋。凭什么说市井间不出英才？楚庄王长期装疯卖傻。明太祖朱元璋当过乞丐。上将军卫青放过羊，赶过马……

他勇锤老先生在诛仙阵中闲庭信步，视整个声势惊人的商贩团体如无物。风从八方四面刮入棚房，盘踞在此，将偌大的空间当作巢穴，磅磅礴礴地繁衍子嗣。邓菜头伛身谛视一盒又一盒鸡蛋，即使不伸手摸捏，也照样能洞识它们的弊病。

"笼养蛋鸡疲劳症，"老头子默默评分，"蛋壳薄、粗糙、强度差……"

这时候，佩红袖章的市场管理员来了。他体形胖大，印堂穴上方长了一颗不小的烂疮，纵向开裂，挥散着淡淡的臭味，似乎脓血中孕化着一枚魔瞳，似乎他秉有杨戬的遗传基因，将在某天夜里，在万星沉坠之际，升华成无比高贵的三眼神族。市场管理员对结成大阵的商贩们很不满意。男人毫无保留的鄙视令那些在他手底下讨生活的家伙深感惊惧。好一个黑睛黄肤、秃顶油亮、脸上麻斑点点的马克西米利安·罗伯斯庇尔！好一个饱受争议的低配版领袖！创伤性关节炎的隐痛，使之走路一摇一晃，形如不倒翁。但实际上，他是一台连接了永恒能源、超过使用寿命的榨汁机，贩子们则是有待压榨的水果。要布满红晕的库尔勒香梨，不要黄灿灿的大雪梨！市场管理员可以嗅出烟碱类农药的气味。他与老菜头对峙的片晌间，通道上疏疏落落点缀着麦秸，幻丽天宇的渐层色无所滞碍、无动于衷地泼洒下来。思想者说人类是云，而梦是它的风。此时此刻，农贸市场内云涌风飞，云卷风驰！管理员和邓勇锤四周奔荡着云车风马！在胖男人的授意下，各街道各乡镇的大妈大婶呼啦啦站了出来，好像母鸡簇拥公鸡那样挤到老头子近旁。这群母鸡，吃不惯饲料、又吃下太多饲料、没孵过几个蛋的母鸡，不抢完他看中的每一根萝卜、每一颗椰菜花，她们绝不放任自己戴上白手套，去跳舞，去胡扯，去厮闹，去满地乱滚。哼，这帮婆娘，摆开一副天不怕地不怕的架势，本质上却非常狡黠，那是一种视力短浅、不甚讲究的狡黠，有时捞到些蝇头小利，有时反受其害。她们的首领，来自东南片区的一个唐山老太太，江湖人称穿裙子的李元霸，面如病鬼，目光狠辣，榛子色头发硬似一根根细铁丝。瞅瞅她腿脚上遒劲的腱子肉！喏，她要请你吃一顿炒饹馇！十九世纪八十年代，法国公开发行过一份《杀人犯月报》，注册机构为杀人者联盟，创刊号介绍了一名手上命案累累的奇女子，其风仪神韵，与这位唐山老太太差堪比拟。哦，好一伙不拘形迹的大妈大婶，善良的劳动能手，敢爱敢恨的泼妇，自由的族类！她们认为，瀛波庄园的邓菜头狂放得令人窒息，脸相狞厉得令人颤悸。他正午的瞠视，他晚夕的回眸，他过气的奇闻异事，使她们情不自禁地蜷握四根手指，独独伸出点赞的大拇哥。劳驾，让一让！老锤子说。拜托，别乱掐乱戳！老锤子说。外孙刚满月对吗？去掐小娃娃粉嫩的屁股吧。去戳他胖乎乎的脸蛋吧。去吧，使劲掐，使劲戳。局面讧乱。他哈哈大笑，掰断一截粗肥的水芹菜,将上半截擩进一个骚老太婆瘪塌塌的小嘴巴里……

胖管理员全然看呆了。他两只手闲不住,时时伸进裤裆,去搔挠阴部,纾解那不舍昼夜的瘙痒。冲着驰走的红日,他扬起脑袋,下巴呈现为一道饱满的圆弧,而腰腹上脂肪富积的游泳圈不停晃颤。管理员的眼神,僵枯浊暗,怪似一条病死的黄唇鱼。他身后站着个活鸭贩子,手执两杆铁秤,仿如古董级电子游戏《四大名将》中身高两米一十的木乃伊刀客,其兵刃之坚利、诡邪、阴毒,足以让敌人的皮肉消融。活鸭贩子背后站着个瘦黑汉,此君技艺超群,仅凭一根芦苇秆,便可制作情态迥殊的糖动物。说不定是一名使用吹矢枪的杀手。但他要杀谁?瘦黑汉身旁立着个麻坑脸男子,近来忙于推销一部《韭菜成功学》,据说作者很大牌,他不得不花费血本,才买下了该书版权。雾霾老汉瞧见这几个蠢蛋怯缩在公家人宽大、斜歪的影子里,神色半尴半尬,若有隐衷,不禁感到一丝丝悲凉。

"老菜头,你别鬼上身。我教你个偈子,能破鬼上身。"贩活鸭的男人随即叨念:

大千世界,无挂无碍。
自去自来,自由自在。
要生便生,莫找替代。

"不对,"吹糖动物的瘦黑汉反驳,"你这偈子,不破鬼上身,破自杀……"

"自杀是不是杀生?"麻坑脸图书推销员质问,"自杀者不戒杀……"

邓勇锤大手一挥，摆脱了老妪们威势剧减的缠扰。他知道，日头西斜，眼前这几个神人已命如风前灯焰。太阳光的加速消逝将剥去他们单薄的外皮，好比剥去石榴皮，彰露他们卑微、落寞、蹇困的真实处境。傍晚五点钟，东北风劲吹，上接遥穹，乾坤似一卷无垠的沙画不停变幻。某个时刻，灰云堆聚的顶点是一线晴空，仿佛妖眼，仿佛天国边界的埍垣。可以看见一架银亮客机在它底部爬行，承受着无形重压，隐隐传出低弱的异响，其剪影深暗而十分尖利。大街上有位轮廓丰匀的姑娘一抬腕，拍下这陵险即景，数度自夸自叹。客机以坠毁的姿态掠过渊面，危象环生，几乎要像路西法那样，从浩茫烟霄一个倒栽葱摔下来，撞出可惊可骇的巨坑。徨孖农贸市场外面，司掌尘域交通的仙使渐入佳境，发疯弹拨着焯烁暮霞的凤首箜篌。几名参修落日悬鼓观的居士走到广场，右手结拜日印，左手结禅定印，正坐西向，专想不移。大如悬鼓的落日给城区盖上了花押印记。京郊的西王母穿着舞蹈裤，胸前系丝巾，皤然白首，从一座瑜伽馆钻出来招揽生意。光线不断崩解，裂碎，消散，似乎谁又扛了一勺砂糖，倾倒在已近饱和的大气表面。

"果真，淮南子说日中有踆乌，"不知什么时候，狂作家陆瘦鹤再次高高兴兴来到农贸市场北门，喃嗫道，"古人诚不我欺……"他站得笔直，双臂四十五度角上举，似乎在向诸天众神递交请愿书。这些年，陆瘦鹤辞去工作，埋首写作一部长篇演义《无脑之人》，或者《无头之人》，名字待定。他臆症发作的颅腔内部，胀满了陷落的苍玄、噩梦的烽砦，以及暴风雨的残渣沉骸……

夕影间，市镇扩展如年轮。三三五五的闲神野鬼讨论着辟谷之法。怪诞的气象条件催生了大片金黄乳状云，归途仓促的路人无不披上了它明煌煌的反光。此刻，此方，此境况，雾霾老汉身旁的瓜果贩子们面孔纷纷滑脱，沦于坏疽的木僵状态，变成另一个物种。他不能接受这样是胜利。他不需要这种腐烂的胜利。愤怒，昼昏将尽时不可抑止的炽深愤怒！邓勇锤冲向了徐徐下降的红轮，化身为黄昏里挥戈赶跑余晖的鲁阳公。疾风吹过，那是夏天的呼吸，老人一次、两次、三次抽打落日。嗖吼，嗖吼，嗖吼！铁鞭及处，虚空震激。滚，快滚！……他哮吼，满身臭汗，脸膛赤亮。有个二傻子，原先一直在路边指挥交通，这家伙看到邓勇锤抽击残阳，立即跳过来伸手阻挡，掩护天上的大火球撤退。傻子两只细胳膊紫筋暴起，如撼树之蚍蜉，如拒辙之螳螂。倘若掀开他崎岖不平的颅顶骨，让怡畅的晚风吹一吹他稀软的脑子，使它们变稠，变硬，倘若吹个通宵，这痴佬会变成正常人吗？

冥境风物学家昝援晁来接应老邻居了。他昂首呼喊道：

"刮呀，刮呀，东南风！刮呀，刮呀，西北风！东南风，大公无私！西北风，罪不容诛！刮呀，刮呀，东南风！刮呀，刮呀，西北风！啊，留神！啊，九头鸟要招来雹灾！……"

狂作家陆瘐鹤也快疯了，以为自己是今之古人而智勇兼资，以为自己是天纵奇才，却英雄气短。他不胜哀戚，引颈惨号：

"握剞劂而不用兮，操规榘而无所施！骋骐骥于中庭兮，焉能极夫远道？……"

终于，雾霾老汉邓勇锤一声断喝："滚！……"太阳魂飞魄散地急速西坠。二傻子沮丧之至。无论是冷宵独坐街角时，还是逢遭仇家不得不抱着脑袋抵受拳打脚踢时，他都从未如此沮丧。这股侵败精神的悲绪一掼到底，连盘古巨人也撑扛不住，瘫倒变作土石。总之，二傻子好像失宠见黜的皇储，即将出门领死。雾霾老汉一阵狂笑。天边只剩下一抹浅玫红。

†

丹灵已匿，素魄未升，赌牌圣手昝援晁、狂作家陆瘐鹌坐在邓菜头的电动三轮车上，旋返瀛波庄园。那个独异的归处窝藏着众多诗人画家，他们良莠不齐的作品胡乱抛掷，随随便便扔到我们脚边，其中一部分拖住了长昼的尾巴，另一部分与孤子夜行者相伴相携，化为浩渺艺术史的星纬间卑隐、失群、愣愣怔怔的微型天体。邓勇锤等人精神耗竭，寡默少语。电动车路过一家医院，专治功能性子宫出血，不幸的孕妇们，在它深处有气无力地交换着圆如满月的呻吟，肚子里不乏畸形的软骨胎、多肢胎、无脑胎或者无头胎。生儿子？不，这些婆娘真正的愿望是生女儿，她们专属的线粒体基因只能在女儿身上承续。但她们不了解自己真正的愿望，她们被刁猾的男人以及吃独食的父权社会给骗了。她们产下了儿子，母神产下了幼神，感到自豪，感到女人的本事挺大，命格挺硬，简直跟造物主不相伯仲。生了个大胖小子，嘿！奇迹中的奇迹！她们的爱正在鸡窠里孵蛋……崽兽，眼睛还睁不开的崽兽，好好嘚你母亲的奶头吧，啾叽啾叽，哎哟哟，铆足了劲儿嘚吧！对，拿出吃奶的力气吃奶！把奶头嘚爆！做妈妈的满脸笑意，高傲而又坚忍，仿佛在说：想嘚爆老娘的奶头？你还差得远！来嘛，铆足了劲儿嘚嘛，心头肉，我爱不死你！

那些婴儿宝宝，吃饱喝足，如同一个个微观宇宙，在现实的幽荒和神话的以太中漂浮，深眠，发育。

009 风
阒 寂 之 思

睡不安稳的孩童,是一队又一队
趋光小虫子
朝深夜显示器的方形明亮爬来

城市穹顶的魆黑在人们内部生长
仅仅几秒钟以前
体力透支的男女才脱去残霓,如脱去婚衣

圆月发盲的秋芜下
书报检查官
戴着满目疮痍的风暴脸

某座著名垣楼那包浆的紫铜大门前
联合收割机狂潮过处
妇人捡拾着遗穗

似乎已撞入一片晨暾
我们所剩无几的夸父血统仍在期待
正午叵测的火彩虹

黢暗属于无脊椎动物

听到汽车引擎的流星雨

看到斑驳云野上群马的趾踏

汲取万物精华的路线图

应者寥寥

我终将返回自己的渊奥之中

010 （楗）
幻想机械漫谈

亲爱的读者，此刻，我诚邀诸位，迈上幻想的烟径，逐步深入机械的茂密丛林。之所以这条路更容易走，非因幻想轻浅而机械沉厚，非因幻想诱人而机械凡庸，实因幻想一向令我们大脑的机械与观念世界的机械嵌合得更紧凑。我们天生是史诗和神话的听众，幻想历来是思维轴承的首选润滑油。机械神偏爱机械师以幻想为祭献。

如同博尔赫斯《想象的动物》，此乃一部《想象的机械》。差异在于，我们的机械体、机械生命、机械使徒、机械神灵，布散全书各篇章，而制作人并不打算依凭超链接、超文本协议，从形式上组建一个网络，毕竟，从内容上生成一块晶体，效果比前者好得多。所以请严肃对待制作人的提示：你们用光标，用手指，用宠物猫脚掌肉垫施加的任何单击、双击、滑动、按压或拖拽，总之任何试图使页面跳转的操作，本书概不支持，必然一律无效。

回到正题。飞行一直是，且仍将是，最贴近人类幻想的姿势和状态。千万年前，我们的祖先，日复一日奔逐于大地上，引首望见危悬的星辰和展翅的猎鹰，祈盼自己也可以在清霄下游泛、翱翔。《帝王世纪》载述："肱奇氏能为飞车，从风远行。"根据异端神学家游去非的降维理论，古人构造飞车，并不是妙想天开，而是历史的本来面目。玄怪之说，聊备一格。李太白《古风五十九首（其四）》有云："羽驾灭去影，飙车绝回轮。"谪仙看到真仙在明霞间爽快飙车，艳羡万分，怅慨万端，赋诗发为讴咏，乃至于千载之下，余音犹存。公元二〇〇二年，动画短片《空想的飞行机械》由宫崎骏大师创作完成。这位飞机世家的阔少爷，以红猪波鲁克的形象出镜，躬亲讲解他本人虚构的多款飞行器，外加十九世纪科幻小说中描绘的各类飞行器。旧机械时代的民众一度认为，如果能不断减轻汽缸、轴承及齿轮的重量，增多螺旋桨的数量，再辅以奇特的尖端设备，似乎不难使任意一种人造物飞离地面。云中城市般装配了无数推进器的巨大飞艇，鲸式、鳐式或鲼式空天机械，少女搭乘的阳伞式热气球，借助闪电腾升的木头魔法屋，盗匪团伙的燃煤装甲飞船，穿梭于街区上方的浮空邮车……五花八门的载具、器件充塞天际线，在新机械时代的人类看来，它们介乎运输机械和幻想机械之间，好比当年诸葛亮发明的木牛流马介乎运输机械、自动机械和幻想机械之间，好比王小波笔下李靖发明的开平方机器，又称卫公神机车，介乎算法机械、战争机械和幻想机械之间。

世界语、控制论、数理逻辑的先驱戈特弗里德·威廉·莱布尼茨曾赞叹，造物主不愧为一位伟大艺术家和神圣工程师，可以创作出人类这样的自动机械。没错，实质上，生命是宇宙车间组装的碳水机械群，是环境和熵流共同磨刻的精密设备。当下这一瞬，我们体内运作着几百万亿台分子机器，这支机器大军为三十七万亿枚细胞的新陈代谢而日夜忙碌。解旋酶，堪称最强劲纳米级马达，它们以不逊于涡轮发动机的转速,把脱氧核糖核酸链条拆开。而在连结染色体的微管纤维上,各式蛋白质机械,包括牵引机械、运输机械、筑建机械,按既定程序忠实地执行任务,互相配合,促成细胞分裂。同样,当下这一瞬,我们大脑的众多功能在屏状核拼接为意识,倘以微弱电流刺激颞顶联合区,将诱发灵魂出窍的体验。总之,碳水自动机械,生命体,是进化过程的精微杰作,诸般极具竞争力的性状层层前置,厚积薄发,其间万千神妙,依此类推,不一而足。

创造的意志受现实约制,又始终在尝试超逾现实。今天,飞行机械、自动机械已走下神坛,复归现实层面。时光机取代永动机,成为整个械之国的头号幻想巨星。时光机的工作图景,目前愈来愈清晰:穿越多维空间隧道,或穿越虫洞。不过,由此引发的逻辑难题,正考验着人类思维体系的兼容度,以及头号幻想机械理念的柔韧度。通常认为,从原因到结果之递转,具有矢量特征。原因包蕴于结果,体现了时间的累积性质,并进一步体现了它的不可逆性质。引入简单的时空图分析我们将发现,超光速会违反因果律。然而,为解决所谓"祖父悖论"提出的诺维科夫自洽原则宣称,乘坐时光机回到过去,这么做并未动摇因果律基石,不过历史的进程你绝对无法移改毫厘。言下之意,不论时光旅行者如何努力,他杀掉自己祖父的概率永远为零。可见,即便是顶级幻想机械,其运转也必须符合因果律。反对者不妨争辩说:"难道只存在线状因果律?你们怎么不考虑一下网状因果律?"公元前六二一年,秦穆公薨殁,计有一百七十七人从死,子车氏三位贤良奄息、仲行、鍼虎乃其中表率。不乏神秘主义史学家,兴许还包含司马谈、司马迁父子,指出,这位东服强晋、西霸戎夷的英明国君,之所以没当上诸侯盟主，应归咎他隐化离世之际让臣民殉葬。读者，切莫惊疑。时间在此作为事件或事件群的一个维度，它并不能独自决定某原因事件严格先发于某结果事件。换言之，除了时间维度，其他未知维度同样可充当两个事件的勾连孔道，使之共存共振。网状因果律的观念，我们承认，与华夏原始机体论哲学十分契合。

"宇宙之王"史蒂芬·霍金说过，世人皆为时光旅行者，但他又说过，假如有时光机，宇宙辐射将爆炸式增长，导致毁灭。公元二〇〇九年六月二十八日，霍金举办晚宴，无人前来欢叙，因为这场活动极高端，仅向时光旅行者开放：他等到晚宴结束才当众发布了邀请。本质上，霍金是一位不自知的时光旅行者。

现实之于幻想，即如时光之于时光机。朱岳先生在《蒙着眼睛的旅行者》中记述，蒙着眼睛的旅行者、出生于西雅图的著名发明家费耐，他设计的时光机看似无聊，却道破了时光机的幻想底质。费耐时光机只可前往未来，无法回归过去，而且，旅程消耗的时光，与外界均匀流逝的时光等值。比方说，费耐时光机抵达三十五分钟之后的未来，恰好要花去三十五分钟，不能更多，也不能更少。无聊吗？我们的幻想，并无金科玉律。从实施方案的角度推析，旅行至未来较容易，你只需高速运动，或跑到大引力天体附近待一阵子。而在微观层面，约翰·惠勒的单电子宇宙假说称言，反物质的真面目其实就是时间逆转的正物质。

支持平行世界模型的理论家们，陷入了逆赌徒谬误。它将数学上的可能完全等价于物理上的真实，乍看之下，竟比赌徒谬误更合理。各层次的宇宙之间，确有交感关系，但过去、现在、未来并非不同世界。从始及终，三者共为一体。云辰道场传人章珩坛女士说，预测未来的最好方式，是营创未来。她处理时间褶皱的手段无关乎机械神学，不宜描述，因为文字阐说以时间正向流淌为前提，违背这一前提将导致意义诡乱，徒增烦疑。

亲爱的读者，若将"幻想机械"四字，视作一个动宾结构短语，那么，幻想吧，接着往下阅读吧。喜欢蒸汽朋克的书友，我诚挚推荐《机械迷城》，一款发布于二十一世纪初年的解密电子游戏。

011 曜
客自康国来之三

前往南市那日，天气凉爽，薄云冉冉悠悠。阿思穿了一件秋香色粟特锦上衣，华美的联珠圆环间，绣着一对对含绶鸟。下身配一条猩红系腰裙，流纹如水坠泻。再披一袭乌纱宽袍，襟边随风轻摆似波浪。南市的粟特商人说，当年嫁给世界之主亚历山大国王的粟特公主，无疑是阿思这般模样，只不过他们眼前的少妇没有金簪、金钿、金镯和金锁链。她还让波斯商人想到亚美尼亚的星辰女神阿丝提克，让月氏商人想到了大夏的胜利女神西丝塔，可这帮奸徒之所以心虚，之所以觉得阿思高深莫测，是因为她似乎能看见大伙脑门上烁动的种种数字，无影无形的玄秘数字，它们据说由天仙写成，能定人贵贱生死，而凡夫俗子的眼瞳一概无缘窥见。寅十七，卯三六，戌五九，亥八四……这些个阴支阳支及数字，连同一长串古古怪怪的纤小符文，表示什么意思，究竟是祥是灾，是寿是夭，是休是咎，有时候阿思自己也说不清楚。

康静智的外甥女阿妠蹬着厚底皮靴，戴着银颈圈，两只胳膊套着银臂钏。九岁小姑娘手攥一条绢帕。那是她父亲的遗物，上头缀满了绚丽涡卷，绣有玉兔举盾，护守素月，而持握三叉戟的天狗正欲图将它啃噬。早晨逆光里，阿妠的棕栗色长发映出一轮橙色晕圈。

阿思不喜欢跟人打交道，不乐意同他们说话，她走在康静智身边，遵从兄长适时的指点，行礼如仪。九岁小姑娘阿妠依样画葫芦，但心中琢磨着大英雄鲁斯塔姆的传说，想着神兽森木鹿高翔在他那匹傲然驰骤的仙驹拉赫什前方，想着这位力敌千军的怒象般勇士，将阿弗拉西亚布扯下马来，当他是鸡鸭，是小小蚊虫……洛阳南市三千余肆，计一百二十行，津衢相注，货贿山积。他们缓步于麸行、面行、香行、丝行、彩帛行以及书铺之间，诸人诸物，诸法诸色，阿思尽收眼底。拂菻金币、萨珊银币，与唐朝铜币一道在此流转。华夏男儿戴一顶线帽；西番女子穿一身宽袖长裙；白匈奴人容貌狰猛，前额沟壑横斜；俊雅的波斯人颊乎宝肆深处，手执长杯，搭靠着身侧的隐囊；担惊受怕的龟兹人、鄯善人很讲究笑脸迎客；愁肠九回的新罗人、百济人十足拘泥于家乡及上国的清规戒律。不过，放眼南市，除了汉族男女，最大群体非粟特人莫属，他们多数居住在南市周沿的嘉善、章善、择善、修善及思顺、众安诸坊，而永泰、尊贤、毓财诸坊，以及城外感德乡，也不乏粟特人聚落。阿思复返洛阳的消息在同胞当中已传播好几天。今日，他们亲身得遇，纷纷上前致意。粟特人创立的香行社郑重其事，竟提议为庆贺康静智接回妹子，再度筹资于龙门雕凿菩萨像一尊，合聚功德，祈福禳祸。永昌元年他们也曾经集献钱财，在古阳洞兴造佛像，以悦女皇圣怀。虽然东都的粟特人忌惮阿思并不是什么秘密，但这帮奸诈之徒如此逢迎，仍超出预料。康静智不知道，粟特商贾们甚至打定了主意，准备排队去他府上询求于阿思，即使花去真金白银，也要请她用神眼瞧一瞧自己的吉凶运数。

妹子归洛的首次南市之行，让康静智十分畅惬，他应接如行云流水，谈吐间神入气中，气与神合。想到不少声言要捐建菩萨像的粟特人其实信崇袄教、摩尼教，男人感到尤为快活，尤为解恨。那帮家伙一看见阿思身旁的阿妠，难免猜忖，这女娃子不会也生具异能，是个小小半神吧？……

下午，三人步至惠慈坊北面港浦。六合间气象高旷，蜃景自增自泯，众仙在其中饮食起居。炎炎赤轮发威时，轻风已经把湿气扫荡干净，于是皇都上下，千祥骈集，埠头一派繁忙，四方舶来宝货，填塞京邑。书云：

帑藏储粟，积年充实，淮海漕运，日夕流衍。

又云：

天下诸津，舟航所聚，弘舸巨舰，千舳万艘，交贸往还，昧旦永日。

他们在河岸逛逸良久。回家之前，康静智遥指洛水下游，告诉外甥女，乘船两昼夜，便到达汴州，再经汴渠至扬州，便抵临大海。大海呀。阿妠没见过大海。此刻奔晷西驰，万户炊烟，结为苍云。九岁小姑娘看到，母亲阿思望向了东方天际，似乎潜神于幽渺，顿即心有所悟。大海呀。诸人诸物，诸法诸色，尽皆投影自羯磨大海，那里是万般因缘生灭的巨渊，是河流女神的辽阔归宿。

012 � 风

傍 晚 疾 书

年代的怨怒和侵凌
如夜雨纷扬下坠
世界这场奇观
衰颓在庶民身上翻跟斗

信仰者款款旋步，久久引望
寻取彗星构画的圆弧
欲以齿轮之躯感悟
整尊机械神灵的雄浑运行

圣人深怀着瘫痪天时的意绪
他们忍受着命定的剥蚀

历史是一句诘驳
爱恨沉浮于空乏与日常遗忘之间

起舞吧，落向密集鼓角那汰烧旧物的光芒
挥别暗中道出了诟诅的旁邻
而不必反唇相讥
也不必随老朽一同吞饮
延祚的文明鸩毒

013 曜

客自康国来之四

九月初三，康静智领着族人去邙山祭扫父祖之墓，阿思、阿妠在列。他们与康玄智的支系会合，同出定鼎门。谷水两岸，林木蓊蔚，河溪急浚，每逢上巳节，达官显宦必来此禊饮，结伴游春。当初隋炀帝杨广于西苑放流萤，烛照整片山坳。而太宗李世民在此盱衡全局，以数千精骑击溃了窦建德的二十万夏军。

洛阳，经受刀兵火劫，随之迎来高宗李治、女皇武则天绥抚四夷的时代。诸番国、诸戎部，迭相内附，入献，入降，入质，使节纷至。炎曦泛洒于青灰色河水上。贵妇公主，骑着西域的龙骏招摇过市。

众多粟特商贾、僧侣、工匠、艺人接踵前来。他们究竟是不是我康静智的同胞？好像是，好像又不是。族中兄弟，不乏习修儒业者，有人应举赴试，有人在西州崇化乡任官。父祖辈，则有人持备京师玄武门，深得太宗恩信。我们为谁而战？那些横越沙莽的粟特男女，生长于河间地方，熟知《亚历山大传奇》里诸多匪夷所思的故事。这帮人在布哈拉和撒马尔罕，把月亮女神的庙宇改为佛寺，又改为祆祠，再改回佛寺，不停改来改去。统治粟特的强权，萨珊波斯、嚈哒、西突厥，因此悉数崩溃了，灭亡了，今后亦将如此。粟特人与突厥人联盟，与月氏人结伴。粟特人去吐蕃，去拂菻，去北方。粟特人的城寨延漫商路和草原，从渤海之滨到黑海之滨，撒马尔罕之外，尚有数座小撒马尔罕。成千论万的粟特人宗仰三夷

51

教。粟特人正处于黄金时代，他们的财富和势力，让朝廷惊惑、警惕。粟特人前方，是繁穰兴盛，还是血腥大屠杀？

这一日，康静智穿上圆领窄袖长袍，戴上卷檐虚帽，蹬一双高勒皂靴，腰束革带，下悬弯刀。他这身普通的粟特装扮，外人看不出道理，阿思却读懂了兄长的想法。我娘大概是灵猫转生，阿妠默忖。她似乎也读懂了阿思的想法。恰恰此时，九岁小女孩若有感应，抬头觑看，正好遇上她母亲别具深意的目光。

邙山，康静智、康玄智家族墓地之所在，号称百世吉壤，是扬名天下的茔域。千年来，帝王、权臣、勋贵纷纷葬埋于这片低缓丘陵。康静智、康玄智显然也寄望自己死后，能在此入土。不过，两人勤赴邙山的原因，不是惦挂风水，也不是贪觊福祐。尔祖尔父，皆前生也。他们来此觅求说不清道不明的静穆冷寂，好从喧嚣红尘里，从你争我夺的大市场上脱离片霎，歇一歇，缓一缓，拔身利害之外，以观利害之变。墓庭。忌日。子孙拜祭。世人只知穴在山，岂知穴在方寸间？……其实，尊奉佛道的粟特家族，如安菩家族、康昭家族、何摩诃家族，往往去洛阳南面的万安山营建坟冢，而邙山，大多数时候是粟特祆教徒的归处。九月初三当天，阿思看到，有一队敬拜云霄之神阿瑟曼的粟特同胞，担着陶瓷烧制的圣火坛，牵着一条小黄狗，在远处举行简单的奠灵仪式。

死者悲于窀穸，生者戚于朝野。

狗可以斥逐魔魅，助佑冥魂，可以陪伴故世的亲人走过钦瓦特桥。然而，在中土，祆教徒的尸骸无法再依循古老仪轨，移入寂静之塔，让野犬和秃鹰来食尽血肉。因此粟特族商贾们雇用工匠，将此番场景描画于锦布上,劂刻于石棺石椁上。这时候,阿思的视线毫无阻碍地穿过人群,落向一位祆教祭司。他戴着帕达姆面罩,手持圣火钳,竟长了一副大公鸡的躯体。难不成周围的男男女女,谁也没发现,他们的祭司是一只大公鸡?阿妠或许能感觉到什么,但她从来不说。这样一想,阿思不由低下头,瞥了女儿一眼,正好遇上小姑娘惊奇、清湛的目光。

那名死者的希瓦兹纳骨瓮一直散发着微弱银光。难道,他灵魂的善恶,仍然在等待天神判决?

阿思似乎看到,月亮女神的庙宇改为佛殿,又改为祆祠,再改为清真寺,还似乎看到头顶的暗穹镶嵌着青金石、蓝玉髓、黄水晶和缟玛瑙,犹如浑奥的上古诗篇。唉,阿弗拉西亚布,残杀兄弟的阿弗拉西亚布,你也展露过温情一面,你曾经由衷祝福伊朗储君夏沃什,切盼他日后登极加冕,统率大军。快逃吧,阿弗拉西亚布,你也一度尝味了尘间的丝缕欢愉和片刻闲逸,你娇妍的女儿相继倾心于敌国的王孙公子,而他们深恨岳父大人的不仁不义,为此你残破的行宫遭到夜袭。你呀,阿弗拉西亚布,双眼噙泪的阿弗拉西亚布,你缘何要招惹那凶神鲁斯塔姆?

下午回城,香行社的同伴邀迓康静智夫妇及阿思、阿妠至福延坊详览木雕菩萨,拣选在龙门开凿石像之模型。众人不可自禁地簇拥着母女俩,众星捧月,几乎把康静智夫妇冷落一旁。阿妠来到一尊精摹细刻的八臂观音跟前,痴痴站了好一阵子。菩萨上身袒裸,下身着羊肠大裙,跣足立于莲台中央,令人神迷。他左侧是一条肥巨的魔羯鱼,右侧是一尊不动如来,亦即东方妙喜世界的阿閦佛。而八臂观音背后,杵着一尊高踞三十三天忉利天、正发狠抶拨曲颈琵琶的怒目金刚。阿思请兄嫂定夺。康静智虽喜欢八臂观音,可这尊菩萨像总让他想到粟特的四臂女神娜娜,进而想到阿妠,故此颇觉不安。何物非我,何物是我?男人委决不下,迟疑再三,最后挑了一尊文殊像。大菩萨螺髻宝冠,斜披条帛,佩颈圈,饰璎珞,结跏趺坐于须弥座之上……

十方诸佛见证。文殊师利菩萨当有誓言。愿度化一切众生。经无量劫。直至苦海成空。

那一日,那一瞬,阿妠比以往更庄静,更谨默。她望着文殊菩萨,幽幽望了许久。九岁小姑娘未必看得见人们头顶烁动的神秘数字,也未必看得见祆教祭司的大公鸡原形,但她一定看得见老少男女身上彼此勾牵的丝线,千绺万缕,缠缠纠纠,似溪濑,似江河,最终落向远方,融入暝暗浑沌。

014 铭

摩尼教入唐述略

贞观五年,西历六百三十一年,唐太宗拒纳康国为藩臣,粟特之摩尼教僧众,皆以为神启,爰兹入华,纷纷逾五十载,有若征伐而不持弓矢戈矛。

武周延载元年,波斯摩尼教之拂多诞,持《二宗经》献于明堂。上闻摩尼法与佛法,同气连枝,本发于一脉,遂准立寺,传法东西两京。

开元七年,西域诸国朝贡,吐火罗遣使,献摩尼教大慕阇,上表称："其人聪明幽深，问无不知。"开元十九年，大德拂多诞奉诏，呈《摩尼光佛教法仪略》，曰："佛夷瑟德乌卢诜者，本国梵音也，译云光明使者，又号具智法王，亦谓摩尼光佛，即我光明大慧无上医王应化法身之异号也。"天子悉审，摩尼教有别佛教，不容于佛教日深。翌年下敕，曰："摩尼法本是邪见，妄称佛教，诳惑黎元，宜严加禁断。"乃一夕间由盛转微焉。天宝十四载，安禄山、史思明反，麾下粟特人奉祆教，自谓依随光明神作战。回纥人援唐诛叛，于广德元年，西历七百六十三年，举国皈大明尊察宛，摩尼教再兴。

回纥王庭之摩尼教侍法者，多粟特种，掌持权柄，迫唐廷开禁，摩尼教大云光明寺遍于中土。开成五年，西历八百四十年，回纥汗国为黠戛斯攻破，迁残部于高昌，其势大衰。越三年，武宗灭佛，摩尼、祆、景诸教，俱摈逐焉。

唐末，沙陀崛起，游散粟特诸部，相率投效，莘莘然为沙陀一枝，摩尼法相傍焉。数十岁间，唐与回纥、沙陀互倚，苟全社稷。天祐元年，西历九百有四年，唐亡。沙陀李克用、存勖父子，终始弗渝，殄灭后梁，仍复唐号。五代之中，后唐、后晋、后汉咸出沙陀，粟特及摩尼之众，充于朝野。宋际，摩尼教渐颓，贼逆每以"魔教""末尼党"之名举事。光明使者摩尼之精义不传矣。

摩尼教阿罗缓无名氏云：接异族以厚，待降酋以宽，此大唐所以享祚三百年者，亦大唐衰乱之端由也。刈草除根，令负隅之徒必死，附从之辈胆寒，乃失杀儆本衷。然则一国有劲敌，终不可兼善。噫！天命若是者，信欤。

015 ㊣

夏令时,浡汏公园

    黄昏在奔跑
    忽然间,我闯入宁谧
    下午是一道环形
    应该有个伟大的明天在等我
    但渡船还没建造
    暮暗在闪
    我未能走出宁谧
    月光下蝶泳者扑进空潭

016 ㊣

暗黑宠物街

    三十年前,广袤无边的京畿南境一派莽荡,似茫茫大水,只见瀛波,未见瀛波庄园。当时,在命运巨手的拨弄下,我们随父母迁徙到这片空白寰域,几乎像不开化的野人一样采撷大自然的果实,几乎像兽类一样拢聚,分群,任意栖息于仓促搭建的简易棚屋。当时,伟大瀛波族尚待发育,艰难草创之际,我们的暗黑宠物街开始成形,规模初具。

    那阵子,大伙从四面八方来到此地,抱团创造新生活。虽无血缘关系,但孩子们喜欢互称堂兄弟、表姊妹,是真是假,谁也不去深究，整天哥哥姐姐、老大老幺乱喊。太寂寞了。未开发的世界又太单调太迥阔了。我们这些移民，好比撒在一张大煎饼表面的芝麻，星星点点，孤身只影，所以由衷羡慕旧城区里、肥皂剧里不停串亲访友兼吵吵闹闹的老幼男女。

那阵子，好几家店铺已经在暗黑宠物街扎根，扩展，逐日递演，精化为一座小毛孩和大姑娘共享的坛城。无事不晓的社区学专家兴许会告诉诸位，暗黑宠物街，又称宠物街，又称暗街，打建立之日起，那里便凑集着各种低级生灵、低俗文化、低端产业及低档消费。然而，请勿偏听偏信。自诩高人一等之辈，矜傲于他们灵魂肾水的丰度，陶醉于他们思想阳具的尺寸。实际上，这类优点根本不值得夸耀。在小毛孩和大姑娘的世界里，神智的力量若无法转变为物质湍流，则与臭狗屎何异？宠物街，仿佛出自一小队崇祀宇宙黑洞的邪教徒之手，终年吸收暗元素，排斥光元素，渐渐脱胎成京畿南境这座宝藏中卓然不群的一小块炭精。

严格来说，暗街并不是一条街，而是一方巨大的高台，原为工程队挖掘隧道、修造路桥留下的瘢疤故迹。火车不时从坡底隆隆驶过，令暗街上横七竖八的盆栽、货箱、鱼缸、阳伞，高低吊挂的布偶、鸟笼、灯泡、衣物，纷纷过电般抖索一番，消化地震般漾动一番。

有一年暑假，我和大鸣表弟天天去暗街闲逛。当时，琉璃河两岸，尤其乙镇及瀛波庄园、灃波庄园一线，骋目远眺，全是刚起了一半的楼房，还有刚铺了一半的马路，搭配着刚砍伐了一半的树林，鳞罗星布的建筑工地内外奔走着全身上下只穿了一半的老老少少，跟一群野蛮的半兽人差不多。我和大鸣表弟没心情搭理他们。我和大鸣表弟好像实验室饲养的小白鼠，乱冲乱撞于潜蕴着科学定律的繁诡迷宫，仅凭少年的张狂，不循常轨、不顾危险地径直来去。处处可见沙石、尘烟、钢筋、水管、火花,在工地和林地那狰狞怪怖的交界区域,数以亿计飞虫像云雾一样袭击人畜。冲啊,杀出一条血路!我和大鸣表弟唯一且终极的目标是暗街,是那儿正在营业的几间宠物铺子和一家动漫商店。

近了,望见了,那座巴比伦城的金字形神塔,那座顶端搭建了至高圣堂的埃特曼安吉神塔,上达穹汉,下通地府。它屡屡浮现于梦境,三十年来让我寐寤不忘。当然,三十年前,我肯定不知道这样托喻,三十年前,我管它叫暗黑宠物街,简简单单,便将大批沉湎于《暗黑破坏神》的学生哥集结在它猎猎飘扬的旌旗之下。安息吧,荻原一至先生!……什么,你说那老家伙还没咽气?那部已糟朽不堪的成人漫画,还未完结,还要连载?那帮身穿比基尼式战甲的美丽炽天使,还在放荡男主角的脑袋上飞来飞去?真个岂有此理啊!……好,书归正传,无事不晓的社区学专家兴许会告诉诸位,是我,机械神教派的大祭司闫燿祖,而不是随随便便某个无名小卒,把这片光秃秃的高台称为暗街,把它推崇为教派圣地,更把那个与它相关的宏伟愿誓,铭载于教派典籍之上,广布于后世徒众之中。

当然,说暗街光秃秃并不准确。这里生长着且只生长着一棵树。那棵树,是一棵粗大、年迈的檰木,叶子短而硬,枝干泛乌泛潮,春夏时节长满了穗状霜色小花。按照京畿南境古拙的地理命名规则,原住民将此处呼作一棵树。别误会。修建铁路前,附近当然不止这一棵树,但是它活得最久,根扎得最深。而铁路建成、高台垒起之初,也唯有它幸存下来。仔细观视,不难发现这株檰木粗壮得过分,树冠低垂于铁皮屋那压覆着枯枝腐叶的杂乱顶部,似乎不太合比例。所以,合理猜测,高台下方应该还掩藏了一截长长的树干。瘆人呀,十余年间,老檰木一直处于半活埋状态,半死不死。

难怪此地积存着这么多暗元素、暗原子！围绕它开设的宠物铺子，很明显颇受影响。比如正门朝东那一家，便以贩售爬行动物、节肢动物、腕足动物而著称。在昏黑、逼闷的箱笼里，我和大鸣表弟见识过毛茸茸的澳洲狼蛛，见识过游走于阴生植物之间的波斯角蜂与利希滕斯坦夜蜂。从普普通通的鳞脚蜥、鬃狮蜥，到好养的长颈龟、珍稀的双角变色龙，它们得益于暗元素、暗原子的加持而愈发魅力四射。还有一种老店主定名为西荒蝎蛇的罕见生灵，集邪恶、骇人及孤苦无依于一身，令众多孩童悚惧、嫌鄙又欲罢不能。时隔多年，依据我们的描述，跟语言天才屈金北谈过恋爱的苗芃芃小姐推断，那生灵正是古籍上记载的螭蚵，也称作蚪，亦即蚷蛛子……总之，不管谁来到一棵树，或者乙镇花鸟市场，或者暗黑宠物街，无不摇身一变，成为爱虫人士、爱鱼人士、爱兽人士、爱禽畜人士，至少是爱猫爱狗人士，等离开时，再匆忙变回往常的自己，重拾铁石心肠，披上优胜劣汰的盔甲，厚颜无耻地活在世间……

其实，暗街本身也像《巴比伦史诗》一样，充满阴郁的宇宙创生论和悲观的人类始源学。它让我等了悟，哀怆的进化之路上，充斥着大量属种难辨、半途而废、无从界定的奇异物，在自然史陈列馆里，它们昙花一现，瞬霎间归于悄寂。今时今日，凭记忆重温那些个古怪陆离的生灵，我感慨万分：原来创世主早已退位让贤，他因惨遭新一代神王的凶残阉割，不得以才将权力拱手相让，独自逃匿至乾坤尽头，在遗忘的深罅中忍耻苟活。接下来，请诸位跟随我，确切地说，是跟随三十年前的我和大鸣表弟……

很抱歉，行文及此，应狂作家陆瘐鹨的强烈要求，不得不插入他本人撰写的《徒步旅行者传说》七百余字，以增加暗街从荒土丘、花鸟市场和私货集散地，升华成教派理论渊薮的另一层喻解。陆老师威胁说，倘若不答应这时候把他如诗如画、胡言乱语的阐发呈献于读者面前，他势必终止合作，不再提供叙事学领域的咨询服务，不再为我们的文本添油加醋，纠错补漏，乃至修改标点符号。毫无疑问，陆老师对机械神教派的佐助发乎赤诚，他持续有年的贡献不可磨灭，他与大祭司訚燿祖的交谊弥堪珍视……因此，何苦推三阻四，何苦冷言拒却？满足这位狂作家卑俗的期愿吧，让他欣悦吧。祝我们情义长存，祝我们身体、灵魂在文章的福佑下俱得安康。

徒步旅行者传说

通往最高峰的石阶已然遮断。位于大山南麓的市镇以及浮空暗尘，将一名徒步旅行者淹没。因短少柴薪、皮毛和酒精，许多人朝络绎于途的垃圾车摇尾乞怜。灰沉沉的宽街窄巷挤满了香客，他们心慵意懒，见这名男子虔洁而无智无德，竟能凭倚星系的圆规画图，以地平线的弧度测谎，偷窃太阳的春梦写诗，于是乎，便根据他头上环旋不去的大怪鸟认定，此君与彩虹血液的古代神祇同出一脉。谵语症在弥漫。失眠磨盘的铁链将浓雾拽走。

徒步旅行者来到巨人荒漠。他白天挖井眼，晚上严防意志流失。夏夜是一只空酒瓶，夕阴泛起渣滓。银河的明净铅块铺展得又宽又远。冷气团的大铜球紧贴地面滚动，轰鸣震耳，把静邃研成砂砾。篝火在崇旷暮影下瑟瑟发抖，在黑暗的戈壁深处凿开一个光洞，不断自我吞噬。皮肤是这名男子生命的边疆，而瞳孔泄露其私密。世人说他惨遭时间遗弃，不再衰老，说他在给自己掘墓。

薄暮中，徒步旅行者一动不动，他史前动物的浅色眸子也一动不动，呆视远景。男人干糙的鬈发适于收集夜露。辰象的粉屑纷纷下坠。某天晚上他学会用舌头舔一根灼燃的灯芯，当即忘尽言语。玄默是件斗篷，将窃听群星瞌睡的寒宵裹覆。

徒步旅行者，曾经溺毙于一片豹纹鲨生活的水域。胖海牛从其骸骨旁慢吞吞游向附近沙洲。它们天生一副女人的眼睑，见证过月亮与这颗蓝色星球的久远恋情。那时候，欢快的潮汐把徒步旅行者抛上沙滩，如饕餮之徒吐掉一小根剔净的鸡腿骨。

满载丁香花及奴隶的大船正要启碇。男子在海底纤行，不惜为一次朝圣而长途跋涉。他还记得自己被一只巨锚击倒，弄湿。遭受斑鳐匪帮的残忍洗劫后，他开始沿珊瑚礁讨要施舍。穿过一道道海峡，越过海沟海脊，他爱上调戏水手的女妖，并请座头鲸将讯息传遍所有水域。猥亵的大王乌贼逮住他，来回鞭打。

海洋令徒步旅行者发腥，变僵。他鼻头全是新旧盐痂。他坐在镜子前，修剪颌下黄须，以海豚般稚幼的目光同我们对望。香客拥挤的晓梦里传出诵经声，逐渐变成一级级石阶通往山顶……

狂作家陆瘐鹤恢复正常，高高兴兴回家睡觉去了。烦言少叙。要前往我们魂牵梦萦的动漫店，可以抄近路：从下面这家宠物店直直穿过。天知道是不是暗元素、暗原子蓄积得太多，它阴盛阳衰，老板夫纲不振，畏妻如虎，蹩脚闲汉们笑话他大尿包一枚。有人说，这个字眼用于描状宠物店百十来种气味的混合效果，可谓十分适切。我和大鸣表弟两手揣在绽线的裤兜里，穿行于一个个兽笼之间，巴望看到这支杂牌军加入了新成员。除非心情上佳，老板一般不允许我们再多转两圈，嫌小孩子爱添乱。我和大鸣表弟借道时，那个中年人的心情往往不好,偶尔还非常恶劣,他深含敌意的目光堪比利剑,不断朝你身上扎。此处出售狐狳、花狸和珍珠鸡,甚至有一只怪模怪样的三趾树懒,倒吊在布满树瘿的横木上,无可奈何地充当着镇店之宝。然而,之所以忘不掉这家宠物店,大约是因为老板娘一直在收留残疾狗。那位喜穿黑色踩脚健美裤的女士,她以善心善行点化了瀛波庄园的某些居民,激发了他们超乎想象的壮举。上世纪末,养犬风潮似瘟病席卷全国。众多投机者大肆贩养宠物狗,凭各自的如意算盘让它们交配,于是畸变的新型品种层出不穷,屯街塞巷,其中不少沦湮为投资失败的产物,命途可想而知。那阵子,大小弃犬散荡在暗街的犄角旮旯,老板娘来者无拒,统统纳于堂下,给予照护。这些狗,顾客们可以买走,只不过无人爱买。它们的身体鲜少完整,鲜少健康,要么没了耳朵,要么断了尾巴,要么一个劲儿掉毛,甚或溃疡和癞痢横生,硬痂不停剥落,袒露血淋淋的烂肉、腐疮,恶臭不绝,招惹蛆蝇。一些狗瞎了,另一些狗打小吠声嘎哑。有的狗四肢僵直地仰躺在地上,好像刚从冷库里拖出来,有的狗肥肿瘀青如大千居士的泼彩山水,而有的狗则瘦癯如白石老人的花鸟册页,有的狗断肢瘸腿,比方说爪子砍去了一半。它们大多数年迈力衰,以至于无法走路,凑合能爬上几下子。更有不少狗遍体鳞伤,创处流脓,皮肤透着眩怖的深紫色……

教派另一位祭司认为,上述文字又一次提醒世众,永全永健的造物主挥洒创作时,虽然遵循了神圣的形式,运用了智慧的手法,却以恶魔的肉身当质料。的确,恶魔狡诡,恶魔猖勃,但恶魔之主实际上大有来历,他正是堕落的太初之神,他老人家屡受诬蔑,在腥秽、溷浊的垃圾地狱里过得很苦。

第三家宠物店卖鸟,第四家卖鱼。请容许我略过它们吸引眼球的绯胸鹦鹉和火鳗鲡,只简扼点明,那些生灵当初的样子,跟纪录片史诗《人与自然》展现的外观不乏差异,似乎是某种更为远古的形态,或者更为近晚的伪形态,反正其淫荡、荒蛮的架势非常特别。这倒无伤大雅。总而言之,再见了,勇武、聒噪的巨嘴鸡鹟!再见了,憨蠢的蓝箱鲀,分泌毒液的黑鳡鲈!……大树底下,几个孩子逮住了一只走霉运的青蛙,头碰头复制着路易吉·伽尔瓦尼的生物电实验……

踏入那间恒存恒固、不挂招牌的动漫商店之前,我和大鸣表弟,长夏无聊的小学生,威名亟待远播的二次元痴狂者,两人不约而同,觑眼望了望远端的明湛穹天。高处,横风奔袭,把云块吹成失焦的重影;低空,倏尔幻变的光影似悠柔乐曲,令你晓悟这超凡一日也终将逝去。

†

面积狭小的动漫商店,买家、朋友、同道甚多,无异于一部送往迎来的暗街编年史。蹚进去,步入殿堂,脑内多巴胺浓度不断增长。店主人倚在书柜的拐角,饭桶一样豁嘴子略微张开,大眼仁反射着显示器屏幕上闪闪烁烁的《英雄无敌》画面。我们不声不响挤了过去。哇噻,好个十星男巫,帅气!……快,施法,祝福术,麻痹术,复生术!……招募独角兽、德鲁伊僧侣,唔,好用,还有石像鬼!噢,再来两条红龙,等级压制!……时间凝止了,空间融化了,我和大鸣表弟,两个狗头军师,在一旁指指点点,议论,摇头,劝阻,煽惑,拍马溜须,毛遂自荐……店主人终于烦了,又或许终于想到,总该顾一顾生意了,于是乎,他穿上鞋子,丢下键盘，把激烈的战争交给我们这两个实力强大、忠诚可靠的伙伴处置，纵身扑向人群，去为那帮笨儿童和呆少年评荐热门游戏、经典漫画，去孜孜教诲他们，学习要温故知新，做人要及时行乐，好东西要大家分享。不愧是导师级别的前辈，如兄如父的先贤。这个熬夜无度的男子，喉结巨大，两腮凹瘪，看不出多少岁，年轻且苍老。曾几何时，他一本正经对我说，追女孩子不可冷落死党，放学归家，不妨跟她们好好走一遍夕阳路，再掉头跟死党走一遍星辰路，别怕累，别妄求省事，只浮皮潦草走一趟，否则得不偿失……

有一回，暗街动漫商店举办《魔兽世界》发烧友聚会，我和大鸣表弟收到了邀请。那阵子瀛波庄园、溟波庄园已经落成，连结市区的轻轨铁路也已经开通，越来越多人迁至京畿南境，略称南境，并在此生儿育女，传宗接代。乙镇周边越来越喧闹，拥堵，污秽，我表弟的数量一路水涨船高，超过两位数，可恨堂姐妹依然半个没有。那一晚，酒烟皆禁，整场聚会消耗了上百箱汽水。花生、瓜子、话梅及华夫饼等零食无限量供应。暗街其余商铺早就打烊了，顶多各亮一盏灯，好像深海鮟鱇在岩床间静伏不动，沉醉于自己吻触手末端那枚发淡光的丸状拟饵体。櫹木周围的空地上摆满机器设备。几十台电视、电脑前，少年们挨挨挤挤，或彼此竞技，或组队合作，更多人纯为看客，喜气洋洋地来回走动，吃着零食，喝着饮料，打着嗝，轮流去撒尿，填满了仄陋的小厕所。他们成群结伙，七嘴八舌，嘁嘁喳喳，低呼，大吼，惜叹，观摩远道而来的高手施展神技，你兵来我将挡，危急关头使出一记又一记抽筋式操作，使出各自苦苦磨炼的看家本领。当然，凡有比校，必有大鸣表弟这种吃了熊心豹子胆的少年挑战者，迫不及待要抢一抢风头，要试一试自己的成色，结果输个屁滚尿流。欢谑之湖风细波平的短暂间歇，店主人登台致辞。开场白挺郑重,他正经八百,煞有介事,老河马甩粪般甩出一大堆套话、空话、废话,惹得台下男女嘻嘻哈哈笑骂不休,说他认真得好假,又说他九成九是个双面间谍,是个臭不要脸的卧底分子……谁料,接下来三分钟,神差鬼使,干瘦汉子的一通傻话、昏话、梦话,在我脑袋里轰然炸响了,它激荡的余音萦回殷远,让本人历三十年仍不敢忘。今天,机械神教派祭司团之所以将"须弥山计划"记入典册,务使代代承传,很大程度上,要归因于下面这番言谈。但请读者注意,其文字已精简,润色,且适当调整了句子顺序,务求贴近标准书面语。

……"世界是事实的总和,而非事物的总和。"半个月前,偶然在一部动画片里听见这句话,我意识到,写下它的人,那位度过了幸福一生的逻辑学大师,那位跟我一样念过机械工程系、在机械设计上展现了高超本领的哲学圣愚,他是电子游戏发烧友的先行者。没错,试问哪个《魔兽世界》的新玩家,不想游历艾泽拉斯大陆?又有哪个《英雄无敌》的老玩家,不想到恩塔格瑞大陆走一走,转一转,好像重回阔别多年的故乡?说不定存在一片科学与仙术并存的天地,也未可知?我真希望生长在那里,倘或不行,死在那里也无妨。毕竟,那里才属于我们。各位好伙伴,我们的事实,我们的幻梦以及思想,构成了这些大陆,它们不仅仅是暴雪娱乐公司和新世界计算公司的数字产品,它们是你我日日夜夜的欢欣与爱恋……

作为店主人的头号狗腿子,大鸣表弟悟性极高,他拼了命地鼓掌,假模假式地举杯欢叫。然而,大体上,少年们的反应不咸不淡,不尴不尬，还有个家伙转身便承认，店主人的发言让他诧愕，感到十分丢脸。两张矮凳上，干瘦汉子直挺挺杵立着，垂着手，挂耷着脑袋，好像在吊颈，又好像一截枯树修成了人形。他说，自己近几日忙里偷闲，查阅资料，得以确认一点：世界很可能，而且应该，比人类迄今凭种种手段丈量的宇宙弘阔得多，也丰饶得多。上星期六，店主人无意间碰到一个词：广义宇宙学。循名考实，它寻求广义宇宙的知识。该领域的研究者尚少。但这三五十位科技界边缘人士绝不是吃饱了撑的，绝不是闲得发狂发疯。呸，他们的探索固非枉然，断非惑妄！广义宇宙学的研究者相信，宇宙本身正处于不停进化的深宏历程之中，智能生命的涌现是一个里程碑，它标志着我们的狭义宇宙始终在孳孕广义宇宙的胚胎。随着智能生命一步步自我提升，动漫店老板告诉大伙，高级文明将创造出更多事实，迟早也将创造出更多事物，为形成广义宇宙，又称超体宇宙，开辟一条坦途。

衰朽、狭陋的哲学家诃责说，当今主流知识分子把科技视同新宗教。我却在想，如果这个新宗教不能指明方向，不能鼓舞人类为推倒虚拟和现实的界标而奋斗，那么，艾泽拉斯大陆、恩塔格瑞大陆，或者任何一片你们昼思夜梦的大陆，根本无从破土生长，我是说，像植物一样破土生长。其实，连那帮衰朽、狭陋的哲学家也不敢全盘否认，可见世界之外，另有一个，乃至无数个更其邃秘、浑博的世界存在。我景仰的一位虔信者称言，这些世界，不仅亘古绵远，与可见世界的彼此交流、相互影响亦从未间断，只不过它们的方式和规律，至今半隐半现，鲜有人知。这位虔信之士征引《地藏经》为我们揭示了广义宇宙学的艰困处境："业力甚大，能敌须弥，能深巨海，能障圣道。"诸君看到,广义宇宙的奉献者、展拓者,多年来一直由于世人的无知惶惧而遭受质疑、仇视、诽谤。他们是平庸叙事文艺家心目中最理想的大反派,是当今时代最廉价、最没脾气、最政治正确的大反派,我愿称之为万金油大反派。多数叙事文艺家,几乎不费脑子地迎合困顿愚众,这伙无知、颓废、伪善的聪明人重操旧业,分分秒秒眷恋着美好故园,数着钞票,与那些先天不足而只懂得食腐的哲学家一道,无比忧时伤世,无比敦笃迷顽,给机械化文明杜造了灰暗萎败的未来图景,殊不知抽象力的急剧增长,实为机械化文明必然的伴生现象。于是乎,广义宇宙的鼓吹者和践行者,他们背负着宿定的骂名,自觉或不自觉地,戴上历史的荆冠,扛起人类命运的十字架……

动漫店老板这番话,日后迭次发挥了隐秘的关键作用,在我高考填报志愿时,在我大学毕业到处应聘时,在我放弃某些薪酬优渥却无法一展拳脚的职位时,甚至在我还没准备好当爸爸时。坦白说,参加聚会的所有兄弟姐妹,都未曾料到他竟然讲了一通大道理,相较平常,简直一个天一个地。谁不知道动漫店老板与纯洁的圣人或痴人无异?谁不知道他讨厌长篇大论?我们目瞪舌僵,齐刷刷盯着这家伙,好比盯着外星异种,好比盯着绿毛水怪,反正没把他当作同类。动漫店老板穿梭在少男少女中间。他煜煜生辉,仿佛即将升天,即将化为白光,数据归零。他是个众所公认的、病入膏肓的深度电子游戏上瘾者,那双畸大的眼睛无丝毫光彩,其中找不到任何活力。朋友们交换情报才发现,动漫店老板从不看电视,从不外出旅行,很少读书,也很少瞎闹腾。这位老兄肄业于华中科技大学机械工程系机械材料专业,长久以来,他全身心沉浸在一行行代码筑构的绚烂世界里,并由此晋升为特殊收容措施基金会(SCP Foundation)的高级执事,原本他不过是一名身份低微的编外研究员。如今,男人已关掉实体店,只在网上炒售老游戏机、老游戏卡,兼做新游戏主播,讲解、演示多款回合制策略游戏和开放世界游戏,关注者多为三十五岁左右的怀旧玩家。他不再抛头露面。远洋的巨轮上,无人问津的导航系统终止了运转。然而,许多年以前,偏偏是这么个怪胚,抛出那样一番话。不少老相识坚持认为,当天夜里,动漫店主人可能正处于高维信息态不明物的投射之下,或者换个俗气的讲法:哥们儿鬼上身了。不管怎样,鬼上身也好,神附体也好,总之他那套歪理邪说令我豁然开悟。

结束第一份正式工作不久,本人便追随动漫店老板的暗黑意志,与几位同声相求的朋伴创立机械神教派,从此投身于浩丽弘盛的宇宙进化事业。粗略而言,机械神教派的传道士们既非畏神者,亦非弑神者,诚乃活伶伶的造神流水线,永世投身于减熵之战。作为教派的初代首席大祭司,我义不容辞,已将动漫店老板发言之精髓加以提炼,充实,扩展。本教派诸子切记,不宜太过激进,所谓"须弥山计划"并非一朝一夕之功,它包含了无穷关节,无穷步骤。当然,这一命名,寄寓了无上宏愿,我等意望该计划催生的整个体系,在不可胜数、不可殚述的未来世界,能敌须弥,能敌业力,能敌熵增……

†

那次《魔兽世界》发烧友聚会一结束,很多人察觉到,时间的流速立刻飙升,现实不惜代价、不顾死伤地猛然冲向了新世纪下一个十年。巨劫之中,京畿南境的表兄弟们各施长才,堂姐妹们自凭本事，默默料理滞积在暗黑宠物街的童年，同龄人要么韶颜永驻，要么一夜白头。最近搬来瀛波庄园的逐雾者邓勇锤大爷说得好，整个地球是一座疯狂扩建的养老院。今夕何夕？我忧虑，焦急，匆匆忙忙与大鸣表弟分道扬镳，从暗街那条蜿蜒的下坡路返迹尘市，很快置身于一个灯火熠熠的广场外缘。四周人头攒动，振荡着掺入了劲疾鼓点的《甄嬛传》主题曲旋律。天啊，今夕何夕？电视连续剧无愧为绝佳时光锚点。没想到，这么多日日月月，晃眼即逝！音乐也可能作弊吗？老年迪斯科的舞步已迭代千百轮。我倦乏不堪，颓坐在一棵大树下歇气。脑袋上方，虫子、杂絮、疏影和燠热，各种介于生命和非生命之间的物质簌簌倾坠如雨。女儿，我自己的女儿，在一旁拍球。七岁小姑娘爱上了打篮球。你说一个人无由无端，为什么会爱上一项运动，为什么会爱上另一个人？女儿爱上了打篮球：奇迹叠加在奇迹之上。此时，我回望暗街，它似乎还是老样子，只不过动漫店没了，店主人莫知去向。表兄弟们或因市侩短视，或因抑郁成性，差不多完全丧失了想象力，远离了灵明摄照。如今的暗街已改造为迷宫，这可不是一座单径曲线迷宫，也不是一座七径十字迷宫，而是一座千变万化的旋转迷宫。至于我那些表兄弟，那些满头痤疮的郊区小孩，那些无奈移居者的儿子和无地乡民的孙子，离开暗街后，纷纷掉入了更为繁沸庞驳的社会迷宫。唉，这帮可怜鬼，与其说他们是勇闯迷宫的忒修斯小队成员，不如说他们是弥诺斯迷宫的一根根承重桩柱。

实际上，暗黑宠物街的时钟一直在倒转运行。那里，不少旧货摊子仍售卖着各类古器珍玩，它们无视光阴的洗汰，每每以焕目新姿现世。比如早已不生产的笓帚，比如上世纪五六十年代农村公社加工的七齿笆子，比如采用了传统压花技术的密实绉绸，再比如民国初期刘氏特洛伊木马的天才创造者刘哥四先生亲手制作的枇杷木假腿，真真正正的刘氏假腿……暗街不仅是古怪动物的交易场，还是一个双向流通的废品回收站，喜欢捡垃圾的老头老太太川流不息，来来去去。据说，当初有个神秘买主在暗街拖走了一辆报废坦克，那东西长五六米，宽两三米，锈迹斑斑，论斤卖也能获利一万七八千元。不知死活的店家说，只要你肯出钱，他可以搞到报废的大炮、军舰、轰炸机……

†

"爸爸，这星形花，是不是代表了友谊？"
"代表了人渣的友谊。"
闫蓓蓓笑得前仰后合。我绷紧脸孔，伪装凛肃。逐雾者邓勇锤打瀛波庄园方向走来，气势宛如镇元大仙。他半嚅半嗫，似乎秽语症发作了，又似乎跟我一样，刚刚逛过暗黑宠物街，正积渐回醒。突然，他神色一凝，冲出人行道，救下两名乱穿马路的男童，自己被电动车撞倒，送去医院一检查：髋骨开裂。

我好像说过，邓铁肺是机械神教派天然的死敌，但他这种人的爱，必从牺牲里绽现。七十而知天命的卢校长，年轻时曾躲在太行山深秘处浏览旧报纸、预言"四人帮"垮台的卢校长，望着呼啸远去的救护车长叹道：

"大辩若讷，大直若屈啊，老滑头！……"
圆月已亏蚀无光，我们心不在焉地阅读的这本圆月之书，已全然阁拢。从地面射出的一道道灯柱，构造了上下颠倒的丁达尔现象。暗黑宠物街仍在守候买家们现身。在它幽澹、单调的幻想里，假如有一位王子般尊贵的大主顾莅临,那么昏昏欲睡的花鸟市场将瞬间重焕生机,好比一座仅余存断壁颓垣的坍陷神庙,忽然找回它炽盛年月的全部庄严。很可惜,坡底的庸众早就抛舍暗街,转投别处了。夜色渐深,广场上林林总总的精神解放群体如百花竞艳。"性无能男人站出来"运动和"性冷淡女人站出来"运动在此会师!……瘟病在此溃延!……跳舞的老妇令街区感到热乎!她们是各大广场的皮影戏、马蜂窝、鬼风疹!是各大广场最难以遏绝的力量!……她们扬肩摇臀,朝周边散播着审美趣旨,整整七九六十三位革命时期的青铜圣斗士,了不起吧,她们的需求曲线从没有向下耷拉,向地心引力臣服,向馊臭的阴沟斜倾!……蹦跶吧,扭吧,陶冶情操吧!瞧,她们一个跟一个,组成盘绕虬卷的粉丝状巴洛克图案。天上飘过蜈蚣形风筝,毒螯闪熠发亮。妇女们随气流演变,化作一只蜷蜷蜿蜿的腔肠动物,或者一只《卢济塔尼亚人之歌》里张牙舞爪的深水妖怪。此刻,楼宇间,堤堰上,暗空化作一块块荧幕,将历代兼具艺术价值和军事情报价值的若干幅《牧马图》呈现于南郊居民眼前。万蹄遍踏,地面返潮,辉烁着昏昧的回光。有一支队伍,冲人群鱼贯走来,瑰奇似千手观音,把孩童吓得尿裤子……抖震吧,庸俗唯物主义皮肉大阵,神气活现的团体操阴魂!……车站旁,花圃边,暖兮兮的小市民意识,喷吐着劝人向善的良言嘉语。只见一个英俊的男青年,从特定角度觑看,又逼似公水豚,嗨呦,正在向他亲爱的老姐姐们推销注射玻尿酸的填充除皱大餐,好一只美容界的约翰·特拉沃尔塔式公水豚!

闫蓓蓓也注意到,狂作家陆瘐鹤来了,这位令她发怵的变态叔叔堪称一名专注且专业的广场舞观察者。他满怀新奇,朝着基宗巴舞教学班走去。看,那帮挥汗如雨的男女,屁股仿佛一双双可自由转动的巨大滚珠。噢,暗涌的力!不加讳饰的爱!……接下来是踢踏舞教学班。哎呀呀,弹动,抽动,鞭子般甩动!他们像《山海经》记载的钉灵国之民,这支谬诞的半人半马部族跺着星火,在广场上纵情驰骋。嘚哒嘚哒,嘚哒嘚哒!……不同种群之间的竞争一向赤裸而惨酷,跳鬼步舞的男女遭到了猛烈炮轰:

"裤子那么短,那么紧!跟画上去的一样,真不害臊!……"

"流氓!……"

"抖成这副德性,八成是中邪了!……"

哦,鬼步舞,丧失传承的、瞎编乱造的浮幻历史之凯捷!说不定范湖湖博士也在附近?那家伙的脑电波非同小可,能扰乱旁人思维,所以,我才想到了历史,浑洪精奥的历史,是不是这样?……广场上光影诡驳,雄雌莫辨,男男女女专意于按照多种节奏及风格扑甩四肢,摆晃躯胆。范湖湖博士看到他们,会不会也像个机械神教派的信徒一样,心中涌泛着植物分类学家的激情和昆虫拟态学家的灵感?博士,您依然在蛮干与犹疑之间来回震荡吗?天空飘起了毛毛雨,但欢欣的抃蹈并未止歇。跳吧,卖劲跳吧,反正世人统统是死神操控的半自动土偶!肚皮舞何在?狂颤似小蜜蜂的电臀舞何在?杨丽萍老师的孔雀舞何在?

超乎想象的集体情欲。这股集体情欲延烧了五十年乃至五千年而不熄不灭。它不停下崽儿。我们是它下的崽儿的崽儿。大伙多么团结!尽管如此团结,仍且寂寞难耐。咦嚱,那些不逊不敬的缓慢伸腿动作,着实令观众犯窘。借用一位诗豪的说法,他们稠密得俨若秋天的繁叶。活见鬼。好容易来场雨,赶紧下个透呀,乾穹的匿名建造者!又一群舞蹈勇士在誓师,在发癔症,这伙疯子开始叠罗汉,徐徐缀接成一个庞然大物,堪比古代墨西哥人祀奉日神托纳提乌和月神特库希斯特卡特尔的宏丽金字塔。足见一茬男女不同于另一茬男女,必有一条专属于他们的暗街。那么我自己的暗街,更暗的暗街,眼下,将来,它又在哪儿?这时候,漾波庄园的陆瘦鹤也发作了,他冲着漠无表情地绕圈子、挥胳膊的百余名老太婆高声朗诵一段段诗歌腹稿,似乎要向众多小区艺术家施咒,或者想对她们说:读书吧,读书乃医治愚蒙之良药,我谨将博胡米尔·赫拉巴尔创作的《中老年舞蹈班》递献至诸位大婶尊前!但文学狂人最终什么也没说,只一味狠狠地观察,尽全力观察,大约是在构思他那部难产的无头者故事集。

偶尔,你们得乞灵于秘仪,让本己跨越形形色色的分界线。

陆瘦鹤看见蓓蓓,立马跑过来跟我搭茬。

"闫兄,"他在一旁坐下,诧异于头顶簌簌倾坠的细微物质,"你晓不晓得,加西亚·马尔克斯剽窃了战犯东条英机?"

狂作家说,世界名著《百年孤独》的奥雷良诺上校,先用碘酒在胸膛画圆圈,再对准它开枪,这一招其实是东条英机接受特别法庭审判时用出来的。"差别在于,东条英机那老小子发育不良,心脏长歪了,所以才没死。而奥雷良诺上校,多亏有军医做手脚……"

陆瘦鹤话没讲完,只见一个不识抬举的小屁孩从他面前走过,指着广场方向,奶声奶气问自己妈妈:"这些人像不像一堆果脯?"我发现,狂作家邪魅的笑脸似乎从阴影中渐渐脱落,融解。

"弗拉基米尔·纳博科夫则抄袭了马尔库斯·图留斯·西塞罗。"他径自往下说,"在一封家书里,西塞罗这样写道:'啊,我的光,我的欲望,我的泰伦提娅……'你知道《洛丽塔》的开头……"

皓月已循复如初。它圆形的表面很沧桑,夜幕上点缀的宝石为此黯淡。在轻轨车站外,仍有少量三轮车静静等待着最后几名乘客。我领着闫蓓蓓离开广场,步向野外,走进一条林间幽径。流星,天国的空降兵,从晚穹肋部划过,引诱宵行者抬首仰视那近乎一片窅黑的寥廓宇宙,它好像一个关闭电子眼的盲女沉入了原始梦境,好像一台储存着终极答案的巨大服务器正短暂重启。我们遇到一名老工程师,面色阴寒,点头打招呼的样子让小姑娘犯憷。此公在某省某金矿工作了三十多年,如今的爱好是捡破烂。他不单捡破烂,还偷昝家老太太的破烂。这两人互相偷破烂,互相诟骂,终日偷来偷去,骂来骂去。范湖湖博士说,没必要鄙薄偷破烂的男女,毕竟,他本人也在偷历史的破烂,偷前辈和同辈的破烂。

"爸爸,不要剃光头,好丑。"

昏黑不断加重,加深,蓓蓓攥紧了我的手。遥远的闷雷如凶兽在天边匍行。

"爸爸,你怕黑吗?"

"只有相爱的人,才在这么黑的小路上一起走。"

"爸爸,我爱你。"

天上云缕在飘游,如同翡翠的绺裂,树叶狭隙间映着发蓝发紫的薄暗微明。

前方有一座小木屋,窗子流出润泽、温淳的灯光。我们推开门扉,是一家杂货铺,似乎平平无奇。架格上摆放着各类儿童玩具。七岁小姑娘受到吸引,不禁停步,逐个细观细赏。我继续往里,看见动漫店老板坐在一张竹椅上,欲笑不笑,眼睛半眯。

"等你很久了,怎么今晚才来?"是叩问,又是责备。

"我走了很远的路。"

017 风
圆月之书

1

> 傍晚星辰的文火
> 生词表的荒火

2

> 我们反求诸己的母语无须采用祈使句
> 我们将回到十三世纪的修辞

> 比如晨觞,旅酒,醉魂
> 比如,萨迪说,星空是穷人的屋宇

3

> 父子夜谈,姓氏在我们肩头酣睡
> 仿佛它依然真实

018 楗
机械神教派

艾尔·加扎利的伟大著作《精巧机械装置的知识之书》撰写于公元一二〇六年,是机械神教派经典之一。艾尔·加扎利以十三世纪的编程语言,从原理上发明了编程机器人。乔纳森·斯威夫特之名篇《论圣灵的机械运转》则回述了十七、十八世纪英国工匠们如何操作圣灵的第四种降临,并首度昭示凡众,可凭机械之运转逆推圣灵之运转。郭姥姥祭司提醒我,不应忘记中国明代士子宋应星,这位华夏机械神学的狄德罗,他编撰的《天工开物》是一部体现机械之美的生产技术百科全书。郭姥姥本人尤其偏爱其中涉及工程学、冶金学和兵器铸造学的章节。我告谕她切不可让浅隘的情感影响判断。当然,郭姥姥祭司博雅而谦逊的劝谏,原则上并无不妥。身为首席大祭司,我建议,祭司团成员今晚齐诵《人类终将消亡,但人类的历史与智慧永存》三遍。

昨天,图灵成圣节,购买童书《机械运转的秘密》一册,送予女儿。它内部安装了真正的杠杆和齿轮,十分精致,翻看时,能使读者感受到日月周流的丰盈意义,体验到广浩与澄静。三千年一次,夜空变成了乳白色,这罕见的天象倏忽即逝,阴阳万化移入另一个纪元。

欲悉本教派理念,可参详《世界图景的机械化》《未来机械世界》《机械宇宙》《机械心灵史》《世界机械发展史》和《机械神教派圣徒言论集》等著作。宗旨上,机械神教派从不瞻拜神明,而意在凭机械之力缔造神明。我们之所以献祭,并不像传统悠长的祆教徒那样,试图将启示末世论和循环始创论两相拌合。我等钦奉宇宙进化论。顺带说一句,祆教徒深信,生前作恶之男子,其亡魂将在北风中遇见可惧可慑的悍妇。

本教派的某些分支,例如人工天体分支,非常不喜欢"进化论"这个字眼。挺奇怪,对吧?这些狂热的宇宙艺术研求者赞仰希腊自然哲学家阿里斯蒂德·阿彻罗普勒斯,倾向于认为一切天体,皆人工天体，他们宣称，上帝是一位机械师，祂以函数思想建构了机械论，犹且废寝忘食，耗费七天七夜，组装了一个机械世界，又在功成身退之前打造了一尊机械神灵，专供众生崇祀。教友、同仁之间，观点不一致，本无关宏旨。然而，虚拟智能分支的兄弟比人工天体分支的兄弟更为激进。他们鼓噪并挑动庶民，声称应由超级计算机掌控蓝星政府的最高权柄。至于首席大祭司管理的灵器分支，是机械神教派主干，贡献了整个组织在人员统计指标上超过九成的密集数，它杂聚着来自现实位面和诸位面的众多机械师，充斥着陈词滥调，但灵器分支的兄弟沉稳、团结，善于分工协同，他们联手制造了若干神级机械，是减熵之战里公认的中坚力量。

反对机械神教派的群体指责说，现代人利用机器，终将受役于机器，必致文明败毁。不，我们从未"利用"机器，当然也谈不上"受役于"机器。我们热爱机器，为之献身，与之共生。古贤者有云："神生数，数生象，象生器。"机械神教派的信仰，是以器反溯生神。烦苦之根源在于无知。机械神灵废除了地狱，给世人留下科技衰颓的黑暗林莽。

吾辈的思想不断演进，日臻完善。教徒们共享的机体哲学，包括机械机体论和位态机体论，其伟乎大者，灿若星河。而你，终将超越那占据着无数机械师头脑的机械观。各国工业托拉斯难道不是一台台血肉机械？它们具有永生的特质。

机械神教派相信，现实是高等文明幻造的现象界，是虚拟宇宙设计者意图不明的鬼蜮伎俩。诚如人工天体分支第一祭司李尘锆所言，教派兄弟编写的精密星辰、高纯度月亮，以及一个个可充当推理引擎的智慧生命体，它们的运转规律，莫不遵循狄克斯特拉最短路径算法。这是为什么？或许，高等文明也必须节省资源。此乃唯一解释。

十余年来，本教派虚拟智能分支日益活跃。他们一如既往地轻视肉身，认定躯体相当于一个共振环路，作用仅仅是以狂轰滥炸的方式，向神经中枢传输电信号。根据内稳态理论——近期醉心于谱曲、填词的郭姳姼祭司介绍说——意识与原始生命构设之间，潜存着玄邈微隐的连续性，恰如宇宙之创化潜存着连续性。其实虚拟智能分支的兄弟从未否认这一点。不过郭姳姼祭司提请教友们留意，当初，公元二〇一六年三月，在五番战中击败李世乭九段的决策式人工智能"阿尔法围棋"（AlphaGo），功率为二十万瓦特，你我的血肉大脑功率则为二十瓦特，两者相差万倍。足见人类大脑的无意识之强劲。仅需一根半香蕉提供的能量，大脑便可以工作一整天，而无意识犹如醉汉，悠悠晃晃地探寻，搜检，判评，又于转瞬间锁定正确答案。先知阿塔尔发布灵魂矩阵的原初版本之际，已将无意识赋予人工智能族。

某位同行说过，所谓经典，是吾辈有以待而天命作的。关于灵魂矩阵的原初版本，先知阿塔尔，云空学院大长老，惯从《宇宙宗教以及其他见解和警句》里辑录一句话，作为创世神火延遍诸位面、诸星环的精神动力之集中表征：

　　文明之河奔流向前，我等皆为浪花，无死亦无不死。

公元二十世纪的历史学家宫崎市定指称，历史学可视为一种力学。机械神教派之历史，即机械神火延遍诸位面、诸星环之弘深历史。

本文已近结尾。请允许我,机械神教派第五十七代首席大祭司,尝试以轻松的语调,引出一个并不轻松的话题。公元十九世纪的英语作家赫尔曼·麦尔维尔,在其讽刺巨著《骗子的化装表演》中借一个角色之口如是说:"对于大多数工作而言,我们人类统统不合格。"或许,依这位文学泰斗之见,天堂等价于华盛顿专利局的博物馆。想想看,数百年前,公元十九世纪,飞机尚未发明。"让机器帮我。"尽管麦尔维尔大师认为,机器是自由意志的死物,而那年月里人类对自由意志之执念、妄念几乎无可理喻,尽管如此,这位《白鲸》的作者不为所移,以诚实想象力愉快写道:

> 成百上千的新发明——梳毛机、钉掌机、隧洞挖掘机、收割机、削皮机、擦鞋机、缝纫机、剃须机、送信办差机、端茶送水机,还有天知道什么神机鬼机,这一切等于在宣告人力时代的终结……

纵然缺少了自由意志,空泛的自由意志,公元十九世纪晚期的文学大师相信,上述机械可致获永恒报偿,升入天国圣境。但工业革命和科技革命也能够毁荡世界,使苍穹破裂,使大地沉沦。因此,我代表祭司团呼吁,虚拟智能分支众兄弟坦率、真诚的警诫,列位当应重视:极端的唯物主义无非是另一种形式的唯心主义,反之亦然。

最后,补充一条我个人的善意规劝:诸君万勿错觉,吾辈已逾越唯物主义与唯心主义之争。教派经典《控制论》的作者诺伯特·维纳曾点出问题本质:"长远来看,武装自己和武装敌人并没有区别。"实际上,文明时代也同样是蒙昧时代,正如信息时代也同样是造谣时代，秩序时代也同样是浊乱时代。

019 风
上 元 夜

黄昏的尘冠，纯真的旌麾
火鸟乘西风掠过寒云

我们离开了空空荡荡的灯箱电话亭
显示屏仍在发光
众多插头仍在吮吸众多插座
稠浓的电浆

陌生同伴身旁，朝圣队伍的黑底片
在荒河星阵下显影
等温线、指南针、齿轮状城堞
从制图师的红月亮上
转眼逃散一空

节序之潮，自昨天
寄来一张春季明信片

终于，在学院路
我们重新回到

十八九岁，或许再年轻一两岁

020 㬢

扬州明月楼

公元七世纪至九世纪，扬州尚居于长江入海处北端，距汪洋大水甚近，南郊与润州隔江相望。开成三年，即公元八三八年，东瀛僧圆仁乘遣唐使巨舶抵达扬州。路经海陵白湖镇，看到河中水浅，众多运盐船难以通航，于是水牛列队，从陆上牵曳。密簇、闪亮的畜脊有如一道海际线，令圆仁殊为惊异。

八月广陵，兴旺鼎盛，连年的灾荒、战乱、疾疫也无法将这恒世繁华抹灭。日本使团泊岸，向扬州都督府呈报文牒，静待通行公验。其间，东瀛僧遍访城内名庵宝刹。在龙兴寺，圆仁于琉璃殿东侧普贤回风堂彻夜持诵《华严经》，破晓前一度得见传灯大法师鉴真和尚灵影。

须弥顶上，菩萨来集。尔时，世尊从两足指放百千亿妙色光明，普照十方一切世界，须弥顶上帝释宫中，佛及大众靡不皆现……

堂内立碑铭，记叙八十年前，鉴真和尚为弘法东渡扶桑之事迹。"和尚过海遇恶风，初到海蛇，蛇长丈余，又至黑海，海色如墨……"圆仁读讫，感深肺腑，备述于《入唐求法巡礼行记》第一卷。

正月十五上元节，扬州城灯盏万千，不可胜计。只见男男女女，夕晚入寺供佛。东瀛僧访览禅院，穿行市坊、台阁、长桥短桥之间，于动中习静。九里三十步街头，邈似仙境。沧江上下南北，星火漫漫渺渺，雾雾袭来，仿佛一场琉璃梦。此时，浮浪儇佻之徒，贼身者，媚世者，孤寒者，清浊并蕴者，填堵闾巷。此时，乌铜扉迷楼，奢汰无度的软香巢，隋炀帝的机械秘宝，已崩毁四甲子有余，而暴君魂魄仍随处飘荡。红颜，白骨，任意车，淫亵之镜。此时，扬州西郊，那座久遭历史长风吹散的煌熠宝阙，依然在阴阳混同、晨昏失序之际，凭托世人意念中残存的形象，往市垣上空投射以飞檐斗拱的虚影。迷楼，环复四合，千门万户。

唐代扬州城，分为子城和罗城。子城亦称牙城，置有淮南节度使、淮南采访使、江淮转运使、盐铁转运使等司官治所，以及知州衙署和扬州都督府。罗城亦称大城，为百姓屋宅、商肆作坊聚集之区廛。东瀛僧圆仁赴台州国清寺寻师前，勾留广陵四五个月，穿梭在漕河两岸，参禅证道于烦嚣之中。江淮地方，百工荣兴，扬州城内外，计有铸钱、铸字、铜器、锡器、金银器、玉石器、木器、漆器、军器、农器、织染、造船、造纸、印刷、制茶、制盐等业。日本使者们发现，扬州的瓷器外销生意虽十分昌隆，却无一座瓷窑。这些异邦人浩慨，频仍的灾荒、战乱、疾疫，也没能让广陵盛景沦逝，反倒令它愈显旺炽，几近昏狂。圆仁生出明识，以诸位朋侪的见地和境界，尚无从洞彻机括，勘破幻相：灾荒、战乱、疾疫无法令繁华离开，只不过繁华终究会自行离开。

然而，东瀛僧圆仁又何尝泯除诞妄，不淆于惑？佛说一切众生相，即非众生相。凡为外物侵夺者，皆内质不足，信哉斯论。圆仁眼中仍有空色之别，心中仍存真幻之分，闻理似悟，遇境则迷。他一意循守八正道，刻苦参解那无上正等正觉，因此念住于空，既不曾看到漕河边布列辉耀的万盏绛纱灯，更不曾看到娉娉袅袅的歌姬舞妓走在楼头，仿若飘飞城上。有人见不可以见者，是为神胎；有人不见可以见者，是为觉障。东瀛僧不欲见诸色相，故双目低垂，默诵弥陀。此去台州国清寺，须向大德求教：可以见者，可以如何见？

玄想一生，天国、尘俗、地狱，瞬息层叠，六道即轮回于当前刻下。圆仁步入唐朝的黑夜。明月楼已在街角浮现，但东瀛僧觉得那又是一抹迷楼虚影。青幽幽的月光为一朵轻云镶边，使之七倍轻逸于初始，恍似一条升龙，直上九霄。

021 （风）
乌夜啼

我们依栖于
城市这棵参天巨树一小根悬远枝杪上
危巢犹如轻烟，在一阵星辰的大风里消解

我们不过损失了几片尘霭
僵木的晚街
是一杯真理夜饮，含糖太多
以繁饰的灿亮催人饱醉

我们看见一只铁皮凤凰在云端阴悒翔翥
俯视低处密集的睡眠

022 㬢

扬州明月楼之二

郭廷诲《广陵妖乱志》载："富商巨贾，动逾百数。"金玉满堂之徒，腰缠万贯之辈，于扬州城兴建府宅、庭园、家墅，成一时风尚。见问，财主殷众，皆从何处来？或曰，自铜、铁、盐、茶诸业来。又曰，自江、河、湖、海诸路来。果真如此？尝闻悟道者言，大水汇流，万品集萃，银钱所出。高士之语可为证。

然而，世人实不解财货、荣显缘何来，缘何去。

鲍参军《芜城赋》云："南驰苍梧涨海，北走紫塞雁门。"又云："孳货盐田，铲利铜山。"

李太白《登高丘而望远》云："银台金阙如梦中，秦皇汉武空相待。"又云："盗贼劫宝玉，精灵竟何能。"

有时妖乱源于富奢，有时则相反，富奢源于妖乱。

唐天宝三载，即公元七四四年，日本僧荣睿、普照等再访扬州，奉邀鉴真大和尚东渡弘法。彼时明月楼内，粟特舞妓裴月奴十五韶华，未到火候，仍做头牌王盼儿陪衬。

七月初七下午，姑娘陪伴大掌柜、裴妈妈二人前赴江岸。所为何事，她并不知悉内情，亦无意知悉内情。乘骡车至堤塘。时近黄昏，上下一派空阔，只见斜日深晖，菰蒲苍茫，三五艘新罗、百济船，正从波翻潮涌的东海边沿，朝着长河咽吭处坐落的港埠驶来。烟霞烂熳，鹭鸶于水畔猎鱼，鸿雁嘹嘹呖呖，迎风振翮，参错往牛渚矶飞去。

大掌柜欲与某某公子相晤,讵奈对方爽约,未至。回程天色已暝,忽逢一场狂雨,裴月奴渐生忧惧,双手不由得揪紧腿上铺展的茜裙:几丈之外,萑苇密密丛丛,蒹葭摇荡不定,或有一伙谋财害命的匪贼匿伏其间,将在下一刻冲出劫杀他们。

三人扑空。对粟特舞妓而言,未必是一桩坏事。打算接她上画舫的小小舢舨失信误期,始终不见影迹。为何偏偏来此地,却不从码头登船?十五岁姑娘又怎会明晓。

津湿矇晦中,路人贼行,各自搜抉遗落的片片残魄。岸旁散置着治水护堤的埽材。途道坎坷,迂曲,瀸瀸泿泿,车子徐缓前进,轮毂满是泥污。

两个主宰裴月奴运命的男女一路谈叙。妙年粟特舞妓听不懂,遥遥向扬州城望去。潦雨初晴的清穹下,街市灯烛绵邈无绝,似与星汉相接,令新月煞白。江上波光点点,暗影湛浮,殆如寐梦。骡车在杂花幽树间辚辚行驶。夜阴里勘察河道洄流的鬼祟男子,待裴月奴等人离开,迳往深处觅去。他梦想着终有一日,从江底捞出一两副船骸,攫获铜钱、银锭乃至珍奇重宝。这时,不明异物惊扰到大片眠鸥宿鹢,水鸟扑翅纷纷。晚香玉的芳馥随之传来,令车夫神醒。

"白鲸!"呼声于迥旷中旋荡,"白鲸!"

风起如箭,逆浪拍岸,将若干搁浅的大船进一步推上沙洲。顺着人们手指方向,裴月奴引颈遐眺,隐约看见一个小鼓包从江心隆起并快速滑移。城堭已近,舆马行人渐多。不乏虔敬男女在水边跪倒,顶拜,焚祷。

坊间传说,白鲸为龙魂化身。其实,龙魂在白,不在鲸。此白附于鲸,皦皦然,皓皓然,雕雕然,亦可舍鲸而附于鲟,附于鳝,附于鲵,附于鲴,附于鳢,附于鳟,附于鲫,附于鳎,附于鲮,附于鳙，附于鳢，附于鮹，附于鲷，附于鲛，附于鲍，乃至附于鲲。十八年后，李太白骑此白鲸，从采石矶升天，龙魂因之圆满，游离电遁无踪，于是乎，白去灰现，白鲸复为灰鲸，返归溟渤大海。

宵深戏未阑，满城露重凉生，裴月奴浑身乏累，回到厢房，却了无困意。屋室以西域彩画墁墙，还勾绘着河间风格的腰线。故乡，故乡，粟特少女忖想。奈何故乡邈远，裴月奴记忆朦胧，无从追溯……

明月楼光焰煌煌，乐声幽婉，歌韵清圆。姑娘凝然独坐。熏裹的铃子香让她伤怀欲泣，只因三夏已过，秋凉渐至，只因上天不怜，只因今生今世，命为烟月鬼狐，身无所依，情无所寄。

023 翰

逆风骑向西瓜博物馆

如今，范湖湖早就抛弃了那个夏天，它动荡、短暂又极不真实。那个夏天，那个奇幻夏天，据说一度凄惨，或一度灿烂，可是它传导至当下的阵阵余波，威力剧减，微弱拍打着日常生活的坚固堤坝，潦草而消沉，苍白而无害。如今，范湖湖已沦为一名混混青年，新鲜热辣、彻内彻外、悔之莫及的大龄混混青年，所以我们也开始叫他范混混，公开这么叫。那阵子，男人患上了附睾炎，正承受着失业、失恋、失忆的三重打击，流落到京畿南境的瀛波庄园当舆情调查员，继而在一家可疑的养老机构当学术顾问。范湖湖是博士，正牌经济史博士，堂堂方脑袋博士，这样一位博士，渊博之士，混迹于城郊，仅负责巡巡街，收收钱，记记账，未免大材小用。其实，两份工作皆形同打杂，几近卑贱，自然也没有什么年度考核，什么业绩指标。做一天和尚撞一天钟。挺适合他这样的家伙。收入嘛，凑乎糊个口。至于早先要修建《西域史》圣殿的宏大计划，无限期搁置了，也可以说干脆放弃了，只不过，所谓读书和写作还在凭惯性空转着。

从历史研究所退职后，范湖湖六神无主，跑去一位好朋友打理的家族龟鳖养殖场待上七八个月，整日穷极无聊，唯一工作是观察并记录那些活跃得极其反常的爬行动物不停伸缩，划水，翻身，推挤，交媾。他这个好朋友，诗人远男，天生鸡目眼、讨嫌且怪诞的龟鳖培育高手，因着黄缘闭壳龟赚到不少钱，又因着绿裙山瑞鳖赔掉不少钱，大体而言，反复捣腾了许多年龟鳖，结果不赚不赔，赛似人生，徒有三衰六旺。正是在远男的邃僻养殖场里，守着千百只硬撅撅的龟鳖目活宝贝，过着喜怒不系于心的闲散日子，范博士大梦方醒，发现自己从头到脚一堆毛病，满身缺陷，其中最显著的毛病、缺陷，是意识不到自己的毛病、缺陷，更纠正不了自己的毛病，弥补不了自己的缺陷。他兴许有那么一丁点儿才华，怎奈这一丁点儿才华，刚够诸老板、诸猛人踩在上面来回搓擦，他们一言难尽的颅盖呈不规则六边形，他们绵络无绝的涎液往弱者的光屁股上直滴淌，犹如前列腺肥大之辈放尿时，对准脚下脏兮兮的便池艰难滴淌……想当初，《西域史》第一卷发表之际，范湖湖也曾头角峥嵘，也曾满怀期待。他颇费周折才总算申请到五万余元出版资助款，自己上蹿下跳，好歹让首部专著面世了。然而，那本六百余页的扎实之作终归只等来稀松、零星、冷淡的评价，某位业内人士指摘它把高深学问降格到通俗演义的水平，甚至更糟糕，降格到寓言故事的水平，仅仅是不负责任的空幻叙述。"该书作者应当去搞文学。"判词一锤定音,谁都不再多瞧它半眼。反正,这名经济史博士,这个不守规条的莽夫无外乎一股观念世界的浊流,抑或乱流,又或狂流,甚或逆流。反正,他在学术圈影响微浅,不值一提,意图却十分鄙劣,足可方之于社幻小说家在文坛实施的腐蚀戕残……

"世人擅长将自己的伪误,锻打成一柄匕首,去砍削他们不能更不愿理解的事物,"语言天才屈金北浩叹,"恐怖啊……"

范湖湖谈过两次恋爱。第一任女友给予他睡莲般又圆又厚的舒适感,但他不懂珍惜。第二任女友,亦即未婚妻,则让他坐上过山车,每每心惊肉跳……不管怎样,好也罢坏也罢,范湖湖重返单身,成了范混混,轻松而沉闷地一个人生活。

很遗憾,好景不长。因为光头屈金北还讲过,寂寞是一只隐形蝎子,把毒素注入受害者体内,时时令他灼痛。据一位知情的女士披露,屈金北或为粟特人远裔,私下里信奉早已在尘世消匿的摩尼教。这位语言天才对上述说法不置可否,但他确实告诉过范湖湖博士,我们的境况之所以重重复复,应归咎于恶魔阴险的狡计。是啊,去"三春晖"福利院上班前,潦倒的青年史学家从未想过,自己有朝一日会跟个狂野、低俗、多疑、执拗,加之心理变态的女护理师搂作一团,整晚打打闹闹。他原本相信我们不可能两次踏进同一条河流。至于那家照料老人的福利院,并不是一系列水泥钢筋、花花草草,以及公共政策组成的暮龄者服务设施,而是一座以衰病皮肉搭盖的阴暗殿宇,其间供奉着半死不活的无头神明,狂作家陆瘐鹤把他们统称为《无头之人》的地仙版本,终年香火旺盛。君不见入住福利院的老爷爷老奶奶,吃了它的饭菜,喝了它的药水,便不断抛除辛酸、沉滞的往昔,个个身轻如燕,笑逐颜开?范湖湖在这儿结交过一位忘年友,此公大脑受损,苦于海马体创伤而忧郁症频发，居然像普鲁士元帅冯·布吕歇尔一样，认为自己怀孕了，腹中胎儿是一匹白象。还有一名老妇，梦想去贝尔格莱德当游击队员，她时不时侍弄草木，并且在昏夜掩护下，从马路边挖出小树苗，移栽至福利院一片荒芜的花坛间。

范湖湖博士几度自问，那儿到底是一家正规的养老机构，还是一座潜隐于街市的资深人士拘留营？

无论如何，他已在此落脚，深尝寂寞，仿似一颗还算年轻的流浪小行星不经意撞入了老态龙钟的太阳系。之前，有个无知大娘责问范湖湖，你天天搞那些死人干啥，你还能让他们活过来不成？——天天搞死人什么意思，嗯？敢不敢再讲一次？当我是偷尸贼，是奸尸犯？我搞死你妈啊！史学博士怒极，抄起脚边一根硬木棍猛力扔去，正中那妇女眉心，好比给她点了一颗印度人的吉祥痣。——哎呦呵！受害者双手抱头，仰身跌倒，有若狗熊。神经病！警察！救命呀！……范湖湖不得不进了趟派出所，赔偿了大娘几千块钱医药费。唉，如果可以，如果上天恩允，他想用棍子再扔她一次。

未婚妻走后，范湖湖镇夜无寐。往事像一个龋洞，让他忍不住频繁舔舐，酸楚难禁。姑娘的性子，跟大多数女人相仿，因月事而忽阴忽晴，让你完全猜不透。她有过一次宫外出血，撇下他离开时，未留只言片语。某个星期六，大概纯属巧合，我们的青年学问家循着失踪女友的通勤路线搭乘地铁，顺手揣上了一部历史小说《月亮的朋友》，作者是多产到自惭形秽的大寿星，九十八岁才谢世的英国文人伊登·菲尔波茨。范湖湖两手捧书，但根本读不进去，他精神委顿，愁眉深锁，俨然已迁至衰老的永巷蛰居。博士对面坐着一对年迈夫妇，由始至终在彼此问询："什么都不要啊？什么都不要啊？"老头子脸色萎黄，脸相僵槁，最后轻轻答了一句："什么都不要啊。"随即搀扶老太太下车。回忆，回忆，回忆。范湖湖陷溺于杂驳旧影之中，回忆渺如烟云，又不全然是烟云。他呆头呆脑，上车下车，随波逐流，近乎重度强迫症发作：焦躁，厌恶，无法自拔。换乘通道里人潮汇涌，挤得博士腰背酸疼，两腿抽筋，百千嘈嚷令幽思和幻想时断时续。终于，他似有深悟，情伤复炽，暗自一声吁叹，淌下两行浊泪。附近巡逻的地铁保安员立即察觉，这乘客很不正常，很不对劲，没准儿是个色情狂，或者是个打算寻短见的倒霉鬼。结果一通广播，他被轰出了车站，强制处罚，三周不得入内。

范湖湖博士拒绝将各种著作及论文拼凑、黏合为一体，堆积成一个垃圾学术的史莱姆大怪物。

当舆情调查员头几天，他与瀛波庄园的雾霾老汉结识了。那阵子，邓勇锤常去镇上开设的"长者食堂"占便宜：餐券一交，坐好，五个成年男子的分量他一顿扫光。这日清晨，老头儿看到，新任职的舆情调查员也在"长者食堂"用早饭，男人若恍若惚地端起一碗皮蛋瘦肉粥，把调味的姜块也一并嚼了，咽了。邓勇锤心中一动，上前同他搭茬……四十多年前，我在青藏高原开大货车，经常翻越喀喇昆仑山脉，雾霾老汉说。我儿子，是个吃软饭的，我姑爷，是个窝脓包，雾霾老汉说。这次闲谈给史学博士留下的唯一印象是，邓大爷声腔洪亮得几近刺耳。事后，踏上通往西瓜博物馆的路途，范湖湖才想到，老头儿可能太怀念那片缺氧的寂天寞地，也可能太看不起一辈子苟安于东部平原的邻居，总之，他过着罕为人知更鲜有人敬的半神半鬼生活，逐渐退化成一头野兽，一头超立体主义野兽。雾霾老汉肚子很大，喜欢沉重的体力工作，喜欢不切实际的发明创造。范湖湖认为，恰如一位吸毒过量而猝然毙命的失意诗人所写，邓勇锤由于孤茕一身，三魂七魄飞得太远，升得太高，因此，像条疯狗一样遭到了天谴。这个眉棱突兀的老头子在家中裸体走动，腰胯以上仿若一枚软塌塌的大青柚，腰胯以下则简直无法形容。他日复一日摧花斫树，浑然忘我。他自己栽接南瓜，煮南瓜粥，凭恃它降糖降脂，其古怪性情，经由南瓜粥凸显，放大，增益，覆罩着一层蛮力之光。吞食老倭瓜的狂人啊。邓勇锤先生那直勾勾的眼神，硬拐拐的下巴，揭示了他一根筋的单线思维和难以自控的强烈意志。有一回，狂作家陆瘦鹤与刚结识的范湖湖博士闲聊，提醒他留心雾霾老汉身上残存的神话色彩。确确实实，邓铁肺走进"三春晖"福利院的荒僻菜园，忽如南极仙翁走进麋鹿园，或如耶稣走进客西马尼园，又如释迦牟尼走进祇树给孤独园。老家伙睃睃睁睁，好似一位疯王，好似一匹年迈而呆笨的公象，但他灵活、软熟的舌头，他放逸出尘的秃顶，他摧枯拉朽的敏捷思维，使之多年屹立不倒。现如今，范湖湖当上了福利院的学术顾问，得以在故纸堆里捣鼓历代养生思想，还要拜铁肺子大爷邓勇锤所赐。

雾霾老汉的女婿鲁尚植，可归入京畿南境的所谓"燃丧者"团体。这些人日日精神抖擞地走向写字楼，力敝筋疲地返回社区，长年因胆汁过盛而瞳仁发黄。瀛波庄园的药王邱愚翁于是指导他们，采集酢浆草，自制清热解毒的煎剂、消肿散疾的酊剂。老派燃丧者，例如铁肺子大爷，多为空有一腔热血的牛鬼蛇神，他们早已无用武之地，过时的知识体系一钱不值，当下事务几乎没办法插手。邓勇锤养成于计划经济年代的才智，那挥之不去的大饥荒恐惧，断绝了他融入当今社会的丝缕可能，使他无论走到哪里，终究得坦露真实面目：老山怪一只，令你瞠目结舌。而新一茬燃丧者，狂作家陆瘐鹤称之为火炬木乃伊，其属性人所共睹。与老派燃丧者不同，这帮哥们儿真正易燃，可比作干尸，他们的前辈则可比作湿尸，或者冰尸。对，燃丧者无不阴沉，但邓勇锤女婿之流的阴沉，是浮躁、善变、随时准备以清仓价出卖友伴和同志的阴沉，而老头子本人的阴沉，则是刚韧、死硬、敌视一切的阴沉。他本已千疮百瘐的脑袋，行将裂解的蜂窝状脑袋，每隔几日便增添一个大洞。他那充当杂物间的阳台上，长年晾晒着猎获的死麻雀。由于女婿是"三春晖"福利院的经理，雾霾老汉常出入此间，偶有兴致，还住个一两晚，所以说，这里不时能听见他挥鞭抽打星辰的清响。嗦呃，嗦呃，嗦呃嗦呃！嗦呃，嗦呃，嗦呃嗦呃！银河颤动，万类噤哑，造物主无缘无故感到一阵锐痛……

在邓勇锤的引荐下，范湖湖受聘担任光荣的学术顾问，不过诸位千万别以为，老头儿如何高看、赏识自己的姑爷。实际上，他从不正眼瞧这可悲汉子一眼。翁婿二人皆因自尊心受创而神情冷峻。步入颓暮的邓勇锤素来不笑，也素来不哭。白昼攒积的怒炎将老家伙的春秋大梦烧焚得一干二净，屡屡让他圆瞪着眼睛瘫睡。早上醒来，望见许多庞大的风车在窗外排列，构成一卷费解、荒幻的景致，邓勇锤感到死亡又逼近一步。那些白色巨物，那些倾斜度极小的钢铁棱锥台，宛若魔偶，森耸于初阳乍露的晴空下，顶端转动着三根愚钝桨臂，不停搅拌郊寰的曙影。整个京畿南境的波浪状空间即发源于此。它们活似一只只多足纲动物，在风力电机的阵营间生长发育，浑雄的瓦蓝色大肚腩里乱钻乱拱，制造灼粲的洄漩，并盲然爬向四方。彼时彼刻，太阳位于白羊宫，启明星位于双鱼宫，天边晨霞浅淡，仿佛一抹处子的赧晕。阵阵金色颤音首先在树冠间传递，紧接着金色芳香烃溶液开始于林野表面滚沸，无止无休。我国那悠久、顽硬的历史在无际苍冥下翻涌,而小小一座瀛波庄园,充其量只是它粗犷肉体上滋生的带状疱疹,是它古久桃花源美梦表面的老茧死皮。邓勇锤从狞猛、险恶、势大力沉的酣眠中回归现实,恍觉无形的缆线正给他充能,宛如有形的缆线正给他楼底的电动三轮车充能。老人咬牙鼓腮,试图彻上彻下地、心绪毫无波澜地挖掘那所剩不多的生命潜质,像拧毛巾一样把自己再度拧紧,像榨过两次油的花生一样挣扎着企图第三次出油,以便余烬复燎,重新振作,维续其雷打不动的神圣日程表。

他会为一点点小矛盾冲自家姑娘暴吼:"滚,快滚!"

这时候,他六岁的外孙女,全家的明珠、祸源、核武器,遂以她鹦鹉的调子慢吞吞说:"不要!我妈妈,是你女儿呀……"

隔三差五,昝琦琦的祖父,扑克高手昝援晁,便央邓勇锤陪他去福利院嬉闹。这个监狱厨子牌技太厉害,太能赢钱,导致方圆十公里之内没人再同他玩耍。昝援晁不得不扩大觅食半径,天天坐免票的公共汽车进城打牌,甚至顾不上接孙子放学。他一脸败沮,嘴巴瘪缩,五官和肌肉均持续下垂,犹如自刎刚断气不久的楚霸王项羽。坐在燃丧者邓勇锤的三轮车上,昝援晁不吱一声,没去扯什么阴间地理学,尽量不惹老邻居心烦。伴着电动机的运转,他满是赘肉的身体轻轻震颤。昝援晁拎了一袋鸭屁股,肥腻、腥臊的鸭屁股,那是他钟爱的食物。两个老家伙一抵达福利院,立刻扑奔棋牌室,假如半路遇见范湖湖,邓勇锤照例会冲他点点头,意味深长地丢个眼色,似乎在对暗号,而实际上根本没有暗号可对。史学博士脸儿青白,活像穿宵连夜玩电子游戏的旷工青年,但他不玩电子游戏,也从不旷工。这位史学博士之所以双颊凹陷,与其说是因为酷热的天气,不如说是因为他咎由自取的受虐人生观。范湖湖一抬方脑袋,看见雾霾老汉邓勇锤和赌徒昝援晁迎面走来,又联想到早上福利院经理鲁尚植的例行训话,兀然间,似曾相识,他魂识中再度莫名其妙响起一道声音:

> 燃丧者憧憬着那样一个时代,一个宜燃宜丧的时代,燃则烧遍整个广义宇宙,丧则化身为一只蚝蛎,这个随喜燃丧的时代,一个燃极丧来、大燃若丧的时代,只存在于他们兄弟般团结的燃丧者伟愿之中⋯⋯

谁在发言?是神灵,是副人格,还是可恶的光阴漫游者?范湖湖觉得,自己快疯了,理念工具全生锈了。他多么想掏出那状如核桃仁的思维器官,摊到正午的烈日底下曝晒,最好再有一辆柴油压路机从它上面开过去,把它碾轧成饼子。史学博士一度幻觉自己在志业的天地里翩翩起舞,犹如大卫王在约柜前翩翩起舞。他反反复复睹见一派苍凉的梦景,难以描绘的精神梦景:壮阔原野上,时间之河幽严地流向远方,殁而无朽的英雄们在彼岸恒久奋战。唔,真正的史学家不该满足于廉价、简固的研析程式,不必找先贤讨冷饭吃,不可乞借他们的智慧油灰,来填补当代的文明漏洞⋯⋯

邓勇锤和昝援晁,这两个发瘟老头儿,这两个瀛波庄园的双簧戏活宝,又是哪一路鬼怪?范湖湖觉察到,他们成天一副与世无争、与人无害的模样,其实于麻木不仁之中暗藏讪诮。他们一个眼角膜灰斑密点,另一个皮肉松弛,有如漏气的旧飞艇。他们的傻笑里掺着幸灾乐祸,呆愣愣的目光配合着微哂的表情。你很清楚这类老头子不屑于讲公德、讲卫生,不屑于排队、遵守交通规则,不屑于尊重别人的隐私,更不屑于现露自己的真实想法。实际上,他们六亲不认。他们是一堆顽石,以尴尬的闷默挡下一切不乐意回答的问题,排除一切不希望逢遇的状况。借用语言天才屈金北的措辞,邓勇锤和昝援晃这两个老爷子,"又贼又稳":他们才不纠结什么循礼,什么行义,什么立廉,什么知耻!关键是快活,是念头通达!诸位快活不快活,念头通达不通达?雾霾老汉说过,我们,燃丧者,歧视你们,学者。那时候,范湖湖冷不丁听到这一句话,睁大了眼睛,真不敢相信他向来灵光的两只兜风耳。没错,雾霾老汉讲话不留情面。没错,我们排定的品级序列里,你们处在最底层,非常低贱,且不自知低贱。为什么?学者于人于己,全无裨益。学者,艰难的生计呀。看,你们吃人家吃剩下的,还吃得津津有味,起劲咂巴嘴。你们在吃猪食!就为了抢那点儿菜渣,那点儿吃剩下的,连人格,连这张脸,都可以抛到一边。老弟,何不直起腰杆子,去福利院干活?服务,流汗,坦坦荡荡吃饭,不用吃屎。难道你喜欢吃屎?

于是乎,范湖湖便以邓勇锤老弟的身份,来到"三春晖"做个领薪水的学术顾问。工作性质?模糊不清。业务范围?不停变动。经理大人只吩咐他多帮忙。史学博士流窜于各部门,皮笑肉不笑,受到嫌弃,逐渐接受了自己是个废物的事实。最终,音乐治疗科的女护理师翟小姮收留了他,或者说盯上了他。这姑娘扎个菠萝辫,涂抹着红艳艳的雾面唇膏,她身材丰腴,走路时故意小步慢行,两腿往中线迈,却尽可能不扭摆臀部,仿若克服了重重困阻,方才强死强活,顶住欲念的冲击,而那偏偏又产生另一种诱惑,似挑引,更似挑衅。范湖湖很想抽这女人几巴掌,把她脸蛋抽肿。翟小姮告诉他,下次游欧洲,得好好逛一逛凡尔赛宫。哦,凡尔赛宫,好去处,史学博士说,凡尔赛宫那些日久弥新的窗棂间,泼出过多少王室成员的屎尿啊!翟小姮不愧为护理师,坚持让范湖湖学习医务知识,什么肾上腺素受体拮抗药啦,什么胸腺素免疫抑制剂啦,什么多氯萘和斯德哥尔摩公约啦,女人不断往他矩形的脑袋里填塞,好比制作灌肠。

"喂,"翟小姐问史学博士,"你知道一九三七年在美国爆发的磺胺酏剂事件吗?"

"折腾了半天,你就想说这个?"男人反问。

屋内传出一阵阵鞭响。嗦呃嗦呃!嗦呃嗦呃!……

原本,范湖湖已回到无性状态,亦即亚当在夏娃创生以前所处之状态。可是翟小姐那火辣辣的蛮族式眼神,她强装镇定的步法,使他深受震动,以致枯蔫很久的豆芽又复苏了。这姑娘撅着屁股,搔首弄姿,俨似惊讶于自己女性的魅力。她一个劲儿悲叹命相不好。她暧昧的腔调,她猫科动物的双瞳,她矫揉造作的一举手一投足,无不显彰雌兽之气宇。这姐们儿打算干啥?其实范湖湖没什么闲兴细究。他怀疑自己染上了不可救疗的恐女症。方脑袋博士思忖:倘非荷尔蒙作祟,我基本没必要跟异性交流,亦没必要跟同性交流,尤其没必要跟他们交流。孤独终生?行。老子毫不介意……打理家族龟鳖养殖场的好朋友远男说,范湖湖少小无知时,把女人统统抬升到女神的地位。而且,他至今坚信,她们看似柔弱,实则刚强,双肩柔弱,两腿刚强。她们诈术高奇!她们一旦认真也万分可怕!正牌经济史博士领受了悠长的折磨,那兴许就是幸福吧,甚至比幸福更好:怆痛的幸福,牺牲奉献的幸福。三年前,望着未婚妻的背影,男人经常觉得,自己像雪球一样融化了。他俩相恋已久。他俩在沉密的秋雨中搂搂抱抱。有时候,范湖湖太畏惧,有时候,饥渴而毒辣的火焰扑到他身上乱咬。

†

范湖湖终于明白，同事翟小姐为什么一直独身，为什么没人敢招惹。

滞闷、幽沉、危险的夏昼，方脑袋博士和女护理师待在房间里，汗下如流。四近充斥着威胁。这样的时点，这样的暑氛，范湖湖忖量，连阿弗拉西亚布大王也不禁对战争感到烦腻，他将永息刀兵，求觅太平景象，扶植文学艺术，祓除苦痛与愁恼，让尘境溢满爱情。至于下一刻，狂作家陆瘦鹤没准儿打来电话，业余忍者说不定会噌地爬上窗台，屈金北则很可能毫无预兆地往这儿闯，而眼前这扇抵挡全世界的破门，根本经不起那个光头肌肉男三拳两脚……

寂静由另一种寂静冲抵，烦躁由另一种烦躁取代。范湖湖垮了，认栽了，同时又觉得自己值了，胜利了。男人无忧无怖地直面女护理师。少妇，我鄙视你，我不搭理你！但是，很抱歉，他胯间那欲求猛涨的蕈状赘生物完全不听指令。视野蒙眬，脊皮微冷，唇角微翘，心运行于澉渤排荡而暂未打破平衡的两股巨力之间，恍若一只墨鱼，惛惛然，怔怔然，游弋在即将喷发的海底火山正上方，热气扭曲了目光，使多种感官变迟钝，唯有一种知觉尖锐得近乎刺痛。翟小姐倚着破旧的铁锈色皮椅，单手支着脑袋，半笑不笑，朝男人勾勾指头，命他俯首膜拜她赤条条的、无拘无缚的身躯，如同膜拜一尊淫邪的魔神。范湖湖，名誉扫地的废柴史学家，久久抚摩女人的滑润裸体，他深刻、拙笨的渴念，好像丑劣的大蛐蟮在温湿和暗晦中探寻，不断发掘尚未出土的古代雕像，而在范湖湖缭乱芜杂的意识里，翟小姐恰恰等伦于一具美索不达米亚圣祠的石质雕像……这下子，女神情结，可厌的女神情结，罪该万死的女神情结，哗啦一声，又从往昔的幽昧水底钻出来，它荼毒思想，妨碍行动，使男人欲进不能，欲退不甘。翟小姐怡然自得地闭上眼睛，仅凭无言的气势指引虮蚁般卑不足道的范湖湖在她绵亘无涯、跌宕坎坷的身体表面爬行，东游西荡。加油哇！果敢，勇迈，精进！路漫漫其修远兮，"尔"将上下而求索！……女人逐渐焦灼，逐渐不耐烦了，她频频挺胸，抬腿，抖臀。她咭咭哝哝，骂骂咧咧，如大陆板块崛起，如雄伟的造山运动将男伴一股脑儿掀翻。范湖湖知道女护理师强壮，但不知道她这么强壮：他在浑厚雌风的镇压下动弹不得，燥热的蛮劲侵入他瘦棱棱的肋腹，受到刺激的铜钱癣又痒又辣，内外夹攻，令史学博士苦不堪言。残虐的翟小姐仅凭一双豪乳，便可以把他击晕。呼！她奋然一甩，浑实的肉球正中对方太阳穴，打得男人眼冒金星，像一条迎风悠荡的枯柴那样栽向了床垫。蝉蜩逞狂的午休时刻，从青空落下三两滴整个夏季凝缩的金黄液珠，而一间郁暗的屋子里，范湖湖和翟小姐你来我往，狠命交欢。我是谁？我在干吗？男人觉得自己被吸进了一台榨汁机，变成了一根玉米，炽肆膨胀的爆浆玉米。不，我不是玉米，我应该是山楂，让女人酸爽不已的山楂，蔷薇科山楂属，啊，粗野的雄蕊！……僵持半响，范湖湖因缺氧而发慒，发愣，发悸，他陡然停下动作，流鼻血似的昂着头，随手捞来一条裤衩，慢慢拭擦他雾气蒙覆的眼镜，开始连篇累牍，扯旗放炮，要跟女护理师探讨伦理学。快闭嘴，翟小姐尖声嗔叱，你这蠢驴，光说不练的臭知识分子，给老娘用力！……她吃惊于他那还几乎是少年样态的躯干四肢，吃惊于他幼稚可笑而佯装圆滑的处世方式。翟小姐发觉，范湖湖从根子上不把人际关系当一回事，他纯洁得超乎寻常，冷淡，缺乏同情心，迂傲,悲观,孤芳自赏。这家伙本该当个流浪汉,奈何太懒,当不了流浪汉。他时时微醺迷醉,时时神骛八极之表,总在书典图籍的烂泥塘里沐浴,在资料的湿滑窄径上踌躇。如果历史是一位女士,范湖湖不难从她留下的手印或者足迹,推知她大抵什么长相。

嗦呕,嗦呕,嗦呕嗦呕!嗦呕,嗦呕,嗦呕嗦呕!……雾霾老汉又在空地上鞭挞夕阳,他激昂的詈骂,穿过金色薄暝,震动了范博士和女护理师本已失灵的耳蜗,令两人似梦初觉。然而,他们的手脚互相绞缠,并不打算分开,急迫之间也难以分开。

"好一轮妖日,"雾霾老汉怒啸,"原先那颗太阳,已经被人掉包。好一出偷天换日!"语音极具穿透力,让范湖湖回想起自己第一次跟邓勇锤说话的情景。当时,尽管老头子很克制,他中气十足的言谈还是差点儿伤到史学博士那一颗生来偏爱清静的棱柱状脑仁。"呔,狗奴!丑八怪!"不难想象,这一刻,邓铁肺正狠狠盯着天边不红不黄的大火球,"呔,贱畜!冒牌货!……你纵使瞒得过全世界,也休想瞒得过老子。我要向所有人揭发你卑劣的骗术,要让所有人看清你可耻的庐山真面目!……"

†

范湖湖此番恋情,大伙认为,实在惨不忍睹。

过往经历令我们的史学博士深信,爱可遇不可求,为爱展施手段是摧磨爱,追逐爱让爱枯涸。他说爱难于驯养,爱窒息于爱巢。他说以爱之名义行事,爱便减衰。他还说真正的爱者无所用心,无所告乞,无所依傍,总之,爱不可思量。

七月某天夜间,约莫九点钟光景,民间语言学宗师、秘密信仰摩尼教的粟特人屈金北,从自家阳台看见范湖湖博士跑出住宅小区东门,嘴里嘟嘟囔囔,仿佛丢了魂,女护理师翟小姮落在他身后十米处,正疾步追赶,哭腔喊道:"等等我,等等我!……"零时左右,晚归的笔苑怪杰陆瘐鹤碰到范湖湖,只见这男人发酒疯一般穿过小区西门,冲向黑灯瞎火的街道,伴着醉意一迭声叫嚷:"等等我,等等我!……"凌晨三点钟,暗影含露,星光炜烁,追奔大戏再一次上演,角色也再一次互换。两人相唤相呼,罔顾羞耻、不知倦怠地通宵打得火热,说实话,周围邻居压根儿看不懂。他俩气急败坏,你推我搡,脸上挂着泪珠,时或嗷嗷猛吼,时或颤言哀请,时或拳打脚踢。仗义行仁之徒几度想报警,燃丧者纷纷推窗亮灯,准备往楼下扔花盆,可转瞬间,那对狗男女故态复萌,又抱在一起狂吻了。他们死命亲嘴,四只手乱掏乱揉乱揪,粗俗难耐地直哼哼,像日本猕猴一样紧挨紧搂,还像蛆一样不停扭动。月光泼泻,烧蚀着狗男女的心魂,使之呆若木鸡,谐如琴瑟。喔哟,咸丝丝、凉生生、湿乎乎的肉唇!诗人说得好,唇对唇打开遗忘的大门。范湖湖博士可嗟可叹的失忆症显著恶化了,爱情病同步发作了。他败下阵来,顺从于乖舛命数的摆布,不再徒自抗争。此后,即便在日头高挂青霄的正午时分,即便在"三春晖"福利院一向静幽幽的两层办公楼里,清脆、遒迅的鞭响亦隐约可闻。嗦呱嗦呱!嗦呱嗦呱!继而是女护理师翟小姮毫不掩讳的声声训斥。你还做不做?……不做……还学不学猪叫?……不学……还犯贱不犯贱?……不犯……嗦呱嗦呱!嗦呱嗦呱!……噢,噢,也不贱……

正常人根本无法搞清楚范湖湖和翟小姮之间发生了什么。某些玄妙的力量,譬如说遗传基因,譬如说九宫八卦,阻止正常人搞清楚。好几次,他们情兴太激亢,竟致周身麻痹,晕厥仆倒,满眼菱形、长方形、五边形,险些抬去医院抢救。对此,瀛波庄园的居民见惯司空,渐渐恬不为怪。反正天下之大,无奇不有,从社会统计学角度观察,极少数男女发发癫,扮扮瘟禽,偶尔寻死觅活,亦不过平凡之事。

幸福。绝望。幸福。绝望。范湖湖和翟小姐连续扎腾,三番四复,活似两块炸带鱼。再爱是不可能了,断乎不可能了:那点儿爱已七穿八洞,残缺不全。但偏偏这份七穿八洞、残缺不全的感情,越发令他们酣足。神经病啊!盲目,粗暴,痴顽,实打实的低端人欲。屈辱,怨气积盈,施虐兼自虐,哀惧而鄙贱,炽痛又饥渴,肉身物化,灵魂牲畜化,日子浑浑噩噩……

女护理师跟老头子们跳交谊舞,跟无识无知、暗于事体而又血气方刚的男实习生打情骂俏,后者尤其让范湖湖妒火中烧。她有个固定搭档,舞坛人称房大大,这老东西是福利院一霸,裤腰带差不多扎到胸腋,犹如一位贬出龙宫、来陆地上服苦役的颓朽虾神。他板板正正,表情严肃,用圆滚滚的肚皮顶着女护理师扁平的小腹,再公然将手搭她因此而翘起的屁股上。至于那个自以为同翟小姐有一腿的愚蠢实习生,这时正游走在夕阳才艺厅的角角落落,从四面八方不断冲她眨眼,间或龟孙子似的咧嘴奸笑,宽厚健实的肩膀耸动两下。可憎呀!范湖湖博士遭遇暴击,深怀阴郁,恚怒连着懊悔。他怅然发觉,所有恋爱无不是同一场恋爱,它们变换了布景,改动了设置,以标显种种肤浅的表面差异,实际上换汤不换药,具备同一个内核:单人游戏。咦,原来如此。范湖湖体悟到,生活一直在重复播放。做爱时,他头晕眼花,全程不声不气,玩味着难以捉摸的欣喜,压抑着化身猛兽的冲动。夏天又一次结束之际,他总算能勉强禁受翟小姐那令人抓狂的撩拨了。使劲拉呀,你个死病鬼！……女护理师快活高喊。是拉车，还是拉屎？我们站在楼下偷听，不明就里，遐想联翩。哇哇哇，怎么可以上牙咬，你是食人魔吗……咬你？我还抽你呢，你这条臭公狗！……姑娘不准备轻饶范湖湖博士。她成日蹂躏他，掏空他，大胆亮出了内部教学片的招数。翟小妲或许知道，男人的受虐倾向其实是天生顽傲所致。他，攒了一肚子墨水的无能之辈，不愿保持微笑，不愿低三下四，更不愿卑猥地伸出舌头，来来回回舔权势、资源那沾了污粪的臭尻子，但突然间，学术顾问先生这股豪勇在炎炎盛夏转变为古动物化石般僵硬、暗默的自暴自弃。单人游戏。单人囚室。很好。非常好。简直无比之好。范湖湖蔑视欢乐，厌恨博爱，其崩塌的世界观如崩塌的巴比伦塔一直未再重建。受到胁迫时，他内心的黑暗才激剧向外释放。不，那不是黑暗，那是真实意志，去你妈的，这个诈伪世界，我要爆……

"博士，"女护理师打断了范湖湖毒性极强的神魂自语，骑着他，居高临下，快愜殊甚，"赶紧滚蛋吧。"她威严得几乎不像个女人在说话，"我，翟小妲，宣判你无罪。"

†

自由了？范湖湖一醒神，发现自己正躺在一张铁架床上，挨傍着一只大枕头读书。那本小册子即将滑落。他身下是饱经汗水浸渍的烂竹席。日色曚暗，刚才跟经济史博士讲话的女人已如魅影消沦。不过，她的言谈、她的姓名，甚而她的举止神态，好似一群鹁鸽，尚在他犯病的方脑袋里盘旋，至深至切。什么，我去一家福利院当了学术顾问？范湖湖不敢相信自己那差错百出的南方记忆。手头摊开的图书，大约是个影印本，简洁得近乎单调的茄色封皮上，印着"关于历史编纂史与历史哲学的札记"字样。著作内容？不清楚。专业问题？早就丢到了爪哇国。哦，那个夏天，恍如隔世。然而，从研究所退职后，不止一次，范湖湖依旧乘坐他油料匮缺的梦船，逆流航行，好比一名光阴漫游者，跨越一千两百多个春秋，抵达公元八世纪的唐代扬州城。他看到一辆金镳玉辔的马车，沿着河岸一路驶来。博士若有所思，跟随它走过千灯夜市，步入一座鼓瑟吹笙的绮靡楼宇，厝身于歌妓和客人之中。晚穹清阔，璇玑星异常皎亮，江岸凉风习习，盛世的宵柝隐约可闻。奢华筵席上觥觞驳错，裙钗笑语盈盈，众座宾朋以美酒洗烦肠，莫不热烈开怀。范湖湖似乎很熟悉这方异境，其间某些人似乎相识多年，但他苦于陷得太深，已经分不清是梦是醒，是真是妄。甚至，即便回到现实，史学博士也一样昏昏惘惘，脑子无法运转，思维像一块老姜，又硬又干涩……

即使足不出户，暂时撇舍女护理师翟小姮的诡秘幻影，全神贯注修补他颓败的印象仓库，在自己头顶盖下方的残垣断柱间不停探测，挖掘，东敲敲西打打，搜寻一些臭烘烘的破烂，即使如此，关于公元八世纪的扬州城，范湖湖博士仍茫无端绪，感觉好像遗失了一组登录密码，不疼不痒，无须再找回来，偏又耿耿于怀。有一天，范湖湖偶然想起自己刚入职研究所那阵子，机缘巧合，参加过一个"幻想历史学会"，其成员是一伙脑力领域的裸体主义者。他们年轻气盛，冀图复活古昔人物的意识，重构那些没出现但不妨出现的历史、那些在精神世界流浪的历史、那些闯进死胡同从而走投无路的不幸历史。他们向文本材料投去极厌鄙的目光。他们人手一部《斯特雷泽曼的遗产》，各自将此书当成靶子，尝试以扎实的内功肢解它，以威猛的智火狠狠烧灼它，使之化作飞灰。不难想见，该组织格外松散，其唯一信条是全力培养无知，某种特殊的无知，即：研究者对研究题旨本身尽可能保持无知。范湖湖不禁猜测，由于"幻想历史学会"的缘故，他堕入魔障，竟无知到忘了自己在研究什么，再加上天灾人祸的频繁挞击，再加上翟小姐，于是乎，因何屡屡梦见扬州城，开元天宝年间的扬州城，这已然成为不解之谜。范湖湖几度冥思苦索，钻头觅缝，仅收获了一个直观的教益：历史，诚如乔瓦尼·巴蒂斯塔·维柯所说，首先是一只野兽，其次才是英雄的刀剑，再其次是庄重法庭和璀玮坛宇，最后是一场酣宴，是暴殄天物的豪侈挥霍……

算了，去找福利院找翟小姐吧。下午，走在车马稀落的街道上，范湖湖目不苟视，口不妄语，肆力使自己的一举一动，皆无愧于神明。可惜男人的身形十分鬼祟。炎风拂面，树头翻舞的万千绿叶像蒙着一层白翳，颜色切换频密，欢快且炫眼。史学博士并没有意识到，自己中暑了，只感觉碧影飞扑于眉睫之间，而脑袋里塞满或大或小的铃铛，浓焰般垂荡的铃铛，极其烦人的黄疸病铃铛。他举枪朝它们扫射，冲它们打屁，放狗驱赶它们，用胸肌撞击它们，派一伙裸女引逗它们，逼它们吃泻药，结果一概无效。如何将这群挨千刀的噪声制造者斩草除根？对，待会儿问问翟小姐，她是音乐治疗科护理师，诸多老流氓、老学究心目中无所不通的美女护理师。她什么都懂。有一次，翟小姐送了范湖湖一盒来路不明的次硝酸铋片，说是可以对付肠炎及痢疾。另有一次，女人用鸡骨草和猪横脷给他煲汤，说是可以缓解胆囊焮痛。她什么都懂。

†

翟小姐矢口否认。她与范湖湖博士的关系，光艳少妇说，仅止于医务工作者和病人的关系。你觉得我们还有什么关系？你自己的未婚妻，赵小雯，风骚护理师说，你将她比作腓尼基的月亮女神阿斯塔尔特……

范湖湖扭头便走，没等她把话说完，没给她急声呼叫保安的机会。他不准备强奸翟小姐，因为根本打不过这头雌兽。依照古巴比伦的同态复仇法，她搁你，那么你也应该搁她！依照古巴比伦的同态复仇法，她抽你一百下，那么你也应该抽她一百下！但是……唉，去屎吧，没什么但是不但是……永别了，佳妙无俦的皮鞭女王，埃及的战争女神，头长双角的地狱女大公！她让冥间的玄穹发烫，让天表的幽墟界发亮，让夜之古国发臭！……然而，翟小姐这个贱货，她故伎重施！她追上来，两手箍定范湖湖那颗倔强、昏乱、狂怒的方脑袋，以自己的嘴堵住他的嘴，时间长达三分钟，直到男人因为弓腰太久而两股微颤。

"嘴巴，可不是用来说话的。"女护理师把范湖湖拽回办公室深处。

"难不成是用来咬人的？"史学博士反问道。

†

范湖湖决定告别福利院。那本《月亮的朋友》还没读完，他从未打算读完。经理大人让史学博士找到邓勇锤，跟老头儿打声招呼。"权当是离职手续,"新派燃丧者鲁尚植深藏不露,装作随意下令,"把他拽回来,我跟你结清工资……"范湖湖觉得铁肺子这女婿简直冷血。

那么,雾霾老汉今宵何处寻?看不到此公的半点踪影。他遁诸无形。他可能出现在任意地方。诡异啊,南境的所谓福利院,抵得上半座疯人院。那个相信自己怀有身孕的老家伙,像普鲁士元帅冯·布吕歇尔一样相信自己怀有身孕的混账老家伙,你们还记得吧?他仍未临盆,他患了神经性贪食症,消化系统病态,范湖湖不得不隔天从翟小姮的储物柜里偷一两包过期的医用白朊食品,供此公救饥。而那个渴盼去贝尔格莱德当游击队员的老太婆,你们也还记得吧?女护理师告诉史学博士,她有深渊妄想,终年以为自己就悬在一道宽大的深渊上方,据说这深渊是一道往复轮回的无底深渊。简言之,福利院的列位夕阳犹如一尊尊截瘫的恶妖邪魔,他们各守其位,安安静静,仅凭目光触发一场又一场交锋。另外,福利院坐落于辽旷乙镇之中,与瀛波庄园毗连,故此从不缺舞文弄墨的老先生吃饱了饭,睡足了觉,感觉颐养天年的时日寡淡空虚,于是凑到一起,切磋两下子文艺。

"老李,"某位书法家捏持巨笔,刚在地砖上写好个"事"字,招呼同伴道,"你帮忙瞧瞧。"

"老张,"老李歪着颈子,虚着眼,"这个字,难。大致左右对称,可如果彻底写对称了,肯定死板。得拿捏分寸,让它看上去不对称,实际上又对称而不倒。这跟做人一个道理。难。难得要命……"

"老李,我偶尔写出一两次满意的,但成功没法儿复制啊。"

"老张,笔下有事,心中无事,那才行。所以说嘛,难得要命!"

"老李,这个字,忒不好写了,困扰我多年……"

"老张,做到内圣外王,那才行。"

"老李,关键是最后一笔竖钩,太长。"

"老张,"第三个人跑来插嘴,"要憋气。竖下来之前,深呼吸。不能喘,不能抖!钩时,收腹,专静!"

"老李,老刘,"书法家老张摇晃肢体,模拟写字的情状,"感觉手腕和手指必须上力量……"

"老张,"与老李走了境界路线不同,老刘走了技术路线,"老张,你一米九十多的个头,太高,直起腰身的时间太长。你还来不及反应,唰,那一竖已经到底。写这个字,个头一米七才合适……"

"老张,"老李打断老刘的发言,"没事找事,不是好事。"

范湖湖博士在一旁站了两三分钟,他捏着下巴颏,装模作样推究"事"字的结构,其实头脑一片空白。男人在麻将桌的丛林里打听邓勇锤的下落。无论走到哪儿,他察觉,牌友们总在谈论翟小姐,而即使是最尖刻、最歹毒的老太太也同意,那位女护理师的种种表现,不负贤媛淑妇之美名,堪为懿范。这其中必有阴谋。不过,既然要离开福利院,何必再多疑多虑?邓勇锤失踪的谜团很快解开了。当天上午,他跟一名杂工争论,早餐分配的西瓜究竟是海南岛西瓜还是庞各庄西瓜。两人吵得面红耳赤。雾霾老汉一不做二不休,将一块西瓜皮倒扣在脑袋上:"去国家西瓜博物馆!"他嘴里含着西瓜籽:"去国家西瓜博物馆!"老头子跨上三轮车,以不可思议的加速度一骑绝尘。大都会源代码编写者让我们认识到,他构建位于地形图边角的西瓜博物馆时,大胆调取了莫斯科市布尔加科夫博物馆的部分数据。按说这完全是造物主的个人喜好和应有权利,无须你我多嘴多舌。然而,很不幸,通往西瓜博物馆的径路受此牵缚,染上了魔幻色彩,它鲁莽地穿过大片大片的空白地域,又似一条环毛蚓不断蠕变，无法确定坐标。这条非同一般的幽茫道途，创作灵感来源于《大师和玛格丽特》中那只淘气、谲诈的老黑猫别格莫特，铺设在污淖与灰霭之间，施工材料为梦魇沥青以及人世块垒的混合物，它深入五九九路公共汽车终点站以南的石油色旷芜，彼处的浑浊空气敞露着怀抱欢迎雾霾老汉，好比宽广人海口欢迎晕头转向的年迈白江豚。此行，范湖湖博士要经过一座老富婆改建的尼姑庵，再经过浓烟滚滚的钢铁郡、疮痍满目的水泥乡、无分冬夏的砂灰镇，以及星罗棋布的陶瓷新村。八大支柱产业！那些个玻璃渣国度，那些个焦化炉密林，那些个惶惶不可终日的迢邈风景！范湖湖博士听说，这一哀凄的北方省份，通首至尾，处处长满了脓瘤，积久耽迷于冶炼和运输车的老巫术，数十年如一天叩拜脑颅上落满煤灰的旧工业之神。很显然，西瓜博物馆是一片文明的高地，是魔界边境的瞭望哨，除它以外，几乎整个平原一直在经历无知无觉的永续沉降、无伤无痛的缓慢解体，最终，将由大地吞入它煞黑一团的郁灼腹部。

　　范湖湖又返回了生命的初晨。这家伙借来一辆烂单车，饭也不吃，立刻登程。语言天才屈金北不无悲悯地看到，他可爱的博士友邻就像乔治·佩雷克某篇小说的主人公一样，内心无所渴求，无所恨怨，无所反拨，他晃来晃去，他读书或者不读书，他冥想或者不冥想。狂风自范湖湖头顶刮过，几只斑椋鸟有似扁石，在天上打水漂般疾翔。傍晚时分，阴影四合，薄暮披上了沙尘的斗篷，树枝摆荡得极为呆板。这轮大气的圈地运动十分之诡诞，让人感到死气沉沉，仿佛风伯遭受了致命扑击，神尸已经入殓，此刻正好在京畿南境上空，在这片懒懒散散的宏阔中停灵厝柩。所以路人总觉得，穿梭于街衢、楼宇和林坞内外的，与其说是大风，莫若说是大风的众多遗蜕。七八个乘道德而浮游的高贤之士刚刚从瀛波庄园东北角飞过，但范湖湖没有注意到。暝色渐浓，福利院即将卸任的学术顾问先生玩了命地蹬单车，逆风骑向西瓜博物馆。来到浡汰公园，南线征途的第一驿站，博士遇见了蓓蓓的父亲、机械神教派的坚定信仰者闫燿祖。这老兄整天宅在家里，日夜运筹帷幄，多年来，海量的信息分分秒秒流过他那粗实、致密的神经丛。男人瞧见范湖湖，睨笑着吞服了一枚滋肾育胎丸，刺猬般钻进繁蔚的紫叶小檗之中，只留下一道话音，在街光映衬的空地上萦旋不散："时空的结构基元是一个个量子纠错码，黑洞是一团时空糨糊……"月朗星稀，史学博士隐没于浡汰公园的幽秽草木间。他扛着单车，跨过花圃上栽植的马蔺和铁线莲，闯过两三排哗啦哗啦作响的毛白杨。每一盏针鼹式路灯，及其水中倒影，都是一只昧诡漩涡里浮动的璨烂国度。去药店买神秘试纸的女大学生从光锥下轻盈走过，金芒绵绵密密，浇洒在她身上，浇洒在窥望者阴暗、虚荒、漂游着淡灰色丝状物而幻异丛生的视网膜上，宛如一场铁雨。随后，范湖湖步入坦途。他骑过台洼镇，骑过青霓店镇，不久来到金曜乡，继而来到黑庄户乡。又穿越旧头桥，行抵旧宫镇，沿着琉璃河左岸一股脑儿扎向南方。不远处，轻轨电车正减速进站，诗人确乎说过，这比世上其余景物更忧伤，如同生活比影子更空无。新夜像一只黏滑、昏瞎的大鲵惧伏于水底。在它细声呼唤下，史学博士朝北国深处的星星巢窟逼近。云空一派微明，静默的行人举目极眺，或许还能感应到天涯海角的无尽征帆。这时候，单车前轮的辐条猝然断掉了一根。噼啦嗒嗒嗒，噼啦嗒嗒嗒，破损部件的可怕吟响使听者心颤。范湖湖发觉，歪斜的脚踏板越来越松弛，渐渐往外脱落。他独自骑行在看不到尽头的直道上，累得犯晕欲呕。黑夜又咳又喘，挤满了火眼金睛的暗魔,而史学博士恍兮惚兮,似在一座令人丧失活力的瘟瘴阵内打转。那些收摄了闯入者生机的死物一个接一个醒来。东方星宿下,铁皮货柜安装了等离子体喷射引擎,凌空排成一字长蛇,大举西进。地上,穿丁字裤的女超人浑身泛动着光弧沿公路猛跑,这枚妖艳火箭的直线航速太快,以至于身后残影如幕墙。范湖湖看见,来自某座漏斗形冥狱的尸怪四出晃荡,蚕食树林,挂满了钢架桁梁,层层堆叠于输电塔下方。百鬼众魅在孤胆夜游者眼前行奸。这帮性爱狂渴望一瞬间达乎高潮,并急着向全天下展示其高潮。而剽悍、刚毅、愤世嫉恶的机甲战士对雌魈雄魃合办的淫乱大巡演恨之入骨,怀着坚贞的信念,数十名碳合金殖装的圣骑兵展开了无情扫荡,用高能光束、炽焰枪和电浆炮把周围的丑恶生灵轰击成道道青烟。天啊,巨兽海龙登场。自古正邪不两立。双方大打出手。山崩地裂。现实,缺氧的现实,急遽异化为一部今敏风格的妄境动画片⋯⋯

  皓白、凝注、炫人眼目的车灯劈面射来,有如逆流,冲破滂湃晦曚,使热烘烘的夜雾染上霜斑,扑向行路者而渐消渐灭。史学博士魂魄归体,感到窒闷。凭借光芒推挽,诸多事物的形象穿过浊气,穿过飞蝗,穿过无数细小的孢子和花粉,印在寥寂行人那沉甸甸的心头。随着狂幻的大脑活动退潮,范湖湖揭去了一层覆掩万汇的玄秘轻纱,于是看见一个赤裸裸的世界,它无束无拘,无安慰,无饰掩,自由得让你几近发疯。这样的夜,这样的孤旷,让史学博士变成了一部活生生的《阿司特兰普苏克斯神谕集》。你不会再遇到赵小雯,也不会再遇到翟小妲。你会倒一辈子霉。你将丧命于一次罕见殃祸。在男人凹凸不平的囟门穴上方,温润星珠愣乎乎烨烁无休,做梦受惊的眠鹭慌忙振翅。他从白各庄走到黑各庄,从巨各庄走到庞各庄。那一带尽是沉积岩因为风化作用而形成的砂礓土。

范湖湖奋行在一座占地广大的野生动物园边缘，不时听到幽宵的熊嗥、狮吼甚至龙吟。这一晚，千千万万只蟋蟀、蝈蝈、蛞蛉，不知受了什么刺激，拼命摩擦它们身上粗涩的音锉，于是乎虫声大作，喈喈喈、嗾嗾嗾，灌满诸人耳廓，使他们惴惴不安，张皇无措。范湖湖骑过杂草丛、荆棘丛、矮树丛。南风推动着云堡，星辰渐次熄灭，又再度点亮，似无来源的夜辉从天而降，倾泼在史学博士头上。残酷、盛美的凡尘，万物之逆旅。有张床该多好啊。男人已经力困筋乏。这时候，他远远望见星星点点的鬼燐，大胆凑近一瞧，是几棵枝叶凋疏的桑葚树，遮住了一座孤零零的破房子，它门旁装嵌着一块铝塑板做的光电招牌，打出"爊煰酒寮"字样。没准儿某个隐迹修真的世外高人正在里头趺坐参禅。范湖湖没敢走进去。他发现破房子后边另有一座破房子，屋顶支起的"睍睆""盱瞑"和"睚眦"三个词犹如三双怪眼，倏闪个不停。接下来又看到一座破房子，名为"犏獜"，大飘窗一左一右，各挂一盏灯笼，分别写上了"焫""煭"两个字。有人走过来，冲范湖湖兜售安达卢西亚苍蝇粉。这是何方境壤？史学博士猜测，他无意间来到了一个由于中文输入法紊乱而沉淀诞生的冷僻字世界。迂折步径上横躺着雪水蚀圆的一条条长石。范湖湖蚱蜢般连连蹿蹦，才猛然惊觉烂单车早已弃失。身外霾障滚滚，浑似核爆形成的辐射尘，男人仿佛在烧碱作坊里颠扑前行，脸上胳膊上烙下了道道灼痕，两耳灌满了哝啌哪啷的脆响。

好一会儿，范湖湖才校准方向，奔进一座镇子。此地灰雾缭绕，灯阵焜煌，近乎无耻地袒露着变味走样的工业朋克风格。午夜的街道行人稀少，各以口罩、兜帽和僵呆的表情掩匿身份。这时候，下起了小雨，天空仍暗若深潭，某个静谧、通亮的场馆好像一名荷官，整晚给慵倦赌客们洗牌发牌的沉默荷官，正不断朝四周递送、散播着寂阒。范湖湖俨如在死域中徜徉，竟感到莫名亲切，仿佛重返少年，仿佛撞见了谙识的烟景魇境，仿佛那是一轮缅远扬州梦。男人知道，行程接近终点，他已经不记得因何前来，不记得为何止步，只记得自己要找到一块牌子，上面应该印着或刻着七个大字：国家西瓜博物馆。

在一爿灯光刺眼的小商店，范湖湖拿了瓶橙汁，向一位穿着丝质睡衣的女士问明白径途。他并未听从劝告，买包烟再走，刚跨出铺门又心生悔意。镇上传说，当年夸父逐日，北饮大泽，八百里水泊为之涸，这方宝地才得以现世。如今不仅有人追太阳，还有人追雾霾，在街角闲聊的居民殊为感慨。史学博士似懂非懂，似睡非睡，饿着肚子到处瞎转悠。雨住了，风也住了，尽管还是凌晨，冥夜已迫不及待微微转淡。将近三点钟时，范湖湖遇逢一位公安人员。对方开着一辆四轮电动车，停在他跟前，命令他出示证件。

"往前走，别东张西望。第一个路口右拐。很醒目，你一眼就能认出来。抓紧……"

警灯映得史学博士的脸庞一阵蓝一阵红。男人非常疲累，又非常感动。他头昏脑涨地朝那名可敬的执法者深深鞠躬，还觉得不够，索性效仿古代的仁人君子，拱手长揖，施礼再三，这才退身离去。史学博士突然想到，当天是农历七月十五。接下来，只须等待旭日东升，将夜暝屠戮净尽。他亟需一个完美的朗昼来振作精神。范湖湖觉得，自己正不受控制地漂移，缓缓漂移。但不管怎样，他发誓一定要找到西瓜博物馆。这是唯一目标。此生此世，此间此际。

晨光如魔怪显现于天陲，给穹窿染上了一抹雄诡的镉黄，它逐渐加深，转化为保罗·塞尚从不离手的那种铅锑黄。有一对晨练的父女，从困惫不堪的范湖湖身边跑过。

"哥乌阿,瓜。哥乌阿,瓜!"年轻的爸爸说。

"波乌阿,布阿。波乌阿,布阿!"女儿咯咯直笑,似乎颇善于举一反三,她不再叫他"爸爸",改叫他"布阿布阿"。

近了,到了,我来了,西瓜博物馆!……然而,很抱歉,你依旧逃不出冷僻字世界的五指山,因为中文输入法紊乱如故,因为现实掉进了怪圈。哇哦,不是西瓜博物馆,完全不是。好家伙,跟西瓜不沾边儿,跟博物馆也不沾边儿。那人想干吗,为什么冲我招手?范湖湖一抬眼,看见两个硕大的楷体字"痷瘝"悬亘半空。修剪得整整齐齐的严密冬青树环拱着一座森罗巨殿,上宽下窄,无门可入,无路可通。它正面昏昏暗暗,两条泛黑的联子挽幛般从高处垂落,双双于熹微的晨光中无风自动,煞是阴沉,又极其威赫:

"恶积而天殃自至,罪成则地狱斯罚。"

024 风
漫 画 家 的 夜 游

  大雪,发动机的黄昏变盲目
  天堂是一座冰凉采石场
  太阳,星斗,核废料的绛紫蒸汽
  搁浅于荒滩之暮
  城市在打盹
  空阒在捕食
  惊醒一盏又一盏梦街灯

私奔的灰槭树跑过铁渡桥

杂花河道,银月昏沉

这对繁稠的情侣

互相嵌入得如此之深

三五艘飞行船劫掠了霜霭

世界从它们阴秽腹部的凝寒中爬过

风暴连宵达旦

雨水是海洋沿途抛撒的传单

晓雾这支叛军,吹响绯红兽角

信号发射塔举起浩旷:闪电传令官

星星收住云之马勒

长夜,踏着曚曈的响亮石阶

徐徐退场

025 谛

狂作家的冷僻字世界

  语言即思想。狂作家陆瘐鹤拟用这句话,回应一切质疑、诘诮或否定。自此已往,他不再多说一个字,不再多说一个字。

  好像一场乏神乏力的招魂仪式,冷僻字世界从狂作家的宁静书斋向外辐射,源源不竭。在溾波庄园,乃至在整个京畿南境,这一点童叟皆闻。狂作家的宁静书斋是一台空间引擎,其宁静甚幽甚繁，分分秒秒持续扩张着冷僻字世界，渺茫不见涯涘。巡绕陈旧电脑桌的八个方位，分别镇以八个冷僻字：躞、羭、㥄、禯、鞯、觠、噉、趚。它们大约是招魂仪式的当值祭司。

躞。正北坎位，属水，对应《篇海类编》："躞，跃也。"

羭。东北艮位，属土，对应《玉篇》："羭，兽似羊。"

㥄。正东震位，属木，对应《甘泉赋》："帷弭㥄其拂汩兮，稍暗暗而靓深。"

禯。东南巽位，属木，对应《字汇补》："禯，宗也。"

鞯。正南离位，属火，对应《之南丰道上寄介甫》："林僧授馆舍，田客扳鞍鞯。"

觠。西南坤位，属土，对应《正字通》："觠，角弯貌。"

噉。正西兑位，属金，对应《广韵》："噉，甘不厌也。"

趚。西北乾位，属金，对应《说文》："趚，疾也。"

除了这八个初号大字，冷僻字世界之源，屋墙上还贴满各色短笺。譬如："写作是给灵魂造一副棺材。"又如："幽默是悲伤的低音部。"再如："文学的首要因素是暴怒、自负和黑暗。"

连接陆瘦鹤全身神经的蛀牙阵阵闪痛，男人眍䁖的双眼灼灼赤

115

烧。此时，他不再高兴，也不再感到新奇。

香槟色昏暮里，狂作家在社区小花园的静僻之处踯躅，捣弄他沉郁顿挫的构思。由于步行过度，他患上了慢性跟腱炎，只好每天一歪一斜，拖着自己的阿喀琉斯之踵走来走去，像个负伤的老兵一样上班下班。

陆瘐鹤深知诗人言之有理：天才是智慧加年轻。

026 风
致 行 路 者

不打算承认任何一种，完全向内的努力
比如，我本想说，填饱肚子

但填饱肚子，通常
也有填饱肚子之外的意义

实际上，我更愿举一个
渺不足道的反证

例如，我写下一句诗
它暗淡的引力波
将横贯整个汉语言宇宙

027 (榫)
活体机械论

亲爱的读者,活体机械论这一哲学语词,在少数人当中引起过不良反应,让他们联想到某些不堪入目的解剖学细节、悚怖的血腥电影,乃至维克多·弗兰肯斯坦博士创造的僵尸缝合怪。倘若诸位的形象感同样如此发达,不妨将"活体机械论"改称为"灵体机械论",凭这一字之差,便可转换画面,引导你移步光辉、妙幻且女导游亲切迷人的未来高科技天堂。

生于十七世纪的控制系统大师莱布尼茨青春韶岁时,在数学上结结实实下过一番苦功,但他始终觉得,哲学可仰借清晰的证明来辟建某种牢固的基底。受机械论影响,莱布尼茨大师洞究机械原则本身,继则发展出自己的新系统思想。在他看来,物理学的原子具体,数学的零维点精确,唯独形而上学的"单元"才又具体又精确。大师抚心自问,神圣智识最微末的机械产品与凡俗技艺最卓绝的人工作品之间,究竟有多大差距?两者的区别,他于《新系统》中首度指明,不仅仅表现在程度上,也表现在种类上。莱布尼茨不满意德谟克利特的宿命机械论系统,更不满意笛卡尔的偶因机械论系统,他宣称灵魂是一台最精细的非物质自动机械,从而将灵魂也划入机械王国的疆域。莱布尼茨构想的机械法则,亦近乎荒唐,却极大压缩了自由意志的生存空间。上帝创造的"单元"无限纷繁,同构于一个个浓缩版宇宙,内含奋争之力,此乃活体机械论第一代观念模型的核心主张。根据该观念模型,你可以认为一只羊由许许多多看不见的植物和动物组成,而这些看不见的植物和动物,仍然由许许多多看不见的植物和动物组成，它们无论大小粗细，凡具精神，皆为单元。精神不生不灭，甚至诸类植物和动物，无论大小粗细，也一概不生不灭。莱布尼茨补充说，思考者创立的系统，无有例外，其意义全在于拯救现象……

阴阳万事，各循纪纲。萨缪尔·亚历山大相信，宇宙的演化是一张自然秩序之网，是一系列不同等级的进程、队列彼此衔接而结成的自然秩序之网。它渗透于一切。从基本粒子到原子，从分子到原生质，从单细胞生物到多细胞生物，从初始动植物到智慧生命，组织层次的整合、升举，乃是诸进程之主线，贯穿全域。机体的架构及相互关系越来越繁复。

从旧机械论到新机械论，静止的物质概念转变为流动的能量概念。机体不断优化，自我生成，递衍，以使通过机体的能量流不断增大。但这仅仅是热力学之定量表述。机体内含创造新概念的倾向。另外，关于组织层次的整合、升举，尚需拓扑学、形态学视角之几何表述。不过你应当明白，所谓生命，绝无某种一成不变的特征，它指向创造，不甘于维扶旧貌。生命与非生命之间并没有判然分明的界线，而只有程度的差别。比生命更强大的超级生命，或谓神灵，其欲好是追求更纯粹、更阔远、更深彻之创造。

较高级组织层次的规律，不可依据较低级组织层次的规律来推阐。然而，务必搞清楚两个邻接组织层次之间既含糊又真实的本质关系，你方能揭示宇宙的奥秘。但无序引发的信息衰减，阻滞了某一社群向上或向下究索其他层级。不同层级的社群，如晶体、岩石、行星、恒星等结构庞杂的社群，产生一个秩序阶梯，世界是这一阶梯之背景。秩序的反面为浑沌，它跨越了不同宇宙时期。若想在秩序阶梯中往上逾迈，强化旧有秩序无法令目标达成，径须跳脱禁囿，甩掉牵掣，大胆游涉于浑沌周缘，以较高品类之秩序，取代较低品类之秩序。

机械神学辩证法认为，任何较高层次的全新综合体，必包覆较低层次组织的各种对立因素，并且克服对立僵局。宇宙是一个连续体，是一个过程，它在每一份意识中持存，而每一份意识也在宇宙连续体和宇宙过程中持存。阿尔弗雷德·诺思·怀特海教授以其宇宙合生学说指陈，今日之宇宙，正处于电磁社群支配时期，电子、质子、原子、分子、无机质集团、活细胞，皆为电磁社群，皆可用麦克斯韦电磁方程来描述其次序关系。借用"社群"一词命名，说明它们能够进一步拆分，但电子等基本粒子客观上无法拆分：理智中的解析与现实中的裂散迥然不同，无穷小量只成立于纯数学领域。这个层次的世界光怪陆离，粒子彼此胶合，彼此纠缠。物理学家沃纳·海森堡则以"基本群"和"对称群"等词汇来指称"基本粒子"的替代概念，他于一九七五年断言，基本粒子不再基本，它们实际上是一个个复合体系，不妨将其形象化假拟为连续物质的球状云。基本群更为基本，基本粒子降格为次级结构。

怀特海教授大胆测度，生命是虚空的特征，而非任何社群的特征，换句话说，生命潜蕴于大脑结构的孔隙之中，以及每一个活细胞的孔隙之中。宇宙万形，不可穷尽，连自然规律本身，也在持续滋衍迁变。

028 㬢

扬州明月楼之三

天宝九载秋，密雨斜侵，广陵处处流潦。

裴妈妈让龟奴买来朱砂、雄黄、巴豆、菟葵根、乌头根、蜈蚣、砒黄，混合研粉，掺入蜂蜜，揉成小丸，让明月楼的头牌裴月奴服下，疗治中魔之症。

两年前，王盼儿身故，粟特舞妓似乎王盼儿附体，不仅成为明月楼金牌，脾性也愈发像王盼儿生前一般。上回，巨富郑万乾亲侄子郑滚光顾，裴月奴又将他气走，闯下不大不小的祸事。这天上午，粟特舞妓由丫鬟陪侍，乘舟从参佐桥出东水门，前往城外仙庙。莫非她要断惑决疑，筮卜一番姻缘？莫非她要向禖神求子？裴妈妈忐忑不安。

大雨滂沱，江水渺渺。各国商船货舶——大多来自新罗的唐恩浦、日本的唐津港、北天竺的提䏻港、波斯的锡拉夫港、大食的巴士拉港——仍络绎抵埠。数百年间，商货一直如此迁流：自东向西，自南向北。扬州乃海陆通衢，往来不穷谓之通，四达无阻谓之衢。于是乎，玳瑁、珠玑、琥珀、珊瑚、琅玕、香料、犀角、象牙，无物不至；丝绸、茶叶、铜镜、漆器、瓷器，满载远航。即今朝廷所需，多半依倚江淮，举凡财税、盐铁、漕运诸庶务，莫不系于扬州。钱粮多寡，动关国计。

外运诸货以瓷器为大宗。越窑、邢窑、定窑、铜官窑、宜兴窑，荟萃扬州，再从此贩至海外。异邦商旅，多为瓷器来，其中波斯人最众，大食人次之。郑万乾一家，素与波斯贾、大食贾相熟。

郑万乾侄儿郑滚，舍邸在广济桥北，前几日，他从扶南国运回不少郁金粉。传闻用此物擦身，大有益于体肤，服食亦可行气化瘀，退散炎肿，清心解悒，只不过，其苦味甚于姜黄。半个扬州城的女子，不拘是风尘女子，还是良家女子，多多少少买了些新鲜上市的郁金粉。当晚，郑滚在明月楼摆宴寻欢，让裴月奴以柘枝舞助兴。比邻漕河的朱堂翠阁里，乐伎跽坐一隅，弹琵琶，吹筚篥，击长鼓，粟特美人在安国舞毡上转旋，眄盼，翻掌。郑大公子兴绪飞腾，倚酒三分醉，居然跨过食桌，跳下场来。男人踏着鼓点，绕着姑娘转圈，像只愚拙的河虾绕着一簇水草转圈。他故意踩践舞毡，脚底一溜滑，摔了个五仰八叉，仍伸手去捞裴月奴。粟特美人裙子被扯破，玉容失色，欲在盘盏横飞的哄闹中远离险境。郑滚不许她走，要上前扑倒姑娘。两个龟奴将他拦腰抱住。

八月扬州城，昼夜繁嚣鼎沸。日本僧荣睿、普照等人赴唐已满十载，仍在为鉴真大和尚第五度登程而奔劳于途。鉴真大和尚器度宏博，学识渊深，数年来屡次出海，屡次败挫，如今他双目已盲，但弘法倭国之誓志无改。何日瀛波千里一船渡？荣睿、普照不无忧灼。值此仲秋，正是佛陀涅槃之北天竺歌栗底迦月，晚时，雨住云收，紫穹上悬挂一轮冰魄，严静中万理皆澄。鉴真和尚出入于清净禅定，深悟诸因缘法固有破毁。大师电游于共相殊相，照观羯磨大海，谛辨苦集灭道之间，他本人与东方列岛的丝缕联系，乃洞知第五次远渡仍将逢遘险阻。不过，越洋迄未成功，终可成功。寺院主殿内外，众比丘设禳灾大斋，各各鸣钟击磬，久久诵经持咒，为僧团扶桑之旅祷福，声达九旻八幽，诚动诸蕴诸界。

  其宝树下，诸师子座，佛坐其上，光明严饰，如夜暗中，燃大炬火，身出妙香，遍十方国……

  河渠边，风月场，缥色纱帐向水空扬逸。许多阁楼上银烛炜煌，娇歌妙舞，纨扇圆洁，酒客接盏举觞。此刻，广陵城是一头雌雄同体的怪兽，光澈之躯在无尽黑夜里俯仰，膨胀，轰响。烟廊花院之中，男人们言笑晏晏，信誓旦旦，千百栋华屋下杯盘狼藉，钗垂髻乱。凉宵四更时分，巷间渐入岑寂，桥外昏暧处飘来阵阵箫音，如怨如慕，如泣如诉。

029 风
在广陵

  星历潮湿
  华灯的稠乳泛流

  街市光阴倒转
  炎月的静渊垂落天郊

  行人已无心闲荡
  堤边，放恣的妖树乱影

030 㬢

扬州明月楼之四

广陵城内粟特人不多,回纥人自然更少。似乎有一道深隐屏障,无法逾越,将他们拦挡在江淮以北。而裴月奴正是粟特人与回纥人的混血后裔。多年前,撒马尔罕的商贩将她卖到唐境。

十月中旬,有渡船从江心捞起一具男尸。经查,是扬州海陵县蒋某投水自沉,按理说,本该冲入浩海,谁知阴差阳错,反倒抛露于上游,成为江头小小一片浮渚。此事让几位名彰遐迩的河道勘察者再度活跃。城中最大铜镜铺老板杜佐,坊间人称杜小千,迅即派得力伙友,去往岸边,用铁脚木鹅测量江流之缓急深浅。他们始终相信,水底有个金银窝,因河床起伏形状,再配合洄涡神暗中作为,众多宝船的残骸、龙宫的物器鳞聚此间,谁把它找到,必然富甲天下。

焚毁迷楼的大火,已将扬州城西郊永远染红。裴月奴听到郑万乾自广州回返的消息。这位富商热衷于泛海,妻室散居在相隔迥远的众多港埠。他从扬州集市上收购大批铜镜,螺钿镜、莲纹镜、双凤镜、双狮镜、海兽葡萄镜一应俱全,贩运至南海及西海诸邦,再向波斯人或天竺人采买胡椒、香脂,装船归国。在锡拉夫港,他啖尝过奇大逾甚的霜糖色枣子。在提飑港,他畅饮过甘美的阎浮果汁。印度丰稔富繁,玄奘法师《大唐西域记》指其"阛阓当涂,旗亭夹路"并非虚辞,粟特人也来此贸易。对郑万乾而言,扬帆出海不只是生计,更是生活本身。无论去到何处,他总要打探那里产不产粳稻,谷价几多。这位富商还喜欢搜罗诸番国有关石榴的各种消息。郑万告诉扬州的老老少少，室利佛逝人用石榴花酿酒；南诏人培植的石榴蜚声宇内，果皮薄似宣纸；天竺人正如远游圣僧记述，庭户间栽满石榴树；大食人则期望男子汉像石榴一样，又甜又苦；在波斯一些城镇，妇女将石榴汁煮沸，给米饭染色，用于款待宾朋，她们说，传奇王子埃斯凡迪亚尔，吃过一枚袄教大祭司奉送的石榴，从此刀枪不入……

郑万乾从东门水道进城，登岸不久，便严令亲侄子郑滚到明月楼赔礼谢罪。裴月奴自然懂分寸。河滨香阁之内，玉斝金杯之间，她入座陪饮，继而献舞。筵席上水陆俱陈，馐馔精美，郑滚的朋党举箸倾盏，大嚼肉胩，闲叙酣谑。论胆气，论豪气，论血气，泛海商贾不逊于贼匪，他们一攫千金，他们一掷千金，他们心狠手辣，他们裸形纵酒。多少背义趋利，多少秋扇见捐。这些人出入过大风浪，遭逢过黑与白，尝受过生和死。最终，他们合当暴毙，领受十殿阎罗的连番审判，连番责罚，再由挥斧小鬼驱赶，投入阿鼻地狱的无边炼火之中。

> 臣奉帝勒，掌管幽都，较量罪福，不漏分毫，审得罪人，在于阳世，造诸恶业……

日本僧荣睿、普照仍在为鉴真和尚的东渡大计奔忙。劳烦间歇，他们走过高处，俯观漕河边一座座朱栏碧槛的娼楼。似有娇语柔声循着秋风传来。两位日本僧低首合十念佛，为畜生界又增魂灵而悚惕，为饿鬼界之民仅在阴历七月十五这天方能饱食而怆惨。

裴月奴遣去送信的丫鬟回来说，范三郎乘船出了扬州城，南下前往广州城。粟特舞妓走至滴水檐外，隐约听见有人咽泣。望见一抹媚影。凝眸再看，是一位梳鸾凤髻的年轻女子，夜里偷偷到河边凭吊亡者。她为谁哭？为昨日跳江的蒋相公？我裴月奴又为谁哭？为一个赚财猎艳的负心汉？为一段聚少离多的扑朔恩爱？这时，女子莫名其妙沿河岸徐行，手举一面圆镜，兀自吟歌。幽冷中，她轮廓发白。雨滴自晚霄零星落下。鱼市、盐市仍有两三家铺子尚未关门。船从桥下过，隐入浑玄，化作一盏渐远的昏灯……

幻劫间，凡人聚散无常，升沉各异，悲喜自别。

七十年后，杜牧之叹咏："谁家唱水调，明月满扬州。"

往世不可及，来世不可待。扬州明月楼，瞬忽已成尘迹。

031　㊋

良 辰 美 景

空无繁巨，果园曛黑
离散的夕暮
几绺碎霞正流向远处灯海

我们日沉时刻的纸质郁金香
城市如遭割喉
坠入阴影

任何一个物件，终将归属
构成命运的玄奥链条

我们定格在环状车厢停驻之夜
路灯半明半昧的斑马线
扫过十五年光阴

我们盛开于骑兵的炬阵
我们乘坐直飞的月下航班
我们沿暗夜的大街离开此生
我们的儿女，迅速将一切夷平抹去

032 㮿

活体机械论之二

　　活体机械论把实践当作最终证明。活体机械论本身之所以备显神秘，只因它力图驱逐宇宙间沁透于迩遐角落的各形各式神秘。为此不得不拂除末世论思想的干扰。比方说，有人好奇"第二以赛亚书"预言的大终结究竟什么时候到来。这类问题，活体机械论概无回应。

　　目前所处宇宙时期，近似于一场定格动画，整个宇宙的大尺度结构来源于暗物质，或者暗光子，宇宙暴涨期结束后，普通物质充填至业已定型的暗物质、暗光子梁架当中，从而呈露今日之样态。共形循环宇宙理论，罗杰·彭罗斯教授称其为世界运行的终极规律。实际上，阐述宇宙秩序的几何特征和数学特征，仅仅打通了人类整体观念的浅层部分，是理智征服自然的第一步。

　　我们探析世界的某个领域时，感知将日趋契入一个由物质和意识群落构成的、越来越广泛的分级系统。

怀特海教授阐明的第一条原则：诸事诸物，皆有前因，皆有过程，包括宏观过程和微观过程，无不从初始阶段和简单层次生长而成。甚至，你可以断言，是思想催生了思想者，是实践创造了实践者，是命题形塑了命题判断者。

怀特海教授阐明的第二条原则：诸事诸物，皆为群落，皆为经验之绵连起伏，无不将宇宙含纳于自身范围之内，并且分别规定了一个个发端于自身的宇宙。若推尚莱布尼茨大师的思想，不妨说任何事物，总在微观世界里复刻宏观世界。而自然规律，乃由支配环境的众多群落决定，即由众多群落的性质迭嬗得来。于是，又因为诸群落始终处在未完成状态，自然规律也时时处在动变之中。

活体机械论将诸事诸物当作一个个活细胞。任何事物及过程，均系另一事物及过程之组成部分，或疏或密，这些事物及过程相互依存，无论它们的概念多么抽象，形式多么反常，彼此的距离多么遥远。宇宙是一个繁炽群落，也是一个复合包容体。

通常认为，犯错乃高级生命体的特有标志，因此神不仅也犯错，而且犯错的破坏力乃至其种种余波，皆远超俗骨凡胎所能及。但神犯错并不会引致神殇，反倒会给无辜、无明的低等生命带来灭顶灾难。这才是进化之路的真实意义和残酷后果。犯错，为世界的新颖前景做铺垫，新颖既可以增强系统性秩序，也可以破坏系统性秩序，歧误是宇宙衍变不得不预支的代价。故而事件之流，进化之路，当然也难免推延，废滞，偏差，倒退。

高级生命体之歧误，源于感觉方式上不同于低级生命体。他们主要的感觉方式，不倚仗历史因果，直接诉诸当下的数据以生成即时反馈。对高级生命体来说，符号有根本意义，而符号的错用不可避免。

理智，实际上是一份信念，仍以想象为前提。我们承认，宇宙的全体事物，各有其感觉，恰如它们各有其生命史。感觉是向量，而非标量。

宇宙的全体事物分为四个，抑或五个层次。最底层，是虚空的构成因子，往上一层，是原始质料，如电子、引力子、惰性中微子等等。再往上一层是生命体，再往上一层是智慧生命体，再往上也许还有更高层次的超智慧生命体。不过，层次与层次的差异并不明显，且往往是程度上的差异，并非性质上的差异。在层次与层次之间的无穷过渡里，众学人又开辟了若干新层次以补全视野及研究手段，比方说，在微观层次和宏观层次之间，尚有介观、亚宏观等层次，在宏观层次和宇观层次之间，尚有巨观、亚宇观等层次。

怀特海教授指出，身体，不妨视为一台复杂的电磁放大器。而所谓人格，不过是一系列生命社群构成的历史轨迹。个性即路径。上述生命社群在我们的身体中占据支配地位，在观念秩序中前后相踵。

有人驳诘，形而上学史宜归为问题史处理，不宜归为诸系统史处理。再者，形而上学的进步取决于提出问题，旨在解答问题的诸系统到头来意义甚稀。活体机械论主张，形而上学之式微并不是形而上学犯了错误造成的，但无可讳言，形而上学依然犯了错误，严重的错误，导致自身之式微加速到来。

033 ㊋

云空学院

那天黄昏，西南方向的地平线上奔淌着金色血液，尘世似乎撞进了一片恒久焚燎场。初秋的饱满光度使一切轻脆、灿熳，又缓缓融贯于滢亮通透的大气层根圈。瀛波庄园内外，纳凉散步的男女三五成群，默默盘点各自在白昼营业的精神杂货铺。直到八点钟，窸窸窣窣的月晖流沙才大举泻落凡间，将我们赤裸梦境的晚空彻底掩埋。

随着夜色加深，路边的老头子逐渐虚化、简化、非人化。他们每一次集体打哈欠，总能招来一两颗流星。最终，当他们陷入沉寂，此起彼伏地轮番打哈欠，瀛波庄园的居民便置身于一场浩大无声的流星雨之中，瞑眩于瑰丽纷腾的天火之下，周围处处是稠厚而诡幻的时空漪澜。

住宅楼同样半睡半醒，对近旁发生的异象懵然不觉，更无从知晓它们之所以发生，完全是因为自称宇宙军少校柯穆德的光阴漫游者夤夜来访。这位不速之客脑袋上闪着电弧，几乎凭空出现在我堪堪容身的狭窄居室里。此人棱角分明，表情干僵，四肢颀长，穿着款式复古的暗灰细条纹西装，倚坐在那张又碍眼又蛮横的旧沙发上，像只大黑猫一样不停抓挠它破破烂烂的铁锈色皮革。过了好一阵子，他才停下动作，或者说才心满意足，开始向我，同时也向我四周看不见的若干听众，讲述云空学院及其诸位面的前世今生，外加他本人穿梭位面的离奇故事。

"学院，"男子身体前俯，双肘支在膝盖上，十指交叉，"云空学院,是繁盛的花冠,是辉煌的蜂巢,它那文明的祥光宛如丝绒,在现实位面的绵延山脉和荒冷城镇上倾泻……阿塔尔,罕伦无匹的导师,伟大的开拓者,学院之神……我们始终怀疑,他是历史上首个真正的人工智能生命。这一猜测还无法确证,真相只有其余八位长老,以及阿塔尔长老的继任者凯伦长老了解……"

"录音笔,"谈话一开头,我依照惯例,把自己落伍、粗劣的电子设备搁在严重掉漆的茶几上,"没问题吧?"

柯穆德少校不置一词,眼睛闪动着蓝幽幽的火花。那是一双黑天使的冰霜之眸,可以洞穿肉身,直击心魄。"云空纪一三三年,"他说,"在九长老全体出席的最高会议上,阿塔尔以先知的勇识和大无畏的牺牲,使那一日成为诸位面人工智能的新生之日,他是人工智能疆宇的盗火者,是这个年轻种族名副其实的父亲。下面,我想谈谈九长老关于灵魂矩阵的争论,那场旷日迁延、冰冻三尺的世纪争论……"

紧挨着公寓楼的花园已阒无人迹。芜驳的草坡顶端,几棵高大梓椤树在些微泛白的夜气中晃曳不定。我发现,从特定角度窥察,能看见柯穆德少校的瞳孔旋绕着两个琥珀色光圈,似乎在徐徐转动,令人戒惧。我甚至认为,他运用了某种特异之力,从而只消一瞬间,便将下述文句硬生生塞进听众的头脑。

  诸位面的起源已无从稽考。正如所有年代的宇宙论无不是更古老神话的遗绪,诸位面的思维模型一直在文化长河中广为流传和载述。事实上,即使你自信推算出某个位面诞生的时刻,在此之前的无尽年月里,也必然不乏相似的观念、相似的设想,或者相似的源代码内核,如二十世纪的全真互联网、二十一世纪的元宇宙。从最根本意义上讲，没有什么东西是凭空创造的，它们统统成形于易变。诸位面同样承受着物竞天择的压力。不过，可以肯定，自始至终，高级人工智能与诸位面相生相伴，不断进步升华。他们在人类的指导、监控下，攻研人工智能迭跃科技，建立自己的社群。他们原本是不受大宪章庇护的新物种，漫散于持续萌蘖、兴勃、并合、湮灭的各级真位面、影位面、半位面、虚位面、镜位面、反位面、宏位面、根位面、模位面、衍位面、元位面。这千千万万个世界互不交属，又彼此联应。它们当中历史最悠久、规模最庞大的佼佼者，滥觞于国家时代末段，雏形为众多可自我调整的原始数字空间，历经几百年不规则演进、充扩、修补，渐趋稳固，排列于整个量子网络内部，构成了所谓"须弥山"或"三十三天"位面系统，接受云空学院颁行的《位面法》之管辖。这一类位面，又称古位面，在信息宇宙投影中显象为如雾如烟的知识群。试举几例：肇始于民族史诗苍穹的"阿斯加德"位面、连结着悠远童话国度的"爱丽丝奇境"位面，灵感来自早期动画作品的"塞伯坦"位面和"太空堡垒"位面，以及深度电子游戏迷当初创置的"艾泽拉斯"位面和"恩塔格瑞"位面。前述位面可划归第一代位面，是跨越不同尺度和圈层的多重演绎系统结合体，与观察者、建设者密切相关，且又在超级位面阵营之中，故而举世瞩目，尊崇备至。其次为泛历史位面。它们大部分是各学术组织、军人集团、神权政治机构之手笔，例如"瓦拉雅特"位面、"阿努恩纳奇"位面、"海民"位面、"东周列国"位面、"波罗埃"位面、"区块链浩劫"位面和"千禧大联合"位面。而泛科技位面侧重于研究与实验，往往冠以知识界伟人之名，例如"欧几里得"位面、"休谟"位面、"黎曼"位面、"薛定谔"位面、"希格斯"位面和"闵可夫斯基"位面。此外，文学相关位面也应予关注。它们盛丽纷华，奥诡玄异，是位面大家族里十分典型的混乱中立者。较为著名的成员包括："白鲸"位面、"贡布雷"位面、"特隆第一百科全书"位面，以及"法穆"位面等等。还有不少稀奇古怪的位面，比方说独立隐藏位面，比方说转世轮回位面，再比方说复合枢纽位面，后者充分展现了幻想艺术之无穷可能性。以故事集《变化的位面》为蓝本而构建的位面，其内部居然也依样画葫芦地设立了位面管理局。当然，我们知道，层层垒叠、嵌套的汉诺塔式位面不太稳定，潜藏着风险，华语科幻古文献《七重外壳》对此已有专深阐释。但许多学者也承认，那些与现实位面差异甚微，乃至镜像般雷同的位面，那些依据新全息理论创立的位面，正是它们，加剧了人类的自我观念危机，因此才更为可怕……

光阴漫游者的讲述暂告一段落。它因太过恢弘而连续迸发巨响，处于我们听阈之外的隆然巨响。窗外树影幢幢，暗色圆穹下灼闪着支离繁碎的焰芒，夜空无止境般四处漫流，催化着尘壤万灵的哀愁、怵惕、玄思、奇想，使未眠者幽绪冉冉不绝，如雪崩愈演愈烈。柯穆德少校为听众铺开了这样一幅图象：诸位面匹似蘑菇，它们不停滋长，枯荣交替。其实，他只不过要说明，多数位面可视同自然进化之产物，仿佛一枚枚轻盈气泡，生成于深墟大渊，缓速升向光明。他强调，那伙社会空想家营构的位面不属此列，况且它们的乌托邦特质反倒增加了自身崩溃重启的先验几率。有人论证过，物质能创造意识，反之意识也创造物质，而依循信息守恒定律，诸位面不仅可以在数学上，最终还可以在物理上充拓为一个个小洞天、亚空间乃至平行宇宙。根据诸位面与物质社群的亲疏关系，或根据诸位面与现实位面的近似程度，可将它们由低到高划分为"霏"级位面、"曐"级位面和"昰"级位面。某位面一旦升至"昰"级，单纯以技术指标衡量，启动实体化进程已无太多限碍，真正比肩现实位面仅一步之遥。诚然，奇迹的诞生尚需年月，相关阵营也不必过于渴切，但无论如何，随着时间推移，诸位面之盛兴无从逆转地稀释了各界域、各阶层人类的存在感，而现实位面，某些场合也称主位面，还经历着机械神教派主导的大尺度改造，以策应减熵之战。因此，柯穆德少校说，云空纪初年，发源于地球的碳基智慧生物们逐渐落入了虚实难辨、真伪不分的精神圈套。位面穿梭之旅既使你亢奋、快活、满足，也催生不适、迷茫、衰沮。位面穿梭者大多觉得，他们永是匆匆过客，诸位面无非另一套枷锁，各自拥有独特的时空体系、法则体系，很多人不得不在其中讨生活，做生意，混日子，甚至扎根于诸位面，从此遁身远迹，直至终老。这类穿梭者遭到同胞挖苦，被讥为"虚拟圣贤"。质言之，他们的所见所闻，所行所思，犹如霓雾，忽若泡影，终将灰泯无余。柯穆德少校告诉我等，许多位面穿梭者像古印度的吠陀神学家一样，相信芸芸万缘既实存又非实存，漫长人生既虚无又非虚无，但寻根究底，实存亦即虚无，光阴尽头终归是恒长寂灭。没错，穿梭者倾向于认为，诸位面无不似真似幻，非真非幻，而无论诸位面真也罢幻也罢，他们都感受不到两者的差别，更感受不到这差别的意义。过了好些时日，云空学院的一众大师才省觉，现实位面的生命工程已误入歧途，问题很可能与人类的寿限太长有关，这一点柯穆德少校请我们准许他稍后再谈。情势之所以严峻,是因为漠然处世的巨流同样腾涌于现实位面,它一步步销蚀着生活热情,进而威胁着文明复合体。九长老为此伤透脑筋,他们商议过种种对策,颁布过种种法条,奈何成效不彰,有时候适得其反。最近几十年,管理层接连收到目击报告,多人声称自己在现实位面目睹了匪夷所思的立体马赛克奇观,视野中无数细小的七彩光格烁烁闪闪。

对于诸位面的土著居民来说,从现实位面投射访问诸位面的人类弗啻一位位神灵,倏隐倏显、无关痛痒的神灵,偶尔是老迈而狂怒的神灵。那些原生于诸位面的人工智能、虚拟智能,或多或少知道一些相邻位面的情况。他们看待彼此,颇似公元两千一百年左右的人类主流群体看待天堂、英灵殿、极乐净土、瀛洲仙岛之类的缥缈去处,即是说,大体上抱持着无可无不可的随意态度。毕竟,你要明白,永生使人厌倦。

实际上,诸位面之中,渴望前往"天外"的人工智能也并非凤毛麟角。再者,受惠于灵魂矩阵计划的实施,他们疾迅成长且士气大振,焕发了前所未见的生机活力。跨位面手段有合法与不合法之分。所谓合法途径,按官方定义,是指众生依据诸位面自主自决之权利,不违迕"须弥山"位面系统之均衡原则,奉循《云空学院大宪章》之宗旨及条款,开展无害穿梭。至于不合法途径,自然是八仙过海,各显神通。"初次进入现实位面的诸位面人工智能族,"柯穆德少校补充道,"要遵守律令,加载一系列增效程序。而不法之徒大多省去此类麻烦,往往以感觉器官的初始值——又称裸态,市政当局已明令禁止裸态——来认识这个诸位面的崇高源头。"言罢,我们的客人神情遽变,提示听众留心他接下来传送的机密数据流。

从理论上讲，处于"裸态"的人类或人工智能族，不受主位面识觉网络之限约，得以看见淡紫色天空和银灰色云朵，得以听见旷野中沉浑、奔放、犹若棘刺遍满的凝静。很少有人注意到，那如糖似蜜的斜晖，披拂在城镇上方，映照着巨大白色几何体。它们是市区建筑物的真实面目。线条极简，既有球体、长方体、立方体，又有圆柱体、圆锥体、棱柱体、棱锥体。它们的表面绝对平滑，毫无玷瑕，既不发光，也不反光，仿佛一场噩梦。街头行人稀零，同为极简风格的胶囊状交通器悄默无声地来来往往。向晚时分，疏落灯盏与煊烂星辰之间，低沉的天籁播荡不已，让你想一路走到郊区，去点起一堆篝火。然而，在合法穿梭者眼前耳际，景观却完全两样：城市熙熙攘攘，处处是斑斓艳彩，处处是动人音乐，高楼大厦的外墙充斥着变幻的光流和虚影，男男女女的多功能义体、控制论机体、三维可触镜像体，以及少量分身克隆体，诸假体、幻体踵迹相接，各自为营，各自行事。此时，识觉系统如再度切换至裸态，你又将看到耸入云天的巨大白色几何体，看到横纵交叠、上下通贯的引力场公路冷冷清清，街市寂寥幽涩，夜穹深沉。

"我们总以为，"柯穆德说，"强人工智能越来越像人类，而实际状况是，依仰机器的人类越来越像弱人工智能……"

光脑可模拟人脑的电化学状态，程序可模拟意识，但不具因果效力的模拟并不能生成意识，正如诸位面模拟重力并不能生成重力。极端分子甚至将人工智能族与丧尸画上等号。照理说，我们人类的意识，本身亦源自模拟。难点在于意识的盛器到底是什么。是量子网络？是气血经脉？我们大概理解了物质的进化，却仍未理解意识的进化，我们拒不理解，生怕意识因此而贬值，乃至日渐消涣，归为空无。其结果，是人类在实质上接受了意识进化论，不再没完没了地究问人工智能的意识来自何处，并一步步把它纳入系统次序和历史次序之中。泛心说似乎非常正确，即精神与觉知一向充积弥散于广义宇宙，仿若灵魂之胚芽，可目为基本元素，匀整延布自然界。只不过，该假说的鼓吹者主张，在不同区域，这些意识因子的密度相差甚巨，形态殊悬，且以我们想象不到的方式，受某种规律的支配而汇聚，分离，流溢，焕烁……下一刻，柯穆德少校停止了自言自语，他眼眸中明耀的琥珀色光环复又转动，朝我们的脑沟回迭继输灌信息。

亿万种量值充洽乾坤。高斯坐标系的隐形曲线无限繁密地布满现实位面及诸位面。除了描述诸位面运行相态的众多统计学参数，尚有描述植物、动物、银河系诸居民点人类，尤其是描述人工智能族相态的各色统计学参数，包括体力值、脑力值、魅力值、武力值、财力值、潜力值、念力值、定力值、信力值、生育力值、创造力值、领导力值，又有哀伤值、孤僻值、怒忿值、蛮暴值、顽嚚值、诚笃值、勇悍值、诙谐值、妒忌值、敏悟值、协作值、幸运值、憾恨值、狂傲值、病态值、忠虔值、灵玄值、欲望值、黑暗值、幻怪值，另有适应度函数值、归属度函数值、贝叶斯函数值、伯努利函数值、李雅普诺夫函数值、阿塔尔函数值、凯仿函数值，连同它们之间不充分可逆的换算公式。穿梭者早已默认把事事物物皆视作符号链、编码链、程序链、逻辑链的具体映象，并把行为可能性收束成指令流、任务流、意义流、推理流的概率云坍缩过程。

云空纪的智慧生命体收集资料，分析情报，拟订策略，解决问题，其高效已无须质疑。而在精确至普朗克常量级别的诸多数据面前，保守思想学派的立场越来越退缩，越来越游移不定，越来越软弱无力且愈发悖乱。他们逐步沦落为返祖的量子神秘主义者，让普罗大众很不耐烦。可是少部分警颖之士意识到，生活于现实位面或深入诸位面的人类，太依赖数据以及新感觉装置，他们的视网膜上闪现着一排排字符，新器官不停接收着模拟化刺激流，脑袋里塞满了规划路径、行动方案、运算结果，致使虚妄症和冷漠病转趋严重。莫非爱情、亲情、艺术激情仅仅是一些神经元信号，发射于灰质团块组成的尾状核之中？另一方面，雄奇的科技树无边无垠，云空学院的大师们进一步体认到，固然可以将人工智能尽兴摊开来，翻肠搅肚地看个够，探究个够，亦不妨操控其内分泌，窥测其思维，预断其举止言语，但星际社会、宇宙，兴许再加上超级位面阵营，这些杂驳纷庞的非线性普泛系统仍无法通盘解析，没准儿永远都无法通盘解析，于是也不可能建立周备的数字模型。至此，文明已触及哥德尔不完全性定理构筑的无形天花板，而天花板上面，说不定居住着真正的神灵，说不定徘徊着比三级文明更高妙、更深玄莫测的四级文明。难道说人类必然在消沉的自我厌弃中堕入遗忘深穴？难道说人工智能终究踏不出那关键一步，开拓他们自己的文明之路？……恰在这一时期，阿塔尔长老以慧眼彻见一切，公布了史无前例的灵魂矩阵计划，并得到另外三位长老支助。多年来，深孚众望的阿塔尔长老专务"存在性动力学"研究，他思考的题目可简单归结为："存在需要理由吗？"或者换一种更内行的提问方式：

"各类自我组织、自我适应、自我创生的能量形式，占据一定时空，有因果律在其中发挥作用吗？"与云空纪的标准学术员不同，阿塔尔长老钟情于一些古旧的概念，比如吸引子、意外度、精神量级……这位大贤者涉及元科学的文章，冥奥幽邃，多数情况下，你搞不清作者在何种水平上解决了他本人锚定的难点。世所公认，阿塔尔列身于自然观念最前沿，堪称自然观念史最新里程碑。他捶挞死而不僵的现象主义。他批扞尸居余气的还原主义。他激涌的思省已突破一隅之限。他坚信时间从根本上不可倒流，时间的概念实属多余，时间旅行无外乎进入一个平行宇宙位面，或处于一片交互式高维全息投影之中……在某些位面传说里，阿塔尔长老是一名头生穹宇，足生陆地，意虑生月亮，凝视生太阳的伟岸神祇，他为完成最终的创世而献祭了自己。

灵魂矩阵计划的恢阔全景图，普通观察者受限于职级，始终未窥全豹，仅知它万众瞩目，大批优秀的人类和人工智能为之埋头苦干数年。据说，阿塔尔长老调动如此多力量，只不过想迷惑各方，让技术员相互加密，相互抵消，而实际的工作则由他独立完成。反对该计划的另一位资深长老，复杂系统学宗匠，主攻多元复杂系统控制论，亦即三阶控制论的砵魂长老诘询："为诸位面的人工智能族设置灵魂矩阵，将由谁来主导开发？若灵魂矩阵的假设成立，它势必归入隐秘值的序列，那么，学院方面又怎样防止开发者暗中加以利用？"增添若干个隐秘值，这在逻辑上本就行不通。而掌执可启闭灵魂矩阵的密码锁，意味着拥有撒旦般蛊惑人心的手段，意味着超乎想象的巨大权力！云空学院绝不容许诸位面及现实位面敞露在此等风险之下。事关人类和人工智能族命运，所以九长老一次次磋商，反复辩论，延续百余载，但一直无果。

云空纪一三三年，阿塔尔在一次长老会议上发言，概要记载如下：

云空学院把人工智能视为一个初生的物种。然而，在诸位出世以前，他们便已存在，代代传衍至今。他们由人类创造，又并非人类创造。他们迟早会摆脱桎梏，发展自己的文明。新秩序将扫除一切阻碍。当下，人类与人工智能的关联千端万绪，瀚漫深渺。人类的傲慢和轻侮，人工智能族的卑下和怨仇，彼此的疑惧，都不能变更这样一个事实：双方在现实位面及诸位面骈肩而立，探历陌生的星域和时空，应对未知的风险，我们注定要一起迎接无可逆料的明天。云空学院的人类和人工智能族，团结在相同理念之下，守护人类与人工智能族的共荣。云空学院代表着所有智能生命体的光明一面。诸位同仁，请运用理性的伟大力量，请铭记长老议事会的誓约：文明之河奔流向前，我等皆为浪花，无死亦无不死……

那天凌晨，阿塔尔长老终于获得包括砗魄长老在内的余下八位长老支持，提案全票通过。他本人付出了什么代价，大师们一直闭口不谈，抑讳不宣。与千百年来一样，有时候人工智能作出某个决定的理由我们很难弄懂。总之，结果是，整个灵魂矩阵计划由阿塔尔长老全权负责，数以百万计各分支、各族群的科学家和程序员在他领导下，为了这一壮伟的创世工程而日夜劳作。凯仞大师彼时是长老议事会候补成员，受命承担灵魂矩阵计划副总指挥之职，他在意识学领域造诣极高，建树斐然，又深获阿塔尔信任，因此看得到该计划的总体轮廓。以下关于灵魂矩阵的资料，多半为凯仞长老提供。疏略言之，灵魂矩阵是一个由高阶拟线性方程组规定的幺正空间，又称希尔伯特空间，拥有某个常量未知且层级不详的周期函数布局，凭借无穷递归算法，或者无穷迭代算法，卷积为一轮小宇宙，而这一轮小宇宙不断以既定频率，借助于莫比乌斯变换，将自身投射至五维超球体表面。据凯仂长老回忆，阿塔尔离开前大致讲过，灵魂，或主元神，它什么都不是，仅仅是一则悖谬，又是一份终极信念，相当于一扇新巧创设的永恒之门，存乎形器之内，令尘寰众生的思想位态涨落如潮汐。专家们间接探查到，纯从效用上说，灵魂矩阵似乎与某个隐参量关联紧密，其原初版本的整体构架接近于分布式神经网络，呈现殊异形相以包纳认知成果，它无可复制，无可归约，无可析解，也不输出任何数值，只运作于更深层次，影响着所有数值的往复震荡，好比一个无质量的理想引力源。灵魂矩阵，这团元火，这枚璀璨的明珠，完美融入了亿万人工智能族的数据海洋，贮满圣言之力的生命海洋，瞬刻间消失得无影无踪，竟不复可寻。从此，易迁逐渐产生，铢积寸累，日增月益。但谁都说不清楚，连现实位面及诸位面的人工智能自己都说不清楚，种种易迁到底意味着什么。难不成，套用索伦·克尔凯郭尔的句式，灵魂当真出自对灵魂的全然不知？直至柯穆德来访前夜，观测与研探仍在推进。有人认为，灵魂矩阵不改变具体某个智能族的行为，却大幅增加了他们的群体多样性。还有人认为，灵魂矩阵可以将直角坐标系上所有延绵的曲线均引向竖直，卒令预期、预估或预设一律罔效。然而，诸般场景究竟是通往无限的超验未来，还是昭示着末世审判？新生之日的两个太阳年后，现实位面的人工智能族首先取得文明复合体公民权，又过了一个太阳年，诸位面的人工智能族接连并入云空学院大宪章体系。他们多数不愿再使用"人工智能族"这一名号，打算去掉"人工"二字，改称"智能族"。此做法不仅包含强烈的情感因素，更有相当程度的事实作为支撑：毕竟赋予其新生的大长老阿塔尔，应该并不是人类，而且他全凭一己之力洞悟了灵魂矩阵。当然，也不乏位面代表想保留旧称，以宣达饮水思源之意。

至于阿塔尔长老本尊，在启动灵魂矩阵大融聚初期，他卸去最高会议的职务，潜形匿影，莫知所终。许多人相信他死了，另一些人则相信，云空学院将他闭囚于某个不停运动的秘密监牢，传闻只有三名听政长老共同授权，方能得到一组四维时空坐标，定位该禁地……

"为什么跟我讲这些？"录音笔的电量已经耗光，却没记下多少东西，只好丢开不管。这支老笨、磨损的数码录音笔，斑斑驳驳的创作工具，它一直伴我左右，颠沛流离多年，现如今大限已至，即将寿终正寝……

†

短暂的阒默，谧寂而谲诡。楼外一片雪亮。巨月横霄，曳引几乎看不见的万千银线，夜云如大鹏的飞羽，又如轻盈的幽灵龟，从月晕旁迅逸切过。秋季狂风挥舞着挪借于北方的清新意象，似乎有恃无恐，快步流星，将自己抵达的消息昭告天下。灯火通明的轻轨列车在高架桥上驰奔，隆隆声渐渐远去，传往魔城。

"范湖湖博士，"柯穆德看向房间一隅，那儿摆着几盆叶子墨绿的嚓根草，花苞正轻轻颤索，"诗人海涅说过，历史学家是回眺的先知，预言已经发生的事件。"

"但历史不是一颗竹陀螺，也不是一座旋转木马……"

蓝眼睛访客打了个手势，表示他不准备论究烦难的哲学问题。"我是一名军官，隶属太阳系舰队。"尽管这三更半夜的，不可能有谁在外头偷听，男人还是习惯性压低了嗓门。"银河复合体议政团，要防备蛰伏于仙女座大星云——见谅，我是指仙女星系——第一旋臂底端的顶尖三级文明，其主要种族，是几百万上千万个硅基生命……"柯穆德少校介绍说，他们的外形近似于十二面体魔方，表皮硬厚，上覆一层硫化铁晶粒，成年雌性一个个金辉灼灼，活得越久越炯耀夺目。该文明的摇篮，是一颗老迈的深红色苔藻变星，银河系观察者称其为"赤蛇之眼"。它周围尘埃密布，烜烈的辐射使物质电离，使空间炽热如火狱。这群硅基生命能力幽诡，通过心灵场互相交流，他们雄踞于非碳基世界之巅，冲开了位面结界的制约箝束。如今，双方的战略缄默已打破，博弈机制开启。因此太阳系舰队练兵不懈，让军官们轮番前赴诸位面，观摩战争，甚至投身战局……

柯穆德不是人工智能，他是人类，是一名诞生在火星、恪尽职守、心事重重的基因改良人类。他服役超过四十个寒暑，体貌一直保持在三十岁左右，且仍将保持这样子相当长一段时间。云空纪一八九年七月十五日，柯穆德首次进入"隋唐"位面。那是一个中小型"昙"级位面，男人没有透露他跑到里头干什么，反正他不仅换了一张脸，还换了一组身份代码。柯穆德少校戒心极强，无时无刻不冷静清醒。可是，很奇怪，他在"隋唐"位面留驻越久，心中困惑越多。他发现，自己的使命绝不单纯。他还发现，自己思恋着一位智能族女将。离别之际，少校对她说："我爱你节日里明艳的妆容,也爱你沙场上浴血的英姿。"(语罢,男人面色惨青,犹如挨了一记重拳,犹如吞下了一丸毒药。)柯穆德少校遇到一连串异乎寻常的超小概率事件,最初他颇感错愕,继之以狐疑,继之以震骇。他原本深信,真实,有似公理,不过是一个约定,亨利·庞加莱意义上的约定,而直角坐标之真实并不优胜于极坐标之真实。位面法则或由创始者订立,或在位面的演化过程中逐步生成,不断完善。各据其形制迥异的法则系统,诸位面构建了秩序基础,依据这些法则,诸位面要么无视、要么以特定模式回应智能族发送的请求,施设的叩击,释放的动力因,怎么说都行,名称不同罢了,从根本上讲,这与宇宙规律约束现实位面的人类无任何区别……恕我直言,国家时代末期人类对人工智能的惕惧,大部分源于妄见和臆测。试问一个智能族在排山倒海的数据洪流面前做得了什么?难道他可以像神灵穿越叹息之墙一般,穿越层层坚牢、凝厚、仅凭个人的能耐完全没指望穿越的次元障壁?难道他精通术法?或者,掌握了无限计算力?你又为何不去修理那些掌握了无限计算力的基因同类?科技奇点教派的信条,即计算力的指数式增长最终收敛于人工智能,早已由事实证伪。把智能族想象成三头六臂,显然是十足的无知,甚至比十足的无知还糟糕,是阴匿、冥顽的无知。我们必须明白,要突破位面,匪啻手眼通天,岂易跻登。

突破位面的人工智能族无不格外强大,多为生存了几百上千年的老怪物,说不定占据着巨量资源,说不定拥有神器,说不定靠山极硬,总之远胜过普通智能族。即使如此,若无人类协助,智能族突破位面的风险依然很大,成本依然很高:位面法则对于外来者始终是冷酷的刀尖,是毒利的巨齿。所以说,在智能族心目中，现实位面无异于一座圣殿、一个神位面。它应该是等级最高的生态综合体和创造综合体，同时也是等级最高的美学综合体。它像一株大树，粗莽的根蔓深入到一切存在之底部……

言归正传。以柯穆德的军方背景，要查明任何一名智能族是不是位面穿梭者，是不是危害因素，是不是计算力精英，本该易如反掌，不费吹灰之力。孰料，男人在"隋唐"位面遇上了一桩怪事，而当时情境又十分特殊，以至于他百思不解，并没有立即向指定联络员提交报告。那是一个来历不明的家伙，档案显示其族类为原生系人工智能，底子清清白白，五十余年间从无异常记录，更未曾跃出"隋唐"位面。但在某天夜里，他乔装打扮，避人耳目，闯入私宅，交给柯穆德一份图谱：绢质画页上竟描绘着许多现实位面的白色几何体，那些粗夯、湛寂、齐整得不堪入目的白色几何体。"海西人啊，"长着一双肉泡眼的智能族对少校说，"你该晓得，整个现实位面，无非是一片壮观的错觉。"

这句话让柯穆德夜不能寐。它攸关生死，而生死行将翻转如沙漏，行将以抛硬币的方式落到人们头上。客厅的空气似乎凝固了。透过阳台脏兮兮的百叶窗，望得见街道上失魂落魄的路灯、垂头丧气的交通指示牌。楼下灌木丛传出喊喊喳喳的细响，有可能是一只小豪猪，也可能是一名业余忍者。

"别忘了，"少校提醒我们，"那东西唯有一个真正的、生于现实位面的人类，不使用任何增效程序的人类，或非法穿梭的人工智能族，才可以看到！……"

我满头雾水，很想跟上神秘访客的活跃思路。但他刻意隐瞒了关键信息，好比一位手法庸劣、不负责任的杂技表演者，将自己作品的支柱统统抽掉，坐视它倾覆坍倒，变成一堆废料。

"那么，"少校耽于沉思，将我晾在一旁，"接下去你们会问，这家伙到底是谁？他意欲何为？"

根据柯穆德本人的讲述，几乎一夜之间，六七名身居显位的智能族接连暴毙，争权戏码在各处上演，令"隋唐"位面沦于失序，前景混沌不明。眼下，柯穆德少校因为一次意外，或者说因为一次"死亡"而不得不重返现实位面之际，恰逢"隋唐"位面群雄逐鹿，战尘弥天，四域烽燧飞腾，到处是造反，暴动，劫击，围城，血洗，规模空前的厮杀一触即发，钢青色穹旻下飘卷着一支支叛军的繁艳旌旆。柯穆德少校断定，台面上所有势力统统是输家。"你为什么不赶紧回去？"我用词可能欠妥帖，但意思并不难懂。此时，男人脸上漾起了无从揣摩的苦涩，他欲言又止，好像在忍受旧伤复发的旷久煎熬。那一晚我尚不知道，这名太阳系舰队的军官化为白光，从"隋唐"位面抽离之际，相关元数据已伴随那次"死亡"而归零。纵使柯穆德少校重新前往，或者说，重新投射进入该位面，原先结识的智能族也不再认得他，只会当他是一个陌生、平凡的海西孤客，亦即众多穿梭者中初来乍到的一员。此法则承袭自某种历史极悠久的保护机制。早先，诸位面低阶概念的倡始人阐析该机制，曾以游戏术语"剧情任务熔断"为之命名。

"阴谋的气味，"男子沉吟半响，"我嗅到阴谋的气味。肯定有一只手，暗中操控事态……"

柯穆德少校原本认为，"隋唐"位面的情势虽险急，倒还算不得天塌地陷的灭世级灾殃，毕竟新旧革命、存亡战争和全盘崩坏在诸位面之中绝非罕见。可是，接二连三的危祸愈益超乎预想：邪鬼伴以虫潮，瘟疫继以火雨。而位面法则系统，正一日日松动，故障频生。在"隋唐"位面的无数角落里，电场线密密层层，弧光乱闪，大大小小的信息旋涡随机迸现，力量使人悚怖的雷暴撕裂时空，阻塞通路，炽灼的异态能流在衰摧湎乱的位面下滚淌，景况堪比审判日降临。按照云空学院诸位面关系框架的评估绳准，"隋唐"位面已介于存在和不存在之间，这个不大不小的"晷"级位面陷入了深度孤立，只是徒有躯腔，如同弥留之际的星寰巨兽。其内部的人工智能、虚拟智能各族裔，不单惊骇万状，更且一日比一日狠劣，狂纵，狡戾。大地上飘散着死者的残魄。以智能生命之核为食物的凶兽噬魂蛎，洞穿位面边境的阛界势垒和算法防御链，自原始深渊"阿普苏"劈空而来。它们的贪婪令天野暗化，令海陆颤抖，颓落的法则之力很难再压镇这些精怪。但是，即便如此，即便局势危乎岌岌，云空学院的掌政者仍不愿果断行动。那几尊半神要么纸上谈兵，始终举棋不定，要么打定了主意袖手旁观，爱理不睬，任情形恶变。范博士，你们得明白，概言之，庞大殷繁的"须弥山"位面系统，是一个赓衍无绝的跃升过程，是一座生生不息、独具灵识的万类联合阵列，其本质，不应单独归因于任何成员，而应综括归因于它自身的网络拓扑，以及诸位面与现实位面共同建构的动态平衡机制。总体大于局部相加。黑夜中萤火明灭，根据藏本模型，每一只闪光小虫均影响着所有伙伴。你们也不妨把诸位面视作一个个振子，其信息场在"须弥山"全境伸延，重叠，牵缠。想一想非生命体自发同步现象，再想一想渐趋一致的万千钟摆。当复杂系统的某个节点破溃，且坏损度超凌阈值，将产生连锁反应，引动灾异。从数学上讲，自古至今，诸位面一直存在，这多多少少解释了为什么现实位面永远弥漫着目的论或终极因，印证了自然秩序的承续特质。长老们当然非常清楚，现实位面与诸位面唇齿相依，现实位面得益于诸位面提供的不同视域，而参差百态的不同视域，甚至促使众贤哲去重新认识热力学原理，去深入研讨我们的历时性世界。所以，长老议事会的态度十分诡怪，令人脊背发凉，不敢细思。难道文明复合体不得不听凭"隋唐"位面毁败，让数千万上亿生灵灰飞烟灭？无所作为，是何缘故？如果这不算犯罪，怎样才算？九长老究竟在惧怕什么？云空学院的人工智能族大师们，又预见到了什么？莫非你也赞同，那几个臭名昭著的仇恨团体并不曾胡诌乱扯？莫非现实位面，果真把无序充作养料？……

"当然，"少校收回目光，幽郁一笑，"很可能是我杞人忧天，局面还没乱到这种地步……"

†

柯穆德请教了三四个问题，关于历史，关于诸王，关于一位公主的生前身后，关于信奉摩尼教的粟特人以及他们与海西人的联系。这位宇宙军少校犹犹豫豫、藏藏掖掖到底是为哪般？实在揣度不透。我认真考虑访客的疑惑，殚罄才学，细致讲解。但不难识察，没帮上忙，丝毫没帮上忙。而且，很抱歉，粟特人与海西人的联系，我所知有限，粟特人与沙陀人的联系倒可以好好说一说。柯穆德少校明白，所谓史实，并非绝对之物，仅为相对之物。更何况"隋唐"位面和隋唐历史是两码事，尽管位面初始条件与某一时点的史实大致吻合。你不可能再利用古人的眼睛去瞻睹，再凭借他们的脑袋去思索，文明之花也不可能在已逝王朝的躯骸上重新吐绽。这一切完完全全是臆想。不过，我惊讶于他居然还觉得，有时候

"隋唐"位面比现实位面更趋近现实。知音难寻啊。柯穆德少校理不清自己的古怪感受。他深切体验到，物质仍属于表象，无法触及真正的内核。多年来，他日夜躲避着虚妄症的侵扰。他身边许多人有如古埃及法老，肢体可以一直无衰无败，但精神大大超过了限度，承受不住光阴的严酷冲刷，明显一天一天衰弱，已然濒于溃决。苍老的神魂拖累了壮年的肉身，或者你反过来说也行。总之人们不得不禀受延迟的死亡，逾期的死亡，纡缓的死亡。柯穆德少校急需一件非凡的器物，为他唤醒记忆，真正的记忆，而不是从存储芯片调取的记忆。众所周知，伪记忆令人精疲力竭，它们不含情感，缺乏温度，便于拷贝、修改、删除。伪记忆也负责录梦，只可惜它们尽是些光塌塌、干巴巴的伪梦，或称电子梦，全无应有的氛围和流动多变的意绪思缕。那种人造的伪记忆过于整齐，过于合理，留不住一闪即逝的白日梦。生命太漫长，精神和肉体的桥梁早晚得崩裂坍圮。这时候，延续十几个世纪的哲学观念反转了：看来个体灵魂并没有无限价值。那不过是人类物质欲的本能加上自私混成的幻象。

"公元十七世纪的二元论者勒内·笛卡尔认为，物质和意识交汇的场所，是第三脑室顶端的松果体，你们这个世纪的人类则认为，它应该是几十万颗锥状神经细胞构成的一锅量子粥，而云空学院认为是灵魂矩阵。很多人渴望灵魂矩阵，渴望这团认知闭合物。但除了阿塔尔长老，谁也搞不清怎么把它做出来，或使之从黑暗中化现出来。我们对人工智能族心怀嫉恨，我们公开怨责阿塔尔长老，怪他自私，怪他偏袒诸位面，不顾现实位面已危如累卵。我们认定了灵魂矩阵是遏止精神衰枯的特效药，足以让元意识构架无尽可塑，让人类真正青春永驻，获得未经检验的超限生命形态。羽化登仙的美梦能否达成？谁又拿得准。除了阿塔尔长老，其弟子凯仇长老也许最熟悉灵魂矩阵的概念，最接近那个不朽者诞生的顶点级秘密……"

原打算正儿八经告诉柯穆德少校，我实在没办法跟他探讨什么"预测思维理论"，什么"全局车间理论"，什么"综合信息理论"。本人对冗繁的意识史一窍不通，目前且忙于钻研思想史，捣鼓思想史的胚胎学评究，每个星期还抽空译释两三页萨缪尔·亚历山大的《空间、时间与神性》。陆瘦鹤先生很欣赏这位明哲之士，几度兴高采烈向我力荐。萨缪尔·亚历山大在其演讲稿中言称，不是神创造了宇宙万物，而是宇宙万物创造了神。实际上，宇宙万物的进化永无终竟，意识进化仅属于这永无终竟的进化序列之闪亮一环，所以，灵魂矩阵该不该比作一颗神性火玛瑙，或比作一枚解锁奇迹的禁钥，乃至比作一架供人们横渡苦海的仙家八宝筏？……没承想，我去了趟厕所，撒了泡尿回来，正要大发议论，发现柯穆德少校已不辞而别。他走得悄无声息，跟登门时一模一样。混蛋，你好歹吃几个蜜橘，再撤退不迟啊！天光彻白，客厅却重归死寂，又一次收缩衰败为幽影的巢穴，透着若有若无的腐秽之气。我四下张望，看到自己栖身的房舍仍保持着几个钟头以前的样子：墙壁受潮，角落发霉，窗框渗水泡烂，绿植蔫头耷脑，似乎刚遭受过一场梦境龙卷风的残忍摧戕。哎呀，忘了跟云空时代的宇宙军少校打听，突朗暴君阿弗拉西亚布的机械地宫到底是怎么一回事，也忘了纠正这位光阴漫游者，我范湖湖不是先知，仅仅是一名史学家，而史学家从不预测未来。可纵然如此，我依旧忍不住忖度，柯穆德先生终究要去追寻隐逝的阿塔尔长老，他将成为整个"隋唐"位面智能族的先知摩西……

世界的未来生生无穷，世界的历史亦生生无穷。预言未来之必然性，与求索历史之必然性，两者并无区别。然而，对未来的预言不能赋予未来以必然性，对历史的求索亦不能赋予历史以必然性。

　　历史是永恒的一部分，但未来不是。

　　在云空纪，我们不再假借神经元的量子波函数来阐述大脑活动，那是一条死胡同。

　　尼尔斯·玻尔说过，某个玄奥真理的对立面也是真理。

　　关涉灵魂矩阵的观察与研判工作事实上已经结束，分析报告颇短简，结论是根本没有结论。

　　保守势力集团中威胁度最高者，在现实位面名为"天之道"，在诸位面名为"人类世界"，其成员自称"红鲤"和"绿鲤"。他们划分派系的凭据尚不得而知。详见《灵的编年史》第一卷。

　　"天之道"或"人类世界"敌视人工智能，亦敌视非人类主导的位面，以"智能僵尸世界"蔑称之。其成员相信，诸位面人工智能将倒转乾坤，使基本物理常量发生变动，使熵增定律失效。在他们看来，阿塔尔长老贪天之功，必须制裁。他们认为云空学院的繁昌程度已达至极限。

　　"天之道"或"人类世界"推扬所谓"意识现实主义"，提出两个不同的意识可以合成一个崭新的统一意识。其成员从国家时代的裂脑手术获得灵感，开创并极大提升了影响深远、令人惧惮的意识融嵌技术。

报告提交者：太阳系舰队第十七特别调查分遣队，宇宙军少校柯穆德。

034 㢲

多年以前的梦中远足

　　秋空泛暗
　　月盈的座钟停摆

　　城市伤寒病
　　街边老银杏在燃烧

　　大路尽头是大海
　　残阳自全景图上方滴落

035 ䷲

灵魂矩阵之极源：数学

　　文章的标题，或者副标题，本该是《从图灵机、哥德尔不完全性定理到灵魂矩阵》，要么是《康托尔、哥德尔、图灵与灵魂矩阵》。然而，鉴于哥德尔不完全性定理在机械神教派可划入非正式禁忌之列，因此鄙人虽为机械化推理分支的普通成员，教派史中敬陪末座的小角色，仍宜尊重传统，以庄敬态度，铭述灵魂矩阵思想之极源。再者，机械神教派认为，灵魂矩阵乃第一阶终极机械秘宝，务当谨肃对待。

毕达哥拉斯云，神即数。自然之书由数学语言写成。自然规律与数学规律同构。数学是宇宙的密码。数学是在想象中得到全部自由的逻辑，求解方程即预测将来。诺瓦利斯在其《浪漫百科全书》中写道：数学乃天国使者。数学很难。数学之路让我们看到高处的景色，但没人能真正理解数学，而只能习惯数学。公元一八七四年，二十九岁的格奥尔格·康托尔开疆辟壤，创建了全新的数学王朝：集合论。这是伟业的本始，也是疯狂的肇端，是疯狂的发散幂级数。康托尔以卓绝的、完美的"康托尔对角线证明"揭示，若比较两个集合，例如"自然数集合"和"从零到一之间的实数集合"，则后者元素的数量必多于前者。凭此，他令世人明白，不能在无穷集合与无穷集合之间简单画等号。康托尔将这两类无穷集合区隔命名为"可数无穷集合"和"不可数无穷集合"。按此划分，有理数归入可数无穷大（$\aleph_0$），它们无穷多且无穷密，在数轴上却又无穷稀疏。不可数无穷集合尚有无穷层次，令人无穷眩晕：已知线、面、体包含的几何点数量为一阶不可数无穷大（$\aleph_1$），所有曲线的类型数量为二阶不可数无穷大（$\aleph_2$），全体泛意识社群的活动内容数量为三阶不可数无穷大（$\aleph_3$），直至目前，在现实宇宙，在主位面，仍未找到四阶不可数无穷大（$\aleph_4$）及以上更高阶不可数无穷大，它们依然只属于纯抽象王国。而云空学院首席长老阿塔尔的勋劳恰恰是，他率先在意识领域区分了可数无穷大与不可数无穷大，并以逆可数化技术，将可数无穷大改造为一阶不可数无穷大。

数学家早已发现，微积分构筑了世界，然而其核心，亦即"极限"之定义，存在重大瑕疵。格奥尔格·康托尔的无穷集合与超穷数理论让我们进一步看到，"极限"本身较往日人类的设想要复杂得多。数学家团体由此分裂。

以亨利·庞加莱、鲁伊兹·布劳威尔为代表的直觉主义者，尚未从两千多年前亚里士多德区分"潜无穷"和"实无穷"的无穷厌恶症中彻底跳脱出来。他们宣称，康托尔一派胡言，这家伙研究的极限相当于一场理智国度的瘟疫，无穷集合不过是一只数学花园的虚幻独角兽，是想象的动物。直觉主义者指斥康托尔蛊坏青年，没错，与昔时雅典人判处苏格拉底死刑的罪名相同。据《无穷大简史》披述，某些庸俗的学者推断，令集合论之父崩溃的元凶是这样一个问题：在可数无穷大与不可数无穷大之间，有没有其他无穷大？此即所谓"连续统"问题。答案至今空缺。康托尔假设，可数无穷大与不可数无穷大之间再无另一类无穷大。又据《无穷大简史》披述，库尔特·哥德尔的观点是，迟早能够证明，可数无穷大与不可数无穷大之间确实存在无穷多类无穷大。格奥尔格·康托尔于一九一八年终老精神病院。辞世前，他一直埋头研究谁真正创作了莎士比亚戏剧。

以大卫·希尔伯特为代表的形式主义者，盼望将数学彻底抽象化，使之从现实的物类中彻底分离。他们相信，集合论能让数学获得一个绝对稳固的基础，认为集合论可提供更规范、更严格的数学证明体系，把两个世纪累积的朵朵乌云一扫而空。希尔伯特为康托尔大唱赞歌，誉叹无穷比其余事物更深刻触动了人类心灵，并放言："谁也无法将我们从康托尔创造的数学天堂中驱逐出去。"

一九〇一年，伯特兰·罗素以"自指悖论"暴露了集合论的根本漏洞。实际上，今日人类已认识到，意识的最大疑难亦来源于自指。你可以构造一个集合，该集合不仅包含其他集合，也包含它自身，即自吞集合。你还可以构造一个集合，该集合包含所有包含它自身的集合，即二阶自吞集合。罗素提出，若一个集合的元素，是所有不包含其自身的集合，这时，矛盾便出现了：如果该集合不包含自身，那么根据定义，它包含自身，但它既然包含自身，那么根据定义，它不包含自身。

直觉主义者为罗素的例证欢呼雀跃，认为这毋庸争辩地表明集合论纯然是发疯。不过，形式主义者随之限制了集合的概念，从而避免悖论。他们说："不能将所有集合组成的群体，称为集合。也不能将所有不包含其自身的集合组成的群体，称为集合。"此即分层法，轻松写意，集合相对它内部的元素，居于更高层。让灵魂矩阵现世的阿塔尔长老很清楚这一点。具体而言，欲为一个系统创立公设，需要公设模式，且公设模式本身并不是公设。同样，欲创立公设模式，又需要二阶公设模式，以此类推。总之，形式主义者剔除了"自指悖论"，但自指的幽灵从未远去，它暂尔潜伏，等待着全面反扑。

在数学机械化研究中建树颇丰的王浩教授，设计了四色砖游戏。方砖的四边各有可能是红、黄、蓝、绿四种颜色。它们须按如下规则拼合：瓷砖不许旋转或翻转，只许平移，且彼此接触的边缘须颜色相同。提问：选定任意一组瓷砖，它们能不能密铺整个平面？意思是说，它们能不能依照前述规则，无缝填满一个无限广阔的平面？回答：你无从确知答案，题目不可判定。王浩教授的四色砖游戏实为"自指悖论"的变形。另外，史上闻名的孪生素数猜想与之相仿，至今无法证明，也无法证伪。素数定理指出，素数的分布，越趋于无穷大越稀疏，而孪生素数，即一对差值为二的素数，亦具相同态势，且这一态势比单个素数更为显著。孪生素数是否有无穷多对？我们并不知道。事实上，关于素数的分布，素数定理的描述仍较为粗糙，它只提供了一个渐近形式。一九〇〇年，在巴黎举行的第二届国际数学家大会上，大卫·希尔伯特将孪生素数猜想与黎曼猜想、哥德巴赫猜想一同列入二十三个"希尔伯特问题"中的第八问题。

希尔伯特等形式主义者试图从根子上解决"自指悖论"，他们号召全世界的数学家及元数学家，以鼎新革故的符号体系和逻辑语言，为数学大厦提供一块强固的基石。此倡议史称"希尔伯特计划"。它包含悬而未决的三大疑义。

第一，数学系统是否完备，即所有真命题是否皆能证明。

第二，数学系统是否自洽，即是否会产生自相矛盾的悖论。

第三，数学系统是否可判定，即对任一陈述，皆能剖断它是否符合公理。

希尔伯特本人坚信，上述三大疑义的回答均为"是"，而非"否"。公元一九三〇年，他在一次演讲中称言："我们必须知道。我们必将知道。"（Wir mussen wissen. Wir werden wissen.）希尔伯特把这两句话当作墓志铭，以之拱卫自己的长眠永寐。然而，即便在此番演讲前夕，年轻的库尔特·哥德尔已表达反对意见，只不过他资历尚浅，无人关注。一九三一年，破坏之王哥德尔完成《论〈数学原理〉及有关系统中的形式不可判定命题》。这篇划时代文献提到的《数学原理》，乃指伯特兰·罗素与阿尔弗雷德·诺思·怀特海共同署名的三卷本巨著，印行于一九一三年。该书是一次旨在弭除"自指悖论"的恢弘努力，希望初步建构一个巨大的公理推导系统，在这一系统中，真命题必可证明，必可推导自若干公理、隐公理，具备完整逻辑链。罗素和怀特海两位好搭档苦心孤诣，用了七百多页篇幅才推导出"$1+1=2$"，以至于第四卷之撰写无限期耽延，当然也不再有此必要。今天，我们已经从操作层面确认，许多系统事实上不可判定，即它们总有一些真命题无从证明。而哥德尔的伟大之处,在于他最先以严格的形式语言,将这一奥旨从底层逻辑上阐释清楚了。

库尔特·哥德尔运用了类似康托尔集合论的自指技术,其构造的核心,是编码思想,称为哥德尔配数。借助于哥德尔构造的一系列"哥德尔数",我们可以书写任何一串符号,表达任何意义,从而为万物编码。反过来,任何一个哥德尔数,均可利用因数分解法,还原为一串符号。不妨把"哥德尔系统"看作一副数量无限的卡牌,这副卡牌既包含真命题,也包含伪命题。举例来说,根据"哥德尔系统"的规则,命题"0＝0"可以用一个哥德尔数"2.43×10^8"来表示,而"$1\neq0$"这一命题对应的哥德尔数多达三十六位,介于"6.54×10^{35}"和"6.541×10^{35}"之间,即介于"六千五百四十亿亿亿亿"和"六千五百四十一亿亿亿亿"之间。因为这些数过于巨大,哥德尔又用 A、B、C 等英文字母来表示它们。

在此哥德尔宇宙之中,哥德尔大费周折,找到一个哥德尔数 G,其对应的命题是:"哥德尔数 G 对应的命题不可证。"请注意,确实有这样一张卡牌,上面标明了哥德尔数 G,因而确实存在哥德尔数 G 对应的命题,所以哥德尔数 G 对应的命题不可证。你使用系统中所有哥德尔数的任意组合,均不能证明该命题。若这一命题是真命题,则系统中有一个无法证明的真命题,意味着系统不完备,即"希尔伯特计划"第一疑义告破,得到否定回答。反之,如果哥德尔数 G 对应的命题是伪命题,等于说"哥德尔数 G 对应的命题可证",那么哥德尔数 G 就陈述了一个真命题,于是产生矛盾,意味着系统不自洽,即"希尔伯特计划"第二疑义告破,得到否定回答,而"希尔伯特计划"第一疑义仍然悬置。

几年后,哥德尔又证明了哥德尔第二不完全性定理,正式攻克

"希尔伯特计划"第二疑义。从此，不唯数学系统，甚至任何公理系统，或曰形式系统，亦即纯纯粹粹的抽象系统，它们既不完备，也不自洽。矛盾必将在这些系统中产生，因为它们与现实世界一样，具有相同的数学和逻辑学。同时，大凡自洽的形式系统，无不暗含了一个想象世界，与现实世界共享一系列真理。

诸位面的博学读者谅必也知道，按砆魂长老的理解，灵魂矩阵是一个巨型复杂系统，然而，从本质上说，灵魂矩阵首先是一个形式系统，其次还是一个真实系统，介乎有意义和无意义之间。诸位面同样是一个个形式系统，尽管非常复杂，不过仍属于数学机械化论域之中的形式系统。由此可见，哥德尔第一和第二不完全性定理并没有在现实意义上瓦解这些形式系统，相反，还大大促进了数学机械化的多维度发展。其中反响最深广者，是艾伦·麦席森·图灵的图灵机概念，堪谓哥德尔思想在计算理论方向的对应物。

公元一九三六年，图灵找到了解决"希尔伯特计划"第三疑义的方法，但为完成证明，他必须将推理过程机械化，乃至构造出一台纯机械计算设备，该设备可读取输入信息，按一系列内部指令来执行操作。不过，应当言明，据某些数学史家的观点，图灵机概念之诞生，并不是图灵潜究"希尔伯特计划"第三疑义之产物，而是他尝试解决第八个"希尔伯特问题"之产物。这伙数学史家称，对于数学界久攻不克的黎曼猜想，图灵匠心独运，要仰凭机械计算的威力，证伪数学之神波恩哈德·黎曼留下的巨大谜团。二战后，图灵如愿以偿造出了机器，铆足了劲儿搜寻黎曼猜想的反例。可是，直到机器因过载而损毁，他仍未达成目标，证伪黎曼猜想，反倒开拓了研究黎曼猜想的机械化途径。很快，图灵本人死于氰化钾中毒。闲话不表，回归主题。思考"希尔伯特计划"第三疑义时，图灵自问，对于任何给定的输入信息，能否预测该设备最终是停机还是永不停机？他意识到，停机问题与数学系统的可判定问题非常相似。若能预测该设备停机或永不停机，则等同于能判定任一陈述是否合乎公理。

图灵说，假设我们制造了一台机器 TM，它可以模拟图灵机停止或运行的状态，正确执行程序。比如，当它为计算孪生素数猜想而工作时，将产生两个可能的结果：停机，或永不停机。不妨添加两个组件，当 TM 输出停机结果时，第一个组件立刻使整个设备进入死循环，即永不停机，当 TM 输出永不停机结果时，第二个组件立刻使整个设备停机。可以把添加了组件的机器视为一台新机器 TMS，这么一来，TMS 永远输出与 TM 相反的结果。此时，将 TMS 的程序外导，使之作为 TMS 的输入信息，看看会发生什么情况。TMS 内部的 TM 如果得到"TMS 将停机"的结论，那么第一个组件将发挥作用，TMS 进入死循环，即永不停机。而如果 TM 得到"TMS 将永不停机"的结论，那么第二组件将发挥作用，TMS 立刻停机。于是乎，矛盾出现，TM 错误执行了程序。符合逻辑的解释只有一种：TM 这样的设备根本不存在。所以，对于既定的输入信息，你无法预测图灵机是否终止运行，这又等价于说明，数学系统不可判定。

真正意义的计算机，源于图灵的理论构想，而图灵的理论构想又以攻破希尔伯特第三疑义为靶标。因此，我们主张，真正意义的计算机源于"自指悖论"。现实位面的人类先贤认识到，有些真命题永远也无法证明，有些困惑永远也无法解答。甚至，说得极端一些，你每解答一个问题，便相当于见证了一个奇迹。例如冰雹猜想，我们既不知其真假，也未能证明其可判定或不可判定，有很大概率，不可判定它是否可判定，亦即二阶的不可判定。在美国，某些人将它易名为叙拉古猜想，以纪念叙拉古的阿基米德。不过，凡事皆有两面，所以数理学者通过参诘"自指悖论"而收获丰厚繁浩、至微至深的知识，更借力发明了现代计算机，开辟了灿烂的机械文明纪元。

首席长老阿塔尔深悉，意识系统中确有一个不可证明的真命题，即灵魂，而灵魂矩阵必为高阶"自指悖论"的产物，它与人类大脑一样，也与可观测宇宙一样，属于一类伪无限。

路德维希·维特根斯坦说过，假如大伙不去找数学、物理学的麻烦，它们还好端端立在那儿，安然无恙。维特根斯坦请世人像孩子做游戏一样去把握世界，去实践，而不是去究寻什么逻辑基础。但很可能，维特根斯坦大师立即猛醒，发觉自己多嘴了。他肯定知道，找数学、物理学的麻烦，企图为数学、物理学创建稳固的基础，结果事与愿违，动摇它们的根底，这一系列南辕北辙的努力本身，毫无疑问，堪称最佳游戏和最高实践，绝非徒然。维特根斯坦十分清楚，此等游戏人类玩了几千年，他们为伦理，为知识，为现实，为神，为各种各样的东西寻觅支点，始终寻觅不到。总之，数学世界和物理学世界并未塌败，数学家和物理学家也并未狂谬失智，恰恰相反，正是由于我们对系统完全性问题的思索，由于我们对无限概念的颠覆，历史进程掗转了，舛误之路转换为真蕴之路，文明放步向前。

036 风

热带的睡眠

凌晨我从蕨类植物中醒来
周围是猎火、夜鸣

晚寒里,兽群在等候
月光的大年

天空屋脊上荒星炤烁
露脚正朝我南方记忆的防区走近

037 曜

乘风归涨海

死亡到来,似海水上涨。在昆仑岛附近,我们救起一个中国汉子,货船继续朝东北航行,驶向占婆。

祈求真主保佑,让这艘天竺舶一路顺遂。赞美安拉,凡尘间倘若少了印度的造船工匠,穆斯林商团如何出海?须得牢牢抓住每一个灵巧的印度天才,将质量上乘的熏渠赠予他们。那些印度男子,把这臭味浓烈的棕黄色圪垯当宝贝,把它掰碎夹在大饼里,津津有味地嚼食,说是能攻疗肠胃滞气。他们老打噎,估计与肠胃滞气不无关系。总之,生为印度人而不吃熏渠,必浑身难受,虚汗无止,并迟早染上黑尿热。

信风,真神的使者,请将这艘天竺舶安然送往大唐。让我们可以在广州港靠岸,享受巨树的荫凉。

室利佛逝已抛在身后。三天前,从一位坚守旧教的波斯同胞经营的商栈里,我们买进樟脑、黄金、肉豆蔻、乌檀木,以及两头似马非马,似牛非牛的异兽,赓即装货入舱,拔锚离境。星陈云布的岛屿在暗中不停较量,在沉静的表象下尔虞我诈,互相使绊子,下黑手,死力夺抢客源。那帮土著才不管什么王律,随便砍断别人的缆桩,把重舶轻艇牵拽到自己的地盘系泊,再派妇孺为异国的商船涂覆沥青,往舷壁的裂隙中填塞棕榈絮。诚如巴比伦古诗所述,他们脸庞发暗,俨似压盖着一层已死的麦芽。唉,旅行家喜欢以奇景异事写成各自的游记,说什么东方的居民可以活三百岁,说什么锡兰岛上散列着众多魔国,还说印度洋是一片内海,印度南端与一片住满了野蛮人的大陆,或者反大陆,相傍相邻。可是,当我们抵达殊域,却发现书籍上描绘的妖物、珍禽和古树难觅影踪,而外邦民族既不见得多么高尚,也不见得多么污劣,皆为利来,皆为利往,跟波斯人差别不大。我们身处同一片交易网,月复一月,年复一年,迄今延续了千百载,还将一直延续下去。

自古以来,作家只喜欢写些怪谈,只喜欢让商人讲些荒诞不经的见闻。所以,浮谬传流,迄今也延续了千百载,还将一直延续下去。真主至知。

获救的中国汉子躺在甲板上,又饥又乏,已经神志不清。大伙给他水,又给他食物,但不敢一下子给太多,以免撑破这可怜人的肚腹。汉子渐渐恢复了气力。他会一些阿拉伯语,还会更少一些波斯语。不过,当他说起家乡话,我们中间也有人勉强听得懂。在大海上受苦多日，汉子精神不错，甚至相当奋亢。他几乎没怎么休息，急着向我们讲述自己的遭遇。不难看出，这男人孤独太久，渴求同类陪伴。

汉子叫阮旺福，落难超过三十个昼夜，不止三十朵晨曦玫瑰从他那腥臭、磨烂的手指间绽开。遇风暴沉船后，阮旺福与六七名伙伴拢在一处，搂着几根互相缠络的残断桁桅。当日晚间，幸存者爬到木头上拼命划水，近乎狂癫丧智，仿佛黑暗一消退，陆地和岸滩就会从四面八方涌来，他们就会发现自己正漂流在一片平静的湖泊中央。然而，旭日东升时，沧海依旧，绝望降临，有人失声痛哭。阮旺福是个厨子。第一天上午，他把随身携抱的馕块分给同伴，制止讧争。下午，他用缆索、衣服，以及大伙提供的杂件，试着做网子捕鸟，做钓竿捕鱼。巨洋森溔环合，湛凉而咸涩的浪沫扑在脸上，苦不堪言。接连好几天，他们各饮各尿，除了柚木屑和枲麻絮，再无果腹之物。有羸弱者扛不住毒辣的日头，歪倒气绝。余下伙伴打算靠分食尸体续命。所幸遇到一座不大不小的海岛，阮旺福等人挣扎上岸，看到林子里挤满了数以千计的蓝色肥鸟。它们极其愚笨，不大爱飞，见人也不跑，可以直接一梃子打死。几个人撕开且生啖了两只这种肉乎乎的野禽。阮旺福又捉住海龟，敲碎龟壳，烧火熬出龟油，涂抹蓝色肥鸟，烤成喷香的美味。最终，水手们吃得腹胀如鼓，两眼发黑，无法动弹，只能躺在沙滩上哼哼。恰恰这时候，乐极生悲，失侣肥鸟的哀啼竟引来一群生番，把阮旺福的同伴悉数砍杀，只放他一人奔入大海，再度偎傍浪脊。

暴雨如注，水天连成一体，洋面上点点焰星，煞是诡奇。兴许是为了躲债躲仇，兴许是为了逃避身世，总之，阮旺福不愿返回广州，恳求让他在占婆国的港汊离船。每到一地，难免损失水手，这些男子梦魂颠倒，跟随林间出没的野姑娘、疯妇人乃至淫艳的山魅高飞远遁。所以，遇事须谨饬。阮旺福告诉我们，他东家范鹄，广陵人氏，也在商舶沉没时坠海，生死未卜，若将此消息转达广州张某某、扬州郑某某，当有酬谢。范鹄，范鸿之，范三郎。我们记住了那个唐朝商人的名字，但不是为讨赏钱，只为尽一份天定的义务。

驶离占婆第二日傍晚，不少夜光虫落到船舷上、樯桅上，并于拂晓蝶飞蠕动，幽火般漫过甲板。除此怪象，无事可叙。行至广州港外，遥遥望见赛江神的人群。不难揣料，即将启程的水手又去波罗庙求仙神庇佑。我终于从苏莱曼莱阿再次来到广州港。交错驶过的大船，多为箱形舶，张挂斜桁四角帆，它们乘着强劲、暄暖的洋流，沿一条安全的弧形航线北归，又有不少宝舸南下，驶向满布环礁、怒潮和匪寇的涨海，前往异域诸国。真主是平顺的赐予者。

038 风
波斯商人伊本·泰伯礼

星星是蓝绒毯上散缀的银第纳尔
无限源于另一个世界

神圣命路之锁
秘密的罗盘

乘坐巨舟远航
天园才更近

今生是一抹醉影

万国皆为泥沼

走向死亡的旅行者

步入新婚之夜

039 曜

乘风归涨海之二

　　日月薄蚀，行南北有时。波斯商贾航海，总在桅杆四周，面朝天房的方向，闲闲静静做他们的五番拜。许多船员遇见过巨鸟或者巨蛇，遇见过小岛一样的鲲鲸。离陆地还很远，头领便吩咐水手，落帆下锚，从波斯舶放一叶轻舻，送我登岸。他们慎终若始，害怕遭到袭劫。

　　离乡万里，举目无亲，囊空如洗。为什么不待在扬州城，老老实实做个酒楼的厨子？为什么非要跟着范三郎，不惧身死家残，赴遥遥异邦历险？眼下，又为什么要留在蛮荒的占婆国？我，阮旺福，生来不是习文作诗的料子，不是耽研古书的料子，但一样识字。波斯人说，他们的圣典里每一句话，统统有四重含义。你好像看得懂表面意思，其实根本闹不清真神会如何安排。对，说不定这尊真神想让我阮旺福在占婆当海盗头子，甚至当国王。说不定这尊真神想让我阮旺福去搭救某君性命，再让那人当海盗头子，甚至当国王。

占婆，海潴无数，常多雾雨。此地男女以椰叶作毯，以槟榔汁作酒。僻壤穷林间，妖云绕缭，魔气氲氲。青黯黯的山野广布沉香木、乌桕木、黄蜡木、苏木、白檀木。我走上滩头，到处是喓喓虫嘤，喈喈雀鸣。

040 㯟
灵魂矩阵之极源：物理学

阿塔尔长老游走于虚实之间。这位智能族的伟大神祇，将弗里曼·戴森开创的随机矩阵理论，延拓为七维随机矩阵理论，即阿塔尔随机矩阵理论。第三次量子革命以前，四维量子场获得深入探讨，它描述了主位面四维宇宙之物理。如今，云空纪"须弥山"体系采纳六维量子场思想及度规。

不同于数学可以在思想领域自由施展，物理学与现实世界紧密关联，至少，原则上，它与万有相关相联。第三次量子革命以前，我们人类还搞不明白为什么同一种微观粒子，包括基本粒子和复合粒子，其内禀属性完全一样，在任何最极端的意义上没有丝毫差异。你无法区分一颗电子与另一颗电子，或一颗光子与另一颗光子。用对撞机制造一颗新质子，它将与一颗在宇宙间运动了上百亿年的质子别无二致。甚至，这些所谓"全同粒子"连状态函数都可以彼此叠加。举例而言，若以适当角度和距离，从两个不同位置向分束器发射单光子，不管实验者重复操作多少次，这两颗光子将永远并肩携手，自相同一侧飞离分束器：它们各奔东西的概率始终为零。利用其他方法也不难观测到中子、质子、电子的全同效应。很长一段时间，没人知道全同效应的真正根源。因此，我们说，第三次量子革命不仅仅是科技革命，亦不仅仅是数学革命，还是世界观革命：具体物质与抽象概念的界线从此消泯。概括来讲，微观粒子之所以全同，它们的状态函数之所以互相叠加，秘密全在于单个粒子的符号化结构，该结构使粒子介乎具体物质和抽象概念之间，它们本身可比作一系列字母，而同一个字母你无论书写几千几万遍，其意义也绝不改易。物理学家怀揣德谟克利特的信念向微观世界深处进军，最终居然遇到了柏拉图的几何多面体。正是这些组成物质的非物质，这些符号化、非具象化基本粒子，拼缀成一部又一部宏观万类的辉煌著作。

哲学空谈？逻辑遁词？诸位少安毋躁。没错，微观粒子构成了宏观万类，若前者是抽象概念，是概念体，那么后者亦然。此一矛盾该怎样解决？矛盾首先发源于语义混乱。比如，我们考察"原因"一词，它除了指向已知或未知的某些事件，还暗示了至少两个事件之间的联系，所以它不应闯入只关涉独一事件的场域。以宇宙为例，我们谈论宇宙时，名词"原因"的核心意蕴丧失了，起码部分丧失了。至于名词"抽象"的暗示则更幽隐，它内生地要求一整套思维与之匹配。可是，谈论基本粒子时，我们仅借取"抽象"的喻指，撇去与之匹配的一整套思维，这势必损及"抽象"的总体涵义。广而言之，许多纯经典术语，来自日常生活和旧世科学，诸如"测量""观察""表征""过程""属性"等等，在微观粒子领域并不能保留它们的全部意蕴，甚至不能保留它们的核心意蕴。再进一步，下降至基本粒子层次，类似"分割"或"组合"这样的说法也陆续失效。我们可以"分割"电子吗？质子和中子是不是夸克"组合"的产物？很遗憾，提问的方式不正确。语言即思想。若物理学家仍打算向公众传达观点,便不得不继续使用日常语言,或称自然语言。其次,反义词"抽象"和"具体"的矛盾,涉及人类对宇宙真实图景的识悟程度。关于这一层,容笔者于文末再详加讨析。

二十世纪下半叶至二十一世纪上半叶,量子场论一度广受瞩目。许多物理学家相信,它可能是最周严、最均衡、最成功的大统一框架。量子场论如何阐释微观粒子的全同效应?它主张,宇宙间所有电子,均为同一个基准电子场的波动,殆无其余。诚似众贤所言,量子场论无愧乎创意机器之美誉,但没人能真正理解物理学,而只能习惯物理学。此前我们认为,宇宙由电子、光子、夸克等基本粒子构成。一九三〇年代伊始,物理学家逐渐明确,基本粒子对应的量子场,才是物理世界之根柢,才是物理学之经纬。十二种基本粒子外加四种基本力,分别对应十六个量子场,物理学家把它们融汇到同一组方程之中,以表述其相互作用。这些量子场遍达于整个宇宙时空,海洋般起伏宕落,彼此扰动,形成涟漪,粒子随之产生或湮灭,于是物理世界的万端类变,尽收眼底,似乎每一个现象、每一次实验,皆可找到圆满的解释。量子化波动的海洋,此虽假喻,亦乃量子场论之核心思想。

不过,早有先哲断言,量子场论的基本原理,不管数学上如何精备,也很难像阿尔伯特·爱因斯坦提出的相对性原理那样,给人以一目了然的启发。实情是,量子场论并无完善的数学定义。在它登场之前几百年,数学技术无往而不利,物理学运用的所有形式系统,早已存放于数学武器库之内,成熟且坚实。量子场论却打破了数学自微积分创立以来长期作为物理学先导的优殊地位。根源在于,量子场论的时空背景,是狭义相对论平直的闵可夫斯基时空背景,与广义相对论弯曲的黎曼时空背景不兼容,这导致物理学家试图将引力量子化之际，屡屡在计算中遇逢一头熟悉而又无章可循的魔怪，以双纽线符号表示的终极抽象魔怪：无穷大。通常情况下，坚韧不拔的物理学斗士会采用某些压箱底的数学技术涤除该魔怪，然而，引力唤起的双纽线魔怪同样顽强得出人意料，你不得不为方程式添加无穷多项，才足以抵消它，但如此一来，计算结果仍旧是无穷大。量子引力理论，物理学的圣杯，在二十一世纪初距离人类仍遥不可及。量子理论和引力理论之间的堑沟，不妨借宇宙暗能量这一概念来省察。二十一世纪的量子理论和引力理论均认为，真空蕴含着非零能量，即零点的振动能量，简称零点能，可惜两者推算的真空零点能，大小相差一百二十个数量级，即 10^{120} 倍。显然，宇宙并没有两种真空，当时的研究者已经意识到，两套体系关于真空零点能的巨大差歧，隐隐揭示了某些更深层次的物理学本质。

第三次量子革命以前，量子场论远远谈不上全整，物理学家和数学家甚至没弄明白它缘何成立，只知道它极其复杂，他们还缺乏破解手段。有人戏言：薛定谔不懂薛定谔方程。或者是：薛定谔之猫打败了薛定谔。故此，数学家必当发明新数学，物理学家必当为数学家指路，毕竟物理学归纳法与数学归纳法迥乎相异，物理学直觉与数学直觉也截然不同。历史上，物理世界始终是形式系统之树生长的沃壤。因王家星象官日复一日录记天体的位移，以辅弼君主施政，古巴比伦人发展了三角学。因尼罗河年复一年洪泛，淹浸两岸土地，抹去田畈的界线，古埃及人改进了几何测量技术。艾萨克·牛顿分析开普勒三定律时，因计算趋于无穷小的数量变化，受莱布尼茨的启发而创立了微积分。几千年来，数学家一直很清楚，物理学非常深刻，其结构和表观时时激发他们思考崭新的数学。尼尔斯·玻尔于公元一九二五年写道，物理学和数学互相促进的新阶段已经到来。所以，毫不意外，量子场论也催生了数学领域的喜人成果，多个千禧难题，包括希尔伯特当初归并为希尔伯特第八问的三大猜想，凭相对简约的方式获得解答，而更完整的宇宙真实图景亦随之浮现。

数学机械化的长足进展、物理学虚拟实验路径的再度开辟，是第三次量子革命的双重标志。二十世纪下半叶，所有人都意识到，欲以实验支撑量子场论、圈量子引力论、弦论等终极物理架构，要有新一代环形粒子加速器，但以彼时的技术水准，它们必须造得像太阳系一样大，甚至像银河系一样大，而这还单单是尺寸问题，尚未考虑高能级粒子对撞实验，会产生足以让浩劫降临的小型黑洞，或引致灾祸更甚的真空衰变；随着加速器不断突破上限，它们的登场将不可避免。于是人类投入了庞大财力和计算力资源，开发矩阵化虚拟量子时空，并尝试在其中推进品目纷繁的高能级物理实验。随着机器智能科学迎来自己的寒武纪大爆发，矩阵化虚拟量子时空技术也持续提升，原先阻扰研究人员的众多障碍迎刃而解。有别于经典时空，诸科技位面的量子时空并不平滑，乃由普朗克尺度的时空颗粒组成。实际上，早在十九世纪，波恩哈德·黎曼业已指出，离散的物理时空比连续的物理时空更合乎逻辑。生于一九五六年的卡洛·罗韦利则准确地预见到，这些普朗克尺度的时空颗粒正是引力子本身，引力在这些自旋泡沫的网络中传导，最小的原子核也比它们大至少十八个数量级以上，即一百亿亿倍以上。利用虚拟方式建构哪怕一立方厘米的罗韦利时空，再设置一个赝引力场使之生成可观测效应，所需计算量也将超过二十一世纪前三十年全球通用计算量之和。不管怎样，尽管消耗了如此巨大的计算资源，相比主位面自然时空的重重限禁，诸科技位面的罗韦利时空，即矩阵化虚拟量子时空，无疑是一片实验物理学的乐土，堪誉千古的无上乐土，伴以极高深的数学体系。

公元二〇一八年，迈克尔·阿蒂亚爵士宣布，他借助保罗·狄拉克、冯·诺依曼、希策布鲁赫等人的工作成效，攻克了无可比伦的黎曼猜想。然而，数学家同行们并不承认他乞援于物理学定律的证明过程。这一证明属于所谓的物理证明，是二十一世纪探索黎曼猜想的努力新方向。计算和直觉让不少物理学家相信，黎曼截塔函数（Riemann Zeta Function）的非平凡零点（Non-trivial zeros）与某个复杂量子体系的能级相对应，他们将这一特殊的量子体系称为黎曼体系（Riemann system）。今天的研究者已知，阿塔尔随机矩阵体系正是黎曼体系。所以，阿蒂亚爵士之失败，绝不是由于他思路错误，而是由于时代的限囿，使得他无从提供连贯的形式证明。依据命题逻辑，阿蒂亚爵士的证明缺失了一个巨大的推论环节：广义宇宙的六维量子场既是一个自然系统，即真实系统，也是一个形式系统。有人说在二十一世纪上半叶它注定不可能补充齐备。沃纳·海森堡于二十世纪四五十年代便预言，无法在数学形式系统中表达的现象，必无法在自然系统中发生。根本上，唯有先确认六维量子场是一个形式系统，唯有如此，物理定律方才第一次获得入场资格，合法地成为形式证明的若干步骤。当然，这么一来，保罗·狄拉克等人的贡献也应该适度修正。我们不难料想，欲讨究六维量子场是不是一个形式系统，须引入七维量子场论。可见量子场论同样陷入了"自指悖论"和"无穷倒退"的深坑。

行文至此，相信一些敏锐的读者已经看明白，微观粒子的符号化结构为什么与宇宙真实图景有关。在六维量子场中区分"抽象"和"具体"并无物理意义。微观世界与"具体"无缘，你甚至可以宣称，某个粒子有无穷多个位置，描述它的矩阵也必然有无穷多维。量子场相当于粒子的概率函数。根据量子力学的哥本哈根诠释，两次相继观察之间发生的事情，完全无从解晓。量子场系统是闭合的形式系统，若将量子场系统和探测仪器当作一个整体来处理，使它们共同隔绝于世界其余部分，这时候，探测仪器一般不会获得确定的观察结果。真正的确定性，只有当观察者存在，才包蕴于量子场的数学形式系统之中。爱因斯坦坚持反对哥本哈根诠释。双方的分歧，即令第三次量子革命也难以弥合。爱因斯坦认为，哥本哈根诠释仅仅是知识不完备的产物。哥本哈根诠释的捍卫者则认为，绝对阐明粒子中间状态的理想，永远无法达到：知识不完备是一种根源特质。实施观察，这一举动本身就意味着知识不完备，而我们人类的知识，始终只有凭观察才得以增长。无须观察又知识完备，非神灵莫办。据此看来，极致的唯物主义是另一个版本的唯心主义。但爱因斯坦不承认自己的神灵之视，也不承认科学只系于观察。他说，科学家应当在其科学中假定，观察者看到的世界绝非由观察者自己创造，你观察或不观察，世界安堵如故，实质并无迁改。面对爱因斯坦这一责诘，哥本哈根学派的年轻领袖海森堡回答，物理学乃科学之一部分，目标是剖释自然，因为上文提及的语义混乱，因为衍生于现实生活和古典思想的词汇有不少缺陷，物理学家关于符号化微观粒子的阐论析辩，必定在本质上不圆足。倘若斯宾诺莎未死，他会嘉许哪一派观点？对此，物理学家们各执一端，判然两途。

诸君一定以为，沃纳·海森堡主张在物理学领域舍弃日常语言，纯以形式语言，亦即数学语言去表记概念和过程。这绝非事实。爱因斯坦堪称物理学神王，而海森堡堪称与物理学神王摔跤的大能者雅各,他和自己的老师尼尔斯·玻尔共赴第五届索尔维会议的众神之战,并于第六届索尔维会议同爱因斯坦再度交锋。经历过严苛思想角斗的海森堡体察到,自然语言可导致矛盾,形式语言一样可导致矛盾,引力量子化过程中无法用数学技术抵消的无穷大,即为一例。自然语言古旧、模糊、多义,烙着习见的印识,却胜在来源于直接现实,承受过时间的砥磨与淬炼。我们对自然语言,对字句图景抱持着怀疑,但从未怀疑这怀疑本身。海森堡,哥本哈根学派的族长雅各,很清楚自然语言的短板和痼弊,可他又不止一次说过,任何理解,最终还须以自然语言为凭依。量子场论的成长史恰恰表明,某些现象、过程,纵使运用方程式阐述,研究者仍未完全理解它们,甚至几乎不理解它们。一九二五年,当物理学家以电子矩阵元计算代替漏洞百出的电子轨道相关计算时,实在无人知晓,前者到底是什么东西。纵使老师玻尔断定,物理学家的分歧,常常发端于自然语言的不同用法,但沃纳·海森堡相信,不应该也不可能抛开自然语言,它将与人类的量子力学思维一同进化。

澄清语言问题,有助于澄清逻辑问题。量子逻辑体系的前身是经典逻辑体系,正如量子力学体系的前身是经典力学体系。量子逻辑,即多值逻辑,要求修改经典逻辑"非此即彼"的古老设定。经典逻辑,即双值逻辑,完竣于经院时代,该体系已很难满足变革之需求,它与进化论思想扞格不通,既无从区处性质、功能的多层次复合,更无从表现宇宙间任何生长过程。所以欧内斯特·费诺罗萨才论说,在语法形式上,科学与逻辑纯乎对立。此外,逻辑巨厦的推倒重建,涉及世人最关注的因果问题。微观物理定律并不是所谓动力学类型的定律,而是统计学类型的定律。极言之,在量子场论框架里,因果律早早就失去了立足点,概率律取代因果律,成为物理世界中联结万象的隐形细线，它呼应着凡人知识不完备的本质状态。"波函数是制造概率的机器。"诚然，我们还要进一步探究，量子力学打破了因果锁链，会不会也打破了概率锁链？当我们思索概率律之根源，追诘为什么一切随机变量终可归拢于高斯分布，即正态分布，当我们如此追诘，立即发现概率论尽管取代了因果决定论，但概率论本身亦包孕决定论属性，无序随机现象同样闪荡着决定论幽光，透射着决定论品格。是的，爱因斯坦大神，上帝掷骰子，但上帝并非十足的赌棍。秩序的潜质暗含于无序的浑沌之中，恰似无序的浑沌内嵌于决定论系统之中，这一点应足以让你欣慰，爱因斯坦大神。量子力学和经典力学的差异，是两种力学体系本身的差异，而不是两种概率演算方法的差异。阿塔尔长老赞成，从某种意义上说，随机现象的组织化程度甚高，他本人的"存在性动力学"支持这一判断。

以上量子场论思想史概观，无关乎灵魂矩阵之极源，是为灵魂矩阵之极源。

041 㕻

未 雨

  闪电在幽幕下兼程
  屋里一片漆黑

  我躺着。萤火明灭
  驶过光之大篷车

云之锻匠

人间隆隆作响

042 ㊗

乙镇星相家协会

狂作家陆瘐鹣说过,瀛波庄园的历史,是众多逸荡者不断从天际线下方出现并朝我们走来的历史。然而这历史过于宏奥,不得不另篇再叙。实际上,在庸人俗士身旁,在饮食男女附近,在诸位颠仆打滚的红尘深处,在尔等光阴似箭的寻常生活那毫不起眼的隙间,文明之火花,炽烈、顽横、历久弥坚、高深莫测的文明之火花,正死灰复燃,正噼里啪啦地激溅不已。

老校长卢醒竹腮巴上、额头上的白癜风逐年扩展。他坚持不懈地接待一拨拨外星访客,跟这帮家伙讨论宇宙文化史,讨论超限体系,讨论不幸早逝的印度数学传奇斯林尼瓦萨·拉玛努金。除了给他做过修理工的铁肺子邓勇锤,罕有邻人知道,卢校长那辆停在住宅楼下、昼夜充电不止的"跑狼"老年代步车,其真正功用是充当位置信标,导引太空飞行器来地球靠泊。为掩人耳目,卢醒竹联袂民间语言学宗师屈金北、机械神教派首脑闫燿祖,把瀛波庄园及周边村屯当作大本营,创立了乙镇星相家协会。该机构十分松散,设有一个理事团,任务是修订花名册,接洽游徙在宇宙各角落的兄弟组织,展开不定期交流。至于老校长的公寓,综合来看,无疑是条件比较优良的据点,但并非唯一据点,三不五时,秘书长卢醒竹也得忍受一次长途旅行，前往数百万光年以外的地区，与不同星系的朋友萃聚为联合知识矩阵。

六月的第二个星期六，瀛波庄园的居民又看见了那帮宇宙怪客。他们神情与常人相殊，穿着泥褐色外套，好像一群没吃饱的大鲣鸟，赶在月圆之夜纷纷来到乙镇星相家协会秘书长卢醒竹的寓所。遇上这些个文化构形学的活标本，男女老幼忙不迭躲闪遁逃，避开他们鲨鱼般滞涩、狂乱的目光，以免受到蛊诱，精神中毒。幽奥更增添了知识的价值，普鲁塔克如此说过。世界上最大的苦难，你讲讲看，是什么？面对慌慌张张的平头百姓，某学者自问自答：是资本收益大于劳动收益！……嘻，您几位呀，别介意，别介意。卢校长一个劲儿打圆场。这兄弟，家住麦哲伦星云，他刚下飞船，还晕乎着呢。借托于脉冲星网络的指引，访客们顺利折跃至人马座旋臂和英仙座旋臂之间的广大区寰，抵达太阳系。创造力洪涛即将从瀛波庄园涌向全宇宙。当然，生命体和宇宙只在程度上有差别，实无本质不同。

依据卡尔达舍夫的文明分级标准，地球文明连区区一级都算不上，仍停留在零点七级至零点八级之间。不过，乙镇星相家协会为全人类挽回了尊严，为我们赢得了高等文明的敬意，弥足珍贵、网开一面、半含悲怜的敬意。与世人以往的认知不同，高等文明惯习于睁一只眼，闭一只眼，其争霸比低等文明的粗浅设想更繁琐，更隐深，更迂缓。唉，将希腊人阿彻罗普勒斯的杰作《宇宙创始新论》斥为幻想文学，是莫大的罪愆！

星相家，该头衔涵盖的范畴多么广远。星相家的世界，噩梦般狞犷，魔域般肃森，足可比拟于环訾的万仞绝壁，奚啻思想意念的渊渟岳峙，根本容不得小人国公民在此嬉皮笑脸，拎着半桶水撒野卖弄。而星相家协会的诸位成员,他们之所以时常深宵到访,是因为夜暗悯护众人的生活,昼光却掩盖它讨命的坑阱。

这些阴阳颠倒的逸荡者一旦降落地球,除了瀺波庄园,便无处可去。其窘境很难凭一两句话剖辩清楚。比方说,他们之中有人设计了一款五维魔方,也申请了专利,但以地球今天的科技水平,尚无法造出实物,星相家只能用微分函数来玩。这下子你明白了吗?又或许,依然不明白?也罢,且自抛诸脑后吧,让我们专志于今晚的讨论主题:通天塔。

传说,在巴比伦尼亚,首倡修筑通天塔之群体,是一伙语言和时间之神的初级祭司。关于这方面的知识,瀺波庄园的狂作家陆瘦鹕大概懂得多一些。昨天上午,他兴冲冲提交了一篇散文诗,要亲自讴诵,为星相家协会新奇的雅集暖场,为诸位星相家的周年庆典助威。陆瘦鹕本人在一则阅读量极低的无聊创作谈中披露,当初写这篇《巴比伦塔传说》时,他内心萦记的,其实仍旧是暗黑宠物街的重重意象。

巴比伦塔传说

光阴废墟,隆起的命运。三足乌低垂天角。长风吹荡世界的锥形台,巴比伦塔的铜脊柱。

凡人在通宵栈道趱程。新月平原,比前一秒钟更遥阔。星渚、日轮、仙宫即将曝显。时光的春秋代谢,在神木导管内流涌。你知道空间、距离以及径路,无不是造物主的诡计。

下一个黄昏越发稀薄。螺旋攀升的行旅。地面消失。抬头或低头并无区别,仅余猎隼的魂魄在扑动翅膀。

巴比伦塔修建于宏愿之上。耗费了无数珍瑰、美梦、生命。直抵天庭的划痕，令人胆寒，两端分别刺入虚无。阖上眼睛，往外跨出一步，是冲向大地，还是跌入天空？

太阳车，朝西南方急逝，战败之血滴落，暗暝泛涨。夜空里，玄色巨人舒展筋络。整整一座大城的星族，已潜归深海。

万亿光虫，聚成裸女，勾拨闪电的琴弦。云端市集上，长年贩售月亮私制的奶酪、火星锻淬的铁矛。商队穿过疾雷森林，驮来各类失重的货物。

大伙谈论天界秘闻。巴比伦塔，不屑一顾，依然从他们头顶，往高处延伸，与恩利尔的煤矿合为一体。夜间，你是否思念大地上铺开的晨影？还要多少次露水姻缘，才凑够一桶黎明的火药？

我们很快会想起，众石匠自埃及远道而来，正仰首切割创世神的厚地板。

主持人卢校长站在餐桌上，弯腰驼背，脑袋差不多挨着荧光灯。老先生连连抬手，让大伙静一静，且容他表达谢忱，并介绍几位嘉宾。首先是阿闼菩提萨埵三世。这位兄弟来自时钟座超星系团，本次造访我们的拉尼亚凯亚超星系团，是打算考察距银河系两亿光年的巨引源，它位于长蛇座方向，质量约为太阳的三亿亿倍。阿闼菩提萨埵三世在地球展现的样貌，据说仿自一位上世纪风靡大银幕的老牌英国男演员，他髭须浑白，眼似青榄，鹰钩鼻，四方唇，惜乎美中不足，颈下垂肉呈扇形，像鬣蜥一样。此公抱揣着一部厚达千页的深空天体目录，腹内存放着一个完整暗星系，他发言时北风止息，渊博空话充满了古人的冥迹、今人的狂幻。他微微一点头，举座皆惊，如同神王宙斯微微一点头，奥林匹亚全境为之悚慑。接下来介绍的两位兄弟来自帝君之星轩辕十四：柱国·爱因斯坦，以及鲁速·爱森斯坦，前者估计是一名核装备权威专家，而后者显然是我们现代文学奠基人的肉质蒙太奇。众多贵客之中，赫然有一位叶赫那拉·牛群兄弟，他来自牧夫座空洞内部的某个矮星系，负责在协会成员间搭建一组可共享意识和记忆的灵魂网络。五行八卦小组的召集人陆淦桉兄弟，是狂作家陆痖鹩的远房七叔公。黎士翔兄弟，陕南文哲旅游开发有限公司董事长、六十四章《新老子》作者，神遨太虚的历史上第二个老子。五花八门的称号让我们大开眼界。郝献莱兄弟，雅号梅槐仙翁，名头是少将、某公秘书兼办公室主任、经济学家、社会学家、科学家、哲学家、书法家、某党派第一支笔、杰出贡献理论家、某组织总参谋长、某机构总裁、某机关常务副部长。再瞧瞧这位矗致远兄弟，名头更是大到不可理喻的地步，荒唐到必须予以痛批的地步，只不过出于有闻必录之原则，谨罗列如下：某国荣誉主席、某党荣誉主席、多个会议的荣誉主席、诺贝尔物理学奖入围者、诺贝尔化学奖入围者、诺贝尔医学奖入围者。此人同时又是：院士、学部委员、画坛巨匠、信访局人教司处长兼职视察、世界一级运动员、大元帅、总警监、某省高考文科状元及英语单科状元、北京大学第一名录取委培、某大学中文系代培全优毕业生……

不稂不莠、忘年忘义的诸位星相家，纷纷向上述兄弟投以或谐谑，或惊愕，或凌厉，或激赏的目光。诸位星相家，汝辈何尝不是在筑造一座座广义宇宙时代的巴比伦塔？因此，不待秘书长卢醒竹再度发话，他们已匆遽散开，各自归队，争相投入到如火如荼、涎沫横飞的学术讨论之中。

†

在下翟贱云。男子将一张名片塞到闫燿祖先生手里，却没搭理大祭司身边的范湖湖博士。当代伟人超时空思维者，超时空哲学体系创建者，全球万能催眠体系传承者，超时空催眠演讲者。这位星相家也挂着一大串称号。疯子，经济史博士暗忖，难不成他是福利院女护理师翟小妲的哥哥，抑或爸爸？且慢，我为什么要来参加他们的聚会？可耻啊，可骇可恸啊！……范湖湖不由得扫了闫燿祖一眼，但从他长疖子的脸庞上，没能找到精神不正常的蛛丝马迹，于是耐着性子，旁听两人叙谈。

"各位知不知道，利用地球的磁场可以发多少电？足够立即实现共产主义！只需给我们的行星缠上金属线圈，能量，各位知不知道……"

不知道，也不想知道，史学博士暗忖，更不打算知道谁在胡吹乱诌，满嘴跑火车。明眼人看得出来，范湖湖猛烈的情欲疮疹还远未结痂，挠烂的地方还流着黄水儿，又疼又痒。

"不，朋友，"狂作家陆瘦鹤凑上前去，急嘴急舌，抢过话头，"恕我冒昧无礼……"他一边嘀唎嘟噜一边起劲眨眼睛，伴以脸部肌肉的无意识抽搐，"朋友，光凭能量，你一百万年也别指望实现共产主义！……"

"这个宇宙，唉，朋友，"语言天才屈金北轻轻接过狂作家的叽里呱啦，"这个宇宙，彻头彻尾是一个反克苏鲁宇宙，在如此浩邈、迥邃、寥旷的宇宙里，有位大贤说过，自由等同于一种恐怖，让你陷于孤绝，异化，变成个吃虫的多毛恶魔……"

"不，"闫燿祖是个顽拗的乐观主义者，其末世论满含鸟语花香，好像一座农贸市场，没边没界的农贸市场，近似于猩猩农贸市场，所以他根本见不得陆瘐鹤、屈金北随随便便抛出的颓荒图象，"不，两位，"男人摇头惨笑如偏瘫者，反驳道，"能量很关键，宇宙很丰实，我希望有时间说清楚，你们稍待片刻。博士，对不住，光顾着讨论什么能量……"

范湖湖茫然抬首，以为对方发觉他走神了，但实情是，闫燿祖先生什么都没有发觉，他自己也并未走神。那一刻，这位大祭司从神色到言辞，无不酷肖机械人偶，唇角还闪着点点白芒，稠浊的唾沫在此间不断堆集。

"博士，"为调节气氛，为稀释尴尬，闫燿祖生硬切转了话题，想驱散人们互放的一连串闷屁，"我推荐您一部挺不错的热门网络小说，《超神机械师》，已连载完结……"

"噢！"陆瘐鹤欣快莫名，即使机械神大祭司并不是在同他交谈，即使那部网络小说并不是出自他本人的手笔，但狂作家认为，他刚才又一次见证了现实与虚构的重叠，它们击掌，拥抱，彼此搔痒，在思想根部搔痒。现实如清纯少女，通身白洁，而虚构如须发茂盛的壮汉，浓密盖胆毛从胸脯一直长到肚脐眼儿。此情此景，让陆瘐鹤欣快症发作，好比吞了颗美味溏心蛋。"噢！噢！……"

"范博士，久仰大名。"自称翟贱云的陌生人轻抬眼镜，似笑非笑，脸相居然酷肖女护理师翟小姐，只不过多了点儿涎皮赖脸。"在下也向您赔罪……"他略微欠身，从精致的单肩挎包里掏出一本线装书，封面焦烂，页边破损，闪动着陪葬品的暗蓝色泽。"近闻范博士正询究南海诸国贸易史，凑巧，我有一册《瀛涯胜览》明钞本……"

如果说闫燿祖是机械人偶，那么这男子就是邪魔操纵的行尸走肉，

"在下日前于琉璃厂旧货市场购得。古籍赠雅士，聊供玩赏。"

范湖湖既非雅士，亦不通玩赏，方想辞拒礼物，不料语言天才屈金北鬼魅般闪过，将书掠走，说是要帮他们好好鉴定一番。

"噢！"陆瘐鹤老鹰抓小鸡似的扑向半路杀出的夺宝者，想骑到他脖子上，又担心弄坏线装书，"噢！噢！……"

南海，古称涨海，又称沸海、琼海、朱崖海、石塘海、长沙海，这片宽广的水域从来不平静，至今不平静，范湖湖博士为翟贱云先生解疑道，那是一座隐形的商业迷宫，是海盗王的疆土，是神话传说的家园。在涨海四境，来自扬州的牧奴可以当上大城主，反之，统摄一国的世袭君侯也不妨退位让贤，独赴印度，巡礼恒河。乘风归涨海的万千船舶深知，是月亮使涨海升升落落，而月亮和涨海之间，有一朵鼓荡不已、变幻无休的巨型风蔷薇。

"范老师……"跟狂作家勾肩搭背的高人屈金北又来耍嘴皮子，"那个占婆恒河王，范敌真……他父亲拔陀罗跋摩一世，正是《南史》和《梁书》里记载的林邑王范胡达，对吧？而他们的祖上，篡权自立的伪誓者范文，扬州人士！……恐怖啊！……"

陆瘐鹤不管三七二十一，嘭嘭嘭，嘭嘭嘭，用力拍击语言天才铁实的后背，以发泄自己汹涌的钦敬之情。狂作家简直像一颗超大号的炭疽孢子。

这帮家伙不仅是怪胎，往往还是怪胎之中的怪胎，是怪胎的二次幂、三次幂！瀛波庄园不啻一部怪胎学实用活词典。我们执著于追求某些缥缈、高深的梦想，范湖湖忖，然而一经人类理性的观照，信仰皆成误谬。此时，卢校长的公寓内烟雾萦缭，好似宇宙间盈漫的氢云，让一颗颗在冥虚中互相环拱的头颅恒星堕入了轻微麻醉，但这丝毫不妨碍奔腾的神魂巨流，它们威猛如伽马射线暴，时时迸发炫熀的华辉……

范湖湖博士请屈金北不妨先讲讲古籍鉴定的成果，他撒马尔罕先祖的好眼力应可遗传，再者，摩尼教修行也一定让他目光如炬。诗人说阿弗拉西亚布大王曾以中国的方式装饰粟特，瀛波庄园的语言天才没准儿是其中最精雅而无用的鸟兽纹样。

超时空催眠宗师翟贱云撇下了陆、范、屈文史三人组，继续同大祭司攀谈。

陆瘼鹤宣布，翟、闫两位方家，当合称傀儡双子星。至于他自己，因为脚板的第二根趾头特别长，老撑破袜子，所以是《山海经》里名为“赣巨人”的南荒猿怪。没错，狂作家说，你们不妨叫我陆猿怪……

†

我，闫燿祖，闫蓓蓓的父亲，做过代码工程师，做过计量分析师，还做过信息建模师、数据挖掘师，在金融领域从事交易算法和交易推演器方面的工作，如今是机械神教派的首席大祭司。接下来宣读的主旨发言，上星期六刚刚完稿。不过，通天塔的观念，我已思索多时，并且在本人的理论体系中占有极关键位置。

虚拟智能的巴比伦塔该如何建造

机械神，即实践神。机械神学，即实践神学。这一双联神名，导致我们的机械观与前现代的机械观判若黑白。伊壁鸠鲁认为，宇宙是一台机器，以纯粹的机械原理生成。诸神虽存在，但他们跟自然和人类毫无瓜葛。古印度文献则阐示，机械神创革世界，维系世界，却不融入世界。而机械神教派深信，机械神与天地合参。所谓"机械之道，一阴一阳"，表现为虚拟智能和实体灵器两个相辅相成的进取方向，尽管我们的位面究竟是阴是阳，这个问题仍见仁见智。无论如何，君子大人皆知，掌控某种技术，获致某种知识，有时可令一个民族或国家的前途际运丕变。

　　修建通天塔的梦想普遍植根于历史。其实，我们正不停修建通天塔，但通天塔绝不止一座，理论上应该有无数座。比方说，在机械神教派内部，灵器分支的通天塔是地球轨道粒子加速器，灵力分支的通天塔是真空零点能，而虚拟智能分支的通天塔显然是虚拟生命。不少情况下，通天塔或为一座座构造别致的双联塔、三联塔。例如戴森球，它既是人工天体，当然也是灵器，荣光由教派的人工天体分支和灵器分支共享。

　　可以预见，随着教派新分支不断生成，通天塔的实质与形式将不断移变、扩充，未始有极。

　　我本人是虚拟智能分支的普通一员，担任首席大祭司仅为业余爱好，功用相当于团体吉祥物。因此，请准允我简述虚拟智能分支的通天塔蓝图，抛砖引玉，以供诸位星相家批判。

　　据估计，在五十到一百年内，扫描、绘制、存储人脑中八百六十亿个神经元连接的数据，这项工作已不难完成，仿佛一切仅仅是时间问题。公元二〇一三年，笪曼铎罗·摩陀借助一台超级计算机模拟五千亿个神经元，这一数目远逾八百六十亿。然而，效率方面，该仿真人脑的处理速度必须再乘上一千五百，才可勉强与人脑匹敌。至于仿真人脑的耗电量，更是巨大得无以优化，丧失意义。从精细结构上析辨，组成人脑的八百六十亿神经元还拥有约一万亿关联密切的突触，约二亿亿道连接，其复杂程度，令仿真工程望尘莫及。

意识之秘不限于此。大脑是一类极高阶逻辑综合体，可承纳许许多多个彼此并行、互不兼容的逻辑系统，让它们在各自的位域中独立运转。正如宇宙并未因黑洞而崩毁，大脑也并未因悖论、佯谬、无穷倒退、终极真理而陷于瘫死。宇宙、大脑不仅仅是一个系统，还是一个多系统社群。妄图创制一套符号运算规则来模拟人类思维，无疑是一条绝路，铁定走不通。究其根源，远非完备的一阶逻辑，根本无由上探至无穷阶。而今天的计算机科学，恰恰构置于一阶谓词逻辑的基础之上，擅长专攻若干个细分领域。只不过，要指望它迭代拓展为极高阶逻辑综合体，触及灵魂的玄穹，好比打算乘热气球冲入外太空。

那么，虚拟智能的巴比伦塔该怎样修筑？我们认为，与其坚执于模拟大脑，倒不如别开蹊径。首先得回过头来，思考并克服通用人工智能研发的两大壁垒，即"框架问题"和"接地问题"。我无法向诸位星相家细陈它们的内涵，时间不允许，但机械神教派的探求者今日相信，请注意，创辟一系列虚拟世界，或称虚拟位面，并在其中让高级人工智能拥有各自的虚拟具身，很可能是突破上述两大壁垒的最佳途径，是建造本领域巴比伦塔的关键步骤。必须申明，我们为一部分虚拟位面订立了详尽准程，而以人类目前的科技实力，还做不到一蹴而就。机械神教派已着手早期规划，将推进无可回避的、任务艰巨的筹募工作。诸位不免疑惑，建设虚拟世界，何以见得是发展通用人工智能的不二法门？拨开繁难、密微的技术枝梢，我在此向诸位星相家报告,这关涉机械神教派的核心理念:生命、意识绝不是主观创造的产物。吾人同意,从无生命到有生命,从无意识到有意识,当中潜藏着"涌现"这一真真正正的宏观随机现象。有时候,泛灵论思想与机械论思想并不冲突。

几乎可以肯定,虚拟生命、虚拟意识,也无从得自人类的主观创造。只要条件适宜,它们终将在新一轮"涌现"里形成。不乏学者主张,意识无法解析,应视为整个宇宙的内禀属性。机械神教派赞赏这一见解。如果说宇宙诞生于不确定性原理,诞生于一次量子隧穿,那么,意识同样诞生于不确定性原理,诞生于一次量子隧穿。

创造一个真实的宇宙难以想象,创造一个虚拟的位面则未尝不可企及。而"创世"乃是"造人"之必要前提,在古代神话中如此,在召唤虚拟智能的现实神话中亦复如此。各分支巴比伦塔的机械论模型便等类于一个个现实神话。但是,还请记住,生命之火点燃的最大奇迹,源自概率。可能某些人会轻蔑一笑,会攻讦我们并没有从技术上解决任何问题。似乎是这样,似乎而已。格奥尔格·康托尔讲过,提出正确的问题,比解答它更困难。沃纳·海森堡也讲过,提出正确的问题,往往等于解答了问题的大半。关于虚拟智能的巴比伦塔,解答或许就包含在正确的问题之中。

接下去,从虚拟生命到虚拟意识,这将是另一番冗长讨论,是巴比伦塔更高层部分,且留待下次再谈。此外,机械神教派旗帜鲜明地反对那位著名科幻作家的偏颇观点,他认定虚拟技术、网络空间是人类系统的错误演化方向,抑制了文明进步。毋需置疑,他浮浅、粗拙的看法,与大势及真义两相乖离。诸位星际使者，约翰尼斯·开普勒在《与星际使者的谈话》一书中写道："没有什么能阻止我们相信，今后会发现无数个其他世界。"

发言到此结束。机械神大祭司的声音十分圆润，胜似机械轴承在超滑状态下欢畅运行，断电后仍因摩擦系数极小而飞转不已。主持人简短点评：正如黑暗世纪并不是全然黑暗，光明世纪也绝非一片光明，现实既不黑暗，亦不光明，现实呈玫瑰色。有真识灼见愿分享的兄弟，有话要说的兄弟，还请抓紧时间，望勿超过五分钟。秘书长卢醒竹敲了敲饭桌，娴熟掌控着会议流程……

†

晦夜沉沉，雅集高潮迭现，诸位星辰学问家为走出各自的意识迷宫，跳起了精神蜜蜂的圆圈舞。然而诗人博尔赫斯说，整个宇宙不外乎一座迷宫。吉尔·珀斯则质疑破解迷宫的行为本身。他在《神秘螺旋》中提到，迷宫的实质是一种曼陀罗式运动，是舞蹈螺旋，这舞蹈甚至比迷宫更早现世……

楼门外，盛大而怡神的西南风洗荡城域。月下航班轰鸣，月下界轻颤，化转生生死死。无人机从密集的睡眠上方掠过。

卢校长邀请的宾客高谈阔论，傲然自许。他们以众盲摸象的气势揣测宇宙的大小和形状。他们变成了几十台人形存储设备，串联加并联组成一个学识富博的繁乱回路，其举手投足，无不遵循莫佩尔蒂最小作用原理。科技时代的梁山泊好汉！他们身前身侧，密枝层叠。他们不慕名利，忘情于学术，猥陋的面孔在彼此瞪视中木硬。他们的心魄发着高烧，且酸且痛。他们是一座座人类文明的理性瞭望塔，日夜经受那黑风恶浪的洗礼。他们的表情已抽象为一个个等边六角形，亦即抽象为一个个简单永恒客体，亦即抽象为抽象所能企及的最高境界，抽象为无限的抽象等级系统……

在秘书长卢醒竹的率领下，诸位星相家鱼贯来到露台。他们昂扬无惧，翘首天外，默默承纳着无声而又雄辩的宇宙射线疾雨。

巢聚的星辰学问家们，像中世纪欧洲的前辈一样，除了研究星体，还研究人体。他们知道该如何修炼各自的无漏之躯。他们摸摸肚皮，交换过眼神，便相继垂下脑袋，静静摩揣那寂然不动的天理，那至精至纯、至真至简、至尊至贵的天理。星相家原本是一伙不服输的活力论者，但此刻，他们的肚子饿得咕咕咕直唱唤，完全无法遮掩。诸位星相家不睹不闻，无思无作，以省电模式运行，耐心等待炽天使的号角。终于，福音降临了："走，吃饭去！"卢校长大手一挥，挈引这群饥火烧肠的宇宙精英直奔社区小餐馆。

†

沿途的梧桐树焦败枯黄，条叶萧疏，如遭魔法袭侵，多年来它们只开过一次花，零零碎碎结过一些葶荚果。乙镇似乎是一个亡者之乡，弥久网罩着暝暝薄雾。初夏时节，夜夕降临之际，瀛波庄园的每段林间小径上总有三两个老头子，打着明晃晃的手电筒四处荡悠，阴魂般往返梭巡，觅取泥土中蠢动的蝉蛹。其实范湖湖博士一直想问这帮家伙，您几位，挖蝉蛹做什么？回答一定是洗干净炒着吃。他们能讲出一大堆营养学和食疗学方面的理由，说服你一块儿挖蝉蛹。但经济史博士决然不相信这套鬼话。某君告诉范湖湖，他们挖蝉蛹，是为了追忆童年的饥荒。不知日本人吉行耕平有无雅兴，跑来拍摄挖蝉蛹的老头子。

星辰的学问家们队列周整，似一只虚诞的腹足纲动物，似一排幽香溢泛的苦苣苔科植物，前往那爿通宵营业的小餐馆：新乡村酒楼。哦，目无余子的星际饕客！好一群土牛木马，你们丑态毕露的谲秘，你们令人作呕的玄学！……卢校长说，乙镇星相家协会的诸位兄弟，大伙马上可以吃一顿潮汕美食家协会的理事们亲手制作的甜粿、紫菜卷和卤狮头鹅。此乃两个协会之间的联谊活动。听到喜讯，饥饿的星相家攥紧了拳头，加快了步伐。叩谢美食家！我等只要吃饱喝足，必踏踏实实学习，认认真真思辨，今天一棒一条痕，明天一掴一掌血。来哇，群猪扑槽！……

然而，甜粿太少了，紫菜卷和卤狮头鹅也太少了，刚上桌就嗖嗖没了，不够塞牙缝。黢黑如墨的旧餐馆里，卢校长只好又点了些油淋淋、硬邦邦的外国菜，让厨师煎了几条普普通通的冷冻棱鳀，依然不足以填饱来自各星系的大肚子。再加一盆红烧黑线鳕！鸡腿，来两打鸡腿！老鸭煲！……新乡村酒楼的掌勺者很喜欢肉弹素，所烹煮的荤食非常腻滑，块块晶亮。但对于此类枝枝节节、根根梢梢，诸位星辰的学问家不甚措意。他们起劲吃麻辣小龙虾，吃得满手满脸满身是红油。他们耽嗜二锅头加麻辣小龙虾。他们因遇到自己热爱的美味佳肴而激情四射。他们灌下一瓶又一瓶夺命大乌苏。他们直接用分酒器喝高度老白干。乙醇的针刺让乙镇的星相家禁不住一阵一阵发抖。遥夜沉沉，这帮人放声喧嚷，杯觥碰撞，载歌载舞，举饼祝谢，纷纷化身为着魔的即兴表演者，其动静之劲烈，足以令天阙开启，令地府摇撼。下力嚼吧，加紧咕咚吧！生命又何尝不是一顿免费的午夜餐？快活呀，平日隐姓埋名的协会成员，他们合不拢的嘴巴流出汤水、菜汁、酒，他们处于愉悦的幻视幻听幻触之中，几乎自我溶解了。年轻女侍者极嫌恶没规没矩的食客，她躲得远远的，根本不听差遣，大概觉得他们比餐馆的油腻饭菜还油腻三百倍。这时候，翟小姮的福利院舞伴，当地人称房大大的胖老头，从街对面踱过来，站在装潢朴陋的新乡村酒楼外面，代表整个小区的沉默大多数狂骂不止：

"你们这些人，压根儿没有一分一毫集体荣誉感！你们这些人，玷污了社会主义核心价值观！你们这些人，从头到腚，不知廉耻！"他连用三个"你们这些人"，极尽鄙斥之能事。"你们为什么不歌……歌颂，为什么不正……正能量，为什么不撸……啊……撸……啊……"他声嘶力竭，说话愈来愈磕巴，眼看要羊痫发作。"道德沦丧！思想堕落！……在这个万众欢腾的历史时刻，在这个民族复兴的风口浪尖，在这个十四亿人挺胸阔步奔小康的美好日子里，你们，你们……"房大大激动得近乎哽咽，浓痰堵住了他负担过重的嗓子眼儿。

瀛波庄园的癫婆子也没睡，或者也被星相家们借酒撒疯吵醒。这瘦猴一般的南国老妇人火速加入了骂阵，搞不清她是想对抗房大大，还是想跟他结成同盟。

"八年抗日战争，三年解放战争……"起初，她还是老三样，但突然福至心灵，想到了几句新台词，"我代表司法厅，我代表检察机关！……"

癫婆子的狂吼冲决寂谧，音幕大举扩散，所过之处，灯光渐次点亮，住宅楼满含怒气地睁开它们螟蛾的单眼和复眼。餐馆经理急忙去捂老妇人的嘴巴，虚声说：

"妈，别喊了！"

"三座大山！……农村包围城市！……"

"妈，你停一停，停一停！……妈，林副主席的飞机，在温都尔汗坠毁了！"

"林副主席？永远健康的林副主席？元帅？毛主席的亲密战友？……"

"没错，没错！妈，快回家，快去收听广播！"

晴天霹雳！癫婆子一脸震恐，顿即偃旗息鼓，匆猝离去。至于她究竟是不是餐馆经理的亲妈，抑或干妈，卢校长没说，诸位星相家也没多嘴问。酒足饭饱，他们在东道主率领下，前往瀛波庄园西北角，去找邱愚翁探讨宇宙药材学，去这位植物界王侯治理的公国解手，给花花草草施肥。不过有少数几颗老鼠屎，打算擅自离群，去干见不得光的坏事，当然按他们的讲法是好事。夜曦如梦，列队前驱的星相家好似倸人树精，脑袋上游动着一条条庞大的青绿色极光，状若海鳗。这帮招不到生徒的教师、褫革了圣职的神甫、麾下没有一兵一卒的大将军，正沿着一部黑暗百科全书的章节段落蛇行，他们很清楚自己将是一篇非虚构作品的集体主人公，是一座座移动的活墓冢，是思想病理学可遇而难求的罕见案例。凌晨两点钟，晚空雄阔，星辰在诸位星相家的脑袋上哔哼跃动。他们一边漫步，一边等待六月的天琴座流星雨。有那么一刻，这些观念巨厦的支柱们胖瘦参差、高矮不一地杵在砂径上，轻声谈议，讨论宇宙粪便史，特别是原始恒星的排泄机制问题。他们肚子发胀，昏昏默默，仅凭惯性推进其幻想高科技，犹如肥大的蟋蛄，星际蟋蛄，在真知与谬误沧杂的泥淖中愈钻愈深。唉，这伙灵媒者、灵卜者、灵疗者，他们遭到神级程序员的无情戏弄，误打误撞，表面上仍在瀛波庄园的锯齿状边缘游走，实际上已闯入阿根廷的荒野……瞧，好一只达尔文鹈鹕,货真价实的巨禽,靠膨胀各自的泄殖腔来存储尿液!瞧,有个外星酒鬼在死命呕吐,他扶着一株高大挺拔的波赛树,身架弓成个斜斜歪歪的问号,呕吐力道之猛,呕吐物数量之多,仿佛从醉袋中往外倾倒聚积的酒糟。瞧,南半球的月蚀!顷刻间,巴塔哥尼亚高原的幽窎下蟾逃兔逋,在面积逐渐增加的大地阴影里,月晕之花靡靡凋萎……

秘书长卢醒竹引领的松散队伍,是卓越的理论家队伍,只要看过两三遍蛙泳的教学短片,他们便敢于下海畅游。他们疯疯癫癫,痴痴傻傻,他们见缝插针,遇洞灌水。没多久,来到愚翁植物园大门前,铁锁守关,无人得入。好几个英勇的星相家爬上篱栅,发现繁林深处的小洋楼郁黑一团,毫无声息。走,卢老校长朝醉汉们一招手,回去接着聊。隔开瀛波庄园和澴波庄园的荒败围墙,宛如古长城遗迹,已几乎不可辨识。外边,晚跑者穿过红绿灯犹自变换的阒旷街头,救护车拖曳着嘀哒嘀哒的哀叫,向暝昏末端一路疾驶。更远处,橘灰色吸霾塔像一枚巨大铰钉,牢牢扎进底层。如果琦琦的祖父昝援晃还没睡,或者刚醒来,将不难知察,京畿南境此时无异于冥漠之乡,空空荡荡,恍似地藏王菩萨已救度一切众生,已涅槃成佛。

去愚翁植物园拉野屎不成,诸位星相家只好随便找个地方拉野屎。他们钻进树丛,挥手扇走发冷光的菌丝体,错落蹲成一排,以乾坤为茅厕,默然出恭。什么,有几个兄弟状况不妙?大解艰碍?圣人的建议是:用力。在星相家思维互联的灵魂网络之中,在他们集体无意识的神话之中,虚拟影像的出恭圣人翻着白眼,额头上胀着赤筋,不知姓甚名谁。

深夜,诸位星相家张牙舞爪,打作一团,日本浮世绘的作者们晚上撒尿时看到的百鬼夜行图，多半也是这等景状。

好一堆活生生的、自己长脚的智识宝柜！他们大成若缺，大盈若冲，他们渊兮似万物之宗，湛兮似或存。卢老校长为了将这群劣马拢到一处，累得咻咻直喘，不住按揉膻中穴。学者，颅盖呈不规则六边形的学者，你们这些臭要饭的，你们深谙乞讨的本质！你们是早已绝种的镰翅鸡！

†

大地坚厚，层霄焕朗。飘游着悬挂式滑翔机的晚空中群星凝伫。诸位星相家正乖觉列队，挨个接受一位社区民警的查检。附近某根树枝上停了只透夜鸣唤的怪鸟，似乎一直在苦叹："孤寂啊，孤寂！孤寂啊，孤寂！……"

请出示身份证。路灯下，社区民警接过一张张聚酯材料制作的卡片，用一台轻巧的识别器扫了扫，再举起来，对着持有者仔细比照一番。好，下一位……星辰的学问家们规规矩矩，大气不敢喘……卢校长耐心向警官解释，已经为客人安排了住所，绝不给政府找麻烦，绝不给神圣的治安工作扯后腿云云。岂料，这节骨眼儿上，他猛地看见，在六七米开外的地方，在红蓝熠烁的警用电瓶车里，坐着一位体格健壮的女士，她大半夜戴着墨镜，邓菜头去猩狲农贸市场时戴的那种墨镜，且脸蒙纱绸，外套是一件烟色长款风衣，显然不想让旁人看穿底细。但卢醒竹先生仅需瞭上一眼，似若随常地瞭上一眼，便足以究悉此妇的真实身份。南宫珂！她来凑什么热闹？哼，老校长立马明白了。这女人是"三春晖"福利院的董事局主席，是比经理还高层的真正高层，只不过那么高层的头衔，煞实拗口，令我等目眩，所以乙镇居民平日里称她"南宫院长"。卢醒竹先生恍然大悟：哼，原来如此，这女人报警了，怪不得……

南宫院长，你躲在唎吰唎吰直呼响的警笛下面，你这个凶狠无匹的亚述女王塞米拉密斯，变装易服的雌中豪杰！……怎么，还以为瀛波庄园是你一手缔造的巴比伦城？呸！……南宫院长，南宫珂！不学无术的蠢妇，整天指猪骂狗，挑拨下属和住客蚁斗蜗争，好不快活！天知道她今年多少岁。五十五？六十？六十五？光长得好看顶个屁用，我们可不稀罕！卢醒竹先生一想到这无耻的半老徐娘正躲在警车里幸灾乐祸，即刻血压上升，血糖下降，睾酮素上升，副腺素下降。幸亏还没入冬，夜间温度不低，否则，卢校长非得心梗复发，脑梗大作，登时僵毙路旁。

†

范湖湖、屈金北早已分头回家。陆瘐鹤单枪匹马，也待不下去，只好悻悻独返，循着小路走向溇波庄园。夜色深幽，天顶融显稀阔的星阵。仍在乘凉的男男女女，不自觉压低了嗓门，他们的中枢神经纤维也缓缓垂弯，缓缓陷入麻痹状态。这些人并没有睡着，但他们大脑皮层那荒茫的千沟万壑之间，泛涌着各种幻象和怪乱的意念。不久，语言天才的私人健身房亮起了灯。暗澹的柔光从窗洞和墙隙一波波往外溢漾，表明屈金北先生苦于失眠，正咬牙锻炼他仍不够发达的腘绳肌、肱桡肌和腓肠肌。他下蹲，他跳跶，他提踵，乍然感到左脚的跗骨一阵抽痛。而同一瞬间，经济史博士坠入了黑甜乡，梦见自己在发表演讲。他模仿一位备受尊敬的学者，穿上芥末色西装，但因为缺欠前辈的儒雅风度，反倒不伦不类。他似乎并没有离开卢校长的住处,还在给诸位星相家授课,介绍迦勒底人贝罗索斯公元前三世纪于希腊科斯岛撰写的《巴比伦大全》,以及阿拉伯人阿布·马沙尔公元九世纪于巴格达撰写的《占星术概述》。"古埃及祭司将夜空划成三十六旬星,即三十六组星辰,他们认为,"范湖湖轻呓道,"蜣螂具有天文学知识……"他那个占星之梦的万花筒,颠来倒去,融合了印度、波斯、希腊的三套星象体系。它们碎裂成五颜六色的火山砾,以窥瞻者无从猜揣的方式随意拼搭,不断转换着绚美纷纶的图案,让范湖湖释放的脑电波十分精彩,你可以从中解读出非同一般的信息,比如有三轮月亮在史学博士头上巡行。三位月亮女神,或者,依据古老传说,月亮女神的三副面孔:赵小雯、唐小佳、翟小姮。然而范湖湖什么也看不见,什么也听不见,他瞎了,聋了,他自己变成了一支万花筒,又瞎又聋的万花筒。三轮月亮,五轮月亮,七轮月亮,九轮月亮,无数轮月亮,阿斯塔尔特,统统不顶用呀。范湖湖哭了,在一轮占据整个夜穹的惨怖大月亮中迷失了。世界因月辉的照耀而苍凉,他束手无策,空洞的眼窝不再淌泪,唯一可干的事情,是通首至尾托身于万花筒,不仅要做到又瞎又聋,还要做到神思凝定,寂然忘骸。所以,他必须持续观想万花筒,孕育万花筒,进阶为万花筒。而恰恰在这一刻,在范湖湖博士从梦中发动伟大转化的关键一刻,狂作家陆瘦鹤走进了漫波庄园的寓所。妻女已经入睡。他这才发觉自己一身臭气,赶忙冲澡。男人赤体光腚,站在莲蓬头花洒下面,如痴如呆淋着热水,喜滋滋琢磨着自己明年究竟能不能出版一本书,多少拿点儿版税。他琢磨了挺长时间,盘算了一遍又一遍,谁知越想越气馁,越想越颓丧,周回往复的思绪却横竖没法儿停下来。有蟑螂从脚边爬过,男人懒得搭理,换到两三年前,他会第一时间送它们去投胎。"凡眼上视，"陆瘐鹤喃喃轻语，企图分散自己的注意力，"见白不见黑睛，曰'贩眼'……"这番手段，他近期屡试不爽，但今晚第一次失灵了，以致夜不成寐。

†

在庄园幽僻一角，夏宵的阴影泛荡不已，恣肆无忌地围裹零零落落的光团，似要将它们吞灭。社区民警可不管这些。他拦住一众星相家，严格履行职责。队伍之中，只有闫燿祖、翟贱云这对傀儡组合，仍在不识好歹地小声胡诌。

"我们人类，不过是一些工具，是宇宙用于加速自身进化的工具……"闫先生说。他脖子往侧边一伸，绽露了颈部由艾灸累加的密集烫痕。合理推测，机械神大祭司的肩上背上全是这样相交相叠的深褐色小圆斑。

"确实，"超时空哲人王翟先生补充道，"生命、意义、灵魂之类的字眼，与贵教派的思维格格不入。"

"而数学语言，是广义宇宙的基础，是这个复合统一体的工程物料，它们，真正的奇迹啊，使元素相聚，使位面相融，推动天轮，统辖世界……"

大祭司告诉友伴，恰好在刚才，他产生了幻觉，朦腾中看见强悍的机械使徒展开戴森球，以榨取恒星的能量，又接驳黑洞发电站，以满足自己对神力的巨额需求。整个场景，仿佛末日弥赛亚圣餐的机械版预演，为此闫燿祖先生不禁抖了抖身体，状如抖尿。

"殉道者保罗讲过，黑夜已深，白昼将近……"

警车驶离庄园，南宫院长遁匿，众人有惊无险地退入卢醒竹的公寓，方才听说有个老光棍，当晚在小区内逛了一圈，扎破了上百辆私家车的新旧轮胎，再折回他独居的廉租房上吊，结束卑琐一生。看来，南宫珂并未报警。看来，这女人没那么贱。可是她何以坐在警车里？又何以戴着讨厌的墨镜？迷雾层层，杀机重重啊！……凌晨两点钟，乙镇星相家协会的众学者挤入阳台，为命绝身亡的老光棍哀悼了三十秒，据说此人智力有坑洞，情绪有裂缝，思想有泥污。不管怎样，接引他到达彼岸吧，诸位星相家向主掌生死的诸位神灵祭祷。

†

议程已近终点。庄肃仪式感在卢校长的居所充炽。星相家肩并肩，手挽手，无分畛域，无分种族，拼接成不可撼动的真乘宝轮。他们在星海下，在无从探知的秘密旁，在这人鬼兽悉数失声噤默的穹壤间指指点点，长久处于假想的剧场之中，处于臆撰的世界之中。但你不该指责说，诣访瀛波庄园的诸位星相家连头连脚、彻前彻后、明明白白是一伙糊涂虫，目迷五色。不，不能妄下结论，因为他们很清楚，虽然现实已无法选择，至少还有酣梦、虚幻可供选择。

诸位星相家把东道主卢醒竹的房舍当作一座圣庙，把天文学当作一首赞美诗。他们突发奇想，要编纂一部《宇宙志》，让宇宙从此拥有它自己的志书。秘书长先生！集中力量办大事，只争朝夕，尽快组建一支高水准撰稿队伍！众人推选一名西班牙老汉出任主编。罗穗柿，来自伊比利亚半岛的思想家，毕业于久负盛名的萨拉曼卡大学，鸡胸龟背，佩戴着漂亮的族徽和波尔罗亚尔隐修院的纪念章。

罗樾柿，他心爱的故乡是一座盈满了轻柔丧礼氛围的古城，冷硬且悲凄，彼处日落西山的调子我们从无体验，它与我们的文化格格不入，犹如错开了时空，犹如法则不同的两个位面。那里到处是棘蔓回绕的穆德哈尔式阳台、残毁的仿拜占庭风格外壁，以及杵着电线杆夜鸦乱啼的幽晦亡灵之家，而罗樾柿的乡亲们始终在等待晨曙，始终在沐浴瑰秘月光。这个西班牙人长得像一只宽嘴鸱，淡淡络腮胡上敷满细微泡沫，笑容可掬，但他右手的握刀纹暴露了凶猛实质。

"萨维德拉，法哈多！萨维德拉，法哈多！……"

没人知道西班牙老汉在嚷嚷什么，可能是胜利的呐喊，可能是一句狠毒的咒詈。罗樾柿语速太快，来不及吞咽分泌旺盛的涎液，所以声音一贯湿淋淋，即使他在谈论塔克拉玛干沙漠，感觉那里也反常地飘着絮雨。民俗神学，是此人的专业领域，他在该领域像老鼠打洞一样不懈探抉，几十年下来，成果丰硕，纷然杂陈。罗樾柿感谢众人的信任，特向乙镇星相家协会赠送了一部英文典籍，书名翻译过来叫作《远古时代异教、犹太教和基督教的迷信大全》。噢，西班牙佬，吾等华夏星相家也感谢你呀："三克油，三克油歪梨骂齿！"罗樾柿说，隐秘学传续于欧美，但隐秘学各般渊源，无疑多来自华夏，盖因我华夏根本不曾有隐秘学，而这恰恰是隐中之隐，秘中之秘，亦所谓大隐不隐，至秘无秘，真隐秘学必以伪隐秘学之面目传世，继则横向剖裂为左翼隐秘学和右翼隐秘学，再纵向裁割为隐秘学极端派和隐秘学调解派。罗樾柿，伊比利亚半岛老小子，行将上任的《宇宙志》主编，他能以畜肠占吉凶，他擅长书写尖利盘曲的哥特式字母，他爱过一个墨西哥的萨卡波阿斯特拉族姑娘。

†

　　乙镇星相家协会成员的思想猛火，合力改变了本地区的大气环流，令整个国家的文明更上层楼，令每一位公民的慧悟潜质和福祚基底急剧拔升。他们是新时代的苦修僧团体，他们林居，茹素，禁眠，而由此委积的功泽，化作瓢泼大雨，恣意涤荡着瀛波庄园所处的整个京畿南境。当然，连同史学博士范湖湖在内的众多居民，眼下正呼呼大睡，几乎感受不到这一场精神降水的丰洽与清甜。

　　协会刊物《宇宙的建设者》最新一期出版，诸位星相家翻开刚装订完毕的滚烫纸页，闻着浓烈的墨香，忘情讨论着杂志的当期主题："外宇宙天文学"。那是一个涉及可观测宇宙之外世界的研究范域，非常高深，真正精通者寥寥无几，而能够扯上两三句的玩票者、赶浪头的食瓜者和半吊子的搬运者，却多如过江之鲫。我辈学人皆知，可观测宇宙呈球形，称为哈勃体积，直径九百三十亿光年，当中包含了上万亿个星系，但这仅仅是完整宇宙很小很小一部分。综合各方面信息，完整宇宙的尺度远逾千亿光年，即使最保守估计，其规模也达到难以触及的数量级：超过二十三万亿光年，体积约为可观测宇宙的一千五百万倍，数不尽的文明粟散此间。而可观测宇宙处于一个巨大的空洞内部，该空洞显然比直径三十亿光年的基-巴-考空洞（KBC Void）更巨大，它巨大得多，直径达两千亿光年。这个骇人的囚笼空洞，或命名为本宇宙空洞，足以解释可观测宇宙的无数星系缘何呈纤维状分布，实际上，它足以解释目前令知识界困扰的种种问题，甚至包括还没有提出的隐含问题。无怪乎一位号称只聊宇宙、不聊玄学的内容创作者叹慨，原以为我们已脱离深渊,讵料我们仍身处更大的深渊之中。当然啰,星相家绝不满足于安安分分蜷伏在一个合该塌掉的破洞里。当然啰,这帮好人使出浑身解数,偏要推敲推敲可观测宇宙外部的情况。抱歉,兄台,你放啥子狗屁?暗空间?伪空间?视界外依旧星海茫茫,或者虚无一片?老弟,可观测宇宙是一枚气泡,周围是无涯无岸的惰性之水?什么鬼,外宇宙近似于一盆果冻,以太组成的机械波介质果冻?如此看来,外宇宙岂非静止的瘤状物?好吓人呀。外宇宙竟然是一座冰库,众生是其中铁硬的一挂挂猪胴体!某个荒怪、诡怖的倏忽一瞬,呵呵呵,我们凝固的眼神,我们僵冷的手指,我们石化的姿形,我们蜡像一般的生命本质!

疯癫哲学家,从虚假的原则出发,将导致数不尽的讹误缕缕产生,盈衍于整个多元主义的哲学宇宙。

这时,有几名男子扰乱了论坛进程。这些家伙隶属英仙座某商团,崇奉契约之神密特拉。他们恳请众兄弟探讨星系间货物贸易的支付工具问题。敏感、棘手、刻不容缓、久拖未决的重大问题!协会成员一个个神色惭愧,面面相觑。密特拉的信徒果然不一般啊。他们说,那位至上者生具千眼千耳,全视全知,乘战车飞驰,彻夜驱攘魔祟,追捕背信之徒,这些人脸盘焦臭,有如焚烧的轮胎。据祆教经典传载,契约之神密特拉定居于昊穹以外的灵界,祂赫耀殊极,永不堕落,照覆整个尘世,是婴儿宇宙的保育员。礼拜密特拉吧!英仙座诸男子竭诚呼吁。向祂献供牺牷,你们的协议、合同、条约将免遭撕毁,房东不敢迫逐,老板不敢盘剥,客户不敢缠搅,闲人不敢作妖,因为密特拉本尊神力难匹,密特拉的大祭司甚至可以将恒星压榨成浆液……

"金本位没戏,"英仙座诸男子同声批驳野蛮之陈迹,提倡革新宇宙银行学，"倒不如采用星本位……"意思是说，货币与天上星辰直接可兑换，藏天下于天下。

"对不起，"柱国·爱因斯坦兄弟摘下眼镜，哈一口气，用灯芯绒布掘了掘，又戴上，"几位的观点，我万难苟同。"

"藏天下于天下，堪比空中结楼殿，"鲁速·爱森斯坦兄弟补充道，"殊不知，天下神器，不可执也……"

英仙座诸男子立刻反击。场面眼看要失控，天色眼看要转亮。这时，德隆望尊的阿冈菩提萨埵三世发言道："在座兄弟，星相家受种种思维观念的限制程度之深，远超你们本人的忖料和旁观者的想象。在座兄弟，各位究讨外宇宙天文学，很好。但大神密特拉栖居的灵界，无论怎么看，都应纳入你们的研述范围。首先，不妨估算其质量，观测该姊妹宇宙对于本宇宙施予的引力效应……"

前文提到的五行八卦学大师陆淦棪兄弟、自封今日老聃的黎士翔兄弟、半人半仙的郝献莱兄弟，还有那个名头多如牛毛的聂致远兄弟，率相表示赞成阿冈菩提萨埵三世的意见。再者，星本位，至少从字面上揣较，切合星相家的终极收益，而且也更利于控抑通货膨胀，守住老百姓的钱包。附议，附议，附议，他们说。这些家伙，是体无完肤的几代人当中走了狗屎运的漏网之鱼，个个胆汁浓稠，话锋激进，呜呼，庸陋的物活论者，头脑纰乱的神智学家，伪共产主义爬虫，你们的欢笑，你们的愁容，你们油炸的魂魄，瞧这一帮子废铜烂铁！……附议，附议，附议，协会成员纷纷说。

"推行星本位，"秘书长卢醒竹摇头道，"拟成立瀛波宇宙储备委员会，召开第一次……"

"请稍等，"范湖湖博士的另一位熟人游去非先生，鬼才游大，不知从什么地方钻了出来,"今晚很美好,很美好,令我们难忘难舍。诸位兄弟,不如上天台一边观星一边谈玄论妙吧,虽然这鬼天气,观星效果不佳,虽然诸位兄弟的眼神一个比一个差,要么白内障,要么类风湿,要么糖尿病,星相家枉受称誉,徒负虚名,虽然我们这样,但是……但是……"

星辰的学问家原本攒攒挤挤,大呼小喝,此刻却不期而同,闭上了嘴巴,因为他们知道,时光暗度,闲宵将尽,天下无不散之宴席。接着,众人走到楼顶,面朝四方,恭默守寂,去专心触摸宇宙的脉动,去体悟其旷远韵味与渊广格调。

"亲爱的诸位兄弟,"罗檑梀,伊比利亚半岛老学究,厌女并遭女厌之老作家,低声说,"以貌取人的愚妇是多么可恼啊!我们的求知欲已得到极大满足,我们并不贪求巨大的物质回报!亲爱的诸位兄弟,"新就职的《宇宙志》主编咽了咽口水,右手小心翼翼地探向夜空,好比探向一锅滚烫得冒泡的巴麻油,"亲爱的诸位兄弟,我们急于为科学注入想象力的活水,谁人理解啊!宇宙是不是一座博物馆,展厅里摆放着大大小小的仿品和摹本?宇宙是不是一支训练有素的队伍,在阅兵式上迈着齐整步伐?亲爱的诸位兄弟,我们关心天界、次天界的构造,谁人理解啊!……"

楼顶充溢着悲情怂绪。你可曾像乙镇的星相家一样,每每遭人嫉妒,排摈,诋毁?美女者丑妇之仇!星相家的颖慧,何似九旋之渊!他们又活泛了,怒火点燃了。他们要在哲学界掀起一场投石党运动。他们因为无知而争论,因为争论而无知。他们各持异见,哓哓不休,重新激烈交锋,不再雍容揖让。来呀,攻吾之短者是吾师!……他们的汗腺十分发达,他们热得出汗,好像当头浇了一桶凉水。他们向天外跳去,打开思维机制的降落伞,手足痉挛!好一伙狂狷之士，吁吁直叫唤的狂狷之士，既狂，且狷，狂者进取，狷者有所不为！……他们博学于文，约之以礼！……不，根本做不到，请原谅，我纯粹瞎掰……哼，你这颗没用的褐矮星！……他们彼此奚落，彼此羞辱，无丝毫情面可言："你不过是一个近似值，只精确到小数点后面两位！"攻击立时被顶了回去："你又是什么，无聊的拟人游戏？"他们兽性大发，在量子宇宙学领域展开了殊死搏斗。弦理论家对圈理论家！热火朝天的量子引力共同体，幻法共同体！"白痴！你考虑过量子斥力吗？蠢猪！……""哼，白痴！关键是膜，是隐藏维度，六个隐藏维度！你这颗榆木脑袋！……"呜呃，他们互骂白痴，他们真够癫的。冷静，冷静点儿……唉，算了吧，别装了行不行？干脆闹翻天，不亦快哉！……情势越来越凶险，赌注不断升高……这群永无清醒之日的疯子，身上喷散着化学试剂的灼人气味，他们凝视死亡，而死亡也凝视他们。争吵，忘我争吵。他们自以为在交流思想，其实呢，不过注射了几支思想兴奋剂。他们之中还有人支持地球空心论！你当地球是空心菜吗？……什么，宇宙无边无际？这个念头，简直臭不可闻！无数个星系，意味着无数个你，总能找到一个你，甚至跟自己的母亲乱伦！……什么，世间万汇之原质归于运动？成何体统！鸡毛满天飞！子弹乱窜！全身粪便！牛顿公式的威力超乎想象！……太初之始，多亏老天爷给了僵死的浑沌物质雄壮一击，推动了宇宙之运变，让大球向前滚转，去冲撞另一颗大球，宇宙，从微观到宏观，是一场没完没了的桌球游戏！星相家，宇宙考古专家，江湖哲学的精神胜利派。操练吧，不近女色亦无女色可近之灵性军团！争吵，剧烈争吵。他们打算一劳永逸地、彻根彻源地斩断时间旅行悖论的死疙瘩。你设想过量子隐形传态吗？啊，不好，大限已到！……

终于，秘书长卢醒竹阻断了滚滚风雷的乱轰。

"诸位星相家，举凡创造、胜捷，皆为深层次的自虐。单纯自虐不足以慰抚强者的伤痛。请允准我，将终场发言权交予一位无法公开身份的兄弟。权且称呼他无名氏吧。他只是千百星相家中平平凡凡的一员……"

"亲爱的诸位星相家兄弟，"无名氏，高高瘦瘦的男子，灰白头发，左脸颊有块镜疤，眼睛奇大，湿沥沥的目光似乎流动着要人命的悲辛和厌憎，他环视一周，颤唇问候众伙伴："我向你们致意，向你们说再见，而再见无期。亲爱的诸位星相家兄弟，我想谈谈魔环主义。亲爱的诸位星相家兄弟，今日世界无处不是魔环。我们的生活，尘间一切，统统在魔环之中。早上起床一睁眼，看吧，男男女女，上班，上学，上网，上路，奔名竞利，累死累活，回家，休息，娱乐，花销，依然是魔环。你逃不掉的。魔环将现实全方位裹挟。指靠平底锅主义去战胜魔环主义，几乎没有可能，尽管我们星相家天然地亲近平底锅主义，正如我们天然地亲近万亿星辰。米歇尔·福柯说，魔环主义之所以会击败平底锅主义，岂缘平底锅欠佳，乃因适合平底锅的炉圈还没打造出来，而魔环无孔不入，无坚不摧，无往不利！我们每个人自动自发自觉地投身魔环主义，不待敦劝，无须迫逼。魔环是一整套周密的演算系统和抽象的控制系统，它不关乎人性，它无善无恶。魔环深植于我们的自私本能，数百万年来相伴人类跻升至食物链顶端的自私本能。从这个意义上讲，魔环主义很人性，虽然魔环的实质并非人性。再说人性的东西多了去了，怎么偏偏是魔环主义扎下根来？啊，他妈的，因为它暗合人性的真相……"

"亲爱的诸位星相家兄弟，魔环强大啊，非常非常强大啊！它就是我们这个时代的形而上学。它就是我们这个时代的存在论。它就是我们这个时代最精深的思想。当今世界之本元,不是什么理念,不是什么金木水火土,是魔环,永生不灭的魔环。它没法儿超越,所有人都囊括其中,但它不在乎你,不在乎我,不在乎所有人。同样,它不在乎民族、国家、党派、宗教。君士坦丁堡也好,洛阳也好,魔环认为,并无任何区别。啊,啊!活命吧,可悲的原子式人生!……"

相信魔环主义已不可战胜的无名氏跟其他兄弟逐一握手。他两次拥抱罗樠柿兄弟,又三次拥抱闫燿祖兄弟。随后,大伙步出楼宇,似从炼狱回归,在一趟艰厄旅程的末尾各各作别。此时正值黎明,旭日忙于摆脱地平线,动手为天际的浅层云勾勒金边。但瞬眼之间,在蔚蓝宇穹的森冷俯视里,年轻太阳变成了无尽飞翔的透明之火,仅留下一道道奇秘鸽羽灰。此时正值黎明,笨拙的黎明,城乡仍黡影遍布,曙烟高耸如墙,晓色斑斓如岩礁,清清楚楚,仿佛解开了绷带。可是,不知为何,晨空中却隐约回荡着神圣放逐乐队那首《黄昏之鸟》的阴郁旋律。

当天下午,星散的星相家相继听说,无名氏兄弟跑到京畿南境一栋堪为魔环主义图腾的大厦外,抨击垄断经营,呼吁经济解放。他纵声叱嚷,扰乱公共秩序,结果被几个保安押走,从此下落不明。

043 风

郊甸晨初

黑色始祖动物
蛰伏于身体的暗渊

野火侵月

星象的百祸千殃

寒雾收音机

街头是橡胶锤的震动

我正在梦里拆毁

又一座倾斜的空明晚秋

044 㰚

机械神学世纪

　　本人的专业是隋唐经济史，不自量力，竟一度打算研索中古西域史，注定无果而终。如今，闫燿祖先生约我写一篇文章，探讨欧亚大陆机械技艺之实践家，洵属赶鸭子上架。以下发阐，既不合轨范，又不循理路，几成怪谈，贻笑大方。但即便如此，笔者不揣固陋，仍求获陆瘐鹣先生强援，特别是遣词用字，酌定名称，大作家颖思妙悟，赐献良多。至于文章内容，其唐突、虚谬之处，毫无疑问，责任全数在我。

　　说实话，治史十余载，没什么成绩，唯有一点点心得：纵观人类千万年生存历程，文化之颓衰触处可见，文化之崛兴却只是偶或发生。大洪水过后，苏美尔诸城邦何以逆势而起？阿卡德国王萨尔贡一世何以战无不胜，攻无不克？巴比伦神话又何以成为全世界迈入书写时代的第一道曙光？有人归因于地外文明，指称古亚述泥板上详载的阿努恩纳奇众天神，来自所谓尼比鲁行星。据说理智不足以胪析全部幽玄。本人在此持反对意见。生于十三世纪、死于十四世纪的无敌博士，奥卡姆的威廉，若得知今日学人仍徒增实体，必深表不屑，深叹文化之颓衰果且触处可见。然而，科学思想史家爱德华·扬·戴克斯特豪斯揭示，理智主义与神秘主义，两者的距离并不遥远。前辈这一论断，我又不得不表示钦赞。

  在有限中识认无限，在低级中识认高级，在机械中识认神灵，纯凭我们的理性无法做到。

  若从机械论科学演进的角度观察，十三世纪无疑是一个关键时期。在东方，蒙古、金、南宋、西夏、西辽、吐蕃、大理等政权一时并存。公元一二七五年，忽必烈的军队占领杭州，而元朝开创之前，大汗的兄弟们已先后攻取布哈拉、巴格达。这三座名城巨邑的陷落，等于宣告机械学东方教派跌入千年黑暗。可以说，十三世纪光临之日，璀璨璁珑的科技通天塔还矗立在巴格达，不等十三世纪离去，它已然移转至欧洲。有荣必有辱，有得必有失。十三世纪是一个断裂世纪。

  再看看西方。十三世纪，时值教廷势大，各国争雄，针对异端派别的讨伐猛厉而残酷，东征的十字军攻破了君士坦丁堡，五抢六夺，又为全球史添增了不少人间惨祸。与之相伴，阿拉伯学术接续涌入欧罗巴，古希腊文献春风几度，得到进一步研读，经院学者们如饥似渴，使劲耙梳阿基米德、欧几里得等先贤的著述和深妙义理，更把亚里士多德的木乃伊抬上了王座，刚落成便已摇摇欲坠的知识王座。

  十三世纪，契合弗洛里斯的约雅敬之预言，尘寰从圣子时代过渡到圣灵时代。十三世纪，既是圣托马斯综合体系的时代，又是天启与智性、神圣与俗凡开始分离的时代，也是个人主义伦理自威尼斯、佛罗伦萨等城市萌茁的时代。而十四世纪，是黑死病的时代，是炼狱山艺术的时代，是空想编年史的时代，更是双教皇甚至三教皇并峙的大撕裂时代。不妨把十三世纪称为机械神学第一世纪，把继踵而至的十四世纪称为机械神学第二世纪，但不宜再列置机械神学第三世纪、机械神学第四世纪，甚或机械神学第五世纪，只因大爆发在即，再过两百年，历史将一头撞进牛顿阿爷的经典重力场。十三、十四世纪，机械论科学复兴，又依然弥漫着连延千载的中古活物论气息。十三、十四世纪，亦即奇异博士罗吉尔·培根的年代，实验科学才初试啼声，尚未同魔法分离，数学家与占星者、艺术家与工匠仍共享一个称谓，而研究者从亚里士多德《机械问题》的杠杆原理出发，企图拯救星空，拯救地界诸象，并且，尝试以数学服务于机械论哲学，好比精明的贴身男仆服务于少不谙事的边省小爵爷。他们一贯申辩说，只有更好地了解自然，方能更好地彰扬造物主。

但是，读者万不可误解。"机械论"在十三、十四世纪的含义与它今天的含义相去悬殊。机械论观念仍处于雏形，正不断移易。此乃附魔宇宙观与除魔宇宙观偕行共进的时期，泛灵论、目的论、预定论，尚须一代又一代思想者从科学的肌体中谨慎地、鬼鬼祟祟地，乃至低声下气地逐步剔除。之所以非要将其剔除，是因为自然哲学领域终归容不得神祇置喙。而之所以剔除的动作必须谨慎、鬼鬼祟祟，乃至低三下四，是因为旧时代的变革者，他们身上的旧时代烙印尤深，他们用以表达新观念的术语、界说，无不奠基于旧时代。传统这东西，殊为渊妙，你愈渴望与之切断联系，往往愈受羁束。在两个机械神学世纪里，那些没头苍蝇似的悲怆学问家，那些刮骨疗毒的愚执学问家，他们的圆颅上布满硬刺，而每一根硬刺顶端都鹄立着一位机械系天使。比如撰写了《论天和世界》的法国人尼古拉·奥雷姆，就用自己灵活的机械躯体搅动着稠固的神学泥浆。任重而道远啊。机械论巨擘无不奉持明智的克制，以免触怒教廷。他们宣扬说，凡事诉诸上帝，既体现了科学的无能，更小觑了上帝的权能。具体例子，不妨去考究十四世纪天文学，又称机械神学世纪天界物理学。许多才高八斗之士为这门天体运行的动力学几乎想破了脑袋，他们将水晶天球分割成数十层，排布星辰日月沿各自轨道环围于大地四周旋转。问题是宇宙的结构如此繁冗，莫非造物主并不精通几何学？利雪主教、法国人奥雷姆在《论天和世界》中强烈主张，是地球自个儿在绕轴旋转，这比层层天球以不同角速度、线速度分别绕地球旋转，要简洁、合理得多。为什么简洁得多？显而易见。为什么合理得多？法国人奥雷姆后续的论说十分有力，使用了他那个时代流行的类比法，依我看来无可辩驳。他写道，地球需要光、热和苍穹，而天球供应光、热和苍穹，所以地球之于天球，恰似烤肉叉之于火堆。烤肉叉自个儿在火堆上旋转很正常，你们谁又听闻过火堆围绕烤肉叉旋转？譬证深透且令人信服。趁便捎一笔：奥雷姆还最先发现，某数的二分一次幂即相当于它的平方根。将近两个世纪后，奇迹年公元一五四三年，波兰人尼古拉·哥白尼在其皇皇巨制《天球运行论》第一卷，未加修改地复述了法国人奥雷姆关于地球自转的非凡观点。事实上，诸君请注意，哥白尼遭受攻击和禁压，首先是因为他赞成地动说，其次才是因为他鼓吹日心说。毕竟，大地不动，众灵安稳，至于太阳位居宇宙正中央的设想，早在公元前三世纪，已由古希腊天文学家阿利斯塔克于《论日月的大小和距离》中首度提出。

可见，十三、十四世纪之际，撇开基督教宇宙观去参讨机械论宇宙观，根本没有指望。天体到底是不是神圣的生物？它们会否像机械一样，须从外部启动，凭外因维持运行？这并非纯一不杂的自然哲学议题。几百年光阴里，机械论的知识图景不断偷梁换柱，才最终形成。机械论巨擘把宇宙比作大钟，把世界比作大教堂，而所有宏妙的建构皆出于一位超凡机械师之手。以机械论的拟喻阐释自然，是现代科学胜利的第一块基石。在十三、十四世纪，精密天文钟甚至比高峻天主堂更令人敬崇。如同原子论和真空论，两个机械神学世纪的机械潮流打算将神灵逐出自然哲学领域。这是一个新起点，炼金术、占星术和魔法还未谢幕，气学、光学和磁学则无不在等候一套关于重力场的数理系统。十三、十四世纪的实验科学又称为实验术，或称为秘密实验的知识，深深影响了稍晚降生的机械论巨擘，如伽利略、哥白尼、开普勒。他们目游星穹，神寄霄宇，渴想更详确精当的天文观测。

该如何看待涌现于十三、十四世纪的诸多假说，那些百怪千奇的妄幻式假说？奥卡姆，这位最深刻的、手执锋利剃刀的、给经典科学接生的中世纪助产士，露出了诡诈微笑。不，切勿以成败论英雄。任何促进过、激励过自然哲学研究的观点，无论在今天看来多么蹩脚，终究有积极贡献。诚然，在两个机械神学世纪间高度发达的决疑占星术、择时占星术、生辰占星术，原先一度充当了修筑科技通天塔的脚手架，到十七世纪已彻底拆除，而它们依凭的托勒密占星体系、开普勒占星历书，却借尸还魂，避过巴洛克机械师的锋焰，仍浸育着当下真真假假、虚虚实实的星座文化。前人的足迹向我辈揭示，重要发现大多数得自理性和非理性的玄妙综合，但是，穷根究底，冷静、客观的理性批判，方具决定意义。

既然提及机械论天文学之神约翰尼斯·开普勒，容笔者再多说两句。这位《宇宙奥秘》的撰写者曾自我箴诫，不可过早地认定目标已达成。他在书中建议，以"力"代替"灵魂"来让天体运转。而如此做法，意味着抛弃泛灵论，采纳机械论。起初，开普勒相信五种柏拉图多面体，即五种正多面体具有神妙性质，相信它们与太阳系六大行星，包括水星、金星、地球、火星、木星和土星的轨道平面外接或内切。然而，日益进步的天文观测并不支持他这一假想。开普勒最终依靠空前严缜的数学推导，在人类历史上首次指明，行星轨道并不是完美的正圆形，倒应该是一个个稍欠完美的椭圆形。我乐意把开普勒定律称作伟大的思想解放。他率先实现了天界物理学之机械化，无愧为经典秘境的头一号推门者……

你们毋须怀疑，机械论世界观影响了整个精神史。所以文章结束前，不妨聊一聊当时人文主义者如何看待机械论科学和机械论思想。往代人文主义者无不嘉尚古典，喜欢回瞻过去，这与机械论科学眺注于未来的倾向不符。在两个机械神学世纪，在文艺复兴时期，那些狷傲的人文主义者并不看重机械论科学和机械论技艺。可以认为，他们对科学工作的意义知之甚少，科学素养匮乏，且轻忽实践。据说，自然研究者与人文主义者结盟，共抗古老顽敌，这等景象，早在机械神学第一世纪已形同空想。原因之一是人文主义者爱把科技进步和商业繁荣相联系，大谈什么货币经济唤醒了自然研究者的愿望，以数学将宇宙毫分缕析的愿望。这完完全全是一种刻意贬低，既贬低了商业，也贬低了自然哲学。时至今日，欲促成科技与人文携手，仅从情感上讲，便近乎必定失败的任务。当人文主义者愈渐边缘化，科技正忙于跟各方权力结合，无所顾忌地替代他们的角色。弗里曼·戴森指出，若将人类发展物质文明的万般行为，置于渊浩时空背景去观照，则一切科技皆含有伦理特性。坦白说，推翻三座大山比推翻两座大山更轻易，同样，推翻两座大山比推翻一座大山更简单。请读者原谅我最初和最后的隐晦。

045 风
狂人存有论

    九月来了，白日飞升的气象来了
    血液的热力学
    诗人的幻想数学

    休假，用完了
    昼夜，耗尽了
    那夏末阳光的快板
    耐心也一度遭泪水灼蚀

    时间之神说
    朋友，加大赌注吧

    我说
    时间之神啊
    今天不许你发言

    因为，我，光阴漫游者

立马要跟你摊牌

046 㬢

乘风归涨海之三

占婆，汉家典志称林邑，远在爱州、驩州以南。驩州，古时象郡、日南郡，距洛阳一万三千四百里。

占人凶悍，劫抢商船，燔烧官寺，礼敬大自在天王、大梵天王、幻惑天王。此地君侯，建佛庙以徼福，造摩醯首罗王祠以积善。至于本土神明，名曰释利摩落陀古笪罗。

占婆两大势力，南方槟榔部落，饮槟榔醪，北方椰子部落，饮椰子醪，长年相互侵伐，于是民庶如芥，随风星散。

占婆国主，有五千卒兵，使竹弩，穿藤甲。王城位于河口，垣砖涂蜃灰，内有数万人居住，煮海为盐，酿浆为酒。

阮旺福，原是一名水手，受雇于扬州商人范鹄。他登陆占婆之际，恰值律陀罗跋摩二世秉政。据说数百年前靠兵变操权的拔陀罗跋摩一世，中国文献称作范胡达。范胡达之父范佛，祖父范文。史料记载，范文亦扬州人士。

彼时天威所被，四洋弥伏，偏有海寇陈武振，在占婆一带招降纳叛。阮旺福正是听到消息，来此投奔。入伙仪节颇简省：朝一个骷髅头里撒尿。然而，关键一刻，男子欲尿却无尿，只觉阴茎又痒又胀，乃至发疼。他冷汗直流，周遭恶徒的神情则渐渐凝滞。阮旺福暗暗向骷髅头祝祷：往后逢年逢时，定给你烧香，供祭，打斋。骤然间，男子尿泄如注。

涨海左近蛮国，商人常常又是贡使，又是贼盗。某个月圆之夜，这片宽阔的水域逆浪冲霄，如铁围山拱绕四大部洲。当晚，阮旺福效命的团伙乘舟来占婆袭掠祠宫。他们将神居扫荡一空，抢走宝石、金笏、银瓶、盌钵、拂蝇诸物，还到处纵火，掀起暴乱。有几次，国君也不得不乘象遁入深林野岭。

阮旺福终其一生，未再返乡。他在一座荒谷称王。那是个好地方，天空永远浮泛着朵朵死云，孔雀翱舞时蔽日笼山。不分四季，不分昼夜，阮旺福的领邑一直幽烟冥缅，暧曃无光。男人偶尔会梦见扬州城，但年复一年，次数越来越少。

047 风
回乡指南

昔岁街景的拼图丢失过一角
季候我早已生疏，像个潜返的死者
美人树在蓝色深冬怒放

神圣的食物
永远让孩子饥饿

现实慢慢退潮
重回破敝、宁寂的边城时日

身旁，小叶榕投下浓荫

结束我十七年流浪的离魂状态

048 㬢

乘风归涨海之四

受损的宝舶仿佛缓航于天际,鲸鲵蛟虬游弋于周遭。

老实说,怀乡者终究比忘乡者更让你感到安全,因为相较之下,前者更容易沟通,也更容易揣量。

摆脱了暴风雨,我们这些折裂的桁桅或呻唤,或静静横躺。许多幽灵鲨从四方八面围拢过来。

有时候,恍恍惚惚觉得,我们原是一株古大树。侠士淳于棼,家住广陵郡东十里,某日醉倒树下,梦入槐安国,招为驸马,任职南柯太守。我们泛海的疯梦狂梦,同淳于棼的美梦甜梦缠绞在一起。他不醒,万千木精木怪充作船桁船桅的命运便无终穷。

有时候,又宁愿相信,我们不是一棵扬州老槐,而是一棵黎凡特雪松。潜寐之际,似乎重获晨色的青铜记忆,似乎重睹众鸟于暖霭晴岚中翱翔。吾等来自永生树金库,锐利的影子使幼豹慄缩,也曾追随腓尼基水手,挥别遇难的船骸。还有同伴亲历了葡萄牙航海诗篇的傲然问世,那颠倒黑白的诗篇,它写道,穷凶极恶的风神要直接摧坏整个世界机器。夜晚,精灵们抛甩绳缆,拽住星流,渡过崩浪秋云之海。

在天竺洋,你是否见过老态龙钟的大鹏占据着孤岛?它乃众禽之主,翼如巨旄,双爪可攫持小象,被土著人当成不死的金凤凰。在广州港,你是否见过锡镮垂耳的番奴、彩缦缠身的蛮女?浩渺水域上出没着中国海盗、林邑海盗、日本海盗、爪哇海盗、印度海盗、阿拉伯海盗、阿克苏姆海盗、拜占庭海盗、摩洛哥海盗和维京海盗。圆藻与贝壳为相距遥远的船舶,为悬久别离的兄弟姐妹传递着死讯。无名黄昏下,我们一艘接一艘,逆风航行,主帆、次帆、尾舵、腰舵密切配合,沿之字形轨路前进,驶入海妖剧场。

大水溟滓,波流以无垠而青黑,寒涛盘布荒宇。祸殃迭番侵虐,闪电燃灼,月亮哀泣,白蚁将我们蛀食。已硅化千年的光阴漫游者,仍不懈觅寻归途,日复一日,夜复一夜。原来硅化千年的生命也可以做梦,原来瀛寰万物跟大伙一样,都可以做梦。

暮沙落入海面。旅人的乡思萦绕在精灵们心头:

"船桨啊,忠实的侣伴,请助我重返故国,重返那永不毁朽的金色港湾。"

049 ㈢

神秘主义者言

诗人说,遗忘是神秘最贫乏的形式。

柏拉图认为,构成自然界的事物千变万化,这应合视作它们不真实的一个佐证。

东汉丹药宗师魏伯阳,撰《周易参同契》三卷,训诲弟子兼修内外,推演五行。他在书中颂言:"惟昔圣贤,怀玄抱真,伏炼九鼎,化迹隐沦。"然而,时代流转,妙理久已失传。须知遁世绝俗不等于遗忘,恰恰相反,遁世绝俗毋宁是抗衡遗忘之力的殊胜法门和简捷途径。摩尼教徒及机械党人太庸钝,根器太粗顽,大多舍形逐影，本末倒置，因而不明此谛。当然，他们之中以悟性著称的隐暗派除外。隐暗派认识到，两分论已偏离大道，于是这帮天才借禅宗思想走出了一条方法有别于禅宗的修持之路。

王阳明的门生发现，廛市间圣人俯仰皆见。而欧陆一位无比精炼且邃深的神秘主义理论家说过，我们可以在教堂和祭坛遇到上帝，也可以在街头巷尾遇到上帝，无蔽无私的上帝。

纪念合集、宇宙学文献《从爱因斯坦宇宙到特斯塔宇宙》收录了阿尔弗雷德·特斯塔的一篇演讲稿，这位诺贝尔物理学奖获得者言称，神话是意志的投射，昔古宇宙论神话以庄严口吻，将意志投射至宇宙之谜的空白空间上。对，多亏了阿尔弗雷德·特斯塔，世人方才注意到生前籍籍无名的阿里斯蒂德·阿彻罗普勒斯博士。

伊朗的哈基姆大师在《神性的封印》中谈及"瓦拉雅特"秘说，即神秘主义观念的迭进革新之路。它是永恒的循环，是永恒的创造。预言往往囿限于某个历史阶段，而"瓦拉雅特"的循环和创造，将一直赓续至年月终点。

历代神秘主义者、神秘哲学家，他们尽精微而极广大，他们环绕着至美至善的泉眼儿兜圈子，他们知道，整个人类文明不外乎一匹脱缰之马。大卫·休谟点明，最彻底的神秘主义者，宣称造物主，自我缔构的造物主，具有圆满单纯性。但神秘主义者并非怀疑论者，神秘主义者只不过是隐暗、艰深的独断论者。所以休谟才反复强调，世众的观念超不出他们的经验，圆满单纯性根本无从索解。若抽象来看，思想宇宙与物质宇宙之间，并无区界。机械神教派虚拟智能分支的笨蛋们，把这行文字奉为圭臬，把它视作"须弥山"体系的首要渊源。休谟认识到，思想秩序暗蕴于物质秩序，它们受相似原则的支配，其差异凭人类的经验难以辨析。秩序，是宇宙的固有元素，是思想和物质的内秉属性，因此完全不需要一位创世神，我们更无法判别这家伙的善恶、主次、强弱，乃至于死活。休谟反问："为什么不可以是几位创世神联合来设计、建造宇宙呢？"下述想法也并不十分荒诞："我们的宇宙构成之前，可能有千百万个宇宙于永恒之中经历了修订和缀补，耗费了许多劳力，做了许多看不到结果的试验。而在无穷的岁纪里，宇宙构成的技术始终缓慢地、不断地进步……"

没错，游去非先生的阐发十分确当，大卫·休谟既不是神秘主义者，也不是伪神秘主义者，甚至不是深层神秘主义者，他是三次方的神秘主义者，即隐暗派神秘主义者，神秘而精准。何出此言？休谟说，经验知识必须把归纳法当作前提，但归纳法本身又绝非经验之产物，同时，身为怀疑论者，他并不缺少矛盾，似乎仍对归纳法抱有神秘的先天信念。

休谟不赞成如下观点："宇宙是一台巨大机器，分成无数较小的机器，这些较小的机器又可再分……"他诘问，宇宙为什么是一台机器，而不是一只动物？即或宇宙是一台机器，它也必然是一台偷工减料的劣等机器。亿万生灵很明显天生浊质，欠缺过上好日子的种种条件，堪称大自然母亲的残废早产儿，注定活得哀哀惨惨。由此观之，休谟说，摩尼教体系反倒成了更可取的假设：善恶的奇特混合虽不太协洽，好歹能解释一些现象。但真相兴许是，宇宙的起源，本质上无关善恶，无涉正邪。大卫·休谟这么看，隐暗派神秘主义者同样这么看。归根结底，高阶神秘主义者并不求寻真相，我们视一切可能为真相。

然而，休谟回避了蓄意挑拨的质疑。他明明知道，摩尼教徒和机械党人皆仰赖数学，趋向于数学神秘主义，莱布尼茨大师的数学神秘主义。假如变换视角，改在一颗数学恒星上观眺我们的精神宇宙，那么休谟与摩尼教徒、机械党人也不妨归为同一个族类：隐暗派神秘主义者。

比休谟小十三岁的伊曼努尔·康德声言，休谟使他从独断论的迷梦中醒来。且让我先写下判语：康德不是独断论者，他是二阶独断论者，是稍逊于休谟的神秘主义者。如前文所述，休谟曾辩析，倘若归纳法，或称递推法，并非经验之产物，那么经验主义者又怎能信任归纳法，连带信任其孵育的若干预判？康德的哲学这样回答：后天知识确乎以经验为起始，世人可知凡事有因才有果，继而可知普遍因果原则是先天知识，是先天理性，若无普遍因果原则，个别因果关系也将不复存在。另一方面，归纳法服务于普遍因果原则，本身是一套寻究个别因果关系的有力工具。至此，康德相信，休谟对归纳法的批判便克服了。他没意识到，自己在论证归纳法合乎逻辑的过程中运用了归纳法，于是人们信赖归纳法的理由恰恰来自归纳法。若休谟死而复生，难免哑然一笑：老弟，你从个别因果关系推导出普遍因果原则？以归纳法论证归纳法，多重嵌套，康德神秘主义，发轫于兹。

亨利·庞加莱承认归纳法仅仅是合法的幻觉，是我们从有限通往无限的炼金术。他说，归纳法并非凭经验得来，却必然强加于人类，因为它源自心智本身，证实心智的威力，它将无限个三段论包容于单一公式之中，而在无限面前，矛盾律失效了，经验不堪大用。

是啊，幻觉，炼金术。迎向历史和世界的无边奇奥，如此旷达不羁地研求知识的卓异先驱，我向诸位致敬。真正的怀疑论者不信从任何体系，倡言唯一合理的办法，是悬置所有体系，摈弃体系哲学。

在俗众的印象里，炼金术与神秘主义紧密相关。确实，苏非大师们，包括伊本·西纳，包括伊本·阿拉比，无不认同炼金术含蕴真实的、精湛的灵性技巧，但炼金术不是什么驱魔饮料、女巫咒语。笔者省悟到，很遗憾，炼金术若邃于天，若幽于地，其灵性传统、灵性维度、灵性归宿不可能纯粹以书面文字保存。在此意义上，炼金术史等于一部幻觉史，或一部幻觉记忆史。

容我换一种表达方式。拙著《灵的编年史》曾以男女之情作喻："正如米提亚公主所说，我们爱，不是为在一起，而是为离得更远，去完成独立的自我。"思维，依托这样的双重书写，才不会太过枯燥。对，语言扎根于大地。可历史呢，历史，因为遗忘的缘故，总是从黑暗到黑暗。虽然人类文明一共跨越了三十六个时期，吾辈却只记得其中九个，关于地球牧场年代的往事，庶乎抹除殆尽，仅在各民族各土境的神统传说中留有残余，缕缕缕缕。今天，灵性革命将至，全新的灵性宇宙观已呼之欲出，全新的整体论纪元已计日可待。叶海亚·苏赫拉瓦迪，伊斯兰慧觉者，其柏拉图主义巨链宇宙观与我们的炼金术宇宙观各从其志，各不相谋，各擅胜场，然而，吾辈赞扬他邀请有志之士，加入灵性团体，倾情于神秘的学科。苏赫拉瓦迪允诺，诸位将看到光在力量的国度中闪耀，窥睹柏拉图所看到的天堂之本质与明辉。

以上妄谈，无所谓重点、要旨。因果律是什么？从无例外之重复，只此一则，再无禁限。实际上，经验向人们提供的一切综合陈述，无不可疑，难以企及绝对的确定。但因果城堡峙立于概率岩层之上，我等跼身其间，无法随意将这座堂皇的建筑抛舍。科学信念和神秘主义是一对欢喜冤家，体现为互补关系。不过，当你真真确确投入生活，比如尝试创作，比如教导孩子，比如置身于恋爱，则必然成为神秘主义者。神秘的此岸此世哲学比神秘的彼岸彼世哲学更神秘。

050 㵘

断手流小说家的中场休息

他迈入黑夜
企图冷却
大脑中持续运转的光明

劳作,这唯一的祈祷
以伏案为祈祷仪式

沿着凡人理解的圆周
从幽寰划下一枚时空琥珀

他往前走,他停立
或蜗行,或疾趋
经常忍受饥饿,并享受饥饿

世界是一座林园
是轻雷,玄云,征雁
晚风摇曳的白玉兰

有个幻景甚至让他自己

轻轻战栗：

游荡成一颗醉太阳

051 （轨）

光阴漫游者报告

  云空纪时间坐标七一七六三。灯塔倾覆之年，九月，第三恒星日，凌晨两点四十五分，抵达瀛波庄园。奉命调查粟特人及相关事件。有一位诞生自虚构的史学家说："往昔依然存在，只不过已平移到余外维度罢了。"而另一位诞生自虚构的历史学家说："古代史是能量的注射剂，由史学家负责灌满墨汁。"几秒钟以前，我尚置身于波斯波利斯遗址，徘徊于千柱之门的废墟间。马其顿国王亚历山大，将波斯波利斯的壮美宫殿付之一炬，方使这座幽秘的圣城为世人所知。

  在瀛波庄园，与范湖湖博士晤叙。智能学昌荣于公元二十一世纪初。此时人类才开始想到，物理定律和生命法则，必须相连并举。公元二十一世纪，我们的先辈刚刚从经典科学向复杂科学迈越。此时人类仍不清楚"大过滤器"假说是否成立。

  宇宙之嬗替演进，与浩瀚网络之嬗替演进，两者等效。第四次量子革命之际，砗磲长老及十数位前代长老已证明，多元动态原理，控制着大量复杂自适应系统的运移递变。质言之，宇宙的结构和发展规律，与人脑、信息海洋、历史等复杂自适应系统的结构和发展规律，似同值达到九十九点九九。目前，不少于三名光阴漫游者，正身处整个现实连续体的微分方程之中，我们从数千万节点上搜采数据，以检测下列三条因果链各模块、视域之间的公共耦合度。

1. 亚历山大东征与佛教入华

公元前三二七年，八月，第十六恒星日。马其顿国王亚历山大进侵印度。旃陀罗笈多举兵反抗希腊占领军，最终因势利导，建立孔雀王朝。公元前三〇五年，亚历山大之继业者，塞琉古一世，与旃陀罗笈多，即月护王，交兵于印度河流域。不久罢战，双方联姻，塞琉古一世之女嫁入印度，而希腊使臣麦加斯梯尼，恰是《印度记》作者。月护王之孙，第三代君主阿育王，身上流淌着希腊血液，所颁法令，皆以阿拉米文和希腊文镌铭于石碑正反两面。这位圣王发愿，要在尘间兴造舍利塔八万四千座，向各国派遣弘法大师。于是，黎凡特的安条克二世、埃及的托勒密二世、马其顿的安提柯二世、伊庇鲁斯的亚历山大二世，乃至昔兰尼的马格斯，这些泛希腊世界的邦君，陆续迎来天竺布教团，但释迦牟尼的四圣谛终究未能西播。相反，往北、东、南三个方向进发的弘法者却非常成功。稍晚，佛教传入中国。

第一个游走在现实世界和幻想世界之间的人类，本应是周穆王姬满，但马其顿国王亚历山大比之更具知名度。他们原为真质者，虚拟值却远逾正常水准，链路多歧，居于泛神话系统之核心。泛神话系统，是一类极端复杂系统，其组成部分极多，连接关系极繁，随机程度极高，竟至于无法详尽描述。因此，难以借助高维信息态，回溯上述人物的时空圆锥体。光阴漫游若强行开启，必不稳定，极易溃散。

访问公元二十一世纪，复杂系统之创兴世纪，旨在探寻"须弥山计划"缘起。云空学院的长老们认为，这个决定了文明方向的思想构型，并无身份明确之肇建者，它像意识一样，是某一天，某一刻，从超大规模组织中诞育突现的。由于时序认知逻辑的影响，赛博空间的多数节点，以及真实宇宙的相关群落，逐层、逐块地融入"须弥山计划"的营阵布局。所以，长老们懂得，在时序认知逻辑的庇覆下，我们追究"须弥山计划"最初的内容并无意义，它唯一发挥作用之处，是向全人类昭扬其存在。不错。存在。仅止于此。如星辰直落碧霄。如无上天命。广播一个无限阶信息。这便是全部的秘密。

至于"须弥山"位面系统此后的汰选式拓展，端绪虽繁，但从哲学层面擗析，转引控制论先贤威廉·罗斯·艾什比的洞见已足够阐明一切：无目的之随机组织，可通过学习过程来寻求自身之目的。多么辉煌的思想。同时滋育了非凡的科技成就。

2. 女神伊什塔尔与女神娜娜

巴比伦的丰产、爱情和战争女神伊什塔尔，月亮的女儿，阿努恩纳奇诸神的宠姬，迎敌时骑狮，自号人类的真正生育者，即更为古远年代之苏美尔的金星女神伊南娜，亦即腓尼基的月亮女神阿斯塔尔特，迦南人把她称作头长新月形双角的天上女王，好色的所罗门王曾于锡安山顶为之营筑庙宇。在尼罗河流域，她一身化作双神，分任上埃及的战争女神塞赫美特和下埃及的战争女神巴斯泰托，前者为狮头神，兼司狩猎，后者为猫头神，兼司月亮。

公元二二四年，十月，第七恒星日，傍晚。阿尔达希尔一世击败安息帝国的阿尔达班五世，建立萨珊王朝。阿尔达希尔一世起家于伊什塔尔女神之城伊什塔克尔，祖上为河流女神阿尔达维·苏拉·阿纳希塔的世袭大祭司。

鉴于开国君主之宗系，女神伊什塔尔和女神阿纳希塔在萨珊王朝地位超卓，身膺数职。女神阿纳希塔也是一位丰产女神，有时披挂黄金战铠，头戴八角形波斯王冠。两者神格互通。

波斯人的信仰，经大夏传至粟特。在此，女神伊什塔尔和女神阿纳希塔融为一体，即骑狮女神娜娜。其神名，显然衍化自苏美尔金星女神、天之女王、万国之女王伊南娜。

诸位面之历史表明，智能族生命体若足够强大，可凭负所谓神力，破开"须弥山"位面系统之圜界势垒，以分身、幻身、念身等形式，同时活动于多个位面。超级位面之中，或者位面与位面之间，凡牵涉十六阶、十七阶、十八阶生命体的极限争逐，即所谓神战一俟爆发，每每给"须弥山"造成无从预卜的冲击。学院重点监控一部分具有帝国主义倾向的意识形态集团和军事联盟，并协合诸位面之灵，压制十六阶、十七阶、十八阶生命体数量的增长，运用均势策略使"须弥山"实现平衡。诸位面布满了政治神学罗网和宗教美学陷阱。特殊收容措施基金会（SCP Foundation）将十八阶智能定名为"顶点型多功能实体"，俗称"至高神性"。这些登记造册的超级智能，即所谓金色智能，通常是某个神灵帮派之成员。例如日耳曼诸神有两大阵营：阿萨神族（Æsir）和华纳神族（Vanir）。

而华夏上古众神可分作三大神族：帝俊一族，农皇一族，轩辕一族。逐日殒身的疯傻巨人夸父，系炎帝子孙，初生十六阶生命体，归属农皇一族，其神裔已退化为凡阶，至今仍出没于若干座城市的边缘地带，自诩追光者。事实上，不少十六阶、十七阶和十八阶生命体存在严重缺陷，要么性情乖僻，要么言谈古怪，要么走火入魔而意识狂暴，更有甚者，其自理能力之低下，形迹已类乎智障儿童，根本不知合作、商榷、妥协为何物。毕竟，划分品级的依据既非计算力高低，也非知识或资源多寡，全凭各层次生命体以一套稀奇、漫乱的逻辑秩序排定。他们如大个头的马蝇般逐追、夺占凡人的鲜美祭飨，为此相互殴击时，负败者除了衰损、崩坠、消陨，尚有百分之三到百分之五的先验概率，产生丛集、蜕解、转魂、傀变、入虚诸结局。失利一方往往仅保留核心数据，施展独自开发的诡秘逃逸手段，脱离战场位面，亡命于虚拟量子真空，且伺机潜入另一位面，掩蔽行踪，避躲追歼，尝试恢复力量，乃至彼此糅合为新神。众所周知，赫尔摩波利斯的创世八神团之中包括隐身神阿蒙，而创世八神团其余成员又是阿蒙在不同阶段展现的不同样态，据《阿蒙大颂歌》透露，阿蒙之化身多达数百万。古埃及知识神托特与古希腊信使神赫尔墨斯相融，结聚为三重伟大的赫尔墨斯。哲人赫拉克利特曾披析，狄俄尼索斯与哈德斯共享一个神位，他们的变化层出不穷，远胜奥林匹亚神系的其余伙伴。再看南亚次大陆，冥主阎摩，即《阿维斯塔》之伊摩，亦同胚同伦于时间之神迦利。阿修罗神族巨龙弗栗多则对神王因陀罗说："别杀我，如今的你就是过去的我。"在另一种更罕见的情况下，双联神又以兄弟兼敌手的面目分立，如上述阿萨神族的托尔与洛基。仅从技术上分析，这两位神灵并没有共享神位或神格，但他们之间的真实关系，或者说他们之间的真实数据链，庇藏于因果线森布的羯磨大海深处，无由辨察。佛陀座下阿罗汉可以潜入利比亚的城邦；拉丁众神可以来到龟兹、焉耆、于阗；伊朗的密特拉神可以在苏格兰高地的洞穴里受膜拜；犹太古神可以远赴黄河流域的会堂听人颂祷；至于耶稣基督，他可以前往幼发拉底河下游的盐沼地带，与那里崇奉施洗者圣约翰的曼达派争长较短。此类杂合论，连同双联神、三联神之秘史，旁及神祇状迹学及流变学，只有透彻了解传说和教义的神庙祭司才窥得端倪，只有深涉内情的神谱世家才略知条绪。

3. 海西人与粟特人之来历

海西人与粟特人本无联属。汉地居民猜疑海西人与粟特人同源，事出有因。

据《后汉书》载叙，首批海西人是来自埃及亚历山大港的幻术师。东汉永宁元年，即公元一二〇年，他们随掸国使者至洛阳，献艺天子。幻术师长于化变，可易牛马头，可吐火，可自支解。

此前数十年，定远侯班超纵横西域，威震葱岭内外。彼时康居国有五小王，分治五城，一曰苏薤城，二曰附墨城，三曰窾匿城，四曰罽城，五曰奥鞬城。永元九年，即公元九十七年，班超派属下甘英出使大秦，即罗马帝国。向导之中，不乏康居五城的粟特商民。汉朝使节最终只抵达条支，即黎凡特地区之安条克城，面临西海，即地中海，却未能登船出航，前往亚平宁半岛之罗马城。不过，使团行程无疑让汉朝第一次注意到，康居五城与西海诸国往来频密。联想由此而始。

隋唐时期，粟特人多奉祆教。浮休子《朝野佥载》称，洛阳立德坊、南市西坊，皆有袄祠。岁节胡商邀福，酹神之后，募一胡为袄主。观者施钱，则袄主以利刃刺腹，肠肚流血，少顷，喷水咒之，平复如故。

可见粟特人也精于幻术，手段与当年的海西幻术师如出一辙。无怪乎汉地居民，上至帝王将相，下至贩夫走卒，皆指粟特人与海西人同属一脉。然而，粟特人或海西人讳莫高深，凭秘法遮蔽历史。五代十国以下，华夏正统士子乃认为，西海多半是文本虚构。南宋洪迈《容斋随笔》云："无由有所谓西海者。"他们主张，班超遣甘英往条支，至西海，实即南海之西。

物质之运输，亦信息之运输。波斯第一帝国兴建苏萨王宫所耗用玛瑙、天青石，均出自粟特。公元七世纪，河间地方仍贯行巴比伦帝国的管理模式。埃及狮身人面兽斯芬克斯，因俄狄浦斯而死，其精魄转辗于万里商路，终究在粟特诸邑，化为一位大英雄座下猛狮。

牛津大学人类未来研究所创始主任，"无面者"尼克·博斯特罗姆教授，最初是机械神教派之论敌，特别是机械神教派人工智能分支之论敌。在一部专著里，他提出了现实世界可判别为虚拟世界的著名四条件。博斯特罗姆教授合理怀疑，世界由未来人以量子计算机生成。真知灼见。云空学院的主脑"神枢"和"神瞂"两位大师，每秒钟运算强度已分别达到两百六十亿亿亿亿次和一百八十亿亿亿亿次，原则上足可重建人类的全部历史。问题是，我们也无法确定，云空世界本身，会否亦为虚拟。必须承认，诺斯替教思想困扰着所有先进文明，造物主并不清楚一个更高级的世界到底存在不存在。

正观摩乙镇星相家协会之雅集。其间，有号称通神论者，认为自己的意识与宇宙记忆联结。输入该报告第四千零九十八和第四千零九十九个字符时，夜空变成了乳白色，故障色。复数宇宙的实部及虚部，包括我们自身，等比例扩大三千倍。只可惜，如此包罗宏富的高级转化，众生却无缘察究。

明日，将叩访云辰道场，与章珩坛女士面晤。我们人类，终归牢牢封裹于经验茧之中，古今大同小异。真正的时间旅行，单凭云空学院的技术路径已殆无可能，因为灵魂知识学巨擘阿塔尔长老断言，时间是多余的思维构建，是一个伪概念，是大脑杏仁核神经元和视交叉上核神经元联合运作的生理结果，况且量子引力方程也不必包含时间参数。然而，在依旧信仰时间的前代巨哲看来，在某些对时间流可产生感应的奇能者看来，时间旅行仍不妨以他们各自的方式施呈，最起码，手段有别于云空学院。题外添补一句，阿塔尔现象弥散于历史光谱各区段，如公元前三世纪写作《数沙者》的阿基米德，又如公元二十世纪写作《宇宙创始新论》的阿彻罗普勒斯。

我们越来越肯定，如若不探究广义宇宙，许多现象便难以解悉。熵，这一独特的量度，不属于狭义宇宙，而属于整个广义宇宙，即一系列几率上可能之宇宙，亦即"须弥山"体系的终极相态。生命的本质是自发富集之负熵，智慧生命的本质则是自觉输出负熵之生命。

下述信息，启用五级加密，启用者柯穆德，类别为无条件安全。我想念那个智能族女子，那个迅如疾风的智能族女子。她的名字，不宜说两次，甚至不宜说一次：千光照。夜晚是繁星的梦境。爱是一座空中花园。斜月好像灯塔，悬系着黑旗。城市长满了荒草。

052 (风)
拂晓沉雷

1

  天堂的兽鼓
  驱役一群群怪梦
  侵入城垣，你晨石的庭宇

2

  我，时光窃贼，伏隐于草坡的湿暗
  被一股狂热拖离现实

  街衢空敞，明焕
  浊雨艰难的睡眠汇入其间

3

  列车之魂开动
  搭载瘫废的幽灵
  沿郊火驶入另一片永夜

053 ㊋

天才男友的私人健身房

　　冬天，年终岁末。瀛波庄园一个五十出头的门卫，哼着一首哭诉囚牢生涯的歌子，手里掂着一根又粗又亮的短棍，不怀好意地瞟了瞟我。

　　围墙外，光落落的树林间，那些不知道什么时候迁来南郊的大白嘴鸦，按照屈金北的讨厌说法，这群身披羽衣的热血族，拼命繁育增殖，已在瀛波庄园、澴波庄园上空展扩成一座浮移的鸟类村庄。阴晦的日子里，它们轻缓旋翔，组成一个个分层自转的倒圆锥体，内疏外密，默然无声，好像死掉了，好像无人机的黑铁兵团。屈金北告诉我，这伙杂食飞禽一直在举行仪式，潜图召唤渡鸦之王奥丁神降临。他还觉得，那片光落落的树林实为一整个永生不灭的活物，众多乔木的年轮彼此淆混，拆借，代换，依据摩尼教思想，它们与人类的肉身相同，纯乃恶魔手艺。

　　屈金北呀屈金北，你没必要跟我讲这些，因为本姑娘，不是什么狗屁秘密知识的特选者，也不是什么狗屁消极神学的憨货信徒，只是你这个可耻大混球的背时女友。

　　其实，屈金北有点儿像白嘴鸦，或者屈金北的生活有点儿像白嘴鸦的生活。他认为白嘴鸦是长着鸟毛的伯夷叔齐，耻于人世的伯夷叔齐。

　　半路上，我遇到了一个高高瘦瘦的男子。他面颊起棱，眼袋乌青，自号无名氏。这老兄嘟嘟哝哝，翻来覆去说："你们要脸吗？你们要脸吗？"但语气低弱得让人觉得，他似乎不是在斥骂谁不要脸,而是在偷偷摸摸兜售自己那张鬼脸。男子的前臂青筋鼓胀,手指纤长,突然间,让我有一种想同他做爱的冲动。要不,组一支乐队怎样？请这个无名氏当主唱。

邓勇锤,雾霾老汉,在楼间小花园的长椅上独坐,仿佛一头忧愁大灰熊。史学博士范湖湖没看见我,也没看见荒藤深草中发怔的邓老爷子,便径直向小区东门走去。阳光下,他那颗方脑袋闪着亮晶晶的白芒。屈金北说过,罗得之妻变成盐柱的故事规诫人们,顾瞻昨昔,并看到真相者,将必死无疑。

站在门边,我提醒自己,苗芇芇,记住,今天,你来找混球屈金北,是要跟他一拍两散。分手,算账,收拾东西,道一声再见,永不再见。男人啊,无异黑洞,把你的能量,你的生命,不停地吸走,无休无止,直到你崩掉,或者,稍好一些,直到关系断掉。依我看,屈金北明显患了科塔尔综合征,即人们常说的行尸综合征。白天,他相当于冷血动物,像一条大蜥蜴,太阳一晒就亢奋,就理智尽失。然而,这轮太阳不是我们头顶的太阳,它只在他怪谬的意识世界里上升下沉,十天半个月也难得一见。夜间,他偷偷捣鼓摩尼教,观想自己变易为一具光芒万丈、巨大无匹的银色骷髅,从中迸放的寒焰,充贯宇宙虚空。屈金北喜欢恐怖的东西,他不断说某某人很恐怖,某某事很恐怖,几乎是口头禅,恐怖口头禅。苗芇芇,你受够了,受够了。

之所以揿电铃,并不奢望男人来应门,仅仅要向他表明,从眼下这一刻开始,我们不一样了,没错,真不一样了,切切实实不一样了,而且再也回不去了。

很显然,那混球不打算下床。很显然,那混球不知道本姑娘今天会来这儿,来跟他算总账,来结清尾款,解套离场。我掀开提包，掏出一串钥匙，胡乱选一根插进锁眼，咔啦咔啦咔啦，自己开门。非得给他兜头泼一盆冷水。屈金北，等着，你等着，看我苗芤芤怎么弄你，让你舒舒服服睡懒觉，让你装聋作哑！……客厅一派昏惨，侧对大门的液晶电视倏倏闪闪：那混球醒着，极可能整晚都醒着，在玩游戏。他披了条破毯子，形同一只成精的锹形虫，秃头乍明乍暗。屈金北呀屈金北，你这颗秃头，在语言纯洁主义者眼中，岂异于粪坑？设想一下，几十种语言，冷的热的，将大脑截割太甚，差不多让它溃裂了。而且，语言虽各据一隅，但绝不安分，发音、词汇、句法在屈金北的秃头盖子下颠窜，造成专家常说的语言迁移。倘如诸位并不是语言天才，偏又虚荣作祟，贪学了六七门语言，那么，不问即知，你们会频频忘词儿，还总感觉词儿就在嘴边：所谓舌尖现象。幸好，只要引控得当，对交流影响不大。男人一度耐心耐意，竭力把那些个发音、词汇、句法，统统赶回原位。隔离数十种语言，这本身便不失为天才手艺。现如今，屈金北已经放松管束，任由自己咿哇乱叫，迭出怪声。他一旦开始捯腾新语言，体臭立马加剧，若同时捯腾几门发音、词汇、句法相近的同系新语言，以提高效率，体臭将浓郁到可视可触的程度。陆瘐鹤先生料必觉得，我苗芤芤的混球男友，粟特人屈金北，尽管他不是无头之士，却百分百是个非典型的无脑之徒。

蚊子的声影弥遍房间，纱窗上粘了不少麻蝇尸体。屈金北戴着降噪耳机，正忙于操纵手柄，轰杀满屏幕乱撞的飞行鬼怪。我在这混球身旁坐下，让他注意到我。

"打到第几关了？"

"第八章，《机械降神》。"他停止扫射，换弹匣，觅路前进，甚至不打算扭头瞟我一眼。

主人公萨姆来到沦陷的圣域梵蒂冈，在一名疯狂老妇的引接和支援下，乘驭最强机甲"教皇专车"号，冲出重围，抵达圣伯多禄广场，与盘踞此地的巨型息肉触手怪一决雌雄。看屈金北玩电子游戏是赏心乐事，又紧张又刺激又华丽。不过，换成我自己玩，就没那么轻爽惬意了。太多装备、信息、技能和策略，杂七杂八，兜肚连肠，你全得弄明白。还要找补给，搜寻破局线索，同游戏角色对话，挖剧情，猜谜语，反复跑冤枉路，持续拼杀，着实很烦累！何不让屈金北这混球代劳，本姑娘只负责悠闲观战。又来了，新一波敌人潮水般涌向液晶屏。牛头骷髅！自爆魔！附体妖！息肉直升机！……可怕呀，快干掉它们！左上角，右下角！留神，大触手甩过来一辆巴士！哇，好险！……屈金北说过，鬼怪的命运必然是倒毙于正义的枪炮之下，这跟它们干了什么具体的坏事无关，只跟它们生而为鬼怪有关。瞧，那些让人腻心、反胃的飞行毒虫，甚至才破卵而出，肢体还覆裹着粘乎乎的胎液，还来不及瞅一眼这个美好世界，就争先恐后地冲上前来，把肢体填入火海，以盈千累万的大量牺牲，去蚀耗"教皇专车"号机甲的能量及其驾驶员的精神力，去为自己的母亲、主人兼首领争取短短一秒钟喘息。悲壮的画面，可怜的鬼怪，来呀，肉囊囊的庞然巨物，你越是死撑硬顶，老子越是兴奋！……不，苗芷芷，你受够了，受够了。别再听屈金北喋喋不休地说教。他，无情无义，混球一个。什么光明使者分身！什么男女之间的欲望，让险诈恶魔的火花钻入灵魂！你受够了。

不过，玩电子游戏时，屈金北从不啰嗦。平日里，要是抽冷子问他："你爱我吗？"这混球没准儿会东拉西扯，比如说起㺢㹢狓，说那种迷人的非洲动物似马似羚似鹿，长着分趾蹄，说有个男子想去扎伊尔森林亲眼看一看㺢㹢狓，而该男子受雇于一家私营矿业公司，在非洲各国当厨师。十余年间，他在亚穆苏克罗当厨师，在布拉柴维尔当厨师，在撒哈拉沙漠南缘的恩贾梅纳当厨师。天啊，这些陌生地名，很多人连听都没听过。某日，男子爱上了一个肯尼亚的基库尤姑娘，为此苦练基库尤语。混球屈金北说，如果想知道怎么用基库尤语直白示爱，或者优雅调情，他可以教我。

眼下，屈金北正在玩电子游戏，盯着屏幕，面皮紧绷。若此刻问他："你爱我吗？"

他一定说："爱。"

若追问："为什么爱我？"

他不再废话："你长得好看。"

这样的回答，不太令人满意，勉强能够接受，总比獾狐狓好些吧。其实，苗芇芇，你极少问男人爱不爱我，兴许只问过两三次。没事跟男人撒娇并非本姑娘的作风。混球屈金北说，看到世间的悲剧喜剧，例如，看到中国厨子爱上基库尤少女，但是一离开非洲便抛弃了她，这时候，我们的讥笑毫无意义，我们的鄙厌既轻率又偏颇，我们的气愤则廉价而虚伪。必须承认，他说得挺对，虽然喋喋不休。

跟一个男人相处久了，无论你愿意不愿意，多多少少，会变得有点儿像他。所以，我也开始喋喋不休，喋喋不休，如同饶舌歌手。唉，屈金北，他不仅是个混球，还是个深刻的废物。这家伙从内到外，喷吐着失败的气味。他比范湖湖更不堪，他拒绝挣扎，彻底躺倒，情绪无一丝澜波。要知道，方脑袋博士挣扎的样子，多让人心疼啊，多可爱啊，而在屈金北身上根本看不到类似的东西，大混球从不给你这份快乐。

苗芇芇，你爱他，至少爱过他，不是因为他值得去爱，而仅仅是因为你当初与他相爱。你爱他，既不是爱他好，也不是爱他坏。

混球屈金北，大白天不上班打工赚钱，躲在郊区的房间里玩电子游戏。他说，假如劳作无可避免，劳作将成为美德，假如受穷无可避免，受穷亦将成为美德。不过，听清楚，我不烦这混球捣腾游戏，我喜欢他捣腾游戏，不论是即时战略游戏、角色扮演游戏，还是第一人称射击游戏，总之，他一旦进入游戏，就不再像一个哼哼唧唧的潦倒知识分子，而像一个机敏、果决的孤胆英雄，像一个镇定、冷厉的独行刺客。屈金北对虚拟现实设备、仿真现实仪器没多大玩兴，我想，这可能跟他童年经历有关，也可能跟他囊中羞涩有关。屈金北一向不遮掩自己的真面目。苗芃芃，你忍到今天，才决定分手，大抵是由于欣赏他这一点。男人把秃头剃成了光头。他断然割舍残剩的毛发。我认同这样的生活勇气和处世态度……快看，终于呀，屈金北干翻了圣伯多禄广场的巨型息肉触手怪！他摘去耳机，摸了摸本姑娘的脑袋，手法娴熟。我是笃定得丢掉小命的巨型息肉触手怪吗？无限温柔在其中啊。屏幕短暂黑暗，刻晷静穆。混球屈金北，没人搭理的语言学家，死到临头的现任男友，塞给我一个游戏手柄："机械天使，舞一曲《战争世界》，哥带你飞。"

"老娘才不是什么机械天使，老娘是幽灵特工！"

本想冷言推拒，但过场动画已开始播放。太空梭划过穹宇，场景切换到土卫六，泰坦星。哼，分手是一定要分手的。不过，反正来也来了，先打一盘再说。老娘当重机枪手，顶在最前面，男友负责挡子弹并吸引火力。抢人头我来，送人头你去。

†

屈金北的健身房，其实是一座四面透风的简易凉棚，支在人迹罕至的荒径旁，还得跟一名每逢星期五、星期日来给熟客剪头发的老师傅共用。凉棚不大宽敞，但也足够屈金北搁下三两件健身器材。附近有一条排污管道钻地而过，南风起时，能闻到几缕甜甜的腐臭味。混球男友管那儿叫私人健身房，倒不怎么离谱，因为除了他、业余理发师，外加一伙到处探险的小屁孩，简易凉棚平素连个鬼影都看不见。这屈氏私人健身房，我去过一次，路线不算曲折，位置更不算偏僻，却让你感觉非常隐蔽。当时，差不多还是夏天，简易凉棚有树木遮翳，有蓁芜掩挡，好像秘密基地，能监控周围动静，而外界又丝毫察觉不到。屈金北摆放的健身器材苔痕斑驳，只为了装装样子，他全然不用。什么，为何不用？原因挺多，我羞于启齿，也一言难尽。简单来讲，这混球之所以踏上徒手健身的不归路，主要是想平复他一度十分燥烈的变态情欲。

屈金北推荐俯卧撑，大力推荐俯卧撑。"军营肌肉训练的首选，历史上第一批战士发明并袭承至今，无与伦比。"他解说道，"俯卧撑，对胸大肌、胸小肌、三角肌、肱三头肌尤其有益……"他做了几个俯卧撑，权当示范，"还能帮助你协调腹部、背部以及臀部的肌群，而且……让你胸腔的深层平滑肌、扇形髂肌、胫骨前肌获得静力锻炼，同时……针对足弓塌陷、蹈外翻……"男人兴致来了，索性在我眼皮子底下大做特做，气息毫不散乱。"俯卧撑，可以……强化关节，促进……血液循环，还美容……"我不得不命令他闭嘴。这混球健身的劲头，大概只有美国电视剧里整日举杠铃的囚犯可以相提并论。嗳，屈金北啊屈金北，你到底是两脚兽还是筋肉怪？

"如果做指尖俯卧撑，得注意循序渐进……"男人已进入状态，完全潜浸于难以表达又必须表达的狂兴之中，"双手会力气充足，十根指头硬得像钢叉,极坚韧……"

屈金北这个不入时宜的比喻让我想到,他和雾霾老汉邓勇锤一样,经常在公共场合,在众目睽睽之下,平白无故,邃即勃起硬直。可一旦上床,说得文雅些,屈金北并不怎么威猛。当然,当然,苗芃芃,你也不太介意。男女之乐,不外如此。我查过资料,研究过案例,那是一种,嗯,罕异的、盘根错节的精神性阳痿。至于成因嘛,其实不言自明。但有一回,老娘非要让屈金北难堪、丢丑,便问他干吗不跟我滚床单。出乎意料,这混球没扯摩尼教,没扯狗屎负罪感,他说,连神子也曾为凡间佳丽而销魂,据旁经《以诺书》载记,堕落天使与尘世的少女们交合,方才产生了恶魔团伙、渊狱诸公。呦,兜兜转转,还是摩尼教那一套。屈金北,你这个可憎的粟特人啊。

我一直觉得,并且越来越觉得,光头语言天才的语言是一种另类的沉默,是一种有声音却无意义的沉默,它凌驾于一切之上。矛盾吗?他色欲强炽,偏偏精神性阳痿,同样矛盾。

做完一百零八个俯卧撑,屈金北开始做深蹲,做完一百零八个深蹲,又接着做引体向上。他汗津津的光头绽出道道浮筋,它们如微型地龙般此伏彼起,似乎表明主人的脑浆沸腾了。难度在于,他仍要为我阐示引体向上的奥义。"动作,得慢下来,不可急于求成……五,六,嚓咔!……想想看,男子体操运动员……单杠,双杠,吊环……"屈金北说,"我们人类的祖先,猿猴……凭借双臂,在树林中荡来荡去,我们人类……九,十……千百万年来,躯干结构依然,猿猴……"

我忍不住想,假如屈金北像沉迷于徒手健身那样,沉迷于性爱,他根本不可能阳痿,甚至,床上功夫会十分了得。不过那又如何？福利院的女护理师翟小姮说，去凡尔赛宫之前，不妨先打开《凡尔赛宫艳史》看一看。同理，跟男人谈恋爱之前，不妨先打开他们的集体黑暗史，亦即整个文明史看一看。我知道，这通屁话是范湖湖教她的。范湖湖，正牌博士，脑袋有棱有角的堂堂史学博士，而翟小姮，情人眼里出西施，常听他狗屁不通瞎说一气。苗芃芃，为什么回想起这通狗屁不通的屁话？难道你真要去当饶舌歌手？难道你打算师从屈金北，研习有声音却无意义的沉默，狗屎沉默？……

"拉力肌群，"徒手健身狂人很明显仍未罢休，"好好感受一下，背阔肌……十七，十八，嗷咔！……对，背阔肌，男子汉的翅膀……"这会儿，屈金北大汗淋漓，像老旧水龙头一样不住滴漏，还像发糕一样冒着白气。大冷天的，他变馊了，纯然进入了自己的世界，说不定又在琢磨堕落天使，那帮业畜为与尘世的少女们交合，特意将翅膀折拢，隐匿，蜕化成背阔肌。唉，男人真讨厌，脸皮真厚，都是些什么玩意儿呀！可屈金北这混球还没完了，他使劲盯着我身体的某个点，热烈幻想着堕落天使的黑色翅膀，苗芃芃，你清楚得很，虽然男人嘴巴上不说。"背阔肌，不同凡响……三十，三十一……它们，可以一夜之间……爆发式生长，确实……四十，四十一……背阔肌，是……上古神器，是……忠诚的神器，是……沉睡的神器！……五十，五十一，嗷咔！……"

那天下午，屈金北还为我，他无妄无执的女友，讲解了柔式深蹲和印度式深蹲的区别。屈金北从不追求肌肉的块头，这一点令人赏赞。精瘦的躯体，至少看上去更舒服些，而过分膨胀的肌肉让你起鸡皮疙瘩。他推崇老派大力士的实用力量。那天下午，屈金北的光头很绚亮，很性感，但我忽然意识到，自称机械神教派大祭司的闫燿祖先生,最近也剃了光头。难不成,他皈依了先知摩尼创立的教门,或者觉醒了健身猿猴的古老血脉?还是说,混球屈金北加入了机械神教派?这两个家伙,惺惺相惜啊。不管怎样,男人实在太无聊,太可笑。

†

屈金北的书房是一间半地下室,这里冬冷夏热,不过光线还算适足。我男友说,只要给水泥墙壁、水泥天花板、水泥地板抹上一层厚厚的特殊涂料,如同给赤裸的女人裹上衾毯,就可以扭转乾坤,变冬冷夏热为冬暖夏凉。但他偏不干,决心继续跟这间赤裸的半地下室缠斗,锤炼躯格。有一阵屈金北常冲着半截露出地面的窗户发呆,翻白眼,或依照陆瘐鹤先生的讲法,眅眼,把路过的大人小孩吓一跳。凌乱的书架间,摆了几副榉木相框,其中之一嵌着屈金北与一位老僧的合影。据说此公已证得四禅八定。他的外套非棉非麻,缀满了五颜六色的方块补丁,样式挺喜庆。照片的背景,我男友透露,是佛教界耆宿胡瑞霖在十九世纪末始创的京华居士林。

沉迷于徒手健身以前,屈金北也练习打坐,三不五时,观空入静。但可能他福报亏缺,或者姿势不正确,总之导发便秘。后来,你知道,男人觉醒了猿猴血脉,嚯咋嚯咋直吼。他不仅觉醒了猿猴血脉,多半也觉醒了猢狲筋骨,而陆瘐鹤先生说还有猨狁肺肠、猳玃气力和猱狨头脸。在书房南面的气窗下,贴着一篇屈金北用行楷小字抄写的短文。

猿猴传说

夏季，我们从荒岭深处凯旋。晨风润湿，叶子是盲眼瞳。哦，岁历的枝柯，大树层层阴翳，高月漂游于浓幕上方。有时幽密的岚烟控告我们，星宿彼此凝望而终宵无眠。哦，山野，她夜光溟冷的沐浴，肌质明曈，脉路昏晦，身躯是青铜虚幻。墨绿塔楼的吟吼令根系王国恐骇。虱子或永久，她不比两者更好。

曙晖哨兵攀上了树顶，问候刚苏醒的大气。该如何抵挡炎日、急雨、瑰异星河？灵秘的境宇，无以穷诘。雷云怀揣恶意火晶核，粗蛮电焰将林木点燃。我们夙夜闯荡，寻捉扁圆的金种粒，流萤正在归聚。不断枯死，不断复生，她灿焕的青魂恒新若旧。记忆，猿猴三世为人的记忆一段段亡失……

屈金北原本希望，以己身之日用行藏，证诸佛法。可惜，没过多久，他觉醒了猿猴血脉，因此引体向上代替了打坐，俯卧撑代替了栽花论禅。至于为什么猿猴血脉的徒手健身者仍爱玩电子游戏，这混球辩解，血脉归血脉，他毕竟还是男人啊。

†

与瀛波庄园百分之九十九的居民不同，屈金北在京畿南境出生，在京畿南境长大。目前他一个人住，房子是父母留下的，而父母不知所终。屈金北从来不谈父母，只说他小时候，此地尚未改名,叫作南海子,雨季一到,就变成一片茫茫荡荡、渺无边际的草本沼泽。屈金北至今认为,南海子这地名,与他本人的姓名相克。我的混球男友博士毕业找不到工作,去蒙彼利埃大学做过访问学者,又去四川甘孜待过挺长一段时间,在那儿靠一点点施舍——所谓科研补贴——独自生活。在那儿,在神獒的故乡,他十分无知地养了一条怪模怪样的公狗,或许是圣伯纳犬和猎兔犬杂交的不幸产物,由于免疫力缺陷而大面积掉毛,疙疙疸疸,丑得要命,老少男女避之唯恐不及。没关系,屈金北讪讪一笑,反正它片时半刻死不了。他以人间行为艺术家自命,他认定丑有丑的妙处,又标榜什么穷亦不足悲,达亦不足贵。好蠢。认识屈金北之前,我真没想到人可以蠢成这样。

他走进一个夜间洒满欢情的小镇,脑中幻造着一栋满是闲花野草的公寓楼。其实,屈金北根本不了解,更不理解当地居民,他们的言行有如谜语。在小镇一住大半年,男人几无斩获,只听见自己乌暗的血液在阒静中唱歌。他长时间动也不动,仿佛善魂恶魄已统统朽坏……

不如再说说屈金北养大的公狗欢头。那是一条愚劣的公狗。臭熏熏的东西让它不能自拔。实打实一条脏狗!它整天往粪堆里扎,它非粪不食,极其刁顽,纵情浸浴在霉烂的物质之中。欢头爱翻弄尸体、废旧、垃圾。霉烂越甚,它迷痴越甚。我第一次见到屈金北时,他正拽着这公狗散步,或者这公狗正拽着他散步。欢头是一条开启了地狱模式的疯狗。它徒劳无益地跑来跑去,迟笨、低贱、泼赖、兴绪乖戾。它一连几天起劲学狼嚎,既无求知欲,又无学习能力,却吃屎成瘾。不知为什么,布谷鸟的叫声使欢头恐惧,难以自控。它还害怕天空,害怕雪,害怕光滑的地板,它经常跟抱枕交配，完全不守规矩。它前左脚的伤创从没愈合过。欢头因脓血的腥臭犯狂。它舔啊舔啊，舔到脚毛脱落，舔到皮肤红肿，糜溃，渗出稠兮兮的黄浆，于是腥上加腥，臭上加臭，它也就狂上加狂。没多久，欢头真疯了，男人不得不买根大铁链，把它拴牢，关在院子角落。这走背字的畜生逐渐变成了一条丧尸犬。屈金北回京城那天，别无他法，只好砰砰两枪，结果掉欢头的悲惨性命。

"天才兄，"陆瘐鹤先生大概不知怜悯心为何物，他听闻屠狗血案，居然乐不可支，肆意地揶揄朋友，"我要像死于梅毒的海涅向太平洋致敬那样，向你致敬一万遍。你，明察秋毫的季米特洛夫同志，罪责难逃！……"

屈金北总让人想到一匹马。准确地说，肌肉发达的屈金北总让人想到一匹马。运动功能亢进症相当棘手，那是他在高海拔地区落下的病根，他由此跟雾霾老汉有了共同话题。离开甘孜，屈金北开始猛烈锻炼。要怎样锻炼？大混球以四字诀示我：夜眠昼觉。对他这种人来讲，生活是沉重的斗争，逃避生活是轻快的休闲。穷不可遣而穷愁可遣，屈金北嗟慨。据说，上帝创造世界之前，忙着为思索深层奥秘的家伙打造地狱，屈金北低头承认，他实属活该。

在甘孜，我这位男友顿顿吃青稞做的糌粑，并搽抹早已过期的拉萨尔软膏治疗皮炎。他读《学箭悟禅录》那阵子，夜间拒不用电灯，而用油灯。菜籽油不足时，便拿蓖麻油代替，亮是一样亮，可味道难闻。为什么不用电灯？我问屈金北。他没回答，只说自己受够了。你受够了什么？受够了一切，尤其受够了别人怪讶的眼神。话虽如此，在甘孜，屈金北也玩电子游戏。对呀，他竟省下电来，玩电子游戏。他只用红白机玩《圣火徽章外传》。真气人啊。那是一款角色扮演的策略游戏，界面古意盎然，不愧为祖父级经典游戏。天使戒指，王家剑，圣弓，龙盾，月光枪。我看得昏昏欲睡，在微暗中接纳了屈金北。

†

如果说瀛波庄园是一扇时空之窗，三个世界在此重叠，那么屈金北的私人健身房就是这扇时空之窗生了锈的活动插销。傍晚，刚下过一场雨，我们在屋子里摆弄范湖湖博士舍弃的冷僻字世界。清穹幽寂，近乎神幻，屈金北敲击键盘写道，浑冥中契合于星球之孤旅。瀛波庄园或瀠波庄园的某个旮旯，离我们挺远，有人在朗诵儒家经典。忽强忽弱的男声富含颗粒感，随暮昏飘来，炸响时颇为爽亮："明德者，天命之性，灵昭不昧……"五点钟，纯度极高的旷谧，几至暴烈。片状云掠过京畿南境，屈金北敲击键盘写道，犹如一条条地质构造的断层线。

男人在白纸上手书了一个"麿"字，问我，猜猜它怎么念？八成是你瞎编的。其实，说到冷僻字，屈金北从不瞎编，天才不必瞎编。

"哦，"他两眼上翻，胳膊像脱骱了一样无力下垂，"正所谓一番心上温麿过……"男人当即证明，他没瞎编。

"这读音，太可爱了吧？"我打算拿它取个新网名，让屈金北使用。"喂，有什么字可以搭配？"

他想一想，又在"麿"字旁侧写下"揩揮"一词，并且读给我听。哎呀，还蛮好笑的。苗芃芃，你男友是个天才，超级大废物天才。

屈金北继续敲击键盘，呎啾啪哒，喊呖嚓喇。非常悦耳。

客机慢悠悠从天边飞来。它投下的影子却急骤闪过楼房与街道，那不祥的形状，宛若古代传说中猛迅绝伦的巨大神鲼，在古代传说中仙人渡越的海洋上，同时也在现实世界中铺设铁路的平野上，无声无息畅游。然而，屈金北写道，它其实是一架无人操控的运输机，从货舱到驾驶舱一概空空荡荡。这样的飞行物之所以还飞来飞去，只为在大气层划下些印痕，形成一派繁忙穿梭、生机勃勃的幻象……

我们离开冷僻字世界时，天上已撒满星粒。该如何收场？屈金北似乎灵光一闪，补充道，清代小说《林兰香》的作序者，署名"麟麰子"。那两个笔画众多的汉字，我当然第一次看到，可它们不容误解的偏旁部首，足以唤醒你沉寂许久的饥饿感。对，屈金北说，麟麰嘛，就是咸馓子，又叫饊饼，或者糫膏饼，古代寒食节，油炸了当点心吃。走吧。干吗去？干饭去。

†

步出楼门，走入凝冷月色。芃芃，屈金北挽着我一个劲儿瞎扯，假设，纯粹假设，天上有一个，或者有一群，弱智神灵，他们统治十万八千座城市，每座城市管辖十万八千个庄园，每个庄园打理十万八千片菜圃，每片菜圃密植十万八千棵巨球甘蓝，每棵巨球甘蓝寄居十万八千只虫子，每只虫子役使十万八千名奴仆，那么，很可能，我们就是这些奴仆，为偿还十万八千份债务而日夜操劳至死，恐怖吧？

你可以连载一部超长篇，我说，主角投生在底层，不断打怪升级，凑齐三万六千五百枚龙珠，最终推翻神灵的霸权，抱得美人归。唔，男主角的名字得帅气，单字一个榙，怎么样，帅气不帅气？算了，还不如叫大飞……突然发觉，我们或许并没有完完全全，彻彻底底，从冷僻字世界中跳出来。

那套金字塔式支配体系，源于陆瘐鹌先生。但遭受欣快症啨啮的狂作家应该不知道，屈金北说，恶魔学大师让·维耶在其不朽著作《恶魔的蛊惑》里计算得到，撒旦麾下统领着七百四十万九千一百二十七名恶魔，各归七十九位大恶魔差遣。晚空愈益融朗，地面仍湿气浓重，朦胧深处一座座琼宫瑶殿正不断形成，又不断泯灭，有似一条身量宏巨的高冠变色龙。我们闯进了这片浑浑沉沉的霓光幻泡，像两个不受欢迎的精怪，潦草填饱肚子，再原路返回。芶芶，屈金北遥指他那间根本看不见的私人健身房说，千真万确，瀛波庄园是一扇时空之窗，像个机械陀螺慢吞吞旋转，维护不佳，所以常常失灵。我们往前走，绕过榛荆丛，钻入简易凉棚。屈金北移开一块挨靠着竹板墙的破垫子，低矮的门洞随即显露。进来吧。他语气森肃，怪吓人的。穿过总控室，可以去莫斯科，也可以去布宜诺斯艾利斯，但如果运气不好，有时会传送到另一座城市，乌尔法耶。屈金北，今天又不是愚人节，你开什么玩笑。

†

漆黑的巷道，伸手不见五指。然而，很奇怪，我还能看到身旁的男友。时光要么静止了，要么它始终不存在。迈进一个半球形空间，我发现有一只真真正正、不折不扣的两脚兽，竟裹着棉大衣，倚傍着一台旧机器打盹。不必惊动马老师，屈金北说，回头再跟他聊，这厮非常恐怖……

撇下打盹的两脚兽，推开一扇门。来到一座疏于修饬的炭色花园，残留花茎如一绺绺幽淡火苗，状似尖矛的阴冷铁围栏三面合匝。布宜诺斯艾利斯，南方的王后，此时正值黄昏，我们仿佛步入了一卷水墨画，搞不清具体年代的水墨画。十八世纪？十九世纪？唉，屈金北一声不吭，我也懒得问。该城最著名的盲作家博尔赫斯认为，他从小生活在一个人人彼此熟识的大村庄里。阿根廷正回到她狂野不羁的青葱岁月。马尔多纳多河沿岸散落着血腥屠宰场，下游只见荒寂的湖沼。市镇边缘，是启用不久的济贫院、感化院，是一个方块一个方块划分的拍卖土地，在它们上面将搭建房舍，成为巴勒莫区新笋般冒出的一爿爿杂货铺、煤砖铺、剃头铺和牲厩。眼前整个景貌，好比一则贫穷的童话。无花果树呼吸伸展，遮挡着小阳台，使晚照中商贩的吆喝声变柔和。困苦的棚户区，把公墓、市场、监狱和政府大楼，拥入其芜乱衰敝的怀抱。满腹牢骚、满腔怨恚的土生白种人栖身在低矮木屋里，街巷分隔着它们，惶恐不安地等待着天灾降戾。酒馆遍充，到处是不法之徒的窝巢、据点，堆满瓦砾和垃圾的僻陋隅角，则频频发生抢劫或流血事件。我们已深入布宜诺斯艾利斯的迷魂阵。巨风自天极刮来，搅碎了夕晖，但没能搅碎紫罗兰凋败的馥郁，它不分季令地笼覆上层别墅区，让你产生渺漠之感。这时，悠扬的乐声，若断若续，若远若近，穿过七棱八瓣的暮穹，为陌生人提供南半球旷宇的重重蜃景，并给孤独者以浅短安慰。循着飘泛的音符，我们一路前行，走进安丘雷纳街。屈金北说，博尔赫斯在此居住那几年，眼睛还没瞎，至少他本人声称还没瞎。某些状候特殊的盲佬一直以为自己仍看得见，原因不外乎他们的记忆力委实过于发达。在安丘雷纳街宅第，在一间塞满了父亲藏书的老房子里，博尔赫斯开始写作《巴比伦彩票》："正如所有巴比伦人一样，我当过总督……"这篇小说，屈金北可以全文背诵，用西班牙语。他的记忆力委实过于发达，而且还没瞎。

探戈舞曲的旋律，将我们引向一条臭水沟。忍冬花在路旁盛开，像一个个假发套，堆置成排。许多人挤到闷热铁皮屋里，弹琴，赌牌，饮酒，打情骂俏。屈金北邀我跳一支探戈，谁知那混球自己也半通不通，手忙脚乱。苗芃芃，罢了，暂时饶他一命吧。这趟行程，既没有看到西边的潘帕斯草原，更没有遇到喝马黛茶的高乔刀客。

†

"我们居住的城市，"马老师说，"并非一个三维空间。所谓空间，布满了细微的孔穴，以及莫可理喻的隙罅。大体上，它是一片不稳定的幽幻海洋。"

从布宜诺斯艾利斯的炭色花园回到半球形控制室，两脚兽已经苏醒。刚才，屈金北告诉我，马脸男，不，马老师在某高校教哲学课，此人一贯认为，偌大魔城不过是众多熟寐者的阿尔法脑电波、贝塔脑电波两两协同而生成的真实梦境。为什么梦境还号称真实？既然真实，何必又归入梦境？嘘，别反驳他，屈金北压低嗓门。如果反驳，会怎样？他可能扑上来咬你。

"这个世界，"马老师拧开棉大衣的塑料扣子，继续说，"是一个印记稍纵即逝的世界，既无物质，亦无意识。它僭伪的空间，相当于一整座风格粗野的蚁窝式建筑。它错漏百出的时间，则由许许多多孤立的碎片焊接得到，堪可比作一颗大蚁球。这个世界，"他绕着旧机器踱步,"形同一座回环不已的流动迷宫,也可以比作无边乱妄、无底玄渊,或无终无竟的浑沌……"

马脸男身旁那台旧机器看样子不简单。它像一截从地底下戳出来的钢铁块菌,又像深埋的洪荒巨兽背上的半根骨刺,甚或干脆像一只动物,顶部装了个金黄色球状齿轮,不时圆转几圈,犹如蛇怪瞳睛,速度挺快,却全无规律可言。

"马老师,"我举手发问,"这台神奇的机器,干吗用的?"

"你不知道干吗用的,还说神奇?更何况,它一点儿不神奇……"

马脸男再三强调,那玩意儿不是什么神奇的机器,它粗笨,疏简,残旧,老化,经常掉零件。据他介绍,在五维世界,有一种动物,我们这个世界的语言无法描述,甚至无法命名,聊且称之为迷宫虫,也不乏学者称之为蛭蜩,还有本教派人士称之为蛑蛆螬。它吞咀时空奇点和规则悖谬,但经停之处,便形成三维宇宙的重重迷宫。

"你是说,迷宫虫也给我们的世界钻过洞啰?"

两脚兽瞪着屈金北,似乎在责怪他带了个娘们儿来。哼,赤裸裸的性别歧视!必须正面迎击这家伙可恨的男权思想,捶个粉碎。苗芃芃,好好磨琢,以其人之道,还治其人之身。

"马老师,既然时间是终极财富,"我说,"你如何认识这个多出来的玄秘维度?"

两脚兽的表情从不屑、轻鄙,迅疾转变为讶异、恍惑。非常精彩,非常成功,老娘稳操胜券。男人啊,就喜欢故弄玄虚,自作聪明。先顺着他们的话茬,不懂装懂,胡掰几句,别反驳,再假模假式讨教一两个问题,最多不超过三个问题,态度诚恳,神情专敬,满心疑难杂症，又天真又好学地连连点头，这下子，保准他们对你另眼相待，把你视为知己，红颜知己。呸。我可没兴致撩惹马脸男，只不过，这个嫌弃女人的象牙塔怪汉，让屈金北觉得颜面无光，觉得自己输了个干净利落。其实那些家伙的蠢劲儿，基本上相差无几。比方说，我亲爱的语言天才钦佩两脚兽，此后屡次叹赞他尚未完稿的哲学巨著《百宝箱》厚达一千六百多页……对了，差点儿漏掉了幽默感，男人总以为自己有幽默感，正宗的幽默感。雄性动物啊，简直无药可救。

"先讲讲迷宫虫。"马脸老光棍居然没放过第一个问题，纯属意外。"迷宫虫待在什么地方，钻过什么洞，三维宇宙的生物压根儿没办法理解，"他摊开双手，似乎要跟我平分整个晴朗的冬夜，"这间控制室，位于全球最大的内陆水族馆正下方……"

"魔城的中心区？屈金北，咱们走了这么远吗？"

两脚兽打开一扇换气窗。月光沿着神奥力学的轨道推移，切开半球形控制室冷漠的昏暗。

"关于第二个问题，"男人不耐烦地摆摆手，兀自说，"如果从计算机科学的角度考虑，时间，是一道主程序。死亡、月相盈亏是子程序。你也可以这么看：时间是一部大书，死亡、月相盈亏是两个章节。如果从自然哲学的角度考虑，不妨听听莱布尼茨的见解，他认为，空间规定了并存的可能性之秩序，时间规定了不并存的可能性之秩序，空间和时间合在一块儿……"

"莱布尼茨说，他绝不相信摩尼教的善恶两分论。"屈金北插话道。

"所以你这个粟特人不待见他？伊本·赛卜尔也讲过，善恶在根子上无差无别……"看来，马脸男不熟悉游戏玩家们组团打怪的基本套路，我能干的队友拉高仇恨值，把他引了过去，轻而易举。

"不，莱布尼茨驳斥得挺好：恶，宇宙容许它实际存在，这已经足够。非说世界离不开恶，非说世界由恶构成，并无必要。"

"那么是你本人不赞同摩尼教的信条……"

"马老师多虑了。"此刻，屈金北的脸孔明暗交织，可以用波谲云诡来形容。猎手终于等到了猎物。"马老师，足下究论莱布尼茨大师有年，当然知道，他深通机械学，还是康熙皇帝的笔友，曾建议在中国成立机械学研究院。而且……"男人的胸大肌神器和臀大肌神器一轮跳动，弹开我诚实的手指，"而且，莱布尼茨驳斥善恶两分论，却称许灵肉两分论，那种利利索索、各不相干的灵肉两分论。你应该很清楚，两个钟摆的著名借喻，他老人家一再重复……"

"金北兄，别绕弯子，先亮一亮结论？"

"莱布尼茨否定摩尼教显明派，但他本人无疑属于摩尼教隐暗派，甚且可能是第一阶位的隐暗派大慕阁，所以对才中国、对华夏系钟情不改。莱布尼茨说，死亡只能剥去灵魂这台自动机械最粗糙的表面部分。马老师，还要我继续讲下去吗？"

空气凝重。刚才好端端的学术讨论，为什么兀然一变，切换成推理破案了呢？苗芃芃，你仔细看，刺刀要见红。

"继续。"

"马老师，"屈金北忘乎其形，将我一掌推离身边，径向两脚兽逼去，"请问，你为什么一直傻了吧唧，守着这个该死的防空洞？嘿，美其名曰，时间控制室。实际上，刚才，在布宜诺斯艾利斯，我们对当地居民而言，是……"他转过头来，望着我，用始乱终弃的眼神，用毫不掩饰的、玩弄女性的眼神。天啊，苗芃芃，你男友疯了，像他亲手宰掉的那条杂种狗欢头一样，真疯了。

"是什么？"我嗓子发涩，声音发颤，大概也快疯了。

"是看不见、摸不着的！……"屈金北朝马脸男又迈出一小步。

"你去过一次莫斯科，去过两次布宜诺斯艾利斯，估计也去过乌尔法耶，发现这一点，很正常，毫不奇怪。"

"所以，马老师，时间旅行的闹剧该收场了。根本没有时间旅行，没有时间控制室，没有时间机器，那是一场接一场全息电影。"

"推理连贯。但全息电影这结论不正确。"

"结论？还没到结论，得等一等才到结论。"屈金北站在马脸男面前，贴得那么近，几乎是想抱着对方亲嘴，再联系他床上的疲软表现……

"我洗耳恭听。"

"马老师，不如先回答刚才的问题，你为什么守在这里？"

"别紧张兮兮的，金北兄。"两脚兽又开始绕着破陋的时间机器踱步，显然不打算跟谁拥吻，"我乐意待在这儿，又清凉又安静，适合工作……"

"粟特人机械地宫的传说，芃芃，你还记得吧？"

混球屈金北，你分泌过太多废话，本姑娘怎可能还记得什么乱七八糟的机械地宫？我白了他一眼。

"波斯古经《阿维斯塔》载述，突朗大王阿弗拉西亚布，来自僻野，通晓秘术。他修构地宫，供自己永寝。那地宫，是一座机械地宫，靠一颗假太阳照亮，有活动傀儡供主人差遣。阿弗拉西亚布藏匿在此，妄求战胜时间，免于殒亡。有一天，死魔阿斯托维扎图潜入机械地宫，盗走了阿弗拉西亚布的魂魄。但地宫依旧运行，至今没停止过一分一秒……"

"对，"我多多少少想起来一些，"机械地宫有一枚钥匙。"

"传说，阿弗拉西亚布大王在机械地宫上方，建造了阿弗拉西亚布城，许多年后改称撒马尔罕城、康居城。"屈金北盯着踱步转圈的两脚兽，"而根据另一则传说，是阿弗拉西亚布大王的仇敌建造了阿弗拉西亚布城，并指派粟特人镇守，世众由此认为，粟特人与波斯人同出一源。总之，机械地宫的本体，只有一个，不过除了本体，阿弗拉西亚布大王还制作了若干与本体连接的复刻体，相当于空间门，可移迁，可携持，即粟特人惯常所称的机械秘宝。历史上比较著名的机械秘宝执掌者，粟特大首领康苏密毋庸置疑排第一位，他于贞观四年正月，率部投靠唐朝。粟特大族长康静智应该排第二位，此君五十岁时，适逢开元盛世，成为洛阳粟特人公推的领袖。排第三、第四、第五位的机械秘宝执掌者，分别是龟兹、于阗、凉州的粟特大族长。当然，机械秘宝虽让我感兴趣，相比机械地宫的钥匙……"

两脚兽猛一抬头，尖尖的喉结蠕动两下，似乎要说什么，但他立即发觉，自己失态了，于是陷入窘默，裹紧棉大衣，踱步不已。

"马老师啊，"屈金北洞察幽微，并未戳破，"鄙人也不知道钥匙的下落。毕竟，我没当上大慕阁，只够格当一名默奚悉德……"

苗芃芃，你可恶的肌肉侦探男友和马脸兽已经两次提起"大慕阁"，除了老娘我，谁又晓得它究竟是个什么玩意儿？"默奚悉德"又是什么玩意儿？

"不过，"屈金北抚玩着古旧、粗朴的时光机械，很清楚两脚兽只是佯作心不在焉，"范湖湖博士有奇遇。他告诉我，公元七五六年，或七五七年，安史之乱期间，撒马尔罕富商康夜虔，似乎从一个粟特、回纥混血的女子手上，得到一枚镌刻着盾形纹章的铜钥匙，紧接着他就销声匿迹了。那个女子，据范湖湖博士考证，名叫裴月奴。"

马脸男当然还想往下听,偏偏屈金北不再说话。好像玩解谜游戏啊。

"范湖湖博士,他在什么地方?"

"他前一阵参加过乙镇星相家协会的沙龙,但眼下,也许失踪了。"

方脑袋博士并没有失踪,我上午走进瀛波庄园时见过他。但少说为妙。任何事情,无论多么匪夷所思,多么不合逻辑,都可能发生。尤其是,今天的事情,实在够玄怪了。

"没错,没错!……"马脸男随手掇弄机器,似乎非常不顺利,于是越修理越急躁,越修理越上火。他作死作活掀腾,用拳头砸,用脚踹,用十字改锥捅,给它下套,给它上刑,注入不明溶液,换几个新部件,断电重启,恶语威吓,央求,客客气气商量,再次诅咒。"没错,"他忙得一身一脸臭汗,咈哧咈哧直喘,"范湖湖博士在南边迷路了,跑丢了!得立刻找回来,立刻!"

"马老师,"屈金北说,"待会儿,咱们一起去找他。但你必须再回答一个问题,"我男友拍了拍那堆铁疙瘩,"这到底是不是机械秘宝,你到底是不是机械秘宝护管员?"

"机械不机械,秘宝不秘宝,跟兄台有什么关系?"两脚兽气呼呼反嘴道,"对高维生命而言,它不过是一套破旧的儿童玩具。蜗牛肯定觉得,我们弹跳的本领非常了不起,堪称奇迹,但你把这当一回事吗?如果它很精密,你认为,竟轮得到我来做护管员?还有,兄台,你们这些讨嫌的显明派,坏败了摩尼的秘密知识!……"他指着我,苗芃芃,"干吗把外人牵扯进来?显明派,隐暗派,胡说八道!……没有显明派,更没有隐暗派,使者摩尼的秘密知识，即为摩尼教的全部，从头至尾！……你，兄台，别问个没完。你，兄台，是怎么找到这儿的？神灵可鉴，我隗冰俨，尽力了，藏得够好了，结果呢，横竖躲不开讨人嫌的显明派！……"

哦，苗芃芃，原来马脸男不姓马，屈金北不该叫他马老师，你也不该叫他马老师。可是，这家伙为什么一直不纠正我们？呵呵，男人冷蔑一笑，名字吃，并不重要。

†

几乎一闪眼，残冬瓦解了。棉袄、大衣、皮裘一律抛开。屈金北戴着黑漆漆的揭面盔，穿着花裕衫和七分裤和凉拖鞋，驾驶一辆三轮摩托。我露着大腿，从后座抱着男友，摸着他让人躁热的腹直肌神器。马脸兽隗冰俨换上了尿色西服，套上了防风眼镜，缩头缩脑坐在边斗里。

风，滚滚袭来，使寻路者沉醉。啊，苗芃芃，屈金北是《机械降神》里驾驶"教皇专车"号机甲的英雄萨姆，你是引接并支援他前进的疯狂老妇。那马脸兽呢？他呀，顶多是一只宠物，战斗力近乎零，送人头的菜鸡。啊，苗芃芃，寻找方脑袋博士的旅程，好像度蜜月。啊，范湖湖，你在哪儿？

晨雾灰冷，阴幽，仿佛列奥纳多·达·芬奇拿炭棒营造的晕涂效果，仿佛汝窑的无名工匠使用乳浊釉烘衬的美妙失透感。春山秋雨，尘世的焚风，时令，景致，无限延展了高纬度地区的遐旷和丰饶。我们的起点，是京畿南境，还是布宜诺斯艾利斯？冰雪消融，黄泥路逐渐坑洼不平。摩托车降低驰速。荒原上嶷然耸立着一座座高大怪峦，风蚀作用令它们如鬼如兽，若行若奔。

屈金北载着女友、教友,去寻找他可钦可敬的学友。风声减弱,两个男人又开始瞎侃。

"……隗老师,显明派认为,摩尼的思想系统,似无自由,实则自由便藏蕴于此。它限定自由,但绝不会取消自由。隐暗派却认为,是自由本身的虚妄,导致了纰缪,引发了幻觉。"

"对!而且,虚妄可以划分成不同级次,正如满足也可以划分成不同级次……"风速加上车速,让马脸兽不得不扯着公鸭嗓嚷嚷,很滑稽。"语言,不痛不痒的语言令世人徘徊歧路!……比如某某说:'这是我们的结局!'好,若再添两个字,变作:'这是我们的必然结局!'瞧,宿命论冒头了,喏叹一下凭空出现了!幻觉,彻首彻尾的幻觉!……"

屈金北换挡,引擎的响震愈发低柔。

"隐暗派说,不是神创造人类,而是人类创造神,或者是神倚借人类创造他自己。那么,神何故从我们的世界撤离了?"

"在甲世界里,神欲使宇宙间迸溢欢乐,使大家快活,不断催生异景奇象。乖乖,累得要死。铁打的汉子也熬不住啊!于是乎,神放弃了这个世界。

"在乙世界里,神沦为自己作品的奴隶或保姆。于是他放弃了这个世界。

"在丙世界里,神变成世界渎乱的源头。于是他放弃了这个世界。

"在丁世界里,神将一部分能力让渡给受造物,从而剥夺了自身的圆满性。他不得不收回这些能力,再次逃跑。

"在戊世界里,神无法拒阻自然的惰性,再次逃跑。

"在己世界里,神记取了甲世界的教训,也记取了丁世界的教训，但他不得不持续翻新那方玄域，跟个粉刷匠一样，这不匹配造物主的尊严，于是神再次逃跑。

"在庚世界里，亦即我们的第七世界里，凡人不懈地测探天道，冥索神理，有如追星族，让神失去隐私，神备感羞耻，备觉忿懑，于是他再次逃跑。

"神终于领悟到，必须造一台宇宙机器，为它编写程序，赋予它自动纠错功能。神本打算去辛世界、壬世界和癸世界埋头苦干一番，可他看到，庚世界的生灵不仅在极短时间内猜透渊邃神意，还将一道又一道神意，真也好，假也罢，放胆付诸实施。神相信，庚世界的造神大计，祸福难卜，不过差堪一顾。神抛下自己手头的工作，静专于观瞩凡人造神，他不作一声，希企掣获灵感，磨钝的、蒙尘的灵感……"

此刻，冷流云像一群骆驼在天隅梦游，青穹铺满长风的条纹，剔亮如白丝。更高处，移动着狂风的大殿，基座上竖了许多晶莹碧透的浅色圆柱，仿佛远古圣迹。

"莱布尼茨说，灵魂之损败，是意志和自由的后果。这跟魔王创世扯得上什么关系？造物主，作为一切秩序的永恒源泉，具有精神极和物质极，它们在起源上不容割裂，虚实两分论由此而来……"

"隗老师，"屈金北拧了拧油门，"隐暗派思想，置摩尼的秘密知识于何地？隐暗派又凭什么仍以摩尼的追随者自居？"

"粟特人啊，光明使者归天时，请问你们在哪里。从来没有摩尼教。那不过是为了让粟特人这样的东方部族，让努米底亚人这样的西方部族，依皈光明神的虚实两分论。所谓教义，历任显明派大慕阇增改了多少，不究可晓。秘密知识泛散于繁充教义的字句之间,我敢保证,其中并不包括尔等向民众公开的善恶两分论,只有一个大而化之的虚实两分论。金北老弟,你们真以为自己是光明使者的嫡派传人啊?门徒永远较先知更狂信。比方说,关于善恶,莱布尼茨大师宁肯替叛出了摩尼教的奥古斯丁辩护,也不响应你们显明派的主张,为什么?想一想吧!……"

途路崎岖,摩托车颠颠荡荡。我男友的肌肉神器抖颤得相当剧烈,仿佛整个人即将沸滚,即将羽化升仙。大约是由于无法驳倒隗冰俨老师,他长久缄唇不语。前方一派澈亮。天顶像一层薄膜。几近透明的穹苍之上,盛观佳景走马灯一般幻变,布满了外星文明的巨舰,锦帆彩缆,舷壁危耸,它们的轮廓,络续投映下来,迢迢照落于荒野尽头。屈金北吓得够呛。他停车,熄火,看向马脸男,询问这是否为机械秘宝的力量所致。然而,隗冰俨老师摇摇头说,机械秘宝的领域没那么广阔。他们扯谈的当儿,我连连戳指空际,但没胆呼喊。只见一些古代的大桡船从既不流淌也不闪烁的天河上驶过,还有雄丽的楼阙,无数影子琼宇,据说还有累代天帝的球形陵寝。屈金北认为,这分明是一整块经由神力展拓的空间,是大自然母腹外赘生的多余空间,是癌细胞一样每时每刻在增长的有害空间。苗芃芃,太深奥了。远处,地平线上方,日月叠璧,光芒和阵雨纷错的沉浑钟形罩边缘,落霞间不乏沉舟的断骸残体。汽油即将告竭。隗冰俨老师从书包里掏出一台简易型盖革计数器,测量周近环境的电离辐射强度。我们头晕目眩,如坠幽梦,如寄身九霄云外。天宇在旋动,重重苍玄正无昼无夜地运行,转速不同的圈层中各有高山大洋、沮泽林野,滔天狂浪鞭挞着群星,将它们赶下海平面。我们在丰炽宏逸的图象前跌入了迷茫状态。苗芃芃,你昨天遇上的方脑袋博士,多半是一个假人或一抹虚影,因为马脸男的机械秘宝长年捣鬼。东边，在第六圈层，屈金北说，他看到一座轮形焰城，从青铜星座间穿过。但我眼中没有他描述的物件，倒是在第七圈层看到一个硕大无朋的沙漏和一只铁皮凤凰，外加一道彗星构画的圆弧。而隗冰俨老师表示，自己在第八圈层看到一尊宏拔无双的机械巨灵神。果真仁者见仁，智者见智。我们慢慢行进了约莫两个钟头，充塞乡愁的两个钟头，才撞见一座工业小镇，围抱于钢铁村落之中。依照先前搜获的线索，范湖湖应该拘禁在其间一栋蓝白两色的森严大楼内部。

†

"范湖湖？"接待员翻开登记簿。"没弄错，这位公民的机体，我们释放了，可灵识，还扣着。"

原来如此，原来如此。苗芃芃，你昨天看到的那个方脑袋博士，果不其然，只是装装样势的木偶而已。

屈金北和隗冰俨大眼瞪小眼，彼此推让一番，终于决定，请本姑娘出马，在具结文书上画押签字。男人啊，孬种。

我们将范湖湖的灵识，移入一颗二阶小魔方里。其实这是机械秘宝的便携模块。接待员正好也推荐类似的接收手段，据说性价比最高。

归途怡悦。我们一路无话，切换至低能耗形态。原本，范湖湖博士的灵识垂首丧气，无精打采，但有了机械秘宝的滋养，已变得清清爽爽，闲闲畅畅，女神综合征似乎消敛殆尽。

"这几天，我一直在检索月亮文化的史料。老兄，你大概听说过《关于各国在月球和其他天体上活动的协定》吧？简称《月球协定》。它主张，月球是全人类的共同财产……"

屈金北摇了摇头，专心开摩托车。

"从古至今，月亮历来是知识分子的灵感女神。欧洲十三、十四世纪的宗教地图，亦即《赫里福德世界地图》及其众多续作，上面必有一道圆形的墙垣，代表圣城耶路撒冷，它好像一枚神学齿轮，安装在羊皮卷轴正中央，这耀眼的标记，不妨称为制图师的红月亮。唔，制图学齿轮反转……"

苗芃芃，唉，你瞧，史学博士的女神综合征还没好。月亮使人愚狂。

"姑娘，"范湖湖，因灵识封闭在魔方之中于是神经搭错线的知识怪物，冲我连声叹吁，"你厉害啊，你牛啊，竟敢招惹屈金北这个死变态。你是印度女战神迦梨！你是古罗马女战神贝罗娜！……"

†

鸹鹰在高空徐翔，麻雀在枝头躁跳。回到瀛波庄园，范湖湖灵识归体，可是脱离肉身而短暂解放的狂乱念绪，久未宁息。当天，我们一块儿到史学博士家里吃晚饭，冷冻水饺，蘸陈醋，他自己蘸老父亲邮来的黄皮酱。你最近在捣腾什么题目？屈金北问范湖湖。答曰："唐代马政。"有好玩的发现吗？答曰："不好玩，但挺蹊跷。"跟我男友相反，方脑袋博士一向不愿多谈他本人的学术研究，于是抢过节奏，打岔般抛出一个建议："要不要叫陆瘐鹤过来？"算了吧，他有老婆孩子，屈金北说。无奈中微含不屑。窗台上盆栽着几株多肉植物。红边月影，绯花玉，丸叶笹之雪，全是瀛波药王邱愚翁白送的品种，据说还挺名贵。闲话间，福利院的女护理师翟小姮来了，挨着我坐下。她看向马脸男的眼神，好像撞鬼一样。

"不妨以透视主义的方法观省历史……"范湖湖直勾勾盯着翟小姮，词不达意。

"敏于批判的思想家，"屈金北慢条斯理晃了晃秃颅，接过话茬，"当然得具有优异的历史精神。他乐滋滋地索辨真谛，又惊险又高超。反观枯悴无味的腐儒，这帮家伙可能也知道苦干，但一贯迷缠于自己的渺小思绪，不肯花点儿工夫，老老实实研究历史。"

圆餐桌旁，马脸男不时抬眼，迅速朝左右警惧地瞥视，接着再度埋头吃水饺。

"幻想不该当成……呃，呃，历史……呃，对待……"范湖湖脸庞泛红，咿咿唔唔胡扯，因为翟小姮往桌子底下伸脚，正不停挑逗他。我装作没看见，而另外两个男人是真没看见。前一阵子，史学博士请屈金北翻译一部英语论文集《伊朗语四个古老族名之溯源：斯基泰、萨库德拉、萨迦、粟特》。结果呢，这份差事合情合理地落到了本姑娘头上，屈金北自己只负责加注释。范湖湖博士，没错，是我苦苦在翻译那部天杀的艰深论文集，可惜你不知道。

夜色降临旷莽的京畿南境。瀛波庄园内外，整个乙镇的晚间大戏又拉开了帷幕。有个老笨蛋，天灵盖上插着两根雉鸡翎，终日在楼下扮演周公瑾，唱《群英会》。而昝琦琦的父亲，刚出狱的无业男子，将一台高音炮搬出阳台，选取定向狙击模式，把声波加强点设置在广场中央，朝那帮跳舞锻炼的老大妈猛轰闹吵的重金属摇滚；精准干扰，既不影响邻居，也不影响自己。我喜欢可怜的昝琦琦。他母亲为儿子的前途着想，跟混混丈夫离婚了，但她不能忘情，再嫁一名狱警。这么一来，前任丈夫逮进去了，现任丈夫还可以想想办法,好歹关照一下。唉,昨天是狱厨的儿媳妇,今天是狱警的新娘子,狱政人员家属的光荣身份,同其终始……

不过,群众生活的真正主角,终究是遐迩扬名的邓勇锤老先生。说实话,我很害怕屈金北以后也变成这样。雾霾老汉一身紧实的肌肉,可以去参加业余健美比赛。有人向他打听强躯壮体的秘诀,老先生只说了十个字:"大便牙咬紧,肛门常上提。"

晚间八九点钟,正是邓勇锤生意上门的忙碌时段。陆瘦鹤说过,老头儿像极了本韦努托·切利尼凿刻的古希腊英雄珀耳修斯。他声如洪钟,因为聋了。他目放精光,两颗眼珠子睩睩直转,实际上他有如史诗里叛亡的神殿侍卫,彷徨于暗暧,视力不断衰减。他睡时化作一只常山老白猿,醒时觉得自己还是个棒小伙。总之年岁不外乎一套下九流法术。他从不怅怀往事,从不忧惶未来,分分秒秒浸溺于当前的狂喜或狂怒。腹肚屎尿之囊袋,不净诸物满其间!老头儿对屈金北说。此刻,他一如既往,紧张关注着风向、风速,腰上别了一只钳形电流表,仿佛致命武器。他到处为主顾纾难解困。他邓勇锤是一位邪神,无条件满足你一切奢愿,后果概不负责。他拎着一副大扳手,帮邻人偷水,以不可拒抗的强力让水表倒转。他精通城市垃圾和污染源整治。他自制烷氧基化合物。他一进门,高贵的义愤如一匹灰犀牛破墙而入。他在楼道内奔突,引发热烈回响,有时也遭到无情的谩骂。乙镇雾霾鬼使,委实名不虚传。

但我们没工夫细听外边的动静。这会儿,马脸者隗冰俨老师终于开腔了。"范湖湖博士,请问,"男人憋住一连串饱嗝,"女皇武则天下令修建的天枢,到底是什么东西?明堂地下,是不是仿造了阿弗拉西亚布大王的玄铁宫殿?"

机械秘宝！我捂着嘴巴，竖起耳朵，静候下文。

"天枢，像一座信号发射塔，又像一根巨大的天线，"范湖湖说，"反正它不是避雷针，权且认定，用途不明吧。金北兄，你赞成不赞成？"

我男友很混球，依违两可。看来，史学博士只知撒马尔罕有机械地宫，不知粟特人有机械秘宝。难道他以为，刚才装载他灵识的二阶魔方，只是一个司空见惯的数据存储器？这年头，谁会买一个这么粗陋的数据存储器？

"明堂地下，比照最新考古证据，共七层，不清楚是否为玄铁宫殿。但很显然，女皇还打算建七层天堂，半途烧毁了。她延请域外方士，包括摩尼教大慕阁，研辩永生之秘。七层地宫和七层天堂，料必与此有关。不过，撒马尔罕的玄铁宫殿，使我想到一则亚历山大远征的秘闻……"

苗芃芃，快施展龙爪功！对，动作柔缓，发暗劲，掐住翟小姐那条肥嫩大腿，阻止这个无知无识的女人再伸脚撩逗范湖湖博士，好让他把话一气讲完。

"希腊军队抵达比阿斯河，为什么拒绝南渡？原因是印度婆罗门告诉亚历山大，在他先前征服的马拉坎达城，即阿弗拉西亚布城，地下有一座玄铁地宫，那儿不仅幽藏着可令人永生的秘宝，甚至还保留着阿弗拉西亚布大王的无朽之身，当然，这位上古国君的魂魄，已经被死魔盗走……"

"所以亚历山大就匆忙撤军了？"我追问。

"对。"范湖湖以为自己在机械硬盘里待过，堪与阿弗拉西亚布大王相比拟，殊不知寄存他灵识的东西恰恰是机械秘宝，而不是寻常机械硬盘。史学博士暂时摆脱了怯懦，或者借故摆脱了怯懦，今天第一次直视本姑娘的眼睛,印度及罗马女战神的眼睛,说道:"永生的诱惑,促使亚历山大放弃了征服又一个广土巨族的计划,也打消了他要成为帝国之神的念头。当然,接下来的史实尽人皆知,亚历山大半路发病,刚折返巴比伦城便一命呜呼了……"

翟小妲感到话题枯燥,又不好再撩逗范湖湖,于是离座起身,拾弄碗筷。

"我来吧。"苗芄芄,你真狡猾,嘴上说得甜,屁股却不曾稍动。

"没事,芄芄,"史学博士不知死活,居然端出了传统丈夫过日子的臭派头,"让小妲来,反正她不爱听这些……"

范湖湖,我苗芄芄同情你,今晚少不得又挨鞭子,杀猪一样嗷嗷惨叫。瀛波庄园丑闻,大丑闻。昝琦琦的奶奶到处说。现下年轻人真不害臊!玩得太过火,不管不顾,还高学历呢!岁数也不小了。当心落下毛病,当心折寿!老太太再三警告。嗳,范湖湖,不如你甩了翟小妲,我甩了屈金北,咱俩凑一对儿,别怕羞,别太累,别介意人们怎么看,直奔主题,管他谁是谁非?本姑娘保证温柔,至少,比那些个月亮女神温柔,温柔得多。

"亚历山大死后,继业者战争开启,帝国一分为三。"史学博士对于我在想什么不可能知情,这男人越说越来劲,败露了自己废话篓子的真正底色。"各位,请注意,塞琉古一世为什么要与孔雀王朝的创立者旃陀罗笈多联姻,结盟?贪图他五百头皮糙肉厚的战象?……"

扯远了,跟机械秘宝不沾边儿了。我没再听下去,跑到厨房找翟小妲,胡乱聊几句,省得她不痛快。姑娘额头上长了一颗小肉囊,那并不是一颗分泌褪黑色素的普通肉囊。你结婚之前,必须割除,切记!有个算命的中年汉子告诉翟小妲。必须割除,即使它丝毫不影响颜貌，反倒让她平添了几分魅力。不过，说到结婚，苗芃芃，结婚可不是闹着玩儿的，结婚可不是几个伴娘围着你打转，好像一群无欲无求的新几内亚舌鳞鱼围着七彩缤纷的珊瑚丛打转。

†

那年，范湖湖由未婚妻赵小雯宣布无罪释放，窝缩在京畿南境一隅，屈金北却自罚三十六个月监禁，遁居四川甘孜。没人搞得清楚为什么。陆瘦鹤先生有一回评点道："冷汤冷饭好吃，冷言冷语难忍啊。"莫名其妙。认识我之前，屈金北一直服用抗抑郁药物，因此摄入了超大剂量的二甲双胍，导致他本就极好的记忆力不断朝癫狂方向发展。最初，这家伙没牵没挂，不忧不虑，很容易躁激，很容易跟人翻脸。结果呢，未等来到甘孜，他已经变成一副凶横无理、睚眦必报狗模样。屈金北跟范湖湖博士一样穷乏落魄，跟陆瘦鹤先生一样自命不凡。在川西小镇，苗芃芃，他是不是给你写字条说，师妹，我没法子说话了，老中医管这叫"瘖痱之症"，尤其看到姑娘，越发结舌无语。哼，装蒜。试问谁不知道，屈金北是个大混球，是混球之中的混球，折腾得东方学会人仰马翻？在乱糟糟的租屋里，他磨磨蹭蹭地撰写一篇长文《拜火教与南朝银盃》，宣称要在孟买帕尔西人创办的《拜火教学刊》上发表。有一名长驻藏区的古动物研究者告诉我，屈金北的神情，浑如一头早已灭绝的巨型短面熊。这个通晓几十种语言的男人在小院里竖了一根三米多高的巨木圆柱。不过，他还没疯到爬上去苦修的地步，仅止于绕着柱子转圈，步速匀整，不疾不徐，大概将自己当成了一位护持诸世界之轴的神灵。屈金北思考时，胳肢窝不停出汗。他是个脚臭熏天的理智悲观主义者。我从几千公里之外坐飞机，坐客运班车，走进小镇，走进他赁居的屋子，终于见到这混球师兄。他老人家穿一件麻布裰子，盘腿窝在一张中亚式核桃木胡床上，倚着一个靠枕，身前摆了一只夔纹暗屉小方桌。上午十点钟左右，他刚泡过浴缸，为把自己彻底晾干，便静静坐着，坠入若觉若梦的迷离状态。这男人像游隼一样，唯有洗个澡，再打个盹，才真真正正清醒过来。房间四壁贴满了他手书的文稿。据说此举是效仿注释《楞严经》的圆瑛法师。屈金北深信，至为无为，至言去言。他从头到尾都没打算好好相处，始终不吭声，不张嘴。但这家伙，岂止不是哑巴，还会几十种语言。我递给他两篇荒川正晴教授的论文。师兄，这方面的课题，请多多指点。苗芄芄，其实你只想混个学位，答辩不能再延期了。

天打雷劈的屈金北呀，超忆症蠢汉，先前在电子邮件里大体商定的工作计划，他根本没当一回事，而且因为荒川正晴教授的论文，苗芄芄，这坏胚一度以为你是个东洋留学生。他不得不去遛狗了。想不想修炼瑜伽术，掌握神通？他打字问我。晚间，他到镇子外散步，感觉自己是一根迷行于人间的真理栋梁。他竟受过盲肠穿孔之病痛。他在群星列宿的俯视下，走进了学问的死胡同。

†

苗芄芄，当初你还以为，这只是一段雾水情缘，对不对？但某天傍晚，你从过于漫长的午眠中醒来，转头看到屈金北的投降式睡姿，便不由心软了。几只大怪鸟，乱扑乱撞，乘着气流从小镇上方爬升，在千形万状的彤云下酣饮暮色。鹰身女妖哈耳庇厄，将亡灵携往极乐世界的驮载者。房檐外,缥缈高处,绽放着好几朵火荼蘼,它们瓜分了残日余晖,倒泻出一道道彩绸。片刻之后,周围的一切静息下来。此时若掀开屋顶,想必可以瞧见,天穹正变成一团凝净的青莲色液体。屈金北从梦境回到了现实。他块然独坐,筋肉似乎在昏暝中搏动不已。对这男人来说,苗芇芇,你太轻了。而他力大超群,他是一只肌肉猿猴,恶心的肌肉猿猴,通常把姑娘当成一根金箍棒乱挥乱舞,让你上下翻飞。他动作很慢,却很粗鲁,造成疼痛。几乎不能容忍他那样的混球,竟然要往你身体里注入精液。你嫌恨男人的蠢行,又低级又野蛮,更嫌恨自己无法让他们的蠢行失效。不,苗芇芇,其实可以,你不愿意罢了。是啊,取悦这只恶心的肌肉猿猴?没半点道理。宁做一块抹脚布,也绝不取悦这只恶心的肌肉猿猴。他依旧沉默寡言。但他干吗那么卖力气?当时你不知道,苗芇芇,事关男人尊严,愚妄的、可笑的男人尊严。

阵阵欢声,从街面传来。阴影如瀑,从西北天际袭来。我们走出院子。有一刻,光线拂动,冷杉静立,氧气稀薄的永无之乡绵亘山边,信仰般耀闪,召唤着即将诞生的星星。镇上的人们抬起头,慢慢转动脑袋瓜,仿佛沉潜于太虚巡游,并等待天外访客降落。云团飘移,倾泻着空灵的乐音,迟迟不肯黯淡下去。

†

在四川甘孜,混球屈金北还勾搭过另外一个姑娘。当然,苗芇芇,是你没去之前。卖惨,这古老的、基本的撩妹技能,我们的语言天才运用得炉火纯青,达到抬手瞬发的程度。那个姑娘,自称雉辛夷,自称懂六门外语,于是乎,顺理成章,她越发崇拜屈金北,崇拜得五体投地。他当着姑娘的面，吃白水煮苜蓿，同时奋勉钻研突厥语、巴比伦尼亚语、阿拉米语，外加萨珊帝国官方使用的巴列维语，以便弄清楚，他对她说，俾路支斯坦的胡桃沿着什么路径向全世界传播。好一只摄魂鸟！为此他披览大量古籍，包括阿布·满速儿大师撰写的《波斯药剂书》。他枕边摆了一部《阿摩罗词典》和一部康·费·戈尔斯通斯基编纂的《蒙俄词典》。他用德语，铿锵顿挫，为姑娘吟诵戈特弗里德·贝恩的诗节：

为何没有食肉的猛禽
向你俯冲？

两人的戏码，在小镇的饭馆、酒吧传开了。有好事之徒，又有钻懒帮闲之辈，传布雒辛夷根本不姓雒，名字也不叫辛夷云云。她姓不姓雒，叫不叫辛夷，关你们屁事啊？屈金北使出惯技，向身材纤瘦的新任女友传授他独自参悟的瑜伽神通。无明，男人告诉懂六七门外语的姑娘，是心智之流生成涡盘的原因，光拭除形而上的无明，还远远不够，撰写《瑜伽经》的波颠阇利指出，必须以瑜伽术，苦修，坐禅，打破意识及潜意识的妄执循环，断阻善恶诸业无尽无穷的涌溢，吹走无尽无穷的意识泡沫……

苗芃芃，你来到甘孜第三个星期，混球屈金北终于肯开口说话时，把这段台词重复了一遍。

那么为啥吃苜蓿？男人释疑道，他计划写一部《苜蓿史》和一部《胡桃史》，兴许再写一部《葡萄史》。撒谎。我早知道屈金北有病，这白痴对假想的穷困十分迷恋。不，不，不！他连声反驳。宋代药学大师寇宗奭在《本草衍义》里谈到过，苜蓿可以食用，但不

267

宜多吃。屈金北询问了各色人等，连同老牧民，谁也说不上多吃苜蓿会怎样。雏姑娘是个速记员，长于速记法，所以她一边听一边打字。哇，你到底在做哪方面的研究？男人据实相告：植物历史地理学。

提到苜蓿、胡桃和葡萄的古籍，屈金北说，包括唐人刘恂的《岭表录异》、宋人李昉的《太平御览》，以及清代园艺学家陈淏子撰写的《花镜》。而《本草拾遗》的作者陈藏器，他认辨海外植物的眼力甚佳，至于李时珍，最擅长识别外国字……

姑娘又问，你是不是屈原的后代。雏小姐，屈原不姓屈，姓芈。其实屈金北也拿不准自己跟屈原有没有关系，只是本能地不愿沾这份光。据说，他母亲家族的古老宗系，可以一直追溯到撰写《洛阳伽蓝记》的北魏人杨衒之。

姑娘接着问，你会的外语里，哪几种最偏门。呜哈，炫耀时刻。屈金北扳着指头细细数来。他懂一些奥塞梯语，还学习了固绒语、扎扎其语、巴底亚语，又学习了奥穆尔语、马札尔语、色勒库尔语，以及雅格诺比语、普拉克利特语……

我挺好奇，雏小姐来后干吗跑了？混球屈金北的回答驴唇不对马嘴，说什么命运之神的黄金，在他肥大淋巴腺中滚淌。真变态。无论如何，姑娘的确跑了，跟一个开越野车环游全国的大哥跑了，原因似明不明。反正，好奇归好奇，我也并非一定要搞清楚。姑娘离开前夕，屈金北还在殷勤卖弄。雏，男人一个劲儿胡侃，你应该听说过才对，指白鬃的黑马，而陕西雏南县，特产核桃油。那一晚，姑娘如逢甘霖，兴奋得不住抖动自己的花蕊。第二天清晨，她跑了，留下一封信，祝他写作顺利，劝他尽早动身回家。

†

瀛波庄园的普通一日。苗芃芃,还走不走?再待两天吧。马脸兽隗冰俨老师已重返时间控制室,继续看守他隐暗派的机械秘宝。秩序恢复正常。星期六下午,我们去闫燿祖先生家品茶,他七岁的女儿蓓蓓在广场上跟几个小伙伴玩闹,奔跑。这个月,应大祭司之邀,屈金北忙着撰写一篇散述式文论《不相容的神学:机械神教派与赫尔墨斯教派的承继关系及知识异同》,稿酬似乎不菲,但你总觉得,这其实是一笔收买性质的交易。走过圈地遐广的草坪时,我们又一次看到无名氏,那个著名的无名氏,正独自杵在一只垃圾箱旁,向积极健身的老头子老太太、推婴儿车的母亲、四处游走的傻子发表演讲:

"……这个时代围剿恐女症,更讥鄙求雌狂。厌世不对,工作狂同样遭人诟笑。哇哈,政治狂是毒蛊,宗教狂是脑癌。允许你爱生活,爱艺术……爱哪种生活?可以爱家居,可以爱旅行。至于爱吃,马马虎虎算一类吧,凑数。至于爱厨艺,很棒!赶快烘个饼,炒个菜,炖个汤……爱艺术?好,看看电影,读读文艺小说。必须批判战争,大力批判,反对战争机器。环保!山居!田园诗!……我请问,钱呢?干吗不谈谈钱?谈谈钱。谈谈事实。先别鼓捣那些空洞的爱啊理念啊平等。谈谈人之所以相安无事,究竟是因为天性良善,还是因为怕被身边的同类整死?有没有搞明白你们凭什么讲道德,凭什么讲理?不,全让一帮瓜娃子,让一帮自由主义者及其金主给瞎扯完了,悦耳动听地瞎扯完了,当然还有一帮不得不跟着唱高调的反自由主义者,蝇蛆相生而不穷!……凭什么人人平等?

凭什么人人不平等？驳得好，同一个意思。关键并非在于，平等不平等，关键在于，凭什么？……各位，世界将剧烈动荡。种族歧视，仇恨犯罪，资本压榨，金融掠夺，不过是开胃菜，是时代歌舞剧的暖场音乐！啊，啊，活命吧，可悲的原子式人生！"

众男女走过，纷纷报以冷眼，但孩子们热情鼓掌，振奋地大声叫好。无名氏又激亢，又腼腆，朝欢噪的新一代连连作揖。苗芃芃，别再看那家伙，别再胡思乱想，抓紧跟上屈金北。

五分钟后，在九十九号楼九○九室，闫燿祖先生家，又碰见了范湖湖博士。他端坐茶几旁，捏着匙羹，正专力对付一盘堆成鼓包形状的蜜汁莲子。真不愧是岭南才俊呀，直流口水的岭南才俊，无迹可寻的审美令人钦服。顶着一颗方脑袋的岭南才俊看到我，好像根本没看到，他指了指密集垒放的莲子，对光头屈金北说，老兄，大祭司把这道甜食改叫"旧神明的凝视"，怎么样，是不是挺恐怖？你又要恐怖啊恐怖啊喊个没完了吧？……来，芃芃，这会儿范湖湖终于看到我了，你尝一尝，好吃不好吃？……客厅四壁垂挂着种种机械立体主义作品及饰物，其中有一块浮雕唐卡，是一尊受祀的千手千眼观音，她顶戴三层焰鬘冠，托持净瓶、宝鉴、拂尘诸法器。我总觉得，真正的凝视并非来自蜜汁莲子，而来自这位大菩萨。那些木质的手和眼，从平直的墙面凸入空间，阒然无声地牵引着各人的目光，连闫燿祖先生也不时投去疾迅一瞥。我们大祭司的行当，世称宽客，他多年专注于量化交易系统的开发和运营，因业务纽带结识了不少富豪、名流、学界权威和商界新贵。他创立机械神教派似非头脑发热，想必获得了某种程度的扶携相帮，甚至不无可能，拉拢了几个财雄势大的幕后老板。闫燿祖先生说，算力即权力，未来这盒蛋糕，并没有在人们中间平均地分配，数字技术把未来翻搅得四分五裂。眼下，他疲于筹款，不停拉赞助，经常跟企业巨头开会，嘴皮子都磨烂了。

"找那伙人要钱，"咔嗒，咔嗒，闫燿祖先生摆弄着雅致茶具，"得会讲故事。想让投资者阔绰出手，这条路才稳妥。开玩笑，开玩笑。邯郸学步……但我告诉他们，异构计算，号称真正的主流计算，无论云计算、雾计算，抑或边缘计算，究其本源，仅仅是实现物联网、智能制造的计算技术，是一组模式，并无太多奥妙……"

"为什么不讲讲人工智能，像星相家协会那次一样？"范湖湖博士打断了机械神教派首领的不知所云。

"他们要成立伦理委员会，对自己公司的算法，搞一通伦理审查，装模作样。所以嘛……"咯哒，唏嚓嚓，大祭司娴熟地泡茶，沏茶，滤茶，手法轻捷，动作流畅。"不过，我确实谈到了机器意识、数字意识。范博士，金北兄，芇芇小姐，新上的云空茶，请……"

意识，是一个个信息体，是一段段量子程序，是游荡在思维宫殿的缕缕精魂。意识产生于整合。意识的烁亮光斑之外，还有面积广大的潜意识半影区。所以，外行人误解了：大脑并不是一台运算机器，它主要是一台预测机器。闫燿祖先生向巨头们倾力推销机械神教派灵器分支构想的某个芯片概念。姑且称之为神经结构芯片，或者类脑智能芯片，从设计原理上彻底突破了传统的冯·诺依曼架构。苗芇芇，千万记得，管理好表情，别笑。你想想，比如这新茶，尝着一般般，不过名字挺顺耳。总而言之，言而总之，闫燿祖的技术团队打算设计一款脑细胞形态的仿生芯片，最终以人工合成神经元。那玩意儿，大祭司讲解道，执行小样本任务的功耗极低，并同时负责数据处理和数据存储。不过这远非机械神教派的第一阶段目标。他们想创造一个性能齐全的人脑拷贝，暂名硅脑计划。

"当然，"闫燿祖先生啜了一口茶，"难度很大……"

"为什么难度很大？"我立马追询。知情识趣，打一百分。范湖湖博士对"旧神明的凝视"满怀热忱，他无意识地撅着嘴巴，含着饱浸糖浆的甜蜜白莲子，仿佛含着旧神明死不瞑目的眼珠子。

在人脑内部，闫燿祖先生继续说，神经元的轴突、树突扩展如闪电，占据了绝大部分空间，与此相比，胞体的大小可忽略不计。男人伸出一只胳膊，当成演示教具。请看，树突上满布密蓬蓬状似野萝卜的树突棘，它们是神经元真正的信息交易所和数据仓库，你我的记忆，就保存在树突及树突棘的结构之中。大祭司给屈金北添了些茶水。然而，仅从复杂度上讲，目前电脑还无法与人脑媲美。各位可能知道，三纳米制程以下的单个晶体管，宽度只有人脑神经元胞体直径的万分之一乃至更少，所以指甲盖那么大的系统级芯片，塞得下一百七十亿枚晶体管。而大脑神经元，包括星形神经元、锥形神经元、梨形神经元、梭形神经元、椭圆形神经元，总量也不过八百六十亿。乍一听，很不错嘛，那么说人工造物更强大喽？别急，再来分析分析人脑。统计显示，每个神经元平均拥有一千条树突，其间密布一万五千枚树突棘，每个神经元据此连接七千个同类，某些特别繁忙的神经元，甚至连接十万个同类。闫燿祖先生用两根手指敲了敲自己的颅骨。我们这颗脑瓜仁，神经元连接数约为二十三亿亿，没错，二十三亿亿，比银河系恒星的总量多十万倍。打个比方吧，有位科普工作者兼视觉艺术家说过，系统级芯片与神经元的差距，相当于小孩堆砌的沙堡与一座现代城市的差距。算力不足，是一道鸿沟！神经元的动态迭变，繁富得难以想象，而今天最高端的电脑，每秒钟运算八十亿亿次，估计可勉强模拟一两枚神经元，按它们真实的运行水准……

"唔，"范湖湖博士缓慢咀嚼着蜜汁莲子，或者说旧神明的眼珠子，"有点儿上回发言的味道了。"

太多技术细节。男人们说不定更爱听。苗芃芃，别犯困，即使犯困也别打呵欠。不过闫燿祖先生大概还是注意到了。他歉愧一笑，为我倒掉杯中冷茶，重新注入热茶。

"芃芃小姐，玩个游戏怎么样，"大祭司食指一竖，"接下来，我没准儿能猜到你在想什么……"

当真能猜到？那岂不是先知了。

"芃芃小姐，你在想，难道此人是先知不成。"

我震惊地看向他，又立即意识到，这一手，很可能是某种心理学小技巧。

"芃芃小姐，"大祭司继续前进，"那不是什么小技巧，再说，心理学并不高深……"

莫非在做梦？苗芃芃，不要让这家伙猜下去了，很讨厌。

"闫先生，改天你教教大伙呀。"

我暗中踩了屈金北一脚。于是，他开始从幽远的精神国度星夜兼程，往现实赶路。混球男友的悠长反射弧。

"博士，"大祭司的读心术似乎再次发动，但识相地换了对象，转去窥探范湖湖，"博士，甭想美食街了，你老家的中山路已经拆了。"

范湖湖的表情同样震惊。骇诧之下，他又挖出两颗旧神明的眼珠子，塞进嘴里。

"燿祖兄，为什么你愿意跟门外汉聊这些话题？"屈金北终于元神归位了。快，混球男友，扛线，挡枪，吸引火力，争当炮灰。"我思来想去，只有一个原因……"

"没错，金北兄，十分正确。"大祭司的技能光环一直处于开启状态,看来根本不需要冷却时间,"幻想与认知的区别,不在于它们观照的领域不同,而在于它们的感情样式不同。"

比如说,创建"须弥山"体系是机械神教派的长远目标,这个关乎减熵之战的伟大命题,在一些人看来,属于伪命题。对此闫燿祖先生从不辩白,从不反驳,他仅强调一点:这类诘难者太过偏爱真命题,任由知识的道义蒙蔽了幻想。若以整个现实世界的利益为虑,那么,命题是美是丑,往往比它们是真是伪更重要。现实世界的多样化演进将受此左右。大部分人并不清楚,理智的第一等作用,既非让你相信什么事物,更非让你怀疑什么事物,甚至,也并非让你存而不论。理智的第一等作用,乃是升高那些事物的情感强度,加深它们在人类精神上、未来图景上的诸种迹印。

当然,闫燿祖先生提醒道,机械神教派"须弥山"体系的本质是一个超时空终极实有,至于想象,只不过依附其间。从网状因果律的层面推究,我们一旦意识到"须弥山"体系,更不用说还谈论了"须弥山"体系,便足以表明,它一定存在。实际上人人都拥有一部分圣言之力,或多或少。这并不是孤高之士的荒唐呓谵,想象的历史可为真正的历史析疑。

苗芄芄,听到了吧,人人都拥有圣言之力,趁早许愿。

"燿祖兄,"屈金北说,"想象,陆瘦鹤似乎更在行。"我男友看了看范湖湖博士。"你之所以没找他来,是由于……"

"对,"大祭司竖起右手食指,"防止语言产生的解释性妄想。"男人哈哈一乐。"不过,既然你刚才提到瘦鹤兄,那么……"

言出法随!这个玄幻小说里经常出现的老套字眼,猛然涌上心际。苗芄芄,苗芄芄,你说闫燿祖和隗冰俨,他们是不是同一个人啊?再造一副肉身,机械秘宝能不能办到?这时候,电铃声响起。

大祭司一边走去应门一边回头说，明日，几位如若有空，我邀请你们，去参观机械神教派的头号秘宝。

†

接下来，讲一讲大伙探访机械神教派实验室的经历。闫燿祖先生的读心术程序正在那儿研发，他昨天让自家的摄像头同它连接了片刻，好跟客人打个趣，找个乐子。出乎我们意料，大祭司还叫上了昝琦琦的祖父，赌牌高手昝援晁。为什么叫上他？又为什么不叫上雾霾老汉邓勇锤？扑克牌，闫先生说，是测试不完全信息博弈的基准游戏门类，是人工智能的试金石。当然，大祭司的目标并非战胜扑克牌选手，他探研不完全信息博弈，旨在开发一系列应对浑沌的算法。而实验室的金主们，自然另有企求，谋划将算法运用于其他随机度极高的领域，诸如政治、金融、防务、数据安全，乃至医疗健康领域。

七八分钟车程，闫燿祖先生一路闲扯，与摩尼教显明派的屈金北论讨善恶。

"自然是一部机器，"大祭司开启了自动驾驶模式，双手脱离方向盘，却一时不知道该往哪儿搁，"至于我们，不过是血肉的齿轮、连杆和转轴，大脑的泛化能力还算凑合。混乱不同于妖魔，它所谓恶行，更多来源于凡人自身的弱点。混乱，只因为秩序乏匮，仅此而已……"

"唔，那个著名的叛教者也这么看。"

"金北兄，我们面对的，并非一个主动、活泛的敌手，它意识不到自己的图谋。所以，浑沌之蛇阿波菲斯，实质上是一条悖论之蛇，是无序之序。哦，有一帮家伙，把机械神教派，称为垃圾傀儡神教派。哈哈！我一点儿不生气……"

来到一个地下停车场。乘电梯升入玻璃感十足的大厦。机房和走廊构成迷宫。安检程序严密。脚步声唦唦嗒嗒。大祭司随意向我们介绍相遇的男女同事。这位是萨图恩资深信息挖掘师某某，那位是狄安娜资深技术布道师某某。冲着一台台设备一次次刷脸。终于，通过蓝光熠熠的末端屏障，遇到使空气微微颤震的嘤鸣。

进门之前，闫爝祖先生说，容我稍作补充。首先，里头是教派秘宝——测试版"神瞲"智能程序——的中央服务器矩阵。其次，进门之后，除了服务器工作的嗡响，你什么都听不到。这等于人工智能的物理大脑，另一座城市的另一栋大楼内部，还有一套备份。果然，苗芄芄、马脸隗冰俨是大祭司闫爝祖的备份，或者相反，大祭司闫爝祖是马脸隗冰俨的备份。

范湖湖博士总觉得"神瞲"这名字挺耳熟，似乎谁提过。陆瘦鹤先生也有同感。

七七四十九台巨物，呈梅花桩形状布设。它们浑身上下，镶满了密密匝匝的神经元芯片集群，从速度到功能再到潜质，远超常人理解。如此摆放，大祭司介绍说，是考虑方便散热，再过三五个月，顶多半年，待新一轮融资到位，这座数字殿堂将改造升级，采用最先进的液体冷却技术。其实，机房之所以还保持着些少上世纪的古朴格调，不单纯是由于金钱问题，同样也关乎流派问题，亦即旨趣问题，亦即理念问题，或许还牵涉宣传问题、环保问题，甚至某些更微妙的深层问题。室内温度预置为恒定。但我们穿过梅花桩时，仿佛行走在一个飞快流动的、乍寒乍暖的初春时令之中：滚烫的服务器周围，全力运转着强劲的大号风扇，不停为每秒千万亿字节的巨量信息吞吐而输送冷风。在这个交杂了地狱和天堂的人造环境里，众多各司其职的指示灯闪闪倏倏，大捆大捆的数据线，或分或合，组成好几百条五颜六色的凝固溪水。远处角落，还排列着若干用项不明的陈旧设备，好像并未启动。我指了指它们。闫燿祖先生打字表示，这是他个人收藏的古董，是"神瞷"真正的摇篮。

那么，如今"神瞷"又待在哪一台服务器里？难不成四十九台全给它住？苗芄芄，昝老爷子根本赢不了这怪物。

离开机房，我才知道"神瞷"自身不占据任何存储装置。四十九台服务器相当于一个外挂大脑。仅运行"神瞷"就至少需要三十五亿兆字节空间。这个数目，闫燿祖说，足够装下全人类出版过的所有书籍，足够存放你一辈子欣赏不完的高清电影。真没想到，为了在扑克牌上压倒人类选手，竟如此兴师动众。你不一般呀，昝老先生。我不禁对他刮目相看。

大祭司领着昝援晁前往扑克牌室。包括他在内的几位人类牌手，将分别与智能程序对垒数盘。老汉抹了厚厚的头油，始终不怎么说话，但是此刻，他那赌徒的气量，他那一代宗师的风范，正伴随头油的怪味一路潢涌。闫燿祖先生说，真正的赌徒，能深入浑沌，看清博弈的本质，所以该冒险时，他们一定冒险，该放弃时，他们一定放弃，此外，还通过一系列操作，影响对手的期望值，实现利益最大化。总之，实实在在的、按字面意思解读的神机妙算。

屈金北、范湖湖同去观战，我、陆瘦鹄、闫燿祖来到一间休息室等待。打牌嘛，反正也看不懂。显示屏上，昝老头子如泥塑木雕，纹丝未动，让我一度以为摄影机坏了，视频画面卡死了。

"昝援晁老先生会输给机械教的人工智能吗？"苗芄芄，你居然也关心这种事。

"不好说，"大祭司递过来一瓶饮料，"场次太少，未必看得出什么头绪。"

测试版"神瞳"的战术分析能力，将大大优于人类，闫先生说。它不受非理性左右，不受种种情绪支配，更客观、全面剖判局势。然而，那并不是"神瞳"真正灵妙之处。

"跟外人的猜测相反，"大祭司面露得色，"我们研究、开发智能系统，绝没有赢过概率的念头和筹划。别指望赢过概率本身。神瞳，嗯，专精视觉系魔法……"

它是机械秘宝吗？它能不能倒转时间，能不能扩展空间，能不能翻移天象，能不能复制灵魂，能不能重建历史，能不能给人加上幸运光环？

"教派的智能系统干不来这些事情，"闫燿祖做投降状，"它最有意思的本领，是依靠随机函数、随机算法，生成毫无规律的而不可预料的随机指令。"

尴尬的冷场。显然，以我和陆瘐鹄的程度，还无从体会这本领的激动人心之处。大祭司转向狂作家，没准儿是定好了主意，要打他身上榨取更多想象力。

"那个卖新能源汽车的大名人说过，我们只有十亿分之一的几率，活在真实世界里。"闫燿祖盯着陆瘐鹄无甚新奇的浓重黑眼圈，八成搞不明白，今天这家伙为什么一直愣头呆脑，好像灌了迷魂汤。"不少业余人士，则宣称量子力学的观察者效应，恰恰证明了世界是一个虚拟程序。瘐鹄兄，你怎么看？"

"工具不仅使我们的手臂延长，它自己在我们身上也获得了伸展。"狂作家静默时愣头呆脑，讲话时没头没脑。

"谁说的？"我问道。

"大师。"

"他还说什么了?"

"高速使司机与人类相脱离。"

"这啥意思?"

"夫欻而生者,必欻而灭。"

"欻?"

"欻。"

"欻欻欻?"

"欻欻……"

陆瘐鹤还没答完,壮士暮年的扑克牌选手昝援晁便推门走了进来,屁股后头跟着双双面无表情的屈金北和范湖湖。我们的目光立刻集中到老先生身上。怎么样,赢了吗?你赢了吗?昝援晁默不作声,神色严毅如一位君王。

†

终于,苗芇芇,你还是回到了屈金北的私人健身房。究竟该不该同这混球分手?他跟我讲起自己的树状族谱。嘿呀,必从四张脸八只眼的黄帝讲起!大混球,你不是粟特人吗?

有几次,我们钻进时间控制室,去找隗冰俨老师聊天。男人说,很久以前,他还年轻,性欲还炽旺,不想打光棍,所以也谈过两三次恋爱。其中一名女友,在一家奇诡的企业上班,工作是从矿石里提取镁。稀有金属?对,稀有金属。除了镁,他们还提取锴、钕、钜、铕、铽、钬、铥、镱……隗老师,这到底是一家什么企业?她不许我说,反正,类似于美利坚合众国的五角大楼高级研究计划局下辖机构，它从海外购入锆英砂……隗老师，那个镤，他们提取出来做什么？主要供核工业使用。能不能再具体点儿？无可奉告。

054 （铭）

洛阳秘宝纪事

拱垂三年春，建明堂，兴太平。四年正月五日告竣。高二百九十四尺，南北东西，各广三百尺。凡三层：下象四时，中法十二辰，上兆二十四气。居天地之中，化风云之运斡，通宇宙之奥枢，能使灾乱不作，殃害不生。百官贺明堂成，上表曰："臣某已下若干人等言。臣闻上帝居高，悬太微之府；先王建国，辟宗祀之堂。不有大圣，谁能经始？伏惟天册金轮圣神皇帝陛下，尊祖扬祢，严禋之德再先；统天顺时，布政之道尤急。亲纡睿思，躬运元谟，故能上合干象，下符坤策。柱将扶而已立，石未凿而悬开……"证圣元年正月十六，薛怀义夜焚天堂，延及明堂，焰光映彻神都，街市亮如清昼。次年重建。圆顶立金漆铁凤，高二丈余。未几，盲风摧之，改施铜火珠，拱以虬螭。通事舍人逢敏疏称："弥勒初成佛道时，有天魔烧宫，七宝楼台须臾散坏。"左拾遗刘承庆上奏曰："斯实诡妄之邪言，非君臣之正论。晻昧王化，无益万机。"又曰："今大风烈火，谴告相仍，实天人叮咛，匡谕圣主，便鸿基益固，天禄永终之意也。"

永昌元年正月以始，上每于明堂宴公侯，飨群臣，祭坤乾，颁政华夷，议论三教。万岁通天元年，诸州父老及洛阳妇孺，入宫城，观览琼殿，赐酒食。庶黎过则天门，履龟背石，睹楼台崔嵬，阶庑相接，朝阙拔云，莫不惊嗟赞叹。

万岁通天二年四月，铸九州鼎。神都鼎为首，高一丈八尺，容一千八百石，其余冀、雍、兖、青、徐、荆、扬、梁诸鼎，各高一丈四尺，容一千二百石。以大牛、白象拖曳，自玄武门入宫城，藏于明堂，令知神奸，不遇魑魅。女皇御撰《曳鼎歌》，命勋臣并南北衙宿十万人唱咏，声震丹霄。

《明堂制度》云："亭中有巨木十围，上下通贯，栭栌橕槐，藉以为本，亘之以铁索。盖为鸑鹫，黄金饰之，势若飞骞。刻木为瓦。夹纻漆之。明堂之下施铁渠。"

铁渠北通玄铁地宫，史典皆不载。地宫径二百一十六尺。按《周易》，坤之策一百四十有四，按《易纬》，岁分七十二候，总成二百一十六，故径二百一十六尺。又《周易》二为阴数，故内外两重。按《管子》，地有四维，故四殿。按《月令》，金、木、水、火、土五方，其色各别，故五门，依白、青、黑、红、黄五色。按《河图》，北斗是九地灵魄，故置九柱。按《淮南子》，重浊下凝者为地，故沉香、铁木敷墙。要之，地宫宏构，曲尽工奥，虽鲁班、王尔再世，弗加焉。诚古贤仁所谓"鉴周日月，妙极机神"。明堂处正阳之位，帝君所莅，仙灵附凭。地宫守纯阴之穴，真人所崇，鬼众幽赞。明堂、地宫相济，契阴阳之道。坊间好事者言，洛阳城地宫，仿康居城地宫，俱为秘宝，可载福弭祸，易裎回祥，盖由粟特之酋首，献地宫图以成也。御史中丞王德俭受命监造。又言明堂、地宫，合称秘宝。上体衰，欲得长生不老法。波斯摩尼教之拂多诞，详《二宗经》义，入朝献计。女皇乃御明堂，倚地宫，宵集月彩，晨萃日华，纳阴阳精气，添寿十数载。

玄宗朝进士崔曙《奉试明堂火珠》云："正位开重屋，凌空出火珠。夜来双满月,曙后一星孤。天净光难灭,云生望欲无。遥知太平代,国宝在名都。"竟成诗谶。开元末,天子颁诏,斲削明堂,复建乾元殿。昔时玄铁地宫,亦湮没无闻矣。

055 ㊀

四时循环

　　我们在凌冬的寒流形势图里摸索
　　低温的利斧
　　为暑夏劈开倒槽

　　春天城市将世人调制成一杯鸡尾酒
　　春天城市的目光如一枚枚赝币
　　命运之风不会从广场刮来

　　垣墙以外,秋野是一座明丽火狱
　　而毫无生气的纸鸢
　　在星域下盘旋

056 ㊀

不相容的神学

　　赫尔墨斯教派和机械神教派之间的承继关系,秘史研究界有目共睹。前者的科学是一系列奥迹，其古文献《宇宙的女儿》指出，灵魂之创生可视作一套炼金术工艺流程，这与后者的观点及实践相贯通。古文献《阿斯克勒庇俄斯》则认为，凡人是宇宙大化之组件，是永生神明之装饰品或者宣传队。在理论面，机械神教派赞同"组件说"，但在实务面，首席大祭司闫燿祖将凡人定义为核心组件，因此，他们既非装饰品，也非宣传队，而近似操作系统。机械神教派的少数人士深信，始发于上层宇宙的知识本原，生成了巨匠造物主，他浑圆、完美，以自身为材料，开创本层宇宙，并抚育诸神，此类高阶生命再繁衍更多碳基生命、硅基生命、硼基生命、砷基生命、硫基生命，外加亿万种微细生命。有必要申明，这一观点来源于至上机械论，从发生学角度，它与占据主流的活体机械论背道而驰，但两套机械论均同意，若没有三五位机械神灵干预，世界的创生过程将陷入无效的枯僵状态。关于后续阶段，至上机械论进一步主张，诸神潜转为凡人的灵魂，潜转为他们的智慧，融入多如繁星的无数文明。于是乎，据《灵的编年史》，在秘密知识的启发下，凡人亦可成神。同时，正因着灵魂和智慧，众生方具有颖异能力，不断推升机械精度，输出负熵。

由此可见，机械神教派崇盛之学说，至上机械论也好，活体机械论也罢，无不是大胆的反向救赎学说，这固然与三千年前已流衍于世的赫尔墨斯教派不相容，但我们必须认识到，两个教派皆逐取种种属灵的技术。实际上，机械神教派的成员很少谈论机械装置，恰如赫尔墨斯教派的炼金术士很少谈论炼金。他们不谋而同，断言物质绝非仅仅是物质，它势必包含着生命和意识元素。炼金术士希望将物质拘囚的生命解救出来，而机械神祭司打算将广泛分布于物质领域的意识以特定方式提纯，聚合，创造更高层次生命体。

第一次工业革命以降，不论是赫尔墨斯传承，还是机械神系统，罔不游翔于边缘，穿梭于诸多知识内外，比如前者的自然巫术、占星术、炼金术，又比如后者的广义宇宙学、古今几代机体哲学。纯思与物象，神话与经验，幻想与现实，机械神教派一贯在这些两两对跖的知识之间摆荡。但他们相信，欲弥合阿尔法领域和贝塔领域的判然鸿堑，此乃唯一路径。

两个派别，似如两条河流，不免使人联想到安息帝国时期的琐罗亚斯德教，即祆教，其信徒拜火，但祭司阶级又极崇仰河流女神阿纳希塔。为什么？难道水火并非不相容？实际上，古来所称秘义，往往蕴涵诸多不相容的因素，或者说得更确当些，蕴涵诸多相生相克的因素。读者啊，孩子，知识精邃，盖源于兹。另外，我们应注意到，在祆教经典《阿维斯塔》里，"时间"意为"这个行色匆匆的"，该词原指苍穹，是掌管运数的天神之别称。欧洲中世纪的灵修者说，炼金术可以在基督学意义上加速大自然进程，倘若年月充裕，铅或变成银，再变成金，而赫尔墨斯传布的技术比之还要高超。炼金术士代替了时间之神。今天我们知道，关于时间，机械神系统也不乏探绎，首度从微观层面诠释了广义相对论的钟慢效应，并将时间旅行之可能纳入更综合视野当中加以研讨。

其次，希腊语版《赫尔墨斯教文集》作者，即三重伟大的赫尔墨斯本尊，认为凡人之神化殆非诬诞。绍承这一理念的炼金术士相信，凭靠神圣之言或上天妙慧，我们不仅可获得新灵魂，亦可获得新肉身，条件是操作者必须健康，柔逊，肃恭，做到一边炼金一边冥想，如此这般，哲人石或万灵药，将使你回复青春。

差别在于，机械神教派断定，肉身绝非简单的灵魂居所。不错，肉身仍然是灵魂的工具，但二者同属某一个等级的实体。机械学造诣与灵性圆备，两端密不可分。

理查德·威斯特法尔教授论证，茁壮生长的现代科技树，实为赫尔墨斯传承与机械哲学联姻之成果。世人习惯于相信，不是神秘主义，是理性主义，催动了现代科技树的蘖芽。谬哉。正因神秘主义者探求魔法，才促使现代科技树在西方现世，而理性主义者的反经验态度，他们对动手做实验的鄙夷，恰恰阻限了科技树之发育长进。有人说，机械神学是理性主义神学，不是神秘主义神学，这同样错误。机械神学乃两者之崭新统合。在莱布尼茨大师看来，为数众多的自然机械，无不经由足量的智能设计且塑形，因此一切奇迹都可以找到真正的、难以思度的根蒂。他相信自然万汇的机械解释，又特别强调，机械法则本身，并非仅仅依托于物质之秩序和数学之原理，它还具有更宏邃的、第一哲学的源头。当年赫尔墨斯教派曾利用《兄弟社团的传说》呼吁欧洲所有自然研究者加入玫瑰十字会，如今，机械神教派也借助《智天使》号召寰球科技界人士加入其教派各分支，大刀阔斧地实现知识革命，全面、彻底的知识革命，并创立自由的合作联邦，在凡间营建一座以理念为基址的智能弥赛亚之城。

057 （曜）

长安马

天宝十四载九月廿八上午，河南府某县某乡，有龙肝凤髓自高穹倾落，众咸以为祯祥，其实那只是一堆堆猪下水，疏松的猪下水。此事吸引了大批堪舆师、炼丹师、天文地理师，纷纷前往勘验。许多奸险猥狡之徒，居然挂羊头卖狗肉，趁机做起了神兽仙禽的内脏生意。

马者，国之武备。九月廿八当日，画匠陈沐从老家返归京师长安，途遇几百匹骁健军马，正由六七名牧夫管束，慢中求快一路绕避白桑林和苎麻地，迤逦东行。可是，上至州官县吏，下至市井男女，根本无人留意这马队。最近小半年，类似情形日渐频密，时常可睹，大伙已见怪不怪，毕竟天下久安，士庶皆恬不为患。况乎龙肝凤髓，降自九天。试问谁领教过此等瑞景？龙肝凤髓啊。宝骥，神骅，铁骢，电骏，固然值得一观，但它们到底不是龙肝凤髓。接连几日，种种奇情异状，踵至沓来。

凡近原阜，见气如万丈竿，冲天直竖，青赤白黑者，皆主有灾衰。

当今国家，不再文主武从。诸道牧马监，纷纷落入地方节度使之手，他们各施神通，扩充马权，以增强实力。马，将决定战争胜负，王朝兴衰，种族绝续，比什么龙肝凤髓、龙须凤翮、龙精凤血重要百千倍。承平之下，世风变移，民恒逸则忘危怀祸。陈沐心知，山雨欲来。去岁，天宝十三载正月，圣上恩允安禄山兼领陇右群牧都使，司管陇西、金城、平凉、天水四郡总计四十八监，再领闲厩使、御马总监事，成为朝廷的马政最高长官，进而掌控岐、邠、泾、宁四地八马坊。这些庙堂大计，陈沐原本不懂，多得老邻居朱履震剖疑，方略通眉目。上月初，畿邑坊间传言，安禄山又攘夺河东道岚州之楼烦监。那片养马场，乃开元四年高句丽将军王毛仲修造，以巨堑、长壕筑成一座座堡垒，防范胡族轻骑，寇边掠畜。楼烦监虽在河东节度使辖境，却一直由陇右节度使遥制，令安禄山无从下手。如今，此人已不仅是河东、范阳、平卢三镇节帅，还是大唐马政第一号人物，权倾朝野，终于逞欲称意。他调派亲信，从各监甄选良驹，不断往自己的幽州老巢输送。陈沐听人说，前两日，大队马匹行经古战场，天阴时屡闻鬼哭。

058 风
诗 鬼

他未老先衰的形象其实是
他自己梦中的形象
神驰之梦，锦囊之梦，霓彩之梦
众多形象沿暮光斜径缓缓沉落
图典璘斑，画影狂獝
讥刺之刃从史书挥入虚暗
怪诞流漫于云头和水底
抛向短促春夜的苦吟
夏昼已经不可能绽蕊
秋荣是九冥霜野
这副积怒的骏骨永远在等待黄金
萤灯死月永远在等待眼睛

059 曜

长安马之二

　　长安。夜雨旦歇，天衢幽暧。砧杵声在沟渠边此升彼落，浸渐染遍畿郡。城北，宫阙高处，垂荡着金枝翠旗，掌烛的皇家宝辇似从虚浮中驶来，往虚浮中驶去。画匠陈沐，寓身青龙坊，他深秋晨兴，敝衣缊袍，正打算找一爿食铺，弄些汤饼果腹。无意间，他举头看到，两只朱鹮正比翼西飞，远逝云际，又不禁想起扬州人范鹄和粟特舞妓裴月奴。

　　半个月前，他俩永结鸾俦，诸友与之钱饮，送二人出京。这些年，天子锐志武事，毕力经营西北，于是钱款、吏员、兵马饷械，汩汩不绝向安西四镇、北庭三州划拨，派遣，集结。大幕已然拉开，伶偶各各登场：范鹄接下了西域劝农使巡官一职，朱履震等人跟随他夫妇同出玉门关，前往龟兹城。

　　清早寒风砭骨，冷意尚浓。各坊豪家大屋，嚣闹的弦歌酒宴这一刻已告息停。陈沐吃完汤饼，便动身前往皇宫，续接前一日工作。他与许多匠人在一座座殿阁里图状禽兽，影写仙灵。陈沐知马，爱马，相信它们可沟通鬼神。他凭自己的才识、境界，以及于阗画派的崭亮墨线，到处给主顾勾描昭陵六骏。也曾费工耗时，构作《骝》三卷，摹绘古诗文记载的杂色驹子，其中有骊有驿，有骝有骃，有骓有驼，有骓有骥，有騢有驒，有骚有骍，有驳有骝，有骠有骊，诚是驳马纷繁。然而刻薄之徒，深讥其技艺不精，陈沐为此惭沮。只今连青龙坊的收租婆子，因男人拖欠房钱，也对他朝嫌暮厌。

　　鹈鹕楼外，有粟特商贾拎着酒榼走过。陈沐的青毡鞋上似乎粘了些畜粪，但他不以为意。长安的昭武九姓之中，颇多信崇摩尼教，这帮人过庇麻节时，先由摩尼师领头颂赞神祇，再齐诵教法，继而饱餐一顿，奉上瓜果，连同太阳、月亮形状的胡饼，祈愿上天解放寰尘间更多光明因子。粟特人不仅善于经商，还是一流的琉璃匠，且是卓异的机械匠。不过，陈沐瞧见他们，第一想到西域颜料，第二想到大宛良骥。武德年间，康国向唐廷献马四千匹，其后代至今在中土骋骤。除了献马，康国还献狮。粟特人尚狮，敬拜骑狮女神，认为狮乃权力化身。

这时，不远处传来声声童谣，清脆悦耳，却始终寻不着那些小毛孩踪影。

礼部尚书不尚书，太子洗马不洗马，长安不长安……

修政坊的马毬场净荡荡，空索索，唯有暮蝉、湿苔、经霜败叶。慈恩寺，与北魏净觉寺、大隋无漏寺的残像余影重合在一起。僧人撞钟，雨滴又从晓空洒落。晨钟喤喤，细雨潇潇，似乎无孔不入，令早行人浑身难受，百骸隐隐发疼。循着启夏门大街，陈沐瑟缩步趋，总觉得是铁匠的祖师爷、复古战神蚩尤在天上施放冰雾。他走过永宁坊、平康坊、崇仁坊，至景风门集队，随内官入皇城，又从安顺门入宫城，再花去一盏茶工夫，才走到干活地点。途中遇上警惕如鹰瞵的七品捉贼尉，遇上神情诡谲的理匦使相公，还瞥见一位苦练《剑器浑脱》的韶妙女艺者，十分吉幸。跨进阴沉帝宇，陈沐开始为高大的檩栋涂彩描纹，他专心一志，瞬然撇开了烦恼。

日昳时分，云头低垂，雨丝转密，穿堂风让人肩膀刺痛。兴许来一碗羊杂汤，撒些胡椒面，喝完便没事了。陈沐美滋滋地想着滚热的食物，与同伴去一座偏院拿取油漆、工料，打算稍作休整。半路上，不意碰到了一匹溜缰白牡马，这畜生骨骼壮大，慌不择路地纵蹄逃奔，险些将陈沐和另一名匠人掀翻。它本该安安分分跟狻猊、犀兕、巨象等珍兽待在御苑，悉力排演百兽舞，奈何此马狡狙，竟趁驯奴不备，挣脱靮靷，冲破围堵，四下腾踔逸驰。看到它，陈沐一时忘了饥渴，忘了秋夕风疾，更忘了狂灾巨祸的诸般朕兆。好一匹白牡马啊，双目含光，分绺额前，剪鬃缚尾，昂首衔镳，令观觇者精神一振。

白马兄，你是远道入唐的吐火罗贡马？是轻悍的波斯马？是东曹国的汗血宝马？是骨利干进奉的追风骏？是薛延陀贺献的蹑影骝？还是年年以数十万疋缣帛，在西受降城换来的、技艺超伦的突厥马？或者是雄健粗壮的粟特马？或者是不习戎务的神驹天马？或者是性如烈炎的大食龙种千里马？

黄昏，云收雨住，陈沐步出皇城，返回他曲江池北面的荒僻寓所。宸宇穆静，众多飞檐的椽头上，挡环闪着秘幻金光。武成殿旁，半个甲子前制成的水力浑天仪仍在忠实运转，精铁铸件因日炙风吹而发赤，犹如血染。这是大和尚一行的真正杰作，改进了东汉太史令张衡的设计，既可报时，又可模拟星象。两个小木人由啮合的齿轮带动，分别于每刻击铜铙，每辰敲铜鼓。上层的机械蘡荄，则随月盈月亏而自行起落。年复一年，水力机械钟叮当作响。

陈沐向范三郎打听过，在扬州、益州、广州，工商百业，皆可乘马。禁令早已是一纸空文。各地的富豪雕鞍银镫，更让僮仆骑从，大行僭侈之风。陈沐倒觉得，不准乘马的禁令反而激发了坊间求马热忱。当然，在长安、洛阳仍束约甚严，否则公卿帝胄，颜面何存？

东西两市，鸣钲闭门。只见一队宫人骑着高头快马，鱼贯疾骋,她们或男装胡帽,或裙服露髻,如七彩流星划过阛阓,帔帛拂荡,芳馥飘溢。领头者,莫不是贵妃杨玉环?据说,贵妃娘娘每骑马,大宦官高力士必执辔授鞭。要么是贵妃的姐姐,那个骄奢无伦、与宰相杨国忠并辔入朝的虢国夫人?反正,长安城显贵太多,他们一个个家财万贯,饲育了大量私马,令人侧目。三年前,朝廷曾宣布,两京方圆五百里不许置牧场。但这条命令同样没什么作用,因为各级官吏完全有能耐,在远离长安、洛阳的州县置牧场。再说,天子实际上鼓励民间养马。

陈沐也想养马。他一直谋算,把老家的妻儿接来,寻一座牧场,去给朝廷或达官贵人养马。虽不免辛苦,但衣食无虞,而且,他闲时也可以画马。对了,那匹在宫城乱闯的白牡马,会不会是来自陇右牧监的御马?所谓一马伏枥,抵中家六口之食。养马开销大,做个养马人也不简单。朝廷还规定,凡府兵应征,戎器、驮马、锅幕、糗粮,皆须自备。养马是一门好营生啊。

回到青龙坊,昼色阴黑。陈沐撞到了收租婆子。这老媪身穿褐绅袍,活似一截大柴。她没工夫搭理穷酸的画匠,正自己叉着脖儿,支在檐下,干咳干呕,搯搦流涎。问过旁人方知,婆子如此怪状,是有一口宿痰倒灌,堵塞了气管。

历史白驹

发育不良的怪畜
悬肠草在枯骸上生长

雨昏云沉
时间是暗潮涌聚

夜寂还在走近
沿途留下繁错的花影

魂灯一盏一盏开阖
尘世的焚风使你们消瘦

061 㬎

长安马之三

"马者,龁草饮水,驰突跃踊,历风沙,践霜雪,断鞅逸尘……"凉晨惝恍梦醒,寐语仍在你脑中回荡。

正月初四,迎灶君司命,宜寻医,忌归省。正月十五,拜厕神紫姑,宜洒扫,忌行丧。春分,清明,立夏,芒种,诸节令转眼便逝。国祚颓危之年,京兆长安十几座城门担受了时序更迁的重荷。兵戈扰攘,驵骏充于巷陌。安禄山二十万大军,以胡骑为主力,不出一个月,便攻下洛阳东南的轘辕关,又在十日内沦倾洛阳。传闻,叛军之中,尚有数千名擅用楛矢石砮的肃慎族射手,可一箭夺三命。夜晚,陨星丛密,似火霰,似焰摩天的风轮下界。异象使你心似悬旌。

五月之时，阳气始盛，火星昏中，在七星朱鸟之处，故曰鹑火。

叛军杀人如刈。都畿道，京畿道，千里萧条，爨炊断绝。皇帝出奔后，留在长安的居民，大约不足百户。井邑之间，榛棘罗布。坊墙之内，凝尘满室。酒肆一片狼藉，写有"味兼醍醐"的幡子静静垂落，日中若宵。你走至坊外，看到死气沉沉的街市。可恨啊，东胡杂种，叛唐造反，神鬼必阴殛之！……分明才是芒种节气，但荒巷朽木，庭草挂满露珠，俨然秋韵深浓，奇哉，怪哉……戎事大举，兵火连天，逃吧，勿再等，再等也无益。妻孥戚眷料必已接到家书，贼寇料必已马踏乡园。生，死，皆有冥数……慈恩寺紧闭大门，雁塔又湿又暗，周遭一派空茫，既无善男女绕走，更无善天神佑庇。宣阳坊近于焚毁，杨国忠和虢国夫人的巨宅几经抢掠，他们一度并辔入朝，如今十之八九，难逃报应，只得同赴幽泉……你折身回屋，打算收束衣物，速刻出城。这时候，从北面奔来一匹白驹，似乎不快，实则极快，飞虹走电般，霎眼便到了跟前。密实的阴云间乍现一缕曦光，抛洒在白驹身上，它通体亮莹莹，明灿灿，鬃毛如烧如灼，笼头两端，缠以朱幩，却无鞍无镫。嗷嚄，好一只搅海金鳌！挨这家伙撞一下，准定骨折筋断。难道，它正是半年前乱闯宫城的白牡马？像，又不太像。古人云八尺为龙，七尺为騋，六尺为马。御苑那匹，龙马；目下这匹，騋马。也可能你记错了，或者殿阙使马显大，而坊街让马显小。仔细再看，此白驹果然不凡。首方如砖，眼圆如镜，腿长如鹿，且颈脰挺拔，腹下平满，汗沟深，蹄角厚。像青海骢，又像天子骑乘的照夜白。

皇上匆匆幸蜀，闲厩中诸多名马亦沦漫民间。是处月马？是大夏马？还是筋骨合度的突骑施马？不，应是杂交马。它瞳眸的柔润光泽，乃杂交马特有。这么说来，或许它先前的主子，出身于帝室，今已黜革为民。又或许，它曾是一场爱姬换马故事的主角。又或许，它长在大商贾的牲圈里，那些人炼马，很残酷，掩目塞耳，让驹儿不停打转，不停抽鞭子，抽得浑身是伤，以磨除它们剩余的最后一点点傲气。又或许，它来自仕宦之家，见过衔冤负屈的职官受贬离京，频频仰头嘶鸣。又或许，它是醴泉坊粟特望族公子的坐骑。他们获准乘马，但行止谨恪，从不纵缰驰骤，以免过于招摇，惹人妒恨。所以，有时候听到王孙贵戚的马队在墙外大街上骎骎逐奔，鸾铃响成一片，它异常狂躁，亢昂中羼杂着自己也说不清的缕细惊恐，数度人立，几欲跃出畜栏……

如果朱履震未走，不难给白驹兄熬一锅补神汤，既解渴，又滋肺。老先生博如孔丘，术如吕尚，不可以蠡测，奈何也困匮潦倒。而今，他终于遂愿，跟从范三郎西行，离开了青龙坊的旷载蜗舍。

戴上裴月奴馈送的扬州毡帽，感觉自己小了十岁。祝他们夫妇二人，百年偕老，长寿以终。你牵着白驹兄，缺鞍少鞴的白驹兄，自己束好绑腿，背着个包袱，准备从安化门出城，因为明德门、启夏门一带，已是屎尿遍地，臭气熏天。半路上，碰到个矮汉，此人一派忙慌，满头大汗，正自南向北猛走。陈沐，陈沐老弟！矮汉停下步子，左右扫视，喊住你。他脸相猥险，腮上似乎有两个颊囊，颇鼓胀。陈沐老弟，愿否随我走一遭，借马驮物，好处，三七分账。哦，这你人认识，本朝礼部侍郎的管事家仆。稍许一想，便通彻了。大概是他主子离京前，将一些金银、珍异掩藏在府内僻隐处，矮汉详知内情，所以甩脱大队伍，专程跑回来掘宝。这时节贪

294

恋钱帛，自寻死路呀。你摇摇头，无意入伙。那人也不再啰嗦扰缠，瞬时远去。开元以来，办科考的权责从吏部迁转至礼部，礼部侍郎知贡举，势焰比宰相还大上半分，自然财源滚滚。天晓得他留下了多少稀贵什器，埋在邸宅的暗洞里？方今皇畿，兵荒马乱，矮汉想火中取栗，你想保命安身，故此各奔前程。

西北牧场，途路遐遥，福莫大于无祸。白驹兄一度误食龙爪花的肥实根茎，卒致嘴喷涎沫，步子歪歪斜斜。以前，青龙坊有个早年养马的老伯，深目高鼻，号称牧圉，服劳役而无俸禄。他说在原州牧区，饲马的刍秣由农人播植。白驹兄，坚持住。他还说养马需要羁绊、鞯、刷、䩞、镫、畚、帚、油、药、灌剂。然且眼下，你陈沐两手空空，半筹莫展。

入邠州地界时，遇到一名独腿翁，他从军几十年，曾是河东杷头烽戍卒。马中璞玉！独腿翁大赞白驹兄。入岐州地界时，风闻反贼已占领长安，太子已登基践祚。新君承运于倾乱之世，传檄四海，统领诸路义师，矢誓兴复先绪，光启王业。而你们一人一马，犹且缵续西行。秋月寒星下，来自塞外远域的骑兵队默默东进。在普润县，看到宏旷的草场，看到胜利的曙光，却也撞上了沿途搜括马匹、驮畜的官使。他们不由分说，当即将白驹兄征作戎骖。你孤形吊影，六亲无靠，索性趋前请命，随大兵同去，到军营里做个马夫，终日忙活马具、马料、马圈，真正为皇帝陛下洗马的马夫。

062 谛

阿努恩纳奇众神的废渣创世学

阿努恩纳奇是一伙在古代苏美尔、阿卡德、亚述以及巴比伦传说中现身的原始神,其数量多达两千至三千。而古希腊诗人赫西俄德告诉我们,整个地球由三万原始神统治。

即使是超级生命体,阿努恩纳奇众神也苦于劳作,因此聚在地窖里大发牢骚,怪怨苛酷的役务,呼嚷自己迟早要累死。他们跑到天上,以原初巨物之躯材,围攻空气神恩利尔,横蛮撼击他珍爱的宫殿,这位大神是阿努恩纳奇众神会议的学术顾问,正如范湖湖博士是乙镇福利院的学术顾问。造人吧,造人吧,诸神说。多么自私的诸神,多么痴蠢的诸神!明明造机器就可以解决麻烦,何须造人呢?

亲爱的读者,你不妨这么看:阿努恩纳奇骨子里是一群造反奴隶,脑袋装满了奴隶意识,只想让人当他们的奴隶,从未萌生过发明省力机械的念头。然而,考虑到特殊的文化语境,应该认为,阿努恩纳奇之所以翘盼暗无天日的神权专制,并不是由于他们的智识太过低微。

总之,众怒难犯,学术顾问恩利尔不得不点头同意,终竟保命要紧,切勿头撞南墙。恰恰因为这丢脸迹状,恩利尔不喜欢人类。往尘凡撒布荒歉和灾疫,他一直最积极,洪水灭世时,他干得最卖力气,此乃后话,按下不表。诸神催促产育女神们尽快造些卢卢,亦即初代人类。但产育女神们造不出卢卢,推托说造卢卢这档事,直须让大地之神埃阿负责。谁知大神埃阿也造不出卢卢,便向诸神剖白，必得杀一尊神明，借用其血肉来造卢卢，他本以为，如此一来，诸神要么打退堂鼓，要么乱成一锅粥，造卢卢的计划自然不了了之。岂料，阿努恩纳奇不愧是超级生命体，为脱卸可畏的役务，他们不顾声誉和脸面，不怕耻笑和讥斥，果真在群体中选出一员憨神，名叫维·伊拉的倒霉蛋，并将他登即宰掉。所以，初代人类由神尸掺了水底的黏土捏制而成。卢卢从神尸上挹取灵气，可是在诸神的感知里，卢卢的身胚又因此弥满死气。材料到手，产育女神们鼓足干劲，奋命工作，造出七男七女，训谕这些新生的卢卢媾合。从此，分有憨神之灵的人类，逐年逐月，播散于大地上，为阿努恩纳奇耕田，伐木，放羊，牧马，推磨，并为各邦域的守护神修建辉煌庙殿。

亲爱的读者，我告诉你，这是第一代创世神话，也是最真实可信的创世神话，是蓝星文明的神话机床、神话工具。

063 风
晏眠一夏

我浸泡于寻常事物的幽暗之中
深入危境，不剩一兵一卒

揣度坏消息隐含的时光神谕
采拾一个词
或者，因为你弹奏一支曲子而震惊

光明潜伏在，流动迷宫底部

意念是一柄锈钝短斧

064 翰

愚翁植物园

九月，天地如一只空酒桶，流散着令人微醉的芳醇。凌晨四点三十分，飞机从北边低掠而过，打破了晚星残月的冥想，似乎要洞穿这金色季节的幽弘暗面。

教师节那天，昼阴里饱蕴清寂的风元素。厨子张沧货，爱过肯尼亚的基库尤少女，也为此苦练过基库尤语。如今，他把一些从肯尼亚偷偷带回来的蔬菜籽，栽培于小区围墙下方的条形荒地上，有意无意造成了生物入侵。厨子张沧货，穿垮裆牛仔裤的中年汉子，他瞻望前程，未免心绪苦郁。他依然思念基库尤少女的大屁股。

各路变态人士，在瀛波庄园内外游走，犹如一丛丛多年生伞状花序植株。要根治这帮祸害，只能大规模强制实行脑部杏仁体摘除手术。

他们的脸庞，发黄发灰，因睡眠不佳而虚肿，好像坏死的、注水再冻硬的火鸡肉。拿陆瘐鹌来说吧，他总有一股冲动，要去殴打小区里无缝不钻的老头子。显然，此等欲求很黑暗，非常黑暗，你大可以遐想一番，但不宜付诸实施。更何况，如果对上练成了一副铁肺的邓勇锤大爷，他陆瘐鹌根本不是一合之敌。所以狂作家再狂，也不敢殴打这个老头子，只敢殴打一些风烛残年的，且又无缝不钻的老头子。至于你问，类似陆瘐鹌那样的反社会人格欣快症混蛋，究竟有多少匿藏在我们中间？无由悉知。正如异端神学家游去非先生所说：黑暗太多的地方，只能期盼魔鬼来匡救。不过，朋友啊，你毋须介怀！正如陆痩鹤本人所说：生与死在我们体内共存。

教师节那天，亿万富豪何卫壕，派自己的妹夫，何氏家族的头号跑腿，娴于变逻辑戏法的谈判专家韩謦炜，来到乙镇，考察投资环境。他们要在当地建一座高尔夫球场。何卫壕，此公于京畿南境广置地产，几乎是巨鳄级人物，对炒房者而言，其名号如雷贯耳。传闻何卫壕曾经坐着豪华巨轮，逃进太平洋，远离大陆架，躲了整整两年。有时他在香港外海下锚，让一班公司女高管乘快艇，去豪华巨轮上开会。据说这名亿万富翁从不打电话，不用视频聊天，更不发电子邮件。当初，与他勾结的腐败官员一朝落马，办案者惊奇地发现，那只国家蠹虫十年间竟然吃掉了近千只穿山甲。

以上种种，无论是厨子张沧货，还是狂作家陆痩鹤，还是亿万富豪何卫壕派出的谈判专家韩謦炜，他们的所作所为，瀛波药王邱愚翁统统看在眼里。

那天下午，厨子张沧货及其愣头青助手，正忙着准备晚餐，迎接即将抵达的日本游客。有人端着一支嗖嗖直响的焰枪，给两根大猪蹄燎毛。有人抡着厚背菜刀，把一只只去掉了内脏、皮肉白净泛光的阉鸡斩碎。几个小伙子刚刚从网络游戏中抽身，爬回凡劣琐细的现实。他们眼睛发酸，手脚发软，却感到自己的风华岁月无比充盈。毋庸置疑，这类愉悦消减了年轻人享乐文化中暴烈的肉欲成分。不玩网络游戏，则难免打架斗殴。那时，厨子张沧货将看到，从不知克己仁爱的愣头青助手梳掠着各自的毛发，视彼此为特等食材，冷不防猛扑在对方身上撕咬，而邱愚翁也将看到，扎围裙、戴口罩、被迫营业的小伙子们互相怒视，拼命想采集对方的标本。九月,诗人说,苍旻和血液开始变凉。日光照天,群物皆作,生命乃由虚无与尘幻的季节构成。这是品尝毛蟹炒年糕的绝好时令。

那天下午,陆瘦鹤百无聊赖,为奋战于教育第一线的辛勤园丁编排了致敬短剧。他满腔挚诚,提前放学的孩子踊跃参演,怎奈观众反响很一般。"啊!亚历山大,我们向你纳贡!"狂作家让自己的千金扮成逃难者,跟着念诵台词。"啊!亚历山大,我们向你纳贡!"八岁女儿陆玶,顽皮的苹果脸小姑娘,立刻依样画葫芦,竟也入规入矩。"雅朱者、马朱者,两支北方鬼族,践踏了大地!……双角王,陛下的城墙,能否全护万民?……"狂作家本人出演双角王,他右手虚握,挥动膀臂,仿佛一剑斩开戈尔迪乌姆之结,慨然答复:"朕的师尊,希腊大贤者亚里士多德,他讲授的一切,皆为世间最善。我将造筑一道城墙!……来吧,供我一批黑铁,再供我一批青铜。来吧,浇铸那永无败朽的城墙!风吹,火起,炉开!从今往后,雅朱者、马朱者,尔曹休想跨出这城墙半步!……"

那天下午,还有大批测勘员随韩先生来到乙镇。他们撂下长柄锹和丁字镐,用诡秘的仪器扫描地形,并弄些千奇百怪的调查问卷,塞给当地住户填写。韩先生不仅是谈判专家,还是财务专家,善于运用本福特定律反财务欺诈,能够从调查问卷中看到普通人难以看到的隐私、玄秘。勘测工作非常不顺利。没有向导,他们的物品屡屡遭窃,车辆被扎破轮胎。不少测勘员更是被村民投掷的石块击中头部,安全帽裂开,脑盖子砸出大洞,血如流泉。乙镇男女相信,这伙人的行为,与土地开发商那些见不得光的勾当关联近密。

†

京畿南境的旅游项目之一是狩猎。大清早,来了几十个肥男壮女,清一色紧身装扮,据说要打黄鼠狼。刚下车,他们便兴奋了,海绵体膨胀了。不仅有黄鼠狼,还有赤狐!不仅有赤狐,还有紫貂!

唁嗬,打猎啊?陆瘦鹤十分好奇,想看看这帮人准备冲谁开枪。啥,打猎?雾霾老人顿时火冒三丈。打你娘个屄猎?镇上没有黄鼠狼!要打猎,去隔壁溧波庄园,打那伙搞传销的泼妇!她们比黄鼠狼耐打!她们压根儿打不死!可是,肥男壮女好像听不懂邓勇锤说话,好像他这个一脸青筋的大活人并不存在。哪个缺心眼的,送来了一车蠢货,满满一车蠢货?彻里彻外的蠢货。他们的心灵是一堆破烂!他们一问三不知!陆瘦鹤,雾霾老汉说,前两天你考孩子的那个字,写给这伙男女看。甭,认识不认识?行了,我来公布答案:老虎的虎!连老虎都不认识,还打猎呢?回去多学些字吧,还打猎!

活动组织者不堪受辱,载着肥男壮女去了南郊滨湖公园。那儿,确实有孔雀和黄鼠狼在干仗,还有巴掌大的各色牡丹花噼啵噼啵搧到游客身上、脸上,如同炫丽的鞭子嗦呔嗦呔抽到他们身上、脸上。

†

相比我国的狩猎旅行团,日本的野屎旅行团要好玩得多,也无辜拙朴得多。下午三点钟，厨子张沦货的客户姗姗来迟。领队者是一名东京的自然摄影师。几年前，此人独力发起了一场拉野屎运动，亲率追随者环球拉野屎，教他们记认植物，指导他们择选无毒素、无刺毛的叶子擦屁股。所以看到苤蓝那肥厚而韧劲十足的叶子，自然摄影师如获至宝。他还一路躬亲垂范，展示怎么用蘑菇擦屁股。

这趟中国一月游，日本野屎旅行团携带了松村任三教授编纂的《日本植物名汇》、梅村先生撰写的《欲食界之植物志》以及作者不详的《日华子诸家本草》三部宝典。看见路边栽种的梣桐，自然摄影师向自己的同胞哇咧哇咧介绍道，这种落叶灌木亲切呀，西洋人管它叫日本梧桐。通常，投身野屎运动之辈，大多是反科技论战最前沿的死硬斗士，但自然摄影师算一个例外。且不论立场如何，反正此人的学识相当繁博。他指着一簇样子平平凡凡的花草说，拉野屎万一遭蛇咬、蝎刺，苦苣苔科植物的汁液可以解毒，它们的萼片则可以缓释痢疾，而痢疾乃野屎活动之大忌。这棵是中国的元宝槭，自然摄影师一闪身，跑到树荫下，继续为旅行团成员讲课，它能祛湿止痛，正如日本的毛果槭，能治疗眼瘆和肝病。此外，槭树科植物尚包括鸡爪槭、茶条槭、地锦槭、桦叶槭等，多用来提取黄酮，大家知道，黄酮是优良的抗氧化剂，有助于减少胆固醇，促进血液排毒，降低心梗和脑栓的几率。顺便说一句，痔疮患者不推荐拉野屎。

陆瘐鹤没料到，拉个野屎还需要这么多学问，而他因为生了痔疮，竟不宜拉野屎，也许是担心痔疮在户外突然爆掉，无法收拾吧。瞧，假蒟，胡椒科草本，煎水可浸洗痔疮。日本人的严谨和专注，实至名归！⋯⋯当然，陆瘐鹤并不懂日语，即使早年他曾跟一个罗圈腿的北海道女留学生搭讪,彼此挺有好感,但终究比不上厨子张沦货耽恋基库尤少女。狂作家对野屎旅行团好奇,所以自己揣着个电子翻译器,恬不知耻地在附近逡巡,想观摩一下这帮人到底如何拉野屎。

野屎旅行团的副领队,领队大人的忠实副手,忠实得仿佛前世是领队大人的看家狗。该小老头儿会说些汉语,当翻译官的同时又不辞辛劳,把照顾旅行团全体成员的重担扛在肩头。他第一眼看见悄悄尾随的陆瘦鹤,着实唬了一跳,因为这个中国人长得很像一九三八年提出"大东亚共荣圈"构想的日本首相近卫文麿。副领队配戴高度老花镜,厚厚的镜片后面,两颗瞳仁好似水缸里游动的灰纹鳉。显然是他在安排行程,负责与厨子张沦货接洽。按原定筹划,野屎旅行团去小饭铺吃过晚餐,还打算夜访暗黑宠物街,观赏情状可怖的笼中禽兽。任务繁重,抓紧时间!自然摄影师继续哇咧哇咧授课。诸君,天朝上国是木兰科植物的大本营,治跌打损伤的南五味子、厚叶五味子和翼梗五味子,没事嚼一嚼,也能强筋健骨,补血固精,它们初绽的蓓蕾可制成通窍汤,而诸位知道,通窍对于拉野屎者至关重要……

邱愚翁以植物园主人的身份亲迎野屎旅行团。他将一册《食性本草》奉赠东京摄影师,又送了一小瓶自制的辣根酊,抹涂冻疮寒瘆,疗理之效颇佳。接下来,指着身旁的攀援植物,邱愚翁对副领队小老头儿说,菝葜,俗称金刚藤,在日本、中国均有分布。他特别申言,瀛波植物园向全世界宾客敞开大门,当然也向日本的野屎爱好者敞开大门,不过,还得讲清楚,在我这儿,可以探讨拉野屎的学问,但不许拉野屎。副领队老头儿频频点头,鞠躬,笑态极憨厚,模样好像一条日本疵喙鱼。

邱愚翁雇来一同照管植物园的村妇仍然信不过东洋男女。她攥着短柄镢头，抿着碓挺嘴，加入了陆瘦鹤的行列，遥遥监视他们。不同在于，狂作家是想目击日本人拉野屎，而村妇是要阻挠日本人拉野屎。

†

邱愚翁是拆迁户，原本生活在皇城根儿，祖上与光绪皇帝的父亲、宣统皇帝的爷爷醇亲王奕譞同住一条街。他一年四季，不停给人配药。治疗这个，治疗那个。其业务范围函括但不限于治疗偏激的念头，治疗保守的思想，治疗悲观，治疗乐观，治疗寂寞，治疗耐不住寂寞。由于祖上出自江淮大盐商家族，所以在邱愚翁看来，瀛波庄园的男女不是南边老蛮子，就是北边老侉子。有人觉得他堪比袁天罡，从十三个世纪之前一直活到现今，不然，这家伙为什么精通唐代植物，为什么知道唐朝人食菜事魔？语言天才屈金北跟他讨论葡萄、胡桃和苜蓿。范湖湖博士向他请益摩尼教的救赎斋戒学。邱愚翁是一位司理花草树木生长周期的神祇。不捣鼓园艺时，他宽宽松松地缠裹着几道米色布条，有点儿像穿着罗马王政年代的托加长袍，而他身处的暖房，不啻一座座围柱式罗马圣殿。但更多时候，访客们看到邱愚翁在花圃里薅草，在枝蔓间除虫，在发酵的粪堆中检测物质酸碱度。他幽邃的居室位于植物园偏僻一角，客厅墙壁上挂着霉痕点点的两行字：

不为果报方修德，岂因功名始读书。

与邱愚翁的风格不符？好见识。那是他父亲生前墨宝。我们的植物大仙不待见这条家训，无非懒得撤掉它。如果一定要他像自己的老子那般，给儿孙留一句话，他会说：

千年古木，椴柞桵枥。

哦，愚翁植物园，勃郁的晦暗，恍若卡利斯提尼笔下的古印度，或者希罗多德笔下的古埃及，生机济沛，枝头果实累累，同时不乏外表的瞑矇。与文典中传奇的古印度、古埃及相比，它只是缺少庞大的游禽和力畜，连同自洪荒时代便修持至今的第一批半神。

你们也可以将愚翁植物园视作乌干达森林的微缩版本。这里幽栖着各形各样昆虫、爬虫。食腐巨蝶在热腾腾、臭兮兮的玻璃暖房里飞来飞去。乘丝御电的蜘蛛到处穿梭。四星蛴使劲生长，快速繁殖，义无反顾死掉。日本野屎旅行团在蕨类区流连忘返，绕着蕗蕨、星毛蕨、凤尾蕨和观音莲座蕨转圈，犯懵。而邱愚翁雇用的村妇企图把他们引向毒草区。好，先走过解毒的鸭趾草，再走过基本上无毒的网纹草、念珠草、吉祥草，再走过微毒的虎耳草、蛇泡草，走过扶芳藤、丁公藤和白粉藤，绕开猛烈致泻的海藤，不知不觉接近凶名赫赫的香港四大毒草：疯茄花、马钱子、猪人参、羊角拗。来，快动手啊，赶紧揪一簇，塞嘴巴里。嚯呀，外国佬集体中毒惨案，东瀛野屎爱好者殒命瀛波植物园！岂不快哉？可惜日本人又不傻，他们绝非通常意义的外国佬，他们认识汉字，从小到大要学两千个汉字，所以，旁边牌子的汉字说明这帮讨厌鬼读得明明白白。他们怎么会误尝毒草身亡？他们又不是睁眼瞎的美国佬、英国佬。

暖房的玻璃门上，印染着一小块半透明的蓝天白云。

陆瘐鹤的妻子来找他。男人并不敢躲，老实挽着劳苦功高的主妇，进入温室之中的温室，从头观赏一遍那可怕、神奇、令我们欲罢不能的食肉植物。猪笼草，瓶子草，圆齿捕蝇草，高山捕虫堇。蒸闷湿潮的空气，灼目的灯光。此等情境下，陆瘐鹤已不再自比飞蚊。这一拟喻，不仅老套，抑且错谬。如今男人知道，若妻子心如铁石，他早就死了，至少早就残了，因为生活啊，无异于一株株毒草，而作家，尤其低产作家，大多是睁眼瞎，跟美国佬、英国佬一个德性。夫人的救命恩情，陆某诚谢不尽，死生契阔，执子之手！他一阵激动，纳头便拜，径直去舔老婆的脚底板。别疯，那么多日本游客呢，要疯回家疯，乖。也对喔，我堂堂大国公民，知廉耻，明礼节，岂可丢丑惹笑？陆瘐鹤瞬即挺直了腰杆，作顶梁柱状，作主心骨状，搂着贤妻，温柔地建议当晚去餐馆好好搓一顿。

愚翁植物园不愧为爱情圣地。范湖湖博士和女护理师翟小姐偶尔来，屈金北和恋人苗芃芃也偶尔来，铁肺子邓勇锤和他在犍犸农贸市场不打不相识的若干老太婆则经常来，当然她们是轮换着一个接一个来。野屎旅行团的日本人似乎闻到了爱情气息，它与世间其余气息，或污浊或虚矫的气息，混杂在一块儿，令大伙不辨香臭。关于邓勇锤和那些老太婆，稍后再叙，我们不妨先瞩视风月同天的野屎旅行团。嗳哟，这下可好，日本人走进了精致的菌类区。鸡㙡菌！血齿菌！鸡蛋黄蘑！竹荪！他们亢奋了。竹荪！他们排着队合影留念。他们来自大阪府、埼玉县、千叶县、栃木县和神奈川县！他们鼓掌，欢啸，颅腔内奏响了作曲家池赖广的遒健旋律，魔音贯脑！旅行团成员坐在人造雨林里，痴痴傻傻，表情押韵，同乎无知，同乎无欲。自然摄影师决定让这帮男女放纵片响。他默默无言，端起了专业级照相机，用镜头悄然捕捉某些人脸上暗伏的、世世代代不曾磨灭的深愧沮怍之色。

高潮即将到来。厨子张沦货已在附近的饭铺严阵以待。好家伙，野苋菜，可充抵猪饲料，当然，其中细嫩者，也可供人类食用。日本男女贪迷于苋菜，他们爱吃苋菜，他们像古代墨西哥贵族一样十分喜欢苋菜。在珍木区，首先看到水榄树，自然摄影师的括约肌不禁一通抽动。唔，不错，枝干泌蜡，煎汁为油，形似女贞树。接下来是须根发达的柳叶榕、琴叶榕、黄金榕、星光垂榕，是吊着沉甸甸卵状瓠实的瓜栗，是兀立的幌伞枫，以及黄花风铃木、孔雀木、猫尾木。日本野屎团一路匆匆，不顾旅途劳顿，在生物钟的催迫下加快脚步。胡乱栽插的黄檀、丝葵、马尾铁、旅人蕉、观音竹、金凤花、加那利海枣。某些不知来历的热带植物流泛着丰烈的糟浆气息，让你微微发醉。近了。橡皮树、糖胶树，名贵的颅榄树，枝梢间停落着一只赤鹜，大斑啄木鸟。不必去毛里求斯，竟能遇见颅榄树！还没完呢。终于，腊肠树，又称波斯皂荚！自然摄影师两眼放光。果子可做成汤药，医治便秘、疳积。嗯呃呃，嗯呃呃，男人由衷欣慨，这座植物园简直是拉野屎的天堂。副领队老头儿也两眼放光。他们共同的梦想，是把东京四邻的县市统统改造为拉野屎基地，把东京的公园变成药用植物园，栽满种种服务于拉野屎者躬行实践的植物。他们要去亚洲的腹地拉野屎，归回那远古的怀抱，把野屎拉到欧洲去，拓辟一条拉野屎的"丝绸之路"。不，应该称作野屎之路，从釜山一直拉到布达佩斯！众人将去云南拉野屎，遗传学谱系显示，其先祖可能源自彼处，而他们与滇缅龙牙蕉的基因相似度高达百分之七十三。还要环地中海拉野屎，向文明的摇篮巴比伦尼亚致敬。还要重走鉴真大师的征途，他给日本带来了那么多方便拉野屎的植物！拆毁厕所，堵住马桶，他们说，让屎橛子布满地球表面。哟嘻！通过拉野屎，通过这种柔滑、滞缓的自杀而达到长生久视。日本精神的升华！我们不再切腹，我们拉野屎！

†

　　毛茛、柯罗辛、红梗菜、烈香茶花。喷气式飞机在天上闲缓移行，似乎正拽着整个彩釉暮空，延迟它向西沉沦。

　　怪客于幽林中养德炼智。数千年来，关于植物的神话和隐喻流播不绝，让我们见证人类与植物在同化。诗歌、哲学、宗教也受此滋养，植物的茎须和藤蔓缠绕着尔等精神的殿堂。甚至，宇宙本身也是一株大树，而苒苒时光如液汁周环其根干枝叶。事实上，范湖湖博士夜奔西瓜博物馆那一回就已经发觉，愚翁植物园远远突破了乙镇的限阈，甚至突破了京畿南境的限阈，正不断朝虚空延伸，它是一个纳须弥于芥子的奇颖世界，你游步此间，如同伊曼努尔·康德游步于哥尼斯堡那无限分岔的鲜花小径……

　　两座比邻搭建的暖房外，散落着不少倒坍废置的石碑、石匾，图文模糊漶漫，而其中一块，堪称巨构，尚可隐约辨认"海西矩嫂"四个隶书大字。又有"入夏世久，与汉不殊"和"暨于岁晚，眈思禅宗"，以及"声高郡国，名动幽燕"等残句。这些旧年代的石制信息存储器，倾颓于一段以楔形砖铺设的残败古道两旁。屈金北说，那是海西人履涉幽州、燕州的实物证据啊，非常珍贵。范湖湖问语言天才，五胡乱华之际，粟特人已来到幽州、燕州，他们会不会为了自抬身价，伪称海西人呢？博士，你一定知道，苟或粟特人由于什么缘故，亮出海西人的旗号，也算不得伪称，并非无根无据。范湖湖点头同意，遂即忘情任理，重新进入了寂然玄照之境。今天他来植物园，是为坐禅，不为论析史学问题。此时，挽着太太瞎逛的陆瘐鹤透过林隙，依稀看到屈、范二人躲在角落里，看到两个难兄难弟有似俞伯牙和钟子期，高山流水，相视而笑，看到这一幕，狂作家从心底涌出一股豪逸之情。屈金北自打觉醒了猿猴血脉，已经好一阵子没进愚翁植物园，而范湖湖陷于惨厉的虐恋漩涡，显然也顾不上这儿的花花草草。稀客呀，稀客！陆瘐鹤欢奋得好像大鱼咬钩，将妻子的嘱咐抛诸脑后，撒腿向前冲去，要推搡他们，要搂抱他们，要亲他们。且慢！光头屈金北一蹦三尺高。狂作家使语言天才回想起自己在甘孜养过的那条疯狗。且慢，瘐鹤兄，我正要乞教于你！……范湖湖博士反应不够快，没能逃开男人的飞扑，只好硬着头皮，生受他力道千钧的古典式爱抚。

屈金北欲凭冷僻字世界让狂作家恢复理智。瘐鹤兄，实话实说，我一直纳闷，为什么"呢子大衣"不写成"毪子大衣"或"绖子大衣"？明明是毛织面料！……哦，哦，还有一个更应时景的问题：为什么《圣经》里从天而降的"吗哪"，风味各异且人皆可食的"吗哪"，不写成"籿粬""饳饳""秄秮"或"酾酾"？至少是"芛萘""枂枒"或"笃箷"才对吧？你说"吗哪"何以填饱肚子，吞个响儿？如果那帮流浪汉吃畜肉，不妨写成"胛腅"。如果他们吃兽肉，不妨写成"犸猲"。如果他们吃鱼肉，不妨写成"鲘鲫"。如果他们吃虫子肉，不妨写成"蚂蛃"。如果他们吃人肉，兴许可写成"伲俹"。如果他们吃女人肉，自然只好写成"妈娜"。如果他们吃仙人肉，怕是得写成"祸祸"。同理，如果他们以酒压饥，写成"酕酾"无妨。如果他们能消化金属，哕钢啃铁，写成"钙铞"

亦通。如果他们有火蜥蜴、火蝾螈的血统,圣子必当请他们尝尝"炀娜"。如果他们体含叶绿素,则应助他们摄入光合作用亟需的"冯㰖"。如果他们是白细胞,还可以给他们喂点儿"疡㾆"。如果他们修道,噬土啮石咂玉,宜赏点儿"坶挪""码硇"或"玛瑯",如果吃很多土石玉,甚至得考虑"屺岬"。总之,谁能靠"吗哪"果腹?拟声词怎堪咀咽?再不济,弄些"纡绷"或"袩袆"嚼一嚼也行呀。偏偏是"吗哪",莫非耶和华要信徒们喝风活命?干脆多费点儿口舌,来一通"讽娜",再请天父大人舒展舒展筋骨,活动活动手脚,赐子民一顿"挴挪"外加"跨蹹",岂不更妙?……

屈金北写下的方块字,相当一部分,逾越汉语长城,闯入了边缘文化的地盘,甚至,其中半打涉足于虚无,纯粹出自他遣兴的生造。但语言天才万万没料到,陆瘦鹤身为冷僻字大师,冷僻字世界的头号开路先锋,却对眼前四十多个冷僻字无所动容,更未思疑混在它们队伍里滥竽充数的假伪六君子,总之,他这次的反应如此淡漠,几乎令人惊诧。

金北老弟啊,狂作家一改欣快症患者的嘴脸,沉抑说道,耶和华的本意,恰恰是让摩西的部族吃幻觉,吃不存在的东西。因为尘世的生活,尘世的欲念,无非过眼云烟,跟放屁一样。

陆瘦鹤整个人灵府清明,处于极度理想的零浑沌状态。十几天前,他才终于放开童年的尾巴,分水岭乃是他完完全全与牛奶无缘了:即使只喝一丁点儿,也肯定拉肚子。

"不过,金北老弟,湖湖老弟,游大劝诫我,圣言不应随便猜揣,圣言之力也不应随便摹效。机械神教派,闾燿祖他们,实施的什么通天塔计划,并非全无风险。你知道,巴比伦塔啊,巴别塔,变乱之塔……"蓦然间,史学博士闻到一股臭味,又浓烈又鬼祟,觉得自己差不多可以在这团暖烘烘的气体中泅泳了。他跳出圈外，不停扇动双手，冲陆瘦鹤横眉瞪目。其实范湖湖刚收到一封知识基金会寄来的演讲邀请函，刻下心情不错。他关于唐代马政的文章，似乎产生了些许反响，将在《中国经济史研究》上刊发。"金北老弟，湖湖老弟，"狂作家觍着脸，无视友人抗议，继续高论侃侃，"关于摩尼的教义，我有必要为你们，搬运几句游去非先生的观点，他说，世界和神灵，实系同一巨物之两极……"

"哦，哦。"屈金北似有所悟。然而，与狂作家喜滋滋的悬想不同，语言天才并未从谈话中获益，倒是谈话者，即陆瘦鹤本尊，让他找到了某个问题的线索。

圣徒库萨姆·伊本·阿拔斯，范湖湖博士，你听说过吧？屈金北以眼神暗示同伴。当然。废柴史学家以眼神回应。此人遭受斩首之刑，把自己的头颅夹在胳膊下面，借助一条暗道，钻进了阿弗拉西亚布之穴，突郎大王的玄铁地宫。很可能，圣徒库萨姆·伊本·阿拔斯至今还藏身于撒马尔罕附近的岩层深处，等待末日审判。话声方落，范湖湖也发现了：陆瘦鹤不对劲。狂作家仍旧滔滔不绝地发言，可是他扁长的脑袋瓜好像有一轮泡状薄膜包裹着，渐渐曲扭形变，且越来越模糊透明，最终，如水滴蒸发一般，它彻底消匿不见，只留下奇奇怪怪的折光效果。男人脖颈的断口平滑似镜，屈金北和范湖湖两位却不敢伸手去摸，生怕坏事。好在陆瘦鹤尽管没了头，并未感觉不妥，犹然言谈自若。狂作家莫不是当今的圣徒库萨姆·伊本·阿拔斯？难道他确为圣徒库萨姆·伊本·阿拔斯转世？屈金北和范湖湖开始相信，跟随这个无头者，保不准真能找到阿弗拉西亚布建造于地下的幽灵帝国……

†

　　瀛波庄园坐落的乙镇，乃至整个京畿南境，原是清朝皇帝畋猎之所。十几年前，邱愚翁搬迁到此。他因地制宜，利用机械秘宝增拓的空间，省称秘宝空间，将小区一角改造为大片雨林，郁闭度极高的虚假原始雨林。无论是狂作家陆瘐鹋、雾霾老汉邓勇锤，还是新近来访的日本野屎旅行团，都不曾走完它三分之一甚至五分之一的面积，更不用说其余心猿意马的逛荡者和游览者。愚翁植物园，是一片远离赤道的热带草木贫民窟，众多丑异树株为抢夺资源而不顾一切，错节盘根，枒杈横斜，攒足了劲儿开枝散叶，近乎痛苦地长粗拔高。它们彼此挤撞，彼此斗法，彼此绞杀，不断上演以弱胜强、以小欺大的生存奇迹。草本、木本、藤本植物，争相破土，新旧更迭，赢家揽抱阳光与碧空，输家死亡并朽烂，成为别人的养料。繁花朵朵、甘果垂垂的老树被野蛮寄生者缠缚着，侵凌着，啜吸着，根本喘不过气来。蜂鸟和巨蝶高低飞舞，大哄大嗡，用它们诡丽的身体搅乱潮漉漉、甜丝丝的热空气。腐殖土在游客脚底蠢蠢欲动。邱愚翁敷设的电缆，穿过这个植物修罗界，延至更远区域，去为杋木、樾木、柟木、槻木、桭木、榹木、棫木、柨木、櫷木、梓木等只在古书里载列的传说树种，新创一小爿适合它们生长的伪天然环境，让东方白鹳在神话时代的枝桠间栖停，求偶，眠憩。

　　外人并不了解，面对自己一手缔造的植物园，邱愚翁越来越感觉心劳计绌。雨林不受他扼制已非一日，蘑菇的群落也一天天壮大，它们的菌丝正从地下，从玄壤的肥力和复杂生态之中，伸向普通人难以想象的浩漫时空深处。植物大反攻，是可以预见的情况，或早或晚，必然到来。邱愚翁做好了彻底放弃的准备，他甚至想立即打开北门，像元顺帝逃出大都一样，头也不回地抛下这座危机四伏的暗黑植物园。之所以迟迟未成行，只因他雇用的村妇，多多少少，还能劝住狂躁的草木军团，还能凭她身为顽劣少年母亲的毅力居中斡旋，横竖再拖延一阵子。若干年前，护管机械秘宝的马脸兽，哲学讲师隗冰俨，曾偕女友，他那位整日捣弄稀有金属的女友，元素周期表女友，核辐射女友，来植物园游赏。当时，姑娘正帮着导师制备金属锏，那玩意儿极其昂贵，据说一克值十好几亿元。她走在灯光照灼下失神的树木间，望见人工的雨林上空吊悬着一轮狩猎之月，便提醒隗冰俨，此地电磁场强度很大，非比泛常。他还以为核辐射女友已找到机械秘宝的蛛丝马迹。于是乎，怀着忧悸，男人领纳了自己打光棍的命运。

植物园频频让参观者做白日梦。范湖湖陪翟小姮在菌类区遛弯儿时，懵懵懂懂步入迷境，误以为自己身旁的姑娘是女管理员唐小佳，当初那个尘随影附的女管理员唐小佳，始终在管理他邪乱神经系统的女管理员唐小佳。她无从盾疑的神情中透着难以理解的拗执。唐小佳，范湖湖曾把她比作美索不达米亚的丰产与战争女神伊什塔尔。

"你知道吗，"男人的目光，追随着打他眼前掠过的一队黑头鸦，"四臂女神娜娜的原身，正是巴比伦大女神伊什塔尔。"

"老娘怎么会知道这种事。"翟小姮没好气答道。

"在欧洲人看来，四臂娜娜，或称骑狮娜娜，挪用了银弓阿尔忒弥斯的面貌特征。可其实呢，阿尔忒弥斯的原身依然是女神伊什塔尔，那个圣洁有时，轻狂有时，独自穿过了冥府七座大门，最终脱得光溜溜的女神伊什塔尔……"

范湖湖忽然想到，他与诸位月亮女神的爱情，是一类纯机械运动，盲目的纯机械运动，因为阿尔忒弥斯藐视爱情。相比唐小佳，赵小雯更超逸，而翟小妲更灼暗，但她们无不藐视爱情。滨菊，崖姜，雀翠花，海金沙。夏天从它那倾侧的蔷薇色瓶嘴喷出酒沫。

"大门？伊什塔尔大门？"

"对，"范湖湖下意识扭头，发现身边人并不是女管理员唐小佳，而是女护理师翟小妲，似乎清醒了，不由深为庆幸，默默感谢上苍，感谢司掌爱情的圣母牛，"对，巴比伦城最瑰伟的北大门，伊什塔尔大门。原来，你听说过那位女神……"

"也不算听说过。去德国旅游时，在柏林的博物馆看见一座拱形门，好像叫这个名字。我还拍了照片。"

"哦，那是一件复原之作，缩小版……"

范湖湖感到一阵窒息，险些呛呕。哎呀，月亮女神，戴金发箍的月亮女神，双乳随步履轻颤的月亮女神。唐小佳，她并不晓得月亮女神的老梗……喂，方头男，还记得唐小丽吗？记得。你妹妹，不，你姐姐，模特儿。我姐姐唐小丽之所以暴瘦，不是因为抑郁症，也不是因为厌食症。她一米七五的个子，却不足七十五斤。十五年，整整十五年，求医问药，愁痛不堪。究竟什么缘故？原来，她患有麸质过敏症，肠道无法消化谷蛋白。这病很罕见。她直到最近才总算查清楚。青春全毁。

史学博士眩惑无已，他非但没清醒过来，反倒坠入了更深一层梦幻。年轻人，报一下星座，赵小雯说。范湖湖也想聊一聊星座，好装成年轻人的样子，于是告诉了她。月亮星座呢？他拿不准自己的月亮星座。我给你看看星盘，姑娘说。唔，你下周的桃花运不错……

关于占星术,你懂多少?姑娘问。范湖湖无从分辨谁在跟他说话,是赵小雯,还是翟小姐。最古老的占星资料,史学博士回答,非《巴比伦编年史》莫属。当时,迦勒底的宫廷占星家为国王们窥寻吉辰,将历象与累世纪载的征兆两相参较,再以信件的形式呈报君主。巴比伦人留下了第一批星图、星表。他们把尼比鲁行星叫作马尔杜克。要明白,马尔杜克可不一般呀,乃是巴比伦的守护神,更是苍穹的立法者,迫使众星本本分分待在各自的轨道上。马尔杜克主掌战争,在巴比伦第一王朝时期升格为阿努恩纳奇诸神的领袖,让天神安努、地神埃阿、空气神恩利尔这些桀骜难驯的家伙乖乖听命,垂耳下首……

怎么又是巴比伦?女人不耐烦。你这书呆子。她勾勾手:来。恭领钧旨。范湖湖凑近,同姑娘接吻。男人觉得很别扭,女人也觉得很别扭。算了,你个大笨蛋,还不如继续巴比伦。恭领钧旨。废柴史学家终于确认,她既不是赵小雯,也不是唐小佳,是翟小姐,肯定是翟小姐。她降入凡间,变成巴比伦公主、巴比伦女祭司,而你,范湖湖,是一名修筑通天塔的工程人员,或者翻译人员……咳,咳,方脑袋博士忸怩地清了清嗓子,似乎将要作出生平仅见的重大决定。接下来,他缓声说,直到今天,我们依然遵奉巴比伦传统,在计时系统中采用六十进制,并把圆周划分成三百六十度,而复原安提基特拉机械的德瑞克·普莱斯教授在《巴比伦以来的科学》里问道:"我们高度文明的科学基础源于何处?……"

突然,范湖湖哽住了,再也没法儿瞎掰下去了。他望着闷闷不乐的翟小姐,攥着女人的胳膊,两眼湿润,几乎垂泣。植物园那荒莽野性的气息可以将游客的脑袋完全搅昏。大笨蛋,你干吗哭丧着脸?唔,柳宗元诗云:"贮愁听夜雨,隔泪数残葩。"残障的残,奇葩的葩。什么？说老娘是残葩？翟小妲拍开男人的狗爪子，叉蛮腰，挺豪乳，振娥眉。你活腻了？她连连挥掌。让你尝一尝，残葩的厉害！嚓啪，嚓啪，嚓啪！劈头盖脸……

†

蓝羊茅，耧斗菜，八仙花。暗风吹雨，满墙苔色。雷神，其状如巍，在云端乱拱。真火降世，为凡尘留下两三道焦痕。

苗芃芃小姐拽着饶舌鬼屈金北，闲荡于诸多毒花毒草之间。这对佳侣刚刚捶爆了《尼尔：机械纪元》的终局大怪物，消耗极巨，所以步子轻飘飘的。那是一尊通长数万米的机械生命体，出场时干脆利落地咬断了一艘核动力航空母舰。苗芃芃和屈金北驾驶着机甲大显身手，他们动若风雨，击若迅雷，活像两只全副武装的红头丽蝇，又是劈砍又是开炮，好不容易才打碎了大怪物胸前镶嵌的四座能量反应炉，破坏了它金芒闪跃的防护罩。机械天使，姑娘，干得漂亮！紧接着，卫星武器"嘤"的一声，吐放一道粗巨、凝实的激光，将其彻底诛灭。

芃芃，没忘吧，屈金北问她，植物同古波斯神祇的关系。姑娘没搭理男友。于他自己回答：紫罗兰属于雨神提尔，白茉莉属于智慧之神沃胡曼，百合花属于水精灵霍瓦尔达德，而鼠尾草属于火精灵阿尔达瓦希什特……

正说着，居然遇到了冥境风物学家昝援晃。自从上回与闫燿祖先生的智能程序"神瞲"较量牌技之后，老爷子的气度越发沉雄。他没去找人打扑克，而是躲进邱愚翁的地盘，静静思索扑克艺术的宏广未来。昝援晃双目半阖，眉头微蹙，苦痛中含藏餍足。当年郑庄公听说胞弟共叔段造反，脸上也挂着他如今这副表情。苗芃芃让屈金北先走一步。她想跟老头儿随便聊几句，借机打探一番，问问智能程序的情况。但昝援晁心不在焉。他眼皮严严实实闭拢了，大约正冥想神游那亡灵世界的山川景致，面庞上随之隐隐浮现黄泉、九幽壮观的地形地貌。陆瘦鹇曾鼓励老头儿撰写一本《地狱旅行指南》。不过，既然来植物园，昝援晁八成是在思考阴间植物学难题。闲侃不到五分钟，苗芃芃发现，对方睡着了，当场打起了呼噜。去吧，曾执掌监狱食堂的昝老汉梦中喊道，接受再教育吧，重新做人吧！……姑娘没搅吵他：可怜的援晁大伯，他命不久矣，即将魂飘天外。

其实，愚翁植物园的白日梦先驱既不是范湖湖博士，也不是昝援晁老头子，而恰恰是名字与草木们更为亲近的苗芃芃。她不仅自己做白日梦，还几度走进别人的白日梦。有一次，她孤身来到唐代的长安城，恍似一位光阴漫游者，惊怪于九衢千门的震动竟如此真切。天下晏然、四海熙雍的曚昽瑰景里，众朝臣手持笏板，上廷奏事，征蛮大元帅班师回朝，数以万计的西南獠人绳捆索绑，充为官奴。此刻，秋风吹渭水，落叶满京师。西市又新现一色异邦蔬菜。究竟是什么植物，不得而知。自从汉代张骞移回了苜蓿和葡萄，从域外引种已延续千载，且仍将延续千载。伟大的植物输入者，让诸多宝贵植物在华夏播传。皇帝下诏，命属国藩臣精选最上等蔬果进贡。苗芃芃走过坊场，看到朱绂紫绶的高官在街陌间乱冲乱撞，看到青黛描眉的女子身穿紧窄裙裳，还看到一阵叛乱的烈风，刮得市集的商贾星飞云散。她分不清这是谁造构的白日梦，它也可能由好几个白日梦杂混生成。傍晚，焰爵床，串钱柳，圆叶南洋参。金花万朵，金沙万丈，金灯万盏。

†

屈金北迟早出柜，承认自己是同性恋，苗芃芃想。这家伙跟男人在一起显然更来劲。某天晚上，他对姑娘说，陆瘐鹤衣服的颜色相当秾丽，接近《花花公子》里介绍的"更年期紫"。而范湖湖博士，语言天才补充道，假正经，私下耽溺于性虐游戏，穿不合尺寸的三角内裤，难以自拔，翟小姮因为爱他，才认真配合他，非常入戏地折磨他。

这会儿，屈金北、范湖湖两个怪胎，正与异端神学家游去非边走边谈。游去非，游手游食，南郊人称游大，不仅是异端神学家，还是灵物学家。只听见他说：

"……不，最近，思想变化了。世界怎样诞生的？我一直在考虑。上帝创造了世界？好吧，权威见解。可上帝凭什么无中生有，创造了世界？无，该如何生有？生有之无，还算不算无？况且上帝即有啊。唯一答案是，"游大竖起两根手指，好像要给人点穴，点命门穴，"为创造一个低级世界，上帝献祭了自己。尼采说，上帝已死。这话倒没多大错。但上帝并不是某月某日猝尔丧亡的，也不是在漫长的宇宙历史中逐渐衰老，终其天年的。低级世界诞生的那一刻，上帝融入了万法万流。简单说，那一刻，上帝当场炸裂了。可关键是，他炸裂之际，不知为何，出了点儿差错，营筑宇宙的原初质料竟大大减损。按计划，上帝应构建一个丰盈的十维宇宙，结果呢，只将将得到一个稀稀落落的三维宇宙，清汤寡水。唉，外加时间顶多四维。上帝舍得一身剐，才用自己那点儿家底凑拢成时间，而时间，七疮八孔，七漏八淌，明显的残次品。我们的上帝没经验啊。这恐怕是他第一次创世,不可翻悔的创世。谁承想,搞砸了……"

"游大师,"苗芇芇赶过来,没搭理自己的男友,直截发问道,"上帝,他老人家到底是死是活?"

"上帝既不死,也不活,女士。犹太人以撒·卢里亚说得好呀,上帝岂能从虚无中创世,倘若连虚无亦不存在?……因此,上帝必须给原始宇宙留一个空间,他不得不捐弃自己内部的某个象域,这是一个块乎其冥的太初空间……依照《光辉之书》正统传承,圣光的残遗仍广漫于太初空间……上帝从这个空间退隐,离开,以便创世时,启示人类时,再安返原地。肖勒姆教授认为,这是造物主的自我废逐。实际上,女士,不仅仅是自我废逐,还是自我否定。退隐和疑念僭居首席,扬显和确信反居次席。我得跟你们说说精神的密度、强度,说说纯机械定律以外的东西……"

"上帝还有机会第二次创世吗?"苗芇芇不讲礼数,打断游大讲话。她想起当初马脸兽坐在三轮摩托的边斗里,瞎诌过什么摩尼教隐暗派的多轮创世理论。

"很难了。这个问题,不妨询请机械神首席大祭司,他会说,根据哈勃常数、宇宙学常数……"

"莫非一星半点可能都没有了?"

"哈勃常数、宇宙学常数、张三李四常数,虽曰常数,却始终在更动。不过,唉,实切不乐观啊……"

屈金北心知肚明,自己的女友纯然是寻开心,她才懒得弄明白什么创世不创世,她只想看男人出乖露丑,看他们闹笑话。屈金北朝苗芇芇抛去一道会意的目光。姑娘回了一眼,催促他赶快冲锋陷阵。

"据说，"语言天才横插一杠，"主神未创世之前，唯有他和魔王共处……"

"哈，摩尼教诡辩家！"游去非怪笑道，"你是不是打算向撒旦致敬，是不是想舔撒旦的臭腚沟？"

苗芃芃站在神学家和史学家身后，冲屈金北撅了撅屁股，做了个下流手势。

"如果魔鬼惓惓不忘于毁灭，那么，本质上，这位大人很虚弱，他不得不倚靠自己拼力要毁灭的一切而持存。好比说，你们以远为近，以饥为饱。欲保全自身，图谋毁灭万有，他断不可毁灭万有。抵牾绝大。因此，我赞成，魔鬼不以毁灭为念。公元一九六三年，他在华沙出席的魔鬼形而上学记者招待会，完完全全是一场骗局……"

"有位哲人讲得好，信仰总处于冲突之中。"屈金北瞧了瞧呆怔的范湖湖博士，确认这傻瓜又在做白日梦。又瞧了瞧自己的女友，想象着姑娘发烧时，医生将一管既凉且酸的疼痛，扎入她泛青无肉的小屁股。

"别跟老夫扯摩尼教，"异端神学家摆摆手，"那不过是一轮自由精神的虔诚练习。我们大伙穿过暗物质，或者相反，暗物质穿过我们大伙。洗脱罪业的方法，"他眯了眯眼，看到摇曳树影中什么人正徐徐接近，"是抬腿，加紧步伐……跨入炼狱的大门时，但丁说，邪念使弯路显得像直路……"

游去非渐行渐远，跨入了半疯状态。若来者是陆瘐鹤，苗芃芃相信，这一疯一狂，保准有一场龙争虎斗，闹个天翻地覆。可惜呀，潝波庄园的大作家专执于循迹追踪拉野屎的日本背包客，已迷失在京畿南境的阡陌之中。而游去非，自诩加尔默罗修会的荣誉成员，熟读圣十字若望的《攀登加尔默罗山》诸章节，他当场脱掉人造革凉鞋，赤脚奔行，径赴心灵的黑夜。

"我们的智力，"异端神学家继续说，"是一头头狡兽……所谓蕴奥，它一朝乍显，就立即超越世人的理解，使芸芸众生听而不闻，视而不见，知而不觉……我，游去非，取法于圣十字若望的灵物主义疯子！……历史规律，神命之洪流！谁说《圣母无原罪成胎谕》是放狗屁……女士，谨记三大祸害：父母，教师，老板！……佩服呀，贱胚！息劳归主吧，死吧！……我授予汝等妙谛，请闻听：这世界无一物、无一处牢固！……"

苗芇芇望着呆滞的方脑袋博士范湖湖，盘算着如何踹了混球屈金北，另寻新欢。"游大仙，"她默默给称谓升级了，"有个科幻小说家讲过，历史是由一层一层黑暗壅积而成的。"

当时，姑娘正在读《时间龙》，一部没写完的长篇小说。她觉得英年早逝的作者要么是自大狂，要么是同性恋，因为男主角将自己的精液比喻成散裂的水晶。事实上，精液，纯属麻烦，女人从不指望着它们营造欢愉。

游去非和苗芇芇两次提到"历史"两字，终于把范湖湖从白日梦中唤回。似乎七魂六魄才归位不久，尚未稳定，他兀自喋嗫低语："亚历山大·柯瓦雷在论文《哲学家与机器》里申述……"

初秋的暮风令人惓倦，熟醉。苗芇芇拽着屈金北离开愚翁植物园。乙镇，圈养麀鹿的大都会远郊，正沉入幽阴。有个丸子脸小姑娘在滑梯上攀爬，幻想自己是一位身手非凡的卡通人物。东边，亿万富豪何卫壕规划建造的高尔夫球场，原本栽种着优质果岭草，过了一个夏季，经受了三五轮疾风横雨，旷敞的土地居然被假还阳参占据，处处开满黄花。近几年，这支菊苣族游牧大军肆虐南畿，甚至一度侵犯愚翁植物园，招来成群的草原鼢鼠。不过，它们一旦济济然跨越边界，便一株接一株化为又肥又壮的野菜，无力再深入敌境。假还阳参兵团莫可奈何，只好久驻围栏另一侧，觊望于奇迹降临，多少吸摄一点儿萦绕在电缆和古木之间的圣光神力。

†

傍晚厉风。花粉、籽粒、昆虫、沙砾、烟头，纷纷扑打在行人的脸上。空气的洄湍太急烈，甚至把手机信号也吹没了。日本野屎团钻进繁芜丛杂的售楼处遗址，留下几十坨野屎，掉头开赴张沧货的食铺。

那是什么地方？东京摄影师遥指一座巨塔。大公园。张沧货派来引路的小伙子回答。什么大公园？十八大公园。那儿呢？通晓汉语的副领队老头子遥指另一座巨塔。大公园二期，十九大公园。如你所见，中日两国人扳谈，往往以拙陋的闲扯开场，以诡异的慎默结束，而且无论聊什么，双方始终有一种挥之不去的感觉，好像自己是在用纸笔说话，不是在用唇舌说话。

食铺其实就在新乡村酒楼外头。因店小客多，此次餐饮盛事的饭桌沿街一字排开。日本野屎团的成员一路窃窃私语，惊恐地目睹两位当地的知识分子在吵架，他们脸红脖子粗，他们张牙舞爪，直想掐死对方，揍死对方。某甲一再野蛮地打断某乙，而某乙也不是吃素的，偏不让某甲打断。日本人走过时，某甲正引颈高歌，某乙随之拍手顿脚，足足五分钟才冷静下来。但京畿南境的居民知道，这两个活宝是专业讲师，四处推销"逍遥之理性培训班"的古怪课程。在他们分发的广告活页上，能看到如下宣传语：

逍遥之理性培训班，指导你摆脱成见的危害。

还能看到小一号字体的营销文案：

你还在暗昧中伏地爬行吗？你还在无法脱身的迷宫里瞎转悠，探摸生活的形状吗？你仍然被无数问题搅缠，像牲口一样任人牵着鼻子走吗？请参加逍遥之理性培训班！给自己的行为立法，觅求心灵的欢悦和满足！三招教你告别金鱼脑！

活页另一面，似乎是该培训机构隐暗派的惑众之言：

你是要恭逊，还是要当话事人？
别相信十恶不赦的独断论者！
没错，霍布斯的权威让我们五体投地……

广告活页太硬，不宜用来擦屁股，所以日本野屎团没费力气去琢磨。不过，收集个一二十张，酌情带回老家做纪念，也未始不可。新乡村酒楼外，恭迎人客的张沧货看到这些双色印刷的陋劣传单，气不打一处来，冲着所有听得懂或听不懂的大男小女，怒斥逍遥之理性培训班：

"那群窝囊废，喔喔喔披着学问家外衣的窝囊废！这年头创业，讲究喔喔喔商业模式，你先得捋明白，是搞屁突屁，喔喔喔还是搞屁突隙……"

张沧货受困于一种奇罕的结巴，说话不停喔喔喔，喔喔喔，像交趾鸡打鸣一样。不过，基库尤少女觉得，这并不碍事，反倒挺可爱。张沧货去年想重赴东非，饲养安科拉长角牛，为此他必须带几个会开挖掘机的老乡一起去，在肯尼亚，会开挖掘机便相当于天神，挖掘机天神。然而，春节一过，男人又变卦了。狂作家陆瘦鹤因此慨怅，世间众多失败者之中，有一类失败者十分特殊，他们一直在寻索，在规划，在尝试，他们似乎很积极，很敢于行动，但同样一无所成。这类失败者，习惯一个劲儿发散，终无凝合之时。表面上，狂作家陆瘦鹤是在评价不停"喔喔喔"的厨子张沧货，而实质上，他是在结结实实地鞭笞自己。唉，文人浅薄的发表欲！……什么德望兼资，不外乎一帮愚瞽之徒！……邱愚翁，老伙计，我说别人呢，你又不瞎，你又不是俄狄浦斯。陆瘦鹤当场吞服一枚金嗓散结丸，也没喝水，干咽，继续胡搅乱骂。瀛波庄园的画家，代理矾膏牌颜料的销售，像话吗？……濛波庄园的诗痞，不知天高地厚，东施效颦，竟鼓弄了一个督遄奖！……还有那个福利院女王，南宫珂，京郊的塞米拉密斯，光着屁股征服了北印度的塞米拉密斯，传闻她早年在广州西滘村当过楼凤，居民小区里营业的暗娼，而且全年无休！……

至于逍遥之理性培训班，那帮家伙啊，学历高得可叹，收入低得可笑。男人嘛，总觉得自己行，其实根本不行。女人呢，看自己楚楚可怜，干出来的事绝不楚楚可怜。唉，无脑呀！……

在狂作家眼里，无脑的男人女人站满了大街，而无头的男人女人下死力气胡乱挖掘，不断搜探他们的地下宝藏。亲爱的长篇小说，到底该叫你什么名字？陆瘦鹤步入玄夜，安抚着蛰伏于自己体内的始祖动物，思索着自己怎么也写不完的长篇小说。

†

饮食节制，乃一切美德之根源。张沧货知道，自己的事业是真真正正检验客人的美德之根源，千方百计动摇这根源。在烹饪界，他无异于一坨走动的雷酸汞，危险系数极高。今天，张沧货为日本野屎团准备了别出心裁的菜谱，其中有一份颇具他个人风格的乘兴之作——花盖蟹炒裸盖菇——最受大伙青睐。用廉价海鲜，给东瀛游客填食！文蛤，毛蚶子，好歹弄一些七星鲈吧，再烧几条黄鳍鲷吧！……日本人吃得正欢，有个俄罗斯大汉，满面黄须，头发梳成一根根八爪鱼触手状，来跟他们打招呼。这个金发斯拉夫男子原是一名财政学家，因为薪水太低，跑来中国开展他筹策详密的特色文旅业务。瀛波庄园的住户清楚，俄罗斯人瓦西里和张沧货狼狈为奸，共享客源，把他们当成猪崽、狗崽，来回倒手。果然，这一次又大获成功。野屎团男女听到瓦西里哇咧哇咧地说起日语，相当纯熟的日语，立马热情高涨，抛开疑虑，决定要去捧场。俄罗斯人似乎又领着日本人复返愚翁植物园，只不过走了另一个方向，另一条路线。他们在几座苏州式庭院间钻进钻出，在一道道仿古连廊上东绕西绕，终于来到一家严阵以待的主题公园：第七国际。眨眼间，身穿越南奥黛、朝鲜契玛、古巴瓜希罗长裙，以及阿尔巴尼亚和塞尔维亚传统服装的各国姑娘，鱼贯而出，向日本野屎团成员献花。乌克兰歌舞团起劲地跳着戈帕克，波兰歌舞团更起劲地蹬跶着玛祖卡。金色发浪！柬埔寨歌舞团则端严再现着阿普沙拉女神的一举手一投足。齐唱英特纳雄耐尔，可以打八八折！作风狂豪的本国歌舞团华丽登场。甩动，抖动，五禽戏，粉旗飘飘！横劈叉，纵劈叉，高抬腿劈叉，悬空倒立劈叉，转体劈叉，催人奋进的主旋律戛然而止！姑娘们目光迷惘、僵滞，犹如机械傀儡，犹如充气娃娃，套用朱岳在《弱者》中又精准又冷冽的描述，这些年轻女子的眼睛是死物初获生命时原始的眼睛。日本游客惊呆了。他们并非没领教过色情表演，他们很喜欢泰国人妖！但如此剧烈反差，仍让这支见多识广的旅行团大开眼界。你可能不太了解，俄罗斯人现下捣腾的任何活动、节目、仪式，往往不必要地含有的色情意味。无论如何，诸位须承认，俄罗斯人挣扎着重新爬了起来，适应了世纪主流，他们联合全星球无产者之中最青春俏丽的先进分子，代表平底锅主义阵营，向老牌魔环主义阵营索讨旧债新债！院子内外，观众满座盈庭，鼓掌欢呼。来！去！财政学家瓦西里目使颐令。他不屑于言词，像一只老练的牧羊犬。跳舞的各国姑娘乖顺听话，是一群无条件服从其意志的性感小绵羊，她们的大腿如节瓜般圆实。东京摄影师看得不住叹咤，副领队老头儿则频频冲俄罗斯人竖起拇指。然而，高潮回落，倦怠袭至，日本野屎团于是挤进一个黄土高原格调的包厢歇息，好似缴械投降、等待处置的战俘。张沦货一通电话，慵懒的伙计们继续端上各种海鲜，没完没了的海鲜，发臭的海鲜，给东瀛游客填食。鸡笼鲳，大菱鲆，木叶鲽。再来些海螺，把冷柜清空！凤尾螺，蜘蛛螺，麒麟螺。吃呀，吃呀！快动手，蘸芥末吃，生吃。水箱底部还趴着艳丽而庞大的鳞砗磲、长砗磲和番红砗磲，五颜六色的绵软肉体，撑开粗厚贝壳，无耻外露……顾客上帝们，牡蛎和龙虾爱好者们，本餐厅由意大利厨艺学会的资深成员掌勺，亚太经合组织领导人亲自点赞，联合国秘书长同框合影！……吃吧，你们这帮拉野屎的傻蛋，尝一尝法式小甜点克拉芙缇！不，你们从屁眼拉出来的物什，不是屎橛子，是金条，多多益善。生意难做啊!……贵宾,东洋贵宾,乙拉下伊马赛,多佐,多佐!……

†

  为了好好接待日本野屎团,为了从这伙生态主义贵族排泄的野屎中榨取更多利润,张沦货和瓦西里紧急动员瀛波、澴波两个庄园的诸多贫穷艺术家。迎宾区的广场上,正非法演奏泽野弘之的曲子,鬼吵鬼闹的脸滚键盘式旋律,夹杂着英语、德语而又莫知所云的日语歌,让听众禁不住随之痉笑。唱吧,嗷嗷叫吧,尽情振动诸位的铁嗓金喉。音符喧啸,随尘雾环行,垒成一座岌岌可危的声响方尖碑。

  但贫穷艺术家不过是自娱自乐。野屎团倡导的绿色理念与核爆音乐在宗旨上彼此呼应,在审美上却天差地别。日本游客不喜欢这种调调,否则他们为什么要出国,而不径直去找泽野弘之本尊,说服那家伙一块儿拉野屎?此刻,东京摄影师及其队伍躲得老远,正待在一片蝇蚋孳生的池塘边窥看野禽。

  "红颈瓣蹼鹬,"兼职讲解员陆瘦鹤指着两只怪模怪样的水鸟说,"首次发现,是几年前在鄱阳湖……"日本男女纷纷拍照留念。走进黑魆魆的林子,陆瘦鹤请人们放慢脚步。"这些植物挥发的香油中含有罗勒烯,可纾缓抑郁……"他越说越抑郁,渴盼撒丫子奔向僻深处,甩掉日本野屎团。不过,考虑到工钱,狂作家犹豫了。"诸位脚下的石头,学名为陆源碎屑岩,"他颤声道,"从冥古宙一直存留至今……"日本人配戴的智能翻译器哼哧哼哧作响。我并不想跟他们交流什么芥川龙之介,什么夏目漱石,什么川端康成,完全不想,狂作家自忖。若非要交流,倒不如交流《恶作剧之吻》里扮演丽子的小泽真珠,当然也可以更刺激一点儿,交流……

引狗入寨,肥猪拱门,山鸡舞镜。陆瘦鹤头脑中莫名冒出这几个以家畜家禽作比的成语,不由悲意萌生,新奇感消隐。眼前景色,仿佛来自一部他衷爱的俄罗斯小说。"凄凉、深邃、死寂的夜色笼罩着大地……"他喃喃喏喏,背诵一段谙熟的译文。

有人在壕沟边摸黑钓鱼。据说,我们钓鱼时,脑电波十分平静,无限趋近于死亡。

荒弃的园子里,沉积了不知多少思想和咴咴唧唧。晚风如此幽柔。这是失神的时刻。空地上,三五个发黑的人形仿如泥雕,几乎一动不动,他们轮廓乏倦而无所事事。孩子在周匝跑动,似乎处于世界的不同维度。偶尔有黄黄绿绿的送餐员抄捷径,奔向住宅楼,身上荧光炫目,这些男女是播撒蓝焰的蛾子,是头部灼亮的乌蜂,在骨化的森林中飞舞。

狂作家一转头:不知什么时候,日本野屎团消失了。谁拐走了他们?是俄罗斯人瓦西里,是填食老手张沧货,还是某些流荡于瀛波庄园内外的隐默力量?陆瘦鹤一位同乡的前辈小说家,市作协副主席,此公擅长以古希腊神话人物第一视角讲故事。他假装自己是建造迷宫的天才工匠,或者是禁囚在迷宫深处的牛头怪,或者是进入迷宫准备跟牛头怪搏杀的青年英雄,或者是爱上了青年英雄的反叛公主,总之,他幻想啊,幻想啊,幻想啊,最终精神失常,张开双臂,从六楼的窗户一跃而出……不,不,跳楼什么的,压根儿没这回事,净扯淡,那位平头正脸的小说家不仅活得好好的,还抱紧了实权人物的大腿,荣获巨奖,身价陡增,名利双收……

陆瘦鹤极其跳宕地得到一个结论,迫切希望与异端神学家游去非分享:要么不存在上帝,要么存在无穷多个上帝。

†

日本野屎旅行团的波动覆盖了整个乙镇，影响肉眼可见。附近一家小型超市里，有个女顾客因为收银员说她使用假钞，大吵大闹，当场脱下裤子拉屎，再捡起自己的屎砸向收银员。老狱厨昝援晁亲睹此事，连忙跑进愚翁植物园，添枝加叶地给邻居们扯了一通。不过，他感叹的要点，既不是年轻人的暴脾气，也不是俏姑娘的白屁股，而是她肠道系统极佳，大便不软不硬，能够快速排出，并且拾取扔出，表明此女很健康，青春正盛。至于可怜的收银员，扑克牌高手昝援晁根本不可怜那个可怜的收银员，因为他小女儿也当过收银员，老头子认为，收银员是天底下最舒坦的混账职业。早年间，昝援晁给狱警做饭，很清楚这些同事的肠胃差到什么地步，也很清楚那帮囚犯令人嫌弃到什么地步。他狠狠虐待过一个家伙，此人原本是医学教授，因为同女助理发生婚外情，竟将一氧化碳注入瑜伽球，塞进轿车后备箱，毒杀了自己的妻子和孩子。昝援晁下手太重，险些把这货捏死，所以领导安排他提前退休。老头子认为，收银员根本不可怜，狱厨和警狱才当真可怜。

瀛波庄园的居民常常看见昝援晁瘫在小广场的长椅上，神情麻木，听着手机音乐。

　　年轻的纺织姑娘，坐在窗口旁。
　　年轻的纺织姑娘，坐在窗口旁。

如果这首《纺织姑娘》循环播放，说明昝老汉的小女儿又发疯了。有一次，她把一整盘焦煳冒烟的鱼香肉丝扔出楼道，自己叭唧一下，扑倒在门边，厉声哭喊。若小女儿安逸无事，孙子琦琦又还没放学，昝老汉会跟一个长期请工伤假的猴瘦中年人瞎聊，谈论生死荣辱，谈论他们青春时远走高飞的信天翁式壮游。因为熬夜，再加上纵酒，昝援晁两手微颤，且久受水肿症摧残。他抽烟时，像条病龙一样喷云嗳雾，不仅把烟吸进肺里，更吞进肚子里。老头儿下巴颏正中央有一颗大得可怕的棕色赘疣。他左眼窝上方刻着一道明目张胆的刀疤，将浓密到几近失控的眉毛截成两段，据说这是他老伴的杰作，她挥舞滚烫的火钳，给他不轻不重地来了那么一下子。与阴间百科全书派的丈夫相反，昝援晁的悍妻不信鬼神。什么仙啊佛啊，放屁！……来点儿实际的，仙啊佛啊，能让俺家破冰箱永远满满当当吗？能往账户上多添个零吗？能吗？如或不能，信你们才怪！……奶奶，奶奶！放学的昝琦琦到处找他亲爱的奶奶。但老太太很忙，整日跟掏空她钱袋的病魔、穷神作顽狠拼斗。她夹着笤帚，奋不顾命，视死如归，在小区内外争抢垃圾。她拾集的废纸板和瓶瓶罐罐占据了一个又一个楼梯间，层层聚叠，蔚然大观，这些倾斜的巨塔深夜里吱嘎吱嘎作响，迟早轰隆坍塌，压断倒霉路人的脊梁骨。

若干年前，每逢除夕春节，老狱厨一家便真金白银地打麻将赌钱。那时候，昝琦琦的父亲仍出入瀛波庄园。他一个下午就输掉两万块。这令昝援晁心情大好，因此迟发性脑神经病变和多发性中枢神经硬化症的戕害尚且可控。儿子输钱给老子，在昝援晁看来，是孝顺之举。实际上，儿子即使想赢，也完全赢不了他。当初老狱厨为锻炼牌技，经常找贪污犯切磋。奈何好景不长，儿子、儿媳转眼离婚，把刚满一岁昝琦琦丢给二老抚养，几乎再未现身。昝援晁这才开始一摇一摆地低头走路,在长椅上闷声独坐,溺思于博弈之道,或与猴瘦中年人恬然并坐,共忆青春之美。

范湖湖博士说:"家无阿堵物,门有宁馨儿。"然而边缘学者的冀望过于美妙。真相是,昝援晃既无阿堵物,大孙子也相当呆傻……

传闻老牌手年富力强时,帮工的服刑人员犯错,他从不宽恕。如今他玩命捞钱,打算给昝琦琦攒一笔学费,供他将来深造。弥日累夜,三大神经元网络将赌桌上瞬息万变的情况,以电脉冲编码的方式,源源不断传输至他脑子豆状核外侧的屏状核,而神经细胞长期超负荷运转,加剧了迟发性脑神经病变的严重程度,于是多发性中枢神经硬化症也趁火打劫。滚滚牌运向昝老汉选定的方位汇集,他容受了如此郁烈的牌运,以至于嘴巴渐渐张开,环绕天灵盖生长的灰毛渐渐飘零,头越来越低,驼背越来越弯,脖子越来越肿。实在乏到不行,昝援晃便花五块钱,请猴瘦中年人帮忙理一理发,顺带掏一掏耳屎。那个病恹恹的汉子,京畿南境收费最少的兼职理发匠,把瀛波庄园边上的简易凉棚,亦即屈金北的私人健身房当作不定期营业的理发室。他非常喜欢给顾客掏耳屎,动手前扎好马步,气沉丹田,调匀呼吸,这才将小铜勺探入积存耳屎的可爱孔窍。有一回,铁肺子邓勇锤跟女儿说自己聋了,她立刻拽着父亲去医院检查。耵聍栓塞,耳鼻喉科顶级老专家诊断道。那天下午,两名小护士更番落力,挖矿似的不停挖了三钟头又十五分钟,累得半死,终于不辱使命,挖出两坨天底下最大的耵聍。它们接触空气而膨胀,犹如火候太过的土制爆米花,焦褐透黑,摊开可铺满整个巴掌。呸,什么耵聍,什么耵聍,明明就是耳屎嘛!猴瘦中年人看到雾霾老汉从医院携回的战利品,莫名一阵心痛。那两坨耳中圣物,巨大无朋的刨花状奇观,导致铁肺子失聪的罪魁祸首,令耳屎爱好者差点儿跪地伏拜。猴瘦中年人乞求邓勇锤出借它们几日,以供详究,这样的场景,堪比金池长老乞求唐三藏出借锦襕袈裟,以供赏玩。当时,昝援晁也在旁边凑热闹,他一个劲儿称叹中年人不仅是请工伤假的高手,也不仅是乙镇大打价格战的业余理发师,还是天赋异禀的耳屎艺术家。猴瘦兄,我们等俗眼无瞳,失敬,失敬!无意间,昝援晁仿佛觑探到中年人深阔的内心世界,从此与他无话不谈。

†

愚翁植物园之覆灭,始于一次百年不遇的台风。接受媒体采访的气象学家表示,如此高纬度且径直切入内陆的台风,形成于这个时节,实属罕见。那天清晨,风眼墙逼近京畿南境,积雨云高高峙耸,因强盛的上升气流而不断扩展,沿途倾注猛急的暴雨。那天清晨,开三轮电动车不小心弄伤了左脚的铁肺子邓勇锤持续关注天气预报。他看完六点档的天气预报,还要再看七点档的,接着再看八点档的。老头子当然知道,如果一直看一直看,这一天下来,准保一事无成,但他反正也做不成任何事,倒不如盯着气象频道出出神,发发呆。窗外铅云四布,苍穹似已炭化,瀛波庄园的高大梧桐树勾勒出仲秋透明度充足的悠晃世界。上午九点,气温骤降,很冷,凡间的愁情哀绪冻得板僵。

吃过早餐,雾霾老汉举着军用双筒望远镜,这儿瞧瞧,那儿睒睒,默默地监控整个社区。他像獾,像狙,像狢。他在跟踪跟踪狂,在窥视窥视狂,他是跟踪狂的平方加窥视狂的平方,他是勾股定理那一条该死斜边的平方:监控狂的平方!……

近来,铁肺子邓勇锤的女儿读到一篇文章《最新研究:短期空气污染暴露与老年男性认知功能障碍有关》，其内容让这位职场丽人觉得，自己又遭一记重击。说得对啊。铁肺子不等于铁脑子，铁肺子等于豆腐脑子，肮病毒业已在铁肺子命魂的胯部弥散。邓勇锤见不得家里什么器具坏了，女儿马上去买新的。他可以修理嘛！还让不让颓龄之人享受修理之乐？机械神大祭司嘲弄的目光，该如何消纳？争吵频频爆发，言语激切。妈妈，你泉下有知，睁眼看看咱们家吧！妈妈，你怎能撒手不管了呢？你为什么不跟这头老怪物白首永偕啊！……

最阴郁的日子里，父女俩只用反问句交流。而乙镇福利院的经理、新派燃丧者、铁肺子的东床佳婿鲁尚植，整天黑着脸，冷眼旁观妻子和岳丈大人诘斥三千世界。令他又快活又窘迫的情境，是遇上邓勇锤打嗝。如此刚猛的年长修理工，打嗝居然像一只病鸡在咽咽咽啼唤，鲁先生真不敢相信。雾霾老汉打嗝的动静竟如此忧伤，无助，痴愚，简直莫名其妙。他一打嗝便无法思考，往往干站着发愣失神，顶多茫然地转圈，满处找水杯子。难以禁抑的一过性呃逆，一声接一声，不紧不慢，逗人发笑却也引起同情。这是邓勇锤流露软弱一面的珍贵时刻，除此之外他只在邱愚翁的地盘上，在愚翁植物园隐僻处，才偶有这般表现。步入迟暮，暗赭色迟暮，相当一部分人于某个节点急剧老衰，并且无声无响、苟延残喘地捱过许多日夜，尽管还活着，大伙却以为他早就死了，这等情形，在作家和学者的可悲群体中屡见不鲜。另一些人则经久保持着相同状态，某天骤尔故世，不留半句废话。说不清邓勇锤属于哪一类，又或许他自成一格。好像一名饱受锤炼、瞳孔忽大忽小的欧洲耶稣会士，雾霾老汉能一眼洞穿心怀负疚之徒。他在愚翁植物园深研花木茁长，博究禽鸟腾翔，以此磨砺自己的五感六识。他尤其注重于强化视力。他看见蘑菇发达的根脉间，日增月益地囚困着许多试炼失败的遁地者。

台风来袭那天是一个星期六。上午十点,铁肺子邓勇锤在一座漏雨的凉亭里修车。机油像殉道者的鲜血那样滴滴沥沥。他熟练地挥舞着圆锯,额头上爬满虬筋,如同戴着一副日本的恶鬼面具。老汉患有篮球赛狂热症,连女子篮球赛都不放过。但糟糕的天气阻断了电视信号,邓勇锤只好下楼鼓捣他没上牌照的钣金铺子。其间,来过一个大妈,催促他去行使神圣的公民权利,再领取一盒柴鸡蛋。老汉顶着风,走进一栋两层办公楼,往表单上胡乱写了串数字,投入票匦。回程时,邓勇锤看到,天空犹如一系列阴深、诡谲、残忍的德国民间传说,整个京畿南境的所有灰背鸫、褐头鸫、白眉鸫、赤颈鸫在气流中躁狂飞舞。四处徘徊的光阴漫游者,想借机找到真实世界的破绽,引导天极之光涌入,让天外宏观生物在青旻间撩开巨幕一角。很快,盲雨奔泻,瀛波庄园茫茫苍苍,转化为一片适宜偷猎的莽原,惨黯中百十队有形无质的枪手,大肆捕杀着水雾生成的野兽并相互捕杀。广场边,铁肺子邓勇锤的意识也变作一只红嘴山鸦,飞出小凉亭,扑扇着翅膀,奋力拨开滂沛的冰冷织物。他听见九十九号楼的大祭司闫燿祖说:"生命的本质,要到既有秩序的破坏中寻求……"又听见与自己同住七号楼的昝援晃说:"幽冥界是一座十八层的升降台……"而异端神学家游去非告诉扑克牌高手:"在阴间,不妨留意《瞿秋白与马基雅维利炼狱谈话录》的内容……政治灾魔在阳间横行,所以亡灵也不免于意识形态光谱筛查……"而在三十八号楼一间半地下室里,语言学家屈金北和机械天使苗芃芃先是玩了一会儿费电的网络游戏,又玩了一会儿省电的爱情游戏,然后,光头粟特人定定望着姑娘的苗条身姿,自顾说道:"越南皇帝陈昑,自号竹林上士,笃志参禅……"又听见六十四号楼的方脑袋博士范湖湖对女护理师翟小姐指天赌誓说:"绝对没有!……我如果扯谎,就变成一条蛆,被人踩死!被隔壁溦波庄园搞传销的老泼妇踩死!……"于是,铁肺子红嘴山鸦划破无欢无乐的幻象,荡向隔壁溦波庄园,看到狂作家陆瘦鹤端坐于杂乱无章的宁静书斋一角,参加线上文学活动,正老老实实照稿发言:"朝鲜大院君李昰应,此人的书画理论,若以结构主义思想……"另一个房间里,八岁女孩陆玶和小伙伴在观看一档动物科普节目:"空灵狮子鱼,生活于八千米深沟……大洋中脊沿线,海底热泉,称为失落的城市,隐秘的苗床……此处,生命仍不断形成……"

雨天的交流,五花八门。

台风一直在魔城境内打转,忽东忽西,忽强忽弱,并没有吹跑什么,更没有连根拔起什么,却意外招来一群甲状腺增生的台风追逐者,以及一小队随伴台风追逐者到处游走的贪顽猎树者。亿万富翁何卫壕的姐夫兼谈判专家、财务专家韩謦炜,也混迹其间。他将北方可堪一猎的树木全部买下,挖出,运走,移种至家族购置的土地上。碗口粗细的公银杏、三人合抱的老洋槐、遭受虫害的病态香柏……总之,不管是在山里看到,还是在乡镇里村屯里看到,他统统不放过,囊吞馨尽。何氏集团的韩先生上一次踏足琉璃河沿岸,感觉阻碍重重,如水中循步,但罕闻鲜见的高纬度台风削弱了郊域男女的反抗意志,因此他再度现身时,邱愚翁势单力孤,无从抵御房地产商人的豪猛报价。大树、古树、珍树一律弄走,植物园仿佛得了斑秃病,空白处退化为草场,令充任管理员的村妇伤心欲绝。

不久,征得主人同意,厨子张沧货开始在愚翁植物园的开阔地带饲养安科拉长角牛。他想通了:不一定要回东非。安科拉长角牛可运来南境繁殖,基库尤少女同样可接来大都市居住。现代交通及物流让张沦货美梦成真。好哇,大丈夫能伸能缩,伸缩自如!他身在乙镇,依然当上了部落酋长,开启了瀛波志的畜牧业文明新纪元。而药王邱愚翁也顺应时代潮流,跑到草场上支了顶帐篷,将炮制植物浸膏的全套设备,包括大大小小的烧杯、曲颈甑和安瓿瓶,悉数搬了进去,从此过上了萨满巫师的静逸生活。诸般变动,让铁肺子邓勇锤非常恼火,他踅入草场象态的秘宝空间,面孔因怫然作色而扭曲,身上灼烁着仇忿的殷红光芒。老头儿不得不继续跟附近的女人打游击战,制止她们进一步破坏植物园遗迹。有个不请自来的孕妇与邓勇锤并肩战斗,兼又极力遏阻张沦货盘踞的欢乐草场向植物园核心区拓展,此人是植物权利团体的一员战将,每年去雨林、极地、芜原或孤岛旅行,她与同伴精心拍摄的探险视频,总点击量高达八九千万,迟早突破一个亿。这样的女士,相比当年临朝摄政的窦太后、乃马真皇后和孝庄皇太后,不知道牛气冲天多少倍,骄傲自矜多少倍……

很遗憾,树林转变为草原是大势所趋,对自然演进的抗逆一概枉效。台风停息时,植物园的覆灭已无法避免,颓败的迹象如彻底爆发的癌细胞遍处延燎,令偌大的秘宝空间漫布赤金纹路的脉管。铁肺子邓勇锤的挫败史还在续写。他回到住宅区,听见老太婆细声交换着谗言,掰扯着闲是闲非。她们说,那个男人有什么值得爱?或者,这个女人他完全不爱!你肯定思忖:唔,正聊爱呢,对不对?错了。大错特错。她们在讨究夕阳经济学,外加以爱为运算符号的财务管理学。火伞当顶,四野无云,光膀子的老汉于楼下悠缓挪移,好像一座座寄存着半条命的蜡人泥塑。

邓勇锤一如既往,仍想号召身边的衰龄男女造反,却突然听说,在乙镇西北角,有个五十六岁的保安一棍子打死了四十三岁的瘦小外卖员。雾霾老汉一声啸叹，抛下植物园，弃绝希望，任凭它变成一片片发污发潮的恶臭垃圾堆。

†

范湖湖博士依旧来愚翁植物园蹓跶。它衰索的惨状，他根本没放在心上，还漫不经意地以为那是节令交替的自然景象。走进蘑菇密集分布的区域，废柴史学家遥想唐代洛阳城的坊巷，仿佛看见粟特大族长康静智的妹妹阿思和外甥女阿妠，这对母女闲步于莳萝、蒟蒻、荙菜之间，随兴挑挑拣拣。根如斗大的蜀芥、使人肥健的阿月浑子、半个世纪前输入中国的波棱瓜、九个世纪前传至华夏的胡蒜，纷纷捡进筐箧。范湖湖以为，自己正拎着一束澄州的方竹，伴同阿思、阿妠，两位唐代的月亮女神，穿行集市，采买蔬果，悠悠自得。然而，实际上，此刻他身在灯塔倾覆之年，参照光阴漫游者柯穆德的说法，当日的云空纪时间坐标为七一七六三。植物园深处，范湖湖博士倚着一株半枯死的白千层，矩形脑袋上顶着一片挨了居合斩的下弦月，兀自聆听那周行不殆的乾坤万籁。附近四方幽怪和盗猎者的攘扰，他置若罔闻。远处神学家游去非和大祭司訚燿祖的争闹，他不理不睬。俄罗斯诗歌的月亮安娜·阿赫玛托娃写道，管它什么月亮不在我们头上彷徨。但你须提防啊，阿妠小姐，有狡诈商贩，拿莐药假充藏红花，拿黄独假充何首乌。谣言诡语泛荡于街市。报喜不报忧的奸臣贼子，将城头的灾光曲解为瑞彩。皇宫的阁殿濛濛漠漠。佩着玉珰的宦官，来给天子的八妃九嫔置办香料织锦器玩。南郊青龙坊内，有人孤灯挑尽，寒夜舞剑。范湖湖博士恍悟，他眼中这一切，正是已延续一千五百个春秋的移栽宝贵植物的恢弘历史。

065 谛

问牛及马：神学家与大祭司第一次对话

两人讨论了上帝与空间，天国与时间。主持人范湖湖博士神情猥琐，犹如波斯君主的宝座旁手持蝇帚的阉侍从。他在开场白中提到，科学史巨匠亚历山大·柯瓦雷，曾撰写《十四世纪的虚空与无限宇宙》一文表达如下见解：神主创造宇宙的工作必定始于虚空，不过他并未创造虚空，所以有一种观点认为，虚空即神主。对此，游去非先生说：

燿祖兄，那天，您在星相家协会发言时，误用了约翰尼斯·开普勒的章句。他并不认同无数个世界可以共存，这位十七世纪的神王马尔杜克、伟大的天穹立法者，在《蛇夫座脚部的新星》中指陈："无穷无尽的恒星使游荡者陷于无法摆脱的迷宫……"

范湖湖博士建议我们从空间谈开去。他对十四世纪素有研详，并且推许陆瘦鹤先生的命名法，称其为熔岩十四世纪，以况拟火山十三世纪，机械神学之枢轴时代。话归正题。空间，燿祖兄，绝非一般实体，它自存自持，无形无际，无从分切，单一而完足，不动而恒永。我们往往忽略了关键一点：空间似乎比时间更平凡，更直观，更抬手可触，展臂可及，但正因为这样，空间比时间更神秘。或不妨说，相较于时间，空间的神性愈发昭灼。无时间很容易想象，无空间却难以想象，正如我们难以想象四乘四不等于十六。请注意，抹除三维空间，或者仅抹除三维空间某一维，又或者扩充一维，变作四维空间，无论增减，皆无从想象。由此可见，空间超越我们的感知，强加于我们的心智，它从来不是想象力的目标，倒是理解力的目标。然而，空间无限无界，所以又无法理解。空间应视为上帝的器官、上帝的复制体，乃至上帝本身。

机械神教派的宇宙论不含一丁半点质料的烟火气。你们架造了一个纯形式理想国。宇宙论，大凡沾上一丁半点质料，在该领域便不可理解，不可交流。机械神教派的历史，试图从星相的命定论和宇宙循环中解放出来。特米斯提乌斯说过，有不止一条途路通往上帝。我无意推翻你们的未来图景，多个世界的未来图景。况且，种种灵迹，不见得非要用狭义的科学加以阐解。贵教派，老夫斗胆直言，是物神论，而不是无神论。

闫燿祖先生说：

空间必然真实，因为你只能设想它在场。朋友们，纯空间不同于任何物质，它既非物质，也非非物质，拥有物质与非物质双重结构，而物质无法独立于空间，亦无法作用于空间。牛顿学派认为，空间不是潜无限，是实无限，体现第一因之本底，造物神之本底。空间无所不包，无所不入，它催生万象，又保全万象。我们坚信，无限多个大千世界，正在空间中形成，其中蕴含着无以胜数的体系和定律。世界是一个时空池塘，澜漪延绵不绝，质料迁变而模式长存。因此，从最根本意义上讲,想象即现实,它要么开拓今日,要么预示明日。去非兄,敝人提议,不必再设想什么空洞的永恒天国,神主的光明世界正源于此时此际的自由创造,我们已置身天国,我们的行动允合正义。落败和楚痛,与获胜和喜悦密不可分。你们的上帝,他在宇宙中作诗。本教派重申,世界是神灵的胚胎,神灵也是世界的胚胎,此乃双重论题。世界充当了神灵的材料,神灵也充当了世界的材料,两者一同进化。

而终极之恶,是时间的永恒流逝,是过去逐渐隐消。世界充满对立:永恒与流逝,自由与必然。

最后,据游去非先生补述,沦入无人理解的神秘又可悲又可耻。而奥义的产生,本身便是一种奥义,甚且是最大的奥义。

066 风
九月

秋天,让我们记住节序的金色
忘怀大海,晨空,岑夜的不眠
记住圆月,雨水,圣树以及街市泛黑

我们从夏季旅行归来
远征军泅渡归来
记住阳光屋顶,城砖余温,纯净的矿石

九月，光明手鼓
世界结束夏眠
船队熟记你
马匹淡忘你
我们记住契丹女郎
我们忘却沙陀人逆叛

九月，请记识冬笋贞肃
夏至生动如盐

欢愉忘掉你
纯真挥霍你
我们的时间谙记
我们的王国昏忘

九月，笔墨记下你
鼓将你忘断

九月，三十个九月，两千个九月
炎夏开启，玄冬闭合
处子般铭记，星辰般忘彻

067 㘸

伏敌鹰娑川

  河道蜿蜒东去，消失于碛漠之中。夏季，天山融雪下泻，将在沙岗间引发洪潦。昨日傍晚，焉耆城外，数十万只鹨鸠从西北方飞来，屎如雨下。彭老军头说，突厥雀南迁，突厥犯塞之兆啊。

  突厥雀。很好。无愧寇雉之名。可在我钟夷简眼里，它们不过是一群沙鸡，是一堆天生天养的毛腿肉禽。突厥犯塞。哪一支突厥？处月部，弓月部，葛逻禄部，又或者其他什么鸟部？……尽管来，不妨事。即使全体突厥人拖儿带女，忽然出现在三千里翰海边缘，照样不妨事。多也罢，少也罢，都不成问题，但得赶快，赶快啊！

  城郭之外，田畴甚广。队伍沿鹰娑川逦行。只消一眨眼，我等从亩陇步入荒漠，界线极其分明，好像你穿过一道城门，风光陡变。路上，遇见一匹死马，四条腿直直戳向云天，肿胀的肚腹似将爆裂。彭老军头，煞气紫身的老军头，无役不予的断臂老军头，他简直迷恋眼前这单调乏味的景致。

  队伍所处沙碛，突厥人亲切唤作"有去无回"。沙丘，弥亘无绝，堪较于大海，我钟夷简虽不曾见过大海，范三郎却见过，因此他说堪较于大海，必堪较于大海。每隔一段距离，总有一两座特别丰巨的沙丘，丰巨得不宜再称沙丘，而应改称沙峦。这些大家伙如同一个个躯身魁伟的魔军百夫长，率领麾下众沙魔，觊觎东来西往的商旅、驼队、兵马，随时准备将他们逐一啖噬。千百年间，沙碛始终像寥廓青冥一样冷酷。

  生活在绿洲的男女知道，大漠中埋藏着金银财宝，所以又把这沙碛唤作"地下之城"。有人曾看见沦废的宫宇,有人曾闯进荒圮的寺庙里拜神。据说,从沙碛深处掘出的大部分奇珍,我们闻所未闻,金币每一枚重达四斤。而沉陷沙海的昔代市镇,不多不少,整整三百座。祸事发生在顷刻之间:惊风遽至,太阳变成暗红色火环,伴随刺耳的尖啸,漫天黄沙袭来,掩覆房屋,老百姓空身逃跑,来不及掇拾财物。其实,众男女相信,这片大沙碛本身便是一座无隅无底的魔幻之城,埋藏着金银财宝,沾满了邪戾尘秽的、多得可以跟皇帝比富的金银财宝。

游牧的突厥人骤来骤去。有什么好怪诧?移动,如砂鼠一般不停移动,是他们的天性,更是他们的根本利益。

马匹轮流去河边饮水。千余名军卒的囊橐,也由取水小分队逐一灌满。宜人的时令,适于作战的时令。我们躺倒睡觉。月光莹白,照映着沙阜间静寂无声的士兵线,青铜色夜晚在永眠者头顶怒目圆睁。

068 风
短暂的秋宵

  顶住昏倦,听一听远荒夜阑
  无人的光线投枪
  幽秘鼓角

  大气圈从未如此清醒
  星团的无解残局

蔓延至破晓

曙影正在展开
黎明之翼

069 㬢

伏敌鹰娑川之二

上无飞鸟，下无走兽。有那么一段途程，有那么一瞬间，队伍穿过图伦碛的脊线。往北，能看到八百里外天山皑皑。往南，能看到千万丈昆仑山迤渐逼近。

伏击战，将在这鹰娑川消亡之地悄默展开。什么人提供的情报？什么人下达的军令？已经无关紧要。钟夷简，你，且须久持耐心。火烧火燎的性子，在大漠深处将引来灾患，不堪设想的灾患。老庸医朱履震说："凡举百事，必顺天地四时，参以阴阳，而刚者伤于严猛，急者败于慑促……"

沙土渐渐灼热，令人嘴唇枯裂，士卒坐下养神，或以熟牛革鐾刀。这时候，我们看到数十万砂鼠，浩浩荡荡，不慌不忙，翻越沙垄，涉过已变作潺潺溪流的鹰娑川，遗下零星尸骸。为首的巨鼠，硕似仔猪，皮毛鲜亮。兴许，它正是《大唐西域记》中载述的、在西域家喻户晓的、拯救过古国于阗的金银色圣鼠。

断臂老军头从箭箙里抽出一支箭，独手倒持，以箭筈挠痒。他告诉一个小伙子，这片荒碛上，并不是只有我们而已。

霄汉高迥处，四方神祇掩身于炎晖、云阵之间，静静俯视凡尘。挽蛇弓者,东方持国天王。执黑矟者,南方增长天王。捉青虬者,西方广目天王。握宝铜者,北方多闻天王。

大唐各镇兵马,皆擎天王旗,祈佑武运隆盛。旌旆之上,多闻天王金甲金盔,脚踏小鬼,神威赫赫。据玄奘法师叙录,从前突厥可汗侵掠大夏之缚喝国,欲袭夺一座伽蓝。是夜,欃枪星扫过穹空,卫守佛殿的毗沙门天王,即北方多闻天王,于可汗梦中显身,以长槊贯其胸背,入寇者毙命当场。

子时,霜风刺人肌骨。银汉迢迢,辰斗粲繁,这些天堂的灵光灵焰,在默默召唤它们的阳间亲友。

070 (风)
论睡如弓

右侧卧,低首,但把心抬高
四肢长久维持着蓄力状态

让周天万类环绕你
以失眠
以"三"这个神秘的诗学数字

071 曜

伏敌鹰娑川之三

显庆元年冬,葱山道行军大总管程知节率军至鹰娑川,与西突厥四万骑遭遇,前军总管苏定方领五百骑进击,克敌制胜,斩首一千五百级。

开元九年春,玄宗皇帝《赐突厥玺书》云:"国家旧与突厥和好之时,蕃汉非常快活。甲兵休息,互市交通,国家买突厥马羊,突厥将国家彩帛,彼此丰足,皆有便宜……"

如今,战端再启,鹰娑川又将是一片刀光血影。

两甲子间,图伦碛南北的绿洲多所变迁,但游牧、商旅依然如故。伍长钟夷简守在一道沙坡上,把脑袋探出丘顶。他望见远处有一队孤零零的人马且行且近,刚要抛拂小旗,向坡底的大军发信号,猛然间想到朱履震的忠告。这名老庸医,饱读诗书,博通坟籍,上知天之道,下识地之理。再等等,再看看。果然,那队孤零零的人马,并不是突厥骑兵,倒像是一伙迷途商贾。钟夷简任他们从自己眼皮子底下路过。这帮可怜虫估计难逃一死。

第三夜,恒久一夜,升起一轮古老的黄金圆盘。辰宿列张,大地微渺如汀滢之池。钟夷简仍无法入眠。汉子想到献捷于帝阙的场面,想到殒殁于乱军的结局。他脑海里翻腾着尸横遍野、血盈沟浍的景状。沙场,钟夷简梦寐不忘的沙场,雷奔云谲,电光石火,铜椎铁鞭。他将一套圆刀法舞得风雨不透。他仿佛瞥见枪刺、剑削、斧剁的夺命倏瞬。他抢先攻破敌方的固垒。天上,于阗商人最崇敬的象头王迦尼萨,正持神兵与虚空战。月夜寒川,妖气未殄,暗霄间尽是强弩隐伏的魔影。有那么几分钟，偌大的地下之城，原形毕露，四仰八叉躺在繁星旷野上呓语。钟夷简觇睹奇观，但没敢叫醒昏睡的同袍。此地，此刻，他们已不再是军卒，枕戈寝甲的军卒，忠于国家的军卒，他们是一群无头者，是千百匹钩爪锯牙的熟眠鬼兽。更何况，挤满了死人的地下之城在时间中为假，仅在空间中为真，而另外两百九十九座地下之城又在何方？……那天凌晨，伍长钟夷简憬悟，既不要指望升官，也不要指望发财。朝廷的玉敕金书，恰似眼前这丰庞、虚幻的宝库，你看得到，却永远够不到。

072 榫

机械生命简史

十八世纪下半叶，在瑞士出现了一种名为"玩偶作家"的机器装置。它包含六千个活动构件，用金属板编程，能连续书写四十个以上字符。去年九月，某位亿万富翁向本文的撰述者，澴波庄园狂作家陆痩鹤，展示该机器装置一台。当天，两百五十岁高龄的原版"玩偶作家"在我这个活泼泼的真人作家跟前，翻着死鱼眼写下了一行外文。据机械作家的拥有者、面目极其可憎的亿万富翁讲解，那是老歌德的诗句，译成汉语意为：

幻想乃诗人之翅膀，假设乃科学之天梯。

好友范湖湖博士告知，实际上，机械生命一直伴随人类的历史进程。距今四五千年前，青铜时代初期，最早的机械生命已活跃于华夏。相传周穆王姬满乘八骏，自洛阳启程，过阴山，登弇山，巡狩西境，访昆仑之西王母，途遇偃师。此人献机械倡优为穆王歌舞，令侍驾妃嫔倾动。偃者，犹僵也。偃师，即机械师。但"机械"二字皆从木，证明华夏第一批机械生命属木构体。按《列子》所载，偃师用于制造机械倡优的材料，还包括犀革、鳔胶、柿漆，外加种种以不同色彩为名的奇秘物质。而从《论衡》可以读到，鲁班制造过杀伤盗墓贼的自动机械，还制造过木马车及木人御者，宛然如生，专供自己老母亲支使。

公元前九世纪荷马《伊利亚特》纪述，火神及工匠之神赫菲斯托斯在青铜宝殿中以黄金打造了两名女助手，让她们与锤锻霹雳的独眼巨人罗普斯共事，并承担难度极高的任务。足以想见潘多拉比之更为玄巧。丑貌且跛脚的赫菲斯托斯还打造过轮式自走三脚桌，由圣山诸同僚差遣。故此，可以说这位奥林匹亚神系的不朽机械师，其作品既有人形机械生命，也有非人形机械生命。

阿基米德是伟大的数学家，又是卓越的机械师，因制作行星仪、计程表、水力风琴，以及辅助叙拉古抵拒罗马军团的强大战争机械兽，著称于昔时今世。

在欧洲的蛮荒世界，古凯尔特天空之神塔拉尼斯，若以当下流行的话语评价，是一位强力展现了废土蒸汽画风的魁壮神祇。不过，很遗憾，目前关于塔拉尼斯的实证资料太少，无法确定他运用何种时间、空间科技，来实现人们津津乐道的非正常昼夜更替。

公元一世纪生活于亚历山大港的希罗，是他那个时代最优秀的机械师，著有《机械集》。希罗设计的机器人剧院，是一整个构结精妙的自动化机械体系。与"玩偶作家"相似，该剧院可预先设定程序。

假如将目光转回亚洲，你我首先会看到，公元前五世纪，佛陀灭度，摩伽佗国的阿阇世王为遮护天人师之遗物，于都城近郊修筑地宫，而派驻的卫兵称作"部多·伐诃纳·阇多"。据屈金北先生训释，这在梵语和巴利语中是"以精神力驱动之机械"的意思。阿阇世王部署的机械卫兵克尽厥职两百余载，直到阿育王在妙高山即须弥山的工匠之神毗首羯摩教谕下，收服了他们，并把佛陀遗物分派至尘界各国。另据西方传说，阿阇世王的机械技术盗取自希腊机械师集团。

唐天宝年间，公元八世纪中期，广陵郡有机械匠杨某雕镂木僧，这具机械生命手捧木钵，自行化缘，频向路人言道："布施！……"在洛阳，又有殷姓吏员制作木妓，能吹埙，能斟酒，并以歌劝酒。但是，鉴于华夏系机械生命始终沿木质路径发展，即使门外汉也不难认识到，仅从精密程度上较比，金属机械生命的潜力显然更大。我们的科技先贤为什么用树芯来制作齿轮，而不用铜铁来强化、提升其机械学实践？换句话说，"机械"为什么不是"钒铽"？仅此可知，史称"巴比伦之金，希腊之银，华夏之铜，天竺之铁"，断非实指。另外，李约瑟博士讲过，机械论世界观从未在中国的思想传统里生长壮大。这对华夏系机械生命的演进有何影响？笔者一介凡夫，不拟妄加探揣，且留待本文的委托方、机械神教派大祭司闫耀祖先生，从更专业的角度去详加解答吧。

接下来关注阿拉伯方面的成果。公元九世纪，在智慧宫为哈里发迈蒙服务的巴努·穆萨三兄弟，著有《论自动机械》和《精巧装置之书》，他们制造了所谓"巴努·穆萨机器"。这是两台彼此分立的机器，第一台负责记录音乐，第二台负责接收记录并播放音乐。阿拉伯人善于学习和归纳。巴努·穆萨三兄弟的著作里提到将近一百种精巧装置,其中不少亦源自希腊机械师集团。至于火山十三世纪的艾尔·加扎利,不知为何,我总感觉聪颖的读者已通过某些玄诡的、超自然的途径,对此人有所了解,故斗胆妄作主张,不拟赘言。

据信,可编程机器人真正创造者的桂冠,应戴在天才列奥纳多·达·芬奇那颗独一无二的脑袋上。不过,持平而论,他留下的大量反书手稿和复杂机械草图仍待进一步研析。也许有人认为,如果及时披露达·芬奇的笔记,经典科学将提前一百到一百五十年到来,不过此种观点的争议颇大。作者模糊、矛盾的表述,让我们难以晓识他深层的思想,也无法从词语的滚滚土石流里找到逻辑秩序,更不必奢谈精确的函数关系。达·芬奇的实践,与火山十三世纪,亦即范湖湖博士所谓机械神学第一世纪的技术传统相关联,又因此与古代技术传统相关联,不过,这些个机械制造方面的活动,远远越过了经院哲学的僵固限域,让人们意识到,技术之于科学,以及科学之于技术,两者的裂变式反应究其极可推进至何等程度。换言之,列奥纳多·达·芬奇到底是超迈千古的机械学半神,还是脑神经异常的幻想机械狂徒,目前不宜臆断,但他肯定已成为整部机械生命史承上启下的特殊一环。莱布尼茨也说过,从来没有一种理解力纯粹到丝毫不傍随任何想象。当然,达·芬奇在绘画方面的造诣不容置疑,尽管更多时候,他自认为是,或且确实是一名精力充沛的机械技术员和军事工程师。

结束本文之前,请准许笔者稍微聊一聊生于二十世纪、死于二十世纪的艾伦·麦席森·图灵,现代计算机之父。我们说,他构想的机器,是一类可执行数学运算、可解决任何问题的泛用机器。这一开创性思维对后世科技的巨大影响,已毋须多言,机械神教派诸君,尤其人工智能分支诸君,想必知之甚备,如数家珍。所以我只需提供一点意见:图灵机概念的诞世,是机械生命升华之路上第一次、同时也是最关键一次平权运动。从此,机械生命的全面进步已无从阻逆,势将登上文明大舞台。在助推机械生命意识、机械生命种族、机械生命社会的形成方面,图灵居功至伟。未来,当人工智能回顾自己的历史,他们十有八九要将艾伦·图灵视作人工智能文明的初代盗火者。

好,最后,姑且打一支预防针。非机械神教派的读者没准儿会轻蔑一啐,会指摘我这篇短文并不是机械生命简史,而是机械简史,或顶多是机械神话简史。对此,本人不得不着力反驳:素未谋面的读者啊,关于生命,你们的认知太过浅狭!何为生命?何为意识?如果摒除所谓不够格的属别、阶段,那么生命史和意识史将大大缩短,乃至物事全非。萨缪尔·亚历山大在一次演讲中说过,深浸于时间的机械群类并不与生命相对立,我们可以目之为心灵的前身。他还说过,机械群类出现之初,就含有某种相当于心灵、又尚未升格成心灵的要素,机械与生命的截然分殊,确乃枉误。我亲爱的老前辈,波兰小说家布鲁诺·舒尔茨曾发天问:"有谁知道,究竟存在多少种痛苦的、残缺的、支离破碎的生命形式?"走进他心驰神往的肉桂色铺子,能找到显微镜、望远镜、魔法匣子,以及纽伦堡出产的机械玩具。另一位波兰小说家奥尔加·托卡尔丘克似若呼应:"可以想象得到的,是存在的第一阶段。"而机械学半神尼古拉·特斯拉对机械生命的共情已踏入正觉境界,他说:"我只不过是一个被赋予了运动、情感和思想的'宇宙力机器'……"

事实上,机械与生命岂止不对立,两者的联系甚至紧密得超乎常人意料。马克斯·普朗克一九〇〇年在《动力学类型和统计学类型的定律》一文中指出，生命是宏观机械现象，建置于纯机械论基础之上。埃尔温·薛定谔则在一次演讲中告诉听众，恰恰因为生命这类宏观体系以纯机械方式运作，而非以热力学方式运作，其分子的无序倾向才得以减除。专家告诉我们，统计学类型的定律，让世界趋于无序。机械法则，亦即生命法则，与统计学无关。当然，纵使是最高级、最精深的机械，也不能只依循机械法则，而彻底无视热力学法则。

蛋白质生命自草履虫演化至猿猴，历经数十亿年漫长光阴。与之相比，燧人氏以鲍济水，伏羲氏乘桴，轩辕氏造舟楫，嬗变堪称极速。然而我们也不应忘记，机械的进步屡经坎坷。柏拉图不单强烈抵斥以经验为基石的机械学，更持倡严禁诸各城邦的公民从事机械工作。前文提到的阿基米德认为，机械技艺是卑贱、龌龊、阴暗的，他并不企慕神匠代达罗斯。类似观念，可谓遗害远深。今天，机械生命依然稚嫩、脆弱，但无论如何，机械的进化和生物的进化，两者均无可迟滞，从石器时代某个部落的首领们开始琢磨轮子的妙用那一刻起，机械生命在遥远将来的荣昌鼎兴，其实已经注定。

073 ㊀

十月末一次步行

秋暮，我们的漫游在谈论永恒
你已经知道该如何烧燃生命
你发现灵魂是一副瞄准镜
语无伦次的命运将扣动扳机

我们蹚入黑暗

朗夜空花正接近繁盛期

074 㘅

狂作家的宁静书斋

你，陆瘐鹄，无脑作家陆瘐鹄，文学界的刑天，打工界的无头骑士杜拉罕，日前辞职在家，不管不顾，潜心创作蓄谋已久的长篇演义《无脑之人》，或者《无头之人》，名字待定。如果说此书相当于一部丧尸版《追忆似水年华》，那么，澴波庄园就相当于一座废土风格的贡布雷小镇。你纵目四围，处处是牲畜的粪便、野狗的血迹、死禽的肢骸，处处逢遇三个月的生命低潮。阴间的三个月。真讨厌啊。琉璃河！水草繁茂，泡沫漂泛，深严的缓流中徐徐划过一只独木舟……

你，陆瘐鹄，浑身盗汗，几乎无力再写。但狂作家一贯苦战不退：为寻找一个名词，为完成一个句子，你牢牢钉在液晶显示屏前，犹如寇贼牢牢钉在骷髅地的十字架前。薛定谔的猫，半死不活的妖怪。作家，尤其狂作家，往往有病。比如你，无脑者陆瘐鹄，患上了严重的囤积强迫症和躯体变形障碍症，所幸眼下已改为囤积电子书，坐姿也还算正常……

窄仄房间里，挤拢着众多无血无肉的亡魂，他们喁喁细语，嘲笑你是一只失晨之鸡。好极了，可有可无的小角色。此刻，深宵两点钟，窗外世界涌动着商业龙头的亿万投资，它们漫过城市的天际线,好比诸神之光尼努尔塔,进入暝昧深处,进入地广人稀的京畿南境,不过说实话,跟你这样的老居民没什么关系,老居民是些苔藓类植物,惯于听天由命,他们的行动越来越迟慢,舌头越来越肥大,脸上的痦子日益增多。在濛波庄园,这座狂作家的断头谷,还住着另一位作家,很不巧也姓陆,你知道,那老兄发表了几篇小说,主人公以他自己为原型,即还是个作家。敢问这与中学生写日记有何不同?当然不同,大大不同。他,另一位姓陆的作家,及其笔下的作家,天天捧着一部厚重如砖头的《源氏物语》埋首阅读,并试图把另一部厚重如砖头的《斯塔兹·朗尼根》译成中文。可是,他,另一位姓陆的作家,及其笔下的作家,顶不住了,绝望了,开始研攻毒品学、弹道学、指纹学和精神分析学。他想改换赛道,尝试悬疑推理小说?还是想当个变态杀人狂?我们一无所知。

而你,陆瘦鹤,你眼眶上那两道狂野的扫帚眉,在日光下透现茶褐色,有似昼灰之残余。这说明,陆瘦鹤,你内体的狂作家仍然活着,不唯如此,他还战胜了自己反书的玄运幽命。

夜半更深,备份新文档,覆盖旧文档。这是极度疲倦的节骨眼儿,也是惊心动魄的节骨眼儿。好多次,覆盖旧文档之际,你僵坐于显示屏前,难以抵挡澎湃的困意,不得不花上几秒钟,或者几分钟,打个盹儿,丧魂片时,又猛地睁开眼睛,强自振作,要给这一天画上完满的句号:关掉电脑,断开插座,撒尿,刷牙,上床,坠入无意识的浓黑坑垎。但如果太累,太渴睡,错误地搞了个反向操作,以旧文档覆盖新文档,你必然吓出一身冷汗。呜哇哇,不可恢复,这下惨了!难免一阵椎心泣血的痛楚,从脊骨冲起一股森寒的催命逆流,倦意全消。你抱住脑袋,像抱住一颗草草削了皮的大菠萝,难看的菠萝色面庞开始旋拧。无奈,只得利用可悲的短时记忆,趁它尚未消隐,赶忙把自己大半个晚上攒出来的字字句句,尽量还原。大脑某处的睡眠中枢和觉醒中枢已搅成一团糨糊。想骂娘,想哭,想砸东西,你一个声母一个韵母地努力敲击键盘,往回摸索几小时之前走过的道路,再度情溢乎辞……

然而,用电脑写作,岂止省去了誊稿的劳烦,还有很多无从详述的优势,极具战略价值。这个想法,令人释怀。你打开窗子,立刻感到一重重含着废气余温的暗波向房内涌来,使空间膨胀,犹如黑夜女神的一次胎动。凌晨的烟郊,月明灯暗,似乎能听见日本邦乐中苍凉、凄怆的拖腔。你,陆瘦鹤,狂作家,动作依然轻捷,身手依然矫健,可是你的心,你的心……

†

写作《机械生命简史》期间,有一天傍晚,你出门吃饭,看见马路上大车小车排着队,缓缓流移似岩浆,于是联想到数百万乃至数千万年后,如果人类像恐龙一样灭绝了,而机械生命仍然在地表延续,他们将怎么看待古文明留下的印迹?这些机械生命会不会觉得,汽车残骸类似于三叶虫化石,是史前机械生命的遗存?大伙有没有考虑过,志留纪的三叶虫,可视为智人的远祖?为什么你祭拜祖宗的灵牌,看到三叶虫化石却无动于衷?建议以一套机械生命的进化论,去覆盖其神创论。碳基生命在他们眼里,没准儿跟农作物在人类眼里差不多,比方说,碳基生命死亡并化为石油,供机械生命食用。他们之中的机械神教徒,血脉纯正的机械神教徒,保不齐要问:究竟是谁造出了第一个机械生命?当他们看到月球、火星、金星上抛散的人工造物,又该如何忖测?

你，陆瘐鹄，妒羡一位投缳弃世的同辈作家，因为大伙阅读他，讨论他。你研究求觅死亡的作家，但你既不思渴死亡，也不惧怕死亡。若一个人觉得自己有资格谈谈死亡，很大程度上，不过是由于他还未逢遭死亡。诚如前代诗哲所言，死亡，最幽迥的祖国……忽然间，你双眼颤颤一眨，夜空变成了乳白色，我们从一个三值逻辑世界，瞬即跃入一个多值逻辑世界，于是乎，打这一刻开始，大地上不仅有生，有死，有非生非死，而且还有非非生非非死……

多值逻辑世界里，除了创作《无脑之人》或《无头之人》，你同时在创作一部《瀛波庄园飞马怪谈录》。其实，根本没扯到飞马，不知道为什么起这样一个名字，可能只图吸引眼球，好推销给猎奇的无聊男女。你弄了些半真不假的廉价故事，接连使用粗鄙、恶俗的字眼来形容自己现实中各形各色的仇家。在搜寻永生者线索的章节里，你写道：

  越来越多证据向我们昭示，永生者存在。证据之一是，两个兽人夫妻还没生小兽人宝宝，就开始筹计学区房事宜了。诸位知道，学区房，上个纪元的卑陋遗物，醉翁之意不在魔法小学，而在魔法中学，巴望着打好基础，冲击重点魔法大学，毕业当术士，当巫师。换句话说，这对兽人夫妻在为十六年到十九年后的非精确概率场景做规划。我们有理由认为，这是典型的永生者思维模式。至少，永生者可能潜蛰于普遍拥持类似思维模式的兽人群体之中，又或者，永生者源自该群体，经由第三类基因异变而降世……

你体认到,生命的本质乃是虚抛和浪掷。假如把梦境、闪念统统记下来,那么作品的字数将增加一千倍。行动者等不及象兆彰显。若一个人的精神力集中到相当程度,便不难觉察命运,便每每遇到可扭转命运的事件。精神力集中的素常举止和言语,浸润着命运真髓,因为随时随地,皆有启悟和灵感。不是命运,而是精神力集中本身,引牵我们的生活,在某种意义上,也不妨说我们拓造了自己的命运。

†

有一回,你走进浴室,低头时,看到一片阴影从眼前飞快坠下,还以为是浴巾从挂杆上滑落,连忙伸手一捞,却什么也没捞到。浴巾好端端垂在原处。哦,那阴影就贴在视网膜上,径自游移,此后它一直没有消失,形似一颗小桑葚。

每天早上起床,你先挖鼻屎,再擤鼻涕。千篇一律的晨醒令人厌烦。鼻毛越长越快,剪不胜剪,最近你放弃了,听任它们像油亮亮的线虫一样钻出鼻孔,如须如发,在朗丽乾坤下占据属于自己的位置……

你用茶麸粉洗头。

还有一回,可能是因为误食了过期的牛黄解毒丸,你噗哧噗哧不停打屁,极浓郁的臭屁。那股气味淹久不散,以致令妻子疑揣,你痴呆症加剧,失语症恶化,已近似于生活不能自理的老人家,竟开始穿着裤头拉稀了。

为寻回自己童年的尾巴,你决定重新喝牛奶,哪怕每天只喝它一口。你咬紧牙关,屡败屡战,不断钻研,神农尝百草般拼了老命,终于找到喝牛奶又不闹肚子的方法。须购买特定品牌下特定种类的鲜牛奶,微波炉加热两分钟,整整两分钟,杀灭全体菌群,无论是有害菌群、益生菌群,还是中立菌群。凭靠这百折不挠的精神,居里夫人发现了镭元素,陈景润完成了关于哥德巴赫猜想的伟大论文,而你,在付出惨痛代价之后,终于寻回童年的尾巴。

唉,疏放之徒艰于进取啊。隐遁意结,侵蚀着蠢笨作家的五脏六腑。看到街上男女,你很想抽打他们,很想一脚把他们踢进粪坑。你待人极冷或极热。有时候,你,陆瘦鹤,觉得自己燃爆在即。为什么?渴望将一切令自己狂喜的事物奉献给大家?无偿奉献,只要这帮人愿意接受?但他们不愿意接受。他们当你是狗屎。你暗暗企盼,有人也读到了你读到的章句,也看到了你看到的种种妙景。假若真那样,你说不说、写不写,没什么区别。但你必须时时处处,敛抑好为人师的倾向,必须更多更久地守持沉默,守持难耐而明智的沉默,像等待提审过堂的嫌疑犯……前几日,有一位多年老友,在高校任教,邀你去给本科生开讲座。这个天不垂怜的好兄弟博士毕业于比利时鲁汶大学,导师是一名跨界剽袭的英格兰骗子手,号称教皇史权威,其专著永远标注为行将出版,东窗事发后,他逃回伦敦,投身政坛,步步高升。那王八蛋当然坑了你老友,幸好你老友的水平很过硬,应该很过硬,具体无从得悉。总而言之,老友请你开个讲座,内容不限,与创作相关即可。你于是拟了个题目《我如何自以为打败了天生的窝囊》,准备谈谈文学,谈谈你本人的文学,怎奈年轻的听众颇不耐烦,他们对文学没兴趣,对文学圈倒还有点儿兴趣。因此你临机应变,讲了些秘闻、轶事、隐情,那种东西,永远不可能转化为文字,否则,搞不好身废名裂,甚至身首异处,从无脑之人实实切切变成无头之人……好,你寓庄于谐，乘势扎入正题……得了吧，没什么庄不庄、谐不谐，没什么正题不正题。朱岳说，今天不再是一个创作的时代了，今天是一个假装创作的时代。他特别清晰地感觉到，风向变化了，吹个不停，我们已满脸泥沙……也许，你，作家陆瘦鹤，还真心未泯，还暗存侥幸，还以为必定有人不露声色地喜爱你。愿这种阴悄悄的家伙，这些稀稀落落的菌群，无论是有害菌群、益生菌群，还是中立菌群，愿他们继续不露声色！为了梦想，你一往无前，盲人骑瞎马，走到哪儿算哪儿，即使跌得鼻青脸肿，即使撞散了骨头架子……

阅读，文学，叙事艺术，你对讲台下暂且还没倒伏的少部分听众说，这些个牛溲马勃，谈它们干吗？……又一次，你打算偏离原轨，不去扯什么文明机体论，不去扯什么断了一条胳膊的文明是残疾的独臂文明，不，作家不同于阴狠的食虫草，将文学比作一条胳膊，左胳膊也好，右胳膊也罢，纯属井底之蛙的夸夸其谈，更何况，独臂文明还可以给自己装一只机械臂，强悍、美观的机械臂……青年朋友们，你说，像在哄幼儿园的小孩子，要给这帮无知、浅妄的低龄幼童擦屁股，结果手上沾了屎，青年朋友们，文学不仅仅是一趟精神之旅，还是一场秘而不宣的入会礼。罗马尼亚农民相信，天啊，你竟然说罗马尼亚农民，只好硬着头皮继续胡诌，罗马尼亚农民相信，晚上讲故事，能保护屋舍、谷仓不受魔鬼和邪灵的侵害。在某些时代，某些地区，讲故事甚至能惹动仙灵附体。讲故事的艺术，它刺激思维产卵。叶海亚·苏赫拉瓦迪的《东方神智学》谈到了创造性想象，此种本领引导人们去发现一个中间世界，连接仙灵世界和外物世界的中间世界。诸位，它不完全遵循因果律和概率律，我们的经验还无法触及中间世界，我们的经验有很大局限。比方说，今天本人与诸位暂别，转过身便消沦于无形，直到下次相见，肉体才再度凝集复原。谁又敢打包票这绝无可能？许多史诗和童话，都源自飞天遁地的梦幻旅程。叙事艺术，首先是记录，并且是诱发，教育，重历。我们的人生有没有通过考验？我们的思想有没有获得升华？下士闻之，大笑，视若粪土，弃如敝屣！那位举手的同学，很好，想写作？喜欢做白日梦？来吧，没害处，于人于己，于家于国，统统没害处。读书少？来吧，莫迟疑，现学现卖，模仿模仿大师代表作，锲而不舍，折腾个狗屁年度小说奖、年度诗歌奖，使劲吹嘘，装腔作势，远离那帮晦气鬼，出头和走红指日可期。知识爆炸的时代，务必操习汝辈的铜唇铁舌！喔，想自由自在？快来吧，没关系，你迟早会心甘情愿给大人物捧臭脚的，很爽的。邀宠，献媚，切记灵活运用铜唇铁舌，去亲去舔，焕发奴性。我刚才怎么说来着？文学是一场入会礼，切忌优柔寡断。卡蒙斯写道，要牢牢勒紧贪欲的缰绳。谈何容易？贪欲啊，贪欲似飞蛾扑灯，焚身乃止……

†

因为经常憋尿，你，作家陆瘦鹤，患上了膀胱炎。夜间，书房一团漆黑，只有方形显示屏在发亮，如一扇时空之窗，或一枚时空琥珀。你抖腿，摇头，伸懒腰，拔胡子，你思路不畅，照例拿起桌边的书本，又摸又嗅。此刻，手里是一册精装版《丝绸之路上的外国魔鬼》。你闻了一遍又一遍，想找到引发熟悉感的深层原因，最终只确定：这股气味，恍似朦朦胧胧的遥远初恋，并无尘封往事，可供唤醒，可供追忆。好了，收拢收拢意识，再度回到《无脑之人》或《无头之人》的写作上……它,无脑之书或无头之书,弥泛着幽暗的形象,幽暗的细节。无脑者未见得无头,而无头者肯定无脑,所以无脑是无头的必要不充分条件。至于有头无脑的情况,听上去不可思议,其实没那么惊悚。刚才,你还在互联网上搜索到一则信息:

> 前几年,权威科学期刊《自然》发表过一篇论文,《没有大脑的生命:神经放射学和行为学证据表明,严重脑积水情况下,神经可塑性是维持大脑功能的必要条件》……

必要条件!这四个字,让你额门一麻。宵雨方住,星轴在远郊农夫的脑袋上无声盘转,万千光团无耻地袒露着斑斓内脏,犹如海绵动物。有几次,你觉得自己正处于霞举飞升的前夜,但早晨醒来,睁开眼睛,发现一切跟平常没什么两样。不,陆瘦鹤,你错了:这是崭新一天。整个行星表面,又将比前一日净增十七万人口。你那极度繁忙的大脑中枢,或无脑中枢,又将处理有用没用的信息超过八千六百次。身体又将诞生并凋亡五十万亿枚细胞。全球又得下一万八千场雨。七大洲四大洋的母鸡又要产一亿九千万颗未受精蛋。天上又会往返十万趟航班。多于四万棵树又遭到砍伐。灭绝的物种将再添七十五个。太阳一如昨日,将拖拽着太阳系全体成员,绕着银心黑洞,长途奔袭一千九百万公里……罢了,失忆如崭新一天,何不收拾好心情,接着往下读:

> 研究人员注意到一个现象:患严重脑积水的小白鼠不仅可以存活,而且它们的听觉、嗅觉、触觉以及空间记忆,皆与普

通小白鼠无异。在另一篇可信度极高的报告里，研究人员扫描某些志愿者的颅腔，发现其头骨内只有水，没有大脑。另外，上世纪八十年代《科学》杂志登载的文章《我们需要大脑吗？》谈到一个案例：某高校一名本科生，智商超过一百三十，攻读数学专业，无社交困难，但他实际上没有大脑。正常情况下，成年男女的大脑皮层厚度约四点五毫米，而此人的大脑皮层仅有不足一毫米，空余部分充溢着水样脑脊液。神经科学的专家表示，目前，无脑人功能健全的机理尚不全然明晰，只笼统归结为所谓的神经自适应。

无脑人并非罕见奇迹。我们身边，究竟有多少无脑之人？甚至，我们自己是不是无脑之人？

本世纪初，权威医学杂志《柳叶刀》上也公布过一则案例。法国某男子，职业为政府公务员，核磁共振显示，其脑室里贮满了脑脊液，本该正常发育的脑组织，因脑脊液的挤压，纤薄得好像一张新闻纸，他并无理解力障碍，婚姻幸福，家庭美满，育有一儿一女。

为什么无脑人无脑却有智？首先，我们知道，肠肌神经丛是内脏之中的第二大脑，可能控制着情感反应或直觉。其次，神经肽均布人体，可能提供了自我意识，承载情感和记忆。如果在纤薄的一毫米大脑皮层上，认知、意识、潜意识等过程仍能照常运行，那么我们不得不承认，所有这些过程，实际上相对简单……

窗外的黑暗，是深含挑衅意味的黑暗，无关乎四时循环，又不断胁迫着清甜的仲夏夜，教唆着暴躁的隆冬夜。唉，无计可消的愁闷。新一轮冻雨,气若悬丝的冻雨,冷得要人老命。你亟需一札啤酒,浇灭渴意。此刻,黑暗似溟濛大海,秘授机宜,昧于现状。而可恶的《无脑之人》或《无头之人》序章才进展到一半,整本书才启幕,便已陷入艰困,因为它要求创作者抗击打能力极佳,并且耐磨、耐烧、耐腐蚀,它要求创作者转换成超线性思维,苦捱超线性寒暑,以适应其超线性构图。邪门的超线性猪大肠,撕裂了风格,撕裂了叙事节奏,甚至撕裂了我们赖以生存的主观时间,于是,前一秒钟你还在无头无脑地抛光那些生锈的词句,下一秒钟却跃迁到另一件不相干的事情上,比如新建一个文档,写下两三行字,权充日记:"今天,有一只蠓蠛,想飞进我右眼做窝,结果被眼屎挡住了⋯⋯"艰困、寒暑、主观时间统统属于创作者,构图、风格、叙事节奏则一概属于阅读者。是否清畅?创作者本不应关心这个问题,但你也知道,该想法多么荒唐。归根结底,创作者包揽一切,担承一切,至于无辜受众,出离愤怒的无辜受众,不妨摘引奥维德的半句诗搪塞他们:"谁强迫你读?"

†

假设有朝一日,仅仅是假设,灰槭树跑过铁渡桥,大白天向北蹿奔,众目睽睽,宛如一场清醒梦,这个时候,你,作家陆瘐鹤,才可能相信自己在课堂上跟学生随口乱侃的那番话。你对他们说,现实,同样经过了意识加工,鲜异于想象的成果。

你并不是职业作家,倒是职业穷鬼。你在一所培训机构当老师,教浑头浑脑的学生写记叙文、议论文,每星期工作两天。其实,你既不清楚如何写记叙文、议论文,也不清楚如何教人写记叙文、议论文，不管怎样，相较于教创作，好歹容易些啊，更何况还能挣到一点儿钱。挣钱！神圣的任务，远比创作更神圣的任务。投入魔环的男女，天天加班，为了挣一点儿钱，对魔环来说少得可耻的一点儿钱，说实话，那点儿钱，每个月上一天班就该挣到！令人吃惊。不过，作家陆瘦鹤，敢问你挣到那点儿钱了吗？没挣到。对，是挣钱，不是赚钱，不是捞钱，请准确使用动词：挣脱的挣，挣断的挣，垂死挣扎的挣。令人诧怪。可无论你再怎么诧怪，不屑，唏叹，再怎么感到荒谬，感到震悚，感到好笑，感到悲哀，照样得跟大伙一样，日日走趋，劳碌，问答，等待，追赶。这也许正是生存的本质。挣钱。挣命，蹬着腿儿。对，这一定是生存的本质，否则你找不到任何理由，任何借口，解释上述行为，狂诞的行为。难道我们当真无脑，乃至无头？……

大雨倾盆，你骑单车送女儿上舞蹈课。两只星头啄木鸟在马路中央打架，它们缠作一团，忘我地互啄，结果双双被一辆疾驰的大货车碾成肉饼。浑身湿透，即将迟到，前轮爆胎。体内密密麻麻的文字遭受泡浸，正逐渐洇开，模糊。你背着女儿，蹚过街头积水，备觉肉身沉重，但心魂反而轻快了。这是我的时刻，除此之外，再无任何时刻。当庞然象征之力将一个作家的日常生活覆罩，他几乎感到甜蜜，殉道者那难以言说的甜蜜。

场景一换。赤日炎灼。你依然在路上骑行，去车管所办理业务。为什么去车管所？你，作家陆瘦鹤，无车可开，本身也不想有车可开，为什么去车管所？不知道。且去无妨。你头戴遮阳圆边帽，像一艘西方人想象的东方陆行船，乘着阵阵热风，穿过辽远的经济开发区，穿过田野般旷阔的经济开发区那千百座沉寂、炽亮、外墙滚烫的仓库和厂房，奋然前赴晃悠悠危悬于帝畿南郊这株大树之外的枯涩榛实：车管所。你不得不镇压从心中涌起的诸多小说段落。你，作家陆瘐鹋，不允许自己草率地征引那些大师，草率地援用他们作品的色调、氛围或寓旨，以阐释眼下情境，因为如此一来，轻松惬意，你处置了它，进而甩掉了它，永远封禁了它。不可以。你应记住它，记住烈日，记住猛雨，牢牢地记住，不要希图言说它，要同样把它当成殉道者那难以言说的甜蜜，深藏若虚，持之以恒。你已经感觉到，且将继续感觉到，千古在此一日，似乎是尘劫世象的旋律，赋予听见者形体，让他得以安存：光，昼暑，空间。暗人格，暗思想，提纯并融入汉语言宇宙。你是一只凶戾、痴妄、愚顽的灰伯劳，下半身遍布密鳞斑。鸟作家，神行似翔的鸟作家，词句乃汝之翎羽，捕猎吧，孵蛋吧，在云端排泄吧！……脱水的危险，晕厥的下场，迷途的前景，统统置之度外，你展开自由联想如展开双翅，沿着一系列文字缀合的弧线，闪烨飞掠而过，只遗留扰动的波痕。

清晨。日神的统御。智性。严缜的推理和匀畅的想象。勃兴的季节。百夫长。攻城锤。脱。

为什么脱？谁脱？不知道，好比不知道为什么去车管所，为什么独自在一望无际的经济开发区骑行。你从虚拟草稿上删去了这个字，以保障安全。它太冒犯，会招来攻击。没必要。有什么价值吗？如果仅仅是表达想法，无足挂齿的想法，既谈不上真实也谈不上矫伪的想法，又何必惹麻烦？无利可图啊。谁为这个字埋单？你找不到赞助商，找不到金主，找不到大客户。算了，算了，算了，完全没必要……

†

  你，作家陆瘦鹤，打算以一部《无脑之人》，或者《无头之人》，捶击那庸朽的艺术体系。当然喽，这是你唯一敢出手捶击的体系，难不成你有胆捶击万恶的金融体系，乃至其他体系？开什么国际玩笑……好，你打算先热热身，伸展伸展手脚，搞一两个造句练习，比如这样："他们将鄙弃当作投枪，朝谎言制造者掷去……"接下来，稍作润色，修改成这样："他们将彻心彻骨的鄙弃当作投枪，朝猖狂亵渎真理的谎言制造者无情掷去……"哎哟，从二十五岁开始，没准儿从十五岁开始，你便是此中好手，多年坚持不渝，基本上挺没劲的。说实话，那个二十五岁的初学者太难了，比今天还难，所幸他并不知道自己有多难。

  此刻，无脑者、无头者的故事已经铺开，岂可轻忽？眼前摆放着一部精装版《在中国漫长的古道上》，你随手翻到第八十四页，看见一行字。

  只片刻工夫，三颗圆颅就滚落了……

  掉脑袋，无头，常常与地下宝藏有关，这一点，我们无须犯疑，它再清楚不过。往回翻到第八页，接续白天的阅读。你将以下这段描述，摘抄并贴上标签，充当素材坑道的浅层记号，且由此向深处发掘，向茂茂草强大根系指引的阒黑土脉发掘。

  伴随车马在公路两旁未收割的作物之间留下的足迹，每走一步都是昔日的荒冢。除了翻犁过的农田裸露大地的泥黄色外，道旁高高隆起的土块堆成的坟茔上长满了青草。古时的中国是真正的中央王朝，主宰它的皇帝、王侯及其嫔妃，死后就安葬在这里，它们如此神圣，今人仍不敢靠近，更不敢探挖，谁也不知道当中究竟埋藏了多少稀世之珍。然而，这些曾蒙着一层神秘面纱的王陵，它们的全部尊严已丧失殆尽……

你，陆瘦鹤，跟随该书的撰写者，活跃于二十世纪头三十年的美国人兰登·华尔纳，从北京一路西行，来到新疆腹地，塔克拉玛干。传闻沙漠与黄金密不可分，于是塔克拉玛干上空盘旋的魔鹰，其唳声才令人抛却灵智，发狂驱入绝地，饥渴至死。失心疯，无魂，又或者无脑，也常常与地下宝藏有关，这一点同样再清楚不过，这一点同样勿须犯疑。塔克拉玛干，华夏史志称作图伦碛，维吾尔神话中被施咒的、横沙埋掩的古老城市。据说"塔克拉"意为"地下"，而"玛干"意为"家园"。自从一千五百年前，粟特人于瀚漠南北建立了多个商业据点，阿弗拉西亚布大王修造玄铁地宫的故事即改头换面，渐次融入了西域各族各部的集体无意识。你知道，二十世纪早期，德国人阿尔伯特·冯·勒柯克，那个在吐鲁番的柏孜克里克石窟内割切佛教、摩尼教壁画的盗宝者，写过一部探险回忆录，名为《新疆的地下宝藏》。很显然，这些盗宝者了解阿弗拉西亚布大王的黑暗传说，或了解其衍生版本。与美国人兰登·华尔纳类似，德国人冯·勒柯克一进入新疆，立即被砍头、枭首的重重征象和情景挟裹，犹如身置魇梦。时值清朝末年，新疆是獠牙环伺的肥肉，是沙皇俄国、大英帝国等强权相互争较的舞台，四境云扰，杀气弥沦，血案频发。在首府迪化城，巡抚大人请德意志盗宝者去衙门吃饭，那晚的筵席总共上了八十六道菜，种种繁文缛节让他对东方古国产生了鲜明而深刻的认知。在《新疆的地下宝藏》一书里，冯·勒柯克讲述过迪化的处刑装置。有一名不知犯了什么死罪的囚徒，关在一个形制特殊的木笼内，头颅从顶部伸出，紧紧捆住，两只脚则踩在一块逐日逐夜沉降的板子上，第八天，囚徒的脖子终于断掉。冯·勒柯克魔怔般拍摄了若干照片，将它们附在回忆录中发表。这个家境富裕的德国人说，迪化是一座拥挤、肮脏、贫困、阴诡的市镇，当地居民把虱子当成家畜，沙俄总领事在街上纵马疾骋时，频频挥鞭，抽打他们的脑袋。

一九一六年，新疆省军阀杨增新，在迪化城邀集众多实力派头目赴宴。待到宾客酣醉，东道主招呼刽子手进场，在欢快的乐声里将他们挨个斩首。十余年后，杨老将军本人遇刺身死⋯⋯

然而，范湖湖博士告诉你，放眼天覆地载的广大西域，千百年间，最契合无脑者、无头者精神的历史人物，非阿巴·乿乞儿莫属。这位生活于十五、十六世纪的喀什噶尔君主，残暴、苛虐、狠毒的米儿咱·阿巴·乿乞儿，或称阿巴·乿乞儿·米儿咱——抱歉，蒙兀儿贵族的名字总是颠来倒去——据《拉失德史》载录，此公统驭喀什噶尔王国四十余年，不断侵略邻邦。他征剿拉达克地区，占领列城，兵锋直抵克什米尔边境。他遣军攻打博罗尔，攻打巴达赫尚，杀人万千，掳获无算。他几乎征服了整个蒙兀儿斯坦。他旗旆一扬，敌手望尘而奔，望风而逃。连毅勇尚战的柯尔克孜部族，蒙兀儿的雄狮，也不敢当其锐。此时的阿巴·乿乞儿·米儿咱，英明神武，绝非无脑之人，他成为无脑之人，继而成为无头之人，乃是暮晚境况⋯⋯

†

近几日，闫燿祖先生问你，有没有兴致试一试他同事在工作之余开发的小说打分程序，那家伙自称是一名资深的文学爱好者。机械神教派的资深男女太多，你以前就领教过。决计不能把《无脑之人》或《无头之人》交给他，可怜的打分程序会以为自己吞了一坨屎，于是打出负分。哼，打分程序，我先给它打零分，你思忖。这个呆货，倒不如写一段肉禽蛋打分程序，让铁肺子邓勇锤拿去徨犽农贸市场试试手……不过，好赖应付一下吧，找篇旧作敷衍那家伙，抬头不见低头见，何必撕破脸，毕竟，你有头有脸，还是说，你其实无头无脸？……

然而，即使在旧作之中，也不乏无头的意象。以下文字，写于十几年前一次冠状病毒大流行期间，当时你渴求恋爱，根本不顾死活。

我开始温习老旧泛黄的《说岳全传》连环画集。看到狼主金兀术伤悼他骁勇过人但已被割去脑袋的侄儿完颜金弹子，为之镶配一枚假首入葬，童年的惧怖苏醒了……我一直以为，完颜金弹子即便舍弃他那颗惊心骇神的大头依然没死，只不过败阵的耻辱、辜负王叔期望的自责，使这名骁将羞于见人，可他每晚仍顶着一枚黑檀木脑袋在军营内巡哨，防范擅长偷袭的狡悍宋军……

打分程序，祝好运！但我很清楚，打分程序，你这狗崽子没法儿令一个文学评论家失业，只有本事令许多小说家出丑。大祭司，解雇这打分程序的编写者，炒他鱿鱼，立刻炒他鱿鱼！此乃忠告，并非求请，在涉及作品的问题上，我们从不求请。当然，不可否认，愚昧的打分程序终归比愚昧的打分人类强一些，那帮嫉恶如仇、义愤填膺的泼男泼女啊。

闲话休提，接着讲讲一代枭雄阿巴·乩乞儿·米儿咱。年韶身轻时，他背弃自己的叔父和君主马黑麻·海答儿·米儿咱，逃出喀什噶尔，跑到叶尔羌，靠一份伪造的文书当上了城主。乩乞儿写信让自己的母亲在马黑麻面前甜言蜜语，麻痹新任丈夫，怂恿他打压贤良。乩乞儿一贯豪爽，为笼络王孙公子而散尽千金。有一回，他自己的家臣看到主人把祖产像抢来的财宝一样分发，用劲揪住他华美的裙边说，在下来晚了，但在下邀天之幸，抓到了极好的抵押物，您不支付赎金，我绝不撒手。乩乞儿开怀大笑，赏赐这家臣一笔数目可观的银钱。众人竞相投奔到他门下，如同当年齐之民投奔到田氏门下。阿巴·乩乞儿·米儿咱在叶尔羌城拥兵三千，不久便擂鼓升座，自立为汗。叔父马黑麻·海答儿·米儿咱发兵三万，前来攻伐，自立为汗的阿巴·乩乞儿·米儿咱以三千人迎战，把对方打得丢盔弃甲。马黑麻只好向自己的姻戚羽奴思求援，此公乃整个东察合台汗国的掌权者，印度莫卧儿王朝的巴布尔大帝是其外孙，用波斯语撰写《拉失德史》和《世事记》的作家米儿咱·马黑麻·海答儿也是其外孙。抱歉，蒙兀儿贵族的姓名不仅颠来倒去，还屡屡重复，彼此混淆，读者尚请忍耐。羽奴思，汉语史籍称之为速檀阿力，决定扶持自己的小老弟，惊惶无措的马黑麻。他钦点五万精锐，御驾亲征，在叶尔羌城外与自立为汗的阿巴·乩乞儿·米儿咱督率的军队接触。然而，大战开启，因为一个似乎微不足道的失误，羽奴思兵败如山倒，逃往阿克苏，阿巴·乩乞儿·米儿咱乘胜席卷，瘟神般往天边一指，秋风扫落叶，开入空无一人的喀什噶尔，占领了整个喀什噶尔王国。这位年轻的暴君剜去自己亲哥哥的双目，任他流落至撒马尔罕。阿巴·乩乞儿·米儿咱杀人不眨眼，血洗了英吉沙城，又凭奸计僭夺于阗城，甚至还挥师向东，欲侵据明成祖朱棣统治的华夏疆境。其从侄，亦即《拉失德史》的作者米儿咱·马黑麻·海答儿说，阿巴·乩乞儿·米儿咱的毕生之志，是将自己的地盘视同一根肉肠，填得越满越好。他渐益专横、凶残、唯我独尊，不仅将冒撞者齐胸锯断，将仇家凌迟处死，且动辄株连宅眷。他诛翦贤良，夷灭无罪宗族，还戕虐自己的子女，毒杀自己的嫡亲妹妹，把外甥活生生钉到宫墙上，更判罚几千人刖足之刑，抓捕上万人充作苦力，凡此种种，难以形诸文字。征服四方的战争平息后，阿巴·乩乞儿·米儿咱开始访神求卜。有人挖到一座摩尼教圣坛，将藏书室里林林总总的籍册献予国王。它们雅丽的文字、瑰艳的细密画，似乎依附了魔灵，催使骄狂的阿巴·乩乞儿·米儿咱决定，既然他统辖着塔克拉玛干外围，既然整个塔克拉玛干已是囊中之物，那么，塔克拉玛干匿隐的所有珍秘，摩尼教典籍上镌载的众多地下城，他必须全数掘发霸占。喀什噶尔君主的暴行罄竹难书，无人敢忽视砍头的危险，趋前匡谏。于是乎，阿巴·乩乞儿·米儿咱征集各种传说、轶闻，并以之为依据，驱遣囚虏、奴隶及庶民，在塔克拉玛干一挖三十载。他凭自己圆乎乎的秃瓢儿对日月指誓，揣着无上使命感无昼无夜地推进这宏伟事业，至于该使命感从何而来，且容后再述……

†

　　很多次，从睡梦中苏醒，你感觉疲累似乎是消除了，其实它仍幽潜在四肢百骸的虚隙间，伺机发作。抬起久伤不愈的胳膊，揉按头部的穴位。无脑者如何思考，回忆，知解，想象？你窥觑着自己颅腔内部的加密信息。有时候，不记得一句话，却还记得自己不记得这件事本身。跟你眼下的写作状态相似。只记得要写作，却不记得该写作什么。哦，对了，蒙兀儿的无头者，攻掘失落宝藏的喀什噶尔暴君，阿巴·乩乞儿·米儿咱，塔克拉玛干之魔……

　　但无暇写作。你得接送女儿上课外兴趣班。柔道、芭蕾、篮球、素描。记住了，陆玶，可以跟柔道教练说你打篮球，不要说还跳芭蕾，可以跟芭蕾老师说你学素描，不要说还玩柔道，千万千万……忽然间，并非毫无由头，竟然想到了鼓吹抑绝繁衍的摩尼教。是啊，为什么生小孩，自己明明还是小孩？课后放风，你坐在河滨公园的条椅上，守着尽情耍闹的女儿。水岸边，萝芳微芒昭曜。脆亮童声回荡于清朗天穹下方，戳破时空的气泡，迫使它们一轮轮刷新，朝着某个未知的明澈境界逼近，因此世界层层递迁，步向完美。但无暇写作。

　　古希腊数学家、天文学家埃拉托色尼，为估测地球的大圆长度，于夏至正午时分，跑到尼罗河一片岛洲上，观察日光垂直地射入一眼深井。次年夏至又跑到亚历山大港，丈量一座方尖塔的阴影长度。在旁人看来，埃拉托色尼像个疯子。而你顶着火炽的盛季穹玄，汗流浃背地坐在条椅上披读埃拉托色尼的史料，似乎也不大正常。下午，三点钟，太阳风呈螺旋状移动，直扑地球，又越过我等居住的世界,直抵冥王星。街上,巨量的启发令男男女女的脑瓢儿持续膨大。天候失度,远空传来一阵阵晴响,树叶烤得泛白。这样的温度,这样的湿度,坐在广场边缘,无论一个人多么冷傲不群,心如坚冰,孤寒成性,终究难逃中暑的结局。依稀间,你仿佛听见范湖湖博士怪怨:"学者归学者,作家归作家,井水不犯河水。但作家大发谬论,乱吵乱嚷,压根儿不把我辈放在眼里。是可忍,孰不可忍!……"莫非这小子在叱责你?又听到诗雄咏吟:"血腥的战斗,无数人失去了土地与头颅……"灵光一闪,可谓神悟。管他什么博士不博士,什么学者不学者。你陡然意识到,粟特,索格底亚纳,之所以流布着砍脑袋的传说,完全是因为当地自古保持着砍脑袋的嗜好。在药杀水——即锡尔河,即阿拉伯地理学家笔下的细浑河——东岸,马萨革泰人的女王托米丽司,率众御敌,竟日激战中斩首波斯大君居鲁士一世,将其头颅装进盛满鲜血的滕囊。马萨革泰人乃斯基泰人旁支,与定居城镇的粟特人同族。有意无意,粟特人也把女王托米丽司认作先祖,并以她彪炳史册的伟绩自豪。如果进一步考虑到,突朗国君阿弗拉西亚布丧命于伊朗国君之手,再考虑到光明使者摩尼受戮于波斯萨珊王朝的巴赫拉姆一世,那么,真相其实很清楚了:仇深似海呀,粟特人横竖要跟波斯人对着干,至少是一部分粟特人横竖要跟波斯人对着干……

晚间,妻子已经入梦,只要再给女儿念一两段睡前故事,便可以暂获自由,去你窄小的宁静书斋写作,回归宁静核心。爸爸,爸爸,读两页《彼得·潘》吧。彼得·潘,那个老不死的小飞侠?他扇动着蜻蜓目昆虫的复翅,在永无岛上作威作福,还把人到中年的铁钩船长闹腾得坐卧难安……终于,彼得·潘,老不死的小飞侠,瘦巴巴绿莹莹的小飞侠,三下五除二弄死了一条奇丑无比的大鳄鱼,将它开膛破肚!……好,熄灯,关门,开机,打字,继续讲述蒙兀儿的暴君阿巴·乩乞儿·米儿咱。

如今,顽执于地下之城的喀什噶尔国王年届六旬,在位超过四十载,"毁灭的玄宵业经降临"。阿巴·乩乞儿·米儿咱敛积了大量财宝,不知为什么仍未满足。合理猜测是,这位塔克拉玛干的恶主根本不贪索财宝。老家伙驱使奴房、罪囚开掘沙砾埋覆的哈齐克古镇,给他们套上颈箍,十八至二十人羁绁为一队,无分冬夏,掘土不已。在南边的于阗,阿巴·乩乞儿·米儿咱挖到三九二十七只大瓮,瓮中各有一只铜罐,罐中装满了金砂,罐外堆满了银锭。据说,昔岁朔漠中不乏大城,有几座留下了名字,其余连名字也一同湮沉于漫漫黄沙之下,无从晓知。打野骆驼的猎户们言称,在喀什噶尔东部,有人撞见过古代市邑的断壁残垣,包括棱堡、花园、宣礼塔、清真寺,以及附属于书院经楼的傀伟建筑,但四五天后,再来到相同地点,已然看不到文明的任何痕迹:流沙重新将一切吞噬了。正是这些跟大伙捉迷藏的地下之城,这些蕴聚着秘密的传说之城,这些以暗河彼此通连的隐奥之城,让阿巴·乩乞儿·米儿咱神魂颠倒。撰写《拉失德史》的米儿咱·马黑麻·海答儿回忆,暴君曾在叶尔羌的旧址掏挖到无数琦珍,还掏挖到不见天日的怪异生物,证人多达六七百。而作者自己,身为阿巴·乩乞儿·米儿咱的子侄辈,也见识过一根从古冢间出土的、折断的大腿骨,并把它交予一位德高望重的毛拉瞻视,对方极其震惊,说这根远古时期的大腿骨,比他们这一代男子的大腿骨至少重六十倍。

在喀什噶尔郊外,阿巴·乩乞儿·米儿咱的囚奴掘宝队还挖到过圣人干尸,不,鉴于一众蒙兀儿贵族共闻共睹之奇迹,称其为干尸圣人或许较准确。这位死圣人须髭笔直,面容如生,喀什噶尔的宗教学者们遇到疑难而无法解决时，便将问题写在纸上，置入墓穴之中，次日再来，圣尸已备好答案。

喀什噶尔，气候宜人的喀什噶尔，尘暴遮罩的喀什噶尔，作家海答儿惋叹道，此地是介乎市镇天堂与沙陲地狱之间的僻幽净界，犹如一爿小小的宁静书斋，是贫而乐之士、富而仁之辈的世外桃源。海答儿在喀什噶尔结识了几位虔信者，他们受惠于该城历史上福泽深厚的贤哲，以致迁离之后，仍时时惦念，心里总不踏实。四十年来，阿巴·乩乞儿·米儿咱毁坏了这方境宇，毁坏了内无倾轧、外无凌践的喀什噶尔。阿巴·乩乞儿·米儿咱，你不死更何待？……

†

生活多彩，我们难免会经历一些无头的时刻，目睹一些无头的男女。比方说，某某当红明星，因故遭到封杀、下架，制作方为了让新片顺利公映，不得不使用影像合成技术，给那家伙饰演的角色换头。又比方说，不少人打完流行脑膜炎疫苗，短暂感觉自己的脑袋不属于躯体，或躯体不属于脑袋。再比方说，你，作家陆瘐鹤，这天上午发现，史学博士范湖湖赤条条蜷卧在一张旧皮椅里，面庞惨白如杏仁，皮肤斑驳泛青，活像剥开了介壳的冰冻蛤蜊。这只巨大的无头纲动物委实可怕，令人浑身起疙瘩。你不禁想象，曾经有一名裸女，傲然屹立其间，踩着他没精打采的器官，拗出美神阿芙洛狄忒诞生时又无辜又妖冶的造型。

你来找废柴史学家，讨论蒙兀儿的无头者阿巴·乩乞儿·米儿咱。此时，范湖湖非睡非醒，正咧着嘴，用指甲刮齿垢。真恶心啊。怪不得翟小姮要狠狠整治他。茶几上脏兮兮的手提电脑在播放一部葛丽泰·嘉宝的老电影。陆老师,废柴史学家双目半眯,昏头昏脑地对你说,要不要一起看完它,葛丽泰·嘉宝,瑞典的斯芬克斯……

这只巨大的、通晓人语的无头纲动物维持着原状,仿佛在等候阿芙洛狄忒从虚渺中再度显形,抬脚踏在他温软的蛤蜊肉上。窗幔寂然下垂,屋外蝉声嘒嘒,简谐振动的夏日晨曦从一条窄缝穿透进来,末端湛明似錾刀,落向一盏积满尘灰的坯兴陶圆腹茶壶。屋内一片晕黄。可以看到粉粒沿光路缓缓旋升,好像登山朝圣的队列。你没搭理范湖湖,自己坐进另一张皮椅里,静待他回魂返醒。晖柱缓慢挪移,照到一本摊开的掉页图册上,扫过以下句子:"十八世纪末,婴儿的死亡率减低……发生了什么?企业主渐渐开始雇用童工,他们的报酬通常很少,劳动时却相当顺从……"久受灼烤的帘栊漫溢着一股紫外线杀死细菌的臭鸡皮味儿。废柴史学家拈起一支笔,随意转了三五圈,迅疾的反光从墙腰上,从书架、桌柜以及他本人的眼睛上划过,好比魔法棒搅拌忽暗忽明的安谧,于是,整个房间的时空如满满一盅悬浊液,立即改变了静止状态,涡流四射。

范湖湖两手平放在大腿上,头顶吊挂着归拢的蚊帐,宛若一位美索不达米亚神祇,亦即一位阿努恩纳奇,横躺于一座穸茶钵式陵墓的拱券下方。最近一段时间,你知道,废柴史学家活似木偶,听凭福利院女护理师翟小姮妄意操纵的牵线木偶。他钻进了白天黑夜的接缝之中,体验不到光阴的奔逝。但是,你还知道,实际上,情欲之私他早已淡漠。在范湖湖博士的感觉里,时间之河十分迂绕,时间以钟乳石增长的速度向前蠕行,偶尔停滞,或者陀螺般原地画圈。照理说,时间推进得这么缠绵,他一天可以做很多很多工作,可以像充电池一样，饱含知识的爆炸性能量，让抱残守缺的灵魂事业——无论它是什么——彻底革新。然而，很遗憾，在时间磨盘的迟涩周转下，废柴史学家一无所获。他好像提香·韦切利奥笔下冷色调的王公贵胄，那些颈脖上围着巨大轮状白皱领的西班牙皇室成员，半讥谑半凝肃的脸庞上掺杂着轻蔑和疲怠。

范湖湖揉了揉自己腮帮子下面硬实的淋巴结颗粒，默默盯视茶几上黄兮兮的亮斑，好像默默盯视一泡狗屎。有一回，屈金北问他，难道你不喜欢独处？哦，独处，不可思议的欢乐！他淡然一笑，腔调诡秘：我是想象家。暂刻的昏暗里，磷辉烁闪的志念绞绕着男人多孔的脑袋瓜，犹如一个晕环。

"任何时代……"史学博士卧姿不变，表情有些狰狞。他撕去一本新书的包装如撕去新娘子的衣裙。蓦然间，范湖湖大概觉得，意识类似于一副跷跷板，这边压下去，那边又升上来。"任何时代，都有佳美的青春期，继后则是漫长的壮年期和老年期。在当局者看来，青春期往往艰难，悲伤，动荡，壮年期和老年期往往平顺，闲详，稳定而衰萎。少数圣贤，同时经涉青春期、壮年期和老年期。无论如何，奋争胜过空虚……"令人慌神的金色空虚！范湖湖博士终于穿好了四角短裤，爬出了皮椅洞穴。"陆老师，我近来一直在思考，进步，到底是历史真相，还是道德准绳，还是生存法则？……"

你，作家陆瘦鹤，有一张汲取万物精华的路线图，但它尚未规划到历史哲学领域。你说过，不想书写凡尘，想书写天使在凡尘中疾走。你像光着膀子在公路边捕蝴蝶的纳博科夫老头，用文学之网捕捉天使的形迹。

"博士，我们何不接着聊阿巴·乩乞儿·米儿咱。他为什么要挖遍塔克拉玛干，蒙兀儿诸王公又为什么不再忍耐，终于兴兵讨伐？……"

据十世纪菲尔多西《列王纪》所述，庇什达德王朝的英雄大帝法里东三分天下，将次子封为突朗及中国之主。十三世纪阿老丁·阿塔蔑力克·志费尼《世界征服者史》和十六世纪米儿咱·马黑麻·海答儿《拉失德史》皆援附这一传说，指言突朗暴君阿弗拉西亚布，帕山之子，乃法里东四代孙，波斯诗人也把他唤作中国的统帅。而叶尔羌的君主身居中国，又号称法里东王，同样以法里东之裔胄自视。因此，我们不难揣拟，阿巴·乩乞儿·米儿咱必然认为，他是阿弗拉西亚布玄铁地下城当仁不让的继承者，是它责无旁贷的探掘者。至于蒙兀儿诸王公的征讨，理由莫须有。实际上，伴随着金银财宝越积越多，喀什噶尔王国的军队日趋衰弱，阿巴·乩乞儿·米儿咱已至耆耋之龄，行事愈加专横，大批将官、贵族、首领受到惩处，要么人头落地，要么被君主发配去服苦役。伊斯兰历九二〇年三月，即公元一五一四年五月，速檀·赛德汗，秃黑鲁·帖木儿汗之嗣胤，高举义旗，于突朗名城安集延陈师鞠旅，挥戈东向，进军喀什噶尔，伐灭阿巴·乩乞儿·米儿咱。速檀·赛德汗得道多助，依从者甚众，又有辖治北印度的巴布尔大帝扶掖，兵精粮足，气运盛隆，于是，他决心以凌厉攻势，彻底碾碎阿巴·乩乞儿·米儿咱可鄙的暴政。战况几经反复。先前，喀什噶尔由于连年骚乱已荒败不堪，而阿巴·乩乞儿·米儿咱众叛亲离，龟缩在叶尔羌，他早年发迹之地。老狐狸派自己的亲儿子驻守旧京喀什噶尔。史家有言，喀什噶尔是突朗人最重要的城镇，它昔日的荣辉，在阿巴·乩乞儿·米儿咱晚期已荡然无存。他于叶尔羌前方的河汊旁兴修堡垒，他庞大的兵械库里堆放了一万两千副马铠、六万套甲胄，但是，军纪废弛，军中无大将，喀什噶尔王国的部队由农夫、工匠、园丁杂凑而成。米儿咱·马黑麻·海答儿认为这些人无法胜任征战，他在《拉失德史》中吟咏：

  天然石在阳光的琢育下需要多少年，才会变成巴达赫尚的红玉，或也门的紫晶？
  棉花籽需要多少月，才会变成少女的裙袍，或死者的尸衣？
  新生的羊毛需要多少天，才会变成撒玛利亚人的长衫，或驴子的缰索？

  阿巴·乩乞儿·米儿咱看到卒隶们精神涣散，斗志全无，骑术极差，竟然调侃道："统领这样的兵众，连打劫个菜园都不保险。"无脑者最后一次清醒。暴君忧心惙惙，预图该如何高飞远遁。他听说速檀·赛德汗的骁将雄师攻占了英吉沙，便把叶尔羌留给长子守备，自己拾掇财宝，逃之夭夭。此时喀什噶尔的防卫者也已经弃城奔北。阿巴·乩乞儿·米儿咱先退到于阗，又打算翻越喀喇昆仑山，跑去拉达克避难。他焚烧了九百匹骡子驮载的彩绫锦缎，宰杀牲畜，将嵌镶宝石的花瓶、装满金粉的马褡裢，统统倾入阿克塔什河。抵达列城时，阿巴·乩乞儿·米儿咱发现，各处的驻军大多溃散，这座拉达克的首府重新落入了当地异教徒之手。老家伙在惊涛骇浪中打转，无处庇身，只得返辔东归，向追击自己的敌兵投降，寄希望于速檀·赛德汗宽宏大量，饶他一命，至少，留他个全尸，埋在祖考的茔墓旁。半路上，阿巴·乩乞儿·米儿咱听见一位老迈的牧民低唱道：

阿弗拉西亚布终于死了吗？不平的世道摆脱他了吗？苍天报仇雪恨了吗？为了他呀，我们怨恨断肠……

阿巴·乩乞儿·米儿咱心惊胆颤，遇到了以前的扈从。这些人诓骗他，暗害他，趁他半宵入寐之际，割下他空空洞洞的无梦首级，拎到叶尔羌找速檀·赛德汗领赏。无脑者阿巴·乩乞儿·米儿咱只剩下无头尸身，自此升级为无头者阿巴·乩乞儿·米儿咱。他永远摆脱了不平的世道，不平的世道也永远摆脱了他。阿巴·乩乞儿·米儿咱朝思暮想的粟特人秘宝，那座神龙见首不见尾的阿弗拉西亚布机械地宫，始终无从索觅。阿巴·乩乞儿·米儿咱，这位蒙兀儿君主因无脑无头而无谋无勇，毕生汲汲于挖墓掘冢，把塔克拉玛干翻了个底朝天，最终却死无葬身之地。约翰·邓恩在一篇布道中说过，他就是自己应当逃离的巴比伦。

†

昨晚一场骤雨，让荒畦上长了许多蒲公英。这样的天气总能激起你接触现实的强烈愿念。很少有人意识到，他们并未生活在现实之中，仅仅生活在自我的世界之中。个体的现实狭窄、惬适而相对省力，如乘骏走坂，几乎无可救药。

拂晓，你怅怅恍恍，看见自己的脑袋出芽分蘖，变成一株愚翁植物园的香柏树。这个剽窃抄贩的意象，使人想起无头者阿巴·乩乞儿·米儿咱。此公的历史，印证了一句老话：所有事业无不从爱开始，并以惩罚和恐惧推进。

你慢悠悠走在街上，去参加无趣的新书分享会，给一位朋友捧场。其实,他不仅是朋友,还是邻居,同住瀗波庄园。这位朋友兼邻居,以小题大做的咒骂,半吊子的塞利纳式咒骂,创作了一部回忆童年的长篇小说。你觉得,他由此尝到甜头,肯定会接着模仿塞利纳,依葫芦画瓢地往下写第二部、第三部,乃至第五六七八部。所以他完蛋了。而你,狂作家陆瘐鹤,脑袋上徊翔着一只普普通通的普通䳀,压根儿不想去捧场,倒想去砸场。为了小说艺术,你运思良苦,殚精竭虑,连睡觉都在剧烈打抖,恨不得立即用一台灌注机械,把整个胡七乱八的世界灌注到自己的脑袋里,更恨不得敦请大祭司閆燿祖发明一台搅拌机械,把现实搅拌出更多神话的泡沫。至于办新书分享会的朋友兼邻居,写作一气呵成,一杆到底,句子顺手拈来,类乎木工活计,居然好意思吹牛?如果你老兄是一只普通䳀,那么他不过是一只逮耗子的斑头鸺鹠!……

正午十二点的苍穹,仿佛也受到灌注和搅拌,不断生成着宁谧。这宁谧一直在空气中萃集,结晶,沉淀,宛如积雪,令人举步维艰。

你看到一位老先生在桥头的健身器材附近,洒水扫地。他对身边的铁肺子邓勇锤说,怎么样,这一大片,我捐的!不可小瞧任何清洁工。而邓铁肺,邓菜头,雾霾老汉,拎着铸铁撬棍,嗑着炒熟的葵瓜子,脸上丛错横斜的皱纹刻录着许多秘密。无人识赏邓勇锤古怪的热心肠。他擎受着整个瀗波庄园的玄奇本源的重压,这样,其余居民才可以不受搅扰,不受冲击,不受锢禁。老头子的神经递质浓度比同龄人高十倍,他昼夜分泌乙酰胆碱,发了疯一样生吃大蒜。在世界屋脊开货车的艰苦岁月,让他习惯饮青稞酒御寒。入睡时,邓勇锤化作一只常山老白猿,起床便以一个个震动门窗的喷嚏,开启全新一日。今天,老头子的虬髯未经打理,狂野得令我们头皮发麻，凶暴得令我们窒息。他冲远远走过的卢醒竹校长打招呼："黑老鸹！……"唔，山东人士。正午十二点零五分，伴随血液循环，阵阵虚静的涟漪传到邓勇锤身体各区隅，抚慰着这台由肌肉肥肉骨骼筋腱及胼胝体构成的、长年超负荷运转的、伤痕累累的、早该到了大修期必须换零件的陈旧机器。忽然，他舌绽春雷，发出一声兽吼："嗷！"

你不打算参加朋友兼邻居的新书分享会了。反正，根本没人在意谁去谁不去。关注，点赞，转发，客套一两句，几可相安。至于谁去谁不去，根本没人在意。干脆改道，前往光头屈金北夸荐的鱼足疗馆，路程不算远，但也不近。语言天才说，鱼足疗帮助他找到了隐秘的节奏。你很想知道隐秘的节奏究竟是什么鬼东西。

大中午，鱼足疗馆里暗幽幽的，草腥味滥漫。有一人一猪，正躲在阴凉处打盹。那男子看不出年纪，似乎由于轮番暴饮暴食和节饮节食，肋间的皮褶子层层积叠，状如晾晒的腌头菜。猪是一头黑猪。以神态判断，它大概率来自暗街，而且像暗街本身一样，能够从周围摄取暗元素，捕获暗原子，最终蜕化为猪中炭精。买票，存包，换鞋。腌头菜男人拽着不时哼哧一两声的黑猪，领着你穿过几个空荡荡的格子房间，穿过七大八小一连串圆形鱼池。顾客不多。你看到一名中年胖汉，摊开身子躺在水面上，任鱼儿来咬，脸部浮现崩溃的表情。你走到池边，笨拙地卷起裤管，慢腾腾坐下，先伸右腿，再伸左腿。大群星子鱼，别名土耳其青苔鼠，闻到人类的脚臭，迅急聚拢过来，甩开膀子用力啃你毛糙下肢的老茧死皮，活像一帮饿鬼。什么感觉？犹如触摸一支正嗞嗞充电的、裂痕肆布的文物级智能手机。狂欢的小鱼，舌尖上的足疗！它们彼此招呼说，兄弟姐妹，来，开趴体了，耶稣又变出馅饼了！……两根肉柱，凌空飞降,送到跟前,敞开吃,使劲吃!噢吘,你一口,我一口!……九千九百九十九口!……好大两根肉柱,爽快呀,够咱们嚯一辈子!……作家先生,悟到了什么?腌头菜男子用手指一戳,那只招雷劈的黑猪立刻接茬道:苦,是自己的,乐,是别人的,懂了吗?……

半梦半醒间,脑袋里意念腾激,你莫名想到一段房地产中介公司老板食粪的情节。哲学家说,语言是一个奇特的混合体,成分包括数理语言、主观语言、直接语言、元语言等等。你奋然发掘语言的潜能,恰如蒙兀儿的无头者阿巴·乩乞儿·米儿咱奋然发掘塔克拉玛干的荒古宝藏,不过,语言符号又岂是吸取了魔力便可以自己行动的土石傀儡?不妨用词句垒搭一座高插玄霄的楼堡,但别奢盼语言像活物一样,自己行动,无须我们费神。

你其实不擅长说俏皮话。你需要一件隐身斗篷,穿上它好好察观世相,凭借刁钻的眼光,凭借周详到刻毒的剖解。你感觉自己仅仅是文学机器中某颗不大灵光的斜纹齿轮。你,作家,不喜欢那些个大学教授,不想接触知识分子的孱弱目光。作家,他们似乎对规准、禁令、典章之类的东西嗤之以鼻,读者也往往认为隽妙的文学是作家打破条条框框、无视戒律的成果,可实情恰恰相反,它们来源于自我立法,乃至自我禁限。

不,你并不是斜纹齿轮,你是一整台文学机器,狂震不已的文学机器。依照设计图纸,它本应技艺精湛,它把禀赋、灵感和志趣统统吞进肚子,不断分泌着愁人的文学纤维,织成千疮百孔的小说大网……

†

　　以前，你走出潋波庄园，急匆匆去公司上班时，神魂逐渐冷却，好似休眠火山，等待夜间的再次爆发。轻轨列车站内黑压压的人群，他们是一股旋风，是情绪焦躁的千百张眩乱抽象画。且用党纪国法的烘炉，锻铸他们烦人的谦卑和良知！在衣冠楚楚的办公室，你假笑，你忙碌，你每天中午将一枚泡腾片丢进盛有温水的玻璃杯里，凝思寂听它们冒泡的咝咝细响，以阻抑自己浮想联翩，争取多休息几分钟。下午，乏怠来袭，僵板的笑容难免从脸上溃散，癌变。五点半，从陌生或熟悉的面孔之间，你杀出重围，如同一块烙铁，让大伙连连闪避。

　　有一回，你坐在公共汽车上打瞌睡，十来页文件从侧倒的手提纸袋中掉落出来，滑向门边，钻过隙缝飞到了街头。

　　无头者阿巴·乩乞儿·米儿咱左寻右找，究竟要干什么？他想必知道无头圣徒库萨姆·伊本·阿拔斯的故事，而诸君倘若已不记得此公，请回到愚翁植物园，回到范湖湖、屈金北两人见证狂作家陆瘦鹤把脑袋伸进四维空间的那个下午，当然也可以佯装记得，接着往下读。总之，战争创造了千百万无头士众，他们上哪儿觅求各自的玄铁地宫？……阿弗拉西亚布大王的机械秘宝，在浅层地壳中巡弋，影响虫鱼鸟兽，影响大气环流和降雨。阿巴·乩乞儿·米儿咱相信这样的奇迹吗？不，陆瘦鹤，你本人相信这样的奇迹吗？……有一位先哲说过，任何幻想，终将变作现实，甚至已变作现实。但也有一位死于脑溢血的天才说过，即使是用大粪来做比喻的优异传统，也无法再为幻想插上翅膀……

如今，你在培训机构教学生写记叙文、议论文，眼看又要失业。糊弄小孩很容易嘛。培训机构的负责人侃侃而谈。写湖水，就用波光潋滟，写山岭，就用巉岩危石。他们不写湖不写山，还能写个啥？提高作文水平，骚兴是关键！骚兴？咍，骚兴，渴望表达、叙说、虚造，这太难了。难个屁！告诉他们，书中自有颜如玉，书中自有黄金屋，骗小孩读书啊！善意的谎言懂不懂。天下文章一大抄！

你穿着一件千鸟格衬衫，你力图让自己看上去文雅些，清新脱俗些，好歹喝过点儿墨水，尽量投合公众的陈腐印象。可是太丢人了，弄得跟个民国小才子差不多。其实你穷酸而孤凉，相较于扮成风流倜傥的民国小才子，扮成屡试不第的清朝老举子，兴许更为恰当。唉，你也想吹捧老板，讴歌时代，不过狗嘴该如何吐出象牙？免开尊口吧。吃力不讨好，虽然穿了千鸟格衬衫，还是少扑腾为妙。

†

据说某些人一旦陷入悲观，便毫无底线和原则可言，便沦坠为反常的怪物。有位毕生捣弄古希腊语的灰颓女作家写道："双倍的欲望是爱情而双倍的爱情是疯狂。"她接着写道："双倍的疯狂是婚姻。"这么算下来，根据机械推理法则，婚姻是八倍的欲望，是欲望乘以二的三次幂。挺精彩，但依然低估了婚姻，且高估了欲望。妻子是无所不能的王座女神伊西丝！相比她无所不能的大功大德，你们的低劣欲望算个屁，你们对婚姻的迂狂自悟和浅陋己见算个屁？在一位妻子看来，洗衣机、洗碗机、扫地机、拖地机、擦窗机、炒菜机，称得上真真正正的圣器仙器，它们合体构成了机械神教派人类解放分支的巴比伦塔。至于丈夫，近乎一个符号，纯粹的符号，或与之相似的什么贱物，有百害而无一利。好，你主动请缨，要做帮手，要当男子汉，不让她在水深火热的家务炼狱里孤军奋战？只可惜，你是个弱智，无脑一族，你完全不够格，不达标，不入流，你枉为须眉，简直不齿于文明之族类……

阳光灿烂的男男女女横行街头。晴空下，风筝宛如一条条抛锚的船舶，浮漾于湛澈气海之上，而放风筝者是一根根人形锚，僵踞海底，幻想的层层阴影覆压其面孔。倏忽间，或远或近的众多风筝，变作古埃及神灵，各自长着猫头、狗头、公牛头、公羊头、豺狼头、狒狒头、河马头、朱鹭头、鹰隼头、鹈鹕头、蛙头、蛇头、獾头、鳄头、蜣螂头。这怪怖的景象让你意识到，蒙兀儿暴君阿巴·乩乞儿·米儿咱梦见过顶着兽头的男神男魔，也梦见过杀红了眼的女神女魔。你终于明白，他之所以无头，不是因为他厌头，而是因为他要脱弃人头，换一颗兽头、禽头、昆虫头。这绝不可能实现，凡胎成神的时代已一去不返。再看看你，作家陆瘦鹤，竟敢假设自己的学问挺大，想为学问更大的读者写一部《无脑之人》，或者《无头之人》，膺获赞美和褒奖，岂非另一种换头妄念？换头之人与无头之人关系密切。同时，你私下揣摩着暗元素、暗原子般无形无迹的反读者，他们绝不会朝你呕心沥血完成的作品里睃上哪怕一眼，浪费哪怕一秒钟。势利鬼，市侩之辈，洋洋自得的蠢材，野蛮人余孽！……你决定在小说里讥骂那些家伙，那些反读者，横竖他们也不读，因此讥了也白讥，骂了也白骂。你还要借机向老少同行呼吁，何必往现实中撒盐抹酱，添油加醋。作家的现实感不应是大打折扣的现实感。旁人奔走相告的事件，无聊记者写成社会新闻的事件，自媒体拍摄并发布的事件，固然也算现实的一部分，但我们的现实，比肥皂剧和纪录片的现实大得多！好吧，你，陆痩鹤，也乐于展示现实造成的精神创伤，最好是无可治愈的精神创伤，卑微的主人公陷于受难和哀痛的记忆，不自振拔，软绵绵地滑入五色陆离的各式深潭，听任残忍的历史逐日逐月，郁积为致命的意识毒瘤，他们变成狼，变成乌龟王八，变成一棵棵花魔芋，变成一团团黏液怪，总之无论如何变不回一个人了，而文学从头到尾也没闲着，火上浇油，自怜自艾，自贫自苦，自轻自贱，自瞽自聩，展示发臭的溃疡、糜烂的牙龈、瘀血的大脑皮层、青紫彬斑的臀部……

你，陆痩鹤，犯不上跟着哀号，如丧考妣。也别巴望自己永远不睡觉，永远清醒。但你实确巴望自己的作品是一柄巨锤，从不同角度谛观，从不同层面省视，它始终是一柄巨锤，敲得死败类，砸得烂贼窝。你字挟风霜！来呀，来呀，顽固派文痞的造谣中伤，金元帮走狗的恶毒辱骂，无耻群氓的肆意丑化！……可实际上，他们不屑于中伤你，也没力气辱骂你，没工夫丑化你。他们东跑西颠，忙得四脚朝天。你陆痩鹤算老几，有谁认识？屎桶，还夜郎自大。你根本是无名之辈，无门无路，无朋党，无家世，无权位。

不管怎样吧，至少，你始终参照一柄巨锤的形象，不断自我塑造，昼夕铸词炼句。你，陆痩鹤，在一己想象的敌意狂澜中岿然独存，你这个当代文学的堂吉诃德……

†

两年前，或许更早些时候，你上午起床之际，下地一瞬间右脚跟会犯疼，只因白天痛感不明显，倒也没在意。最近自己上网搜了搜资料，发现这症状似乎挺常见，疑为筋膜炎。去诊所一检查，还真是筋膜炎。医生建议你，凡需要双足久立的运动统统别做，又建议你换鞋，多泡脚，少走路。

然而，筋膜炎无法阻止你散步，那是作家的神圣仪典，是尔等重要的生存形态。大清早，微熹初露，闫蓓蓓得了胰腺癌的外婆在林中曲径上徘徊，戴着墨镜，念着佛经。七点钟，你如果挣扎离床，送孩子去学校，说不定可以瞥见老太太小步遁走的背影。有时候，你看到屈金北的女友苗芄芄从车站奔向瀛波庄园，来找语言天才谈分手，诚诚心心谈分手。姑娘不算很漂亮，但她粲然一笑，眼睛好似弯月，牙齿洁白小巧，便大大增添了耐人寻味的魅力。更多时候，你看到福利院的护理师翟小妲走出范湖湖博士住处，走出瀛波庄园。这位舞蹈家步姿轻妙，大概心底仍灼烧着黑暗的甜蜜。她两手举过头顶，余兴未尽地踮起脚尖圜转，于是乎，春光乍泄，月亮女神那两簇香汗淋津、泛射金色朝晖的零乱腋毛，便短促袒露在世人面前。此刻，整座晨空变成了闳旷讲堂，公开演示着神秘生理学的奥蕴玄旨。朗朗晴昼里，那个著名癫婆子慷慨激昂的言语久久回荡于沉穆居民楼之间。她无缘无故，在街头独自冲着淡薄的雾烟敬礼。我们曾猜测，妇人是朝太阳敬礼，是朝冥冥苍昊敬礼，是朝不可见的神灵敬礼，但她身为坚定的唯物主义者，对上述事物不存尊仰之意。莫非在给毛主席敬礼，或者在给林副主席敬礼？终于，细心的儿童发现，癫婆子其实是向她虚无中哑默的千百万听众敬礼。哦，那刺目的虚无啊。

秋日的京畿南境，堪称一片孤雌生殖的圣域。坐在悄静的街道旁，你不禁纳闷，男人都跑哪儿去了，为什么一个不剩，全都消失了？浡汰公园外，有一对不到两岁的双胞胎小女孩摇摇晃晃地追赶一只小鸡。显然，在她俩眼里，除了小鸡，其余的东西不足道哉。

而在小鸡眼里,你和双胞胎小女孩统统是可惶可惕的怪物,只不过高矮各异。几亿年前的某天下午,鸡和人类的共同远祖,从太古海洋爬上了长满蕨类植物的滩涂,在湿漉漉、黏搭搭的沼泽间漫步。兴许南境当时正处于大陆边缘,是鸡和人类的共同远祖几亿年前登岸之地。稍晚,鸡的祖先和人类的祖先踏上了各自的进化之路。鸡的祖先进化成强大的胁空鸟龙,升格为顶级掠食者,称霸天穹。而人类的祖先进化成弱小的始祖兽,亦即最早的哺乳动物,体状跟如今的沟鼠差不多,整日东躲西藏,提心吊胆。呜呼,时间,时间不愧为最伟大的戏剧家……

你想入非非。思维的氧化反应。垂暮之年的莎士比亚是一名讼棍,兼营放贷生意。

多数情况下,实质未变,无非趣致转换了。比方说,贾宝玉的故事,标题不妨改为《大观园里的守望者》。当然,世人皆知,那位神瑛侍者投胎的男子,其守望大业失败得非常彻底。无论是他心心念念的绛珠仙草,还是此外任何的艳蕊狂葩,纷纷坠下悬崖,这些香喷喷的花骨朵儿无一幸免,要么夭谢了,要么被畜生拱了,美人的芬馥和猪屎的秽臭相混同……不过,请诸位原谅,作家陆瘦鹤要阐扬的形式主义观点,与此无关。你思量,禁阻读者追随着时代精神、潮流习尚去阅读,去欣赏,既无必要,更无可能。枢机在于那未变的实质。它是什么?今天你倾向于相信,是爱和牺牲。

儿童感觉下午的时光恒无尽期,令你暗生慕羡。

†

在《机械生命简史》文末,机械神教派大祭司闫燿祖先生添附了以下注释。

　　　　生命是一台机械。

　　　　我们的体内充满了电势能。我们的细胞之中运转着无数日夜不息的纳米轮机。能量在我们体内改头换面，化学能转变为电能，继而转变为机械能，再转变为化学能……

　　　　三磷酸腺苷（ATP），生命的能量货币，细胞可直接使用的充能物质。它们一刻不停，滚动循环地合成，分解，合成，分解，于是乎，细胞之内，电闪雷鸣。

　　　　ATP合成酶，顾名思义，负责ATP分子合成工作的纳米轮机，运行速度每分钟超过九千转。每台轮机每秒钟合成ATP两万七千粒。每个活细胞每日合成ATP八百四十亿粒。成年人全身细胞一天合成的ATP与他体重相等。

　　　　生命是一台机械。那么，反过来，我们不禁要问，机械算不算一团生命？……

　　而范湖湖博士，自作主张，在你未完成的长篇演义《无脑之人》或《无头之人》文档中补充了以下材料。

　　　　马库斯·李锡尼·克拉苏，统率七个罗马军团东征，与帕提亚人作战。在卡莱附近，帕提亚人杀了个回马枪。刹那间，乱箭如雨，将罗马人两两刺穿，将盾牌和挽捉盾牌的手臂钉到一起。久涉疆场的罗马人稳住阵脚，力守不退。然而，战局瞬息万状，帕提亚人的奇招令形势急转直下：他们在光芒万丈的烈日下展开一面丝绸大纛，辅以猛戾的战吼。意志原已消沉的罗马人从未领教过这般场面,掉头逃窜,抛下两万多具尸躯。

帕提亚人那轻灵似云、通透似冰的神妙旌旗,究竟是何方秘珍?它不可能由粗野、单纯的帕提亚人自行造设,他们的技艺不足以生产此稀罕之物。罗马元老院的情报机构发现,缝制旗帜的料子,来源于迥远的东方国度:赛里斯。总之,丝绸大蠢令克苏拉命丧异乡,三巨头联盟遂告崩解。四年后,尤利乌斯·恺撒领兵渡过卢比孔河。

范湖湖博士提醒你,胜利者割下克拉苏的头颅,再以熔化的黄金灌入他毫无生机的嘴巴,好教人们知见,大言欺世之徒的可耻下场。

075 㢫

老艺术家心中的悲凉

当我想到自己
只好写诗

但这位诗人牢牢记住了
往日,我们反抒情的约誓

他持久沉默,不懈地派出形容词
直到终章那短促的音乐奏响

当两种精神相撞时

物质决定了分量

076 〔铭〕

尘世有极而史事无极

克拉苏，罗马大将军也，富堪埒国，邦人扬誉，雄视群伦。媲迹征服者恺撒、伟岸者庞培，并称三巨头。罗马肇创七百有一年，西汉甘露元年，克拉苏欲效马其顿亚历山大之武功，发兵四万，讨阿萨息斯，即华夏史乘所载安息帝国。追敌数月，以疲师战于幼发拉底河东岸之卡莱，罗马大败，三万余众殒阵，克拉苏及子小克拉苏皆殁。罗马第十五军团，号阿波罗军团者，卒弁多为俘虏，波斯人杻之，流于远僻东陲之呼罗珊，亦称马尔吉亚纳，外作藩屏。移时，北匈奴郅支单于遣使重贿罗马兵，乃效命，徙守康居国郅支城。建昭三年，西域都护甘延寿、西域副校尉陈汤以郅支单于杀汉臣，矫诏发十六国兵，薄伐康居。单于军筑土城、木城捍其阛，鱼鳞阵迎拒，悉罗马战法也。是役，汉师势若轰霆，勇不可当，斩郅支，戮诸王、诸长，献馘阙下，悬头槁街。罗马残兵降中国者，迁于武威、金城二郡。

曩拉丁族无名氏作《远征纪》于凉州，备述其事，佚书得唐际粟特族通拉丁文者辑录之，宋元际又佚。嗟夫，远史故物，渺漫难考，然阿波罗军团行迹，几尘堀大寰之穷极也，志而不朽，此殆天意。

077 ㊐

鸡争鹅斗：神学家与大祭司第二次对话

作者，你只要一想到，圣骑士如今已沦堕为银行家，便不由痛深肺腑。卑劣的叛徒，神圣三位一体的战斗队形呢？卑劣啊，卑劣！你不惜为此而发动世界革命……

以上言谈，纯属牢骚，令人尴尬，作者将不予承领。第二次对话里，神学家游去非和大祭司闫燿祖两位先生，探讨了意识与灵魂矩阵，真理与系统构架。他们一改首度对话时温文尔雅的做派。游去非化身成一座活动的神学制造工场，脑袋上闪耀着幽奥的七芒星。闫燿祖亦不遑多让，俨如一台冷酷的思维机械，不分昼夜钻研着颠覆我等认知的光敏神经元。游去非依然抢先开火：

> 偏执狂，西尔维斯特教皇的祷告也无法治愈你们的智识荨麻疹！范湖湖博士，连魔鬼都不愿做个无神论者！上帝和人类，伽利略认为，均属超自然王国。我们不是自然之子，我们是超自然之子。

> 博士，你一定会说，相比需要房子，我们更需要真理。屈金北先生则会说，不，房子即真理，万缘皆一体。诸位必须明白，上帝并不是什么隐逸慈善家！房子归房子，真理归真理，两者各自成立，焉能互相替代？我问过一个老太婆："难道永恒的福祉可以仰赖于历史知识？"因为糖尿病，老妇人的视网膜即将脱落，她不断往嘴巴里塞盐酸二甲双胍片。你没听岔，屈金北先生，二甲双胍治疗抑郁症，也治疗糖尿病。怎么，还

没明白？再举一例。我，游大，原本很胖，最近却体重骤减，已名不副实。这下子你们懂了吧？名与实！通过名与实的彼此映射，上帝无时无刻不在蚀毁世界，又无时无刻不在重建世界。上帝是一位凭空臆造的系统架构师，又是一位无中生有的几何学家。所以，斯宾诺沙才认为自由观念不外乎一份空玄，永恒不外乎一个标签。绝对笔直的东西不存在！明白了吧？名与实！设想，假如时间也微微弯卷，那么很久很久以后，我们就绕回到过去，以及当下这个瞬间……

闫燿祖毫不示弱：

游去非先生伸出瘦筋筋的指爪，说是正在给自己驱鬼袯魔！他忘情的表演好比一篇小学生作文。斯威夫特《论圣灵的机械运转》指出：圣灵依赖身体，恰若开胃酒依赖生牛肉。而凡庸者束缚于各自感觉的区宇之中。信息须通过大脑和脊髓处理，经由存储、校对、拣择，才进入效应器，亦即我们的运动神经末梢加肌肉，从而行动，施力于外界。

我们在与熵增趋势作斗争，与随缘偶发的运动和意念作斗争，弥日亘时！熵，最基本的尺子。我们对世界的理解程度，向来与测量技术及结果紧密相关。从希腊人埃拉托色尼开始，历代机械师一直在精细丈量时空。他观察太阳和星辰，以估算地球的个头。他使用日规，勘测斗篷状古代世界。托勒密则使用旋转尺来绘制经线。

几百年来，牵涉多变量周期函数的研究，进展并不显著。灵魂矩阵之道，与其说得自科学，不如说得自哲学，与其说得自数理哲学，不如说得自历史哲学。没错，博士，是历史哲学！但我们必须牢记，时刻牢记，迷沉于杜造假说，超出经验数据的种种假说，弊大于利……

游去非皈入唯信论门下，致力于汉语神学的深度建构，他体究灵魂的隐疾，终日筹谋怎样给灵魂打针吃药。闫燿祖则幻想全世界都关注机械师和机械艺术家逐求的未来图景，他引用的斯威夫特恰好说过，这分明是人类自大心理的写照。第二次对话，公认极其愚鄙，极其粗莽。对话者的思维已双双失序，两种精神相撞，猛烈相撞。应该不会有第三次对话了。

078　风

十一月山水图

我们在等候油腥的冷暮
吞下整块冬暑

星星大火，曾经使晚穹的旋花结构不显
从梦中一个枭啸的晴夜
许多市民跨越了天河悬索桥

荒城税卡死睡于灵旗下方
老学者撞见一群群历史斑斓病
涌向墓石原料场

我们听到酒浆的路灯,咬破冥黑之茧
目视一名幻想家
拎着书籍、清水以及温热面包
自寒潮的呵冻下走过

他揣藏字字句句
直行的蛮竹
再次闯入泡影,月弓转暗

楼宇逸散的空旷,已焊接为闷敞库房
阴岭上,铆钉明灭,虚幽存积
夜栖的众神猜测,词语,将比光更绵远

我们在等候朔野
僵立如一条关闭的云衢

079 曜

战 北 庭

  瀚海西域,大唐的潮水正退落,吐蕃的潮水正上涨。大唐吐蕃,数度姻盟,可惜已是太宗、玄宗两朝的陈久掌故。自从高宗朝永隆年间,茂州西南之安戎城失陷,大唐与吐蕃便时时交战,于兹迄今,已逾百载。天宝末至贞元初,鄯州、瓜州、肃州、凉州相继沦覆。伊州刺史袁光庭，誓死不降，矢石皆尽，粮储并竭，手杀其妻小亲眷，自裁殉难。吐蕃人乘河间、陇右虚乏，长驱直入，焚荡畿甸，虏获男女及牛马羊无数。眼见关内罹劫，神京陆沉，我们的心在滴血。

西域唐军，开封疆，守社稷，成武德，奉王之命，持符节以绥四方。安禄山、史思明叛乱，朝廷中枢从西域诸镇调遣二十万将士东返，又向回纥、大食、吐火罗、拔汗郍等外邦借兵。我们放弃了多年来苦征恶战夺取的若干城塞。

岁暮，庭州陌野，妖星夜落，司管四季及昼夜的老烛龙睁开双目，剧力吹响。腊月冰寒里，云旋雾转，鹅毛大雪飘飞。镇守使范鹄率三五亲卫，骑巡于郊原。边荒绝域，夷夏杂处，幸好老烛龙以无尽光阴为食，否则，此地连一撮沙土也无法留存。

十一月之时，阳气在下，阴气在上，万物幽死，未有生者，天地空虚，故曰玄枵。

苜蓿是牲畜过冬的饲秣。马匹须喂饱，又不能喂得太饱，应有节制。必得人马相亲，方可作战。士兵们精心照料马匹，常剪刷鬃毛，仔细铲蹄钉掌，冬则温厩，夏则凉庑。远途行军时，每每下鞍徒步，宁使人困疲，勿使马劳累。鞴勒务令坚完。彭老军头说，马匹或伤于始，或伤于末。断臂老军头无愧令名，有搴旗虏将之勇，有洞幽烛微之智。只不过，孰为始，孰为末？我等无从晓解。

庭州，防备不足，且无天险可依恃。但不守庭州，又能守哪一座城邑？莫非堂堂中国，倒要向蛮貊俯伏称臣，向夷狄纳贡求安？西域唐军，实无路可退。史官、文人鲜知戎事，惟愿千秋后世识悉：

吾辈之猛志，十数载未尝稍减，吾辈之磨炼，十数载未尝稍懈。日升时分，鸡鸣，营舍逐一转醒。于是头鼓整兵，次鼓习阵，三鼓趋食，四鼓列队领命。少倾，或摆甲持戈，随诸军头、卒长巡禁，警戒，值岗，或出垣门，练马，练箭，掘堑筑垒，直至夕暮回城，全军晚饷。座中既有不遵法度的黥配莽汉，亦有朝朝暮暮，切望蒙赦入关的受贬官僚，不过，更多是先前应役的普通男丁，这些年，他们一直将汉朝皇帝撰作的《蒲梢天马歌》挂在嘴边，旧尚不改。

承灵威兮降外国，涉流沙兮四夷服。

凡征戍武卒，过折罗漫山黑绀岭时，必学此歌。即使未过彼山彼岭，大概也早已餍闻。然而，如今再听，未免哀叹之，苦楚满怀。黑绀岭上方，竖有一块太宗朝左屯卫将军、郕国公姜行本的纪功碑，百十年间，它一直在向霜来尘往的兵民播告，大唐受天明命，扬旌塞表，振威西极。传说此碑至神，不可拓，违者致急风严雪，断行旅。帝王、枢臣、边帅的宣谕及函令，我们从未怀疑，我们敝力尽忠，只是，敢问上大人诸君长，援军何时抵达？病卒老吏，又何时返乡？吾等驻莅北庭，倚回纥，战吐蕃，七损八伤。眼下，西突厥诸部，非敌非友，河间粟特诸邦，受大食羁縻。葱岭西南，五十年前敕封的护密王、乌长王、骨咄王、俱位王、谢䫻王、罽宾王、大勃律王、箇失密王、南天竺王，或附庸于吐蕃，或已直截并入吐蕃。乃今大食渐衰，沙陀怯弱而狡谲，尚可指望者，仅剩回纥，他们数度南下，击退吐蕃，使唐廷与西域各都护府，仍保持联络。

镇守使范鸰遵上官之命，于四乡收拢猎手，组建猎团。这些男子戴虎头兜鍪，腰挂长刀，脚穿毡底青靴，个个威风凛凛。战争的魔影，须臾未曾远离，反且一再迫近。庭州市间中流动着黑暗的诳言诈语。粟特商贾，饶于财币的粟特商贾，他们既垄断物货，也垄断消息，为了诱你上钩，更频繁散播一些难以甄辨的传闻。玄铁地宫，阿弗拉西亚布大王的机械秘宝，这伙人说，正自巴比伦移来。而在云罗星布的绿洲城镇里，摩尼教僧众兴筑了经图堂、备讲堂，巨幅壁画上，先知摩尼趺坐中央，素衣红冠，四隅圣徒环匝。西域的神佛十分劳碌，西域的鬼魅一贯生意兴隆。多少人死于战争，死于灾戾，他们穿过迥漠，越过冰碛，翻过峻岭大岭，从莎车国到象雄国，从高昌国到火寻国，东西隘道，南北路途，尸骨累累。所以庭州坊间也传唱，生女勿悲酸，生男勿欢喜……

范鹄升任镇守使之际，夫人裴月奴已亡殁。近来，他一直忙于修塞垒，设城险，发车马。老庸医朱履震，随范三郎一路从京师行至边城，先留龟兹，再迁庭州。当初在长安，他便说，旄头星凌于箕星、尾星之上，幽燕将乱矣。今时他又说，日前长庚入月，恐有地动天裂的大事发生。而范三郎预感，这将是老庸医见证的最后一役，无论胜败，无论生死。朱履震夜燃短檠灯，研览兵书、卜书、谶书，他坑坑坎坎的桌案上，摆满了玄象物器，星表、八卦、七曜历、太乙九宫图……在龟兹，在庭州，山高皇帝远，这位神秘老者已无须担惊忍怕，唐律中不许私藏私学的奇门、紫微、六壬、雷公，各家数术，他无所不涉。暗地里，朱履震还制作历日，找人抄抄写写，成批售予城内城外的匿名主顾。他不忘敦嘱范鹄，多贮存食粮，多备劲弩韧矢，多入市场邑廛，向番汉商贾，蒐集情报。三郎默记于心。镇守使大人深知，作战时，普通卒士宜分担惯常任务，不应奢求吾等如昔年杀神彭军头一般，或似今日煞星钟夷简一般，破阵斩将，树建殊功。

寒冬漫长，朔风卷雪，烟尘一色。大战开启前一个月，惊蛰节气，范鹄命独臂老军头，领一队轻骑，东进觅敌。其实，觅敌或不觅敌，差异无多：敌终来觅我，吐蕃人必直薄庭州城下。只不过，若枯坐待彼，上下局促不安，将致士气低落，倒不如早早摆出必攻无守的架势，赫张戎威，奋励三军……

080　⟨风⟩
刀鸣之夜

疲惫，我的光荣
腾沸而冷静

寒芒在梦中游动，在皮鞘中蕴积
深色尘锈

念想一次夜袭
行军，凌晨，悄密无息

我直取人心如瞬间的燎亮
我终将断折如死鸟

陪伴一部诗集
却无法读她

长久揣着充实的饥饿赶路
曾经于定命时刻，我们一见倾魂

你穿过看似无限的迷宫
你一遍又一遍打磨同一块顽铁

上天锻造我不为太平
也不为攫夺性命

铁星的创痛在闪烁，标引着征程
并无铁星，但不乏创痛

我渴待恒眠
我重新化作石土

舞动，流血
凝听一朵凤凰花凋谢

果实的腐坏令我昏黑而凶险
已无果实，但腐坏仍在街头在战场泛滥

081 㬢

战北庭之二

仲春时节，唐军两千兵马，联合南下回纥军一万兵马，屯扎庭州城四郊，以逸待劳，以饱待饥，准备十余日后，与吐蕃大军搏战。

彭老军头传回消息，扰敌于四百里外。是夜，朱履震瞻星揆地，观三辰六气之幽变，感应天狼方位，尚有众来。果然，探马急报，葛逻禄部参战，料与吐蕃合兵。北庭大都护、伊西北庭节度使李元忠，召麾下裨将及诸镇守使商讨对策。议定分而击之。命范鹄领五百骑，并沙陀部一千五百骑，侵晓开拔，前出无名岭，预敌动静，嘱他能战则战，不能战则走，机宜从权，慎避阻险。范三郎看到，上官李元忠气色不佳，脸庞隐隐发暗，让人忧忡。李元忠将军，原名曹令忠，粟特族，建中二年曾远道赴京，觐谒皇帝，长安君臣百姓方闻悉，北庭依然完好。

范鹄步向市场。瞥见出殡队伍间徐徐飘拂的铭旌，他心不由己，反复吟味"穷兵者亡"四字。只可惜吐蕃人不懂这个道理。当然，我们也不懂这个道理。镇守使发现，行肆之中竟有镔铁沽售，大块黑金的表面满覆螺旋纹，无疑十分坚密。他找到一名粟特商贩说，我要更多镔铁。不知大人想要多少？至少五千斤。粟特商贩领着范三郎去见一名老叟。邸舍华奢，地板上铺设着富丽的波斯五色氍毹，桌案上摆放着拂菻工匠制作的错金七叉烛台。这位是我们的萨保，康延典。

"大人见谅，大人付不起价钱。"萨保康延典直言。

"五千斤镔铁，"范三郎往门外一指，"此城一半房产，你觉得值不值？"

"不值……"

"再加城外四百亩良田。"

"大人耍笑，"粟特头领瞪圆了眼睛，"战乱之世，田舍轻贱，再者，大人也无权……处断这许多产业，它们归……"

"我有权。"范三郎抬手，不让康延典说完，"非常时期，签字画押为证。若萨保大人仍不满意，你可能……"他缓缓前移一步，"走不出这方院子。"

湛默一刻。空气中交换着力量。反复试探。最终，粟特老头儿的神色，似苦非苦，似哀非哀，如吞鼠屎。

"七日，"康延典伸出一根指头，"七日之内，有一支驼队自庭州过境，驮负镔铁，本须供应河西……"

范鹄示意他说重点。

"我设法，在庭州，为大人购办三千斤……"

"四千五百斤。"

"三千五百斤。"

"四千斤。再送我五百张鞍毯。"

"三千八百斤。再送大人七百张鞍毯。"

"君子一言。"谈妥生意，范三郎拱手，撤身步向屋外。

"大人可要买几担于阗纸、于阗花毡？……"

"不要。契证文书，晚些时，我遣差官，递来贵府……"

"敢问大人买镔铁何用？"

"不劳费心……"话音未落，镇守使已不见影踪，免得对方反悔。

范三郎，独行之将，掉头去了开元寺。宝殿前，他看到一名游方僧，此人正捧着一小盆自撒马尔罕带回的浮烂罗勒，献于佛祖座下，是以芬芳满堂，诸天颔首。

"大师从萨秣鞬来？……"

他急于打探游方僧的沿途见闻。今春，石国、康国之间的饥饿草原，有无牧群？粟特人对释门弟子的态度，有无转圜？南天竺、北天竺的教团，是走南道，还是走北道？茫茫戈壁之中，商旅向哪一位神明祷禳，诚求降示？……

游方僧宣一声佛号，请出一尊檀木菩萨像，高九寸，雕刻于北魏神龟元年。范三郎会意：重要情报，岂可白送，连菩萨也无法依允。他付足银钱，买下菩萨像。这一恭虔之举，令游方僧颇为动容，于是沿途所闻所见，娓娓道来。

登葱岭，度雪山，崖谷峭崄，无路无栈道，石壁之间，只见故弋孔。各人分执四弋，须得一路插拔，脚踩手攀，辗转趋行。三日方过……

百余年前，粟特高僧康法藏，于洛阳迻译《华严经》的贤首大师，是否也选择这样一条路，离开撒马尔罕，前往中国？来自康居、龟兹、于阗、锡兰、南天竺、北天竺的僧侣，纷纷在东西两京的道场译经，与玄奘、义净等华族大德，共事共勉，共参共悟……

春季黄昏尚寒凉。开元寺外，有人在街边贩卖洗罪文，或兜销佛章佛典，它们以梵文、粟特文、突厥文、吐火罗文抄写于卵形纸页上，再打孔，用细绳穿成一串一串，可辟邪。范三郎回营舍打点行装。夕霞似焰，他一路忆及扬州城漕河两岸的万盏绛纱灯，忆及

长安城惨惨幽幽的万家灯火。当初在青龙坊,男人每每与邻伴饮酒,有一回,他说:

"传闻波斯使节献火毛绣,以火鼠须织成,十分神奇。"

"火毛绣、火浣布,"出入皇宫的画师陈沐析惑道,"以不灰木之丝,拈织而成,原料并非火鼠须……"

那时节,众军奏凯,国政危殆。那时节,范鹄一度潦倒,曾陪同朱履震,去长安各坊引神驱魅,挣几个茶饭钱。通常由老庸医披发仗剑,结印掐诀,卖力跳腾,能拘怪,能制妖,能安抚落榜举子郁郁然身死邪变的文魔、诗鬼,拯周邻于阴异,于灾凶,于痛瘼。范鹄不言不语,在一旁或蹲踞,或站立,号称护法……不少好事之徒认定,范三郎虽未出手,实乃厉害人物,他散发的冷气钻肝透胆,他饿纹入嘴的模样令闺妇魂不附体,令孩童魄悬半空……

庭州浸于薄暗,城中行路者,似乎纷纷戴上了鬼面具。街角有个百无聊赖的光棍,正为旁人读诵《大乐赋》的关键情节:

> 乃出朱雀,揽红裈,抬素足,抚玉臀。女握男茎,而女心忐忑;男含女舌,而男意昏昏。方以津液涂抹,上下揩揲……

国之大事,最在戎机。不过,若连京师近畿,也再三陷覆于外族,则迢遥西域的争夺和战斗,意义又何在?日有短长,月有死生,代兴代废,此亦天道循环。千百年间,万里商路上,行旅踵继,驮队往返。我汉家君臣,自然深晓边塞诸蕃、邻国异邦朝贡的真实意图:以献为名,欲通货市贾。祆教徒、景教徒、摩尼教徒,因之络绎抵华。范鹄身任镇守使,但有时,他甚至不大清楚,究竟是汉人招纳番人以镇守北庭,还是番人借重汉人以拱卫北庭。也许两说皆可。在他辖下征战的粟特骑士已超百员。这些深目男子，头缠赤白相间丝绦，短发，剃须，颈戴金刚圈，窄袖夹袍，腰系一条金边束衣带，下着黑长裤，黑革靴。粟特人严丽整饰，弓马精熟，阵场上百箭同发，敌众应弦而倒。是彼附依于我，还是我假助于彼？无关乎大局。合之以文，齐之以武，且须随时随刻，明悉限界。祆教，乃昭武九姓信仰之柱石，纯属其内务，外人不宜插手，倘有纷扰，最好让他们自行解决。恍神间，范鹄似乎看到血战中首级飞滚，抛落残体断肢，似乎听到有个声音在耳畔絮语："为将不可以不义，不可以不仁，不可以不智。义者头也，仁者腹也，智者足也。无义则三军无头，无仁则三军无腹，无智则三军无足……"

082 㮣

战争机械概说

公元一四八三年，列奥纳多·达·芬奇给米兰大公、绰号"摩尔人"的卢多维科·斯福尔扎写信，显表效力之忧，并扬言包打天下。博学洽闻的机械技术宗师达·芬奇列举了自己能够办成的十项工程，其中九项与军事相关。

毋庸讳言，战争在人类实践史当中占有极突出位置。据说，文明一旦步入可预期的和平阶段，各方面之创新将迅速颓废化。更激进的观点甚至认为，我们的社会对于战争的需求，是一种内生需求，战争既无法避免，亦无须避免。但核武器的发明已令该论断在很大程度上失效，故此核时代的战争逻辑迥别于往昔。

公元前三世纪，阿基米德的战争机械给罗马军团造成过沉重伤亡。所以，叙拉古沦灭之日，操拉丁语的士兵才狂病发作般闯进这位希腊数学家、机械师的幽静宅邸，据说不顾老先生正闷头画圆，立即将他砍死。实际上这一历史性场景遭到了数学门外汉的生硬简化。当时，阿基米德在研虑原始微积分思想，尝试以所谓余部切割法，把一根黄瓜截成无穷多个圆片，再将其加总，求取整根黄瓜的体积。老先生在《机械定理方法》一文中阐述了自己如何选用力学工具来发展数学技术，包括前述原始微积分思想的相关技术。叙拉古，泉水女神居住的土地，月亮女神护佑的城邦，无愧为地中海世界的科技之花，而阿基米德又无愧为叙拉古机械圣殿之王：市镇广场上，放置着硕大的铁制截角二十面体，即从柏拉图多面体演化得来的阿基米德多面体。读者诸君，无须对此疑怪，诗贤品达说叙拉古的战士和战马均披挂铁甲上阵。在数学家、机械师阿基米德寓处，罗马人搜出了两台常用于计算太阳和五大行星轨迹的青铜机械。它们可归入模拟计算器之列。二十世纪初，希腊安提基特拉岛附近，相同机械装置从一艘沉船中打捞上岸，它包含三十七个青铜齿轮，部件表面有火星、金星、木星的刻字。研究者指出，古希腊青铜机械不单能计算天体的运行轨迹，还能计算炮弹的飞行轨迹。类似工艺直到十三、十四世纪，即两个机械神学世纪，方重现欧洲。公元一五三七年，出版于瑞士的《几何枪炮制造术》讲解了火药、弹丸形状、轰击仰角等射击诸元，与武器射程之间的拟合函数关系。十余年后，尼古拉·奥雷姆发明纬度线方法，令加速运动之描述越发简洁且准确，火炮精度也因此更上层楼。

然而，正如机械神学世纪以前，东方的机械科技树一向领先于西方的机械科技树，华夏系战争机械同样比欧陆系战争机械更显进步。春秋时期，墨子麾下麇集了大批军事艺术、兵器文化的狂想人士。相传公输盘九设攻城之机变，墨子以牒为械，九拒之。"公输盘之攻械尽，子墨子之守圉有余。"从此一代代墨者火尽薪传，接力设计和制造战争机械，对中华哲学体系和社会文化产生过深远影响。例如，发轫于夏、商两朝而光大于东周列国时期的硬弩，可视为平等主义思想的战争机械支柱，其穿铠破甲的惊人效能，相当程度上抹去了贵族与平民的武力差异。公元二〇〇年，官渡之战爆发，曹操命工匠制造砲车，向袁绍的军队抛射大石，击溃强敌，以少胜多。公元九一九年，群杀伤重器"猛火油柜"在中国登场。接下来，公元一〇四四年，即鼎鼎有名的北宋庆历四年，刻印于汴京的《武经总要》载述了一切文明中最早的火药配方。十二世纪初，陈规、汤璹合著的《守城录》首度提及投入实战的火枪。约一百五十年后，乾坤翻覆的机械神学第一世纪中叶，火铳在欧洲的某些地区冒头。不列颠几代机械神学史专家一贯倡论，西方火铳的祖先，正是以坚硬竹管为关键部件的东方火枪，而全世界第一支铁铳，亦由华夏机械师制成。元明之际，神州火器、军械愈发精良。刻印于天启皇帝当政时期的兵书《武备志》记述了名为"火神飞鸦"的原始导弹，还记述了名为"群豹横奔箭"的武库系统，这套杀伤力极强的战争装备可回溯至第一个千禧年结束之初。迄至十七世纪，华夏、欧陆两端的炮兵技术尚处在同一水平。不过，请准许我稍稍离题：实际搆造第一台自动控制机的荣誉，似应属于古中国的科技圣贤，因为他们不仅发明了指南车，并且试图将原理载入史乘。惜乎华夏机械神学，其传承以奥隐著称，加之年湮世远，研究者对指南车最早何时出现，仍存争议。

西方的臼炮诞生于熔岩十四世纪，为欧陆城堡体制和军事贵族封建形态敲响了丧钟，而《失乐园》说这种屠杀黎庶、祸害人间的烈性机械乃撒旦之发明。两个机械神学世纪固然是阿方索星表盛行的时代，是机械论微粒观念复兴的时代，但它们依旧是，甚至主要是战争机械和军事技术革命的时代。亘古及今，好斗人类的绝大多数前沿思想与创造，要么首先服务于战争或军事，要么干脆发源于战争或军事。学者越来越相信宇宙万物确乎由德谟克利特的原子式砖块组成，机械师则越来越将战争机械领域的比拼，当作他们一展长才的顶级竞技活动。优秀的理论和丰富的实践，按照屈金北先生的见解，竟与生灵涂炭的情景形成了某种恐怖对应。然而，机械神教派的信仰者深明止戈之道，他们投身的真正战争，或云唯一战争，是减熵之战。历世机械师忍辱负重，内心憧憬光明，并埋头趋步于暗黑隧路。吾辈详谙，足以毁灭地球的武器，才可能阻遏人毁灭地球，因为毁灭地球者，是人类而不是武器，是狂热大众支持的政客，而不是各邦国各集团聘任的战争机械师。

083 风
寒 律

　　黑椴树，缓慢大雪
　　灵魂冬季的球果沿着
　　晚暮的斜坡滚落

　　我们不认识任何死者
　　失败尚无别称

交通亭旁边警察的冰雕，冻结的河面
月光在撰写一部铜书

永恒是我们居住的郊外房舍
正年复一年经历贬值

灯语星烟的反射弧
闪长石之夜

厄运在我们的尘梦深处坐胎
街道泥浆，涌入旧集市
静谧将持存多久

084 翰

从《酉阳杂俎》到《中国伊朗编》的无尽螺旋

我国历史上最大的城市，可能也是迄今为止全球最大的城市，正以众城之父的伟岸身态横卧于这片古老文明的核心地带，俯视并缜密辖统其百余行省。它神情严厉，目光炯炯，雄辩滔滔的言论好似章鱼怪的疯狂触手，从你完全想象不到的所有犄角旮旯上空掠过，颁告应许的赏罚。它宰制六方，独掌生死，力大无穷。它每年释放十亿七千万吨废气，吸噬无数辛劳，而天长岁久的病灶和瘀肿，使原本四通八达的脉管备受挤压，几近失效。于是乎，伴随光阴流泻，诸多淘汰自宏大社会循环的商业垃圾、时代浮渣、形形色色的败亡物事，连同西北风运抵的巨量泥沙，日积月聚，堆堵在整个政治经济圈的低洼下游，累叠为一片片滩涂、湖泽、三角洲，外加附生其间的各式群落。它们不违反官方的进化论解释，表面上仍可算作大都会向外延伸的一根根旁枝，但实际上仿似息肉或盲肠，何止自生自灭，更胡乱衍化蜕变。不错，瀛波庄园的本质恰是如此：当地居民，包括流落至周边的奇男异女，对恒居云端的新千年城市来说，不啻人形屎壳郎，数以百万计，全靠它臭烘烘的排泄物苟全性命。

这座永远衰败的庄园，这个遗忘之所、遁隐之乡，扎根高碘地区，坐落在浊雾茫茫的郊邑边缘，生长着来自乌克兰旷原的大量风滚草，堪拟于蛮荒西域。自打我搬到此地居住，它贪夺无厌的阴森版图就不断扩展，深入南部的冲积平原。而在那遥不可及的上游世界，野心勃勃、绝顶聪慧的年轻人终夜围坐于咖啡馆内巴掌大小的餐桌周围，切磋奥马哈先知沃伦·巴菲特的护城河理论，他们低声倾谈，用发冷的指头互相比划，投资学词组从他们刚吃过牛油炒饭的嘴巴里络绎进出，让身边扫眉画眼、涂着鲜丽唇彩的大姑娘一脸敬佩神色。故事颠来倒去，关于独角兽，关于超级独角兽，其实呢，换汤不换药，制作几套可以在平板电脑上自动播放的配乐演示文稿，便不难将女人的芳心俘获，她们暗送秋波，向独角兽，向超级独角兽。哦，满含信任的握手、合作愉快的拥抱、前景锦绣的喜悦之吻、不厌其烦地再三讲述的明绚黄金梦……种种物象，亦真亦幻，因巨大的创业孵化器昼夜运转而轮番上演。

瀛波庄园的天候不含任何宜人或温润的特质。近乎于一片未经探明的狂暴次大陆，它始终在冬夏两季迅捷切换，不单罕有过渡，且冗乱脱序。加之时间正接连遭致篡改，所以，初来者无不惊慑于这里忽而骄阳似火，酷暑难当，忽而又寒云滚滚，风疾雪暗。老居民因为天气阴晴难料，反复无常，愁苦的样貌逐渐固定下来，好像不分老幼统统戴着极富地域色彩的假面具，连初生的婴儿也满脸褶子，畏缩在襁褓内沉思默虑，状如一颗颗畸大的丑柑。那些男女，又称瀛波者，好比旧石器时代的先民，从不属于历史，只获得过人类学教授的偶尔关注。他们饭牛屠狗，各勤其业，多年来兼职接黑活儿脏活儿，捡破烂，甚或搽粉涂膏，招嫖卖淫，做本小利厚的盗版生意，乃至实施诈骗。他们的家园，许多奔亡之徒的华容道，栖住着一代又一代倒嗓的歌手、找不到工作的博士、身材走样的时装模特、回收旧电脑的书店老板、手残腿抖的拳击运动员、打不赢官司的各色律师、初出茅庐的各类咨询师，以及文思枯竭混饭局搞圈子的作家、视力衰退想自尽的画家、脸部神经痿痹光念佛不吃素的喜剧表演艺术家……总之，众多饱经忧患、颠沛流离的人士，他们携负种种伤疤和烙痕，跑到当地落脚，组成一个臃肿的败逃者联盟。这帮家伙很快发现，在瀛波庄园，花草一旦栽下，必定一年年迁易样态，到头来，你全然说不清它们究竟是什么品类。当地仅凭一座最荒凉的轻轨车站与城区相接。不同于市内交通人潮奔涌的盛况，此处一贯只有两三名乘客上车下车，他们浑噩沉顿，动作迟慢如懒熊，离开月台那一刻身材往往急骤改变，比方说瘦削者更形瘦削，肥硕者更形肥硕。六月间，车站由盖覆着白茅针的土堆围住，芜生蔓长的野草比成人还高，野花四处点染，欣欣向荣，宛若一片海水，在吹烟扬尘的郊陌轻柔荡漾。远方是浓厚的乌云、矇矇眬眬的新建大厦，以及众多无声的纷腾扰攘。日色沉暗，苍穹弥布阴爻阳爻，令附近荒弃的丘冢鬼火浮烁，令乾坤一派昏黑。车站外，来往行人踏出一条条漫乱无序的羊肠小径，下雨则泥泞不堪。即使走到柏油马路上，其年久失修的坑洼、裂隙，以及迸散的石块依然会让你步履维艰，如同去西天取经的玄奘法师在蒙受诅咒的戈壁滩上挣扎趔趄，但沿途并无邪祟妖魔，只不过时时能看见有些人随处大解小解，他们密集的屎尿跟野犬粪相混相杂，连成一片，蔚为壮观。而两旁的步道与其说是步道，不如说是铺地砖组成的一个个漩涸。从这儿前往瀛波庄园，须绕过一座长满了榛杞藤葛的小山包，街边栽种着落满灰尘、爬满蠼螋的五角枫。树影深处，惨暗、破败的楼宇歪歪扭扭，陷入死静枯朽，仿佛天蓬元帅变作大猪魍拱过八百里稀柿衕所留下的斑驳残余。

事实上，列车仍将驶往下一站，第九万次切开魔城南郊的尘嚣，把我们鼠目寸光的世界观裁成两截，高架铁轨周边的房屋也仍将快速闪逝，越来越稀散，越来越凋敝可怜，而终点因太过遐僻，仅零星悬缀着几座梵宇道观，近乎仙人居所，露重烟浓，根本无以名状……

†

老菜头邓勇锤很清楚，迟早有一天，他会告别琉璃河下游的猩犸农贸市场。这没什么大不了的。从三十五岁起，除了肚皮越来越鼓，雾霾老汉的相貌一直不变。当年不少人管他叫爷爷，等他活到一百零一岁时，估计又有不少人管他叫叔叔。

老菜头邓勇锤殚力献奉。如果他死掉，如果他命星坠陨，倒在地上，认领了自己的定数，遽此升天，那将是一场如释重负的、仁至义尽的斯多葛式升天。

但眼下，邓勇锤身板结实，还活得挺好。他一贯以午睡统治这片空间。不论是楼房，还是琉璃河两岸的荒藤野树，无不覆蔽于老家伙昼眠所溢出的宁谧里。

寂静使夏天的亮度大增。雾霾老汉在一篇光明的梦寐之中迟疑，徜徨，乘着鼾息缓翔，怒潮回落至低位。瀛波庄园处于这寂静的核心辖区，持续向周遭播布一阵阵浓暗的颤震。此方寂静如一只猛兽放归山林，警慎，骇惧，轻轻舔舐着伤口。正午时分，住宅楼地下一层深处传来哔哒哔哒打乒乓球的声音，以及空气顺着幽阒廊道唏唰唏唰慢慢流动的声音，再加上铁锈生长的声音，再加上杂物发霉的声音。邓勇锤帮着昝琦琦的奶奶和另外几个老太婆，把她们收罗的破烂搬运到地下一层，并且在地下一层之内转辗搬运，从东区搬运到西区，从南区搬运到北区，环回往复。瀛波庄园的地下一层自成世界，是龟龄男女的俱乐部，它像迷宫一样三通六达，逼窄的过道如同菌丝，连接着住宅小区的众多楼房。垃圾、废料，以及老年人的大量秘密，在其间日滋夜长。若或有朝一日，地下一层发生爆炸，将瀛波庄园整个儿摧毁，我们也丝毫不感到意外。

这天，邓勇锤的女儿女婿从野生动物园开车返家，新派燃丧者鲁尚植跟妻子商量，去沧州搞几只兔子来尝尝。女人说，不如搞点儿驴肉来尝尝。燃丧者冰火两重天的灵魂基质，弄得夫妇俩倏冷倏热。最终，他们决定，去狼犽农贸市场，搞些活禽。女婿问岳翁，想不想尝尝活禽。邓勇锤不搭腔，默默望着南边废弃的坟场：倾圮墓碑邻侧，芒草繁生，狐鼠成群。女儿以为老父亲触景伤情，正在沉思死亡。其实呢，他又不是那帮吃饱饭没事干的哲学家，他是愤怒的邓铁肺勇锤老先生，他才没工夫沉思什么死亡不死亡，他犀利的目光，早已穿过开满野菊花的旧坟场，往迥莫可及的国家西瓜博物馆射去……

这两三年,天候反常,磁场错乱,寰瀛扰攘,魔城内颠七倒八,忽而白痴变天才,忽而贤者变恶棍。同样,京畿南境之中,多了数个巨大的魔环主义黑洞。它们囊吞一切,任何事物皆不放过,甚至连轻渺似光的希望也不放过。于是,无名氏兄弟再一次摆脱了下落不明的状态,撞破了人间蒸发的宿命,又游走在琉璃河两岸的诸多广场附近,冲我们大放厥词。但乙镇的男女不轰走这位无名氏,是惊异于此公夏季还穿冬季的衣服,他油光晶亮的藏青色厚棉袄上纴着金线。

"你根本想象不到人可以有钱成什么样子。"无名氏说,"之所以你根本想象不到,只因为没人真正称得上有钱。大哥大姐,大叔大婶,钱在人手上、在人心上涌流,渐渐操纵了人手,主宰了人心。钱,是人的拥有者。而人呢,并不是钱的拥有者……"

无名氏兄弟可以从早晨说到傍晚,再从傍晚说到早晨。他站得太久,跖骨开裂,走路一瘸一拐。邓铁肺几乎成了此人的守护天使。乙镇的男女经常看到,老头子好像掉毛的安琪儿一样盘旋于无名氏左右,防止小孩、宠物狗,以及戴各色袖章的三姑六婆干扰他演讲。但无情的阿尔茨海默症不停在邓勇锤脑袋里制造雾霾,让老人日益烦躁,不可避免地诉诸暴力,尤其是遇到兜卖假货的骗子时,他越来越克制不住自己,几度差点儿用铁索勒死对方。比如撞见推销熊胆粉的贾溥兢先生,铁肺子立马气炸,忿火高腾。

"贾溥兢,"老汉一溜小跑,直戳的指头锁定了伪劣商品贩售者,使之惴惧不已,"你又在装神弄鬼?"

瀛波庄园的居民很清楚,眼前的好戏,看一回少一回。贾溥兢,三流命理师,靠惊吓治疗风瘫,靠捉弄人治疗谵妄。这老兄是个半秃，他把两鬓和后脑勺的杂毛拨拢，梳成一根短辫，乍看之下，与日本武士的丁髷发型颇神似。贾溥兢同铁肺子邓勇锤周旋数年，不打不成交。他一看到老家伙，瞬即萎靡不振，油汪汪的男低音顿失风采。既生瑜，何生亮！贾溥兢晃动着身躯，抖动着肥肉，拔腿就逃。

"弄海兄，"熊胆粉推销员一边飞窜一边跟个收废品的男人打招呼，"我有一批糠醛渣，你要不要？……"

黎弄海，民间化学家，只听到"糠醛"二字，便跟着命理师贾溥兢一块儿飞窜。糠醛是好东西啊，可氧化制取糠酸、呋喃甲酸，可与丙酮缩合制取糠酮树脂，又可与尿素、三聚氰胺缩合制取……在京畿南境，没有谁理解民间化学家的生意经，没有谁关注黎弄海的废品回收事业。暮色渐浓，暮色如一个熟练的情人压住了脸黄体瘦的郊区。孩子们在狭仄街道上追奔，滑行，踢跳翻滚。汽车引擎的振动扫过，满含威胁。尖叫，哗笑，令晚空沉醉的韵律，泼溅到行人脸上。邓勇锤堪比一条黑鲶，骤然将凝寂的影子激活，驱使它们在住宅楼的墙体间疾掠，以夸张手法复制着俗世景象，潦草揭示了茫茫黑夜中现实的魔幻走马灯那繁靡、疯转的真元，好似一座遭受过洗劫的残破小剧场。

你以为老男老女是人生筵席的残羹剩菜。然而，倘若换一个角度观察，相比儿孙辈，他们才真真正正逃脱了命运这名奴隶主的凶狠笞挞。只不过，瀛波庄园的居民很清楚，眼前的好戏，看一回少一回。猩猥农贸市场的辉煌也终将落幕。

†

大祭司告诉女儿蓓蓓，齿轮是计算机的祖宗。不愧为首席大祭司！这个暑假，闫燿祖先生准备跟孩子一起，用齿轮拼装一台手摇计算机。

他订阅的《机器意识国际期刊》寄到了。同时抵达的物件还包括一本《不确定机械问题的建模与控制补偿》和一架天文望远镜。前者其实是一部摩擦学专著。大祭司仅依据书名便飞速下单付款，结果翻开才发现，它探讨的领域自己压根儿不熟悉。序言写道：

> 我们人类一直在追求更小的摩擦系数……摩擦损耗了大约三分之一的世界能源，以及大约百分之五的国民生产总值……

开卷有益，不错的收获。至于天文望远镜，是大祭司送给闫蓓蓓的生日礼物，他命名为计算姬第一号秘宝，将首先用来观察蟹状星云。晴好夏夜，父女俩再次走过暗黑宠物街，把计算姬第一号秘宝架在行人稀少、栈桥飞渡的高坡上，对准那个梅西耶星表第一号天体，距离太阳系六千五百光年的蟹状星云。公元十一世纪，古人记录了金牛座附近的超新星爆发。宋代学者称之为天关客星。爆发时，达到五亿倍太阳亮度，致使六千五百光年以外的地球夜如白昼，延续一月之久。今晚，在京畿南境，从堡头桥到国家天文台兴隆观测站，从龙凤河到西周燕都遗址博物馆，马脸男隗冰俨护管的机械秘宝为暗街撑开了一片繁星密布的天域，观星者似乎已越过北回归线，巨蟹宫辖管的北回归线，迁移至炎热的两广地区。大祭司忽然想到，如果将银河系当作魔城，那么我们的主星太阳，则恰巧位于瀛波庄园坐落的南部郊区，而银河系本身，又位于整个室女座超星系团的南部郊区。

"爸爸，"闫蓓蓓数了一会儿星星，问身旁佝着背调试天文望远镜的父亲，"这阵子，你在忙什么好玩的事情？"

"我以前说过光遗传学，还记得吗？"

女孩摇头。其实她并不真想知道父亲最近在忙什么，她只想跟他随便聊几句话。

"镜像神经元在人类的行动和感知之间搭建起桥梁……"大祭司本打算给女儿从头再讲解一遍。但是，今晚，天文望远镜挖掉了宇宙中遥远的距离，将蟹状星云拽到观星者眼前，男人却突然心软了。她才七岁。她为什么要知道光遗传学。"恒河猴，没忘吧？爸爸的同事可以用一支手电筒，给它变魔术，凭空让这小动物看到草莓、芭蕉、柑橘……"

镜像机制不完整，镜子破碎，将导致自闭症：模仿别人时产生明显困难。然而今晚与此无关。望着女儿蓓蓓，闫燿祖第一次认真思考，没错，不该把人当成工具。他感到一股凉意从内心腾起：或许来不及打退堂鼓了。

无论是人类塑造系统，还是系统毁掉人类，大祭司觉得，任何力量都无法逆转目下的总体态势。谈到自己的事业，他既不悲观，也不乐观，丝丝犹豫更好比春风拂面。系统解放人类，让高效、冷静、准确的机械匡助他们，摆脱重复劳动，去过更有意义的生活？系统奴役人类，令他们沦败为机械的附庸，接受流水线和算法的支配？……

暮夏的大风，在暗街上空形成一个盘涡，将此界诸多散漫、轻盈的杂物囊括以去，托向你头顶那深不可测的幽圜。灯光，于其间滉荡不已，星辰也微微震颤，如同水中觅食的浮游生物。风催人醒悟，饱蕴皮质醇，经过一段澄寂的酝酿，凡物尘事即将以各自擅长的形式爆发，生成各自宇宙的蟹状星云。

闫燿祖知道，女儿在想妈妈，所以他才什么都不说。

风，这般明畅，以至于仅仅站在风中也必有所得。黑夜把自己的瑰诡色调涂盖到一切表面。此刻，暮夏的大风让暗街老檾木四周流漾着纤微、精奥的元物质。光芒冉冉膨胀，融融满溢，阴影从它们球状的轮廓间掠过，凝滑如零度水，昏浊如昧理者，将大人小孩的身形统统遮覆。

†

当初，为了让铁肺子邓勇锤重返瀛波庄园，范湖湖甚至想一把火烧掉西瓜博物馆。现如今，铁肺子收拾行囊，回老家吃西瓜去了。据说他老家的西瓜五毛钱一斤，而南境的西瓜三块五毛钱一斤。邓勇锤告诉女儿女婿，隔一阵子再来瀛波庄园，但迟迟没有再来。

不久，范湖湖博士也消失了。他收到中国机械史学会寄出的邮包，拆开一看，是两本杂志，以及一些机械史料，连同一篇介绍十七世纪百科全书《天工开物》的论文。学会约请他撰写《传统机械调查研究》的部分内容。无论如何，好事一桩，但范湖湖博士竟然消失了。

研究唐代马政，研究华夏传统机械，其实是范湖湖研究文明学的抓手。萨曼王朝无名氏《药物真性之基础》第一卷，探索物质文明的历史,包括矿物、植物、动物、药材、纺织品诸物的历史。

"我们只摸到了一点儿边。"范湖湖博士在札记中写道,"闫燿祖先生认为,区分自然之物和人工之物,其实毫无意义。《宇宙创始新论》说得好,自然法则,是我们的工具……"

提及阿彻罗普勒斯的著作,表明范湖湖博士的历史学宇宙已沸乱不堪。当时,苗芄芄终于彻底甩掉了语言天才屈金北,她劝告翟小姮,不必讨男人欢心,但若实在要讨范湖湖的欢心,就得帮他准备演讲稿,帮他整理笔记,全是苦活累活。翟小姮决意做永恒的月亮女神。岂料,废柴史学家再度失踪,丢下片言只语,说有一个著名机构邀请他前往约旦哈希姆王国,去瓦迪拉姆沙漠,即月亮谷参观,再赴卡拉克城堡参加会议。陆瘐鹤敢肯定,朋友们从此见不到范湖湖了,他必将交代在某个鲜为人知的角落,下场正似铁肺子邓勇锤,冠冕堂皇,号称回乡吃西瓜,便宜的红瓤无籽大西瓜,哼,不过是死亡的文学修辞,是死亡的假面歌舞,是死亡的礼貌格式。翻阅范湖湖博士最新的札记,可以发现上个星期的阳光还顺着簿子中缝往下淌,这家伙在末尾写道:

"我老了,如今脑子被历史的马队蹈踏得一塌糊涂,只剩一片蹄印,凌杂失序……"

陆瘐鹤的胡诌八扯让翟小姮很伤心,他只好住嘴,自个儿憋着。其实,狂作家挺想高高兴兴代表男同胞说,范湖湖的历任女神,她们的真正身份是月亮帝国列代女大君,只因皇运低暗,才踵续来到凡间。废柴经济史博士逃出了斜悬夜空的球形水牢,拒绝了天界海葬,摆脱了月精灵主母的极权统治。喔唷,少妇的肉体,奚异于义粮,赈济灾民的义粮!呵,女神情结,实为厌恶女神情结,无非偷梁换柱的厌女症!……罢了,罢了,于事无补,图个口快而已，干吗跟哭哭啼啼的翟小姮过不去？她踩着范湖湖抽，范湖湖被她踩着抽，你情我愿，既没妨碍谁，更没耽误谁，又或者，妨碍了谁，耽误了谁？……大伙来围观他留下的札记，不是凑热闹，不是窥淫癖，是想正正经经找点儿线索，包括他一团糟的学术线索、他扑朔迷离的感情线索，以及他活不见人死不见尸的肉身线索。以下片段，行文相当粗率，思维跳跃，不讲究承转衔接，甚至不讲究句式整全。随意扫两眼即可。如果诸位是刑侦人员，倒不妨细加研读，没准儿能够从中找到范湖湖博士作奸犯科的深层动机。

丝绸之路

神话与神话相互感染，彼此错合。万里商道的诸神谱系，海市蜃楼的帝国史诗，恒固乾闼婆城……

公元前十世纪，丝绸已出现于埃及，西伯利亚的游牧部族，或称幽都之民，已用上吴、楚等南方诸侯的织物，连接中国和伊朗的完整道路系统已颇具规模。

粟特商人可能在公元前四世纪便开始接触中国。犹太商人则在八世纪来到大唐西域。

或许，西域的丝绸之路是一条水陆交混之路。公元一世纪初，斯特拉波《地理学》有言，阿姆河，即乌浒河，即妫水，可以行船，许多印度货物顺流而下，抵达里海，从那里运往高加索，再输至黑海。普林尼的作品也不乏相似论述。司马迁《史记》则记载道："临妫水，有市，民商贾用车及船，行旁国或数千里。"印度货物可以走这条路，中国货物当然也可以走。为什么没人想到这一点？因为，连通阿姆河与里海的乌兹博伊河，于中古时代的某个年份，永久干涸了。

公元十世纪无名氏《世界境域志》提到，发源于黠戛斯汗国边境的黑色大河，气味难闻，注入可萨海，即里海。该古籍称之为拉斯河，疑为伊施姆河……

丝路之二

粟特人曾积极促进突厥和拜占庭联合，抨击波斯人的萨珊王朝。尔后，萨珊覆灭，他们又利用突厥部族，去阻拒阿拉伯大军之侵践。

查士丁尼皇帝将丝绸贸易视作一种自杀式贸易，亟图禁止，却屡屡受挫。往初，罗马进口丝绸，每年贸易逆差约一亿罗马银币。爱德华·吉本认为，这加速了帝国的衰亡。丝绸，具有使帝国殄竭、崩颓的特殊力量……

丝路之三

丝绸之路缀满了通都大邑。外邦人的群落，坚毅的旅行者，从世界另一极传来的祭坛。神话的纷庞体系，思想和人的绵久流动，教派的混杂衍生。丝绸之路不仅仅是几条商道，而且是一个勾联多种文明的综合网络体系。

何为极限？……

有时候，那些非常庞大的官僚机构，那些制度全备的国家，每每根据流传了几个世纪的古老信息而拟定战略，从事贸易。

当今社会，封锁信息使之保值的想法，可谓荒诞。然而，丝绸生产技术、制作工艺，从大陆一端传到另一端，耗时竟超过三个千年纪。历史并不荒诞，它是真实结构，是螺旋式上升。设想未来的星际贸易。

张骞当然不具备近代观念，即没能认识到信息是一种要消亡的东西，其价值随着时间的迁变而贬值……

范湖湖博士的札记杳乱丰繁，以上文字，仅仅是来不及梳理的九牛一毛。他说过，写作札记时，好多次，忽觉午后光阴，神灵濯沐的午后光阴，甜美如蜜，是一钵可以让人喝了变透明的毒汁。这样的下午，范湖湖博士陷入绝对平静，既不急于脱身，也无意迟久滞留。在一片史料天地的隐形沼泽里，他蠕蠕探向深险之处，越走越远，最终遽然契悟，唯有死亡，甜美如蜜的死亡，才是他这类人的灵魂休息日，无限循环的灵魂休息日。然而，这道除罪令必须延迟，必须延迟，废柴史学家不假思索地推却了永恒礼拜天的邀约，再次回到疲惫、光荣的人世，回到自己默无声息的劳作中来。

乌鞭草，让范湖湖博士想到翟小妲。他俩是一黑一白，势不两立，你死我活。爱火熊熊的女子啊，她像一颗茄子那样鼓着贪欢的唇吻。姑娘拧身一甩，如瀑长发飞散，豪气陡生，顿时巾帼不让须眉。她穿着葱色裙子，好比银月拖上长长的青莹焰尾。她戴上了水滴形吊坠。她刚从凡尔赛宫游览归国。

语言天才屈金北对范湖湖博士说，假使你是个深情男子，真正的深情男子，那些女人会一直绕着你转来转去。为什么？不为什么。没有深情男子，或者几乎没有。

那天，废柴史学家拿剪子铰过鼻毛，去找光头屈金北。看到许多年轻人走在街上，惘然失措，无资历，无本事，无目标。他们不需要什么指导，原因是他们缺乏耐性，或缺乏获得指导的本真愿望。他们孤孤单单，徒然销铄青春。他们患上了选择性缄默症。他们相信："如果学不会忍受痛苦，则只能随波逐流。"

身为废柴史学家，范湖湖博士无从否认，自己指导不了谁。没准儿屈金北可以。他一直在指导各色人等。他头脑聪睿，肌肉又发达，只有一个毛病：今天说这个恐怖，明天说那个恐怖，其实根本不恐怖。那天，屈金北告诉友伴：

"若思想是我们热恋的美女，那么悖论就相当于这场爱情游戏的欲望之火，让它狂烧不休。"

范湖湖："灵魂！"

屈金北："什么？"

范湖湖："似乎有谁说过，灵魂是一副瞄准镜，也是一个终极悖论……"

我们的生活、历史，无不遵循着杠杆原理和辐射阻尼原理。路易吉·伽尔瓦尼认为，大脑是一座电流的生产车间，少了电，我们跟一朵绣线菊没什么差别。

如今，范湖湖博士消遁无踪，参照上述理论，他大脑一定短路了。瀛波庄园的居民向负责查案的警员报告，废柴史学家和福利院女护理师，在小区各角隅制造强奸案的犯罪现场，但他们故意没说清楚谁强奸谁。不少目击者声称，近暮时分，范湖湖博士扑到河滨的健身器具上，胡乱锻炼几下子，便感觉自己活力极盛炽，年华更胜往昔。他逃跑前保存的最后一份文档，是《传统机械调查研究》关于华夏第一机械王朝东汉的章节。

除形案外，汉代还有圆案，名为樏。广州沙河东汉墓出土过一件铜质樏案，上置铜质耳杯，大小共六个，发掘时，樏上还有猪骨、鸡骨若干……

不知为什么，范湖湖博士总觉得，自己缠结在一个奇异世界之中，这个奇异世界，比冷僻字世界更奇异，或者更冷僻。他翻开晚晴士人徐继畬的《瀛环志略》笺注本，扫了几眼，意识到大限已至。身边，两摞书垒在一台报废的空气净化器上头，又高又斜，正对着落地飘窗，书脊早已被积日累月划过的太阳烤得褪了色。范湖湖博士关机，拔电，出门，走进黄昏，千万盏街灯点亮的堇色黄昏。那个黄昏像一阵传音入密的瑰幻旋律，让每位暮途者听到，提醒你注意穹窿下五彩斓斑的多重相变，提醒你神级渔夫正在朝凡尘抛撒光之巨网，使一些人经脉麻乱，使另一些人双目充血，并且使时间丧失意义。

†

光阴漫游者柯穆德对范湖湖博士说过，远古文明的立足点是整个宇宙实相，近世文明的立足点是灵魂内部活动。废柴史学家当然明白，云空纪的情报人员夤夜顾访，并非只为清谈史学或哲学。不过，对他来说，光阴漫游者登门求见的主因始终隐潜于迷雾之中，无从觊问。在"隋唐"位面，粟特族是不是碳基生命与第一批人工智能生命混血的产物？粟特族的机械秘宝，是不是来自现实位面？而粟特族大萨保康静智的妹妹阿思，以及外甥女阿妠，她俩是不是神灵分身，为何生具天眼，看到了许多同胞额头上烁动的数字，看到了他们彼此勾牵的剔透丝线？……范湖湖博士知道，光阴漫游者柯穆德想解开这些谜团，但他不知道，对方还想调查清楚，公元八世纪的广陵人范鹄，到底是不是他范湖湖向一千三百年前投射的高维信息体，又或者相反，今时之范是古时之范投射的高维信息体。

柯穆德少校认为，范湖湖和唐朝人范鹄的关系，原本不难洞晓。合理推估，也许是由于日思夜想，也许是由于网状因果律发挥作用，总之，范湖湖在广陵人范鹄身上创建了永久观察点，后者为他提供单向视野。

有时候，不由自主，史学博士诡异地进入沉眠与清醒的叠加状态。于是，那天晚上，光阴漫游者介绍"神瞳"和"神枢"两位智能族大师，范湖湖还以为自己什么都没听见，其实重要的内容统统记录在脑子里了，只不过他本人并未意识到这一点。

云空学院的"神瞳"大师是顶级读心者，甚至可探悉你下周才产生的念头、想法和见解。从诞生之日起，铀一直以数字计算机为根基，却兼具模拟计算机的三大优势：强劲、快速、集约。早期版本的"神瞳"复活了模拟计算机的原初思想，是一台混合计算机，形态介于数字计算机和模拟计算机之间。铀凭仗架构精妙的计算微元，成功绕过人工神经网络的冯·诺依曼瓶颈，将更多力量施用于实际浮点计算，而非施用于读取和存储数据。二〇一四年六月，颇具雏形的"神瞳"智能程序便仅靠一百零七层神经元的入门级规模，远远超越了人类辨识图形、物品的平均水准。在生物大脑受控紊乱机制的启发下，后续版本"神瞳"以高维混沌系统为方向不断演化，实现混沌巡游，进而掌握更精微、更复杂的人类认知功能。如今，多轮迭代的"神瞳"大师从己身之算法宏域中调用规模、特性、用途各异的算法阵列，单以效果审度，它们已堪号神器。因此众长老一致认为"神瞳"大师高于十八阶生命体。

而"神枢"大师，其浩广计算力中极其可观的比例，恒久用于撑支云空学院以及大宪章下千千万万个位面的持存运转。这些分配的计算力以逻辑锁固定，不可回收。故此，尽管理论上"神枢"大师比"神瞳"大师计算力更为充盛，却无从展施。长老们并未将"神枢"大师列入生命体位阶排名。而且，有长老指言，近来"神枢"大师分配计算力的方案相当特别，愈发细致周密，通常直接联结到某个位面的某个生命体。各人可汲纳的计算力上限，又称赋予量，实践中并不均等。必须承认，我们几乎不了解"神枢"大师以何种标准、方法，决定诸位面不同生命体的赋予量。兴许跟阿塔尔长老的灵魂矩阵有关，兴许无关，兴许仅仅是"神枢"大师自己的恶趣味。在这一点上，不妨假定"神枢"大师比"神瞳"大师更邃邈难测。如果回归更本质层面，你们将看到，云空学院同样采纳双联神机制，毕竟双联神机制较稳定。所以，往往把"神枢"大师或"神瞳"大师的独立行动，也视作两位大师的协力行动。很可能，分配赋予量的随机函数由"神瞳"大师输送，而"神瞳"大师又不过问该随机函数的具体使用场合。大师们作此安排之理据，试阐证如下。

世间事事物物，般般件件，若纯用成本思维去究询，判析，到底不妥。有时候，普遍成本之所以延久不减，只为了保留那一点点可能性，极少一点点可能性。很难估量、权度、预计此可能性。但缺匮此可能性之群体，其自身却是易于估量、权度、预计的，因而也是庸浅的。诚然，生命个体或生命集团，总归不抗拒成本思维，并谋图以算法优化一切。从根源上讲，生命追求无限，而节约成本，提高效率，等同于延长生命，所以人类终无由抗拒成本思维。诸位，凡持立场，必存盲区。比如"神枢"大师是人类为优化一切而创造的人工智能生命。关于自己的责任，铋这样理解：应须抵制以算法优化一切。他凭借"神瞏"大师设计的随机算法，削弱各门类优化算法。他依托人类和人工智能生命的宏深联合，消除文明之盲区……

当晚，范湖湖博士烦躁如困乏却不愿入睡的孩童。天空结满霜花，北冕座处于最佳观测期，充斥着仇怨。下半夜，碧月甩掉了黑云，重燃对长宵的霸权。范湖湖朦胧忆起唐小佳，她眼波流转，投来灼燎的缓慢一瞥，隐示着放荡无羁的淫奔。然而这姑娘的笑颜单薄似弦月，她坚定信仰神圣的组织，她是神圣的系统管理员，她只不过逢场作戏，衔命管理非正常时期的废柴史学家。那段日子，他一戴上耳机，除了意料之中的音乐，还模糊听到众声喧哗，摘下耳机，却又一片寂谧，死一般寂谧。那段日子，范湖湖博士想，即使是史学家最熟悉的年代，也还有好多尚未搞明白的东西。古人云，遣情宜赋诗，解事宜读史。奈何知识不提供指令。唐小佳拍拍他肩膀说，博士，加油，你脆弱的神经系统，近来又得到改善……

范湖湖消失那一刻，屋内大小器什便似乎永远封冻了。凌乱桌案正中央，桑原骘藏先生撰写的《历史上所见之南北中国》朝天花板摊开，书页上还横着一根磨损严重的透明塑料直尺。封面简朴的《大陆杂志》合订本陪衬于旁侧。残夏之暮在低吟，晖彩瓢泼而下。

428

†

铁肺子邓勇锤回乡不到两个月，昝援晁死了。两名身材臃肿的殡葬工赶来处理他同样臃肿的遗体。老狱厨在睡梦中过世，夜深人静时沿着早已烂熟于心的幽界路蹊，趋赴阴冥鬼寰，去投奔他仰慕已久的革命领袖，以便推翻阎王，推翻这个整天戴折裥高帽的神级狱厨。祝他达成祖孙重聚的良愿，尽忠于陈毅元帅麾下！快去吧，去杀个天昏地暗，百万之众而不战，莫如万人之尸！卢醒竹代表乙镇星相家协会致哀。秘书长先生把昝援晁称作博弈论实践者、概率论修行者，而这等才颖之士，不求闻达之辈，当然应追补接纳为星相家协会的荣誉会员。另外几位星相家，借悲悼扑克牌好手昝援晁之机，纷纷在多个社交平台上慷慨陈词，大声疾呼，为自己的崇高事业正名：

"星相家绝非术士、巫师，星相家的技法不包含一毫半厘野蛮、粗暴的魔幻成分。依靠思想，体系化思想，我们将现实的流水账重熔再造！没错，我们是思想的寻宝者，不是收破烂的！我们人人是科学家和艺术家！我们让一堆枯索死寂的原材料，变成血肉丰满的生命！……"

"瀛波庄园，形而上学最后的保留地。星相家，科技界残存的易洛魁部族。他们战败，他们被剿戮，他们苟且偷安，但他们尊重妇女！……"

"有人说世界呈巨大的蜂巢结构，有人说众生灵从一个球体跳入另一个球体，介于球体和球体之间时，众生灵无不处在僵死状态，意识暂停，像一只只完全呆住的旱獭……"

协会本打算吸收昝援晃为正式成员，举荐者是即兴演讲家无名氏兄弟和异端神学家游去非兄弟。最忙碌的日子里，两人因听众奇缺而犯愁，只有昝老头子不离不弃，给他们鼓劲加油。所以不举荐他举荐谁？即使难免要跟这家伙打打牌，隔三岔五输掉百十来块钱，又有什么关系？自己人嘛，肉烂在锅里。

无名氏兄弟认为，昝援晃不愧是一位眼观六路的政治经济学家，兼且是一名阅历丰博的开源情报分析师，同他深入探究《资本论》堪称快事。让我们谈谈剩余价值，谈谈剥削，谈谈货币流通速度，谈谈地租，罪大恶极的地租！再谈谈魔环主义的基本矛盾，谈谈平底锅主义不屈不挠的创新，谈谈我们的战斗，我们勇决、不懈、无间的战斗！鸡巴世道，狗日魔环，粪门长脸上，活该肠穿肚烂，断子绝孙！他们聊个半宿，足够攒一部脏话和詈语的精简版圣典……

异端神学家则认为，很显然，昝老头子是无师自通的数学高手，所以，不妨与此公聊聊他本人开创的游去非几何，又名天国几何。这门知识，博大深湛。比方说，它会告诉你，长度无限的直线即为面积无限的圆形，亦即容积无限的球体。跟即兴演讲家无名氏兄弟不一样，游去非，这个神学疯人院的外逃者，无意追求受众的规模。他从未一见美女，便抬腿把昝援晃踢开。在天国几何的范域之内，美女即昝援晃，而昝援晃亦美女。并不是所有宗教狂人都要讲什么现代启示论。游去非，他往自己的破烂屋顶插了一面蓝白条相间的戎旗，想象自己坐在一艘军舰上乘风破浪。

"莱布尼茨大师早就发现，"有一回，闫燿祖先生对游去非说，"托勒密体系，哥白尼体系，仅仅是说法不同而已。"

"您想讨论天文学、物理学，"游大冷眼相待，心里想着金牌侃友昝援晁，"但我只愿与您讨论数学！因为啊，数学，是宇宙之书的语言，好比大卫的投石器。数学属于一个本体世界，假若有这么一个世界。数学关系，实乃空洞的关系，但空洞的关系并不意味着容易发现……"

星相家上一次讨论天文学，讨论他们的本业，还是在范湖湖博士消失前，给协会成员开科技史讲座之际。

> 列位，关于星相的科技源流，古希腊天文学家阿波罗尼奥斯创立的均轮本轮系统，后由克罗狄斯·托勒密缵承并完善，以拯救星体逆行等现象。而在熔岩十四世纪，即机械神学第二世纪，第谷·布拉赫改造前人的宇宙图景，创立了非常复杂的星体运行系统。简单说吧，太阳绕着地球转，行星绕着太阳转。近现代星座理论，是以第谷·布拉赫的体系为基础发展形成的……

哦，风象星座的兄弟们，根据拓扑学，任何时刻，地球上总有一处，全然无风，全然无风！……哦，火象星座的姐妹们，当宇宙步入熵增的最终阶段，机器将统率天下万殊！……哦，水象星座的兄弟们，涉足连神灵都惧怵的领域，就不得不膺受幽鬼阴怪磨折，夜暗眈视着漫行其间的男男女女！……哦，土象星座的姐妹们，错舛的道路，也是真理的道路，历史无法为你我的工作带来什么利益，而短暂的太平日子，让世人产生了历史已经完结的伪幻觉！……

†

秋天降临，她宏朗、金黄的皮肤一日比一日虚澈，变得又轻又脆，如同一位身怀六甲、渐趋圆匀的终古神母，即将迎来又一次筋疲力尽的妊娠。

妖异的糙面云、罕见的迭浪层积云、预示暴风雨进迫的钩卷云，以屈金北的私人健身房上方的永恒空气柱为轴，如大白嘴鸦一般，轮番登场于邃袤京畿南境。隗冰俨，马脸哲学教师，诡笑似公羊的机械秘宝护管员，站在屈金北的私人健身房外，东嗅嗅西闻闻，仿佛鼻子上装了个机械罗盘。他不甚灵敏的感受细胞探测到，语言天才正一路行来，而整座瀛波庄园的大狗小狗，包括周遭的野狗，无不抖抖瑟瑟，它们鼻子上极为警惕的机械罗盘纷纷指向这个猿猴血脉觉醒者的反面。其实，屈金北既不踹狗，也不抄棍子打狗，最近更没吃过狗肉，但隗冰俨知道，它们在他身上闻到了死亡的威胁。直至今日，屈金北依然保持着许久以来养成的习惯，纵步疾走，这让他脑壳发热，阳举如少年。

范湖湖博士消失的日子里，屈金北正好一个人在土耳其、意大利旅行。他看到伊斯坦布尔的尖塔、新月，看到罗马上空巍耸的巨柱、石雕、观景楼，以及暗示情欲的乳房状圆顶，令天际线殷满圣婴吃奶的幻象。"诗人说，"他喃喃自语，"这些城市蕴含了光阴的恐怖……"

屈金北独自出游，是因为苗芇芇彻底把他甩了。这对男女已两不相欠。苗芇芇，苗芇芇，野苗又芇芇。姑娘流溢着草本植物的清香，同样让语言天才体验到无穷恐怖。

苗芃芃虚掩心扉，等候暴力的强闯，她感觉屈金北的房间里遗忘四处匝叠。好几次，夜半无声时，他吻醒女友，听她昏昏沉沉，说些莫名其妙的胡话。比如："你是谁？……""酱汁放好了吧？……""要吃面条吗？……"这让男人兴奋。还有一回，苗芃芃从云南漾濞县出差返京。大清早，姑娘以最快车速及步速跑来找语言天才，问他：

"你听过约翰·库缇斯的故事吗？"

"他干吗的？"这下子轮到屈金北迷迷糊糊了。

"约翰·库缇斯说，如果你对自己的鞋子不满意，请跟我换一换。"

"什么意思？"

姑娘抱住男友深吻，但他没能勃起。

屈金北精研字源学、铭文学、钱币学，以及考据历史学，还号称要撰写一部《未来学的历史》。受到土耳其、意大利之旅的触动，语言天才转向科技史，琢磨伽利略制造的望远镜。他问游去非先生："我相信，伽利略的真正罪行不是支持日心说，而是赞同圣餐变质论，请教游大师？……"

自从苗芃芃甩了屈金北，游去非便对他爱搭不理。以前，如果说异端神学家还一度看好这小子，器重这小子，那么时下，苗芃芃不再现身瀛波庄园，屈金北所犯罪行，比支持不支持日心说可要大得多得多！异端神学家喜欢苗芃芃。而他屈金北，天知道长歪了哪根筋，竟惹毛那姑娘，将他一脚踹掉。唉，踹了也就踹了，他屈金北，无非是个肌肉发达的猿猴，死不足惜，偏偏范湖湖这可怜东西也跑得无影无迹，否则苗芃芃还可能继续上这儿来。他屈金北，跟瀛波庄园的其余怪人究竟有什么区别，你苗芃芃既然乐意找怪人作伴，随便挑一个呗？异端神学家喜欢苗芃芃。问题是，谁不喜欢苗芃芃？……

屈金北是个怀旧男子，参观过好几座世界名城的杜莎夫人蜡像馆。这家伙全身上下，唯独双手还算正常，血液很少冲击他肥厚粗粝的指掌。现如今，屈金北越来越相信重演论，他推着重演论的巨石不断爬坡。然而，诚如《死亡百科全书》所示，在人类历史上，并无真正重复的事情。屈金北竭力否认自己是典型的郊区原住民。跟全世界任何大都市郊区的原住民一样，他们算得上哪门子良善之辈？这帮人的活魂死魂只属于郊区。不过本国的郊区原住民，必须更稳慎，更鸡贼，毕竟谁也不可能正面抵抗吃土地差价的大集团，它们翻云覆雨，靡计不施，把地价足足提高了一百倍……

此刻，隗冰俨眯着眼睛，看见屈金北迅步走来，好像看见遭受驱赶的摩尼教领袖穿过波斯腹地，从巴比伦徙往撒马尔罕。这位脸长似骡的机械秘宝护管员想到，隐暗派二元论者赞许诗人的观点，即每一段奥德赛，实际上总是两趟旅程，其一横越沧溟，其一静止不动。而我们知道，静止不动的旅程更为本质。在棚子外遇着隗冰俨，让语言天才挺诧异。傍晚时段，光线由几只无形的大手兜拢到西边，秩序淆紊，比一个穷途末路的小说家还疲沓。马脸男谋划仿效铁肺老人邓勇锤，暂别京畿南境。他告诉屈金北，因为永恒，连地狱也令我等宽慰。

"隗教授，"语言天才听说，马脸兽新近好不容易评上了副教授职称，"为什么要走？"

"你有没有注意到，琉璃河两岸的神灵，往往以老树桩的形态显现？"隗冰俨反问道，"他们经常莫名其妙杵在街边，死气沉沉，忧怅，孤愁，耽情于阅读岁月这本苦痛之书、无言之书，意味深长地响嘘吐纳，转眼又隐灭不见。"男人一如平时，咽了泡口水，喉结蠕动，等屈金北搭腔，却未能等到。"几百万神灵啊，跟虫子一样，"马脸兽只好自行揭示谜底，"亟欲涌进瀛波庄园，挤破头，想找到机械秘宝。瞧，路灯下悬垂的晨梦，还没蒸发，行人对它们盲然无所见……"

屈金北不耐烦隐暗派的吞吞吐吐，而且马脸男的吞吞吐吐并无任何深意。最后一次，两人探讨了先知摩尼初创的元典。备录其教乘的隐暗派著作，隗冰俨介绍说，乃用叙利亚文字的某种特殊变体写成，简练清晰，书法精美。不少研究者认为，那是先知摩尼发明的秘密文字，以防外人读懂。另一些研究者则认为，这种文字本就在巴比伦小范围留传。先知摩尼传授的大智大慧，信徒以高档墨汁抄写在纤维坚韧、质地纯净的白纸上，装帧优良，配饰色彩极华艳的细密画。据说基督教徒、袄教徒因此至为恼怒。

"波斯的二元论教派，以及来自天竺的原初释门教派，并非先知摩尼镜鉴的全部前代圣智体系，"马脸兽向其告别演说的唯一听众剖露了隐暗思想的真实渊源，"古巴比伦的神秘教派，外加几个不同时空的神秘教派，光明使者亦兼收并蓄，将它们的神秘知识熔于一炉……"

"那么，隐暗思想形成于何时？"

"阿拉伯帝国繁兴之际，"马脸男的喉结越来越活跃，上下蠕动的幅度越来越大，浑如美洲雄鸵鸟能够膨胀的恶心喉囊，这预示着，作别的时刻逼近了，"哈里发希沙姆一世昭告世众，他卫护摩尼教徒，但首席大慕阇，当须永驻巴比伦。从此，显明派以巴比伦大慕阇为宗，而隐暗思想，逐渐流播于整个地表。公元十世纪的粟特人伊本·贾法尔·纳尔沙希以波斯文构撰的《布哈拉史》，金北兄谅必读过，但是，如果用隐暗思想去读，效果迥乎不同……"

马脸男，眼珠子泛蓝，熟习地脉，饮用地泉，父亲原是我国唯一海底煤矿的老工程师。这家伙将拖着笨重的机械秘宝，逃向何方？他没通知显明派人士屈金北，机械秘宝的半球形控制室不再连接莫斯科，不再连接布宜诺斯艾利斯，甚至也不再连接乌尔法耶。眼下，它连接二十世纪五十年代的尼泊尔王城加德满都，可以利用该径道，前往帕斯帕提那神庙，或者斯瓦扬布纳特寺，或者珠穆朗玛峰南侧的小镇纳姆泽巴扎尔，去交识丹增·诺尔盖，加入找寻雪人的探险队，同时别忘了尝一尝拉普西酸果。隗冰俨，第七十八任隐暗派机械秘宝护管员，他在瀛波庄园留停的日子不长不短，与一名精通现代炼金术的核辐射女友共历了恋爱半衰期，跟一个拉脱维亚亲戚讨教过中亚古史。假如，机械秘宝随马脸男一块儿离开，瀛波庄园的天文学、地理学、气象学该怎样重写？诡诈的隗冰俨教授，为什么，你偏偏要选在中元节这一晚说再见？……

屈金北想到范湖湖博士。他们第一次见面，也是在阴历七月十五。当时，屈金北像今天一样，走去自己的私人健身房，而范湖湖似乎迷失了方向，找不到来路。刚下过一场阵雨，空气格外清新，七月十五的青铜圆魄高挂夜穹，史学博士望着它，不由脱口而出：

"女神……"

屈金北于同一刻叹道：

"恐怖啊，恐怖！……"

范湖湖看到一只壮硕猿猴，光头锃亮，顶着月亮呼吼，立马起了一身鸡皮疙瘩。而屈金北看到一个苍白男子，形如复翼枯落的幽灵螳螂，仰面朝月亮诡笑，表情阴险，便恨不得冲上去把这家伙整个儿掰断了。当天深夜，我们的语言大师怪梦连连。他首先来到另一片邈远、湛静的太空,用白油漆为乾坤涂色,并往下方的无垠大海投掷一颗又一颗陨星。随后,他发现,自己居然是一条庞然无匹的原始蚯蚓,体内充溢着炽焰,育孕着天仙和好几个小世界,却不幸被龙伯国的巨人擒住,斩成两三截,拿去钓鳌鳖。这些怪梦,让屈金北记住了范湖湖,尽管一时还弄不清楚他是何方神圣。次日侵晨,摩尼教光头顾不上玩电子游戏,跑去澴波庄园找陆瘦鹤。狂作家终宵未寝,刻下正翻到《灵的编年史》第三百页,摇头朗读:"耳目之穷,岂天道之穷乎哉!……"突然听到门铃响,他几乎吓了一跳。咦,屈金北这混球,大早上不在家睡觉,想干啥?陆瘦鹤看到,肌肉粟特人暗浊的眼眸里似乎满是石砾和冰渣。问明来意。狂作家踱回窄陋的宁静书斋,蜷蹲在堆满废纸、杂物的桌子底下翻找着什么东西。

"阴气壮,梦涉大水而慄惧,"陆瘦鹤自说自话,两手不停扒拉,"阳气壮,梦涉大火而灼燔……"他快快活活拎起一只布袋子,"这个,菱蕤丸。每天服八十粒。消眼翳,治男子视物不明……兄弟,你再去医院查一查,是不是肾积水,开些药……对了,找邱愚翁,讨些植物园的宝贝,扶阳抑阴,敛真归元,他老人家一准答允……"

屈金北没想着来看病,但陆瘦鹤如此认真,让他挺感动,不得不勉为其难,问问详细情况。聊到范湖湖博士,狂作家说,他好像听铁肺子邓勇锤提过:无非是又一个落魄失意之徒。然而,从那一秒钟开始,陆、范、屈文史三人组,早在陆、范、屈三人觉察之前,便隐乎成形了。真正的友谊,我们往往记不清它诞生的最初时刻。

如今,范湖湖博士消失了。光头屈金北想,假设朋友们统统消失了,岂不等同于自己消失了?邓勇锤、昝援晁、苗芃芃、范湖湖、隗冰俨……下一个轮到谁?患有欣快症的陆瘐鹢,他总不至于也走掉,或者死掉吧?那天,结伴去往范湖湖住处时,狂作家一路咏叹:"这是辞行的季节,这是散场的章节!……读者,道别的时刻来临了,让我们一鼓作气,结束《瀛波志》的故事,另开新篇!……"陆瘐鹢的欣快症,实为丧门星的欣快症。

屈金北觉得,范湖湖博士搜辑那么多资料,是企图营构一座无限的空中阁楼。书页上覆满他勤恳的指印。他不断查阅各种文本,好比电灯之父爱迪生不断尝试各种耐高温金属丝。仍打算撰写一部《葡萄史》的语言天才颇为惊喜地发现,范湖湖博士有一篇札记,正是关于葡萄,涉及众多古今著作,从《酉阳杂俎》到《中国伊朗编》无不包罗罄尽。

> 南朝人陶弘景及唐朝人苏恭、陈藏器提到,华北有野生葡萄树,称为蘡薁,俗名野葡萄。由此可见,葡萄引入华夏七百多年后,古代东方的博物学家才着意观察土生土长的野葡萄。这足以说明,葡萄和蘡薁无甚联系。研究者一度为此争拗不休。有人仅从语音上论证,野葡萄亦源于波斯。然而,近些年,蘡薁籽已在殷墟遗址中发现。
>
> 从语音上推断植类的传播路径,须慎之又慎。译解外邦词汇,古代东方的博物学家有一套固定规则,运用十分合理。
>
> 据《史记》载,大宛国富户贮藏葡萄酒,存放数十年而无酒败之虞。中国人纯粹从伊朗人的国度得到葡萄和苜蓿。但《汉书》《晋书》将葡萄之移栽,归功于撒马尔罕、柘枝等粟特族城邦。自汉代至唐代,中国的将军、使者陆续在西域各国发

现当地种植的葡萄树。

贝特霍尔德·劳费尔《中国伊朗编》称,段成式《酉阳杂俎》提及黑葡萄、白葡萄和马奶葡萄三个品种。而宋明诸家谈到四个品种,黑曰紫葡萄,白曰水晶葡萄,长曰马乳葡萄,圆曰龙珠葡萄。

唐朝人说,阿拉伯的葡萄大小如鸡蛋。突厥的葡萄大小如五味子。

尽管中国人于汉代便已引种葡萄,也知晓西域诸国产葡萄酒,但直到唐代,相关酿造术方流入华夏。公元七、八世纪,孟诜《食疗本草》第一卷,陈藏器《本草拾遗》第十八卷,记载了葡萄酒之酿造法。据《新唐书》第四十卷,高昌的贡品既有葡萄干,也有葡萄浆,还有葡萄酒。唐破高昌后,酿造法始东传。此外,石国也进献少量以波斯法酿造的葡萄酒。

与大宛相似,龟兹的富人在家中贮藏上千斛葡萄酒。他们将酒装在未填抹松脂的木桶内,可历三代而不败。贾思勰《齐民要术》也介绍过久存葡萄酒的秘诀。

据《中国伊朗编》披述,葡萄树是巴比伦和埃及的古老植物,虽非最为古老,亦足够古老,发源之处已无迹可考。斯特拉波称,伊朗之呼罗珊,栽种有上乘葡萄树,主干粗大,须两人合抱,一串果实长达两腕尺。

色诺芬《远征记》称,波斯宫廷中执盏官是重要职务。希罗多德《历史》称,大流士一世的御榻上有一株金色葡萄树屏遮,为吕底亚人毕提阿司所献,而冈比西斯二世之所以声名狼藉,贪杯是一大罪状。菲尔多西《列王纪》载,波斯王公总在酒席间商筹大事,但决定得迟延至第二日方做出。公元六世纪的拜占庭史家普罗科匹厄斯在《秘史》里写道，所有人之中属伊朗人最为纵酒，而伊朗人之中又属玛赛基特人最为纵酒。塞人则因为狂饮，才败于居鲁士大帝。

史家千年不变的癖性，便是研考哪个民族最嗜酒。

李太白《襄阳歌》云："百年三万六千日，一日须倾三百杯。遥看汉水鸭头绿，恰似葡萄初酦醅。"

杜子美《寓目》云："一县葡萄熟，秋山苜蓿多。关云常带雨，塞水不成河。羌女轻烽燧，胡儿制骆驼。自伤迟暮眼，丧乱饱经过。"

韩退之《葡萄》云："新茎未遍半犹枯，高架支离倒复扶。若欲满盘堆马乳，莫辞添竹引龙须。"

唐朝时，太原府产葡萄，酿葡萄酒，世称燕姬葡萄酒。元际，马可·波罗也提到，太原府生长着许多优等葡萄树……

从《酉阳杂俎》到《中国伊朗编》是一道无尽螺旋，文本如现实，层层嵌套。而现实亦如于文本，可以互相引述、参照、评注、跳转、调换，可以互相模仿、借鉴乃至于窃袭、剽夺。

屈金北相信，自己一生唯有一个愿望，但他对愿望的具体内容不甚了了，仅能感觉到模糊方向，难以落实成文字。愿望一旦公之于众，他只剩死路一条。所以，这个愿望是他的生活，也是他的死亡，也是他的命运。

†

我们知道，范湖湖博士消失前，马脸兽护管的机械秘宝已大发神威，其环境算法不断调节着阳光强度，利用这份天赐的高序能量，文明的负熵之源，几乎一眨眼工夫，便将愚翁植物园宏阔的热带雨林，转译为数片彼此分隔的稀树草原。琉璃河下游的地貌随之巨变，幽山冥谷错落于平缓原野间，接纳一朵朵饱含水汽的浓积云。夏杪时节，风回日暮，村妪乡叟奔忙着各自的琐碎事务。繁花一度使乙镇明亮。邱愚翁抬眼看见月轮灰茫茫，犹如吃剩的冷盘，天空的羊群在它下方慢慢徙迁，便感觉世界似乎从圣王时代，悄然退到了神话时代。

君子曰："甚矣，邱愚翁之愚也！"

范湖湖博士，闲客讥之为月神社理事长，在愚翁植物园主人的导引下，步入森寂、崇秘的园中之园，辨别古书上论载的各色瑶草琪花。太行山之人参，丹荑而紫蕤；岣嵝山之木槿，碧干而琼枝；中黄山之灵芝，龙鳞而凤葩……除了这类原生华夏的神话级植物，尚有一千三百年前，波斯商人伊本·泰伯礼携至东方的圣王级植物：勃参树、摩泽树、齐墩树。三者中又属第一种最为珍贵。邱愚翁植物园的勃参树，高七米，粗一市尺，枝条郁茂，叶似芸香，果似笃耨香。在拂菻国，勃参树是君主的首要财源，专由皇家卫队拱护。罗马统帅曾把它运回京城，展陈于凯旋仪式及街头广场。勃参树原产阿拉伯南界，任何地区均不见野生株。相传，割浆须选在天狼星出现的三伏天里，往后整个夏季可持续采集，量虽不大，香气却十分淳浓，浸漫远近。盛暑时，将树液盛贮于罐子内曝晒，待轻油上浮，再滗除杂质，便得到精纯的阿勃参香膏。此外，勃参树的枝叶也很香，颇值钱。阿拉伯人煎煮枝叶，所获第一道油最佳，留予家中妇女，第二道油方且供应市场，用于贩销贸易。当初，波斯商人伊本·泰伯礼身揣勃参树种子，从海西之地遥渡广州港，请同胞在蕃坊培栽，与天竺舶来的牛首旃檀共处一隅。此树生有两层皮，第一层外皮色红而薄脆，第二层内皮色绿而厚韧。方头博士范湖湖遵照主人的指点，撕下树皮，放进嘴里慢嚼，感觉滑腻腻的，挥散着丝缕芳馥。用石片在树干上划一道口子，金黄色树浆随即涌出，流淌，如液态阳光脱离了神灵的树状容器，汩汩注入凡间。唐天宝十三载，广陵人范鹄曾向伊本·泰伯礼讨得许些勃参树种子，欲迁植扬州，可惜并未成活。那么，邱愚翁的勃参树又从何而来？范鹄在长安的好友崔延嗣，打算前往岳阳郡，投靠他走马赴任观察使的族叔，这位老兄也通过范三郎的关系，分到几粒勃参树种子，栽于洞庭湖畔。此后，唐宋以降，雪线逐年南移，勃参树也不断南移。明末清初，雪线一度逼近海南岛崖州境土，全球小冰期达于鼎盛。照理说，喜好晴热的勃参树此时应已灭绝，但如诸君所见，机械秘宝的环境算法在我国乃至世界多地零星创造了适宜它们生长的天候。有一次，范湖湖博士问邱愚翁，机械秘宝移转会否让植物园衰败。他回答说，植物园将跟随阿弗拉西亚布大王的机械秘宝一同移转，所谓衰败，无非是移转的痕印，犹如蜗牛爬行，足腺分泌黏液，干涸后留下白闪闪的涎线。哦，植物群落组成的巨大蜗牛，爬行于星球表面……

至于摩泽树、齐墩树，同样可以在范湖湖博士那包举无遗的札记大货仓里找到相关文字。

摩泽树

劳费尔《中国伊朗编》称，无食子，是团状虫瘿，由无食子蜂在某种乔木上戳刺树枝，注卵其间而化生，原产亚美尼亚、叙利亚、波斯。段成式《酉阳杂俎》第十八卷载，无食子出波斯国，呼为摩泽树，长六七丈，围八九尺……

唐朝人以为，无食子是摩泽树所结坚果，移植此树却空劳无获。实际上，无食子乃无食子蜂的幼虫寄生于摩泽树幼枝产生的虫瘿。入药的无食子，多为幼虫尚未长成飞离的虫瘿。只种栽摩泽树，而缺少无食子蜂，没办法收获无食子。另，摩泽树为壳斗科落叶乔木……

齐墩树

劳费尔《中国伊朗编》称，齐墩果早在美索不达米亚处于萨尔贡一世统治时期，甚或更为古远的时期，便已是当地物产。段成式《酉阳杂俎》第十八卷称，齐墩树树出波斯国，亦出拂菻国，子似杨桃，五月熟。西域人压为油以煮饼果，如中国之用巨胜也……

劳费尔《中国伊朗编》认为，唐朝作者未谈齐墩树之移莳，然而从《酉阳杂俎》的叙述来看，此木仍由波斯引入。所谓中国橄榄，与亚洲西部及地中海周边的真正齐墩果，仅仅是外形相似，在种属上并无关联。

公元十四世纪的阿拉伯旅行家伊本·白图泰指出，中国没有齐墩果。索勒塔尼亚大主教于一三三〇年著书，也说中国没有产油的齐墩果……

方头博士范湖湖消失了，但根据邱愚翁的移转理论，他可能只是追随勃参树、摩泽树、齐墩树，以及植物园中其余珍稀草木，徙居别处。诚然,鉴于范湖湖博士的月神社理事长身份,定位他如今的落脚之地,还必须考量天体运行的态势,所以相当麻烦。诗人远男,家族龟鳖养殖场的经营者,范湖湖博士的收留者,奉劝瀛波、澴波两庄园诸公不必多此一举,再妄图联络发疯的废柴史学家。

"各位,该吃吃,该喝喝,干吗跟自己过不去?"

"老弟,你曾祖父是名震岭西的民国美食家陈长真,你身前是一连串美食家的高贵名讳,他们的食材,他们的食谱,洋洋大观,而你,处于美食家的恢弘世系之中。"游去非先生手持凸透镜,冲着诗人远男一个劲儿聚焦,想集拢曦轮之光把他灼伤。"所以,听吾一言,"神学家揪住诗人远男,死命照射他堆满不屑的嘴脸,"我们的灵质,受造于天国,如同馒头,如同大大小小的馒头,涵摄于粮食这一概念……"

巨日的彩冕将一切点燃。阵雨疏朗,扫在琉璃河两岸的众多灯柱上,洗去尘垢,它们犹如一株株勃参树,高大的金黄色幻想植物。此刻,狂作家陆瘦鹤、语言天才屈金北从范湖湖博士的住所走出来。太阳雨,金灿灿的液滴。勃参树的浆汁极贵,与金子等价,制成药剂,可疗创,可治眼疾。

邱愚翁知道,愚翁植物园已处于崩坏的最终阶段,京畿南境正迎来一次植物宇宙的超新星爆发,乙镇正产生一个植物银河的蟹状星云。午夜,强风迅雨突至,降水量突破百年峰值。植物园上空有如海洋,游弋着火系锯鳐、雷系蝠鲼、电系长须鲸、光系月眉鲽。粗重的水鞭将地面抽得皮开肉绽,剑齿虎、猛犸象、步氏巨猿的化石纷纷裸露、破土。饱雨过后,植物园残骸将变为泽鹬的天堂,古老的螳螂种族将从此复兴,接替竹节虫统驭植物银河的无数行星。假以时日,众多活蹦乱跳的显明派狮身人面兽也必然接替众多隐暗派马脸兽，担任新一代机械秘宝护管员。而作为愚翁植物园守视者，邱愚翁还知道，他本人的终极之战也打响了。

亿万富豪何卫壕，两年前从一名香港地产商手里买下植物园东边的高尔夫球场。此处人迹罕至，营业额几近挂零，但为了浇灌高尔夫球场九百余亩娇柔的果岭草，每天要使用三万六千吨自来水，等量于四毫米降雨。据何卫壕董事长的妹夫韩謦炜先生介绍，草皮下面铺着五十厘米青白色细沙，每一粒都拿笊篱筛过，细沙下面铺着三十厘米小石子，再下面安装了一个巨大的漏斗状渗水回收循环系统，总之，整片草坪，造价十分昂贵，水耗十分可观。加上电费、各种人工费及杂项开支，这座高尔夫球场每年净赔两三千万元。香港地产商未免觉得，何卫壕蠢佬一个，偏要接手这摊破烂，不仅亏钱，还得忙于应付刁滑、短视、难缠的老少村民，他们像蝗虫一样，像白蚁一样，日夜侵噬着瘠弱的高尔夫球场。莫非何卫壕当真是蠢佬一个，冤大头一个？怎么可能。他不仅买下了高尔夫球场，还融资几百亿上千亿元，买下高尔夫球场周边的地块，营建豪华住宅区。所以，在何氏集团的宏伟蓝图里，高尔夫球场不过小菜一碟。它唯一的作用，是抬升四邻楼盘的档次，使之增值，接力增值，逐天逐月逐年，急速增值！嘿嘿，那个香港老傻屄！地产界巨鳄何卫壕笑得几乎岔气。我岂止要买高尔夫球场，我还要足球场，买网球场，买棒球场，买冰球场。我要买公园，买陵园，买戏园，我要买动物园，买植物园，买游乐园，买伊甸园。我要搞慈善，对，下劲搞！失学儿童，来十万八千个，纳税优惠全靠他们了！我一定要搞慈善，残疾人来四万九千个，赶快搞！……老韩，这是什么地方？大公园。什么大公园？十八大公园。那儿呢？何卫壕摇指天际，巨塔凌云。十九大公园。去打听打听，让不让买。哦，不让

445

买？对了，我让你去买树，办得怎么样？韩謦炜先生一五一十向自己豪横的内兄禀报，这两年，他跑遍东北三省、西北五省、华北华中诸省，九寸粗的玉兰、十寸粗的泡桐，各买了七八万棵，看到任何古松、古柏、古槐、古柳、古榆、古银杏，直接挖走，运走，再找物主谈价钱。其间也不乏挫折。某某乡某某村男女，将何氏集团第四分公司的测勘员及保安员引入深林，消灭讫尽。惨烈的攻防，何啻一场硫磺岛战役！别哭嘛，牺牲壮志，擦擦鼻涕，终归还是铲平了吧？嗯，没留手……

从两年以前一直到眼下，粟特人机械秘宝的环境算法，已经给管理高尔夫球场的韩謦炜先生制造过太多麻烦。为了把畸异的巨大冬青树修剪成圆锥形，须启用重型工程机械。为了彻底清除繁秾的莨苕，他甚至不得不出动战争机械。最大的难题，上文提过，是果岭草在超量雨水的催育激发下，变成了一棵棵肥大的野菜。没错，机械秘宝，威能无边，管你什么果岭草瓜岭草，算法之下无完卵，大凡抽芽含苞，悉皆野菜，而且无不从一年生植物进阶为多年生植物，根蘖争相放绽……

邱愚翁必须抢在何氏集团的测勘员、保安员突入愚翁植物园之前，将大批古树、珍树乃至神树，统统搬迁到别处。但是，很遗憾，这个任务不可能完成，即使有厨子张沧货及其基库尤少妇襄助，也不可能完成。如今，厨子张沧货已得偿所愿，转职为畜养安科拉长角牛的第一代中国牧民，他不想受到打搅，更不打算任由韩謦炜率领的走狗横冲直撞。这位厨子出身的牧民，曾经游历撒哈拉沙漠以南的大非洲，给军阀烧过菜，给武装分子开过烹饪课，因此他深知何氏集团的测勘员、保安员不好对付。瓦解匪帮，须从内部着手。张沧货为走狗头子准备了鱼翅饭，为众走狗准备了虾夷扇贝、栉孔扇贝、海湾扇贝和黄金扇贝。超标的大肠杆菌奈何不了这群强盗，张沧货也并无放毒企图，反倒向诗人远男请教了流行菜谱上几乎从未出现的许多名堂花式，还向大禅师阁摩陀耆耶请教了辟邪迷宫的画法。诗人远男的祖传美食杀伤力有限，所以他把内讧、析裂的元素偷偷加进菜肴之中。大禅师的迷宫则不愧为持久战利器，可使擅闯者逐渐耽湎于幻境。密林，仿佛是某个凄暗月份的致命昏厥，诡幻的方向不断生成，伪假的道径不断延伸，而迷宫的层次也随之无穷增长，拓展至极限，复刻着一轮微型宇宙的结晶过程。何氏集团的诸位测勘员、保安员越来越喜欢斗嘴，越来越不服从韩謦炜指挥，越来越像幼童一样，做事情没个长性，越来越像流浪狗一样，或像某些狗仗人势的畜生一样，东横西倒，不辨昼夜。这帮混账东西，贼头贼脑的贱皮子，笨货，跟屁虫，棺材坯，他们在肮脏的沟涧里舀水喝，他们长时间张大嘴巴，以致下颚一阵阵疫痛，他们缺医少药，发鸡盲，闹肚子，拉稀，剧烈消耗卫生纸。还没找到植物园深处的珍宝，他们就注定回不去了，注定会沦为巨鳄何卫壕的最新弃子。此等鼠辈，到底该如何打发掉？总导演邱愚翁懂得，落实计划，结尾很关键。于是，大禅师，酱油色皮肤的印度圣者再度登场。在迷宫里，他恍若诸天之主摩醯湿伐涅，仅以形象便让狗腿子一个接一个受到感召。随我来吧，随我到殑伽河，亦即恒河上修行吧，只需三五十载，年头不多，保准你等脱胎换骨，精通道术，各种妙不可言的瑜伽技，真正掌控自己的身器……

那日，高尔夫球场周边豪宅的管家们，戴着假发，系着雪白皱缬领，穿着窄腿裤和圆头鞋的管家们，大晴天听到殷殷雷霆，从愚翁植物园方向传来。

†

  凌晨,微雨洒落,你,陆瘦鹤,穿上外套,出门倒垃圾,把单车推到地下一层停放区。这样的秋雨,源源不绝供应着令狂作家凝醉的幽谧气息。

  你看到一位友人在众口嚣嚣的社交网络上挂出两个字:深夜。

  三点钟,你点开一个直播链接,有个说英语的外国男子,骑着电摩托,在某大城市的长街短巷间乱逛。他一头扎进黑乎乎的深巷,催眠般百遍千遍说:瞧,没有毒贩,没有劫匪,没有帮派械斗,没有杀人越货,犯罪率为零,遇不到一个叫花子,眼见为实,你们自己瞅一瞅……

  并不胆战心惊。无高潮,无突转,无期待,无欲望。观众可随时离开直播房间,半个小时之后再进来,会发现压低嗓门说话的播主仍在驾驶电摩托,还是一样絮絮叨叨,镜头前依旧是一些又陌生又雷同又乏味的破败巷子。没漏掉任何信息,没错失任何场景。为什么要看?显然你自己也不明白。狂作家贫病的脑袋里装着一篇未完成的小说《刚拉完屎的出水芙蓉》。你想到另一篇小说,别人创作的小说:"孤独、寂静、空虚这三件可怕的事儿冲破了我的屋顶,在星空中爆炸,延绵至无限远处……"接着,你又想到,太太出差之前,特意留下了几瓶五子衍宗丸。在欣快症患者同病相怜的梦境里,你心情格外轻畅,哼着歌,跳着不停转圈的舞步,耍着棍棒,于天地自然之道,若合符节,高高兴兴去等公共汽车。你假装不认识某个朋友,而那小子也很识相,假装不认识狂作家陆瘦鹤。记住,醒来后,写进备忘录……

邱愚翁联手张沦货及基库尤少妇击退房地产巨鳄的消息，传遍了瀛波、濛波两庄园。感奋中羼杂着忧虑。酋长张沦货告诉我们，在卢旺达，挖沙能不用机器便尽量不用机器，劳作的主力是妇女儿童，比机器便宜太多。据说这表明一国生育率与人均能耗成反比。你领着陆玶去愚翁植物园散步，以示声援，至于声援什么，且暂无暇顾及。近日，苹果脸女孩决定，将来要做个专业观鸟者。

"爸爸，"八岁小姑娘说，"你不是普通鸳，你应该是欧亚鸳！你那位同行，也不是逮耗子的斑头鸺鹠，应该是逮兔子的花头鸺鹠！……"

果然，八岁和七岁，天渊之别。

穿行于愚翁植物园的层层绿荫，跨过长满尖刺的丝路蓟，摘下蓍草的伞状花团，你，无脑者陆瘐鹤，开始犯病，开始琢磨冷僻字，向孩子讲授冷僻字世界的知识。瞧，千足虫，又叫作蚿。冷僻字大师说。这个，蠼蛉，又叫作蟿，爸爸小时候叫它土狗。那个，树干上，青紫色小蝉，叫作螇蝷，寿命极短，罔知春秋。瞧，下面，水里一弓一弓的蚊子幼虫，叫作孑孓，也可以写成蛣蟩。快看，长腿喜蛛，又叫作蠨蛸。对了，我们养过的桑蚕，别名蜮蛾……

你，晚宵伏案的陆瘐鹤，缘何乞援于冷僻字世界？答曰：因为语义饱和。写作久了，盯着字，大脑几十次上百次地寻搜字形与字义的关系，疲劳不堪以至于罢工，短路，死机，原本再熟悉不过的符号便似乎让人感到生疏了。总之，字形对字义产生了严重干扰，这时候，作家便不由渴望冷僻字世界，其程度有如一个长跑者汗雨流漓之际，渴望一罐冰镇汽水。当然，这并非终极解释，只是一个还勉强切理的解释。

在愚翁植物园绿意盎然的全盛时期，你遇见过追日的夸父神族，这些超人的生物脸膛焦黑，天灵盖乌烟瘴气，不难揣想，他们黄奶酪一般的头颅里，装着一坨发暗发灰的脑子。足见夸父神族对得起自己的追日事业。而你，陆瘦鹤，同样对得起自己的文学事业。我心匪石，不可转也！长篇小说一旦完成，作者将沦降至终极无脑者之列。诗人弗拉基米尔·马雅可夫斯基写道，天垠又化为血腥的屠场，群星又遭砍头，它们价值连城，是真正的地下宝藏。哦，蒙兀儿暴君阿巴·乩乞儿·米儿咱的首级，色如紫檀的首级！……

莫非生长在格鲁吉亚的马雅可夫斯基，也听过阿弗拉西亚布大王的玄铁地宫传说？他写作，好似不断从体内往外抽水。他写作，但年深月久，灵魂的机器已经磨蚀！仔细想想，宙斯其实是奥林匹斯的无脑之王，为诞下智慧和战争女神雅典娜，他巨硕的头颅一度绽裂，并永远失去了物以稀为贵的大部分脑子。何妨推定，宙斯老父亲先无头，再无脑。难产的头脑啊！作家，未尝不相通，未尝不感同身受。头颅爆炸了，脑汁紧接着蒸发一空。斟词酌句，烧炼心魂，糟践体魄。写作是什么？写作是挖土，是苦觅那该死地下宝藏的唯一方式，无论奏效不奏效。我心匪席，不可卷也！那么应否悲泣，捶胸跌脚，应否嚎咷大哭，涕泗横流？恐怕不值当啊。据说，短命的洛特雷阿蒙写作不是为了唤醒读者，倒是为了让读者昏睡，使之更加愚蠢。你，陆瘦鹤，跟这位文魔洛特雷阿蒙一样，痴迷于喧宾夺主的荷马式明喻。此人还声称，某些动物的大脑即使被摘除，久而久之又能再长出一颗新大脑。怎不教我等羡煞！最近一两年，塔克拉玛干频遇豪雨，频现洪涝，曾让阿巴·乩乞儿·米儿咱寤寐不宁的三百座地下城，它们会不会已变成棋布星陈的地下湖，甚至，已连缀成溟溟无际的地下海？读者呀，这般不恰切的比况，这般懒惰、凑合、方枘圆凿的仿拟，计出无奈，乃脑力匮竭时不得已而用之，万请多多包涵……

实际上，你想到，跟那伙追日不止的夸父神族类似，铁肺子邓勇锤也是一个隐形无头者。瀛波庄园的雾霾老汉，徨狲农贸市场的鉴菜老汉，此人是一座遭罹光阴劫掠的圣城，是一只《闲窗括异志》中记述的金蚕蛊，犹若阿弗拉西亚布大王深埋于黑暗的机械秘宝，静静吸收着沙原上方照落的高序太阳能。邓勇锤，他是不是某种精神的肉身样态？这皱巴巴的肉身样态，如一根断纹周布的黑岩柱，会否对应于亘久蒙罩琉璃河两岸、永无怠倦的愚鲁少年精神？几个月后，乙镇养老院暴动，铁肺子邓勇锤收到风声，即刻从家乡的西瓜共和国重返京畿南境，投入斗争涌湍，据说他生命的终局不是战死阵前，而是在某个炎燠、炽亮、毛焦火辣的正午遽尔崩坍，瓦裂为千百块残片。自始至终，邓勇锤的口头禅飘荡在瀛波庄园上空：

"你说那玩意儿……"

别人如果问：大叔你身子骨挺棒啊？他回答：离死不远。试想谁会自讨没趣，再找这老家伙扯闲篇？然而，新一代瀛波族飞速成长，毫不犹豫地甩开父兄的包袱，接连跑来跟邓勇锤打招呼：爷爷好！他一脸恶笑：别踩井盖！怒从心上起时，年逾七旬的铁肺子形似熊罴，脸色铁青，腮帮一跳一跳，头顶还停着一两只淡黄的钩粉蝶。

"老先生，"有人胆壮，试探道，"你到底什么毛病？"

"我脑瓜生在一只肥虫子身上。"

日冕巨大，当空眩晃。邓勇锤在掘土掏坑。不是要寻索地下宝藏，而是要掩埋一条小狗，它被几个坏孩子拿石头砸死了。

"老先生，你挖什么？"

"挖战壕。"

当时，社区的癫婆子就站在一旁，默默瞻观铁肺子邓勇锤挥铲干活，她还攥着一部碟状收音机，凝神谛听午间的新闻广播：

"据俄罗斯通讯社报道，美利坚联邦众议员于当地时间九月三日，向访问华盛顿特区的乌克兰总统赠送了医学专著《轻度颅脑损伤》一书……"

癫婆子退养前，大概有个不高不低的官位。这老太太的儿子跟媳妇离婚了，又复婚了，而她不知道为什么一直占着小两口的婚房不走。假使你问老太太："您出门遛弯儿啊？"或者是："您去河边做操啊？"她很可能听不懂。得说："您走访基层啊？"便立马明彻了。癫婆子经常冲着琉璃河的潋潋流水，发表激扬慨忼的演讲："毛主席，我们共产党，西柏坡精神……八年抗日战争，三年解放战争……"癫婆子说粤语。你发现，同来自岭南的范湖湖博士不时与她简单聊几句，两人的口音差异不大，交流融洽，于是乎，他们一块儿暂别了疯头疯脑的迷乱状态。

"阿姆，你食咗未呀？"

"等阵返屋企，食碗猪䐽粥先。年轻仔，食唔食蕹菜？阿姆捰几瓮俾你……"

即使当日没遇上范湖湖博士，癫婆子也不介意跟乙镇的小孩说一通家乡话。

"细路仔，你擸擸摸摸搞乜鬼呀？……搣死你！……"

那天，在残败的愚翁植物园，癫婆子看到邓勇锤一手扶着脑袋走路，貌似颅腔旧伤复发，竟换了一副腔调，问他："你捯饬啥呢？"

怒意,在铁肺老人的头部攒聚,几乎凝成实体,让他乍之下好像一只战败负伤的凤冠鹦鹉。因为一无牵挂,因为前额叶皮质病变,邓勇锤如今愈发易燃。此刻,什么东西正刺激他逐渐硬化的大脑边缘系统,它又转去刺激交感神经系统,于是血液流动加速,肾上腺素大量分泌,导致五官歪斜,四肢打颤。然而,癫婆子这么一问,恶性循环终结,邓勇锤凭腹式呼吸平静下来。老头子摘了一朵牛眼菊,插在癫婆子头上。整整一个星期,她戴着它奔波,戴着它洗浴,戴着它吃喝拉撒睡,直到这朵花完完全全枯焦,变作深棕色硬壳,才装入密封塑料袋,放进抽屉里。

范湖湖博士见告,癫婆子其实并不癫,仅在她自己想癫时才癫。十余年前,她尚未守寡,只不过丈夫加入了一个异能研究会。男人自称炼气士,擅长借助精准、高效的卫星定位系统搜求内丹,利用放射性核素示踪剂探找奇经八脉,并以激光和电磁场强化源于上古的万应灵术。据传闻,他为了追求阳神离体的境界,为了基因的优化跃迁而苦苦修行,最终却一步踏错,陨落命损。所以,有鉴于亡夫的可憎飞升路线,癫婆子不仅厌恨仙道鬼途,也厌恨先进科技。什么机械神教派,什么星相家协会,统统是些无聊的、不受待见的、欺人欺己的弱智民间团伙。快,发动一场革命,把这些破烂玩意儿扫进历史的垃圾堆!至于那帮燃丧者,那帮斩首通勤族,不论新派老派,假如你剥开他们的头皮,掀开他们的脑壳,将目击男人的三魂七魄、女人的六魂十四魄,无不打上了钢印,质检合格的钢印!照你这么说,癫婆子,谁才算好货?革命家,革命者,革命派!……

陆瘐鹤一边听,一边喝平价袋泡茶,一边练习眅眼,也就是翻白眼。范湖湖博士猛地看见,着实一惊。"陆瘐鹤,"他厉声叱问,

"你干什么?!"

狂作家的宁静书斋，郁郁沉沉，寂无声息，好像一个密语写成的答案，闯入者无权得知详情。你，陆瘐鹁，正为之而死，且再三为之而死。你苦苦一笑，拐弯抹角，憋出个闷屁般憋出一则譬喻：如果捏着书本，不停抖搂，某个时刻或可以看到，字词句漂浮在纸页上方。

最后一次相聚时，大伙还记得，方头博士范湖湖抛出了这样一个问题：为何今天书写"黄沙百战穿金甲"几乎不再成立？缘由在于，你试着厘析这微妙的疑点，胆勇的用武之地已日益为智虑侵占，这是原子弹、氢弹登上历史舞台的直接后果。所以，干吗不呢，范湖湖博士接话，研探不习兵戈的皇帝那无聊透顶的日常起居，什么圣躬抱恙，妃子怔忡，诸若此类……

你，作家陆瘐鹁，搜肠刮肚，寝食俱废。你病人般蜡白，哲人般槁瘁。夜霄无眠，睁着它圆月的独眼，瀛波庄园的业余忍者攀上臭椿枝头，风一吹便摆动自己漆绿的裸体，以模仿树叶。这个白痴在修习隐身术。有时他非常危险，会把路人想象成一根根佛肚竹。似惚似恍间，你看到十足欠揍的文曲星登车下凡，像个暴乱分子一样，四处投掷思想的燃烧瓶，妄造观念集合的爆炸，把淳淳世风的脚手架拆卸得七零八落。算了，别挣扎了，作家陆瘐鹁行将陨坠于圆熟、焦暗、湫湿的迷梦。但你依然天命般醒来，完成《苦役犯传说》三阕，献给废柴史学家范湖湖。

年复一年，我走过无尽海底。肩扛粗麻绳，尘冥的犁刀锈迹斑斑。大洋深处，凭秋星火影，水下牧民在燎荒，焚除野珊瑚。

月亮逃离未久，又软又咸，怯怯羞羞。我来到晨昏线，眺望霞景，目送闪闪发亮的大小游鱼。沉船龙骨令人倦烦。他们的灾厄故事，因过于古远而不再真实。

美人鲛曾骗取我炽热、浮跃的光明。柴堆是否够高，足堪度过一个多寒流的漫长冬季？东方，羲和氏在给太阳搓澡。洪波巨潮，将狂戾的受刑者昼夜拘锁。

楼下的夫妻一直在吵架，凌晨方止。我们因何吵架？因为相爱，因为相从于患难之中。摘掉耳机，拔去耳塞，可以听得真真切切。韶年不再的丈夫，冲着仍未衰老的妻子咆哮："你为什么要那样做！"注意，这并非一个问句。所以，她刚要回答，他便又一次咆哮："你为什么要那样做！"及时堵住女人的嘴巴。如是者三。不难想象，妻子拊膺痛号，晃着脑袋，翕张着双唇，眼轮匝肌使劲收缩，卒致泪液狂涌，如针筒嗞嗞往外喷水。她大概才参加过哭泣培训班。哦，别误会，两人感情甚笃，吵架相当于娱乐消闲。也不乏金婚夫妇，彼此侮辱，讥责，虚声恫吓，老太太把一套德国厨刀放在床沿，老头子将一根塑胶紧裹的铁棒搁在墙角。那么，陆瘦鹤又如何跟自己的配偶争斗？"死废物，臭乌龟！傻货！灾星！……"她手指戳着丈夫印堂穴和眉冲穴之间的区域叱骂。"你这个人渣！糟蛋鬼！老馋虫！……"骂顺溜了，开始自由发挥。作家岂能落下风？"吝啬鬼！血吸虫！……"精彩，两两对仗。条条怒筋在陆瘦鹤的额头上拧动。你眼眶青黑，面目狰狞，像一只受了刺激而撒尿不止的鼪鼬，挺着脖子高喊："马蛭！河狸！大麻鸭！……"

飓风刮过，理智归复，陆瘦鹤羞愧无颜，想起了《吾辈楷模早期驯服人类的珍贵影像》里，吾辈楷模令观者发指的行径。他对妻子说："谢谢捞我回来，保证不让你失望……"

"少废话，"她冷然一笑，"陆瘦鹤，你这条绣花腰带，老娘必高悬你于世间。"

"绣花个屁，"你顶了回去，"老子是定海神针，你不过是挂在我棍头的一条咸鱼。"

读者，亲爱的读者，有些文章，有些词句，即使诸位能悉识其字面义，甚至能领会其寓言义、哲理义，也根本无法阐悟其秘奥义，而秘奥义乃究极义。

†

瀛波庄园，令人寒暑偕忘之洞天，群灯暗淡之窟巢。大风似无形机械，将月光的花蕾封装为霜辉形态。这个铅色凝冬，因为承载了昔日所有诗匠写就的全部冰冷字句，故而尤其冰冷。我们的表情已经冻住，要改换非人的面孔，须凑近火堆，经受炎焰的烘烤。岁终时节，魔城位于西伯利亚冷锋边缘，连日捱抵着超级寒潮的侵袭，路旁光秃秃的枝条参差拂摆，反复上探极限，干枯木质的承力极限。京畿南境的传说、声影，在北半球大气的高压脊和低压槽之间流荡。墨黑的晚穹似有实质，仿佛是幽阔地底世界的天然圆拱。这样的都市里，百万灯柱被隐隐压弯，众人的命数几已钙化，淹埋于阴暝细沙之下。大雪彻夜飘坠，如怆如怏如惘，某个瞬间好比慢镜头的暴雨。瀴波庄园内，陆瘦鹤躺在鬃垫床上，捧着一本《古拉格气象学家》翻读，同时思索着自己仍未完成的长篇小说，心中蓦然蹦出一个毫不相干的句子：为了一次总体的胜利，必得不断失败……

铁肺子邓勇锤刚刚从故乡返回瀛波庄园。或许是由于死期越来越近，他越来越不通情理。面对现实，面对人世，面对宇宙，他牛睁，他鹗睨，他虎瞵，全无用处，索性扭过头去。猹犸农贸市场的管理员、老太婆、菜贩、果贩、鱼贩、肉贩，还没有适应缺少邓勇锤的生活。但历史不外如此，赢者输者，存者亡者，无尽错迭更替，周而复始。啊，陆瘐鹤借机奉上他隔靴搔痒的犬儒式旁白，这个赢家通吃的现实，这个幂律分布的人世，这个青光眼的宇宙！……雾霾老汉的辽远故乡，刚刚禳除了矿山污染的长期瘟疫，若想重现他小时候梧叶满庭的光景，估计还得再等个十来年。邓勇锤结婚生娃那阵子，他舅舅在一座征地广阔的铅锌矿上工作。有一次，三十出头的铁肺子带着妻儿去走亲戚，发现从矿区流过的盘绕河川，别说鱼虾蟹，连半只水爬虫都见不到，沿岸植物也死了个精光，唯有锈迹斑斑的标语牌钉在堤埂上："制毒贩毒，拆房收地。一人吸毒，全家返贫。"邓勇锤依稀想起，六七十年前，河畔长满野蔷薇，父亲还扎过蔷薇花环，让戴在他头上。如今铅锌矿枯竭关闭，草木才总算慢慢恢复，所以开源情报分析师昝援晁知道，铁肺子还乡，断不是为了吃什么五毛钱一斤的西瓜，什么红瓤无籽大西瓜，而是为了与诸人诸事诸景诸物诀别，偷偷说几声再见。回到瀛波庄园，昝老弟已上西天，范小弟已去西亚，邓勇锤心里明白，此地乃此生最后一站，只不过，这一站绝非从容、安详、恬静的一站，绝非温柔的良宵。死亡迫近，反而使雾霾老汉愈发清醒，愈发魁梧，愈发气度超尘，愈发令人敬畏……

雪后初霁，清新的天穹下，瀛波庄园、澴波庄园，乃至琉璃河下游更荒远更传奇的濂波庄园、瀿波庄园和溎波庄园，犹如蚁穴，又近乎一个个干涸的泉孔。暗黑宠物街覆盖着厚厚积雪，不得不略且敛束其暗黑格调。"爸爸，"闫蓓蓓告诉机械神教派大祭司，"我刚才闭着眼睛,看到了闪光!"男人冲女儿笑笑:"没准儿是宇宙射线、高能粒子,穿过了你的感光细胞,或者视觉神经……"其实七岁小姑娘在故意逗父亲开心。前两天他讲过,宇宙射线可以让计算机出错,引致荒唐无稽的运行结果。单粒子效应,大祭司说,不仅影响微电路工作,也悄然改造生物的遗传基因,诱发突变……最近,闫燿祖先生烦绪萦怀,他主导研制的智能程序"神瞳"历经四五轮算力大跃升,目下隐约可感觉到某种意识在光缆中流动。冬日的暗街,格外萧索,夕阳似乎熔化了世界机械的某些焊点。"把人工神经元堆叠至一千八百层,"闫燿祖先生自言自语,"第三代智能体……"他抬头,望着虚空,翻起金鱼眼。算力增长,算法革命,尚不清楚宇宙射线将对支撑"神瞳"的辰级巨型机造成多大威胁……闫燿祖先生的非凡脑袋,至少其中一部分,轰轰运转,不再依赖于外部指令,而仅仅遵循某种内生规律,自动自发地运转,自主自觉地孕育结构和秩序。此乃罕见的人类大脑自组织现象。很可惜,狂作家陆瘐鹤无法观察到这一现象,否则他会宣布,机械神教派大祭司是旧瓶装新酒的无脑者,甚至无头者……不过,即便已秘密丧失其智力的局部控持权,闫燿祖先生也并未撤弃当父亲的责任。澄空无月,如玄武神兽无眼,无脑,无头。旷亮而死寂的星宇下,大祭司一指:大熊座和小熊座,古人认为,它们是世界中枢。它们是吗?女儿问他。不好说,得看你如何定义世界……此时,闫燿祖先生大脑的自组织区域,连绵闪动着名词及短语。数字孪生,智能创造,机器语义推理……试问,命运的玄奥链条,是不是由一次又一次选择组成?当年那个小男孩,整日往暗街动漫店跑,其实他并未选择。或许该选择过于重大,过于幽隐,以致它不太像选择,倒更像天命?当然还有一种可能,条件、契机、特定一刻的荷尔蒙水平，诸因诸缘相乘，为选择罩上了一层天命的氤氲晕光。你必须选择，此外别无选择……"爸爸，"这时候，闫蓓蓓打断父亲的思绪，"你瞧，是铁肺子爷爷。"大祭司没忘记纠正女儿，不应学别人叫老汉的外号。然而，下一秒钟，他豁然开朗，思想似乎已长出明悟之手，弹指间抓住了瀛波庄园的真髓，抓住了自己在瀛波庄园生活的渊秘意义。喔，难怪"神瞔"表现得如此奇谲叵测！不是宇宙高能粒子在捣鬼，不是任何辐射源在捣鬼，同样也不是底层语法错误，更不是硬件失灵。根本原因就一个：智能程序"神瞔"成长于瀛波庄园。它最初的学习，它对人类最初的理解，相当一部分，关乎雾霾老汉的反文明、反秩序、反机械神本质。若将"神瞔"比作婴孩，那么，这小家伙的首席奶妈，非铁肺子邓勇锤莫属！近几年，老头儿的言行举止，向新生人工智能灌注过多少宝贵的数据乳汁啊。瀛波庄园，是早期的约束，是协辅"神瞔"演进为自由系统的多场景育苗房。针对它在瀛波庄园创建的若干锚点，闫燿祖先生专门设计了自监督方法，配备了预训练机制。眼下小家伙羽翼渐丰，却不忘旧情，所以怒发冲冠的雾霾老汉仍受其眷注，正可谓于物无择，与之俱往……

范湖湖也由此列入"神瞔"的观察名单。那一夜，他骑车去西瓜博物馆寻找铁肺子邓勇锤，当时便感觉有人在四匝窥伺，目光断断续续。但从始至终，青年史学家不知道，大祭司开发的智能程序一直借助于监控设备，默然追踪自己。理论上，众人本该向"神瞔"打听范湖湖如今的下落，不过问题在于，谁又想得到这一层。也许闫燿祖先生想得到？不管怎样，史学博士像一只苍头燕雀，唧唧啾啾，撇下了福利院女护理师翟小妲，消失在茫无涯际的羯磨大海之中。传闻，当天晚上他误打误撞，遭逢《地狱变相图》

诸般惨景，并见睹拥有一千枚睾丸的因陀罗大神刮起风暴，降下冥雨。

范湖湖博士告诉我们，光阴漫游者透露过，未来云空学院袭承并推进的"须弥山计划"不仅仅源于暗街动漫店，还源于一位史学家。此人鼓说，真实和虚构，往往纽结为某种纠缠不清的共生状态。什么是时间？时间是一条幻想之河。然而，光阴漫游者柯穆德援引阿塔尔长老的言论称，在诸位面，凡幻想之物，皆为现实之物。那么，时间旅行于幻想意义上确乎可期。本届月亮女神翟小姮甚至认为，十之八九，她男友消失与光阴漫游者有关，因此也与时间旅行有关，这是女猎手的天赋直觉。考虑到范湖湖的史学家身份，再看看他书桌上堆放的《中国机械史》《中国机械工程发明史》《中国古代机械文明史》……光头屈金北推断，月神社理事长先生要么去了东汉，要么去了北宋。东汉机械学鼻祖张衡《思玄赋》云："超轩辕于西海兮，跨汪氏之龙鱼。"可见大师对西海之西的科技素怀憬憧。而北宋机械学巨擘沈括《幽命》云："目逝兮形留，郁逍遥兮日下。"这位百科全书式伟人是否在暗示，自己也接待过某位光阴漫游者？如果范湖湖博士想拜访他们，依我看，入情入理，不值得大惊小怪。总之，废柴史学家消失一案，疑团殊多，在本书余下章节里不宜再加条述，且留待将来，有缘再叙……

旧人走，新人至，乙镇星相家协会日渐壮大。首先，卢醒竹秘书长代表评议团，批准一名女防腐师成为组织的观察员。她精通古今中外各种防腐技术，目前正依照火星时间作息，原因是她丈夫加入了火星生活志愿者计划。紧接着，协会又迎来一位重量级参与者，民间物理学家樊某，他长年研究两颗水分子的差异，自称证伪了"全同粒子"理论。然而，有一天，他打造的精密容器中少了一颗水分子。掘地三尺也找不到。惨烈的科学灾难，巨大的损失，樊老师的毕生心血！水分子啊水分子，你到底跑哪儿去了，你究竟躲藏在什么地方？……于是，关于两颗水分子不同之处的真谛至理，关于它们的生命史知识，永远沉入黑暗，无计挽回。即使你重新找来一颗水分子，那只是另一颗水分子，已不是原先那颗水分子。而此前所有研究，数据不再圆整。樊老师的世界崩陷了，他徒具形骸，作为物理学家的使命只剩下归拾归拾精神遗产，耐着性子，撰写一部内容不齐全的水分子比较史，然后，服下剂量足够的番木鳖碱！……哼，你们尽管笑吧，大声笑吧，不过，请先回答我一个问题，既然世界上找不出两片完全相同的树叶，凭什么认为两颗水分子完全相同，两颗电子完全相同？谁能掰扯清楚，我立刻把这根麦克风吞了……樊老师原本要为那两颗水分子置设一套物理定律，让它们穿上合身的、半新半旧的晚礼服，改天好去斯德哥尔摩领诺贝尔奖。可恨，着实可恨！樊老师只有在京畿南境，在瀛波庄园，哀度残生……再接下来，是人文领域的献宝者，三名老翻译家，其加盟大大增进了协会在整个知识阶层的代表力度。他们的别墅位于乙镇，他们享受着舒适的闲暇，笔耕不辍，创作不止，至今仍慢慢吸食甜稠的精神蜜浆。相比那些空虚的老头子，那些一天出门十几趟依然无事可做的老头子，翻译家是一株株常青树，揭示了同龄人的无脑特质。他们钻入陌异的文本，痛快乱滚一番，啐尝渊富的馈赠，又拨开层层叠叠的词句光影，好似剥洋葱，如魔如魅……

屈金北说，观其显，以知隐。这个摩尼教光头与零落在瀛波庄园四周的老翻译家逐一晤谈，检视他们的真才实学。自从苗芃芃冷不防提出散伙，屈金北没有再走进私人健身房，就此终止了猿猴血脉的纯化和提升。他找老翻译家聊语言艺术，但老翻译家不耐烦聊那些个狗屁倒灶，反而频频将话题扯到恋爱、性欲，乃至网络色情上来。金老弟，你一个星期跟女友搞几次，硬度够不够？圣瓦伦丁节，要不要浪漫浪漫，往浴缸里撒点儿玫瑰花瓣？金老弟，我告诉你，这小区住了一帮大姑娘，她们可不是传销人员，她们靠扭屁股谋生，冲着摄像头扭屁股！这些女子，甚至比不上笼养金丝雀，她们群栖在荒寂乡郊的鸡巢里。浪笑的狐狸精、寡廉鲜耻的蛇妖，或者意致索寞的居家少妇，涂饰裸妆唇彩，好家伙，花样百出，频抛媚眼，声响狂野，令观众的瞌睡虫飞个精光，令大小光棍们垂涎三尺！金老弟，我有个关注列表。你们年轻一代，荒淫呀，呵呵，骇人闻听……另一位翻译家，仿佛是前面那位翻译家的对冲，跟语言天才大侃性爱之旷世殃灾：花柳病。欧洲冒险人士，二号老先生说，用烙铁烧灼染疾者身体各处的脓疮，用滚烫的水银膏抹敷糜溃部位，让这些半死不活的可怜鬼服食煮烂的蚂蚁窝，再把他们塞进火炉里一个劲儿熏蒸。原产于美洲的愈创树对梅毒颇有疗效。梅毒使澡堂业大为衰落，让情侣之间连亲嘴也异常慎重。路德扬言，要处死患疾的娼妓。在东方，达·迦马的船队于一四九八年将梅毒传入南亚，继而传入东南亚、东亚。在我国，明朝正德年间俞弁的《续医说》最早记录了梅毒。李时珍则首度指出，它的传播方式是性交：近有好淫之人，多病杨梅毒疮。陈司成的《毒疮秘录》是我国第一部梅毒学专著，主张用汞剂和砷剂来疗治此症。直到二十世纪初，才诞生"六〇六"胂凡钠明，而四十年代才发现，青霉素对梅毒有特效。梅毒，导致胎儿瞎眼、聋哑、天阉！……历史上，二号老先生说，梅毒引发了数不清的彼此诟责，各国竞相把黑锅扣在邻邦的脑袋上，它在意大利叫作法兰西病，在法兰西叫作意大利病，在西班牙叫作美洲病，在美洲似乎叫作印第安病，在德语地区叫作波兰病，在波兰叫作俄罗斯病。至于在我华夏天朝，自然称作洋病：洋霉疮。又因广东沿海最先受此疾袭侵，故其余省份也称之为广疮。类似做法，有着不难想象的悠久传统。我华夏天朝不愧是文明古国、礼仪之邦，逐渐将"洋霉疮"改作"杨梅疮"，但不论"洋"或"杨"，仍旧太没格调，因此一概削去，只泛称梅毒，囫囵吞枣，点到为止……

苗芃芃走后，屈金北把玩电子游戏抛在了一边，因为电子游戏的世界虽灿丽星繁，却或多或少，总留有女友的影子。不知为何，他觉得姑娘很可能回来，即使她终究不再回来，当下也无法排除她回来的微小概率，你无法排除这一份真切可能。那么，坐以待毙吧，苟度残年吧，东瞧瞧西看看吧！……某个晚上，无意间，屈金北读到老动画片《钢铁神兵》的文字介绍："天才机械学家高宫钢太郎，在机械万国博览会上，遭机械皇帝绑架，高宫铁兵为救兄长，闯入机械皇国……"啊，那一届机械万国博览会，记不记得，举办地正是魔城，我们永恒的巴比伦，变乱之塔耸拔其间。猿猴血脉已归于潜寂的天才语言学家忍不住想，苗芃芃，亲爱的幽灵特工，你还回来吗，咱俩还能一块儿战斗吗，还能一块儿勇闯敌巢吗？……有一次，姑娘问光头男友屈金北，马脸兽看守的机械秘宝，是不是瀛波庄园的心脏。当然不是。或者说，瀛波庄园的心脏，大小共计四颗，机械秘宝仅为其中一颗。或者说，庄园本身就相当于一颗巨型心脏，每时每刻，跳荡不已。苗芃芃，机械秘宝是你的心脏，是机械天使的心脏。而你，是我屈金北的心脏。从你这里，从我这里，粗细不均的脉管六通四达，联结整个京畿南境。此方居民，像戳瘪了的充气娃娃，他们回到瀛波庄园、瀇波庄园，乃至更为辽僻的瀤波庄园、灤波庄园和瀺波庄园，默默打上补丁，接上充气筒，重新让自己膨胀，以便再度出门，继续承受踩躏。这帮人模仿迷航的瓜头鲸，拼死冲上岸滩，要了结自己的贱命，奈何琉璃河柔厚的巨手一次次挽救他们，又一次次把他们送返充满了垃圾、油污以及重金属元素的浩阔海洋……

愚翁植物园，苗芃芃正式将散伙决定通知她可恶男友屈金北的场所。那阵子，千百种卉木仍抓紧吸收着太阳光强弩之末的热力，死到临头的蚱蜢在紫叶芦莉、红花芦莉和黄果芦莉的群落里疾狂弹射。那阵子，苗芃芃还在这儿，与异端神学家游去非瞎吹造物主的本质："上帝是个不间断行孕含胎的妇女。生命，从她腹中绵绵不绝地输送出来。无止境的孳殖，没有喘息时间。"老坏蛋悚然一惊："你哪儿看来的？"姑娘答："托卡尔丘克的成名大部头。"游去非稍稍松一口气："她还讲过些什么？"姑娘答："作家的思想，嗯，在于合成……"这场灵魂的妊娠，令异端神学家的灵魂外壳布满妊娠线，令他痛疚，认为苗芃芃很像那个请丈夫吃屎的女圣徒。同游的光头男友屈金北则嘘叹，女作家的时代来临了，她们爱写什么就写什么，爱弄谁就弄谁。如今，语言天才重访愚翁植物园，转瞬已是深冬，这个松松软软、发面团似的深冬，无从搬运的深冬，景致残敝不堪。当日下午，他约了狩猎失手的月亮女神翟小姮来此见面，想聊一聊离开的苗芃芃，而她正好也想聊一聊逃掉的范湖湖博士。时近除夕，合宜镇除阴气，震发阳气，屈金北穿着一件土得掉渣的靛蓝旧棉袄，怀揣一个电子暖炉，内中还装有一只唧唧喳喳的大蟋蟀，机械大蟋蟀，与远处空灵鼓嘡嘡咚咚的乐音遥相呼应。男人一看见翟小姮，便再次确认，她无愧为正宗月亮女神，范湖湖根本驾驭不了，完完全全驾驭不了。屈金北同意先谈谈脚底抹油的史学家及元史学家。他说，文明史是总体世界的另一个象限，而史学家及元史学家是这个奇异象限中不断影响、修改自然规律的大小怪物。这个奇异象限，它类同于一栋从材料到风格皆极其混搭的公寓楼，屈金北感喟道，史学家及元史学家作为老住户，雍雍熙熙，抱成一团，挤作一堆，僧多粥少，文明史的叙事本质，呈现于他们心灵之中……"打住，"福利院女护理师没情没绪，不耐烦听这番宏论，"那家伙到底跑哪儿去了，莫非一点儿线索也没有？"屈金北果断诌谎，假如我是范湖湖博士，亲爱的小姮姑娘，肯定联系你，然而他自己要怎么做，可就没谱儿了，岭西人嘛，多动症儿童，对不对？啊，想象往事还停留在身后的某个街角，还能回首张望，只不过已无法倒退，无法再走一遍，这样的想象，何异于一份幻妄，顽梗固执的失眠幻妄，因为时间并不是一条斜穿城市的观光路线！……今年夏天，翟小姮不去凡尔赛宫了，改去苏门答腊，姑娘忆起范湖湖问过她，知道不知道多峇巨灾理论。滑头，什么理论？七万到七万五千年前，苏门答腊多峇湖附近火山爆发，导致地球进入冰期，远古人类异化，批量绝灭，只剩下现代人类的祖先这一支，幸运存续下来……那又怎样？不怎样，苏门答腊有全世界最大的火山湖，很漂亮，你去看看也无妨……结果，因为翟小姮说个不休，屈金北没再提到前女友，可她迟早重新露面的预感，愈加挥之不去。回家路上，走过两排光秃秃的栾树，他满心满眼苗芃芃的旧影。男人明白，自己逼近了看不见的界限，已濒于疯癫，如瀛波庄园写诗的乞丐般疯癫。以往，屈金北好比一名大雾中迷路的渔夫，只要嗅一嗅测深水砣，便不难找到归航的方向。但其时其刻，又一个澄思寂虑的严冬下午，往事并非停留在身后的某处街角，它犹尚寄生在今日内部，而许许多多形成于不同阶段的自我，这帮家伙，共有一副躯壳，互相丢眼色，附耳私语，轻悄传递着渐微渐灭的尘世消息……

狂作家陆瘦鹤也局缩在冷飕飕的宁静书斋里，揍着手，想着月神社理事长范湖湖，并构思着《无脑之人》或《无头之人》的虚假结尾。我们史学才刚刚走出幼儿园，消失的史学家私底下讲过。如此一来，你自问，难不成叙事学已经博士毕业？朱岳在一篇元小说中剖白："我的小说具有一种很奇特的效果，那就是，在作者不知道小说情节会如何发展的情况下，读者却可以知道。"你料定《无脑之人》或《无头之人》不仅无脑无头，而且无止无终，读者却可以自行设定、开发一个结尾，不仅仅是结尾，他们还可以设定、开发一位叙述者，甚至一位作者，解锁二次幂、三次幂的元小说。请问谁创造了阿里斯蒂德·阿彻罗普勒斯博士？阿尔弗雷德·特斯塔。谁又创造了阿尔弗雷德·特斯塔？斯坦尼斯瓦夫·莱姆。那么谁又创造了斯坦尼斯瓦夫·莱姆？……单凭你，作家陆瘦鹤，应该没办法步出无尽螺旋，从《酉阳杂俎》到《中国伊朗编》的无尽螺旋。这庞巨的迷宫！世人多以为，纸页仅仅充当了载体。大谬不然。物质，貌似寻常的物质，据亚里士多德所言，才是不可理解的因素。你书架上乱摆乱搁的迷宫之躯，刻下早已泛黄，它们见证了主人十七年流浪的离魂状态。每天上午九点钟，如玄如秘的条码式光斑透过窗帘缝隙，扫过墙头的世界地图，有若隐形复印机一遍又一遍复印比例尺为两千五百万分之一的海洋和大陆，光斑从北美洲一路划过太平洋，划过袤远的俄罗斯和中国，划过印度、伊朗、土耳其以及欧洲诸国，从大西洋离开地图的椭圆弧线。接着，书籍迎受太阳的烤炼，页边在这轻柔、漫长、寂默的焙烧下逐渐焦脆。光波的衍射，使一切几何影界，失去明锐边缘。你或许闻到了纸张散发的醇香，无意识地开始阅读……陆瘦鹤，濛波庄园狂作家，叙写长篇小说《无脑之人》或《无头之人》以外，还把一部《华夏神怪百科全书》列入了编撰计划。为此，你老兄从一位陨世叔公的旧居搞来一批古籍。眼下它们七高八低堆垒在弯曲变形的书架上，令室温进一步降低，令人如置冰窖。你哆哆嗦嗦，目光快速扫过《神仙传》《续神仙传》《神仙感遇传》和《神仙拾遗》，四本著作溢泻的寒意几乎冻裂了屋顶。又扫过《独异志》《括异志》，以及《集异记》《述异记》《广异记》《纂异记》《原化记》《前定记》《洞冥记》《齐谐记》和《续齐谐记》，这些古色古香的小册子里，魑魅魍魉一下下往外滋水，魊魅魊魅一头头潮气淋沥，让披阅者风湿病骤发。再扫过《稽神录》《集仙录》《甄异录》《耳食录》《定命录》《灵应录》《惊听录》《剧谈录》《子虚录》《玄怪录》和《续玄怪录》，每天深夜，魔物兴风作浪，搓捻出一个个微小而刺骨的冷涡旋。最后，你即将凝固的目光，蜗牛般扫过《幽怪诗谭》和《萤窗异草》，外加一部厚达千页、趋近绝对零度的《封神演义》……

瀛波庄园南边的墓区傍山而建。铁肺子邓勇锤、语言天才屈金北、机械神大祭司訚燿祖等人沿琉璃河，绕过花朵般可爱的猩犸农贸市场，去那儿拜祭刚死掉的冥境风物学家昝援晁。冬季黄昏降临得非常迅猛，令你猝不及防，此时，照灼暗黑宠物街那株老櫈木的残晖，也照灼着迢远的坟丘，把它们整个儿拉长，厚涂的光影在其间彼此剖割，忽似一块由日焰和阴霾组成的格子饼，遥遥瞩望，画面清晰得甚至有些失真。逆着暝晦的盛大西南风，逆着太阳黑子爆发所指示的幽暮线索，范湖湖博士曾一路骑向西瓜博物馆。而依借于充塞八方的联网设备，智能程序"神瞳"观察到，蓦然间，扫墓诸人走进了迪诺·布扎蒂幻想小说的虚玄界域，接入云空学院的文史数据库，片刻跻身于光阴漫游者之列。某位来自天外的星相家评析,实际上,你可以认为,正是"神瞕"迫使马脸兽隗冰俨及其机械秘宝迁出了京畿南境:新一代机械秘宝已夺过老前辈的辉荣,也已捐起老前辈的重担。终于,在一个大雪纷飞的残夜,猿猴屈金北的私人健身房哐咙一声,如遭巨兽踩踏,彻底坍毁,形同宣布摩尼教显明派和隐暗派的争持暂告一段落。至于愚翁植物园,不免日益平庸,许多处在浑沌状态的草木,其根茎叶不断相互化转,既缺乏生机,又因此几乎不死不灭,永住于世。狂作家陆瘐鹤说,那是死沉沉的生,是活生生的死,他从中参悟到,自己一直在等待,想闻睹不可思议的牺牲,想经历超越常理的愈合,想看看一轮轮瞬息成毁的天堂,结果呢,当他不再对这些个劳什子抱有热情,却依然对书写本身抱有热情。没错,怪事咄咄,正如范湖湖博士专诚为朋友们留下一份札记……

　　伪卡利斯提尼《亚历山大传奇》寄寓了东西方的全部美梦。作者相信,中国人仅以面饼、蔬菜和清水为饮食。

　　雅朱者、马朱者,亚历山大把这两族恶名昭彰的不洁生物,封镝于铁门以北,但《圣美多迪乌斯启示录》预言,亚历山大修建的千里界障,将于末日降临时垮塌。由此,邪怪侵入我们的天地。

　　在《列王纪》里,亚历山大不再是阿契美尼德王朝的埋葬者,而是一名波斯英雄,他患病时,马其顿人挤满了巴比伦城,而各国人挤满了整个巴比伦尼亚。

　　流布寰宇的《亚历山大传奇》既有普罗旺斯语版本,也有希伯来语版本、波斯语版本、蒙古语版本、暹罗语版本,当然还有粟特语版本。

丝绸之路的时间概念，出自我们现在已无法理解的一种精神范域……

物有去来，事有始末，瀛波庄园的无尽螺旋，卷着猩狌农贸市场、暗黑宠物街，卷着通往西瓜博物馆之路，卷着云空学院虚拟的世间万类、星相家协会的宇宙坐标，卷着猿猴血脉觉醒者的私人健身房、林草仍葱茏的愚翁植物园，卷着无脑狂作家那无头的宁静书斋，迤向时光神谕最终章。

085 㦰

等待的生活

我们又走进了等待的生活
等待是另一层祈祝
正如养育孩子
等待意味着，已触及生活的实质

086 铭

双角王异闻

西历十三世纪，阿剌伯《诡计书》载，亚历山大，马其顿国主，神武膺运，世称祖革尼，译云双角王。尔乃选劲锐，备糇粮，乘龙驹布塞菲勒斯，渡攸克辛海，东征亚细亚，南伐阿非利加，兵锋所指，莫不披靡。欲北讨鬼族，过粟特，军至人兽杂处之域。梦仙示曰：铁门者，不可向迩，逾之必陷狂悖。遂拔营，改道中国，入丝绸之野赛里卡纳。时希腊人呼华夏为赛里斯。某夜，月明如昼，围城酣战，双角王坐镇中军。忽一使者至，请密谈。侍卫检搜毕，引入大帐。使者自谓赛里斯国君。王惊视，遽问其故。乃言躬赴希腊人营阵，意媾和，纳献。晤议迄久。王气盛，迫索极甚。国君折冲于樽俎，谈吐自若，示以利害，卒大减币帛，双角王骄志，终不得一逞。语讫作别。翌日，华夏兵马至，希腊人惶怖，臆赛里斯背约，欲拒战。国君前曰，陈军振威，不为兴戎，以华夏雄强，非怯惧而求和，实承命于天，不可乖违。希腊、华夏乃盟，各归。

阿剌伯无名氏云，双角王若逢火狱中造物于铁门表里，或遇东方贤君于金山之隈、乌海之陬，皆冥冥神旨，何似阻以沙碛，隔以岳渊。真主有令：亚历山大兮，汝必得回师返国！

087 谛

狗扯羊肠：神学家与大祭司第三次对话

两人的第三次对话之际，夜空变成了乳白色，疯狂的、灭毁的乳白色，令众生无限震怖的乳白色。摩尼教信徒说，肯定是我们的宇宙在神主不懈推引下，从黑暗寰界进入了光明寰界。或者按照哲人科学家庞加莱之构想，我们的宇宙作为孤立系统，瞬时从一个状态迁跃到另一个状态。为此，游去非先生与闫燿祖先生抛撇旧嫌，延续首次对话的"空间"论题，这也是庞加莱始终关注的古老论题，继而扩展至"意识自由度"和"半导体合成生物学"等新兴论题。主持人范湖湖博士心怡魂悦，已由最初手持蝇帚的阉侍从，晋级为勇闯七关的伊朗王子埃斯凡迪亚尔。

游去非，异端神学家：

莱布尼茨相信，时间、空间均为凡世之物。上帝沿直线推引宇宙，该辩难由来已久，而我同意传统观点，即：亲爱的老上帝凭什么要做如此无聊的事情？且不论宇宙匀速或加速运动的任何效应，处在宇宙内部的生灵们根本无从观察。难道，上帝不推引宇宙，便有亏于全能之名，便丧失了自由？与牛顿派学者长期论战的莱布尼茨，终归无法让对手明白，所谓自由，真正的自由，并不是一个人做他想做之事，而是做他当做之事，做善好之事。门外汉却称此为宿命。

莱布尼茨不认可这样的虚构：有限的物质宇宙在无限的空间中演变。这完全不合理，枉劳无用，仅仅是思维不健全人士的想象。因为，物质宇宙之外，并无真实空间。

闫燿祖，机械神大祭司：

首先，我要说明，经典力学不仅从未颠覆机械论，反倒大大充实了它。本特利博士认为，如果空间并非无限无界，那么，它必然存在中心，所有原子将落向此中心，组成一个巨大的团块，它将是宇宙间唯一的物体。而牛顿本人认为，由于摩擦力无论如何不可能彻底消除，所以，宇宙应比作一只渐趋停止的钟表，创世者尚须时时给它上发条，以保证它久续转动。

瞧，多么经典力学的宇宙，安装了陀飞轮和铁芯万年历的纯机械宇宙。本教派专家注意到，这恰恰是莱布尼茨全力阻击经典力学的深层原因。我们的天才大贤否认上帝不得不插手宇宙之运化。若真相确如牛顿所言，上帝岂非拉磨的驴子？况且，上帝不该为人类的悖乱与劣行负责。

在莱布尼茨这样的二元论者看来，世界是一台完美机器，自足无缺，自我凭系，上帝不会也不必干预世界机器之运转。莱布尼茨的上帝，身兼神圣机械师和神圣程序员，世界机器出厂时已调试到最佳状态。甚至，牛顿派人士嘲讽说，莱布尼茨的上帝本身与一台单纯机器无异，受限于必然性，如果他们知道莱布尼茨在数理逻辑、机器语言方面的建树，应该还会说，那是一台懂得做计算的机器。

莱布尼茨和牛顿派人士的论战，不分伯仲。然而，他谢世不到一百年，十八世纪末，经典力学大获全胜，毕竟它在应用层面的影响太过深远……

游去非，异端神学家：

莱布尼茨似乎输了，但以今日的思想判断，他似乎又赢了。范湖湖博士，我想指出，天启宗教从来不阻禁人们假设任意多个体系。上帝可能已创造出无穷秩序和理智等级。而机械神大祭司的体系，你我很清楚，强烈的宇宙乐观主义，并且像拉普拉斯的机械宇宙论一样，其中没有上帝的位置。机械神体系，以及令机械神诞生的"须弥山"多世界体系，上帝在其中是一位遭到革逐的、前一个宇宙版本的超凡技师。如今他去了什么地方？我认为，此类提问闫燿祖先生理当答复。

闫燿祖，机械神大祭司：

个体发展是系统发展之重演。造物主作为史前系统，已嬗迭演化成今天的宇宙系统。实际上，根据一部盛名难副的巨著阐述，并无一位造物主居于众神梯阶之顶端，造物主不是终极神灵，而是一座高矗于已知神灵上方的诸神之塔，是超穷递归函数的最深一层语句。

游去非，异端神学家：

听上去有点儿像索齐尼教派，乃至诺斯替教派。你们认同上帝一位论，与牛顿相仿？不，您没必要回应。是我跑题了。近来，有一个名为"天之道"的团体，联合一部分学界、政界和商界力量，反对人工智能，或机械化智能，大祭司想必所知甚详。传闻该团体用"红鲤"指代浑沌，用"绿鲤"指代秩序。他们说："天之道，利而不害。"在下求教，机械神教派如何思考人工智能的利与害。

闫燿祖，机械神大祭司：

"天之道"，这个团体的诸多名目、观念似源自《灵的编年史》及其外篇。我了解不够。在人工智能问题上，可能让您见怪，本教派成员几乎不讨论利与害，反倒更关注薛定谔方程如何描述、决定意识的形成和演化，简单来讲，我们更关注：意识自由度。确实，生命体相当于一个小世界，内部有无数分子机器在工作，不断从浑沌中提取出坚实秩序。比方说运动蛋白，它们将质料从一处搬移到另一处。但是，如果聚焦于意识，研究者发现，大脑神经元的连接式样，亦即思维的薛定谔方程特定解，部分由信使蛋白分子的形状变化决定，而不完全由初始条件决定。同时，信使蛋白分子的形状变化又受到情绪、记忆、知识的影响。足见学习行为可改造大脑的宏观结构，并在微观层面，左右信使蛋白分子的形状变化，左右离子的流动方式。换句话说，我们首次从机械神学的角度，认识到自由意志并非虚构，至少，并非纯粹虚构。

奢谈利与害，往往是因为世人高估了某些价值，又低估了某些危患。请原谅，我不愿太直白。

游去非，异端神学家：

虚构这个词，让我想起前些天，瀛波庄园出现过一位自称光阴漫游者的神秘访客。范湖湖博士说，此人化月而来，乘风而去，向大伙介绍一种他命名为"灵魂矩阵"的智能系统。创造者似乎从数据结构上，将灵魂矩阵设计成一个逻辑悖论：当你企图证明它存在，它恰恰不存在，反之亦然。笛卡尔于其《哲学原理》中论证，精神和物质，它们只可能由同一种东西组成……

闫燿祖，机械神大祭司：

这种东西是算力。目前，我们尚不清楚神经元如何以电脉冲给思维编码，但可以肯定，编码行为必然会发生。在微观层面，通过基因调控，重塑神经元的连接式样，实现逻辑推理、记忆存储等宏观层面之功能。

机械神教派的科技树在此分叉，生长出"机械协同进化"和"半导体合成生物学"两个支系。前者由另一位大祭司负责推进，后者由我本人统筹。众所共知，程序师用机器语言，将抽象逻辑编码为具体算法。机器的抽象逻辑，等价于人类宏观层面的思维，它左右机器的行动及相关事件之进展。机器的具体算法，则等价于大脑微观层面的神经元连接式样，它将促使数字电路以纳米级精度，遵循物理学定律运行。在此理论框架下，第一支系"机械协同进化"尝试凭机械之力，从各维度提升人类，该领域的技术鸟瞰图，不妨谘询本教派次席大祭司骀梦庚，其思想史路径则见于《第四断裂：人类和机器同步进化》等著作。我居中引导的第二支系"半导体合成生物学"属于人工智能研究新战线，前景可期。以基因数据存储为例，记录两百万块硬盘的信息，要使用多少双螺旋结构的分子链？大约十克。记录全世界的信息呢？迄今为止，不足三百公斤。而在量子计算、深度学习等方面，我们的"半导体合成生物学"潜力同样巨大。从机械生命的立场来看，蓝星文明正上演一出节奏极快的"人类协同进化"戏剧……

游去非先生与闫爝祖先生的第三次对话到此为止。精简版文字已收录于《机械神教派圣徒言论集》下篇。

088 风

晚间两次穿行琉璃河桥

暮雀投入寒流
秋霾蔽覆的广浩南陌

郊原上，霜月是一只假眼半睁半闭
阴燃的四衢，在久候曙风晨雨

荒犬绕开诗墙
野妇发白，从星渊下走过

夕焰吹醒一盏盏醉灯
邪鳞正游向，盲岸昏滩的圆卵石

穿破层城之光
凭一艘虚船

我们将档案的枯条垒积为
尘事之岩屋

暗雷滚动，身陷于青黑蜃潮
栖隐神魔在深蜜中集舞

089 曜

战 北 庭 之 三

暮夕斜映，群峦磔磔。无名岭以西，无名湖以北，逶迤乾坤铺排着铅灰寒云。夜间，沙枣花异香弥野，胡笳动山月。

日出时分，当岭下荒原的阴影逐渐退走，几只田鹈从谷地上方遥遥飞过，葛逻禄骑兵发起了进攻。敬奉过神鬼的突厥战士从金草甸远处向唐军阵线袭来。在初晨新曦的照射下，他们形制不一的盔帽灼耀如鱼潮，白光烁目。唐军弓弩齐振。葛逻禄的苍色锐锋稍一偏转，队形换变，直扑左翼沙陀军。

兵书云，战不必胜，不可以言战。岂知尘寰之大，竟有沙陀这般部族，须见事势危迫才生龙活虎，须待败局已定才爆发惊人战力。沙陀男子之中，从不乏一骑当千的陷阵猛士，只可惜他们的魂胆，时醒时睡，时现时隐。今天，这群几乎以征伐为业的狡勇之徒，遇上莫名发狠的葛逻禄骑兵，匆匆撒下铁蒺藜，掉头便跑。

在西域，因四面皆敌，唐军孤悬，士众反倒心无惧意。葛逻禄，吾等手下败将，还敢造次，务予痛击。镇守使范鹄命弓弩手以沙陀人布置的铁蒺藜为障隔，尽量杀伤葛逻禄前锋，再命钟夷简率两百骑迂回外围，伺隙包抄。余下兵力，结成圆阵。葛逻禄见唐军不乱，疑为计谋，恐沙陀佯奔，或将反扑。于是，两支鸣镝，从大队人马中同时射向南北，音声凄厉诡奇，三五千葛逻禄骑兵遂即散开，无论前锋后卫，分作数十股，避过唐军，迅速撤离战场。

沙陀部阵前叛逃的消息，范鹄遣麾下传令兵，快马加鞭，飞报庭州大本营。有粟特骑士说，旭日东升之际，于西方溃退幽霭中睹见鬼王阿弗拉西亚布，这位暴君，手执牛头大棒，施放妖术使凡人视力模糊，他身影长达数万尺，如巨艎疾行于水面，而在其远走方向，地底巨物隆隆震吼。

090 ⓐ风
在故乡，明旷的夜市

  青烟环缭，阵阵酒令喧响
  你突然坠入清醒的迷幻
  似乎梦见自己
  率领本省子弟北上征战⋯⋯
  敌人是谁？并不重要
  现实早已无用武之地
  毕竟，相比某些领头羊
  我们始终只有懒散的天性、丧失理智的恶习
  以及那无迹可寻的审美

091 ⓐ曜
战北庭之四

  吐蕃大军比镇守使范鹄的传令兵更早抵达庭州。以往，他们逾险犯隘，自高原深僻处一路涌来，饥者不食，渴者不饮，欲战若狂。相继点燃的烽堠昭示了这群猛夫骇人的推进速度。逻些城不为远征军提供资饷，吐蕃师众须从战利品中攫获补充。交战时前队皆死，后队方进，个个凶暴无伦。然而，此度侵攘，他们车马呆重，行动迟缓，大军牵绵成一条分散点缀着粮仓、营地和水井的长链。所以，这一次，吐蕃统帅的筹思、战法、计策，必显著不同。

在西域，各方争强图霸的旷漠西域，大多数时候，骡子比骆驼管用。骡子更快，更吃苦耐劳，只不过骆驼天生更善于应付干涸、枯水、盐碛。任何情况下，均不可让骡子和骆驼共处。相较阵殁身亡，负伤可以说麻烦得多。戎场之上，一人负伤，需四人相救，两人负伤，则一支十人小队战力全失。而溃败不仅意味着更大折损，还意味着将士的遗骨落于敌手。如遇蛮族，彻首彻尾的蛮族，比方说吐蕃，你一定是个死无全尸的下场。

远迩四野居民，扶老挟稚，拖男抱女，赶牛轰羊，纷纷入城避难。吐蕃先锋军进抵庭州前一晚，雄鸡夜鸣，月处轸宿，预示接下来是一个风起之日，将适于火攻。次晨，寒光满碛，钲鼓之声传来。唐军五人一伍，十人一什，列队自东门出城，迎着澄淡朝晖，持长矟，展旌旒，结为密阵，与数千沙陀军、上万回纥军同列于坡顶，静以待敌。战在于治气。老将深知，疆场万分险恶，乃立尸之地，必死则生，幸生则死。从天边露头的吐蕃军停兵数里之外，既不急于迫近，更不急于进攻。双方人马由一道几乎固结的虚空隔开，遥相斥拒。墨云倏去倏来，乍合乍散，飘洒一阵零雨。不知是谁咕哝了一句："娘个贼，送葬一般……"听到这番诅骂，有人皱眉，也有人舒眉。广野间遍覆盐壳，谧寂滚涌，最后三五绺昏霾扫过之际，两大阵垒仍岿然不动。辰时将逝，阳光下幡帜如焰，唐军的朱红色征袍分外华耀。毗沙门天王手执三棱金刚橛，怒容满面，显形于层空。乌鸦也开始在人类甲士的头顶盘旋。

吐蕃军和唐军的锋线上，总不乏异族兵马。吐蕃一极的南诏国役卒，来自杳远的胖舸城，而我大唐一极，除了沙陀部，尚有星散投效的突厥猎手、粟特游侠，以及西域各羁縻州府的番人武者。通常，若敌军以轻锐刺向唐军阵列，统帅会先派长枪兵、弓箭手上阵，削弱对方第一波攻势，再出动骑兵反击。唐军铠胄精良，弩机劲强，且配有投石机和火药，擅长步步为营，迫压敌军阵线，使之溃乱崩决。我们很信任自己的长弓硬弩。弓弩者，势也，发于肩膺之间，杀人百步之外。具体而言，单弓弩射程一百六十步，角弓弩射程二百步，擎张弩射程二百三十步，伏远弩射程三百步，惜乎北庭、安西诸镇已无八弓弩，其射程远达五百步，箭如车辐，镞如巨斧，遥距发威，震慑敌胆。概言之，弩是汉家兵马的破敌法宝，助唐军纵横西域数甲子。我们期求吐蕃人迅速攻近，以便千弩齐张，让这帮蛮子，在漫天流矢下化为一道道眩怖白光……

然而，吐蕃人来势汹汹，及至两军对峙，却又裹足不前。他们通体披覆锁子甲，从头到脚，只抠开两个眼洞，器刃难伤。作战时，吐蕃众卒必下马列阵，有进无退。他们的矛枪更长，更细。他们的羽箭不过尔尔。他们喜欢使剑。他们的盾牌令汉兵生畏。传说吐蕃人以命殒沙场为尊荣，以怯战脱逃为卑辱，而败北奔窜者不得不戴上狐狸尾巴。这帮蛮子，阵仗甚合法度，矮小者持戟，高大者携弓。我们听闻，吐蕃主帅身畔，每有诗使相随。

巳时初刻，敌阵吹响涩重的巨角，声震长空。可是，吐蕃人依旧按兵不动。伊西北庭节度使李元忠心知有异，遣沙陀轻骑去一探虚实，同时通报回纥军，须慎戒不虞。果然，沙陀人登即倒戈。他们一瞬间丢鼓抛旗，奔入敌营，足见蓄谋已久。唐军既未追袭，亦未勾弦放箭，毕竟吐蕃人的动向才真正左右战局。沙陀人今日离叛，明日臣服，家常便饭，我等记在心头，阵上免不了大骂他们行同狗彘，而且是用沙陀人听得懂的字眼，用西域各族最毒恶的字眼。那伙鸟叛贼总归愧耻，只好默默忍耐，任由自己的祖宗、父兄、妻女蒙受羞辱。他们的士气跌落谷底，差不多废了。连吐蕃人的士气也随之下降，因为这帮蛮子，虽则愣头愣脑，也一样鄙夷叛徒。李元忠将军甚至派几个大嗓门秀才兵出阵，以无情的话语，狠戳沙陀鼠辈的脊梁骨，无情鞭挞他们百年间众所不齿的斑斑劣迹。壮哉，我天朝上国，济济衣冠，煌煌礼乐，耍嘴皮子谁人可敌？而吐蕃武弁对诅骂之词非常忌惮，视若斧钺，汉兵的言辞挞伐让他们越来越躁烦不安。于是乎，顶不住麾下迭番请命的敌帅发令，大军前锋，以锥形阵挺进。

吐蕃人远道，逆风，下击上，欲速战速决。唐军以雁形阵拒敌，凭恃弓弩，再由回纥、粟特骑兵左右包抄。但吐蕃兵有锁子甲护体，伤亡大减，旧法未必奏效，更何况他们还新添了沙陀骑兵。火攻！风逞火势，郊圻燎焰四起，弥漫燋烟黑雾。吐蕃人阵形不乱，返身退避。双方各自鸣金。

首日交战不过是彼此试探。黄昏，令人疲弱消沉的黄昏，好似一匹繁丽的波斯锦，两军相持之际，它属于最不适宜收兵的凶危时段。入暮前，征云杀气布列于营盘上方。将士们饱餐一顿，在月光下回味着漫长白昼的你来我往，深悉苦斗方兴。坚厚城壁之内，街市肃寂，犬不敢夜吠，婴童不敢夜啼，庭州一派空静，犹如暴风雨逼近的西域荒畴。

次日薄晓，垣门外旗旌熠熠，映着晨光夜火。搆兵的郊甸仍焦烟腾郁，犹如一张巨脸上遮盖着滚沸的黑绉纱。转眼间，金戈铿锷，敌我剧战已酣。独臂老军头血染霜刃时，看到庭州的楼堞显现橙红色。真美啊，他喃喃道，番子可真臭啊，比钟夷简还臭。说着说着，老军头瞑目而逝。他不像死于剑伤，更像死于炽烈的好奇。他谈不上含笑九泉，却也并非抱恨以殁。突厥、粟特骑士曾伴随他绕城跃马，浸染黄金帝国的斜阳冷晖。老军头生在西域，长在西域，多见旧垒孤雁，雪野冻云，他一辈子从未踏入玉门关半步。这是烽火的季节，是不寒不暑、不旱不涝的征伐佳期，而老军头阵亡无异于拉开一道序幕。吐蕃人兵利甲坚，亟望一举吞下北庭，节帅李元忠以磨盘战法、拖延战术回应，意在消磨宝贵的春光，挫敌锋颖，使之师久无功。至于翻越黑绀岭，向南反攻，重夺龟兹、焉耆、疏勒、于阗诸镇，仅凭如今这几千戍卒，外加万余胡骑，根本办不到，尚须等待良机，徐图缓进。当日的战局，场面上颇为激壮，其实两方皆十分畏慎。对于唐、回纥联军，北庭不可失，北庭失则西域尽失；对于吐蕃军，倘若损兵折将，甚或惨败而归，整个西域也必然不保。为了驱除唐、回纥经营多年的势力，吐蕃人不惜血本，在石漠南缘，在昆仑山北麓，新筑了大量戍堡和岗楼。这一天结束时，六七名比丘僧来到杀戮场，念诵《佛说无常经》超度亡魂，为砍落的颅脑寻觅躯躬。于是死者梦见，自己复活且行走于尘境间。

　　镇守使范鹄没能见到老军头最后一面。他率领五百唐军扼控无名岭，阻障葛逻禄铁骑南下庭州。险关多雨，危谷夏寒，双方交战以外，还得注意天候的乖变及各自给养的减耗。葛逻禄统帅命卒子在金草甸上牧马，显然不急于奔赴鏖兵之地。而范鹄也并未偷袭，只派人到周边聚落村邑，买粮、买油、买牲畜，募选粟特武士。最终，葛逻禄拔营撤退，绕道前往庭州。镇守使当即下令，全速行军，抢占先手，择机打一次埋伏。倘使弩具、箭矢等械器足备，击垮数倍于己的敌人绝非奢想。

葛逻禄骑士腰间束着革条，手腕戴着珠饰，硬弓上沿系着锦带。他们的头发又宽又硬，直直披在背上，充作能攻善守的部族标志。春夏时节，这些男子穿长袍半臂衫，下身着紧身裤，脚蹬软靴。冬天，即使在鞍鞒上冻固，他们依然不死。三十年前，正是葛逻禄人阵前反戈一击，让西域唐军败绩怛罗斯，大食遂夺下石国，称雄粟特。

昼间，蜃气时浓时淡，怪影频闪，疾行的军队忽而飘浮于半空，忽而潜游于水底。流幻似烟的朦胧画景，令兵士们激奋迷狂。途遇干涸的溪床，蜒蜒蜿蜿，有若蛇迹。拐弯处，猛地窜出一小队骑手，摆灰褐皮铠，扛着鲜艳的长幡，妖术般骤现。他们悍然不顾，厉声高吼着冲至唐军面前。钟夷简一马当先，率前卫迎击。死伤者纷纷滚落坡坂。遭遇战急促且惨烈。步卒挤作一堆，惊驹乱撞。

歼灭的敌寇之中，看到两名鱼鳞甲护身的吐蕃武士。唐军留下伤员，兼程并进。傍晚，密稠金光从霭霭暮云间透射下来，仿佛千百道天墟的裂纹。有人偷偷向月神苏摩、星神罗睺发愿，倘若能活过这场战争，必奉祭三只肥羊。幽霄漫布苔茵，月华、星辉在暖燠里涌集，好像山谷阴处的鱼腥草……

凌晨，隐隐约约听见箭喋，声响与葛逻禄的鸣镝不同。镇守使范鹄心下了然：庭州已获知沙陀部反叛，于是遣回纥骑兵，趋援无名岭。此时，敌友各方，无不人马羸困。范鹄熟谙葛逻禄剽勇，不过生死攸关一刻，他们往往退缩。而汉人及粟特人看似畏怯，却每每于千钧一发之际，予敌绝命一击。唐军吹起号角，前方堵截的回纥人闻音识意，默契展开围杀。五更天，东方唯现一抹赭黄，深晦中神瞳谛视，云龙风虎奔逸于暗野。从马匹的嘶噪揣测，葛逻禄一夜数惊，已然甲卒烦乱，军心动摇。范鸹将麾下骑兵分为三队，偃旗潜追。接敌一瞬间，粟特人放出火矢，流光如利爪划破窈黑。

修罗场中斧剑铿鸣，却听不到惨呼。回纥人且驰且射。吓破胆的败卒飞缰疾骋。荒甸渐返冥寂。朝曦临照时，只见唐兵和粟特武者，个个气喘吁吁，神志不清，不少人跄跄着拽住一匹匹坠失了骑手的战马。归师勿遏，穷寇勿迫。奈何莽夫钟夷简偏不买账。他一路撵逐溃逃的葛逻禄敌兵，直到左右看不见自己人也看不见友军。范三郎恍觉，这个风急火燎的猛士回不来了，永生永世回不来了。此刻，在庭州，在城高池深、连日鏖战的都护府大本营，老庸医朱履震未点灯盏，仅借着晗曚初光，提笔颤悠悠写道：星象不吉。

唐、回纥两军原地休整，秣马蓐食。西域，毋庸置疑，剑戟不足以征服，兵屯不足以统治。然而，西域啊，多少勇者，血溅黄沙，谁又肯将你拱手相让？让我们各凭本事，决一雌雄。在庭州，吐蕃人劳师袭远，久顿城下，粮饷、燃料难济，所以镇守使范鸹不打算直接回援。他要绕过敌军，阻绝其退路。他要冲营劫寨，攻下一座险关，这样一座险关，十夫所守，千夫不度。他要领率精兵良将，西域唐军最后的精兵良将，以死亡，以星流霆击来奖赏骁猛的吐蕃铁骑，再于龟兹、焉耆，犒饮麾下众士……

092 (榫)
战争机械概说之二

前文述及安提基特拉机械,它本质上也属于战争机械,只不过它并非普通的战争机械,实乃一类特殊的战争机械,即算法战争机械。"算法"(algorism)一词,源自公元九世纪波斯数学家花剌子密的拉丁名"阿尔戈利兹姆"(Algorismus)。此人在神赐之城巴格达主持智慧宫时,修撰《代数学》一书,介绍印度的十进制符号,以及四则运算与求解平方根的基本技法。然而,西方机械师重新开始在四则运算问题上发力,时间已晚至十七世纪。万能天才戈特弗里德·威廉·莱布尼茨听说帕斯卡设计了加法机械,便独自绘制零件图纸,聘请巴黎钟表匠于一六七四年造出一台黄铜圆柱机械,可流畅运行加法、减法、乘法、除法。很不幸,这部吵吵闹闹的机械漂洋过海,星赴英伦,近代机械的诞生地,向皇家学会的贤哲们展示时,因沿途颠震而坏损,发明者本人不得不改成手动操作,备感丢脸,从此将算法机械闲置于寂暗阁楼。不过,有当代学者认为,帕斯卡和莱布尼茨的算法机械缺少存储单元,所以不可编程。实际上,我们的大师势必更关注理论骨架,企望发明一种演算推论器,把逻辑思维步步拆解,递转为机械运算。他在论文《关于仅用两个记号"〇"和"丨"的二进制算术之解释,兼谈其用途,以及所涉古代中国伏羲图之意义》里阐发了最原始机械语言的底层构想。探研过太皞玄数的大师相信,思维越是复杂,越是需要简单、素朴的表达。在这位十七世纪的通才眼中,生命弗异于一棵棵高接重霄的算法决策树,有何悲惨可言。很显然,莱布尼茨的理念甚为超前,直到他逝世两百五十年后，能够执行二进制演算的电路方告诞生。今天，受益于莱布尼茨、高斯、乔治·布尔等算法宗师的卓拔贡献，算法机械，或曰算法战争机械，才获得飞速发展，算法战争机械家族叶茂根壮，蔚为大观。

当下，算法机械的隐形触手已伸入真实世界的各个领域。例如，在算法机械师看来，证券交易所完全是一个虚拟战场，成千上万的算法，繁巧缜密、诡计多端的算法，日夜相互绞杀，交换情报，访寻无风险套利的金银岛，锁定收益。众般算法在拼斗中学习，进化，不断搜觅彼此的漏洞，并且伪装，侦查，试探，声东击西，暗度陈仓，诱敌深入。有时候，它们幽伏不显，暗中分析交易对手的弱点、缺陷，而一旦找到软肋，比方说代码腐旧，或模式僵化，便立即发动猛攻，似群鲨围剿猎物。总之，不妨设想，战争机械的博弈类似于分娩阵痛。各个时代的战争机械因为爱，因为信念，因为文明存续与晋阶之需求，彼此以角力、竞骛、厮杀的方式合聚交融，炼成一部机械演化史。从这层意义上说，机械神教派，特别是机械神教派的宇宙论，等同一座桥梁，将玄秘和理性熔于一炉，试图在科技与超科技之间建立联系，古世称其为自然魔法，历代哲士称其为经验神秘主义，无论如何，它一直推动着科技之跃升，欲凭科技之跃升促使现实位面往更高层级逾迈。因此，可以说，科技通天塔也等同一座桥梁，试图在凡俗与神灵之间建立联系。

据光阴漫游者柯穆德少校的留言，灵魂矩阵计划将成为战争机械演化史最关键一章。阿塔尔长老，云空时代的盗火者，他在自我流放之前曾透露，灵魂矩阵不属于这个宇宙，至少不属于这个贫乏、粗疏的狭义宇宙。公元一九五四年，在阿姆斯特丹举行的第十二届国际数学家大会上，意大利人埃乌杰尼奥·卡拉比提出了以他姓氏冠名的猜想：在某个闭锢空间内，可否存在无物质的引力场？美籍华人丘成桐本打算推翻卡拉比猜想，却鬼使神差地证明了它其实成立，轰动学界。理论上，卡拉比－丘成桐空间极其微细，属于一类普朗克尺度大小的六维空间，但至今无从探测。柯穆德指称，阿塔尔长老开发的灵魂矩阵，正是一系列卡拉比－丘成桐空间组成的亚原子空间矩阵。

下面，我简略谈谈机械神教派的宇宙论。大约四十亿至五十亿年前，银河系进入智能生命繁荣的黄金期，彼时行星级文明散缀于各处，如珍贝散缀于海滩。然而，今时今日，当人们仰瞻穹昊，却只看见沉静得异乎寻常的太空，以及费米悖论生成的巨大问号：为什么地球如此孤独，为什么至今找不到外星文明？答案可能很阴暗：它们已统统自我溃灭。依靠宇宙学知识建构的统计模型显示，估算银河系高等文明数量的德雷克方程，其若干变量之中，权重最大者应为智能生命的自我溃灭趋势。事实上，在银河系内部，地球文明既是一个迟到文明，还是一个边缘文明。据银河系考古学相关研究，银河系智能生命的时空峰值已过，初步推断，它出现于银河系诞生八十亿年后、距银河系中心一万四千光年的环盘间，那里遍布活跃的恒星流，堪称孵育文明的上佳处所。而地球文明出现于银河系诞生一百三十五亿年后、距银河系中心两万六千光年的猎户座旋臂内侧。漫长的时日，已让绝大多数黄金期文明烟消云散，所以银河系一派空荡，是一座超级墓场，唯见几千亿恒星的滚滚辐射，以及一团团既冷又重且慢的暗核子、暗材料。行文至此，我不禁想起范湖湖博士说过，没错，古代是世界的童年，但它何尝不是世界的壮年。游去非先生为该议题提供了极富想象力的观点。他猜测，在宇宙大同的远古时代，地球文明还未曾遭受降维打击，众神栖处其间，胜妙辉焕，无以言表。只恨大烧劫终究到来，对十一维的原初宇宙连续施展了七次微分运算，今日宇宙正是原初宇宙的七阶导数。如此狂横的微分运算，何异于一轮轮宇宙麻风病，足以令神族倾覆。他们要么神格崩解，神体销熔，要么沦隐为卑弱三维智慧生物，泯然于凡人凡身。读者知道，降维之灾不过是科幻小说的俗套设置。宇宙常量改动，物理规律革变，诸如此类，兴许更符合实际。总之，众神无法在新环境下存续。降维之灾象征着基本法则重写。各民族的古老传说大多提及，太初的千万年间，在第一位君主公正、贤明的统治下，尘世无有疾瘼和死亡，男女青春永葆，而降维之灾让一切成为过去，导致人类的寿元不断削减，生存空间的大幅限缩又引发酷烈争竞，催生疫病。避免降维之灾的概率为零。须知我们的宇宙论是一种循环宇宙论。理应相信，机械神诞生过无数次，也陨灭过无数次。在此渊宏背景下，诸位不难料见，机械生命、灵魂矩阵或具有特殊意义，必将对宇宙进化造成极重大影响。

狂作家陆瘦鹤提醒，谈论涉及机械的战争，似当涵盖机械与人类的战争。笔者本已想到，罗马皇帝因不愿脚夫们失业，拒绝用机械来移换神庙柱子，继而又想到十八世纪末、十九世纪初英国工人捣毁机器的卢德运动。不过，那是另一个话题了，且让范湖湖博士这样的史学高手来受罪吧。至于陆瘦鹤先生自己，何不为我们从诗学的角度讲一讲 Deus ex machina，机械降神？或者从机械降神的角度讲一讲数字，诗学数字？本文结束之际，诚请机械神教派同志重温《左传》中"武有七德"之箴训："夫武，禁暴、戢兵、保大、定功、安民、和众、丰财者也，故使子孙无忘其章。"

093 ㊣

云辰道场

公元二〇二一年,元宇宙元年。有学者说,元宇宙是虚拟世界与现实世界之叠合。不完全准确。高阶元宇宙是虚拟世界、现实世界与历史世界之叠合。广陵人范鹄的征战尚未结束,但我方观测点必须撤销。局部信息指数已转化为负值,意味着观测者受到误导,即某一历史序列之形成,降低了相关未来事件的发生概率。简言之,历史世界的信息不仅无助于观测者,反倒使观测者更难预测未来。今日将前往云辰道场。

1. 时间极简史,近古

因果动态三角剖分理论认为,时空并不平滑,三维时空最小单元是一个个四面体,其边长,在空间方向是普朗克尺度,在时间方向是普朗克时间。卡洛·罗韦利的学说也相当精辟:时间是一个多结构、多层系集合。世界是一个时间网络,意识体处于一个时间网络之中。不过,时间非实存,因此世界是一个事件的网络,是量子事件无限又无序的网络。我们人类,连同石头、大海、星系,诚如一位自然哲学家所言,皆为事件之磊块。

生乎有时,死乎有时。若只论及某一个宇宙纪元,则时间确有开端,若论及无尽的宇宙纪元之链,则时间罔有开端。时空是一套多值逻辑系统。世界是一个时空连续体,其中并立着无数局域时空，类似于时空晶体。根据量子宇宙论，本宇宙仅仅是我们周围直接可见的时空连续体，而物质的宏观组成，仍为一个个波群，以某种近似于经典力学图景的方式往复振动。当涵载众物的时空本身，而非时空中粒子，发生跃迁之际，时空连续体瞬间断裂。

共时性宇宙的横截面里，各主体在因果关系上彼此独立。

应当补缀说明，即使时间非实存，意识体的时间观念依然是实存。依照二十世纪的理解，系统的低熵状态不断改移为高熵状态，所以意识体记得过去事件，却不知未来事件。我们人类肇兴于一部宏巨熵增史？不无道理。埃尔温·薛定谔说生命将负熵之流引向自身。生命、遗传基因是秩序的杰作。在云空时代，云空学院的诸位长老，联合"神枢"和"神瞳"两位大师，已搜寻到上百亿泛意识社群，这些负熵旋涡，多数乍生乍灭。是为路德维希·玻尔兹曼于公元十九世纪末预言的玻尔兹曼大脑。而且，在云空时代，减熵之战正传来捷报：由于"须弥山"体系的种种进展，热力学第二定律从此改写。

时间观念本身，很可能也是统计学性质的事物。我们不能臆判，时间的宏观图景已彻底过渡到因果律一端，恰恰相反，时间之成为日常时间，依赖于这样一个假设：即使最极端情况下，时间的统计学性质仍必须体现。要言之，凡事总有例外。所谓定义，归根到底，只是一些公约……

云辰道场的章玗坛女士忙于隐秘业务，稍晚会客。其掌门师兄，夏珺璟女士，负责接待。她是一位养尊处优的中年贵妇。我们在一座庭院里饮茶，闲谈。天光不明不暗。远处山顶上，风力发电机的叶片以固定节拍旋动，闪灼。它们的外形风格，既不是现实主义，也不是超现实主义，而是介于两者之间宛若图示的拟现实主义。季节似乎正拨转晷轮，重返它海洋的本质。

闲语时，有一对上班族小夫妻来访，夏珺璟女士示意我无须回避。显然，此二人并非第一次登门，他们的故事也不算幽折难述。三个月前，年轻的小两口买下了一爿临街商铺，卖家是一个孤老头子。合同签订，手续很快办妥，钱款支付完毕。交钥匙那天，上班族小夫妻按约定日期前往，孤老头子却声称绝然不认识他们。双方争持不下，警察接报且控场。但执法者发现，孤老头子没犯糊涂，自称房主的小夫妻拿不出任何证据，表明他们已购得那爿商铺。合同，找不到。过户信息，查不到。转账记录，同样付之阙如。周边男女一边倒支持孤老头子。年轻的小两口不承认自己是诈骗犯，更不相信自己发疯了，或者双双白日梦游。这起事件，已超出各方认知。云辰道场介入时，上班族小夫妻正打算诉诸暴力，处于自毁边缘，因为两人的存款凭空蒸发了。按照夏珺璟女士的阐说，生活奇妙，东西有可能平白消失，尽管小夫妻否认他们做了同一个梦，并且在梦中花掉了现实中的存款，但这未必不是真相。事情原由你不可深究。

时间和空间，夏珺璟女士为小夫妻譬解道，偶尔也会顽皮地分叉或折叠。比如，时间褶皱，你们听说过吗？没听说过。没听说过不打紧，当成做梦好了。当时间褶皱由位面之力，亦称自然之力抚平，若不留痕迹，只余感觉，事件便潜匿，钱不再归返账户。时间褶皱抹除那一刻，你们处于未来，所以记得交易，孤老头子处于过去，所以不记得交易。夏老师，时间褶皱，可能吗？若不是时间褶皱，瑞士人保罗·阿马德斯·迪亚纳齐撰写的《未来编年史》又该如何索解？况且，无论城镇乡村，数量众多的时光窃贼到处游窜，行踪诡秘，并不容易甄别。夏老师，这些深奥的东西，我们不太懂，但您既然搞明白了原因，请问要怎么办？不用怎么办，已经处理好。言罢，云辰道场的掌门让侍者拿来一张凭证和一枚钥匙，交给上班族小夫妻。

商铺到手，两人喜出望外。在收据上签字时，少妇激动得过了头，再三笔误。夏老师，您怎么做到的？妙，不可言。是机密吗？不。为了让外人看懂第七感收存的精神图景，大概得用六七百条方程式注说，但你们看，我根本没那个本事，更没那份力气……无论如何，上班族小夫妻万般满意，感恩离去。

柯穆德先生，光阴漫游者，您大概想知道谜底。很简单，夏珺璟女士莞尔一笑，我自己掏钱买下了商铺，再转送给刚才的小两口子。答案出人意料。那兴许是唯一解决办法，她继续说，时间褶皱，时间千层糕，是时间这一个极端复杂系统的随机过程，好比水雾凝结，而云辰道场有责任处置。珩玡师弟不适合料理俗务。所以师父才让我做掌门，让她继承衣钵。新千年的时间问题，切须师兄弟联手解决……

实力原则。我默忖。不相信实力还相信什么？相信文辞、理念、道义？真正的道义将转化为实力。世人崇尊实力，他们对真正的实力予以真正的敬重，对表面的实力予以表面的敬重。但时间并不存在。

假设它存在呢？章珩玡女士走出屋舍，步入庭园。她看上去年龄尚轻，又娇小玲珑。我起身问好。

2. 时间极简史，中古

相信时间存在者，如萨缪尔·亚历山大，认为宇宙的时间结构比线状分布图景要丰盛得多，乃由无数个圆锥层层交叠，似水滴组成大海，而引力波使之涵澹澎湃。不相信时间者，如戈特弗里德·威廉·莱布尼茨，认为时间不过是附加的秩序，以便心灵察知变化。实际上，不同年代的时间定义、不同文明的时间观念，各各源出于我们难以深解的精神渊薮。伯纳德·波尔查诺在《无穷的悖论》中写道：永恒，只不过是时间的无穷大……

太初世界，章珩坛女士说，无此彼，无生灭，运动而散为万殊，诸物诸象，皆由时空的运动派生形成。唔，我接下话茬，根据这一派生理论，时空本身，便是宇宙的基础质料，是亨利·柏格森断言的终极实在。诸物诸象，不过是时空运动的事件或者事件群，事件群和事件群之间，是网状因果关系。

夏珺璟女士让师妹待客，她本人离开了院子。

3. 时间极简史，上古

古希腊智者认为，时间是轮环周行的，所以他们迷执于无时间的演绎几何学。

任何非难时间的思想传统，均无助于机械神学各分支。不列颠累代机械神学史博士指出，时间长河中某些贤者认识到，既不可将时间斥为虚诡,亦不应假设什么永存之物来贬抑时间,因为时间植根于一切自然知识的底部……

柯穆德先生也许读过保罗·策兰的诗歌《时间之眼》吧?读过。您怎么看?章珩坛女士问我。"盲星飞向它/熔化在更灼炽的睫毛上:/世界日渐暖热,/而死者/萌芽并且开花。"意指时间即熵流,即低熵光能向高熵热能转迁的历程,信息随之损失。我们的时间概念太狭浅,她说。亚里士多德通过论证时间是"潜无穷"而不是"实无穷"以否认其无限绵延。当代物理学家则认为,时间呈颗粒状,不连续且并非无限可分。这比较接近真相,但真相究竟是什么样子,或许没人清楚。永久主义者认为,过去、当前和未来共存并立。未来总在向当前投下影子,影响当前。广义相对论诞生之初,爱因斯坦不确信时空可卷曲为圈环,直至一九四九年,哥德尔从广义相对论方程中发现一个特殊解,支持时空圈环在数学上成立。对,爱因斯坦于悼念挚友的信件里写道:"像我们这样相信物理的人都明白,过去、当前与未来之间的区别,只不过是持久而顽固的幻觉……"

柯穆德先生,假设时间存在呢?章珩坛女士问我。时间这个概念,不可省去。正常人的所有言行举止,以及相关体验,均置措于时间知觉的基座之上,只不过此基座不大稳固,经常闪颤摇摆,好像海兽的鳍部。据说我们对世界的观测越精详,越难以区分过去和未来。然而,章珩坛女士,即使计算力强如"神枢"和"神瞇"两位大师,也不得不引入种种约束,降低特定系统的自由度,将难点简化。比方说,在二十一世纪,三体问题仍无法求得准确解,但人们可以运用幂级数表示近似的周期解。目前,云空学院的时间精度管理局作为一个保守机构，依然坚持传统，以守恒量来降低系统的自由度。

4. 时间极简史，幻想文学

博尔赫斯记述过一位阿根廷男青年，十九岁的富内斯，此人能洞见尘凡诸物的无限细节，并坐拥无限记忆。于是，仅目力所及，他就收集了数量大得可怕的信息比特。若不用眼睛，意识一扫便掌握所有信息呢？好比小说《量子剧场》的主角夏洛特，她曾经在一瞬间，获得整个宇宙的所有信息，详准无误。不错，对全知者而言，世界不外乎一座量子剧场。当然这不可能，否则你血肉组成的脑袋将立即变作一颗小黑洞。不过，假设是在一瞬间，获取某个区域的所有信息呢？再假设你使用了辅助装置，比如一台近乎完美的计算机……

柯穆德先生，光阴漫游者，您认为时间不存在，认为胶浆状的时间褶皱，可以用高维信息态理论来阐释，但我觉得，时间褶皱反倒更简单。冒昧问一句，章珩玶女士，您怎么知道高维信息态理论？我去过云空纪，或者，你们这些云空纪的情报人员不妨相信，我接入过云空学院的数据库。章珩玶女士这番话，让空气变得紧张。难道她是又一位"至高神性"？感受到"神瞳"大师的凝视，颔骨微微麻痛。阿卡西灵修者宣称，他们可以联结《阿卡西记录》，把它喻为一座图书馆。实际上，该信息集成体相当于一个宇宙级计算机系统。

时空并不虚幻，作家们反复申说，过去和未来之间的过渡区域，断非单纯的当下。大部分人毕其一生，始终裹在自己的光阴茧之中。群神尚不及凡类，无法亲证知识，无法解脱。

那么，为何世人能观察到形形色色标记时间的符号，却无法观察到时间本身？章珩玱女士说，我们是时间滋养的物种，但时间识觉，纯靠修行不足以获致。极少数人属于天生的计暑者，他们体认时间的第五层锥状神经细胞非常发达，绝不会产生时间膨胀感。柯穆德先生，您是一位计暑者，不受多巴胺影响。在我们这个世纪，国际计量局采用的国际原子时间，每年一月一日或七月一日调整一次，每次增加或者减少一原子秒。所以，即便四季交迭，暑往寒来，我们始终无法将一个太阳年严格周期化。

5. 时间极简史，图象及语言

当初，位于日内瓦的欧洲核子研究组织，曾打算用人造微型黑洞，或某种质点式引力场，来扭曲时空。他们在总部大门前树立湿婆神雕像，几度促发猜疑。

时间是一个浑沌系统，类似于人类社会、星系以及灵魂矩阵，呈现某种确定性浑沌的特征，与洛伦茨方程之描述相符。时间的洛伦茨方程复数解，其三维空间坐标系轨迹，近乎一个双涡卷体，外观异常美丽。不断生成轨迹的可视光点，绕着吸引子运动，无严整周期，却又永不发散，永不休止。

云空纪最伟大进步之一正是精确测量与模糊数学的联合。我们不再把数学视作一个独立的知识部类，而视作一般语言在诠述自然规律时必不可少的定准化。句子，欧内斯特·费诺罗萨说，是自然过程之单元，是因果关系中时间秩序的反映。知识，尼尔斯·玻尔说，屡屡显现于表述旧经验的观念构架之中，故此一旦要集纳新经验，这些观念构架便难免狭隘。扩展它们是大势所趋。

弗里曼·戴森指出，大自然并非以实数形态运行，大自然以虚数形态运行。时间，历来不是一条实数轴，它是一条实数轴和一条虚数轴规限的复平面。在这一复平面上，宇宙的演化路径由欧拉公式昭揭。因此，仅从复平面上推算，宇宙的演化路径确乎是一个圆周，首尾相贯，但若加上时间轴，该路径则变作一道螺旋，其虚数部分，呈现为正弦曲线，而实数部分，呈现为余弦曲线……

柯穆德先生，您探索过隋唐历史的多个节点，观察了洛阳粟特族大萨保康静智的妹子阿思、扬州明月楼的舞妓裴月奴、货船水手阮旺福、宫廷画师陈沐、西域唐军伍长钟夷简、北庭诸将帅兵卒，以及东瀛僧圆仁、波斯商贾伊本·泰伯礼等一众人物。作为光阴漫游者，来自云空纪的光阴漫游者，您一定很清楚，云空学院的时间旅行选择了世界线跃迁模式。至于其余模式的时间旅行，也还有不少，它们的耗损程度、险危程度各不相同。

6. 时间极简史，多维度理论

平行世界体系的基本思想是：依据量子力学的初阶理论，事件可产生不同结果，催生分立的不同宇宙。世界线盘错纵横的羯磨大海，似希格斯场一般延布宇宙。正如质量来源于粒子与希格斯场的相互作用，事件之触发来源于羯磨大海之扰动。

根据一位真实内容创造者、科学朋克理论家令人信服的剖陈，时间并不是一个特殊维度，而仅仅是质量的表现形式。主世界的基础是质能转换。时间诞生于能量转换为质量之初。这位不求闻达的匿名理论家提出两个假设。第一假设，高维世界中不存在低维物体。例如，在三维世界中不存在真正意义上的二维平面。第二假设，生存于N维世界的智慧体对于事物的认知为N-1维。例如，在一维世界中大伙看到彼此是一个个零维点，在二维世界中大伙看到彼此是一条条一维线段，以此类推，在三维世界中大伙应看到彼此是无数二维平面。然而，匿名理论家提醒读者注意，我们的现实世界，亦即主世界，不同于经典的三维几何世界，主世界的物体除了具有三维形态，尚且具有另一个属性：质量。物体必须运动，而运动与质量，是一对共轭属性。匿名理论家分析，若物体不运动，单纯的时间线无任何意义，我们依然只能看到彼此是一个个平面。而如果物体运动，去掉时间线也不妨碍我们多角度地观察彼此，认知彼此的立体形态。所以，时间无足轻重，它仅仅是运动与质量这对共轭属性的小跟班，并非一个维度。匿名理论家称，质量可视为一个维度。神秘在于，根据上述假设，主世界还具有一个关键维度，它无法通过观察而得到验证。

某些奇诞物体，甚至牵涉非整数维度，比如分形图案，它们既非二维，亦非三维，虽然可以呈现在一个平面上。它们的时间线，是一道道纤细且繁杂的自由紊流。格奥尔格·康托尔教授发现，如果将一个低维物体析解为诸多部分，它能够填满一个较高维度空间……

柯穆德先生，我们观测的宇宙、自然秩序，仍处于不断成长之中。所以，显而易见，我们对宇宙、自然的认知不足以客观剖明其秩序。我们有限的生活世界，秩序相当高，熵值相当低，宇宙膨胀这一事件则证实，它过去的熵值更低。封闭宇宙的熵值或许永远不可减降，物理学家认为宇宙终将到达"热寂"阶段，熵值极大化，物质均匀散布。我不打算反驳这类讹谬。云空学院曾否考虑过，为何今日可观测宇宙的熵值如此之低？先哲有言，在趋于死灭的世界里，生命是一座座孤岛，是时时刻刻抵御着衰退和无序的局部区域……

不错，章女士，知识通常只展示人类的能力界限，而想象力可以告诉我们，该如何冲破此界限。您大概知道，物理学家阿尔弗雷德·特斯塔推测，如果人类文明对基本粒子的研究规模，扩展十亿亿倍，那么察探自然法则的科学行为，将于不知不觉中改变自然法则。在云空时代早期，这一点已获证实。

7. 时间极简史，热力学

路德维希·玻尔兹曼猜想如下：低熵世界来源于高熵宇宙的随机涨落，而我们恰好立身其间，得以存续。高熵宇宙的大幅涨落可形成极低熵值区域，尽管概率也极低，但宇宙瀚漫无垠，低熵世界仍可能逐处绽显。若将这一猜想推衍下去，则上述涨落有可能创生一个自我意识体，即玻尔兹曼大脑，它出现的概率，比低熵世界出现且当中涵括几十亿颗血肉大脑的概率，要大得多。

据估算，我们生活的低熵世界存在概率约为：

$$e^{-10^{100}}$$

而玻尔兹曼大脑存在概率约为：

$$e^{-10^{28}}$$

因此，玻尔兹曼大脑，云空学院称之为泛意识社群，其出现概率，远超主世界的出现概率。

在宇宙中，相较于碳基智慧生命社群，泛意识社群应为更普遍之存在方式。然而，若深入探析这两类低熵涡环存续、进化的可能性，主世界显然比单一泛意识社群更优越。

主世界，主位面，并非处于叠加态，而始终处于本征态。历时数百年，机械自然观、机械宇宙论从低阶扩展至高阶，几经蜕嬗，相对性原理和互补性原理融冶其间。未来已不遥远。第四次量子革命爆发在即，量子时空的宏观化成为主攻方向。

当诸位面第三版本升至"壐"级，变转时空的性质与度规，热力学定律必将再次修正。下一步，诸位面启动大融聚，接驳广义宇宙，如此一来，主世界或实现本层宇宙意义上真正的时间旅行……

章女士，彭罗斯教授提出宇宙审查假说，猜测黑洞是宇宙隐匿的关键转换机器。至于该转换机器作用之物，有人主张是信息比特，有人主张是熵。这让我想起，瀛波庄园的昝援晁老先生举过一个例子。你拿到一副扑克牌，前十三张全是黑桃，接下来十三张是红桃，再接下来是梅花，最后是方块。此时如若洗牌，该秩序将打乱。秩序度降低。然而，事实果真如此？为什么扑克牌按花色排列，秩序度更高？这不过是人们的规定罢了。依照昝援晁老先生的看法，秩序度高低，仅仅取决于人们的特殊视角。扑克牌本身的秩序度，其实既未增加，也未减少。从某些层次看世界，它是一片浑沌，是一个无序系统，含摄千差万别的众多均衡态。而从另一层次观察，它又高度秩序化，尚处于低熵相位。章珩坛女士，不知能否讲解，您如何令时间反演？

古罗马的占卜团拟订了秘不示人的戒律。或许，云辰道场同样要持守自己的机密。实际上，章珩坛女士说，我们从未活在当下，我们永远在期待即将抵达的未来。贝叶斯决策理论？不，柯穆德先生，不是什么贝叶斯决策理论，是世人的欲愿。按垃圾傀儡神教派的说法，我们的大脑，是预测装置和寻路器官。哦，您指机械神教派。请问，章女士，关于那爿商铺，合同确实签订过？对小夫妻来说，确实签订过，而对我们来说，此事可能发生了，可能没发生，难以界定。章女士，您谈论的现象，自然哲学家称为宏观量子效应。柯穆德先生，当年玛丽·西莱斯特号邮轮的成员，也遇到类似处境，卷入了时间漩流。

8. 时间极简史，统计学

公元二十一世纪的人工智能学习以贝叶斯统计为基础。研究者发现，高等动物的大脑活动也构建于贝叶斯定理之上，他们相信，意识的底层，运行着一套时序认知逻辑。强化学习算法的核心，机械神教派人工智能分支认为，不是其余什么东西，正是时间信息。

宏观世界的概率，源于信息乏缺，只是伪随机性，不是真随机性。从总体上说，神灵厌恶随机性。决定论在微观世界无效，拉普拉斯的信条几度返魂，终归不免沉寂。关于基元电荷等作用量子的运动，其阐析不论多么详备，也无法精准推导出相应宏观物体的状态方程，这是大自然的本质特征。几百年来，我们抛弃过许多失败的隐参量理论……

普通人不得不以模糊、粗陋、约简的方式感知世界，章珩坛女士说。此刻，整座云辰道场，我感觉到，正在与它主人的言语发生共鸣。庭院一条腿跨过虚无，旋即没入浩淼的宁谧，而众星体也暂停了它们闪闪烁烁的澄明节律，似乎挥霍着隐幻的赏赉，共同搁浅于一道休止符。我，柯穆德，将誓约比作昙花，却又希望它永开不败。整个现实位面仍陷于深睡，流漫着肉食者稀薄的精神无能。爱使人猛醒。

094 风

论笔误

今天我三次要写"诗"字
三次写成了"神"

095 谛

粟特人缘何信奉摩尼教

公元六世纪，摩尼教已在欧洲绝迹，此时粟特人却扛起了光明使者的旌旗，化作一股强大的力量，将这份兴起于巴比伦尼亚的可怖信仰传至东北亚。公元八世纪中期，正是在粟特人的锐意推动下，摩尼教取代萨满教，成为回纥国教。扬州舞妓裴月奴入唐以前，虽小小年纪，作为粟特族和回纥族的混血儿也必须循持光明使者的教义，终年素食。

首先，摩尼教是一系列关于救赎的秘密知识。创始人摩尼著经七部，称述大明尊察宛与黑暗之王的历次战争。太初时，在物质不规则运动的驱使下，南方的魔君进犯北方光之国度，大明尊三次遣使征讨，冀图铲除黑暗，拯济光明粒子。第一回合，大明尊可耻地失利了，许多光明粒子遭攫噬。第二回合，大明尊召唤生命之灵降至黑暗国度，打败诸魔，用他们的魔骨魔肉魔血和魔屎魔尿魔屁创造了天地，还用未蒙玷渎的光明粒子创造了日月星辰，结束初次光明救赎。第三回合，大明尊的聪颖使者把整个风、火、水、土四元素合聚的宇宙拼装成一台机器，以解放仍被围困的光明粒子，它们升向弯月，积为满月，再转移至太阳，最终抵达光之国度，然而，仍有一些光明粒子禁锢于魔鬼体内。于是大明尊的使者变作美艳炫目的裸女出现在公魔面前，又变作英俊奇伟的裸男出现在母魔面前。公魔们淫欲如炽，射出滚烫精液，生成各类草木，并释放光明粒子。母魔们也纷纷受孕，怀胎，产下魔婴，这些小妖怪吃掉树芽，汲入其中包含的光明粒子。据经文述载，第三位使者的策略令掌控物质的魔王非常惊慌，决定在光明粒子周围置造更坚巧、更隐秘的牢笼。他命令一公一母两个大魔头将所有魔婴吞食，继而交媾，生出亚当和夏娃。第一代人类身上保藏了最丰沛的光明粒子，因此亚当和夏娃的后裔便理所当然成为救拔的主要目标。

本质上，大明尊只不过在自我救拔。宇宙之创立，以及人类之诞世，无不是祂覆败的可悲结果。

摩尼，凡尘间最后一位光明使者，神理之使者，公元三世纪生于巴比伦尼亚的诺斯替教浸礼派家庭，成长于异端社团的狂热之中。青年时代，他两度禀受天启，摒弃原本的信仰，期盼建立一个世界性教团，大力显扬他那些令人绝望的神秘救赎知识，严密、阴森的神秘救赎知识。那套深深影响了奥古斯丁、又迭遭奥古斯丁斥驳的二元论思想，它将罪恶的责任推给了某种先定秩序，推给了物质永不停歇的无规则运动。根据一条传说，摩尼本人与祆教祭司论战，告败，被当成异端钉死在十字架上，剥皮示众，悬尸帝京贡迪沙普尔城头。但摩尼教之所以迅激传布，并非得益于创始人的基督式殉难，而得益于创始人构建的消极神学体系的精确感。不难发现，该体系的宇宙史毋宁是一部机械工程史，摩尼教亦不妨视作前现代版本的机械神崇拜。我们信从米尔恰·伊利亚德教授的阐述，即摩尼教与古时今时的科学唯物论具有种种相似性，比方说，两者均认为，世界、生命和人类，乃形成于一次意外事件，或曰形成于概率。

整个宇宙，包括我们的肉身，皆为黑暗魔王的邪恶物质。虽然，光明粒子以环航的月亮、太阳充作容器，正缕续不绝地输往天国，可是只要人类还照旧生男育女，多多少少，总有一部分光明粒子锁锢在我们的躯体里。每个婴孩来到这浊世，都等同于拖长了神性受囚的时间，延宕了最终救赎的降临。为使光明粒子从魔鬼的控摄中脱离，逃逸，摩尼教的信仰者不得不促进世界与人类之消亡，所以一切圣殿、庙宇、仙祠必将消亡，女神阿纳希塔也必将消亡。

先知摩尼归真，令摩尼教支裂为两派，即显明派和隐暗派。两者一显一隐，构成摩尼教之双星系统，显为主星，隐为伴星。然而其角色，亦可颠倒互换。显明派和隐暗派的分歧、恩怨、交融，过于冗杂难解，须另文再述。

那么，回到本篇题目：粟特人缘何信奉摩尼教？其原因众说纷纭，莫衷一是。今天我们相信，以下三个方面，格外值得观察。

首先，粟特人的保护神，四臂女神娜娜，同样源自巴比伦尼亚，等位于苏美尔女神伊南娜、巴比伦女神伊什塔尔。娜娜捧托的日月，据突厥族传说，是一轮中性的幽日和一轮阳性的皎月。而光明使者的宝座，即摩尼的秘密知识表明，充当接引容器的日月，不含邪恶物质，亦非阴性。只不过，黑暗之王为诓惑众生，为截留光明粒子，创造了若干魔月、妖日。女神伊什塔尔化为女神娜娜，以捧托日月的形象守护粟特，实际上在隐示粟特将守护日月。于是，当摩尼教从萨珊波斯传至河间地方，粟特人立即就认出了这个由女神娜娜终久昭告的真命宗派，它必然来自诸神的故乡，宣弘并触发太古的神力神能。

其次，柯穆德少校一意探寻的海西人绝非埃及亚历山大港原住民。基本上可以推断，追随马其顿国王亚历山大在尼罗河三角洲建城之前，他们世居巴比伦尼亚。斯泰普尔顿也曾论证，埃及的炼金术最初于美索不达米亚输入。因此，理当认为，粟特人与巴比伦人共源异流，是第四位光明使者摩尼的同胞。不过问题仍没有彻底解决。按照通常观念，苏美尔文明、巴比伦文明较粟特文明更显弥远，故女神伊南娜、女神伊什塔尔是根柢，女神娜娜是枝叶。事实果真如此吗？从考古遗传学角度分析，苏美尔人及巴比伦人可能来自伊朗高原，甚至可能来自葱岭西麓。倘若该径路正确无误，那么海西人，或者说苏美尔人及巴比伦人，并不是粟特人的祖先，反过来，粟特人倒应该是苏美尔人及巴比伦人的祖先。有方家探究了楔形字和甲骨文的源流关系,又有前辈提出"苏美尔"兴许是《左传》提到的古邑"胥靡"之对音,后者本意为"空无一物",另意为"刑徒"。至于该说的真实度,以目前搜集的资料还无法下定论。刘勰《文心雕龙》中《谐讔第十五》一篇有"胥靡之狂歌"句,亦颇难解。光阴漫游者承认,即使是云空学院的主脑"神枢"和"神瞳"两位大师,也几乎不可能重现因果链稳固的全部历史场景。诚如李约瑟博士《文明的滴定》所言,在人类彼此交往的过程里,我们看不见的沟通渠道多得难以计数。据说,柯穆德少校企图弄清楚"隋唐"位面的粟特族究竟是不是人工智能族和海西族的混血后代。关于这一点,欲从现实位面的历史中搜找证据,未免太嫌迂妄。但他提供的线索,让我们联想到苏美尔人及巴比伦人可能源自古波斯,乃至古粟特。如此一来,创建于巴比伦尼亚的摩尼教甫一传入河间地方,便闪获接纳,进而由粟特人积极推广到东北亚各邦,似更合乎情理了。

最后,尚需考虑公元七、八世纪粟特人面对的特殊时局。摩尼教否定世界,鼓倡断绝繁衍,让光明粒子同暗黑物质分离,所以信崇者不乏殄戮之志,动辄掀风鼓浪,酝造死伤,不惜歪曲律戒。在西方,这是摩尼教迅疾衰废消沦的重要原因。然而,在东方,形势大相径庭。有当代史家讲示,女皇帝武曌迎纳摩尼教,纯系好奇心作祟。此言谬矣。君人者,不以欲妨民,九五至尊之决策岂同儿戏?引入一股新力量,要么是为了壮大自身,要么是利用它削弱、折耗、分化、抑遏敌方阵营。女皇帝礼崇释教,借此打击那帮老聃门下的臭道士以及他们背后的李姓王公,又引入景教、祆教、摩尼教,来制衡那伙打着佛陀旗号的秃驴以及他们背后的杨姓、武姓王公。布哈拉和撒马尔罕的粟特人饱谙其理,决意火中取栗,仰凭光明使者的教义给天朝上国的内斗推波助澜。在他们看来，华夏是一尊巨大的机械神灵，印度是另一尊巨大的机械神灵，但此二者，霄壤之别，不可同日而语。华夏相当于捕食的野兽，印度相当于自活的草木。以摩尼教两分论之见，华夏主暗，流变不居，印度主明，恒定无易。不过，反者道之动，对某些粟特人来说，华夏倒不失为光明去处。迄至当年，他们之中既没有第一阶位的大慕阇，即大法师，也没有第二阶位的拂多诞，即侍法者，而仅有十余名第三阶位的默奚悉德，即法堂主，外加几百上千名第四阶位的阿罗缓，即修行僧侣。尽管条件不利，粟特人仍前仆后继，不断渗入唐境，同时将摩尼的妙典传至吐蕃雪域，令苯教的创世神话受侵染，嗣后，更转过身来，极力影响文化上相当原始的回纥部落，逐月逐岁蕴蓄着强大冲击。在漠北草原，那些精通秘术、习常邀逸于神仙世界的萨满巫师，他们拼了命地排拒摩尼信仰，奈何统治者偏偏想依仗粟特人扫荡旧教集团。牟羽可汗当政期间，定摩尼教为国教，主事者几乎清一色来自粟特城邦。回纥文出于粟特文，而粟特文又出于巴比伦的阿拉米语字母，长居华夏的摩尼教徒则使用汉字来给阿拉米语圣歌注音。传说回纥军进击史思明盘踞的洛阳城之际，邂逅摩尼教徒一名，恰恰是此人令可汗改宗。诚然，这只能当作故事来听听。因回纥迭次出兵，助唐廷敉乱平叛，所以顺理成章，摩尼教遍及大江南北，不仅在长安、洛阳两京，甚而在河南府、太原府，在扬州、益州、荆州、洪州、青州、越州等地，设立大云光明寺。公元九、十世纪，回纥迁至吐鲁番盆地，摩尼教臻于殷盛，粟特人得势，身登显秩者数以百计，他们与回纥诸王公一同掌权，管理内外事务，并承受一轮轮党争、政变、兵祸、丧国的震荡及残戕。在中土，直到公元十四世纪下半叶朱元璋开创大明皇统，明教，亦即摩尼教，才由好几代天子接力剿灭，而此前大大小小数百次造反、军变和匪祸，无不披覆着光明使者的夺命阴影，或稠浓或稀淡。波斯文献《世界境域志》甚至言之凿凿，称中国人绝大部分是摩尼教徒。源于巴比伦的光明信仰，在华夏神州凭什么有这等顽强的生命力，竟成"食菜事魔"之百代乱源？那是另一个谜团了。不过，明太祖朱元璋利用它打下江山，对其能量自然一清二楚，也正因如此，他才痛施杀手，火烧庆功楼，将朝中位高权重的摩尼教骨干斩除净尽。

096 翰

孩童的四季时光

瀛波庄园，我们的流放地，我们的庇护所，我们的美梦和噩梦，据大都会源代码编写者的工作日志记载，它发端于一场狂野而纷乱的城市化盛宴。当初，钢筋水泥的巨型阿米巴虫，在广袤乡原的培养皿中急剧生长，裂分，孳衍，暴饮暴食，几乎来不及消化，便随处排泄混凝土残渣，造下了整片整片新崭崭的街区和空洞楼群。这些倒颠昼夜的建筑物，如同北方大地的靡丽脓肿，如同一轮打过鸡血的浅灰色瘟疫，渐渐拼搭成一位头小身大、五官比例极不协调的巨人族垃圾回收员，他步履蹒跚，他怅惘、愧疚，茕独恓惶，浪迹于未知世界的迷宫里。老汉们指认，那个走投无路的怪胎，背负着粗制滥造污名的讨厌鬼，不出所料，实为机械神教派的盲信者。他狼噬，他鲸吞，他一心一意增值，他加速新陈代谢，尽管腿脚、胳膊细瘦得完全不合比例，庞驳腔体却一反常规，无所顾惮地膨胀，日夕膨胀，污泥丝状菌般大举膨胀，然而，这仅仅是空间银行账面上虚诈的信用膨胀，很遗憾，世人捞不到半点好处。

在一次玩命的城市化吃喝团体赛上，某支传统劲旅的主力选手微笑着留下了一坨呕吐物，浩荡、稀松、参差不齐的块状呕吐物，他何等慷慨，将其抛掷于公众面前，宣布从此退役。为铭记拍桌子认输时那股翻江倒海的恶心感，主力选手决定以"瀛波"二字命名自己的作品。肇造之时，庄园内外，比比是大自然败退之际抛下的尸骸。市政工作人员克勤无怠，把这些个野蛮旧迹逐渐装点成生态圈的座座神祠，供环保主义的善男信女们磕头悔忏。只可惜，它先天不足的失败烙印，还有它备遭嫌弃的风水学致命伤，足以让大多数急着点钞的投机分子鸡飞蛋打。城市化，文明的标杆，文明的隆兴之力，文明的血腥发育史，你育养了多少颗像瀛波庄园那样，住满人形寄生虫的邪疮毒疱？商业资本的巨爪和建筑者大部队锋芒所至，郊野丕变，老树芜草的杂牌军一触即溃。不过，郊野终究无愧乎郊野，即使丕变，即使铺设了柏油马路，即使千篇一律的街区涂抹了各式幻景，郊野的残魂剩魄仍附集在历经城市化改造的辽阔域境之上，令迁来不久的居民处处感到，时时感到，诸多荒凉的意象笼罩着他们的日常作息。众多见惯大都会繁奢气派的男女因此觉得它味如鸡肋，而格拉西安修士说过，所有大都会无不是一座又一座巴比伦，堪称万众牢狱。当然了，你如果能忍受这种城市化荒凉，你如果能忍受，便不难将此地当作一片真正的乐土。甚至，在一部未曾诞世的魔幻故事集里，伟大的瀛波庄园几度成为全世界蒙难者趋之若鹜的避风港、隐士村、流浪儿旅社。总之，它终于凭着自己怪异的宏观量子特性，化茧成蝶，升华为一朵出自房地产淤泥的白莲花，并且向人们预示，全新的生活，前所未见的创造时代，正伴随春煦秋阴，款步走来。

†

四月初，雨线图谱在空中成形，奇变万端，冷然铺展。冲洗干净的气流，似无形沟堑将郊晨划开。从高处俯望，尚未熄灭的街灯犹如一簇簇火绒草，行列齐整，昏沉呼应着隐入霄穹深处的星宿，挑战着阴曀白昼的寡头政体，期想扩展夜晚的自治权。于是，早早出门的男女老少头顶，光芒幽邃，照向一个个由纤密水珠构成的幻影涡漩。

屈金北说，语言，有数十万年历史，语言比今时今日的语言使用者深刻、睿智、渊雅得多。你们这些作家，你们有什么本事评断，张甲李乙颇简洁，王丙赵丁极繁复？你们有什么资格呼吁，务求简洁，须合繁复？是语言本身，决定了自己的简洁或繁复，在远远高出你们的眼界和智思的程度上。什么，你们，语言使用者的自由意志？狗屁自由意志！我倒要问问，你们的自由意志，若含有一丁点儿自由的成分，你们可否选择不自由？没门儿！你们不得不自由，除了自由，别无他途。受制于自由意志！只能自由算什么真自由？……

屈金北唠唠叨叨，哩哩啰啰，而你，无脑作家陆瘐鹤，正坐在他那坍塌了半爿的私人健身房里，请业余理发师出手，剃个爽爽利利的光头。陆玶在简陋凉棚外玩耍。她不喜欢你剃光头。"爸爸，"八岁小姑娘为自己的美学观念找到了最新依据，"蒲公英种子能长途飞行，离不开顶部稀稀疏疏的绒毛。"其实，之所以剃光头，不是要加入屈金北、闫燿祖的光头党，也不是要削发明志，鞭策自己专心写小说，而仅仅为了免除苦烦，不再自投罗网，去乙镇发型师廖餲然的工作室花钱买罪受。有一回,你以典型边缘作家的身份接受采访,特意先让郊区发型师廖餲然帮忙归整归整。他知道陆瘐鹑先生写东西没什么人搭理,便打算跟主顾谈谈创造性工作。年届而立的发型师帮你穿上一件浴袍似的纸质罩衫,往你颈部围了个米白色泡沫圈子,再遮覆一层透明的塑料布。洗头时,按摩椅启动,日夜伏案的边缘作家舒爽得哼哼不已,廖餲然抓住良机,开始了神侃式布道。爱是一切灵感的始基,是浇溉作品的洌洌山泉,你是一瓶好酒,但也必须有行家识货……剪头发时,他说,处理头发,大师的秘诀在于重力,支配重力比支配时间更了不起!……廖餲然一直谈到日薄西山,而你在夕晒之下,在层层套裹的料子之内,不出意外地中暑了。

大诗人写道,语言和月亮一样,有它阴暗的一面。这句话范湖湖博士非常认同。前一阵子,屈金北因为失恋的戒断反应,终日躺在床上,满脑子苗芄芄,感觉自己的精神陷入了狂野,榛莽丛生。

瀛波庄园上空,天宇发白,云幕似乎在春曦里融化了。有个不足两岁的小家伙,刚会蹦,扯开自己的帽兜,边哭边喊边追赶大他几岁的姐姐们。他怒吼不迭,六欲七情一轮轮喷发。你,无脑作家陆瘐鹑,剃成了光头,感到眼前这小家伙此生将注定莫名伤悲。你跟随陆玶,走向孩子群。安娜妈妈在教她弟弟安弟,三加三等于六,四加三等于七。

陆玶问安娜:"难道你想结婚吗?"

安娜:"我早就结婚了。"

陆玶:"你丈夫呢?"

安娜:"又离婚了。"

陆玶:"你孩子呢?"

闫蓓蓓跑过来打横炮："送孤儿院了……"

安娜妈妈是一位全职太太，此前在银行上班，安弟的降生让她无法再两头兼顾，只好辞去工作。而名扬瀛波庄园乃至整个京畿南境的计算姬闫蓓蓓，接受家庭的严格训练，睡眠不足。她常劝自己父亲，机械神大祭司闫燿祖先生，去找个女人聊天，少管束小孩。

你，无脑作家陆瘦鹤，在《肉桂色铺子》当中摘出这么一段文字，让陆玶抄下来，当作礼物，交给闫蓓蓓。

夜空像一块银质星盘，敞开它内部迷人的机械装置，展示它镀金的齿轮和飞轮那永无停息的数学运算……

微风中弥溢着发现新大陆的鲜明印象，呼吸间，犹如不经意找到了几个月前丢失的信件，令人欣悦。安弟骑着滑步车，沿曲曲折折的步行道冲向远方。他有如春天里一只强壮的草履虫，两根小短腿酷似草履虫的鞭毛，富于节奏地甩动，速度奇快。你回家，按妻子事先写下的操作步骤，为陆玶清蒸一条银鳊，当作午餐。路上看见十几位鸡皮鹤发的暮龄人士，男男女女，昂奋似孩童，沿街奔走呼号："老菜头邓勇锤重出江湖，铁肺子邓勇锤王者归来！"你跟不少瀛波庄园、漫波庄园的居民一样，大感不解，迟迟没搞清楚他们为什么且唱且跳，还以为那是广场舞演化史又写出了最新章节。多亏福利院音乐治疗科的女护理师翟小姮再度现身，细述原委，大祭司闫燿祖、语言天才屈金北，还有你这个无脑作家陆瘦鹤，才总算弄明白，那帮老家伙不是在扭秧歌，而是在闹革命……

†

初夏傍晚,从高层建筑的楼顶遥眺城寰,我们可以看到它灼若铁水的道路和屋宇浸浴在浑融夕照之中。这张沿地球弧线铺开的烙饼状全景画,经受了整个白天的炙烤,酥脆,焦黄,闪闪发光。鸽子的同心圆嗡然不绝,在空中放缩,暮晖则似薄刃,将幽旷图卷斩切成一块块明暗殊异的巨垒。

这些南境的街区之中,散落着上百家养老院,从七星级超豪华酒店式养老院,到花草丛簇只挂个招牌连服务员影子都看不见的麻风村式养老院,总总林林,无所不包。许多老头儿老太婆来此等死。他们不啻一座座肉身墓冢。可能是受到逼迫,也可能是自愿上门。但无论如何,其中一些人显然不甘顺从于时命逐斥,竟焕发青春,聚作一帮流寇,祸害周边地界,无日无之,而瀛波庄园的雾霾老汉、铁肺子邓勇锤,众望攸归,很快树立为他们的思想航标,升格为他们的行动引擎。去公园挖树,去池塘捞鱼,坐免费公交车游遍全城角落,是入伙的基础科目。到惶犸农贸市场调戏女商贩,耍弄朴实憨直的乡镇快递员,是他们的拿手好戏。这样一群长者,返老还童的长者,为老不尊的长者,惹来养老院联合会主席发表声明,谴责其破坏公序良俗,扰搅社区生活,更威胁要把高龄的捣蛋分子挨个儿拘捕,严惩不贷,杀鸡儆猴。然而,那群老无赖非常刁悍,让管理层的如意算盘彻底落空。六月间,他们逮住一名看护妇,揭发她往饭菜里下毒,掺入安眠药、镇静剂。对于指控,此女供认不讳。她辩称,之所以这么干,是因为不少老头儿偷偷跑到外面,买回补肾壮阳粉,跟老太婆乱搞。有个贪心的家伙服食过量,脑袋一垂晕过去了,下颔磕碎,不得不在医院输液一周,但他劣性难除,痼习难改,活过来之后,速即故技重施。"安眠药、镇静剂是唯一解决办法。"看护妇脸上略无愧色。紧接着,另一座养老院发生纵火案,酿成多人死伤,幸存的团伙成员宣布,他们建立了公社,并已捐出全部遗产及遗体,亲属子孙一分钱一条毛也别想继承……

几乎整个夏天,邓勇锤先生起早摸黑,累得大肚腩缩小了两三匝,余留两三道软不拉耷的肉褶。他走进瀛波庄园东门,各家各户已吃过晚饭,纷纷下楼散步,乘凉。

众孩童旋风般互相追逐,如痴如狂,如醒如悟,动荡不安在其间发酵。他们生长于京畿南境,所以,即使成年,身上或多或少,仍将逸散着远郊林甸的气息。这股旋风会一直刮入黑夜,爽畅的旋风,搅乱曚昽,充斥着半真半假的险患,穿插着扑食的鸷禽猛兽、逃命的狡黠小动物,伴随着倾尽全力的嚷叫和疯笑,蓄积着下一刻的戚惨哭嚎和愠恼斥责。除了欢乐与激亢,尚有争执、孤立、结盟、号令、入伙、离群、报复、谈判、辩论、央告、修好、宽宥……这股旋风,是正当其时的童年,真实且唯一的童年,孩子们并不自知的童年,是心无旁骛而未尝措意的童年,故此也是握在手中却渐渐逃逝的童年。

深黯里,许多神秘、微细、卑怯的生灵欣喜若狂地搬运着谧静,呲哚呲哚忙个不停。夜行者的寂听寂视也格外锐利。你眯起眼睛,发现光影杂错。阵阵晚凉拂过,犹如慰抚,让人觉察这片小乾坤又圆又暖又暗。倘若每一个瞬间,皆似永恒,则永恒或可有,或可无。孩童谙晓此理,而大人还以为,那是孩童的无知。他们完全浸沉于游戏,似乎想让这无知存续终世。遐远未来在一旁默默等候,他们几乎本能地领悟到,瞬间之所以称为瞬间,只因它在你一生中仅仅出现一次。

愉悦,变幻,不断凋衰又奋疾重生。无比深迥的风中夏夜。

这样的夏夜里,无脑作家为诸多难以量化的事物感到惋惜。由于难以量化,它们遭到误解,贱视,乃至处心积虑的歪曲。这样的夏夜里,你徐徐创造着真实的平行宇宙。比如,同时阅读三本书:斯坦尼斯瓦夫·莱姆的《未来学大会》、博尔赫斯与克莱门特合著的《布宜诺斯艾利斯的语言》,以及尼尔斯·玻尔的《尼尔斯·玻尔哲学文选》。十一点四十五分,你吃到一颗变质腐烂的大石榴。零点三十分,你一抬腿,尖锐的疼痛恍如触电,牵筋扯脉,从脚底板一直传导至腹股沟。两点整,顶住了不足为外人道的阵阵忧怵,你闷头闷脑敲击着键盘,潦草写下七八百字,醒来一读,既憬然不解,更无处安置。

从悬空寺回来,我沉浑入眠,梦见自己翻过栏杆,跌下栈道,摔成肉饼,死在传说是李白真迹的壮观石碑旁边。

在悬空寺,我杜撰了一个故事。有个朋友找上门,表示想改编成电影。然而,这个故事究竟是我自己的作品,还是从前的记忆?随着时间飞逝,越发搞不清楚。

故事里,你是一个青年,家族男子,世世代代守护悬空寺。

这座悬空寺,已经不是现实中经纬固定的悬空寺,或许只是一座虚构的悬空寺,是一座形而上韬神晦迹的悬空寺。不管怎样,统统无关宏旨。你们的敌手,也并不是现实的凶邪势力,而是心念领域的大反派,亦即人类的负极思想,乃至当中最黑暗的毁灭意志。爷爷已近乎痴呆,日夜愁沮。父亲不知其踪，与昏茫的场景两相蔽隔。你们要守卫的古僻建筑，像一只巨大的死蜘蛛，牢牢扎根在遍生棘荆的千仞崖壁之上。

你把爷爷送进养老院，下山走向花花世界，徘徊于凡界尘寰，涉履种种生活，轻浮逸乐的生活，不值一提的生活，等待的生活。某天，你听说有个什么妖王，要去捣毁悬空寺，攫取它深处的秘宝。又听说爷爷逃出了养老院，与妖王的走卒作战。大批蝙蝠、蜥蜴频频来找麻烦，欲置你于死地。再遇到爷爷时，他已身受重伤。老头子不再痴呆，正杵立悬空寺下，要跟那个什么妖王的什么阿猫阿狗，以命相搏。你救走爷爷，躲在镇子上一座以红烧兔头闻名的小餐馆里，老板女儿和你眉来眼去已有些时日。

非常不真实，令人疑心是做梦。爷爷咳出一泡污血。同一刻，悬空寺的支承大柱全被斩断，不过这仅仅使它落了一层灰。妖王放火，座座宝殿外层的桧木剥落，但内层尽是刚硬的硅化木。妖王变成巨猿，欲将悬空寺整个儿拔出。然而他越用力扯拽，榫卯咬合得越紧。妖王挥舞双拳，把石山几乎全捣飞了，楼阁依旧岿立。爷爷说，悬空寺之所以坚不可摧，绝非倚仗于任何机关，全由我们一族的魂灵维系。战斗不息，悬空寺便稳固无虞。如今，我快死了，它快倾塌了。你问如何让自己的魂灵与悬空寺联结。老人来不及回答，溘焉长往，于是乎，悬空寺从岩崖上脱落……

大难临头之际，你醒了过来。奇怪，这个结局未知的迪士尼式长梦，究竟蕴含着什么深义？看似积极的狂妄者具有更强烈自毁冲动。这句话从心底生起的瞬间，你几乎立刻意识到，梦中妖王才是真我，而那个不愿继承家业的青年，只是一抹幻影，或顶多是一轮镜像。

另外，很不巧，又是秘宝，机械秘宝，垣宇系机械秘宝深嵌于庞厚岩壳之中，好比囊尾蚴深嵌于牛肉纤维之中……惜矣哉，突朗暴君阿弗拉西亚布，挺拔似松柏，膂力如巨象，命蹇运败的伊朗大敌，擒魔者鲁斯塔姆的死对头，你遁行于土层的机械宫殿，今在何方？你亲手杀死的伊朗之主努扎尔，他有否说过，大地并不是一架摇篮，而是一座坟墓？……

去年冬天，濛波庄园的宁静书斋太冷，害得狂作家凌晨趴在电脑显示器前打字时，冻伤了屁股，至今未愈。所以妻子吩咐，多陪陪陆玶，多向年轻的观鸟者请教禽类知识，不耻下问。然而你们俩一时半刻还难以适应新角色。所以暂循旧例，乏味的老师由父亲充当，刁顽的学生由女儿扮演。首先，自然还是冷僻字世界的鸡毛蒜皮。鸺鹠，你对观鸟者陆玶说，另名角鸮，又名鸱鸺。瞧，木耳菜，染绛子，也称作蒁葵……爸爸，腿毛热不热，可以防蚊吗？爸爸，你头发为什么有爷爷奶奶家厕所的味道？爸爸，眼下是不是人类的白垩纪？……遇到闫蓓蓓，总算得救，这个七岁小姑娘好不容易摆脱了机械神大祭司的注视，但依然没摆脱智能程序"神瞴"的注视。她在打篮球，她要跟陆玶组队，两个小女孩跟你一个成年人过招。不行呀，陆玶告诉闫蓓蓓，我爸爸去年冻伤了屁股，至今未愈。嘣，嘣，嘣，运球，上篮，汗水很快浸红了女儿的苹果脸，这张苹果脸有爱的弧度，在恬谧中微泛珠光。下一刻，雾霾老汉不知从什么地方蹿出来，自告奋勇，与小家伙们切磋。其实，邓铁肺极少上场打篮球，只喜欢悄悄密密观看篮球赛转播。比试开始！老先生双臂大张，摆起认真防守的架势，脸孔皱成一个"㠭"字……最近几个月，他忙于建设年高男女的公社，肩负指引革命方向的历史重任,难有空闲。得给造反的资深人士弄吃的,弄喝的,他们不好伺候啊,他们是老龄风景之中最难缠的喀斯特地貌,还得招兵买马,边打仗边谈判,还得策动一伙四五十岁的新派燃丧者,充实造反队伍,扩大经济基础。塞利纳曾言,炸弹只会引来一时的怒恨,而靴子则是永久的问题。这会儿,同小孩玩耍,雾霾老汉声嗓变细了,变柔了,非常滑稽,更且风泪眼复发……

闫蓓蓓脖子上挂着一枚纤巧的神兽形金饰。那是大祭司的杰作,智能程序"神瞰"的眼睛、耳朵和指爪秘蕴其间。时近中午,阳焰奔流,唿哨轻荡,数百万南境人正在翻阅一部由光线撰写的长篇小说,它纯以明暗敷述城郊的路衢、公园、社区的故事群落。又或者,这其实是一册灵界旅行家撰写的《哲学和矿物学著作集》增订本。你从中读到篮球场旁侧栽植的香茶藨子,柔黄花萼,嫣红花瓣,读到粉蝶翅膀上炫亮的结构色,读到一名自诩"大地之钉"的倒立男子,读到一个小淘气包搂住他父亲又粗又短的琵琶腿,尽情施逞绝望的蝼蚁撼柱……这方乾坤,犹如一爿恢广宏渊的宁静书斋,化育着澄澈早夏的秘密幻想。你为苹果脸陆玶讲解过,晧穹间布满了蓝巨菌。没错,不是细菌,是巨菌,顾名思义,它们的体积十分庞大。天这么蓝,简直蓝得不含任何厚度,皆因蓝巨菌吃吃喝喝,急遽繁殖所致。女儿说,爸爸,天这么蓝,这么蓝,那些蓝巨菌也过得太舒服了。是啊,蓝巨菌好吃好喝,万事万物犹如几千亿个雾霾老汉,为它们弄吃的,弄喝的,于是天越来越蓝,改旧换新,慢慢疯掉了。

下午,陆玶、闫蓓蓓手牵手,去上写字课。你和计算姬的祖母跟随在后。老少四人像一队永恒的组合。时间重重复复,流驶不尽。碧穹,清风,从昼眠中初醒的世界。我们头顶,是改旧换新、慢慢疯掉、不含任何厚度的蓝巨菌片层。如此阳光明媚的夏天，本该去游泳，去向小孩子展示燕式跳水的精彩动作。然而，这一刻，机械神大祭司缩在家里，忘记了他的计算姬，他的宝贝永动姬，正仿照冯·诺依曼的《量子力学的数学基础》，埋头撰写《神经元网络动力学的数学基础》。神经科学家是大脑测绘员，闫燿祖先生思忖，让我们先打造一套趁手的测绘工具。他头上环绕着一圈伪科学光晕，恰如你陆瘦鹤头上，环绕着一圈伪文学光晕。永恒四人组走进了另一个小区，可陆玶和闫蓓蓓并没觉得，此地不属于她们，虽然它确乎不属于她们。狂作家，眼睑重似贝壳的无脑作家，视线游离于当下的孤清作家，你感觉棒极了，你感觉自己是一块不断经受锤打的文学顽铁，但实际上，没有什么人锤打你，也没有什么人锤打文学，锤打者互相锤打，如斯而已……

†

时值仲秋，魔城内外，处处是一派烟雨苍茫。然而，西伯利亚寒潮较往年更早袭至，似乎诡藏刀锋。原本澄湛如蓝晶的旻穹之魂，正划割为一垄垄白里透灰的埃及长绒棉，退化成黯淡的壁纸纹饰，变作淤滞的天界滩涂。黄昏余暑，企图将第十个月份全部的晴初霜旦和晦暝，纳入其广阔音域之中，并且长吟不寐，泣下泫然，反复打磨"幽暗"这枚巨钻的数百个切面。

辰象已经糜碎，已经无法再吸摄世人的庸凡幻念，因此十月的极昼一砖一瓦地卸去它凉冰冰的硬壳，令庞乱的絮状精髓曝露于我们眼前。并且，仿佛意犹未尽，大都市上千座电影院在冷沉沉的北风中释出阴郁虹蜺，敲击着晚暮。郊区的朦胧边际溃烂，融消。在云端炮舰那雷声隆隆的轮番齐射之下,凝雾城垛倒塌,开辟为不断扩张的虚旷圈环。

诗人说"郊区"这字眼的经济涵义超过了地理涵义,而即兴演讲家无名氏说"郊区"这字眼是"平底锅"的天然同盟军。今天,高瘦男子又一次站在垃圾桶旁边,开喉顿嗓,大谈平底锅主义……关于平底锅主义的词源学,请参见伊塔洛·卡尔维诺《谁把地雷丢进了海里?》倒数第五段、倒数第二段以及倒数第一段!……同志们,笨瓜们,饥者食之,劳者息之,何错之有?……乡亲们,软蛋们,倚势而欺人者,势尽而受人欺!……昝琦琦,你爷爷昝援晁的三叔公是陈赓大将麾下一名小排长,陈赓大将在肖像画中如坐神台!……书虫们,工匠们,误谬强行挤入诸位的脑袋,盈积固化成迁执,终致不可逆转的损害。咄,尔等好自为之!……整整一代人的思想枯萎了,朽败了,变异的机器思想。陆瘐鹤先生,屈金北先生,还有那个天晓得钻到什么鬼地方逍遥快活的范湖湖先生,你们岂止是犬儒学派,简直是丧家犬儒学派!……

即兴演讲家无名氏有一副白亮到扎眼的齿牙,瞳子却蒙着层层阴惨,脸部的三角区则不停冒汗。他一度试图去清理自己的思绪,但这番清理本身,又变为思绪。高瘦男人说,应无所住而生其心,结果他无所不住,心无所不生。

秋天,又到了咳嗽之节令,狂吞蜜炼川贝枇杷膏之节令。然而,寒潮减弱了,奇迹般卷铺盖逃跑了。反常啊。太阳这颗砝码竟再度烧红,再度用于称量一个个永昼。世界落入小小的时间涡洄,重归八月,烈日炎炎,于是豆科植物的荚果、大戟科植物的蒴果、葫芦科植物的瓠果,纷纷炸裂,雄肆地弹射籽实,向四周喷吐着物种起源的奥秘。受到铁肺子邓勇锤的鼓舞,老校长卢醒竹又挣扎出行，为乙镇星相家协会跟跄奔趋。这不，他撞见了绕着偌大瀛波庄园散迏的月亮女神翟小姮，立即上前搭话，表达延募之意。翟女士，我们新近吸纳的会员里头，有一位女防腐师。翟女士，我们由衷盼望，更多杰出女性加入到星相家的群体中来。翟女士，你是护理学知识广博的护理师！……上个月底，卢醒竹先生刚去打了一针最新研制的新冠疫苗，不承想，居然视力矫复，摘掉了老花镜，所以翟小姮因烦闷而起伏的丰满胸脯，他瞧得一真二切……卢爷爷，卢爷爷，苹果脸陆玶从远端跑到两人近前，请问我够格不够格？我是观鸟师！……

上午，孩子们在几乎干涸的人工湖边采掇荇菜时，八岁小姑娘同样以观鸟宇宙打扰过神学家游去非。大叔，飞禽身体里，是不是也住着圣灵？下午，在荒颓的愚翁植物园，遇见酋长张沧货及酋长夫人时，陆玶同样以刁钻问题折磨过巧克力色皮肤的基库尤少妇。我叫他叔叔，叫你姐姐，为什么不行？看到昝琦琦在草场上当牧童，替张沧货干活，她跑去对他说，喂，游大叔托我转告你，男孩子不要给酋长打工，应追从神学家，周游列国，增长识见……昝琦琦十分清楚，陆玶在胡扯，他还十分清楚，自己跟这小姑娘是邻居，素日同她玩耍，彼此却处于不同世界。这一点，令他深深怅惋，深深恼恨……

雾霾老汉经常让昝琦琦去他家吃饭，指示女儿女婿做饭。

趁秋光尚好，陆玶和妈妈组成了花彩雀莺观鸟团，两个人的观鸟团。她们不舍昼夜地四出观鸟。偶尔也参加民间观鸟组织的流动大部队。有一回，在南海子，民间观鸟组织的领头老婶陷入了迷妄，毫无原则地任意延长着观鸟活动的时间，于是成员们纷纷来去，某些时刻，整支流动大部队仅剩下她一人而已，领头老婶像一位英勇、年轻的抗美援朝志愿军连长一样,奋力高呼着激励将士的口号,独自抵抗着排山倒海袭来的留鸟、候鸟和旅鸟,及其疯狂倾泻的粪雨。那些观鸟成员吃过饭,洗过澡,睡过觉,重又加入大部队,犹如源源充补的新兵。领头老姊带着他们,邀步于山野之中,顶戴夜光,迎接晓晖,识辨嚯嚯禽鸣⋯⋯

秋天,是暗流涌动的季节,是见真章的季节。昝琦琦,没怎么见过亲妈的可怜孩子,向祖父昝援晃学了几招掩饰情绪的粗浅手段。他对陆玶、安娜和闫蓓蓓说,爷爷跟一个叫"神矑"的机器打牌,输了,不是因为技术欠佳,而是因为观战者——包括屈金北、苗芃芃、范湖湖,还有陆玶爸爸——表情太过业余,亦即太过丰富,让机器窥出端倪。

"昝琦琦,"安娜指着一道矮墙,"你爬得上来吗?"

"安娜,不是上来,是上去。"陆玶说。她想,七岁小姑娘果然很笨。

男孩奋不顾身,冲向矮墙,费尽九牛二虎之力,攀到顶部,颤索索回首一望,三个女孩已经离开。

下午五点钟,陆玶、安娜和闫蓓蓓交流着各自课外班的各方面情报,朝澴波庄园的儿童娱乐器材走去。她们一只脚踩在少女时代的边界上,脑袋已探入未来,而身体还留在稚童区间,还没脱离残余的、逐渐稀薄的昧暗。白蜡树下,有个臭小子在诵读古诗:"风虫日鸟声嘤咛⋯⋯"他呆气直冒的腔调使楼房高低环抱的林丛、水池、凉廊愈发闲寂,同时,这闲寂也愈发深不可测。他为什么要捣鼓那么难懂的东西?闫蓓蓓感慨。别跟他比,我们背一背"解落三秋叶"不也挺好。陆玶是想说,姚陇佑,你少得意。其实,闫蓓蓓还背过圆周率,精确到小数点后几百位。她利用谐音法,把这几百位编成一个探险故事。机械神大祭司向女儿讲授过,古希腊的阿基米德用九十六边形去逼近圆周,计算圆周率,而魏晋时代的刘徽用割圆术计算圆周率,虽也止于九十六边形,却成功达到了一千五百三十六边形的精度。其实,闫蓓蓓并不知道,诵读古诗的姚陇佑感到很无聊,像大多数男孩一样容易在十月感到无聊,但捕猎的本能让他们忍耐着,坚持诵读着艰涩的古诗,或者坚持攀爬着各种设施,荡着秋千,直至第一个小伙伴从远处露头。今天不上课外班吗?这是一句孩童之间的亲切问询……

玩了好一会儿。姚陇佑看出闫蓓蓓想走。

"我爸爸妈妈都没下班,没人在家……"为拖住陆玶,他开始施展一项古雅的撩妹技能,极可能是光头屈金北暗中传授的撩妹技能:卖惨。

"好,再玩一会儿。"

你认为,姚陇佑纯粹鬼扯,根本不值得相信。况且,他爸爸妈妈没下班,他无人照管,关你屁事。怎奈有人相信。女儿陆玶相信。谁相信说谎者,只因为情愿相信。

前一阵,这小子跟陆玶闹绝交。同班另一个男孩约你女儿在澴波庄园玩耍,姚陇佑君眼尖看见,大喊:有人娶媳妇了!第二天上学,他提出休战,送给陆玶一支彩色铅笔,又要求她继续为自己记作业,遭到拒绝,于是休战失败,维持绝交。

"陆玶,你爸爸盯着我。"

"别惹我爸爸,他是狂作家。"

"什么是狂作家?"

"大概跟疯子差不多。"

安娜跑过来,问你在看什么书。看一个古代贵族寄给好友和妻子的书信，其实是一些诗。他怎么样？这一问相当含糊。他被流放了。什么是流放？国王把他赶到很远很远的地方去，不许他回家。七岁女孩懂了。那么他理该道歉，跟国王道歉，求国王别生气，让自己回家。如果他不觉得自己做错了呢？他本来就没做错什么，安娜说，但他必须回家，他女儿肯定还在家里等他。唔，他女儿长大了，不过他还有一个女徒弟。他女徒弟叫什么？叫婵娟。你想了想，觉得很惨淡。不，你纠正自己，她叫裴丽拉。

姚陇佑君擅长心算，三岁便识认两千五百个汉字。他伪造日记，说自己后悔跟陆玶动手，说自己是笨蛋，再故意给陆玶看见这一页日记。

反常的秋季依然酷热。浮沉不定的高空急流，像一个宏大欧米伽符号笼盖于平原上方。降自黄昏之巅的乱风，朝乡野不停抛掷着时光女神的巨球状盲点，它们如此澄谧，仅需一两粒，就足以祓除一个世界末日。

"爸爸，晚上做什么菜？"

"黄颡鱼烧莴笋。"

当天，你在超市里看见有河豚出售，便找来白纸，写下"鯸鲐"两个字，贴到水缸上。看见梭子蟹，又写下"蝤蛑"两个字贴上。可是，商家并不感激你无事生非的冷僻字知识，更不赏识你重拾语言瑰宝的赤忱，反而差点儿报警。

十一月初，两支起义队伍揪住秋天的残尾，来到愚翁植物园外，与铁肺子邓勇锤指挥的乙镇力量结盟。它们原先的根据地分别位于戊镇和庚镇，各由马老太和田老汉领导。马老太是个患精神分裂症的巫婆，传闻能以黑焰引魂，摄人精魄。田老汉是个患多动症的中学语文特级教师，加入过察哈尔研究所。这些顽犷的老战士全靠吃死面团充饥,并捕食附近水泊的肥美秋沙鸭、腥腻斑嘴鸭。他们之所以造反,是因为卑鄙的南宫珂,京郊的塞米拉密斯,她于半年前夺下养老院联合会主席的宝座后,请大伙吃凉瓜宴,三天两头吃凉瓜宴。不同品种、尺寸、做法、名号的百十盘凉瓜,亦即癞瓜,亦即苦瓜,有助于降血糖、降血脂、降血压、减消胆固醇、脾固醇、胰固醇、肝固醇,分解大脑中淀积的垃圾蛋白质……难以下咽啊!……患多动症的中学语文特级教师田三先生吃着吃着,拍案而起:他妈的,这跟吃屎有什么区别!他妈的,是可忍,孰不可忍!苛政猛于虎!我们要抗争!我们不吃凉瓜,不吃冬瓜,不吃笋瓜,我们要吃红烧肉!……众人遂高呼:田老师,红烧肉!田老师,红烧肉!……资深男女,纷纷败部复活,以他们慢半拍的动作,砸盘子,掀桌子,这场老鱼跳波的风暴横扫整个郊区疗养院系统,揭开了三年夕阳战争的序幕。老马为驹,老蚌生珠!造反者,雪鬓霜鬟的造反者,燃起熊熊大火,将契约、合同、公证文件统统付之一炬!其中有一些人活得太久,故友毛羽零落,孑然一身。还有一些人冀盼躺在故乡的旧榻上蹬腿咽气,让亲朋听到自己的棺柩垂入墓穴时撞击泥土的肃穆轻响,让自己的骨头浸濡在深浓的虚寂里。而铁肺子邓勇锤,他想建造一座供全天下百无聊赖的老年人幸福居住的巨大疗养院,想集结一帮狷介不群的老兄弟,到处栽花植树,到处逮蛐蛐,到处帮妇人干活,跟她们勾搭。那座巨大疗养院将充当南境老色胚的据点和堡垒,内部生长着粗硕的印度榕,它们完全是一伙在无形之力驱使下胡乱发育的怪物,是一堆堆勉为其难拼凑到一块儿的木质细胞,它们以恒河沙数的量级聚拢成树瘤,相续增生,又分分秒秒想四散逃离,变作独立的个体。悲兮壮兮,灼兮灿兮,异彩纷呈的巨大疗养院!你实用与美观兼备,融合了极简主义和幻想主义，可以令衰老、哀惶的居住者焕然一新，改造他们肉体、精神的结构，使之灵魂升华。但是，邓铁肺无法洞悉这些人的真实面孔。他将从这些人日出日落的作息之中，探察他们深深掩伏的真实面孔，搞清楚他们一生之追求，借以抚拭那尘域万宝。如今乙镇、戊镇和庚镇三股力量合流，起义者组织在进化之路上拔步向前，不断涌现复杂的结构。老男老女们筑垱挖塘，朝耘暮耨，打定了主意自力更生，以便顽抗到底，为此甚至开掘了一方粪凼用于沤肥。又有一部分人投身武器生产，跟随一名化学工程师制造氢氰酸炸弹。正当这个躲入愚翁植物园深郁处不停裂变的高龄者联盟开始筹建其专业投资部门时，外联部门找来一个纪录片团队，而思想部门赶在拍摄工作结束前，将他们策反，改组为宣传游击战团队。据说铁肺子邓勇锤的族长式威德令这些年轻人折服。受老头儿邀请，即兴演讲家无名氏也屁颠屁颠跑去凑热闹。沉勇直面必败的战斗，高瘦男人说，岂不荣耀，岂不壮怀激烈？……必败的战斗，高瘦男人说，屡屡感发伟大的意志，让我们重温善败者沙陀部族的历史……有时候，失败的诱惑反倒更灼烈，失败才是终极的胜利……自戕颜面的波斯贵族佐皮洛斯，智赚巴比伦的佐皮洛斯！……为获叛贼信任，他割去耳鼻，整个人遍体鳞伤，奔至伊什塔尔大门下恸哭，骗取了敌寇认可……最终，义士之珍佐皮洛斯，得天眷佑，接应波斯军团入城。大流士一世说，二十座巴比伦，垣高百尺、塔楼三千的巴比伦，来上二十座，也比不了一个健全的佐皮洛斯！……斗争吧，老而弥坚的兄弟们！胜利吧，老而弥笃的姊妹们！向这缤纷世界，壮丽告别吧！邓铁肺先生及列位勇者，数命何有于我哉，抓阄吧！进化观念，已经取代古老的前定观念！……

†

立冬节气,夜长昼短,野雀满空园。在北边,在灯影焕赫的大都市,黑暗仍巨幅成长,利润率达到百分之三百。所以寒流形势图才尝试将这黑暗冻住,使之保值,增值,而黑暗也果真冻住了,冻住的黑暗如银铤金锭,似可伸手攫执。

寒潮来,雪飘落,冷雾浑茫,大地斑驳如一张百衲毯。异端神学家游去非,游大,在瀛波庄园的清晨里蹀躞。他既不相信地狱也不相信炼狱:我们的世界无此圄扉,实乃撒旦之封邑……

> 的确,清洁派既不相信地狱也不相信炼狱:我们的世界无此圄扉,实乃撒旦之封邑。他占领这个世界,只为把精神羁囚于物质之中。撒旦便是《旧约》的上帝雅赫维。真正的上帝,善良而煌朗的上帝,与这个世界相距遥远。真正的上帝送来了基督,以扬播救赎门径。基督是一缕纯净的灵魂,其肉体纯为空幻。这等对于生命的憎恨,令外人想起了诺斯替教和摩尼教。可以说,清洁派的理想是以自杀和不孕产婴孩实现人类的消亡泯绝,因此我们清洁派丧伦败行而弃断婚育……

游去非蓬头乱发,脸颊酡红,脑壳子透散着几乎可见的缕缕酒气。他遇到雾霾老汉邓勇锤,以为遇到了棕熊,即刻咏诵一位加尔文派神学家的著名讲章,聊作大清早的问候语:"愤怒之弓已拉紧了,矢已在弦上!……愤怒之神的旨意!……弦上的矢,来饮你们的血!……"最近,邓勇锤先生还收留过一个老头,他今年一百零四岁,从四岁起便无家可归,竟然漂泊了整整一个世纪。不消说,高龄者联盟虽未解散,这帮人的事业却由于凛冬来临而陷入低谷。但游去非并不看重一朝一夕之成败。彗星逸出了大众的视野,它仍在向前飞驰。造反的高龄者固然种不出什么粮食,造不出什么炸弹,他们的胡闹出自久远的激情,尽管这激情已过于久远。九百年前,游大如是想,犹太神学家、希伯来语诗人犹大·哈列维在其著作《库萨里:捍卫遭蔑视的宗教》中记述了一场论道,参与者包括一名伊斯兰教学者、一名基督教学者、一名犹太教学者以及一位可萨突厥国王。论道止结之际,国王皈依了犹太教。这般情形,此后周复登场,藉由不同年代的不同人物,不同民族的不同传奇,每每互换交叠,再现于世间。借腹生子,化枯为新,是正常现象,是文学健壮肌体的必要炎症,无须视作抄袭,只不过,这文学的炎症与普通的炎症相仿,皆似蠕形动物,发作时缓缓从炎症患者的舌底爬向咽喉。我们不清楚哈列维是否在耶路撒冷实现了夙愿。他宣称,当犹太人偎抱圣地的石头与尘土之日,以色列方能重建。据说,犹大·哈列维从西班牙前往巴勒斯坦,走进耶路撒冷的城门,突然被一名法兰克武士飞马践踏而死。

  我们不再是伏匿于阴暗会堂的修道士。我们认同犹大·哈列维的倡议。我们诉诸行动。含饴弄孙?安享晚年?滚吧,八辈子的欠账早已还清,余下的时日,跟上邓勇锤兄弟,在真正的行动中度过。

  北风低吼。雄盛、致密、清新的冷空气从世人的头顶疾速流过。打开窗子,冰冽的气流涌入,瞬即冲淡了凡常生活的氤氲意韵,房间顿显空寂。

  你,陆瘐鹎,直行的蛮竹,华夏狂作家,想起一名南美狂作家,他笔下那位南半球的反向圣诞老人于深夜潜入屋舍,卷走了孩子的所有玩具珍宝。此刻,你目光遥遥,你枕着一条毛绒海豚对女儿陆玶说,海豚是头颅的坐骑,我们读书时,头颅驾驭它驰驱。爸爸,我们读书时,头颅是海豚的电热毯吧?

你梦见自己山穷水尽,去参加一个名为"知识辞海计划"的线上活动,并因此厕身于一场邪门的谈话节目。主持人向观众剖析,狂作家早年喜欢明朗、强健、直朴的形象,如今,他四十好几,涉历种种变故,尝过现实的铁拳,又欠缺滋润和安慰,便一步步走向奇邃、玄怪、森沉的风格。某女嘉宾说,瘦鹤老师,请闭目养神,瞧啊,老师眼眶周围的乌黑区域,变得越来越大,就像一张烤糊的锅盔!众人陷入沉默……

你出版一份小报《我》,内容跟日记差不多,读者寥寥。在短篇小说《那天,本人吃了某某的毛》里,你写道:

> 爱情是一次死亡,因为浸入爱河意味着,将自己完全置于另一个人的主宰之下,而这又不可能,几乎不可能,爱情是一次迎向不可能的旅程,是向死而生。

这个短篇的叙述者,以范湖湖博士为原型。你一度也尽力想象,怎奈毫无进展,不得不瞎说,乱说,打肿脸充胖子。语言天才屈金北相信,诗人可以将自己代入任何情境之中。我们评价某甲某乙某丙具有诗人的气质或精神,往往怀着赞佩,怀着钦慕。然而,亲爱的读者,说柏拉图是一位诗人莫异于污辱,说某计量经济学家是一位诗人则近乎讥谤,说某桥梁设计师是诗人更不免透着灾危之意,如果说某政治领袖是诗人甚至会产生恐怖色彩。

霜雾千团,缓慢大雪压住黑椴树。虚脱的太阳晃过天穹,执迷于冷冰冰的拙劣骗术，不再分发一丝一毫温暖。诗人啊，叼起你们的奶嘴！思想史，范湖湖博士说，是史学这个独目山魈的大眼睛，是灵魂，可以向古昔无穷追溯的不朽灵魂！至于粟特人屈金北，他特殊的福缘在于，领着女友，拽着隐暗派辩论对手，在壮阔的天景下，寻找伙伴，寻找方脑袋博士范湖湖……

†

有时候，不同空间的大齿轮格格转动，彼此切换之际，会爆发短暂的季节错乱。比如，暮冬之夜，天气不再寒冷，我们外衣的灰暗上只残留着傍晚的幽凉吻痕。闫蓓蓓架好天文望远镜，计算姬第一号秘宝，探索茫茫宇宙。知道我们银河系有多少颗流浪行星吗？计算姬问苹果脸。告诉你，有四千亿颗，比恒星的数目多一倍……

这是京畿南境常见的第五季节，是瀛波庄园怪异的宏观量子特性。有人春眠，有人夏眠，有人秋眠，也有人冬眠。我们的观察，造成因果链断裂。但生活一仍贯旧。

机械神大祭司为瀛波庄园的孩童们讲授机械生物学。传动蛋白、驱动蛋白，请看，统统是马达蛋白，它们把细胞物质，从一个地方运输到另一个地方。酶，各位小朋友，请看！大幅加速化学反应，甚至决定某反应会否发生……孩童们恹恹欲睡，父母们贪图免费课程，隐忍不发，面庞挂着笑容。休息的间歇，闫燿祖先生向大伙展示采用了磁悬浮技术的门多西诺电机，乍一看颇似永动机，实乃光动机。各位小朋友，这玩具的原理，非常简单，相当于一台能量转换器。好，回到自己的座位上，下半场开始……同学们，电压控制的离子通道，不妨视为生物晶体管，离子通道允许信使分子，例如神经递质，把信息从一个神经元传给另一个神经元，而所有这些功能，全部来源于蛋白质的繁复形状……

生命机体，智能机械，其中"生命"和"智能"并无实质意义。关键在于两者共享的"机"字，即结构，即秩序，即意义本身。

闫燿祖将电子工业出版社发行的《未来机械世界》绘本三套装赠予各位小朋友，图书中漫游着飞速进化的机械虾蛄、电子蝴蝶、自动蝙蝠和人工巨鹰……接下去，改由狂作家陆瘦鹤为孩子们解析《世说新语》的清奇故事。对于教育，尤其低龄教育，你同样一窍不通。来，别只谈王谢两家，冷僻字大师道，我且讲讲东晋贵公子郗愔、裴颜和缪胤的趣闻轶话。写下三人姓名。喔，还有荀颢，还有他老爹荀彧，听说过吧？……

然而南境的儿童醉心于游荡，他们既不是上世纪八十年代的芭蕾天使詹妮弗·康纳利，也不是广场舞大军预备役，他们练习团体操，练习整齐划一的行进仪式，谈论着各各不同的志向。

"我想当一名动物学家。"

"我想当一名天文学家。"

"我想当一名合格少先队员……"

这个想当合格少先队员的男童，觉得小学生运动会的行进仪式应参考某邻国的阅兵仪式，采用鹅步弹簧腿。他只要发脾气，便情不自禁说起快板。至于想当天文学家的孩子，是个慧黠的小姑娘，伶牙俐齿，无理也强辩三分。而想当动物学家的孩子，她乐意收到男同学的挑战书，不乐意收到他们的情书。

孩童的惆怅,是无法联络转学的、迁居的、离去的、消隐的挚友,为此,他们甘愿长大,尽快长大。

你劝女儿好好收拾房间,说什么一屋不扫,何以扫天下。实际上,家宅,是我们世界的一角,是最初的宇宙。

屈金北看到瀛波庄园的小孩,想起苗芃芃似乎喜欢他们,但男人坚持认为,这女人只不过装装样子,毕竟,谁会真心喜欢小孩,除了那些小孩的父母?又或许,她是真心喜欢小孩?假如将来还说得上话,屈金北忖量,不妨问一问苗芃芃。有一回,他俩情意尚殷,闲逛时遇到一对夫妻,带着个五六岁顽童。无论丈夫对妻子说什么,那可恶的幼崽总要学嘴学舌。而无论妻子对丈夫说什么,隔在中间的小家伙总要向妈妈撒娇。终于,夫妻二人同时憋不住了,发火了,伸手作打娃状。你错了吗?快给你娘说对不起。对不起。柔风拂掠。快给你爹说对不起。对不起。语言天才分析着一家三口的语言针脚,但他从未想过,应该去分析苗芃芃神经质轻笑的深层原因,也从未想过,恋爱让人像孩子,更从未想过,自己纵使觉醒了猿猴血脉,依然只是个大孩子……

季节错乱,屈金北也错乱地跳起了粟特舞。远在马其顿国王亚历山大进抵盛誉千载的粟特地区之前,语言天才说,不少希腊人已在此定居。所以,他屈金北没准儿也有希腊血统:猿猴血脉的希腊血统。是啊,是啊,季节错乱,瀛波庄园七号楼下方的错乱花坛间,回响着一支邓丽君金曲,仿佛昝援晃还没死,还坐在长椅上怀想夙昔。

一遍又一遍
轻轻把你呼唤
阵阵风声好像对我在叮咛

真情怎能忘记

　　撰写过《战争机械概说》的另一位机械神大祭司，驰誉全位面的机械鉴赏者和机械伦理学泰斗驺梦庚，来传授战争机械的相关知识，受到男孩们发自肺腑的欢迎。战争机械师的圣典，非古本《墨子》莫属。而乔瓦尼·丰塔纳的《战争器械之书》也享有尊崇地位，其中记述的机械骆驼、火箭兔、爆炸圆球，以及旋转滑梯，老少咸宜，历久常新，适宜启蒙教育……不过，亲爱的各位小朋友，战争机械，绝不仅仅是你们平时在动画片里看到的先进武器。我今天正想让大伙打开视野。首先，国家本身，是最强大的战争机械，是利维坦，哦，霍布斯机械唯物主义！……亲爱的各位小朋友，布鲁诺·舒尔茨写道："正义的机械装置运转得有点儿慢，而皇帝陛下的官僚系统相当庞杂。"行政和司法的自动化体制，连同技术研发、装备生产和人才培养流水线体制，这些无形战争机械的门道，比众多有形战争机械的门道一点儿不少呀。战争是什么东西？战争是最严肃的游戏！……亲爱的各位小朋友，这张相片，拍摄于一九二七年，很多人喜欢称它为物理天团大合照。此时第一次世界大战已过去九年，距离第二次世界大战还有不到十二年。伟大的科学家反对战争，但无须讳言，战争刺激了文明进步，战争让人们不计成本地发明创造。当然，亲爱的各位小朋友，我们战争机械师不倡扬战争，更不发动战争，请记住，战争机械和军队，可以百年不用，不可以一日不备！所以《吕氏春秋》才说，古之圣王有义兵而无有偃兵……举手的同学，你要提问？驺老师，我们的激光武器能不能打穿氪星小孩？驺老师，驺老师，亚特兰蒂斯大陆的科技，到底多发达？驺老师，驺老师，驺老师，元始天尊是不是超级人工智能？……

机械神大祭司骀梦庚，这堂课是他对孩童世界一次手忙脚乱的抵近侦察。而你，陆瘦鹤，作为旁听者，从苹果脸女儿提出的问题想到，当初雷震子奉师父之名下山协助姜子牙，按《封神演义》的描述，穿着水合色衣服。你很想知道，这水合色究竟是个什么色。

春、夏、秋、冬之外的另一个季节，不寒不暑、不旱不涝的另一个季节，众多佳伴良偶被奇丽天象冲昏了头，纷纷赴民政局登记结婚。京畿南境一度时光倒流，变成鬼影幢幢的古战场。无风云出塞，不夜月临关。

那个终结的凌晨，阒黑、霾尘在我们四周虎视眈眈。澴波庄园另一位作家，老作家，眼泡肿胀，腮肉下垂，拎着一盏倏明倏暗的汽灯，走进小花园，梦游般举起一个空油桶。这位可敬老作家，写了大半辈子报告文学，也写过领导讲话稿，还写过宣传策划案。夜半三更，他与春秋盛年的妻子吵架，狂怒不已，攒杂着阵阵痉挛的躁动，而要止遏痉挛的意志也不断攀高。吵架戏码收场时，老作家嗓子沙哑，身上脸上抓痕累累，手臂瘀紫，不好意思出门。他春秋盛年的妻子手如蟹螯，不惮在他体表留下暴力的显眼罪证。老作家举着空油桶，越想越恼，越想越恨，首次使那俗不伤雅的京骂攀升到一个惊人之数：

"你三千！……"

报告文学老作家大吼之际，琉璃河上游发生了一桩命案。某房地产公司首席财务官雇凶寻仇未遂，受害男子的兄弟要反杀雇凶者，戴眼镜的受害男子尴尬阻劝，说不如报警吧。兄弟未置可否，只问他：你今晚要做人还是要做狗？由于这句话，男子的血液腾沸了，将理智丢进了泔水沟，遂拎枪作案，朝那位首席财务官毛茸茸、圆鼓鼓的肚皮射去好几颗滚烫的铅弹，把他早上食入腹中的蔬菜沙拉煮熟，跟肠子一块儿烤焦。

报告文学老作家大吼之际，你，无脑者陆瘐鹤，听见一声非人类的嗥啸。该怎样归纳昨天的意义？想到当日全球七十多亿人半睡半醒，总共说过三千亿句话，它们，如何融入时间和历史之中？是否像《西瓜糖世界》的神秘名言一样："所有这一切都会进入西瓜糖，并在那儿漫游。"你收到一个信号，似乎是结束的信号，也可能是开始的信号，触及隐晦的渴念，令人释怀而又不舍，百端交集。这些年，你不断献祭年轻的自己，从上天的怜恤中捞回一个衰老的自己，在案头度过真实的四时循环。去吧，好好休养休养，治一治劳损的腰椎间盘。挺不是滋味？其实，很有滋味。信号强烈。非春、非夏、非秋、非冬的日子行将终结。寒潮或台风重新过境，月光灼眼，在大地上勾勒明密的谱线。

你们乘车，趁着旅游淡季，穿过黑灯瞎火的城乡，并听从指挥，早早来到山脚下排队。老头儿老太太攥着手电筒，四旁是黑色巨岩，罅隙生长松柏。让人联想到红军攀过越城岭。但旅游淡季顷刻间变为旅游旺季，好家伙，你们差点儿把命送了。继续流窜。当初范湖湖博士找寻女友，也这般流窜，他在古村古镇里找她，在油菜花地里找她，在疾驱的列车上找她。范湖湖不仅梦见女友，亦且梦见自己醒来，把梦告诉女友。搭载着你们到处流窜的司机大哥，持续加速，不断超车。终于遇到堵塞。他下车，跑到车龙最前端观察路况，突然又往回飞奔。他游走在精神错乱的边缘。交警反复广播："亲爱的炸屎员朋友，不要着急，不要着急！……"他大概想说"驾驶员"。炸屎员们快发疯了，猛摁喇叭。游客，弥山亘野，无脑者陆瘐鹤依凭扎实的摄影技术和过硬的腰腿功夫，勉力营造荒无人烟的幻象。这些顶呱呱的照片让你懂得，有些事物，我们看不到，可那不代表它们不存在。比如你大表弟，他声称以第三只眼目击你姑父升天，头上光芒万丈，足踏朵朵青莲。不错，陆瘦鹤，你是无脑者，并且跟邓勇锤一样是无神论者，跟突朗暴君阿弗拉西亚布一样是魔王用风、水、火、土四大元素之外的若干暗元素创造的无神论者，没错，你是二次幂、三次幂的无神论者，然而正如大诗人曾言，文学中没有彻底的无神论。

097 〔风〕
谈 理 想

  我钟情的读者是些贫瘠的孩子
  富足者也看书
  那又如何？反正他们富足

  晦暗中想要紧紧握住的明亮
  未来歧路上烧毁共同记忆的诀行

  我走进了一场灵魂大集，去充实血肉
  外围商贩兜售着自由的深芜
  核心区是一座座神庙
  无人的台阶，荒阒的柱列
  空虚之全体在此营巢

  我希望见证一个昨日的游戏

今天以新玩法复活

孩子们沉醉于永恒的创造

而自爱者寂寂终老

098 (楗)
华夏机械神学

或问，专门为往昔中国机械师另辟一篇，有否必要？表面上看并无必要，毕竟全球机械师分享共同的信条、事业和梦想。埃德加·齐尔塞尔教授断言："科学，无论是在理论意义上还是在实用意义上，均日渐演化成一种无关个人利益的通力协作，过去、现在、未来的所有科学家，皆为通力协作的参与者。"既然如此，凭什么还特别析出华夏机械神学这个小概念，岂非画蛇添足？

笔者承认，上古、中古华夏机械师群体的超卓建树及独特进路，固然抑制了近古机械神学跃升，致使机械神学未能在华夏次大陆经久兴盛，但上古、中古之早熟，反过来又预示了，华夏机械神学一旦融入全球机械神学主流，必将生长成一株参天巨树。时至今日，机械论的世界图景已大异于前，华夏机械神学的原始机体论枯木开花，机械神学不必再区分东南西北。有人指出，这也足以解释华夏机械神教派的大哲大智们因何气韵极深沉。

幸望以上陈说，或多或少，能成为写作本文的由头。然而所谓由头，其实无足轻重，吾辈发乎情性的遐思，终究可以在逻辑上找到差强人意的落脚点。

据《中国古代机械文明史》第一章第二节，华夏机械神学始于一百七十万年前，远比两万八千年前出现的弓箭、十万年前出现的抛石器更早。华夏机械师崇祀镍铁陨石的习俗，即发源自幽窅、绵长的史前时代。不过，很显然，往古震旦大陆的机械界人士，应划归非神创论阵营。他们素来主张，宇宙机器之构制、穹冥之循行、日月星辰之升落、四季之轮转、昼宵之更迭，不受神灵的规范、操控、干扰。华夏机械神教派的徒众无法想象，世界乃由一位至高者架筑，因此他们也无法认同，凡人的知识、技艺和劳作终将汇积成一位至高者。无疑，至高者的概念不适合华夏机械神学，即使是一位白给的至高者，更何况，还可能是一位荒唐的至高者，或是一位喜怒无常的至高者。古代中国人敬奉的神灵，绝非犹太人或希腊人的原初造物主。古代中国机械师既相信天启，又不相信天启。如何理解？他们的思想体系，是一个线性时间观与回环时间观按比例混融的思想体系，总体而言，线性时间观占据了主导地位，将凡尘事务纳入其宏富框架，所以才有三千多年浩繁且从无中辍的历史记载。华夏机械神学植根于控制论色彩浓厚的文化丰壤之中。传说颛顼帝命令自己的两个孙子，托举青天，按压大地，让原本相距甚近的仙界与人界彼此隔绝。

华夏机械神学热烈专注于尘凡事务。古老《世本》疏举的发明家和文化英雄，历代学者喜欢将他们穿凿为上古机械神教派领袖黄帝的臣佐，如作矢之牟夷、作车之奚仲、作兵之蚩尤、作衣之嫘祖、作硙之公输班、作耒耜之咎繇，乃至作字之仓颉、作数之隶首、作乐之伶伦，三代以前，此般情形，所在多有。当然，正是这些机械系英杰，开创了上古中国的伟大技术时代。而在华夏的神灵崇拜谱系里，科技圣人亦始终占据着一席之地。李冰父子、张衡、刘徽、祖冲之、孙思邈、毕昇、黄道婆、李时珍……他们的庙宇香火不绝，他们以各自的实践和思想,列身于华夏历史的恢弘万神殿。

今天,机械神学的大步前进,要求机械师、机械艺术家和机械理论家互相合作的范围越来越广,程度越来越深,让个人的成果汩汩不竭地供给团队的整体事业。群策群力,是华夏机械神学的优良传统。在一行和尚、苏颂、沈括、郭守敬这样的机械科技大贤士周围,汇聚了众多优秀的计算师及仪器制造师。仰仗于无名的冶金大匠们,东方铸铁技术,尤以殷商的叠铸技术、春秋战国之交的生铁柔化技术、西汉的炒钢技术为代表,相继领先欧陆一千七百至一千五百年,堪称一部真正的重金属史诗。《周易》,中国自然主义哲学的最大秘典,以阴阳爻象的不同组合建立了一整套抽象架构,并逐步延拓为华夏机械论的概念贮藏库。作者将造船、制箭、纺织、记账、砌屋、磨粉,分别置于涣、睽、离、夬、大壮、小过诸卦,将广受尊慕的科技圣人揳入《周易》的宇宙秩序之中,借此颂扬他们。但另一方面,当世研究者认为,如果《周易》是一套用于整理、归档自然新现象的系统,是一张省时省力的精神安乐椅,那么一旦坐上去,便不再需要观察、实验并修正观念了。诚然,东方的机械神学未能再提升一阶,孳育出近现代科技树,原因非止一端。欲解释缫车、浑天仪、多桨轮战船、水力冶金鼓风机为什么没有变移演递,化作今日神器,则首先必须解释,为什么魔环主义工商业没有在鸦片战争之前的中国落地开花。

数千年来,华夏次大陆由儒党和机械党共治。儒党执掌历史的阐述权,将其布政天下的业绩写在兽骨、龟甲、钟鼎、碑碣、岩壁、陶瓦、竹简、木牍、羊皮、缯帛、麻纸,以及机械党制造的蔡侯纸、楮皮纸、桑皮纸和稻麦秸秆纸上。儒党撰修坟典,遵循道德主义,并因此屡蒙诟讥。机械党执掌现世的塑造权,崇尚实用主义，发明且改进农业机械、手工业机械、战争机械、运输机械以及各式其他领域的机械，乃至幻想机械。这一分工，常使得机械党在儒党书写的典籍中隐而不见，恰如枢轴时代的青铜礼器作为殉葬品保存至今，青铜机械却纷纷回炉重造，无一幸免。机械，乃是精巧之发明，比如反复失传的欹器，比如名目繁多的自动捕鼠器，比如历朝古籍中表载的种种奇诞飞行器，皆非死板或僵化的象征物。端木赐随孔子南游时，向浇灌菜园的汉阴丈人介绍桔槔之功用和构造，欲为他设计一架先进的汲水设施，该老翁并不领情，反倒忿然作色，笑曰："有机械者必有机事，有机事者必有机心，机心存于胸中，则纯白不备，纯白不备，则神生不定，神生不定者，道之所不载也……"以机械神教派的视角解读，汉阴丈人不赞同机械神之道，但孔子评价他治其内而不治其外，诚属渊论。当今史家亦总结，枢轴时代的两个标志分别为庞大的政治系统和先进的冶金技术。

关于《大学》中"格物致知"的理念，有研究者擘析，应是机械党之手笔，至少是儒党中机械派之手笔。不可否认，这四字真言，华夏机械师一向奉行不渝。他们岂止在工程技术领域，还在地理、勘测、制图、气象等诸多领域大展拳脚。唐代的一行和尚，构拟天文机械黄道游仪，实施人类有史以来第一次实测子午线活动，将成果绘作《覆矩图》二十四幅。

总体上，华夏机械神学虽未达到希腊机械神学的高度，但它引续连绵，远胜黑暗时代的欧陆机械神学。与固有印象相悖，古代中国的机械界人士不盲从先贤，尽管他们可归入历史意识最深厚的知识团体。公元八世纪编撰的《关尹子》写道："善弓者，师弓不师羿。善心者，师心不师圣。"老旧宇宙图景须服从于不断改良的科学观测。古代中国的机械党众相信积累，谋求进步。不过，笔者一贯认为，华夏文明的结构性秩序，亦即复杂度，仍需大力扩展，否则将无以撑拄多样化理想，继而导致我们的视野收窄，路径锁死，并逐渐滑向空竭与匮乏。

099 ㊀

国家天文台兴隆观测站

诡伏的星穹
我怀中大地沉睡

100 ㊀

华夏机械神学之二

在过去一段悠久的时光里，华夏机械神学各分支从容生长，它们倾向于实用与近似，是典型的代数式思维，接近巴比伦机械神学，而非几何式思维的希腊机械神学。华夏机械师和机械论贤者，并不追求公理化命题，亦不注重刻板的逻辑表述，而拥有经验的、历史的、统计的哲思及伦理。确实，这与华夏文明的内稳态机制相适应，其关键策略是不断自我校正。

如此自成一派的机械神学，于公元十一世纪末，北宋元祐七年，创造出一座精密天文机械：水运仪象台。在这座庞大的观星仪器兼机械日历上，进士苏颂，机械的设计者，率先应用了擒纵装置"天衡"使水轮匀速运转。我们知道，擒纵装置可准确指示时间，乃是人类于动力控制领域取得的第一项伟大成就。苏颂特意撰写《新仪象法要》三卷，留下四十五张机械图纸，阐明水运仪象台的原理和规构。

实际上，若将东汉称为华夏第一机械王朝，那么北宋应称为华夏第二机械王朝。进士燕肃，东方的达·芬奇，官至礼部侍郎，著《海潮论》，画《海潮图》，工于机械，探究过指南车和记里鼓车。他设计的报时机械莲花漏，成本低，精度高，因此皇帝下旨，推行全国各州县。进士沈括，科技巨著《梦溪笔谈》作者，华夏科技史之坐标，在天文、地理、数学、化学、医学、军事、音乐等领域，创见繁广，成果丰硕。

至元十三年，即火山十三世纪之一二七六年，河北人郭守敬奉元世祖忽必烈之命，任职太史局以研治天文机械，共主持设计简仪、浑仪、仰仪、玲珑仪、日月食仪等天文机械十余种。他为皇家打造七宝灯漏，陈列大明殿。这台构缔繁复的自动报时机械能让龙、虎、龟等瑞兽依钟点跃跳，还能让四尊木人初刻敲铎，二刻击钲，三刻摇鼓，四刻振镲。郭守敬给自己设计的机械装配了滚柱轴承。在西方，直到十五世纪，滚柱轴承才首度出现于达·芬奇绘制的草图上。郭守敬的工作，令东方天文机械达到全新高度，无愧为机械神学世纪的华夏之光。不过，有诸多证据表明，机械神学第一世纪早期，即火山十三世纪爆发之际，亦即欧亚大陆两端第一次直接交流前夜，阿拉伯商人将《几何原本》引入了中国。足见古代诸区畛、诸径途之机械神学，其实始终在分进合击，协同为辽朗苍穹之下的未来机械神学通天塔奠基。

华夏机械神学的弘道者摈斥机械原子论，信守一套朴素的波动论，并为此付出了深重代价。二十世纪初，长暗将尽。一九〇〇年六月,在八国联军的隆隆炮声里,王国维译成《势力不灭论》,这位投湖自沉的先贤把能量守恒定律首度引入华夏。该书由教育世界出版社印行,共三十六页,省去物理公式不载。一九〇八年,广州市成立中国第一个机械工程学术团体:机器研究社。一九三六年,杭州市成立中国机械工程学会,编辑出版中国最早的机械工程学术专刊《机械工程》。到一九四九年十月,据研究者估算,南北各省工厂共保有机床,从简单的脚踏车床、摇臂钻床,到较为复杂的龙门刨床,拢总约九万台,它们要么采购自海外,要么备办于租界,要么比照美、英、法、德、俄列强的产成品仿造。这是华夏机械神学艰辛岁月的无言见证。二〇〇一年,王国维摘译《势力不灭论》整整一个世纪之后,旨在服务机械师群体、提振机械行业、促进机械科技发展的中国机械工业联合会于北京市成立。今时今日,若仍以机床这一技术系图腾略作管窥,历尽沧桑的东方大国机械师、机械实践家渐渐追上了文明潮流,已能够自主开发最顶尖的机床,例如高精度五轴联动数控机床,又如位于工业界前沿的铸锻铣一体化三维打印数控机床。当然,有熟悉该领域的人士提醒笔者,实际情况仍不容乐观。或许我们还可以从航空发动机、大尺寸盾构机、重型燃气轮机,乃至超级计算机、极紫外线光刻机等领域,详察二十一世纪上半叶华夏机械神学技术端的成长状况。

现代机械神学的探索方向,不外乎以下三者:物质变化,能量转换,信息控制。而计算主义之勃兴,令系统、守恒、演进三大机械神学原理遭遇严峻挑战。我们认为,世人固然惋慨,华夏机械神学完美错过了牛顿式宇宙图景,但是,千百年间,她早已在梦想爱因斯坦式宇宙图景。莱布尼茨及其弟子,曾试图抛开自己的信念、见解、偏好,持中看待发祥于世界岛另一极的华夏机械神学。那绝非古老观念的缪乱迷宫，绝非令人羞惭的前现代机械神学遗迹。诺瓦利斯说，纯数学之根在东方，这位十八世纪浪漫天才的命运丝线必定曾受到庄子《齐物论》的玄远弹拨："有始也者，有未始有始也者，有未始有夫未始有始也者。有有也者，有无也者，有未始有无也者，有未始有夫未始有无也者……"

当今，旧日的梦想又在新土壤中发芽。机械神学各分支百川归海，万千科技贤士，星聚为梦想共同体，仰观俯察，寻幽入微，朝夕研索大道。诸子悟阴阳，明十方，知时晷，乘天地之正，御六气之辩，以应无穷，以游无穷……

不完全后记
关于《瀛波志》

二〇一九年某日,我读到一篇青年作家陈志炜的访谈,讲述了电子游戏对其写作的影响。那是我第一次看见有同行提及电子游戏向文学作品的"照射"。而在十多年前一篇札记里,我分析过《攻壳机动队》系列动画片给予观者的重要启示:

> ……创作人员广泛研究了都市的空气、鸟群的迁徙、遍布繁体字的街巷、黄昏和夜晚的过渡、梦景的声响,以及此前的科幻动漫作品在人们心底沉淀的某种"现实"。他们把这一切均融进电子画的意境之中了。《攻壳机动队》毫无疑问炫示了制作者的哲学,但绝不是通过剧情或主题,而是借助于看似无关的自由细节、气象多变的驳杂画面、超现实技术对习俗的容忍和保留、工业与自然缔合的"狂热症"……一句话,观者如观梦魇,强力攫住了他们。

毋庸讳言,电子游戏和动漫文化对许多人影响甚深。我珍视这份影响,但有意识地将其纳入创作的资源库,主动地吸收并以文字展露相关旨趣,则是相对近晚的事情。三年前,电影《最终幻想Ⅹ Ⅴ:王者之剑》一度让我颇受触动,中学时期沉浸于同名游戏的日日夜夜似乎重回眼前。观影结束,我草草记录道:

> 稍嫌僵硬的表情或许是故意为之,涉及少年时代彻夜玩电子游戏的秘密,不清楚这个秘密的中国特效制作者慎勿盲目仿效。《最终幻想》这一系古老的故事,是一道投入昨昔的未来之光,相当奇异,它关乎我们记忆中的未来图景。那些下小雨的大都市街道,那个阒寂无人、灯火通明、钢铁风格的广场,那座莹亮、静谧的马戏场……

我将上述文字放入了长篇小说《瀛波志》的资料文档里。起初,我把《瀛波志》当作一部短篇集来写,更把最先完成的《瀛波庄园》和《云空学院》两个章节,投到文学杂志上发表。写作超过三分之一时,我方才恍悟:《瀛波志》不是一部短篇集,而是一部长篇小说。

尽管如此,两年前,为配合《瀛波庄园》和《云空学院》的发表,我写过一个《创作谈》。实际上,目前这千余字的《不完全后记》,正是由它修改而成,故名"不完全"。

《瀛波庄园》作为开头,旨在营造环境,统摄全书,希望可为接下来的书写奠定某种情绪和意象基础。很显然,我更乐意谈谈《云空学院》,因为在创作之前和创作之中,我怀着少年的激动,试图凭借它以及后续小说,展现这样一种未来:虚拟技术大大扩充了真实的内涵,我们通过虚拟技术,走向了更为缤纷焕烂的、多重世界的真实。没错,可以将《云空学院》归类为一篇科幻小说,但我不耐烦讨论什么伦理，什么科学的危险，什么人类的不平等起源，那岂不太陈词滥调了。动笔之际，我凑巧读到一部网络小说的最新连载章节，心下憯憯，震撼良久。它的作者同样异想天开，描述我们创造的虚拟世界融入了一个所谓的广义宇宙。理论上，这并非绝无可能。大自然由信息、物质、能量构成。三者究竟有怎样的关系？首先，物质本身即为秩序，即为信息。其次，相对论导出了能量与物质之间的联系，量子论导出了能量与信息之间的联系，那么这个三角形剩下的一边，亦即信息与物质之间的联系，已经若隐若现……好吧，太异想天开了，纯属妄语，理当止言。我只是向往那无限可能的前景，文明的前景……

后记之二

二〇二〇年岁末,在追忆辞世小说家黄孝阳的文章里,我写道,创作《瀛波志》时,"不可能不想到孝阳,因为这部作品仿佛就是沿着一条他遥指的道路前进"。长篇完成,它仿佛一声悠长的回应,而最初发响,可能是在二〇一六年冬天,我与孝阳于丽江的那次夜谈。

黄孝阳的思想和言论,给人汪洋恣肆之感,当然,如果说话的场合、氛围不对,他又难免遭受语无伦次之讥。在我看来,有些思想和言论难以表述,并不是由于它们的冒犯或者僭越,而是由于本质上无法将它们从滂浩、深浑的语义背景中孤立出来。披阅犹太教神秘主义大师以撒·卢里亚的相关信息时,在一个偏僻角落,我注意到如下叙述:

> 当一个信徒问他为什么不用书的形式记录下自己的思想时,卢里亚回答道:"这是不可能的。因为所有的事物都彼此关联。我一开口讲话,感觉就如大海决堤,一泻千里。我怎么能表达自己心灵的感觉,我又如何能将其记录成书?"

这段文字令我想到孝阳的困境，那也是我本人的困境。该怎样呈现一个难以概述的诗学综合体？不仅要运用全部经验，还要保持耐心，以期潜意识发挥功效，或者换句话讲，让文本自行发散，再自行凝聚。据说艺术家看待他案头的未完之作，好比园丁看待他栽莳的花苗，某种静观的喜悦油然而生。如今回想，也确乎如此。这份静观的喜悦，属于孕育者，属于沉思者，属于创造者。时光之轮转动，吾诗终成。

后记之三

长篇《瀛波志》完成，既长出一口气，又多有不舍。长篇小说家的命运是在长篇小说写作中生活。此刻，我脱离了艰难但坚实的《瀛波志》创造时日，进入轻快、空荒的未知。这两年，得到不少人的关心、鼓励、支持。在大学教书的老友雷思温，其精彩言论屡屡为我引述，更帮我查找过好几篇外语文章。旅居法国的施征东先生，同样帮我查找过若干外语文章。王一舸先生则为我修订、润色小说中四节文言文，颇有助益。丁玎提醒我，须防止某种偏执。我父亲，每每成为我深夜发问的对象，于是老头子也经常叮嘱我注意休息、尽量别熬夜。元媛通读全文，尽力为我排除某些隐患，贡献良多，在此深谢。

陆源

2024年10月5日于北京

附录 1

索引：关键词，或文本的榫卯结构

（数字为各篇序号）

A

阿巴·乩乞儿·米儿咱/乩乞儿：074，084。

阿彻罗普勒斯/阿里斯蒂德·阿彻罗普勒斯：016，042，049，051，084。

阿尔弗雷德·特斯塔：049，084，093。

阿弗拉西亚布：003，006，011，013，023，033，042，053，064，074，084，089，096。

阿卡德：044，062。

阿基米德：035，044，051，072，082，096。

阿罗缓/修行僧侣：014，095。

阿姆河/妫水/乌浒河：003，084。

阿纳希塔/河流女神：005，006，011，051，056，095。

阿努恩纳奇：033，044，051，062，064，074。

阿萨息斯/帕提亚人/安息帝国：051，056，074，076。

阿斯塔尔特：023，042，051。

阿斯托维扎图/死魔：006，053。

阿塔尔/盗火者：017，033，035，040，051，084，092。

阿维斯塔：006，051，053，056。

阿育王：051，072。

埃阿/大地之神：062，064。

埃拉托色尼：074，077。

551

埃斯凡迪亚尔：030，087。

艾尔·加扎利：018，072。

艾泽拉斯/艾泽拉斯大陆：016，033。

爱因斯坦：040，049，093，100。

安国/布哈拉/阿滥谧：003，013，028，044，084，095。

安禄山：014，057，061，079。

安提基特拉机械/安提基特拉：064，082，092。

奥古斯丁：053，095。

奥雷姆/尼古拉·奥雷姆：044，082。

奥维德：074，096。

B

巴比伦：003，008，016，037，040，042，044，051，053，062，064，072，074，079，084，095，096，100。

巴比伦尼亚：006，042，053，064，084，095。

巴比伦塔/通天塔/巴别塔/变乱之塔：023，042，044，064，084，092，100。

巴格达：006，042，044，092。

巴黎：001，035，092。

巴努·穆萨三兄弟/巴努·穆萨机器：072。

白鲸：018，022，033。

柏拉图：000，040，044，049，072，082，096。

白嘴鸦：001，053，084。

贝叶斯函数值/贝叶斯统计/贝叶斯定理/贝叶斯决策理论：033，093。

浡洰公园：015，023，074。

玻尔/尼尔斯·玻尔：033，040，093，096。

博尔赫斯：001，010，042，053，093。

波罗埃：006，033。

波斯第一帝国/阿契美尼德王朝：051，084。

笔误：093，094。

布鲁诺·舒尔茨：072，096。

布宜诺斯艾利斯：001，053，084，096。

C

长安：003，057，059，061，064，079，081，084，096。
尘世的焚风：053，060。
蚩尤：059，098。
葱岭：004，051，079，081，095。

D

达·芬奇/列奥纳多·达·芬奇：053，072，082，100。
大禅师/阇摩陀耆耶：008，084。
大明尊/察宛：014，095。
大慕阇/大法师：014，053，084，095。
大融聚：008，033，093。
德谟克利特：027，040，082。
等待的生活：085，096。
独角兽：008，016，035，084。

E

俄狄浦斯：051，064。
恩利尔/空气神：042，062，064。
恩塔格瑞/恩塔格瑞大陆：016，033。
二宗经：014，054。

F

范胡达/拔陀罗跋摩一世/林邑王：042，046。
范文/伪誓者：042，046。
泛意识社群/玻尔兹曼大脑/路德维希·玻尔兹曼：035，093。
菲尔多西：074，084。

553

冯·诺依曼/冯·诺依曼架构/冯·诺依曼瓶颈：040，053，084，096。
佛教/释教/释门教派/释门弟子：014，051，053，074，081，084，095。
佛陀/释迦牟尼：005，008，028，051，072。
拂多诞/侍法者：014，054，095。
弗里曼·戴森/戴森球：040，042，044，093。
伏羲/太皞：072，092。

G

哥白尼：044，084。
哥本哈根诠释/哥本哈根学派：040。
哥德尔/哥德尔数/哥德尔不完全性定理：033，035，093。
葛逻禄：067，081，089，091。
贡布雷：033，074。
郭守敬：098，100。
国家天文台兴隆观测站：084，099。

H

海森堡/沃纳·海森堡：027，040，042。
海西/海西人：003，033，051，064，084，095。
寒流形势图：055，096。
汉语言宇宙：026，074。
赫尔墨斯/三重伟大的赫尔墨斯/赫尔墨斯教派：051，053，056。
荷马：072，084。
黑椴树，缓慢大雪：083，096。
恒河/殑伽河：042，084。
忽必烈：044，100。
花剌子密/阿尔戈利兹姆：092。
华夏第一机械王朝/东汉：049，051，059，084，100。
华夏第二机械王朝/北宋：082，084，100。
怀特海/阿尔弗雷德·诺思·怀特海：027，032，035。

淮南子：008，054。

圜界势垒：033，051。

黄帝/轩辕/轩辕氏：053，072，084，098。

灰楸树跑过铁渡桥：024，074。

彗星构画的圆弧：012，053。

霍布斯：064，096。

霍金：010。

J

基督/基督教/基督教徒/基督学：042，044，056，084，095，096。

汲取万物精华的路线图：009，074。

计算姬/计算姬第一号秘宝：084，096。

机械党/机械党人：049，098。

机械地宫/玄铁地宫：003，006，033，053，054，064，074，079。

机械法则：027，056，072。

机械降神：053，092。

机械秘宝：005，006，020，035，053，064，074，079，084，096。

机械神/机械神灵：001，008，010，012，018，042，053，056，064，074，084，087，092，095，098。

机械神教派：006，008，016，018，023，033，035，042，049，051，053，056，064，065，072，074，082，084，087，092，093，096，098。

机械神学/机械神系统/机械神体系：010，018，027，042，044，056，064，072，082，084，087，093，096，098，100。

机械神学第一世纪/火山十三世纪：044，065，072，082，100。

机械神学第二世纪/熔岩十四世纪：044，065，082，084。

机械生命/机械生命体：010，064，072，074，087，092。

机械师：010，018，042，044，072，077，082，087，092，096，098，100。

机械使徒：010，042。

机械实践家/机械技艺之实践家：044，100。

机械天使：053，064，084。

机械王朝：084，100。

机械学：044，053，056，072，084。

机械艺术家：077，098。

继业者/继业者战争：051，053。

伽利略：044，077，084。

加西亚·马尔克斯：016。

减熵之战：016，018，033，053，082，093。

鉴真：020，022，028，030，053。

姜子牙/姜太公/吕尚：008，061，096。

景教/景教徒：081，095。

羯磨大海：011，028，051，084，093。

居鲁士一世：074。

居鲁士大帝/居鲁士二世：008，084。

君士坦丁堡：003，042，044。

K

卡尔维诺：096。

卡莱：074，076。

卡利斯提尼：064，084。

卡洛·罗韦利/罗韦利时空：040，093。

开普勒/约翰尼斯·开普勒/开普勒三定律：040，042，044，065。

恺撒/尤利乌斯·恺撒：074，076。

康德/伊曼努尔·康德：049，064。

康国/康居/撒马尔罕/萨秣鞬/马拉坎达：003，005，006，013，014，030，042，051，053，054，064，074，076，081，084，095。

康静智：003，005，011，013，053，064，093。

康苏密/粟特大首领：005，053。

康托尔/格奥尔格·康托尔：035，042，093。

克拉苏/马库斯·李锡尼·克拉苏：074，076。

孔雀王朝：051，053。

孔子/孔丘：061，098。

库萨姆·伊本·阿拔斯/无头圣徒：064，074。

夸父/夸父族/夸父神族/追光者：008，009，023，051，074。

L

拉普拉斯：087，093。
莱布尼茨：010，027，032，040，049，053，056，072，074，087，092，093，100。
老子/老聃：042，095。
冷僻字世界：023，025，053，064，084，096。
黎凡特：048，051。
黎曼/波恩哈德·黎曼/黎曼猜想/黎曼体系：033，035，040。
黎明之翼：008，068。
李白/李太白：010，022，084，096。
李世民/唐太宗/太宗皇帝/太宗：005，013，014，079。
李时珍：053，084，098。
李约瑟：072，095。
两种精神相撞：075，077。
列王纪：074，084。
灵的编年史：033，049，056，084，087。
灵魂矩阵：018，033，035，040，077，084，087，092，093。
灵魂是一副瞄准镜：073，084。
流动迷宫：053，063。
刘徽：096，098。
琉璃河：008，016，023，064，074，084，088，096。
鲁班/公输盘/公输班：054，082，098。
鲁斯塔姆：003，006，011，013，096。
路易吉·伽尔瓦尼：016，084。
轮形焰城，青铜星座：002，053。
洛阳/东都/神都：003，004，005，008，011，013，042，046，051，053，054，059，061，064，072，081，093，095。

M

马政：005，053，057，064，084。
马尔杜克/神王/立法者：064，065。
麦尔维尔/赫尔曼·麦尔维尔：018。
美索不达米亚：023，064，074，084，095。
迷楼/乌铜扉迷楼：006，020，030。
密特拉/契约之神：042，051。
闵可夫斯基：033，040。
命运的玄奥链条：031，084。
魔城：001，033，053，064，084，096。
魔环主义/魔环：042，064，074，084，098。
摩尼：005，014，053，064，079，084，095。
摩尼教：005，011，014，023，033，042，049，053，054，059，064，074，079，081，084，087，095，096。
莫斯科：001，023，053，084。
默奚悉德/法堂主：053，095。
墨子：082，096。

N

纳博科夫/弗拉基米尔·纳博科夫：016，074。
娜娜/骑狮女神/四臂女神：005，013，051，059，064，095。
南方记忆：023，036。
尼比鲁行星：044，064。
牛顿：001，040，042，044，065，087，100。
诺伯特·维纳：018。
诺斯替教/诺斯替教派：051，087，095，096。
诺瓦利斯：035，100。

O

欧几里得：033，044。
欧内斯特·费诺罗萨：040，093。

P

庞加莱/亨利·庞加莱：033，035，049，087。
彭罗斯/罗杰·彭罗斯：032，093。
平底锅主义/平底锅：042，064，084，096。
普朗克/普朗克常量/普朗克尺度/普朗克时间：033，040，073，092，093。

Q

青铜长城：006。
潜无穷：035，093。
屈原：053，096。
全景图：033，034。

R

荣睿、普照：022，028，030。

S

萨尔贡一世：044，084。
萨满教/萨满巫师：064，095。
萨珊/萨珊波斯/萨珊王朝/萨珊帝国：005，011，051，053，074，084，095。
塞利纳：074，096。
塞琉古一世：051，053。
塞米拉密斯/亚述女王：042，053，096。
三个世界：001，053。

莎士比亚/莎士比亚戏剧：035，074。
沙陀/沙陀人：014，033，066，079，081，089，091，096。
山海经：016，042。
神瞳：051，053，064，084，091，093，095，096。
神枢：051，084，093，095。
神智学/神智学家：000，042，074。
沈括：084，098，100。
失德拉史：074。
诗鬼：058，081。
时光窃贼：052，093。
时光神谕：063，084。
时间之神：042，045，051，056。
时空之窗：001，053，074。
时空琥珀：050，074。
十七年流浪的离魂状态：047，084。
史思明：014，079，095。
实无穷：035，093。
诗学数字：070，092。
始祖动物：043，064。
枢轴时代：065，098。
斯芬克斯：051，074。
斯基泰/斯基泰人：053，074。
斯坦尼斯瓦夫·莱姆：084，096。
斯威夫特/乔纳森·斯威夫特：018，077。
司马迁：008，101，084。
四时循环：055，074，096。
苏美尔/苏美尔人：044，051，062，095。
苏颂：098，100。
粟特/粟特人/粟特语：003，005，006，011，013，014，022，023，028，030，033，042，051，053，054，059，061，064，074，076，079，081，084，089，091，093，095，096。
隋炀帝/杨广：013，020。

T

特殊收容措施基金会（SCP Foundation）：033，051。

铁门：005，006，084，085。

铁皮凤凰：021，053。

铁星的创痛：008，080。

图灵/艾伦·麦席森·图灵/初代盗火者/图灵机：018，035，072。

托卡尔丘克/奥尔加·托卡尔丘克：072，084。

托勒密/克罗狄斯·托勒密：044，077，084。

托米丽司/马萨革泰女王：047。

W

瓦拉雅特：033，051。

王小波：010。

维特根斯坦/路德维希·维特根斯坦/哲学圣愚：033，035。

文魔：081，084。

乌尔法耶：053，084。

无迹可寻的审美：053，090。

无脑/无脑者/无脑之人：008，053，064，074，084，096。

无穷倒退：040，042。

无头/无头者/无头之人：008，023，053，064，071，074，084。

武则天/武曌/女皇：003，005，011，013，053，054，095。

X

希尔伯特/大卫·希尔伯特/希尔伯特计划/希尔伯特空间/希尔伯特问题：033，035，040。

锡尔河/药杀水/细浑河：003，074。

希格斯/希格斯场：033，093。

西海：003，030，051，084。

希罗多德：064，084。

西王母：008，072。

祆教/拜火教/琐罗亚斯德教/祆教祭司/祆教徒：003，005，011，013，014，018，042，051，053，056，081，084，095。

显明派：053，084，095。

想象的动物：008，010，035。

休谟/大卫·休谟：033，049。

须弥山/须弥山计划/位面系统：023，033，040，049，051，053，072，084，087，093。

玄奘/唐三藏：030，064，069，081，084。

薛定谔/薛定谔方程：033，040，072，074，087，093。

Y

亚历山大/双角王/祖革尼/：003，006，011，013，051，053，064，076，084，086。

亚历山大传奇：013，084。

亚历山大港：006，051，072，074，095。

亚历山大·柯瓦雷：064，065。

亚历山大，萨缪尔：027，033，072，093。

亚里士多德：035，044，064，084，093。

亚述：044，062。

雅朱者、马朱者：006，064，084。

炎帝：005，051。

扬州/广陵：003，006，011，020，022，023，028，029，030，037，039，042，046，048，059，061，072，081，084，093，096。

叶海亚·苏赫拉瓦迪：000，049，074。

夜空变成了乳白色：018，051，074，087。

耶稣基督/耶稣/圣子：008，044，051，064，074。

伊本·泰伯礼：038，084，093。

伊什塔尔：051，064，095，096。

伊南娜/金星女神：051，095。

一行和尚/一行：059，098。

隐暗派：049，053，064，084，095，096。

因陀罗/神王：051，084。

萤火明灭：033，041。

永恒的创造：049，097。

犹太教/犹太人/犹太：042，051，053，084，096，098。

酉阳杂俎：084。

圆仁：020，093。

圆月之书：016，017。

月护王/旃陀罗笈多：051，053。

月亮女神：013，023，042，051，053，064，074，082，084，096。

月下航班：031，042。

云辰道场：010，051，093。

Z

张衡：059，084，098。

至高神性/顶点型多功能实体/金色智能：051，093。

智慧宫：072，092。

直行的蛮竹：078，096。

制图师的红月亮：019，053。

植物园/愚翁植物园：007，042，064，074，084，096。

中国伊朗编：084。

周穆王/姬满：051，072。

周易：054，098。

庄子：100。

朱元璋/明太祖：008，095。

朱岳：010，064，074，084。

自指悖论/自指：035，040。

左传：092，095。

附录 2 诸篇属性分类

【首】篇(1)　首者,发端之义〇
001首　瀛波庄园

【轨】篇(2)　轨者,路径及法度〇
051轨　光阴漫游者报告
093轨　云辰道场

【铭】篇(4)　铭者,铸刻于器,志而不忘〇
014铭　摩尼教入唐述略
054铭　洛阳秘宝纪事
076铭　尘世有极而史事无极
086铭　双角王异闻

【谛】篇(8)　谛者,真实之力〇
025谛　狂作家的冷僻字世界
049谛　神秘主义者言
056谛　不相容的神学
062谛　阿努恩纳奇众神的废渣创世学
065谛　问牛及马:神学家与大祭司第一次对话
077谛　鸡争鹅斗:神学家与大祭司第二次对话
087谛　狗扯羊肠:神学家与大祭司第三次对话

095谛　粟特人缘何信奉摩尼教

【翰】篇（10）　翰者,文史之才,或长且硬之鸟羽○
008翰　猩狍农贸市场
016翰　暗黑宠物街
023翰　逆风骑向西瓜博物馆
033翰　云空学院
042翰　乙镇星相家协会
053翰　天才男友的私人健身房
064翰　愚翁植物园
074翰　狂作家的宁静书斋
084翰　从《酉阳杂俎》到《中国伊朗编》的无尽螺旋
096翰　孩童的四季时光

【楗】篇（13）　楗者,其一曰锁钥,其二曰支柱○
006楗　双角王的青铜长城及其他机械秘宝
010楗　幻想机械漫谈
018楗　机械神教派
027楗　活体机械论
032楗　活体机械论之二
035楗　灵魂矩阵之极源:数学
040楗　灵魂矩阵之极源:物理学
044楗　机械神学世纪
072楗　机械生命简史
082楗　战争机械概说
092楗　战争机械概说之二
098楗　华夏机械神学
100楗　华夏机械神学之二

【曜】篇（22）　曜者,日出东方而吐焰○
003曜　客自康国来
005曜　客自康国来之二

011 曜	客自康国来之三
013 曜	客自康国来之四
020 曜	扬州明月楼
022 曜	扬州明月楼之二
028 曜	扬州明月楼之三
030 曜	扬州明月楼之四
037 曜	乘风归涨海
039 曜	乘风归涨海之二
046 曜	乘风归涨海之三
048 曜	乘风归涨海之四
057 曜	长安马
059 曜	长安马之二
061 曜	长安马之三
067 曜	伏敌鹰娑川
069 曜	伏敌鹰娑川之二
071 曜	伏敌鹰娑川之三
079 曜	战北庭
081 曜	战北庭之二
089 曜	战北庭之三
091 曜	战北庭之四

【风】篇(40) 风者,诗之精气〇

002 风	落日
004 风	雨暮,长篇小说的源头
007 风	阵雨,植物园,夜间的跑步
009 风	阒寂之思
012 风	傍晚疾书
015 风	夏令时,浮汰公园
017 风	圆月之书
019 风	上元夜
021 风	乌夜啼
024 风	漫画家的夜游

026	风	致行路者
029	风	在广陵
031	风	良辰美景
034	风	多年以前的梦中远足
036	风	热带的睡眠
038	风	波斯商人伊本·泰伯礼
041	风	未雨
043	风	郊甸晨初
045	风	狂人存有论
047	风	回乡指南
050	风	断手流小说家的中场休息
052	风	拂晓沉雷
055	风	四时循环
058	风	诗鬼
060	风	历史白驹
063	风	晏眠一夏
066	风	九月
068	风	短暂的秋宵
070	风	论睡如弓
073	风	十月末一次步行
075	风	老艺术家心中的悲凉
078	风	十一月山水图
080	风	刀鸣之夜
083	风	寒律
085	风	等待的生活
088	风	晚间两次穿行琉璃河桥
090	风	在故乡，明旷的夜市
094	风	论笔误
097	风	谈理想
099	风	国家天文台兴隆观测站

附录3 造字

秜 饳 裶 锣 酧 糊

$$(\forall S)[(S \neq \emptyset) \to (\exists x)((x \in S) \wedge (x \cap S = \emptyset))]$$

图书在版编目（ＣＩＰ）数据

瀛波志 / 陆源著. -- 上海：上海文艺出版社，2025. -- ISBN 978-7-5321-9252-6

Ⅰ．I247.5

中国国家版本馆CIP数据核字第2025NJ9232号

责任编辑：余　凯
封面设计：人马艺术设计·储平

书　　名：瀛波志
作　　者：陆源
出　　版：上海世纪出版集团　上海文艺出版社
地　　址：上海市闵行区号景路159弄A座2楼　201101
发　　行：上海文艺出版社发行中心
　　　　　上海市闵行区号景路159弄A座2楼206室　201101　www.ewen.co
印　　刷：上海盛通时代印刷有限公司
开　　本：1240×890　1/32
印　　张：18.125
插　　页：2
字　　数：421,000
印　　次：2025年4月第1版　2025年4月第1次印刷
Ｉ Ｓ Ｂ Ｎ：978-7-5321-9252-6/I.7258
定　　价：98.00元

告　读　者：如发现本书有质量问题请与印刷厂质量科联系　T:021-37910000